La vallée des secrets

EMILIE RICHARDS

La vallée des secrets

Jade

Titre original :
LOVER'S KNOT
publié par MIRA®

Traduction française de LOUISE ACHARD-MADDALENO

Photos de couverture
Paysage : © ROYALTY FREE DIVISION / MASTERFILE
Regard de femme : © I LOVE IMAGES / JUPITER IMAGES

83-85, boulevard Vincent-Auriol, 75646 PARIS CEDEX 13.
www.harlequin.fr
ISBN 978-2-2808-0899-6 — ISSN 1773-7192

Pour les quilteurs du monde entier, qui racontent l'histoire de leur vie à chaque point qu'ils font.

1

Au moment où les avocats de Law & Order venaient enfin de s'entendre sur une stratégie pour le nouveau procès du mercredi soir, Kendra hésitait encore entre deux options : rester affalée comme une loque devant la télévision ou bien s'habiller et se rendre en voiture jusqu'à la pharmacie où l'attendaient les antibiotiques prescrits par son médecin.

La première solution était bien plus tentante. Au cas où il finirait par rentrer du travail, Isaac trouverait, au terme de sept années de vie conjugale, le corps inerte de sa femme recroquevillé sous le patchwork cousu main dont il avait hérité. Cette image ne manquait pas d'attrait. Et le repos éternel était préférable à une nouvelle quinte de toux.

Malheureusement pour elle, une bronchite est rarement fatale, et Kendra se sentait trop contrariée pour baisser les bras ou même adopter la troisième solution — la plus sage — qui consistait à laisser Isaac passer à la pharmacie le lendemain matin. Ce soir, son mari lui avait fait faux bond, et elle n'était pas d'humeur à lui offrir une chance de se racheter. La pharmacie allait fermer dans moins d'une demi-heure, et elle était somme toute assez tentée de retrouver l'existence qu'elle menait avant l'arrivée de ce sale virus.

Kendra se leva et alla se poster devant la fenêtre pour jeter un coup d'œil sur la rue luisante de pluie. Une brume froide montait de la chaussée, fragmentant la lumière des réverbères et celle, plus sporadique, qu'émettaient les phares des rares véhicules qui passaient.

Kendra se laissa choir sur le grand lit. La chaleur de l'édredon en plumes si doux, si moelleux, ébranla quelque peu sa détermination jusqu'à ce que survienne une nouvelle quinte de toux. Une fois la crise passée, elle eut un sursaut d'énergie. Sans se lever, elle réussit à troquer sa chemise de nuit contre le jean et le chemisier blanc qu'elle avait enlevés au retour de la consultation.

— Allez, ouste ! Allons-y !

Si le ton manquait d'enthousiasme, du moins sa voix était-elle encore perceptible.

Dans l'entrée, elle prit son sac, glissa les pieds dans une paire de mocassins confortables, puis sortit en fermant à clé derrière elle.

Le couloir était désert, ce qui n'avait rien d'exceptionnel dans un immeuble essentiellement occupé par des drogués du travail qui passaient leurs soirées penchés sur leur ordinateur, et leurs week-ends à dormir pour tenter de récupérer.

Isaac et Kendra rencontraient rarement leurs voisins — ce qui, en l'occurrence, arrangeait la jeune femme car dans son état, elle aurait été bien incapable de tenir une conversation, même succincte.

L'ascenseur ne s'arrêta pas avant le niveau du parking, et elle parvint à faire démarrer la Lexus sans difficulté.

En sortant du garage, elle se sentit prête à effectuer sans incident l'aller et retour jusqu'à la pharmacie. Ce n'était pas la circulation qui allait la gêner. Entre le froid — exceptionnel pour la saison — qui faisait des ravages parmi les cerisiers en fleur, et l'épidémie de grippe, la plupart des habitants avaient déjà regagné leurs pénates. De surcroît, bon nombre d'étudiants de l'université George Washington avaient quitté la ville pour les vacances de Pâques.

Kendra savait qu'elle aurait dû écouter son médecin et rester au chaud. L'après-midi même, il lui avait recommandé de garder le lit, de prendre immédiatement ses médicaments et de l'appeler dans un jour ou deux si la fièvre n'avait pas baissé, car elle était à deux doigts de la pneumonie.

Isaac ne pourrait pas dire qu'il n'était pas au courant. Elle l'avait appelé au siège d'ACRE où il occupait le poste de responsable du management, et lui avait posément répété les propos du médecin, ajoutant qu'elle avait tout juste eu la force de déposer l'ordonnance à la pharmacie, sans attendre son tour. Elle l'avait donc prié de prendre ses médicaments avant de rentrer.

Mais à 19 heures, Isaac n'était toujours pas là. Et à 22 h 30, au moment où les juges d'instruction de Law & Order déféraient leurs affaires aux procureurs, il avait enfin répondu sur son portable, lui présentant de brèves excuses. Il lui avait alors annoncé qu'il ne pourrait pas passer chercher ses médicaments.

Il irait le lendemain matin, avant de partir travailler. Il ne pouvait pas faire mieux.

La réponse qu'elle lui avait servie résonnait encore à ses oreilles quand elle s'engagea sur le parking de la pharmacie.

— Isaac, tu sais quoi ? Ton « mieux » n'est plus assez bien pour moi.

Le parking était presque vide, mais toutes les places situées à proximité de l'officine étaient occupées. Le chauffeur d'un camping-car rempli de passagers manœuvrait avec une lenteur exaspérante, et Kendra n'eut pas la patience d'attendre. Elle alla se garer plus loin, à gauche du bâtiment, sur une bande d'asphalte divisée par six lignes diagonales, et choisit la place la moins éloignée de la pharmacie. Puis elle sortit sous une petite pluie fine et glacée — presque une pluie givrante. Elle verrouilla les portières, fourra les clés dans sa poche, serra son sac à main contre elle et gagna l'officine en courant, tête baissée.

A l'intérieur, une bouffée de chaleur intense la fit presque suffoquer. En recouvrant son souffle, elle fut prise d'une nouvelle quinte de toux — cette toux sifflante qui avait alarmé son médecin. Ses yeux s'embuèrent et la violence de l'éclairage au néon la fit cligner des paupières.

— Ça ne va pas, mademoiselle ?

Elle sourit faiblement au vigile en faction près de l'entrée.

— Pas très bien, mais ça ira mieux quand j'aurai pris mes cachets.

Le vigile fronça les sourcils. C'était un homme corpulent, aux hanches deux fois plus larges que ses épaules. Il était bien trop gros pour courir vite, et trop âgé pour avoir des réflexes rapides. Kendra songea qu'il serait peut-être intéressant de rédiger un article dans le *Washington Post* sur le recrutement des gardiens de la paix et les faiblesses des systèmes de protection des établissements commerciaux.

Elle se fraya tant bien que mal un chemin vers le guichet situé au fond du magasin, tout en se disant qu'elle avait déjà effectué la moitié de son parcours. Elle s'imaginait en train de rouvrir sa porte, d'ôter ses mocassins, son jean et sa chemise, puis de se glisser sous l'édredon douillet. Il y avait un verre d'eau près du lit. Elle pourrait prendre ses comprimés et fermer les yeux. Avec un peu de chance, Isaac irait dormir dans la chambre d'amis pour éviter la contagion. Au matin, les antibiotiques auraient peut-être produit leur effet.

Plusieurs personnes attendaient au guichet. Elle se plaça à l'extrémité de la file et patienta, sous la lampe au néon, en rêvant de s'assoupir dans son grand lit bien chaud. Les employés servaient les clients le plus rapidement possible, conscients qu'ils devaient faire vite pour satisfaire tout le monde avant la fermeture. Kendra ne les avait jamais vus se démener de la sorte, et elle se promit d'arriver toujours à cette heure-là.

Il était 10 h 55 quand son tour arriva. Elle donna son nom au pharmacien et sortit son portefeuille pendant qu'il allait chercher l'ordonnance dans l'arrière-boutique. Quand il revint, elle lui tendit sa carte de sécurité sociale, et régla sa facture en un temps record.

En regagnant la sortie, elle passa devant le vigile.

— Vous avez déjà meilleure mine ! lui dit-il avec un clin d'œil.

Elle le remercia d'un petit signe de tête.

Une employée moulée dans un sari mauve déverrouilla la porte pour elle. A peine sortie, Kendra l'entendit refermer à clé dans son dos. Elle regagna sa voiture sous une pluie de plus en plus drue qui évoluait maintenant vers la neige fondue.

La colère qui l'avait soutenue jusque-là était en train de céder la place à une vague sensation de nausée.

Elle se sentait trop faible pour alimenter son indignation et trop malade pour s'interroger sérieusement sur l'avenir de son couple. L'obsession d'Isaac pour son travail n'avait rien de nouveau. Elle s'était souvent demandé si les semaines de soixante heures qu'ils effectuaient l'un et l'autre constituaient le ciment de leur union. Ils n'avaient guère le loisir d'aborder d'autres sujets que ceux du dernier scoop en date ou du dernier arpent de nature sauvé par ACRE[1] des griffes de quelque promoteur. Rien ne les obligeait à affronter la vérité, à savoir que des rapports sexuels enthousiastes et une conversation stimulante ne constituent pas l'unique fondement d'un couple réussi, et que la plupart des couples partagent des valeurs, des espoirs, des rêves communs. La plupart des couples de trente-cinq ans envisagent même de fonder une famille.

Elle se débattait avec tout ça depuis de longs mois. Mais hélas ! elle s'était débattue toute seule. Isaac était satisfait de la situation actuelle. Ils avaient des métiers passionnants qui leur assuraient d'excellents revenus et leur permettaient d'aller dîner en ville deux fois par semaine afin de se tenir mutuellement au courant de leurs activités. Ils s'offraient un voyage chaque été, recevaient des invitations très convoitées à certaines soirées huppées et recevaient également le gratin chez eux.

Kendra avait vainement tenté de faire comprendre à Isaac qu'ils n'étaient rien de plus que des colocataires qui prenaient beaucoup de plaisir à coucher ensemble. Mais l'idée de partager autre chose, des émotions plus profondes, semblait le dépasser quelque peu. En guise de réponse, il lui avait donné l'exemple d'amis communs qui venaient de divorcer — soit parce que le mari dépensait tout l'argent du ménage à la roulette, soit pour un « coup de canif » au serment de fidélité. Par rapport à ces couples-là, le leur tenait tout de même la route ! Peut-être Kendra

1. *Americans Conserving and Reclaiming the Earth* : Américains qui conservent et revendiquent (ou reprennent) la Terre. Le sigle ACRE correspond aussi à l'unité de mesure de surface (1 acre= 0,4 hectare, environ).

commençait-elle à s'ennuyer au journal ? Peut-être serait-elle plus heureuse si elle parvenait à trouver un sujet digne d'une série d'articles passionnants…

Pour sa part, elle craignait d'être plus heureuse en laissant tout tomber. En quittant Washington, l'appartement avec ses fauteuils en cuir et ses tables de verre teinté, le mari qu'elle avait promis d'aimer et de respecter jusqu'à ce que la mort les sépare.

Elle se demanda combien de temps Isaac mettrait à s'en apercevoir.

Elle ne vit pas l'inconnu accroupi près de sa voiture avant d'être arrivée pratiquement sur lui. L'homme était chaudement vêtu, avec un bonnet de laine qui lui couvrait les oreilles et les sourcils. Le col remonté de son blouson lui cachait la moitié du visage. Ses vêtements, la pluie et la pénombre empêchaient Kendra de déterminer son âge, sa couleur de peau ou tout autre signe particulier.

Kendra était plutôt du genre dégourdi. Ses enquêtes l'avaient conduite dans les quartiers les plus glauques de la capitale, et elle en était revenue pour tout raconter. Maintenant, elle se rendait compte que le fait de ne pas avoir les idées claires était une raison majeure pour éviter de s'aventurer dehors. Une peur panique s'empara d'elle et ses genoux déjà affaiblis se mirent à trembler.

L'individu se leva et pointa un revolver sur elle.

— Donne-moi tes clés.

Ses clés étaient dans son sac. N'importe quel autre soir, elle les aurait sorties dans la pharmacie et les aurait gardées à la main. Puis elle se serait approchée prudemment de la voiture et l'aurait ouverte à l'aide de la télécommande. Et par-dessus tout, elle se serait garée sous un réverbère, dans un endroit bien visible. Ou bien elle aurait attendu qu'une place se libère devant la pharmacie.

Elle se rappela que le vigile l'avait croisée en se dirigeant vers le fond. Y avait-il aussi des écrans de vidéosurveillance, à cet endroit-là ? Pourvu que quelqu'un jette un coup d'œil dessus…

— J'ai dit : file-moi tes clés, salope !

— Elles sont… dans mon sac.

Elle fit glisser lentement la sangle de son sac le long de son bras, attentive à ne pas faire de geste brusque.

— Tenez. Il est à vous !

Il agita son arme.

— Tu crois que j'ai assez de mains pour ça ?

— Non. Regardez…

Elle ouvrit prudemment la fermeture à glissière. C'était un sac orange vif avec le logo d'une grande marque sur le devant. Isaac le lui avait offert pour son anniversaire, avec une bande dessinée de sa composition en guise de carte. Kendra avait adoré l'un et l'autre, les considérant comme la manifestation d'une fantaisie enfouie au plus profond de lui-même.

Pour le moment, elle mourait d'envie d'écraser ce sac sur le visage de son agresseur.

Il s'approcha, revolver au poing.

— On va pas y passer la nuit.

Elle lui montra le sac grand ouvert.

— Vous voyez ? Il n'y a rien de spécial là-dedans. Je vais fouiller au fond pour prendre les clés.

— Dépêche-toi !

Elle plongea sa main au fond du sac et dans son affolement se sentit presque tituber. Elle se demanda un instant ce qu'il ferait si elle tournait de l'œil. L'écraserait-il en fuyant ? Lui tirerait-il dessus ? L'enverrait-il rouler dans le fossé d'un coup de pied pour pouvoir décamper tranquillement ?

Elle fouilla fébrilement entre son portefeuille, un paquet de mouchoirs, une petite brosse à cheveux…

— Je… Oh ! Mon Dieu. J'avais oublié : je les ai mises dans ma poche. Excusez-moi.

— Je vais te faire la peau si tu te grouilles pas !

Kendra s'agita, laissa tomber son sac sur le trottoir mouillé et plongea la main dans la poche de son jean. En fait, elle gardait généralement ses clés dans son sac car le trousseau était trop important pour tenir aisément dans une poche, entre ses clés de garage, de voiture, d'appartement, de bureau, de garde-meubles... Isaac se moquait toujours d'elle à ce sujet. Isaac... Isaac...

Elle entreprit de les extraire du jean, mais dans le mouvement, son index effleura la commande d'alarme.

Les feux se mirent à clignoter, la sirène se déclencha, et le son strident, insoutenable, s'amplifia à une allure effarante. Elle ne l'avait pas fait exprès. C'était un geste idiot... Oh non ! Pas ça !

Cette soirée prit soudain l'allure d'un rêve — un cauchemar où tout s'enchaîne de façon inéluctable : la maladie, la pluie, l'étourdissement provoqué par la fièvre, les frissons, sa décision de venir jusque-là... puis la peur qui lui paralysait les membres, le cerveau et jusqu'à sa cage thoracique où plus un filet d'air ne semblait circuler.

En entendant la première détonation, elle ne comprit pas exactement ce qui se passait. Puis il y en eut une seconde... Etait-ce la porte de la pharmacie qui claquait tandis que le vigile accourait à sa rescousse ?

Elle n'eut pas même le temps de se figurer que ces deux détonations pouvaient être des coups de feu. Inconsciente, elle s'effondra sur le sol, trouvant enfin le repos qu'elle avait appelé de ses vœux.

2

Tout en pénétrant dans l'établissement de soins où sa femme achevait sa convalescence, Isaac Taylor débrancha son portable et le glissa dans l'étui en cuir qui faisait partie de sa panoplie, au même titre que son costume, sa cravate et ses chaussettes noires. S'il omettait de le faire, il savait que l'appareil allait sonner sans relâche.

Il n'était pas censé être là. Pour pouvoir venir, il avait dû annuler deux rendez-vous, ce qui ne manquerait certainement pas de lui occasionner des ennuis. ACRE n'était pas une association à but lucratif, mais elle fonctionnait quand même comme une multinationale. Quand on a l'intention de battre les puissants à leur propre jeu, il faut penser exactement comme eux. Personne ne briguait un emploi chez ACRE dans l'espoir d'aller se promener plus souvent dans les forêts ou les champs qu'ils s'efforçaient de sauvegarder à l'échelle humaine, par petites superficies.

Tout en traversant le hall d'accueil puis en contournant le guichet, il songea au plus important de ces rendez-vous annulés. A midi, il aurait dû être en train de persuader un propriétaire terrien que l'offre émise par ACRE pour l'achat de son bien était plus avantageuse que celle d'un gros promoteur immobilier. Durant plus d'un mois, ses collaborateurs avaient rassemblé toute une série d'études, de graphiques et de statistiques, de données fiscales, d'articles de jurisprudence, ainsi que diverses analyses à long terme. Isaac avait prévu d'accompagner son dossier d'une présentation assez convaincante pour emporter l'adhésion du propriétaire. Mais dans une vingtaine de minutes, c'était avec son assistante que Gary Forsythe allait déjeuner au Bombay Club. Il risquait de prendre assez mal la chose.

Isaac s'aperçut soudain qu'il n'avait pas emprunté le bon couloir. Il fit aussitôt demi-tour, puis choisit le corridor suivant dans l'éventail de ceux qui partaient du hall d'entrée.

Kendra allait être surprise de le voir. Du reste, il était lui-même assez étonné d'être là. En apprenant que sa femme allait sortir ce jour-là, il lui avait évidemment proposé de venir la chercher, mais elle avait refusé, affirmant qu'une de ses collègues du journal s'occuperait de tout. Certes, Kendra marchait lentement et boitillait encore un peu, mais elle n'allait pas s'effondrer avant d'être rentrée chez elle. Elle n'avait pas besoin d'Isaac.

C'est le soir de son agression qu'elle aurait eu besoin de lui...

Evidemment, elle ne lui avait rien dit de tel. S'il pouvait compter sur une chose, c'était bien sur son approche pragmatique et dépassionnée de la vie, tout à fait comparable à la sienne. Ils étaient comme les pagaies jumelles d'un canoë, fendant régulièrement l'eau avec une belle économie de mouvements, chacun à son tour. La rivalité, la rancune, les récriminations n'avaient pas leur place dans ce tandem parfait.

N'empêche que ce soir-là, il l'avait lâchée. Ce constat avait quelque chose d'accablant, tel un fardeau pesant sur leurs épaules, sur leur couple. S'il avait accepté de quitter le bureau un peu plus tôt, il aurait pu arriver à la pharmacie avant l'heure de la fermeture. S'il était parti à temps, elle ne serait pas sortie dans la nuit froide pour être agressée par un type qui volait des bagnoles comme d'autres placent des assurances ou enseignent la physique au lycée.

Il aurait suffi qu'il quitte son bureau...

Voilà pourquoi il l'avait fait aujourd'hui. Pour tenter de se racheter...

— Monsieur Taylor ?

Le temps qu'il s'arrête, il avait déjà dépassé de deux mètres la personne qui l'interpellait. Se retournant, il reconnut le Dr Rashi

Gupta — le médecin qui supervisait les soins de rééducation dont Kendra avait bénéficié.

— Pardon, docteur, je ne vous avais pas vue.

Elle serra brièvement la main qu'il lui tendait.

— Vous avez l'air préoccupé, en effet.

Le médecin était une femme d'une quarantaine d'années, à la silhouette élancée, avec une peau sombre et des yeux en amande. Isaac vit briller trois colliers d'or dans l'échancrure de son corsage. Ses cheveux noirs tombaient en vagues souples sur ses épaules.

Dès leur premier entretien, il avait compris que sur le plan médical, Kendra était en de bonnes mains. Il était plus sceptique quant à l'approche psychanalytique du médecin indien. Si Kendra avait tenté de se suicider, il aurait mieux compris les efforts du Dr Gupta pour analyser les détails d'une vie de couple qui satisfaisait parfaitement les deux partenaires. Mais Kendra avait été victime d'une agression tout à fait arbitraire, qui n'avait rien à voir avec leur relation.

Isaac essaya de masquer son impatience.

— Je suis venu chercher Kendra. Elle peut sortir, n'est-ce pas ?

— Oui, oui, bien sûr. Mais auparavant, auriez-vous un petit moment à me consacrer ? Il faut que nous parlions.

Il eut envie de refuser. Il avait hâte de ramener sa femme chez eux, de l'installer confortablement, puis de retourner au bureau voir comment les choses avaient tourné avec Gary Forsythe. Ce soir, quoi qu'il advienne, il devrait être rentré à 18 heures : il n'était pas question de décevoir Kendra.

Le voyant hésiter, Rashi Gupta s'approcha de lui.

— C'est indispensable, lui dit-elle. Ce que j'ai à vous dire ne peut pas attendre très longtemps. Venez donc prendre un café avec moi.

Sans se soucier de sa réponse, elle reprit le couloir dans la direction d'où il venait. Isaac la suivit jusqu'au petit snack situé près de l'accueil, et se plaça derrière elle à la machine à café, attendant qu'elle se soit servie pour remplir son gobelet d'un breuvage qui avait dû chauffer toute la nuit dans un récipient métallique.

Quelques tables seulement étaient occupées par des membres du personnel hospitalier ou des visiteurs. Un petit garçon en T-shirt vert pomme poussait des cris perçants, mais sa mère avait l'air trop exténué pour s'en soucier.

— Vous posez-vous des questions sur cette scène ? demanda le Dr Gupta. Quel membre de la famille est hospitalisé, et qu'est-ce que cette jeune maman a pu apprendre aujourd'hui pour paraître aussi abattue ?

Isaac ne s'interrogeait jamais sur la vie des autres. Il répondit néanmoins au médecin :

— J'imagine qu'on peut apprendre des nouvelles assez terribles dans un hôpital.

Il décapsula deux portions de crème liquide et les versa dans son café.

— Je sais que nous avons de la chance, Kendra et moi, reprit-il.

Il s'interrompit et leva les yeux vers son interlocutrice.

— A moins que vous ayez omis de nous dire quelque chose, docteur ?

Rashi Gupta marqua une pause avant de répondre :

— Dans votre situation, peu de gens songeraient à employer le mot « chance ».

Isaac se rembrunit.

— Kendra a reçu deux balles de revolver dans le corps, dont l'une a endommagé la moelle épinière. Il a fallu l'opérer pour stopper l'hémorragie. La paralysie consécutive à ses blessures a disparu avec le temps, grâce aux soins qui lui ont été prodigués. C'est à vous, docteur, que nous devons le succès de cette rééducation, et nous vous en sommes reconnaissants.

— Monsieur Taylor, cette balle a endommagé autre chose que la moelle épinière et les organes internes de votre femme.

Il réprima un mouvement de colère — un sentiment qu'il détestait. Détournant les yeux, il vit la jeune maman saisir son bambin par l'épaule et le secouer brutalement. Les cris du garçon redoublèrent. La colère d'Isaac augmenta d'un cran.

— Si elle secoue encore cet enfant, il va falloir intervenir, dit-il avec une désinvolture qu'il était loin d'éprouver.

Le Dr Gupta se retourna au moment où la femme soulevait le petit de son siège. Elle l'installa ensuite sur ses genoux, puis le berça tendrement en lui caressant les cheveux. Les pleurs cessèrent en quelques secondes.

— Tout le monde ne gère pas les mauvaises nouvelles de la même façon, dit le Dr Gupta en se retournant vers Isaac. Cette jeune femme s'est apparemment rendu compte qu'elle était dans l'erreur.

Isaac revint à ses moutons.

— Je sais que la guérison complète prendra du temps : Kendra est encore un peu traumatisée. Sa décision de ne pas reprendre le travail me semble raisonnable.

Il s'interrompit. Même s'il soutenait le choix de sa femme, il n'en ignorait pas les conséquences. Le *Washington Post* ne manquait pas de candidats toujours prêts à prendre la place d'un absent, dans l'espoir de devenir reporter vedette. Kendra s'était donné beaucoup de mal pour gravir les échelons d'une carrière journalistique ; une absence prolongée lui ferait perdre le bénéfice de bien des efforts.

Le Dr Gupta n'avait pas touché à son café. Il allait refroidir, nota distraitement Isaac.

— Dire que votre femme est encore *un peu* traumatisée revient à dire qu'elle a été *légèrement* blessée.

— Que voudriez-vous que je dise ?

— Peut-être pourriez-vous décrire ce que vous ressentez à propos de tout cela ?

— Je ne suis pas le patient.

— Non. Vous êtes la personne la plus importante dans la vie de la patiente.

Il garda un instant le silence, puis répondit enfin :

— J'éprouve un tas de sentiments différents. Un grand

soulagement, en particulier, à l'idée qu'elle soit en voie de rétablissement.

— « Soulagement » est un mot intéressant. Il implique presque une notion de culpabilité, n'est-ce pas ? Comme si vous étiez soulagé d'échapper au pire, après ce que vous avez fait.

— Est-ce que vous n'allez pas un peu vite ?

— A votre avis ?

Il aurait préféré qu'elle soit moins douée pour cerner immédiatement l'essentiel.

— Pourriez-vous simplement me dire ce que vous attendez de moi avant de m'autoriser à ramener ma femme à la maison ?

— Votre femme était gravement malade le soir où elle s'est rendue à la pharmacie. Les examens ont montré qu'elle souffrait d'une pneumonie, ce qui n'a certes pas facilité son rétablissement. Elle vous avait demandé de passer prendre ses médicaments, mais vous étiez trop occupé. J'imagine que vous éprouvez du remords ?

Le Dr Gupta se tut, attendant une réponse.

— Evidemment, murmura Isaac.

— Mais ce n'est pas tout…

— Je ne sais pas de quoi vous parlez.

Elle avait de grands yeux noisette, aussi expressifs que ses mains aux longs doigts fins. Pour l'inciter à parler, elle eut un geste qui évoquait celui du chef d'orchestre lorsqu'il encourage un musicien.

Il secoua la tête.

— Bon, d'accord, je lui en ai voulu — quand le pire a été passé, quand j'ai su qu'elle allait s'en sortir. C'est ça que vous vouliez entendre ? Oui, j'ai eu du mal à admettre qu'elle soit sortie. Quelques heures n'auraient pas fait une grande différence sur le résultat du traitement. Du reste, il se trouve qu'après son dernier appel, j'ai quitté le bureau pour passer à la pharmacie, en espérant qu'elle ne serait pas fermée.

— Seulement, quand vous êtes arrivé, les ambulanciers étaient déjà à l'œuvre.

Un bref instant, malgré tous les efforts qu'il faisait pour

garder son calme et raisonner logiquement, Isaac ressentit une panique identique à celle qui l'avait submergé cette nuit-là. Elle se dissipa rapidement, le laissant toutefois plus vulnérable.

— Oui, avoua-t-il dans un souffle.

— Et maintenant, vous vous demandez pourquoi elle vous a fait ça ?

— Non ; je ne me demande pas pourquoi elle m'a fait ça, mais pourquoi elle l'a fait, tout simplement. Et la réponse est assez évidente : elle n'avait pas les idées claires. Elle m'en voulait de ne pas avoir tenu ma promesse, de lui avoir fait faux bond, en somme. Alors, elle a décidé de ne compter que sur elle-même. Elle ignorait que j'étais en route parce que je ne l'avais pas rappelée. Je ne voulais pas perdre une minute et je ne l'aurais jamais crue capable de faire une bêtise pareille. Voilà, c'est tout. Point final.

Il repoussa sa chaise pour se lever, mais le médecin le retint par le bras.

— Si c'était vraiment tout, monsieur Taylor, seriez-vous tellement contrarié ?

Il se rebiffa.

— Je ne suis pas contrarié, mais cette conversation ne nous mène nulle part.

— Le rétablissement de votre femme, c'est mon travail. Sur le plan mental comme sur le plan physique, vous comprenez ? L'un se passe comme prévu, l'autre pas. Elle semble avoir cessé de compter sur vous, et ça m'inquiète.

Isaac fronça les sourcils.

— Je ne vois pas de quoi vous parlez.

— Je parle de sa décision d'aller s'installer dans votre chalet… Le chalet que vous possédez dans la vallée de la Shenandoah.

Un instant, il crut avoir mal entendu.

— Pardon ?

— Elle ne vous a rien dit ?

Le Dr Gupta lâcha le bras d'Isaac. Il ne cherchait plus à partir, à présent.

— Première nouvelle, en ce qui me concerne.

— Alors, je regrette de vous avoir fait cette surprise. Mais il est peut-être préférable que nous en parlions, pour que vous soyez préparé.

Il n'arrivait pas à assimiler. C'était quelque chose d'inconcevable. Kendra avait besoin de continuer sa rééducation. Et elle avait aussi besoin de lui.

Ou… peut-être que non.

— Il ne s'agit pas d'un chalet. C'est plutôt une cabane de bois en pleine campagne.

— L'endroit est-il habitable ?

Isaac n'en savait rien. Kendra avait eu envie d'un refuge loin de la capitale, et elle s'était fait des amis dans le coin. Elle avait trouvé sur place un homme à tout faire qui avait effectué des travaux de plomberie, rénové une petite salle de bains, réparé des tuyauteries datant d'un demi-siècle — le tout pour le quart du prix qu'un artisan leur aurait demandé à Washington. Elle avait proposé à Isaac de venir jeter un coup d'œil sur le chantier, mais il trouvait régulièrement une excuse pour se défiler. Il ignorait dans quel état se trouvait le « chalet ». A sa connaissance, Kendra n'y avait encore jamais dormi.

— Apparemment, elle pense qu'il est habitable, dit-il.

— Comprenez-vous pourquoi elle fait cela ?

— Vous pourriez peut-être me mettre sur la voie ?

Le Dr Gupta haussa les sourcils.

— C'est quelque chose dont vous devrez discuter tous les deux. Kendra m'a dit que vous accumuliez les heures de travail, que votre profession vous accaparait énormément. Seriez-vous disponible pour elle au cas où elle resterait en ville ?

— Vous voulez m'entendre dire que je laisserais tout tomber pour voler à son chevet dès qu'elle aurait besoin d'un mouchoir ou d'un verre d'eau ?

— Non. Ce n'est pas ce que je vous demande. Et votre femme non plus. Ce qu'il faudra peut-être lui dire, en revanche, c'est que vous comprenez à quel point elle peut se sentir désemparée, sans aucune prise sur les événements, et que vous mesurez tout ce dont elle a été privée en quelques semaines et le temps qu'il lui faudra pour s'en remettre.

— Ne sous-estimez pas Kendra. Elle possède une grande force de caractère.

— Kendra n'est plus aussi sûre d'elle, désormais ; elle ne se sent plus en sécurité. Elle doit trouver sa voie dans ce nouveau monde où les gens risquent leur peau en allant à la pharmacie un soir de pluie.

— Ma femme est reporter. Elle sait ce qu'est la violence.

— Il y a beaucoup de choses que nous croyons connaître mais dont nous ne prenons pleinement la mesure que le jour où elles nous touchent personnellement, monsieur Taylor. Ne minimisez pas l'impact de ces quelques instants d'épouvante sur tous les moments qui suivront.

Le médecin consulta sa montre et releva la tête.

— Je reste à votre disposition, et j'ai des confrères qui n'hésiteront pas à vous apporter leur soutien dans votre démarche commune de récupération psychologique.

Elle se leva et Isaac fit de même.

— Je crois que nous y parviendrons tout seuls, Kendra et moi. Nous avons l'habitude de régler nos problèmes ensemble, sans l'aide de quiconque.

— Vraiment ? Je commence à me demander si vous n'avez pas construit une image idyllique de votre couple.

Sur ce, elle le planta là.

Mais enfin, se dit-il, comment Kendra pouvait-elle espérer se rétablir dans une cabane en rondins au fin fond de la cambrousse, à plusieurs heures de Washington ?

Kendra fit basculer ses jambes hors du lit — une manœuvre qui l'obligeait à se servir des deux mains afin de placer sa jambe gauche dans la bonne position. Lentement et avec précaution, elle déplaça ensuite son poids sur ses pieds, tout en se tenant à la barrière métallique. Une fois debout, elle traversa la pièce à pas mesurés pour aller se regarder dans la glace fixée à la porte de sa penderie. Elle traînait encore un peu le pied gauche, mais le fait de pouvoir marcher seule tenait presque du miracle, et elle était fière d'y parvenir.

Elle passa les doigts dans ses boucles brunes que le salon de coiffure de l'hôpital avait raccourcies la veille d'une dizaine de centimètres. Sa nouvelle tête lui plaisait assez, même si ses cheveux semblaient plus indisciplinés que jamais. Du moins pourrait-elle les laisser sécher librement sans faire de brushing superflu : une solution qui lui convenait parfaitement, maintenant qu'elle allait devoir se débrouiller avec les moyens du bord. Elle ferait désormais sa toilette avec l'eau du puits, sans aucune garantie d'avoir assez de pression pour obtenir un jet de douche correct.

Fixant son reflet dans le miroir, elle esquissa une grimace. Elle avait perdu cinq ou six kilos, et son visage était presque émacié, avec des cernes sombres sous les yeux. Sa pâleur faisait ressortir les taches de rousseur qui la désespéraient quand elle était petite. Un jour, sa sœur Jamie lui avait dit qu'elle ressemblait à l'un des chiots des *101 Dalmatiens*. De la part de sa cadette, alors âgée de quatre ans, c'était un sacré compliment.

Son amie Sandy, qui viendrait la chercher dans un instant, lui avait apporté les vêtements qu'elle portait aujourd'hui.

— Aïe, ma grande, il va falloir te trouver des fringues dans lesquelles tu ne flottes pas ! avait-elle dit, la veille, en observant sa silhouette amaigrie.

Toujours efficace, elle était aussitôt allée faire quelques emplettes.

Sandy participait à la rubrique Mode du *Washington Post*. Même si Kendra avait un faible pour les vêtements « sport chic », elle devait admettre que la jupe de soie couleur pêche et le chandail en maille un ton plus clair dénichés par Sandy formaient un ensemble tout à fait séduisant.

Un sifflement provenant du pas de la porte la fit pivoter trop brusquement sur ses talons. Elle faillit trébucher et réussit de justesse à ne pas perdre l'équilibre.

— Isaac ? Qu'est-ce que tu fais là ?

— Je suis venu te chercher. Je ne m'attendais pas à trouver un mannequin de haute couture.

Tout en parlant, il franchit la distance qui les séparait et la prit par le coude pour la remettre d'aplomb.

Kendra apprécia malgré elle la fermeté de sa main, la chaleur de son corps solide contre le sien, sa haute taille qui l'obligeait à renverser légèrement la tête pour le regarder. Ses yeux brun doré la dévisageaient sans ciller, avec une certaine gravité. Il se pencha sur elle, effleurant sa bouche d'un baiser.

— Ce n'est rien. Je me suis juste retournée trop vite.

— Je te trouve superbe.

Machinalement, elle porta une main à ses cheveux et songea que ça devait être une réaction instinctive, inscrite dans les gènes de n'importe quelle femme.

— Merci.

D'une main, Isaac ébouriffa légèrement ses boucles folles.

— Tu ne les avais jamais coupés aussi court.

— C'est plus pratique comme ça.

Il garda un instant son expression sérieuse, puis un sourire contraint se dessina sur ses lèvres.

— Ça me plaît beaucoup.

— J'attendais Sandy.

Isaac s'écarta. Il était vêtu d'un costume gris et d'une chemise jaune pâle — une couleur qui rappelait celle des quelques mèches blondes qui apparaissaient dans ses cheveux châtain clair. S'il avait prévu de porter une cravate, elle était probablement roulée dans sa poche, pour le moment.

— J'ai dit à Sandy que je viendrais. Je ne voulais pas louper ça. C'est une journée mémorable, ajouta-t-il en lui tendant un sac de shopping. Je t'ai apporté un cadeau de bienvenue pour ton retour au bercail.

Kendra ne le prit pas tout de suite. Elle se sentait malhonnête. Elle n'avait pas l'intention de rentrer chez eux — du moins, pas avant longtemps —, et elle devait l'annoncer à son mari.

— Tu veux t'asseoir ? lui demanda-t-il.

— Non, non, ça va très bien, répondit-elle en prenant le sac. Je suis… enfin, juste un peu surprise, c'est tout.

— C'était le but recherché.

Elle plongea la main dans le sac et en sortit un petit paquet enveloppé dans du papier argent.

— J'ai peut-être intérêt à m'asseoir.

Il n'essaya pas de la soutenir jusqu'au lit. Les remontrances d'une aide-soignante, la semaine précédente, lui avaient servi de leçon. Elle y parvint, du reste, toute seule, pratiquement sans encombre. Puis elle déchira le papier et en sortit un étui à cigarettes ancien, en métal argenté, avec des éventails Arts déco gravés sur le dessus.

— Tu veux que je me remette à fumer ?

Il sourit, avec plus de naturel, cette fois.

— C'est la dimension idéale pour mettre une carte de crédit et quelques billets de banque quand on ne porte qu'une pochette de soirée.

— Il est magnifique. Je l'adore.

— Tu n'as pas vu la carte.

— Ah bon ?

Une enveloppe était restée dans le paquet, en effet. Kendra la prit, l'ouvrit et en sortit une feuille pliée en quatre. Sur le dessus, Isaac avait dessiné une caricature d'elle, cheveux au vent, les bras battant comme des ailes, l'allure bondissante et le sourire aussi large que la Cinquième Avenue. La légende imprimée au-dessous disait : « Je suis femme ».

Elle déplia la feuille et lut, à l'intérieur, une autre phrase imprimée : « Regardez-moi voler ». Au-dessous, Isaac avait écrit lui-même : « Et tu le feras. Tu as déjà repris ton essor. Bon retour à la maison ! »

Des larmes lui piquèrent les yeux. Ce n'était pas son habitude de pleurer, mais en perdant le contrôle de sa vie, elle avait perdu aussi celui de ses émotions.

A peine réveillée, après l'opération, elle s'était dit qu'elle tournerait très vite la page, qu'elle ne laisserait pas le voleur de voitures bousiller sa vie ou sa confiance en elle. Elle s'imaginait qu'il suffirait de se faire continuellement cette promesse pour y arriver. Mais c'était une erreur.

Elle releva la tête.

— C'est stimulant. Merci.

— Es-tu prête à rentrer ?

Elle fut étonnée d'avoir aussi peu envie de partir. L'appartement ne lui avait pas manqué. Pas plus que la corvée des articles à boucler pour l'édition du soir, la salle de rédaction bondée, les sonneries de téléphone. Isaac, par contre... oui, il lui avait manqué, mais ça n'avait rien de nouveau. Il lui manquait déjà avant l'agression.

En proie à une angoisse inexplicable, elle fut d'abord incapable de répondre. Dehors, le printemps était à son zénith. A Washington, il arrivait toujours sans crier gare et avec un éclat incomparable. Du jour au lendemain, les branches nues des arbres — cerisiers, magnolias blancs et roses, cornouillers, arbres de Judée — se couvraient de fleurs chatoyantes. Elle pourrait sortir au soleil, reléguant dans l'oubli une nuit pluvieuse de mars au cours de laquelle elle avait frôlé la mort.

Seulement, ce n'était pas si facile que ça.

— Kendra ?

— Je ne vais pas rentrer chez nous. Du moins, pas avant un certain temps. Je compte m'installer dans la vallée. Je veux achever de me rétablir là-bas. Je ne pense pas pouvoir le faire ici.

Isaac n'eut pas l'air surpris. Elle scruta son visage.

— Qui te l'a dit ?

— Le Dr Gupta. Je l'ai croisée dans le couloir.

Elle se tut un instant, quelque peu soulagée.

— Tu dois penser que j'ai perdu la tête.

— Ça m'est venu à l'esprit. Allons en discuter à la maison, d'accord ?

Elle avait peur de traverser le centre-ville en voiture, de se garer au sous-sol et de prendre l'ascenseur jusqu'à leur étage. Et une fois dans l'appartement, aurait-elle le courage de ressortir ?

Elle détourna les yeux.

— C'est difficile à expliquer et plus encore à concevoir, mais je ne me sens plus aussi intrépide qu'avant.

— Tu n'as pas d'explication à me donner. Mais à mon avis, il ne t'arrivera rien du tout. Je suis là pour le garantir.

L'arrivée d'une nuée d'aides-soignantes qui venaient procéder aux dernières formalités de départ lui évita de répondre. Elles l'installèrent dans un fauteuil roulant et jetèrent cavalièrement son bagage sur ses genoux. Isaac fut expédié dehors pour aller chercher la voiture. On la poussa jusqu'à l'ascenseur.

Quand la première vague d'angoisse l'étreignit, elle était assise à la place du passager, et Isaac se penchait sur elle pour l'aider à dérouler la ceinture de sécurité. Elle la boucla d'une main tremblante, heureuse de se sentir amarrée à quelque chose.

Isaac conduisit un moment sans rien dire. La circulation était dense, comme souvent à l'heure du déjeuner. Kendra regardait dehors, sidérée par le nombre de véhicules. Chaque automobiliste savait exactement où il allait et ce qu'il devait faire. Elle avait toujours fonctionné comme eux sans s'étonner un instant de pouvoir agir avec une telle assurance et autant de certitude.

Mais elle ressentait surtout une véritable épouvante à l'idée qu'un accident était toujours possible.

— Je me suis occupé de tes plantes, déclara Isaac quand ils se furent éloignés de l'hôpital. Je ne voulais pas qu'à ton retour tu trouves tes fougères et tes violettes d'Afrique fanées.

Elle s'humecta les lèvres.

— Merci.

— Tu as déjeuné ? J'ai oublié de te le demander. On peut s'arrêter quelque part si tu veux.

— Non ! s'écria-t-elle avec plus de véhémence qu'elle ne comptait en mettre dans sa réponse. J'ai déjà eu un plateau-repas.

— Nous serons à la maison dans un petit quart d'heure. Si tu essayais de fermer les yeux et de te détendre ? Je te dirai quand nous arriverons.

La plupart du temps, quand elle fermait les yeux, Kendra

revoyait l'homme qui lui avait tiré dessus — son visage déformé par la rage, le revolver brandi dans sa direction. Elle n'avait plus rien à craindre de lui, à présent. Il avait été arrêté au volant de la Lexus, pas très loin de la pharmacie, et il avait plaidé coupable. Sans doute resterait-il un bon moment derrière des barreaux. Mais rien de tout cela ne semblait pouvoir la rassurer.

Elle chercha quelque chose à dire.

— Qu'est-ce que tu as manqué, aujourd'hui, au boulot ? Ne me réponds pas « rien » : je ne suis pas dupe.

— A cette heure-ci, je devrais être en train de déjeuner au Bombay Club. Je n'ai eu aucun mal à me faire remplacer.

Kendra observa son profil. Sans être conforme aux canons de beauté masculine, Isaac avait un physique agréable, avec des pommettes hautes et saillantes, une mâchoire carrée, des sourcils bruns et fournis. Il bronzait facilement et gardait tout au long de l'année un teint resplendissant de santé. Grâce à l'appareil dentaire qu'il avait dû porter de treize à seize ans, il possédait un sourire craquant, capable de la faire fondre, en dépit de tout ce qu'ils passaient sous silence.

— Tu pourras retourner au bureau quand tu m'auras déposée, dit-elle.

— Seulement si tu te sens bien. Je peux me rendre disponible.

Il n'avait donc pas modifié son emploi du temps pour l'après-midi. A priori, il comptait repartir. Maintenant, face à une femme qui ne s'était même pas sentie sûre de pouvoir quitter l'hôpital, il changeait ses plans.

— C'est inutile, dit-elle. Ça ira.

Ils terminèrent le trajet en silence. Kendra tressaillit malgré elle quand ils descendirent au garage. Il était bien éclairé et assez spacieux pour qu'il soit difficile de s'y cacher, mais quand Isaac coupa le moteur, elle dut faire un effort pour détacher sa ceinture et actionner la poignée de la portière.

— Attends, je vais t'ouvrir de l'extérieur, lui dit-il.

Après l'avoir aidée à descendre, il prit son sac de voyage sur le siège arrière. Elle ne rapportait pas grand-chose de ses semaines passées en rééducation, hormis un meilleur tonus musculaire, une légère claudication qui marquait toutefois la différence entre mobilité et paralysie, et la perspective d'une vie normale quand elle serait totalement rétablie.

— Il n'y a pas d'aides-soignants, ici. Puis-je me permettre de t'escorter ?

Kendra s'approcha et prit le bras qu'il lui tendait. Ils marchèrent lentement, sans qu'elle traîne les pieds pour autant. Elle jetait des coups d'œil furtifs autour d'eux. Le garage paraissait désert.

L'ascenseur les mena sans encombre à l'étage. Leur palier était plus long que dans son souvenir.

Dans l'appartement, elle découvrit une profusion de tulipes jaunes et rouges, de jonquilles et de ballons multicolores.

— Magnifique ! murmura-t-elle d'une voix un peu rauque. C'est toi qui as fait tout ça ?

— Tes collègues ont fait livrer les ballons. Sam et Elisa ont apporté les jonquilles. Les tulipes, c'est moi.

— Je ne m'attendais pas à un tel accueil.

— Tu as manqué à plein de gens.

Il la prit dans ses bras et l'embrassa avec fougue.

— Bienvenue à la maison ! dit-il en rompant finalement leur étreinte.

— Je ne sais pas si tu me fais tourner la tête ou si je suis encore faible.

— Assieds-toi. Je t'apporte quelque chose à boire. Un jus de fruits ? Un Pepsi ?

— Et si tu en profitais pour grignoter quelque chose ?

Il attendit qu'elle soit assise avant de gagner la cuisine.

Kendra prit la vieille courtepointe en patchwork et s'en couvrit les jambes car elle se sentait glacée, tout à coup. Elle se demanda combien de temps allait durer cette trêve, combien de temps elle pourrait se prélasser parmi les ballons et les fleurs avant que sa convalescence revienne au cœur de la conversation.

Ce ne fut pas bien long. Isaac arriva avec un énorme sandwich. Elle se demanda quand il avait trouvé le temps de se procurer du pain et du jambon. Son assistante s'en était-elle chargée ? S'était-il fait livrer par internet ?

— Tu es sûre que ça va aller ? demanda-t-il encore. Je pourrais rester — ou appeler Sandy. Elle m'a promis de venir si tu as besoin d'elle.

— Ça ira très bien. Nous avons un système d'alarme. C'est l'occasion ou jamais de m'en servir.

Isaac mangea en silence, comme s'il ne pouvait pas se rassasier assez vite. Il avait une belle carrure et une stature d'athlète. Il mangeait toujours comme s'il s'entraînait pour un décathlon. Quand il eut terminé, il rapporta son assiette dans la cuisine et revint presque aussitôt avec un grand verre de lait.

— Autant en parler tout de suite, dit Kendra. Ça ne sert à rien de tergiverser.

— La journée a été rude. Il vaudrait mieux attendre un peu, non ?

— Je sais que tu ne comprends pas. Tu crois probablement que c'est une lubie de ma part. Mais j'ai réellement besoin de m'en aller.

— Je pourrais essayer de prendre des vacances. Pas la semaine prochaine mais la suivante — ça ne me semble pas inconcevable. Qui nous empêche de partir ensemble, dans un endroit tranquille ?

Elle chercha les mots justes mais aucune formule magique ne lui vint.

— J'ai besoin de m'éloigner de tout, dit-elle enfin.

Il but son lait à petites gorgées, sans la quitter des yeux.

— Y compris de moi, si je te suis bien.

— J'espère que tu viendras me retrouver là-bas quand tu pourras.

— Ça ne rime à rien.

Il se leva, se mit à marcher de long en large.

— Je sais que tu as traversé une rude épreuve. Je comprends que tu sois perturbée. Mais à quoi bon quitter ton environnement familier ?

— Et pourquoi veux-tu que je reste ? J'ai pris un congé

sans solde. Tu n'es jamais là. Tous nos amis mènent des vies trépidantes. Et je crains de ne pas avoir très envie de flâner dans le quartier pendant un bon moment. Il n'y a plus rien pour moi, ici.

Isaac s'immobilisa.

— Il y a ton mari. Ton foyer.

Elle ne réagit qu'à la seconde partie de la phrase.

— Cet appartement n'est pas mon foyer. C'est un bien que nous avons acheté parce que c'était un bon investissement et que nous pouvions nous l'offrir sans puiser dans mon héritage. Mais nous ne pouvons même pas adopter un chat. Encore heureux que nous ayons droit aux plantes vertes ! Par la fenêtre, on voit d'autres immeubles comme celui-ci, remplis de gens qui travaillent trop. Nous avons même racheté les meubles des anciens propriétaires pour ne pas avoir à l'aménager.

Manifestement, tout ce qu'elle venait de dire lui semblait dénué de sens. Il répondit en plissant le front :

— Essayons autre chose : tu sors à peine de l'hôpital. Les séances de kiné te sont encore nécessaires. Le médecin doit suivre l'évolution de ton état de santé, et l'idée d'être seule ne t'emballe pas vraiment. Alors, tu réagis en allant t'installer dans un trou perdu ? Il n'y aura personne pour te relever si tu tombes, pour te soigner en cas de fièvre, pour te rassurer si la peur t'empêche de dormir la nuit. Qui prendra soin de toi ?

— Ici aussi, je serais seule.

— Tu veux partir à cause de moi, n'est-ce pas ? Il s'agit…

Elle écarta d'un geste son interprétation.

— Non, il s'agit de moi. Je ne veux pas rester ici. C'est aussi simple et aussi compliqué que ça. Pour le moment, je n'arrive pas à respirer. Il me faut un endroit où je puisse guérir. Un endroit où je sois en contact avec tout.

— Tu penses à ça depuis longtemps ?

— Depuis que je me suis réveillée sans être sûre de pouvoir remarcher un jour. Je me suis dit que si un miracle se produisait, je quitterais la capitale.

— Et moi avec ?

Elle ne chercha pas à le nier.

— Je ne peux pas te demander d'abandonner ton travail pour me suivre.

— Voudrais-tu que je le fasse si c'était possible ?

Kendra secoua la tête.

— Je veux prendre le temps de remettre un peu d'ordre dans ma vie. Je n'attends pas de toi que tu m'aides ni que tu me comprennes. Je n'y comprends pas grand-chose moi-même.

— La nuit de ton agression, tu m'as dit que tu n'étais pas sûre que « mon mieux » soit encore assez bien pour toi. Aujourd'hui, tu es sûre que la réponse est non ?

Elle fut surprise qu'il se rappelle cette remarque. Elle n'y avait pas songé, depuis lors. Cela correspondait pourtant à un sentiment qui n'avait pas cessé de la tourmenter. Leurs vies avaient changé et il était impossible de revenir là-dessus. Isaac ne s'en rendait certainement pas compte. Elle, si. Kendra était consciente du changement, même si elle n'en mesurait pas précisément toute la portée.

— Je doute que nous puissions être encore assez bien l'un pour l'autre.

Elle avait la gorge enflammée, comme irritée à force de ravaler trop de mots blessants.

— Je ne suis plus la même femme qu'il y a trois semaines. Il va me falloir du temps pour découvrir qui est cette nouvelle Kendra Taylor.

Elle vit à son expression qu'il était allé aussi loin que possible dans l'introspection. Ce genre de conversation n'était vraiment pas son fort, comme le confirma le silence qui suivit. Elle pouvait le voir prendre du recul, écarter toute émotion gênante de son raisonnement.

— Le chalet est prêt ? Les travaux de rénovation sont suffisamment avancés ?

— Pour qui se satisfait de peu, il est tout à fait habitable.

Elle se contraignit à le regarder.

— Je voudrais le terrain et le chalet, Isaac. J'aimerais qu'ils soient à moi afin de pouvoir y réaliser tous les travaux nécessaires sans être obligée de solliciter systématiquement ton autorisation. Je te l'échange contre ma part de cet appartement : tu ne devrais pas trop y perdre. Et si tu y perdais, je te verserais immédiatement la différence. Ça doit être relativement simple d'échanger des noms sur des actes de propriété.

— Nous en sommes déjà là ? A la séparation de biens ?

— D'un seul bien. J'ai besoin d'avoir un chez-moi.

Kendra le vit hésiter entre plusieurs réponses. Elle les avait toutes envisagées durant la semaine où son projet avait pris forme. Finalement, il opta pour celle à laquelle elle s'attendait le plus.

— Fais tous les travaux que tu voudras : tu n'as pas besoin de ma permission. Et plus tard, s'il le faut, je te céderai le chalet.

Il jeta un coup d'œil sur sa montre.

— Veux-tu que j'appelle Sandy ?

— Non. Tout se passera bien. Je vais sans doute faire un petit somme.

— Alors, je retourne au bureau. Appelle-moi s'il te faut quelque chose. Je serai là pour le dîner.

Les ballons dansèrent mollement quand il referma la porte derrière lui. Kendra cessa de refouler son chagrin et donna libre cours à ses larmes.

3

Une voiture flambant neuve attendait Kendra et Isaac au pied de la terrasse quand ils arrivèrent au chalet. La berline de Kendra avait été réparée, mais elle n'en voulait plus. Sitôt rentrée de l'hôpital, elle s'était empressée de la remplacer par un monospace couleur vert sapin, avec quatre roues motrices. Elle prétendait avoir besoin d'un véhicule solide et pratique pour la campagne, mais Isaac se doutait bien que son ancienne voiture lui donnait des cauchemars.

Sam et Elisa Kinkade — un pasteur et son épouse, amis de Kendra — étaient allés chercher le nouveau véhicule lors d'un déplacement à Washington et l'avaient conduit jusqu'au chalet. Isaac avait rencontré les Kinkade à la suite d'un article que Kendra avait rédigé sur eux, un an auparavant. Il les appréciait autant l'un que l'autre. Sam était un homme animé d'une profonde conscience sociale qui lui avait valu à deux reprises les rigueurs de l'emprisonnement. Elisa, médecin originaire du Guatemala, avait traversé bien d'autres épreuves. Sans croire précisément aux dénouements heureux, Isaac ne pouvait s'empêcher de penser que ces deux-là en méritaient bien un.

Jusqu'à présent, Kendra n'avait pas encore vu le monospace. La perspective d'un trajet jusqu'au magasin du concessionnaire lui donnait des sueurs froides ; le vendeur était donc venu reprendre son ancien véhicule jusque chez eux, à titre gracieux.

— Tu vas enfin découvrir ta nouvelle voiture, dit Isaac.

— Elle a l'air magnifique, non ?

Luxueux mais sans ostentation, le véhicule en disait long sur sa propriétaire. Kendra n'avait pas choisi le très haut de gamme, même si elle avait largement les moyens de se l'offrir. Sa voiture devait correspondre à ses besoins, sans plus, et elle n'éprouvait certes pas celui d'exhiber la fortune dont elle avait hérité. Elle conduirait son monospace avec précaution et le garderait le plus longtemps possible. Quand elle avait rencontré Isaac, elle roulait dans une BMW de douze ans qui avait traversé le pays une bonne dizaine de fois, d'un océan à l'autre.

Kendra se pencha en avant pour regarder par le pare-brise.

— D'ici, tu ne peux pas voir tous les changements, dit-elle, mais regarde les rondins : Dabney a ôté cet affreux revêtement qui les cachait. Et il a refait le toit de la terrasse couverte, côté façade.

— Je ne me rappelle pas vraiment comment c'était avant.

— Ça fait longtemps que tu n'es pas venu, n'est-ce pas ?

— Très longtemps.

— S'il te plaît, viens jeter un coup d'œil à l'intérieur.

— Tu t'attendais à quoi ? A ce que je te dépose et que je déguerpisse aussitôt après ?

Il regretta immédiatement sa remarque — et plus encore le ton aigre-doux de sa voix.

Kendra conserva son flegme.

— Je n'ai jamais pensé ça. Je ne savais pas si tu aurais envie d'entrer, c'est tout.

Isaac présentait rarement des excuses — il avait passé son enfance à demander pardon pour tout —, mais son ton s'adoucit néanmoins.

— Je tiens à vérifier notamment que tu disposeras d'une salle de bains digne de ce nom.

— Il y a toujours eu l'eau courante et des toilettes. Ta grand-mère vivait comme ont vécu la plupart des gens de sa génération.

Isaac n'aimait pas que l'on parle de « sa grand-mère » lorsqu'on évoquait la femme qui lui avait légué ce terrain et ce chalet. Il n'avait pas connu Leah Spurlock Jackson et ne se sentait aucun lien de parenté avec elle. Son père adoptif ne ratait jamais une occasion de lui rappeler qu'il était un garçon de très basse extraction. Ce qui permettait au colonel Grant Taylor de hausser les épaules quand Isaac n'était pas premier en algèbre ni sélectionné dans la meilleure équipe de foot d'une des bases aériennes où ils avaient vécu.

Isaac, qui avait excellé, depuis, dans tout ce qu'il entreprenait ou presque, avait cessé depuis longtemps de croire ce que son père racontait sur son compte. Mais le peu qu'il savait sur sa famille naturelle apportait de l'eau au moulin du colonel. Sa mère, une serveuse de bar, n'avait pu dire au juste qui était son père. Et sa grand-mère avait passé la majeure partie de sa vie dans cette bicoque, sans aucun homme au foyer.

Il détacha sa ceinture et prit machinalement ses clés, même si le risque de se faire voler une automobile était pratiquement nul. Ils allaient d'abord devoir grimper le petit raidillon qui menait au pré.

— Je vais décharger la voiture. Si tu descendais ?

Il se tourna vers elle.

— A moins que tu aies changé d'avis ?

Kendra secoua la tête. Il ouvrit sa portière et la fit claquer un peu trop fort derrière lui.

Quand il releva le hayon arrière, Kendra insista pour porter un sac de supermarché rempli d'ustensiles de cuisine. Elle en avait laissé plus de la moitié pour lui dans l'appartement, tout en sachant qu'il prendrait probablement la plupart de ses repas au restaurant.

— Sais-tu comment on appelle ce type d'architecture ? demanda-t-elle tandis qu'ils se dirigeaient lentement vers le chalet.

— Un cabanon ?

— Un « Dogtrot ». Les premiers immigrants étaient limités par la longueur des rondins disponibles et par le poids qu'on pouvait soulever, alors ils construisaient des petites maisons d'une seule pièce, et le jour où il fallait agrandir, ils en bâtissaient une autre juste en face en reliant les deux par le toit et le plancher. Un chien pouvait circuler entre les deux et s'abriter dans le passage couvert quand il pleuvait. Ce système agit comme un tunnel qui canalise les vents froids. Beaucoup de maisons étaient conçues ainsi au départ, puis on les a enduites d'un revêtement et le passage central s'est transformé en pièce ou en couloir. Il y en a bien plus que tu ne l'imagines, dans la région.

— Ah ouais...

Ce manque d'enthousiasme ne freina pas l'élan de la jeune femme.

— Je vois que ça te passionne. Sache quand même qu'une partie du chalet date d'une époque antérieure à celle de ta grand-mère. La terrasse couverte, sur la façade, a été ajoutée plus tard. J'ignore quand exactement.

— Trouverais-tu ça aussi palpitant si c'était la maison de ta famille ? Au lieu de l'immeuble en pierre à Manhattan ? Ou votre propriété de Saratoga Spring ?

— Je trouverais ça bien plus palpitant. Ce chalet a toute une histoire.

— Chacun son truc.

Encore une fois, elle ne releva pas sa remarque.

— Quand tu vois les immenses villas qui fleurissent dans les faubourgs de Washington, il est difficile d'imaginer comment on pouvait élever une famille dans des maisons aussi minuscules, non ?

— Je suppose que certains agrandissaient plus ou moins.

— J'aimerais bien le faire ici, mais je ne veux pas gâcher l'authenticité des lieux.

— A ta place, n'importe qui aurait rasé tout ça.

— C'était mon idée initiale. N'oublie pas que je voulais faire construire sur ce terrain.

Isaac s'y était opposé. Dès le jour où il avait appris, trois ans auparavant, qu'il héritait de ce chalet et du terrain qui l'entourait, il s'en était totalement désintéressé. En homme pragmatique, il était toutefois conscient de leur valeur à une époque où le marché de l'immobilier grimpait en flèche. Il conservait donc ce bien comme un placement pour ses vieux jours, dans l'intention de le revendre avec un beau bénéfice. S'il avait accepté, d'assez mauvaise grâce, d'y effectuer des rénovations, c'était uniquement dans l'espoir de trouver plus facilement un acquéreur, le moment venu.

Ils gravirent les marches de la terrasse couverte. Elle occupait toute la longueur de la façade des deux bâtisses jumelles et du passage qui les unissait. Isaac tendit la main à sa femme.

— Fais attention ! Pourquoi ton maçon n'a-t-il pas installé une rampe ?

— Il est parti vivre dans le Tennessee le mois dernier, pour se rapprocher de ses enfants.

Kendra prit la main qu'il lui offrait. La sienne était légère comme l'air, et sa peau presque transparente. Elle arborait un vaillant petit sourire mais elle avait l'air exténué.

— Autrement dit, tu n'as plus personne pour t'aider à finir d'aménager cet endroit ?

— Maintenant que je suis sur place, je trouverai quelqu'un. J'ai les moyens, après tout.

Il essaya — en vain — de s'imaginer Kendra vivant seule dans ce chalet.

— La rampe, ce n'est qu'un détail. Le sol doit être nivelé si tu ne veux pas te casser la figure un jour ou l'autre. Quant aux planches de la terrasse, elles sont en piteux état : il va falloir les remplacer. Et la…

— Tu as remarqué la vue ?

Stoppé dans son élan négatif, Isaac soupira.

— Si on avait cette vue-là à Washington, on serait millionnaires.

Sa femme l'était déjà largement, mais il s'abstint de le souligner. La fortune dont Kendra avait hérité ne figurait pas au nombre de leurs préoccupations.

Le pré, autour de la maison, était relativement plat. Ensuite, le terrain descendait en pente douce à l'arrière puis s'achevait par un raidillon escarpé, à l'endroit où le fleuve Shenandoah formait un coude en direction du nord. Des chênes commençaient à verdir en bordure de la clairière et une rangée de sycomores ne tarderait pas à fournir une ombre appréciable. Les bois semblaient gagner progressivement du terrain de chaque côté du pré, bien que les plus grands feuillus eussent sans doute été abattus depuis bon nombre d'années. A travers l'épaisse voûte de feuillage, on apercevait des cornouillers en fleur et les branches violettes de quelques arbres de Judée.

L'impression dominante était une sorte d'engloutissement de la civilisation, comme si la vigne vierge montait à l'assaut de la maison pour l'étouffer ; comme si des plantes s'apprêtaient à prendre, en une nuit, des proportions gigantesques — forêts de haricots géants ou de fleurs voraces, monstrueuses. Entre les troncs d'arbres, sur la droite, Isaac vit briller quelque chose qui ressemblait à une mare. L'endroit devait grouiller de crotales et autres serpents venimeux. Et il y avait sans doute des ours, dans les bois.

Dire qu'il s'évertuait chaque jour à préserver les derniers vestiges de nature sauvage…

— Viens voir l'intérieur, proposa Kendra.

Ils entrèrent dans le passage couvert. A l'autre extrémité, au loin, on voyait briller le fleuve. Malgré lui, Isaac se demanda si l'homme qui avait bâti ce chalet l'avait fait exprès pour pouvoir admirer chaque matin le fleuve étincelant ou bien si sa femme avait émis le souhait de le voir depuis la terrasse quand elle prenait le frais tout en écossant des haricots ou en reprisant des chaussettes.

— Ce sera mieux aménagé quand j'aurai fait quelques emplettes.

Kendra tourna la clé dans la serrure de la porte de gauche. Au moins, le verrou semblait récent et solide.

Isaac franchit le seuil derrière elle. A en juger par la façon dont elle traînait le pied et par sa pâleur extrême, cette expédition l'avait épuisée. Il réprima un nouvel accès de colère.

— Qu'en penses-tu ? demanda-t-elle.

La pièce lui parut sombre et exiguë. Le plafond, plutôt bas, lui fit baisser machinalement la tête, même si ce n'était pas nécessaire. Au passage, Kendra tira les doubles rideaux blanc cassé, et la lumière du jour améliora instantanément l'aspect des lieux.

— Il faudra que je nettoie les vitres, dit-elle. Et à mon avis, il ne doit pas être bien difficile d'ajouter une ouverture ou deux dans ces murs en rondins. Je compte le faire faire dès que j'aurai trouvé un bon entrepreneur. Je ne veux pas d'un musée. Je veux me sentir chez moi.

Mais sans lui, compléta mentalement Isaac. Kendra savait très bien qu'il ne se sentirait jamais chez lui ici et qu'il avait d'autres projets. Apparemment, c'était le dernier de ses soucis.

— Viens voir la cuisine, dit-elle encore.

La cuisine occupait, en fait, tout le fond de la pièce. Dabney y avait installé des placards et un garde-manger en bois blond. L'évier en pierre, profond et rectangulaire, devait être une pièce chinée par Kendra chez quelque brocanteur. Dans un coin, une table de bistrot entourée de chaises tenait lieu de salle à manger.

— Rustique mais fonctionnelle, dit-elle. Elle te plaît ?

— Elle a l'air assez commode à utiliser, en effet.

— Nous avons récupéré les placards d'une vieille maison qui allait être démolie. Ils sont en châtaigner ; je les aime beaucoup. Et le plan de travail est en ardoise ; il vient de l'ancienne école d'un village voisin.

Il était loin de se douter qu'elle avait mis tant d'énergie et d'inventivité dans cette entreprise. Apparemment, il y avait beaucoup de choses qu'il ignorait.

— Je vais te montrer l'autre partie.

Isaac la retint par le bras.

— Ne fais pas ça.

Elle resta immobile, sans le regarder.

— Je croyais que nous avions réglé cette question.

— Regarde-toi : tu es déjà exténuée.

— Laisse-moi te montrer le jardin de ta grand-mère — ou ce qu'il en reste. Elle a dû y passer une bonne partie de son temps.

Il la libéra.

— Tu me le montreras quand j'aurai apporté toutes tes affaires.

Il fit quatre trajets jusqu'à la voiture. Elle n'avait pas emporté grand-chose : des vêtements confortables, son ordinateur, un petit poste de télévision, des ustensiles de cuisine, ses plantes et du linge de maison. Peut-être voulait-elle éviter l'image d'un départ définitif. Quand elle se sentirait plus forte, elle reviendrait probablement chercher le reste.

En apportant l'avant-dernier carton, Isaac la trouva sur le palier de l'autre aile.

— Elisa et Sam ont dû passer par là. Ils ont fait le lit et il y a un bouquet de fleurs sur la commode. J'ai aussi des serviettes propres dans la salle d'eau.

Isaac se félicita que les Kinkade soient là pour veiller sur sa femme.

— Viens voir, Isaac. Juste un coup d'œil !

Bon gré mal gré, il entra dans la chambre et vit un lit en 140 soigneusement fait avec des draps blancs. Un coin de la pièce était aménagé en salon, avec un fauteuil ancien et un guéridon.

— Et voilà la salle d'eau !

Elle traversa lentement la pièce, ouvrit tout grand une porte qu'il avait prise pour celle d'une penderie. Le cabinet de toilette était petit mais fonctionnel, avec une cabine de douche juste assez large pour s'y retourner.

— Eh bien, tu as tout ce qu'il te faut, ici.

— A peu près.

Isaac se demanda ce qu'elle voulait dire par là : qu'elle avait tout, sauf lui ? Ou tout, sauf une totale liberté puisqu'ils étaient toujours mariés ?

Il retourna à la voiture et en rapporta le dernier carton. Celui-ci était rempli de patchworks anciens, dont celui, passablement élimé, que lui avait légué sa grand-mère. Il déposa son fardeau dans la chambre et consulta sa montre.

— J'aimerais éviter les embouteillages de l'heure de pointe au centre-ville.

— Tu n'as qu'à dormir ici cette nuit.

Il réfléchit un instant. Cela faciliterait l'installation de Kendra au chalet. Un bon mari aurait accepté. Mais aujourd'hui, il ne se sentait plus vraiment l'âme d'un bon mari.

— J'ai une réunion de bonne heure, demain matin. Veux-tu me montrer le jardin maintenant ?

Sans rien dire, elle descendit l'escalier devant lui. Il l'observa, tandis qu'elle veillait à ne pas perdre l'équilibre, et ferma les yeux quand elle oscilla légèrement en bas des marches. Il était à deux doigts de la prendre sous le bras et de la remettre dans la voiture pour la ramener à Washington.

Elle se fraya prudemment un chemin le long d'un sentier qui aurait eu besoin d'un bon coup de tondeuse.

— C'est là-bas.

A une trentaine de mètres de la maison, il vit un morceau de terrain envahi par les herbes folles mais dans lequel on devinait un potager.

— Il reste quelques poteaux tout autour. Je suis sûre qu'il y avait un grillage pour protéger le jardin. Ici, ta grand-mère devait cultiver tous ses légumes pour l'hiver.

— Peut-être.

Elle tendit le doigt vers l'est.

— De ce côté-là, j'ai découvert les restes d'un verger. J'espère trouver un spécialiste qui m'aidera à récupérer quelques arbres.

Isaac posa les mains sur ses épaules et l'obligea à se retourner.

— Je n'ai pas envie de te laisser ici. Je comprends que tu aies envie de partir, mais pourquoi ne pas choisir un autre endroit ? Va voir des amis. Loue une maison à proximité de la ville. Ou encore, que dirais-tu d'aller passer une année en Europe ?

— C'est ici que je dois être.

Ils se regardèrent dans les yeux. Elle n'avait pas l'air aussi hardie qu'elle voulait le paraître. Une certaine ambivalence restait tapie sous ce vernis.

Mais si elle était aussi transparente pour lui, que pouvait-elle bien voir en le regardant ? Un certain souci de ne pas en avoir fait assez pour la dissuader ? De l'inquiétude pour sa sécurité ? Ou, pire encore, un soupçon de soulagement à l'idée qu'elle ne soit plus un fardeau pour lui et qu'il puisse continuer à vaquer tranquillement à ses affaires ?

Il laissa retomber ses mains.

— J'ai un peu de temps. Je peux te préparer quelque chose à dîner.

— Inutile : je me débrouillerai très bien toute seule, sans me presser. Les tâches quotidiennes sont la meilleure forme de thérapie.

— Et tu te sens assez solide pour t'y atteler ?

— Oui, ça ira.

Il était à court d'arguments.

— Alors, je vais te laisser faire. Si tu es sûre…

— Absolument sûre.

— N'oublie pas qu'il suffit de m'appeler, K.C.

Elle inclina la tête d'un air nostalgique.

— Tu ne m'as pas appelée comme ça depuis des lustres.

Dix ans auparavant, lors d'une soirée, des amis lui avaient présenté Kendra sous le nom de K.C. Dunkirk — le diminutif sous lequel elle signait ses articles dans un hebdomadaire local. Il n'avait pas réussi à l'appeler Kendra pendant plus d'un an. Mais ce surnom affectueux avait disparu quelque temps après leur mariage. Avec bien d'autres choses, du reste.

— C'est peut-être que je ne sais plus vraiment qui tu es, murmura-t-il.

Elle passa les bras autour de son cou et l'attira contre elle.

— Je t'aime, Isaac. Tout le reste peut changer, mais ça, certainement pas.

Il l'embrassa et la serra dans ses bras. Elle lui parut aussi légère qu'un oiseau. Il craignit un moment qu'elle ne s'envole dès qu'il l'aurait lâchée.

— Je ne sais pas quand je pourrai revenir, dit-il.

— Tu me trouveras ici, de toute façon.

Une fois assis au volant, il regarda dehors et vit qu'elle se tenait toujours à l'endroit où il l'avait laissée. Il se demanda si elle allait réussir à remonter les marches. Et aussi s'il cesserait un jour de s'inquiéter pour elle.

Elle pouvait toujours changer d'avis.

Kendra regarda la Prius d'Isaac disparaître dans les bois et sentit la panique l'envahir pour la troisième fois.

— Rien ne m'oblige à rester.

Elle ferma les yeux, essayant de s'imaginer où elle pourrait bien aller, sinon. Nulle part.

Elle respira plusieurs fois à fond, puis rouvrit les yeux. Le soleil brillait et l'air vibrait de chants d'oiseaux. Même en se concentrant, on n'entendait pas le moindre bruit de moteur. Celui de la Prius était silencieux à la vitesse à laquelle Isaac roulait sur ces petites routes. Du reste, même s'il avait conduit un camion diesel, il était probablement déjà trop loin pour l'entendre appeler.

Isaac était parti.

— Te voilà chez toi, Kendra.

Elle reprit le chemin de la terrasse, mais en arrivant au pied des marches, elle jugea plus sage de ne pas s'y risquer. Elle préféra se hisser sur le rebord et, une fois assise, remonter sa jambe gauche avec les mains. Cet effort l'épuisa, et elle craignit un instant d'être submergée par la nausée qui lui soulevait le cœur depuis le matin.

Elle s'allongea avec précaution sur les planches, et contempla le plafond de la terrasse couverte.

Son kiné lui avait expliqué que le secret d'un bon rétablissement est un subtil équilibre entre effort et repos. Ce jour-là, elle venait de peser beaucoup trop lourdement du premier côté.

Kendra ne s'était pratiquement pas demandé pourquoi elle avait été victime de cette agression. Elle n'avait jamais imaginé qu'un ange gardien spécialement attaché à ses pas soit chargé de la protéger. En revanche, elle s'était demandé comment sa colère contre Isaac avait pu la mener jusqu'à ce parking obscur, alors qu'elle était trop faible pour se défendre.

La réponse ne lui plaisait pas. Elle était fâchée depuis longtemps contre Isaac. Fâchée qu'il n'ait aucune envie de faire évoluer leur situation. Fâchée qu'un homme aussi fin psychologue dans l'exercice de sa profession ne se soit pas douté un instant qu'elle était malheureuse.

La nuit de son agression, elle était sortie pour démontrer quelque chose. Ce faisant, elle avait déclenché une série d'événements en chaîne au terme de laquelle elle se retrouvait en train de contempler le toit d'une terrasse par en dessous.

— Ma foi, qui aurait pu prévoir ça ?

Le son de sa voix, ici, lui plaisait. Son timbre fluet pouvait être inaudible dans une salle de rédaction bruyante, passer inaperçu quand l'homme auquel elle s'adressait avait autre chose en tête. A la campagne, sa voix semblait meubler le silence entre les pépiements des moineaux et le gazouillis des mésanges. Elle prenait de l'importance... Kendra semblait enfin chez elle, bien à sa place parmi les bruits de la nature — le chant du vent au sommet des arbres, le glissement furtif des écureuils dans les branches.

— Je réussirai à être heureuse, ici.

C'était agréable à entendre. Elle pouvait presque y croire.

La panique commençait à s'estomper. L'air fraîchissait peu à peu. Un vent froid traversait le passage couvert, ébouriffait ses cheveux et lui fouettait les joues. La nausée s'atténua. Elle n'avait pas de programme défini. Sam et Elisa avaient fait le lit. Elle ne manquait ni de serviettes ni d'eau ni de nourriture. Tout allait bien. Elle pourrait compter les nœuds du bois ou les têtes des clous jusqu'à la tombée de la nuit. Elle n'avait rien à faire et nulle part où aller. On n'attendait plus rien d'elle, désormais.

Elle se demanda comment Isaac se sentait tandis qu'il conduisait sur le trajet du retour. Etait-il triste ? Elle était presque sûre qu'il éprouvait au moins un pincement au cœur. Il avait si longtemps fermé les yeux sur les problèmes latents de leur couple que tout cela lui tombait dessus comme une mauvaise surprise… Il devait être irrité, aussi. Il voulait évoluer dans un monde gouverné par la logique, avec des règles bien établies. A présent, il avait l'impression que quelque chose lui échappait, et il ne savait trop à qui s'en prendre.

Le plus douloureux pour elle était de le croire *soulagé*. Elle savait bien, pourtant, que c'était l'évidence. Cette nouvelle femme, avec une colonne vertébrale endommagée, cette femme qu'il fallait attendre et tenir par la main, cette femme qu'il considérait apparemment comme trop fragile pour lui faire l'amour… Cette femme était une personne avec laquelle il ne savait plus trop comment se comporter. Isaac n'aurait jamais refusé d'essayer. Mais elle était certaine de lui avoir rendu service en prenant cette décision pour lui.

Kendra soupira. Cela aussi semblait naturel, ici. Elle songea que la grand-mère d'Isaac avait peut-être passé pas mal de temps à soupirer sur cette terrasse. Si c'était vrai, Kendra la plaignait de tout cœur.

En fin d'après-midi, elle entreprit de vider ses cartons.

Pour ce premier voyage au chalet, elle n'avait choisi que des objets de première nécessité, à l'exception des patchworks auxquels elle tenait tout particulièrement. Elle comptait demander à Isaac de faire expédier quelques-uns des petits meubles et objets anciens qu'elle avait chinés pour compenser la froideur du mobilier impersonnel fourni avec l'appartement : le coffre de menuisier, le vaisselier, la batterie de cuisine en cuivre qu'elle n'avait jamais pu accrocher dans leur cuisine exiguë. Dès qu'elle se sentirait capable de reprendre le volant, elle ferait la tournée des antiquaires de la vallée et remplirait le chalet de ses emplettes.

Seulement, ce n'était pas demain la veille…

A 18 h 30, elle dut admettre qu'elle n'aurait pas l'énergie de se préparer à dîner. Il n'y avait pas de micro-ondes : juste une plaque de cuisson à quatre feux et un minuscule réfrigérateur. Elle décida d'acheter un autocuiseur dès le lendemain.

Ce soir-là, elle opta pour une pomme qu'elle dégusta sur la

terrasse. Il n'y avait pas le moindre fauteuil, et elle allait aussi devoir se procurer quelques meubles de jardin.

Assise au bord de la terrasse, adossée à un pilier, elle croquait avec appétit dans sa pomme quand un bruit de moteur lui fit lever la tête. Elle sentit ses mains devenir moites malgré la fraîcheur du soir. Il n'y avait personne à proximité, et même si elle téléphonait, les secours n'arriveraient pas tout de suite.

Quand la vieille camionnette atteignit enfin le sommet de la côte, Kendra fut soulagée de constater qu'il y avait deux femmes à l'intérieur. Son soulagement se mua en plaisir dès qu'elle reconnut l'une d'elles. Elle se leva tant bien que mal.

— Helen…

Elle jeta un coup d'œil sur les marches, regrettant de ne pouvoir les descendre pour accueillir sa plus proche voisine.

Helen Henry ouvrit la portière, puis épousseta sa robe imprimée de petites fleurs.

— On m'a dit que vous arriviez aujourd'hui ! Je ne vois pas pourquoi ce coquin de pasteur se serait trompé.

Une jolie jeune femme avec un nuage de cheveux blond-roux quitta le volant et vint aider Helen à descendre. Kendra comprit qu'il s'agissait de Cissy, qui habitait chez Helen avec son mari et leur petite fille. Sam Kinkade la lui avait présentée, un jour, à la sortie de l'église.

Helen, une octogénaire encore vigoureuse, écarta d'un geste toute proposition d'assistance.

— Le jour où je ne serai plus capable de sortir de là toute seule, j'irai me coucher pour mourir. Je ne suis pas encore impotente, il me semble !

— Madame Henry, vous mourrez probablement debout, en pleine polémique !

Malgré elle, Helen esquissa un sourire. Elle se laissa glisser du siège et atterrit par terre avec un bruit sourd.

Elle se retourna un instant vers la voiture, puis fit volte-face en brandissant un carton.

— J'apporte le souper. C'est la coutume, ici, quand un nouveau voisin vient s'installer.

Kendra oublia immédiatement sa pomme.

— C'est très gentil à vous, dit-elle. Je viendrais bien vous donner un coup de main mais je crains que ces marches soient encore un peu raides pour moi.

— Restez donc où vous êtes. Nous avons préparé de quoi vous nourrir jusqu'à ce que vous soyez remise d'aplomb.

Helen tendit le carton à Cissy, et gravit l'escalier de la terrasse.

— Où est passée la rampe ?

— Le bois était tout pourri. A mon avis, Dabney avait l'intention de la changer et il n'a pas eu le temps.

— Le bonhomme a décampé d'ici comme un marchand à la sauvette. Nous enverrons Zeke vous en installer une. Ce garçon-là sait à peu près tout faire. N'est-ce pas, Cissy ? D'ailleurs, Caleb pourrait lui donner un coup de main.

— Zeke, c'est mon mari, expliqua Cissy.

Elle monta les marches avec précaution car le carton l'empêchait de voir où elle mettait les pieds.

— Zeke Claiborne. Et Caleb Mowrey est mon frère cadet. A mon avis, Caleb ne saurait même pas par quel bout attraper un marteau. Mais Mme Henry a raison, pour Zeke. Il vous rendra volontiers ce service. Mais pas tout de suite, car il doit s'absenter un jour ou deux.

Grande et forte, Helen avait dû passer une bonne partie de sa vie en plein air, à en juger par la texture de sa peau tannée comme un vieux cuir. Une bonne permanente donnait du volume à ses cheveux blancs un peu clairsemés, et ses yeux clairs étincelaient derrière d'épaisses lunettes. Cissy était plutôt fluette, avec une ossature fine, des traits délicats et des joues parsemées de taches de rousseur. Les deux femmes formaient un tandem assez original.

— Votre proposition me touche énormément, dit Kendra, mais je crains de ne pas avoir seulement besoin d'une rampe. Il va falloir que je trouve quelqu'un qui dispose de deux ou trois semaines pour m'aider à aménager cet endroit.

Elle essaya de se rappeler quelques détails sur Cissy et son mari.

— Zeke fabrique des instruments de musique, n'est-ce pas ? Il a son propre atelier.

— Si l'on peut appeler atelier une partie de mon écurie, dit Helen. Mais c'est un artisan plein de promesses. Il faut voir les banjos de ce garçon, je vous assure !

— Il a vendu une guitare à l'un des frères Statler, déclara Cissy avec fierté.

— J'ai l'impression qu'il est en train de percer, dit Kendra.

— Nous… J'ai été très peinée d'apprendre qu'on vous avait tiré dessus, déclara Cissy. Nous étions tous très inquiets.

— Il y a eu des prières pour vous à l'église. Je n'ai jamais pensé que cela faisait beaucoup d'effet, précisa Helen. Mais cela nous empêchait de nous sentir complètement inutiles quand vous étiez si loin. Je veux dire, même si le bon Dieu fait ce qu'il a à faire, de toute façon, il savait au moins que vous aviez beaucoup d'amis qui se faisaient du souci pour vous.

Kendra sentit sa gorge se serrer. Elle s'efforça de refouler ses larmes — comme cela lui arrivait un peu trop souvent, ces temps-ci.

— Ma foi, quelque chose a dû fonctionner puisque je suis là. Merci du fond du cœur.

— Nous sommes bien contents que vous alliez mieux.

— Merci. Et moi qui vous laisse poireauter avec votre carton… La cuisine est par là.

Elle leur montra le chemin et Cissy posa le carton sur la table, dans le coin cuisine.

— Il y a une tourte à la volaille — un plat bien de chez nous, expliqua Cissy. C'est l'une des spécialités de Mme Henry. Des haricots verts cuisinés par la maman de Zeke, une salade au citron vert et aux poires, que j'ai préparée moi-même, avec un pain de potiron. Marian, la maman de Zeke, a ajouté une demi-douzaine de mousses au chocolat avec un paquet de sablés maison.

— Tâchez de manger tout ça, dit Helen. Vous allez devenir

une fille de la campagne, alors il va falloir mettre un peu de viande sur ces os-là.

Kendra n'avait pas vu autant de victuailles à la fois depuis son dernier dîner « à la fortune du pot », avec les membres de la congrégation.

— C'est tellement gentil... Merci à toutes les deux. Et vous remercierez Marian pour moi ?

— Nous sommes vos plus proches voisins, affirma Helen. Moi de ce côté-là (elle tendit le bras vers la droite), et les Claiborne, par là. Ça fait un sacré bout de temps que ce chalet est vide. Je suis contente d'y voir de nouveau quelqu'un.

— Voulez-vous visiter le reste ?

Helen secoua la tête.

— Il a l'air assez bien aménagé, mais un petit coup de peinture ne lui ferait pas de mal. N'empêche que ce soir, vous avez besoin de repos : ça se voit. Nous reviendrons bientôt.

Kendra les raccompagna jusqu'à la terrasse et regarda Cissy aider Helen à descendre les marches. Cette fois, Helen la laissa faire sans protester.

Au pied de l'escalier, l'aînée des deux femmes se retourna et leva les yeux sur Kendra.

— J'ai connu la femme qui vivait ici autrefois, vous savez ? Leah Spurlock — c'était son nom avant qu'elle épouse le vieux Tom Jackson. Nous avons continué à la considérer comme une Spurlock. Elle a élevé sa fille ici, mais l'endroit est toujours resté un peu biscornu.

Kendra n'avait dit à personne qu'Isaac avait hérité cette maison de Leah, ni pourquoi. Elle voulait d'abord en apprendre davantage, et vaincre la résistance d'Isaac. A présent, elle était tentée de tout dire à Helen, pour voir si celle-ci aurait quelque anecdote à lui raconter. Mais elle était trop fatiguée pour entamer cette conversation.

— J'aimerais agrandir, dit-elle simplement. Je ne sais pas encore de quelle façon. Je n'ai pas envie de bâtir une villa moderne à la place de ce chalet. Je voudrais conserver son aspect rustique.

— Il y a une vieille grange à vendre, un peu plus bas, sur la route, pas très loin du croisement de Carter's Mill. Une grange en rondins, peut-être même en châtaigner. Vous pourriez récupérer la charpente.

Kendra jugea l'idée tout à fait ingénieuse.

— Encore faudrait-il savoir comment négocier cette affaire.

— Je connais l'homme qu'il vous faut : Manning Rosslyn. Il habite là-haut, pas très loin de l'église. Il a sa propre entreprise : ils démolissent les vieux bâtiments dont les gens ne veulent plus, numérotent les poutres comme les pièces d'un puzzle et vont les installer ailleurs. Il fait aussi des rénovations et des agrandissements, en préservant tout ce qu'il peut. Connaissant Manning, il a sûrement déjà un œil sur cette grange.

Helen esquissa un sourire.

— Et ce chalet, ça lui rappellerait des souvenirs. Il avait un faible pour Rachel, dans les années cinquante. Rachel, c'était la fille de Leah.

Rachel, c'était la mère d'Isaac.

Kendra savait reconnaître une aubaine quand elle se présentait.

— Je lui passerai un coup de fil. Manning Rosslyn…

— Rosslyn et fils. Manning a pris son fils dans l'affaire. Cash, il s'appelle.

Helen désigna le potager.

— Ça, c'était le jardin de Leah. C'était plus ou moins la « femme aux simples », dans le coin. Vous savez ce que ça veut dire ?

— Non, je ne crois pas.

— Personne n'avait vraiment les moyens de faire appel au médecin. Nous nous soignions souvent tout seuls. Mais Leah, c'était la meilleure. Elle savait ce qu'il fallait prendre pour chaque cas, ou presque. Là-bas, sur ce bout de terrain, elle cultivait des plantes que personne d'autre, par ici, ne connaissait vraiment. Elle s'occupait des malades, veillait sur eux et suivait toutes les directives données par leurs médecins, mais en y ajoutant au passage ses propres potions. Je crois que les médecins le savaient et fermaient simplement les yeux sur ses pratiques. Quand ma mère est morte, il n'y avait pas grand-chose à faire pour elle, mais c'était différent pour mon père. Rien ne pouvait atténuer ses souffrances, sauf les remèdes que Leah lui administrait. Je lui ai toujours été reconnaissante pour ça.

Kendra apprécia ce qu'elle venait d'apprendre sur Leah. Elle se demanda si cela plairait aussi à Isaac ou si ses préjugés à l'encontre de sa famille naturelle constituaient un barrage infranchissable.

Elle pointa le menton vers le fond de la clairière.

— Le jardin est encore visible, du moins dans ses grandes lignes. Je vais voir s'il est possible de récupérer quelque chose.

— Méfiez-vous des serpents et des orties, alors ! Vous auriez peut-être intérêt à retourner tout ça et à repartir de zéro.

Helen hissa un sac en cuir usé sur son épaule.

— N'oubliez pas : il suffit de passer un coup de fil en cas de besoin. Je vous ai mis notre numéro de téléphone dans le carton de victuailles. Celui des Claiborne, aussi, et de quatre ou cinq autres voisins. Vous avez des amis, ici. N'hésitez pas à les appeler.

Kendra espéra que les larmes récemment apparues à son répertoire émotionnel allaient cesser de lui brouiller la vue au moindre prétexte.

— Merci, murmura-t-elle d'une voix rauque.

— De rien, je vous assure. Prenez bien soin de vous, maintenant, et venez nous rendre visite dès que sous serez installée.

Kendra savait que cette proposition était sincère. Elle se promit d'y répondre rapidement.

4

Le dimanche matin, Kendra s'installa sur la loggia pour boire tranquillement son café. Elle était au chalet depuis quatre jours et malgré le cauchemar familier qui revenait la tourmenter chaque nuit, elle avait réussi à dormir, la veille, plusieurs heures d'affilée. Elle passait tellement de temps dehors, dans l'air printanier délicatement parfumé, que le sommeil avait fini par reprendre ses droits.

Cette matinée était des plus exquises. Les rayons du soleil, filtrés par le feuillage, inondaient de lumière la verdure des sous-bois. La brume légère qui dansait au petit jour autour des troncs d'arbres s'était dissipée, et les contours du paysage avaient émergé peu à peu, comme sous le pinceau d'un artiste. Quelques instants plus tôt, un trio de biches s'était aventuré à l'orée du bois, la regardant sans crainte.

Chaque jour, l'arbre qui ombrageait la maison se couvrait, presque à vue d'œil, de nouvelles feuilles vert tendre. Ça devait être un chêne. Mardi prochain, quand la compagnie de téléphone lui aurait installé un modem, elle pourrait commander sur internet un manuel qui l'aiderait à identifier son environnement.

Au réveil, elle avait envisagé de se rendre en voiture à l'église, puis elle avait changé d'avis en prenant son petit déjeuner, consciente qu'elle n'aurait pas la force d'endurer un office d'une heure. En fait, elle n'avait pas encore fait démarrer le moteur de sa nouvelle voiture. Chaque jour, elle s'asseyait derrière le volant, tout en se répétant des formules pleines d'optimisme. Chaque jour, elle s'attardait davantage et se sentait un peu plus calme. Aujourd'hui, elle allait faire sa première tentative de conduite. Mais il ne fallait pas brûler les étapes.

Le café sur la terrasse était devenu un rituel. En attendant internet, elle avait inventé des noms pour les oiseaux qu'elle ne connaissait pas. « L'oiseau téléphone » observait de brèves pauses entre une série de trilles identiques. « L'oiseau carillon » pouvait se faire entendre à travers les pépiements d'une nuée de moineaux.

Un bruissement dans l'herbe lui fit baisser la tête et regarder au pied de la terrasse. Elle s'attendait à voir passer l'un des écureuils ou des tamias qui nichaient dans les branches des plus gros arbres. Au lieu d'un petit mammifère, elle aperçut la tête d'un serpent. Pétrifiée, elle sentit son cœur s'arrêter. Le reptile sortait de dessous la terrasse, sortait… et sortait encore. Quand il eut complètement émergé de sa cachette, Kendra se dit qu'il devait mesurer près de trois mètres. Elle prit mentalement des notes afin de pouvoir le décrire à quelqu'un. Il avait de fines écailles noires et luisantes, mais le dessous paraissait plus clair. L'aspect positif était qu'on ne voyait ni n'entendait de sonnette, et que la tête n'avait pas la forme triangulaire de celle des vipères. Ses innombrables randonnées dans la nature avec Isaac lui avaient permis d'acquérir une assez bonne connaissance des serpents venimeux. Celui-ci était inoffensif.

Bien entendu, l'aspect négatif était que le serpent le plus impressionnant qu'elle avait jamais vu avait élu domicile sous sa terrasse.

— Oh ! mon Dieu…

Elle ferma les yeux, puis les rouvrit tout grands ! N'était-ce pas le moment ou jamais d'observer le monde qui l'entourait ?

Le serpent se dirigea en ondulant vers les bois, du côté est du chalet, puis disparut.

— Je ne suis pas seule : encore un point positif.

Elle essaya de réfléchir à ce qu'il convenait de faire.

Les serpents ne l'effrayaient pas particulièrement. Elle en avait déjà manipulé en présence de spécialistes. Elle avait observé des spécimens d'espèces venimeuses derrière une vitre, et elle en avait aperçu quelques-uns, lors de ses randonnées avec Isaac. Mais jamais d'aussi près. Il lui était arrivé de se plaindre de ses voisins du dessous, dans leur immeuble de Washington. Ces jeunes gens un peu trop bruyants lui faisaient maintenant l'effet de locataires modèles par rapport à ce monstre rampant qui devait être en train de se régaler de quelque bestiole avant de revenir faire un somme sous le nouveau logis de Kendra.

Il ne vivait peut-être pas là.

Kendra réfléchit. Lors des premiers travaux de rénovation, elle avait demandé à Dabney de colmater toutes les fissures dans les murs. Il avait soigneusement vérifié qu'il ne restait aucun trou nulle part. Sachant qu'à la campagne les maisons sont souvent infestées de souris, musaraignes et autres rongeurs, elle avait tenu à agir de façon préventive. Grâce à ce calfeutrage soigné, le serpent aurait bien du mal à pénétrer à l'intérieur du chalet. Du reste, il était si gros qu'il lui faudrait un passage de la taille d'un hublot.

Logiquement, il y avait donc fort peu de chances qu'elle le retrouve un jour sur son oreiller. Du reste, les serpents avaient très peur des humains.

Kendra resta aux aguets tout en achevant son café, mais il n'y eut pas d'autre surprise. Ses projets pour la matinée comprenaient une visite du potager de Leah. La veille, Cissy était passée la voir avec des galettes qui sortaient du four et un livre d'occasion relié qu'elle avait acheté sur un marché aux puces, à Woodstock.

— C'est un ouvrage sur les herbes médicinales, les plantes aromatiques et ce genre de trucs, avait-elle expliqué. Regardez, il y a des illustrations. Vous pourriez trouver quelque chose qui ressemble à l'une de ces plantes, dans le jardin. Quelque chose que Mme Spurlock aurait planté de son vivant.

Touchée par ce geste délicat, Kendra l'avait chaudement remerciée. Et les galettes étaient vraiment trop tentantes. Elle avait déjà mangé la moitié du sachet.

Maintenant, il était temps de décider qui était le maître des lieux. Si elle devait rester là un certain temps, il faudrait s'adapter à la nature sauvage.

Elle rentra pour se changer, et enfila son plus vieux jean avec une chemise en lin à manches longues, un grand chapeau de paille et des chaussures montantes qui se laçaient au-dessus des chevilles. Mieux valait s'occuper de cela avant que le soleil ne tape pour de bon. Son livre à la main, équipée d'une vieille serpette qu'elle avait dénichée derrière la maison, elle descendit les marches de la terrasse et se dirigea vers le jardin.

Leah n'avait pas manqué d'ambition pour son potager : c'était l'évidence même. Ambition et survie peuvent aller de pair, en certaines circonstances. La grand-mère d'Isaac semblait avoir vécu à la limite de l'indigence. Ce jardin avait sans doute assuré sa pitance, tout en lui fournissant des remèdes pour les gens du village. Après son mariage avec Tom Jackson, Leah avait finalement quitté le village pour s'installer à New Market, une trentaine de kilomètres plus loin. Mais Kendra se demanda si Leah n'était pas revenue de temps en temps s'occuper de ses plantes. Elle était morte depuis douze ans, alors comment savoir, au juste, quand le jardin avait été abandonné ? La nature peut reprendre ses droits sur une terre cultivée en une année ou deux.

Un bref instant, titubant à l'orée du jardin, Kendra faillit renoncer à son entreprise. Puis elle reprit courage. Sa serpette avait une lame rectangulaire avec des bords tranchants. La lame était fixée au bout d'un manche de bois. En d'autres circonstances, elle l'aurait trouvée légère comme une plume, mais ces temps-ci, même une assiette vide lui semblait lourde. Elle posa le manuel par terre et commença à faucher l'herbe autour d'elle, dégageant un sentier parmi les tiges desséchées de la végétation de l'année précédente. Bientôt, elle pourrait examiner ce qui restait des plates-bandes du potager.

Quand elle eut fauché une parcelle d'un mètre sur deux, la sueur ruisselait sur son front et le long de ses joues. Elle se sentait si fatiguée qu'elle craignit de ne pas pouvoir regagner la maison.

Le soleil était déjà haut dans le ciel mais l'air restait frais. Kendra tremblait de tous ses membres après l'effort. Elle avait eu une pneumonie ; deux balles dans le corps avaient failli la tuer ; elle ne devait son salut qu'à une longue et délicate intervention chirurgicale. Rien d'étonnant à ce qu'elle soit affaiblie. La résistance humaine a ses limites.

Evidemment, elle avait envie de recouvrer son énergie coutumière, de redevenir la femme intrépide qui bannissait le mot « impossible » de son vocabulaire.

Elle resta assise dans la même position jusqu'à ce que le tremblement commence à se dissiper. Il était temps de faire une pause. A la tombée du jour, elle essaierait de faucher une autre parcelle — de dimensions plus modestes, cette fois.

Calant son dos contre le talus, elle s'aperçut qu'elle s'allongeait dans la verdure d'une herbe nouvelle, plus tendre et plus souple que les tiges rêches de l'an passé, au bord du chemin. Elle se retourna pour l'examiner et plissa les yeux, intriguée. La même plante, très fournie, couvrait le remblai sur un bon mètre de longueur. Les nouvelles feuilles vert pâle, de forme ovale avec un bout pointu, émergeaient directement du sol. Kendra creusa légèrement et découvrit que la racine formait une masse compacte, à quelques centimètres de la surface.

La griserie de la découverte lui procura un regain de vigueur. L'expérience des plantes lui avait appris que les graines peuvent se multiplier à foison et que la mauvaise herbe (ou prétendue telle) est souvent la plus résistante. Celle-ci avait été semée bien des années plus tôt pour protéger la clôture contre l'assaut d'éventuels nuisibles.

Elle en préleva une touffe pour l'emporter au chalet. Il lui fallut quelques minutes pour l'extraire du sol sans autre ustensile que ses ongles et une volonté tenace. Sa liste de courses — déjà fort longue — allait encore s'enrichir de quelques outils de jardinage.

Tout en regagnant le chalet, son butin feuillu serré contre sa chemise en lin un peu trop élégante pour cette équipée, Kendra prit conscience qu'en dépit de sa faiblesse persistante elle se sentait nettement moins découragée. Elle n'avait pas fait grand-chose, mais du moins avait-elle fait quelque chose. Sans doute était-ce ainsi que l'on commençait à se rétablir réellement. Encore convalescente, elle enregistrait enfin un premier progrès.

Par un temps aussi magnifique, il était plus que tentant de déjeuner dehors, sur la terrasse couverte. Kendra emprunta l'une des deux chaises de bois de la cuisine et l'installa contre le mur de façade. L'une des délicieuses galettes de Cissy accompagnerait parfaitement une tranche de jambon et une assiette de haricots verts. Elle devait encore se contraindre à manger chaque jour. Mais après avoir traîné la chaise dehors, elle se sentit trop fatiguée pour préparer son modeste repas.

Elle se reposa donc en buvant un thé et en écoutant chanter les oiseaux.

Quelques minutes plus tard, le bruit d'un véhicule qui approchait couvrit les pépiements auxquels elle prêtait l'oreille. Sans doute commençait-elle à s'accoutumer à sa solitude car elle tressaillit à peine, cette fois.

Le 4x4 était celui de Sam et de sa femme, Elisa.

Ravie de revoir ses amis, Kendra se leva pour les accueillir. Elle savait qu'après avoir conduit sa nouvelle voiture au chalet, ils devaient se rendre à Harrisonburg pour voir Ramon, le frère cadet d'Elisa. Rentrés la veille au soir, ils l'avaient appelée pour prendre de ses nouvelles. Elisa avait été enchantée de savoir que Helen et Cissy prenaient déjà Kendra sous leur aile.

— Je me repens, leur dit-elle en levant bien haut les mains. Je viendrai à l'église dès que je m'en sentirai capable. Vous pouvez compter sur moi.

— Tu as intérêt ! répondit Sam.

Il attendit Elisa et la prit par l'épaule pour gravir le sentier qui montait au chalet.

— Ne te crois surtout pas hors d'atteinte dans ton repaire isolé !

Elisa portait un sac à provisions. Quand ils atteignirent la terrasse, Kendra les serra tous les deux dans ses bras.

— Vous avez des mines superbes. Ces quelques jours d'escapade vous ont réussi.

— Toi, je te trouve bien pâle, dit Elisa en lui touchant la joue. Est-ce que tu te reposes suffisamment ?

— Oh ! j'ai seulement traversé le fleuve à la brasse, une fois ou deux, depuis mon arrivée !

— Assieds-toi.

— Il n'y a qu'une seule chaise. Rentrons dans le chalet : tu me parleras de Ramon.

Le frère d'Elisa était un charmant jeune homme qui, à l'instar de sa sœur, avait traversé de dures épreuves dans leur pays d'origine. En dépit d'importantes lacunes dans son éducation, ses excellents résultats au bac lui avaient ouvert les portes de plusieurs universités. Il avait opté pour celle de James Madison, à Harrisonburg, à cause de sa réputation, d'une part, mais aussi pour rester près de Sam et Elisa.

Ils suivirent Kendra à l'intérieur, et Sam s'installa sur le canapé tandis qu'Elisa allait déballer ses provisions dans la cuisine. Son vrai prénom était Alicia, mais elle se faisait appeler Elisa depuis si longtemps que l'habitude en était restée. C'était une jeune femme élancée, avec de longs cheveux noirs, lisses et brillants, qui flottaient ce jour-là librement sur ses épaules nues. Obstétricienne formée au Guatemala, elle s'appliquait maintenant à passer tous les examens qui lui permettraient d'exercer en Virginie. Il lui restait encore deux ans d'internat à terminer, mais le CHU de Virginie et plusieurs hôpitaux de la région de Washington la considéraient déjà comme une remarquable praticienne.

Elle posa les sacs sur le comptoir et entreprit d'en ranger le contenu dans les placards.

— Ramon se plaît toujours à l'université, et il m'a chargée de te transmettre ses amitiés. Il suit des cours tout l'été pour rattraper son retard ; il sera en congé début mai. Nous organiserons une fête pour lui.

— J'ai hâte de le revoir.

Kendra était sincère.

— Je n'ai rien apporté de bien original : du pain, du fromage, des fruits, quelques salades composées du traiteur. De quoi subsister quelques jours. Tu n'es pas encore prête à aller faire des courses, hein ? Je ne voudrais pas insister, mais tu n'as pas intérêt à te fatiguer.

— J'ai fait un peu de jardinage, aujourd'hui, et je me suis arrêtée bien avant d'être prête à m'effondrer.

— Sois prudente, d'accord ? Je n'ai pas envie de perdre une amie.

Kendra posa une main sur son cœur.

— C'est promis.

Elles rejoignirent Sam sur le canapé, et il les enlaça toutes les deux. Il était tellement séduisant dans son costume de pasteur que les femmes étaient de plus en plus nombreuses à fréquenter la chapelle de Toms Brook.

— Ce chalet est aménagé de façon assez élémentaire. As-tu tout ce qu'il te faut ? Il y a une chambre d'amis au presbytère.

— Isaac me croit un peu dérangée.

— Moi, je pense que tu essaies d'écouter ton cœur et que tu as trouvé l'endroit idéal pour l'entendre battre quelque temps. N'oublie pas que nous sommes à côté, en cas de besoin.

— Vous avez été si gentils avec moi !

— Nous ne pourrons jamais l'être assez. Tes articles ont transformé nos vies.

Le reportage de Kendra sur les évasions respectives d'Elisa et de Ramon du Guatemala, puis sur la façon dont ils s'étaient retrouvés, au terme de longues recherches, avait sans doute contribué à les délivrer du cauchemar d'un passé atroce. Mais il avait aussi aidé Kendra à évoluer dans sa carrière. Victimes de l'oppression politique, le frère et la sœur avaient échappé à une fausse accusation de meurtre. Récemment disculpés, ils repartaient pratiquement de zéro en Virginie.

— J'ai une réunion à la paroisse dans un quart d'heure.

Sam serra brièvement l'épaule de Kendra avant de se lever.

— As-tu déjà conduit ta voiture ?

— Il faut me voir installée au volant !

— Tu te sens prête à passer au stade suivant ?

Kendra sentit ses muscles se crisper.

— Tu veux que je raccompagne Elisa, tout à l'heure ?

— Si tu t'en crois capable.

Ce serait sans doute une bonne façon de franchir le pas.

Les mains moites, Kendra dut s'efforcer de respirer calmement.

— Elisa pourra prendre le relais si je n'y arrive pas.

— C'est ce que je me suis dit. Bon, alors je vous laisse. Si tu ne veux pas revenir seule, tu n'auras qu'à m'attendre et nous te ramènerons.

Elisa se leva pour le regarder partir.

De retour dans la pièce, elle alla ouvrir le réfrigérateur.

— Tu n'as pas encore mangé ?

— Je reprenais des forces.

— Bon, je vais nous préparer quelque chose à grignoter.

— J'ai l'impression d'être un vrai légume, dit Kendra avec une pointe d'amertume. Depuis l'âge de neuf ans, je me suis toujours débrouillée seule. La gouvernante était toujours soûle. Elle cachait une bouteille de whisky sous l'évier, parmi les produits d'entretien. C'est moi qui devais la mettre au lit — et ma petite sœur aussi.

— Et tu n'en as jamais parlé à ta mère ?

— Riva n'était pas très psychologue. Je craignais que la prochaine nurse qu'elle embaucherait soit encore pire que celle-là.

— Qu'est-ce que tu en savais ?

— Je n'ai pas envie de m'apitoyer sur mon sort. C'était juste pour dire que ça m'embête drôlement de ne pas être autonome, à présent.

— Ce n'est pas aux préparatifs du repas que tu penses, hein ? Il est question de la voiture.

— J'ai sillonné les Etats-Unis de long en large, en empruntant des petites routes désertes… J'aurais dû acheter une vieille guimbarde, ajouta-t-elle.

— Je serai avec toi, dit Elisa.

Elle alluma le brûleur pour réchauffer leur déjeuner dans une petite casserole.

— Et si ça ne va pas, on fera un nouvel essai un peu plus tard. Tu sais, nous sommes inquiets de te savoir seule ici. D'autant plus que tu ne demanderas jamais d'aide !

Elles prirent leur repas dehors, sous l'auvent de la terrasse. Kendra raconta l'épisode du serpent. Bien entendu, Elisa fut impressionnée. Puis Kendra répéta à son amie les propos de Helen concernant l'écurie à vendre.

— Tu as appelé Manning Rosslyn ? lui demanda Elisa. Il vient quelquefois à l'église avec sa femme. C'est un homme assez âgé. Un grand costaud. Elle est plus jeune que lui : blonde et menue.

— Je ne lui ai pas encore téléphoné. Mais j'aimerais bien voir l'écurie. Si nous faisions un détour en partant pour jeter un coup d'œil ?

Quand elles eurent terminé, Kendra fit la vaisselle tandis qu'Elisa observait la pièce et remarquait les touches personnelles apportées par son amie.

Elle brandit le coin de la courtepointe en patchwork que Kendra avait disposée sur le dossier du fauteuil à bascule.

— C'est ce qu'on appelle un patchwork signé, n'est-ce pas ? Un ouvrage ancien.

— Je les collectionne plus ou moins. Celui-ci appartient à la famille d'Isaac.

Kendra avait commencé sa collection un an plus tôt. Elle avait quatre patchworks chinés chez des brocanteurs aux alentours de Washington. Mais celui-ci était son préféré. Elle ne savait pas grand-chose à son sujet — sinon que Leah avait tout fait pour que ce couvre-lit revienne au petit-fils qu'elle ne connaissait pas, avec le chalet et le terrain.

Ses dimensions le destinaient à un lit de deux personnes. Il y avait quelques taches indélébiles dues à l'ancienneté, et un tiers environ des pièces de tissu était complètement fané. Si le choix des couleurs — imprimés dans des teintes vertes, bleues, rouges et violettes — était ravissant, l'ouvrage présentait deux particularités. D'une part, les signatures brodées au fil noir étaient éparpillées à la surface sans aucun ordre apparent. D'autre part, l'ouvrage ne présentait pas, comme sur les patchworks de cette époque, de motifs cousus suivant des lignes parallèles qui se croisaient ou des demi-cercles dessinés à l'aide de bols ou d'assiettes à dessert. Les couturières accomplies ajoutaient des motifs compliqués de guirlandes et de plumes, de fleurs ou de feuilles entrelacées. Ce patchwork baptisé « Nœud d'Amour[1] » présentait des coutures sinueuses qui ne suivaient apparemment aucun motif d'ensemble.

L'ouvrage n'avait sans doute jamais été primé à quelque concours local, mais il était trop raffiné pour avoir été simplement cousu à la hâte afin de réchauffer un lit à l'entrée de l'hiver.

— Il semble à sa place ici, murmura Elisa en le remettant sur le dossier du fauteuil.

Kendra songea que si la courtepointe avait été confectionnée ici, Helen connaîtrait peut-être quelques-uns des noms brodés sur le dessus, et saurait où trouver leurs éventuels descendants. Mais elle devait au préalable parler à Helen de la parenté qui existait entre Isaac et Leah. Elle n'avait jamais eu l'intention d'en faire mystère ; elle voulait seulement prendre des précautions. A présent, elle se rendait compte qu'en tardant un peu trop, elle aurait l'air de cacher quelque chose.

— Ce patchwork a toujours paru déplacé dans un appartement, répondit-elle à son amie. A mon avis, Isaac ne remarquera même pas qu'il n'est plus là.

— Il a mal pris ce déménagement, n'est-ce pas ?

Kendra s'essuya les mains.

— Ce n'était pas logique, alors il a du mal à comprendre. Mais il va se replonger dans le travail jusqu'au cou, maintenant que je suis partie.

— Il viendra te voir ?

Kendra se posa la question. Isaac lui avait dit de ne pas trop

1. En anglais « Lover's knot », motif très connu des habituées du patchwork. *(N.D.T.)*

compter là-dessus pendant quelque temps. Elle ne savait trop si c'était une façon de lui montrer sa désapprobation ou simplement parce qu'il avait pris énormément de retard dans son travail en passant tout ce temps près d'elle, à l'hôpital.

— Je n'en sais rien, avoua-t-elle. Je suis censée l'appeler en cas de besoin.

Elisa s'abstint sagement de tout commentaire.

Kendra alla prendre ses clés dans sa chambre, puis elle retrouva son amie sur la terrasse.

— C'est maintenant ou jamais, hein?

— Maintenant ou plus tard. A toi de choisir le meilleur moment.

Kendra observa la voiture, qui méritait vraiment mieux qu'une conductrice terrorisée à l'idée de mettre le contact. Elle essuya ses paumes moites sur son jean.

— Quand il faut y aller...

— Je serai à côté de toi.

Kendra traversa la clairière, ouvrit la portière et s'installa au volant. Elisa s'assit près d'elle, attacha sa ceinture. Kendra en fit autant. Elle respira à fond, de façon un peu entrecoupée, et tourna la clé de contact d'un geste décidé. Le moteur se mit à tourner.

Sa main trembla un moment sur le levier de vitesses. Mais elle passa la marche arrière et recula de façon à pouvoir se placer face à l'allée de gravier qui rejoignait la route.

— Comment me trouves-tu, jusqu'ici? demanda-t-elle d'une voix un peu plus criarde que d'ordinaire.

— Tu conduis comme une vraie pro.

— Ce n'était qu'une marche arrière.

— Eh bien, au pire, tu pourras toujours faire demi-tour et reculer jusqu'au presbytère.

Kendra s'esclaffa malgré elle.

— J'en suis capable.

— Je n'en doute pas. Bon, allons voir cette écurie!

L'allée était en plus mauvais état qu'elle ne l'aurait cru, mais sa nouvelle voiture ne craignait ni les bosses ni les ornières ni les nids-de-poule.

Parvenue au bout du chemin sinueux, Kendra se sentit assez sûre d'elle pour s'engager sur la route départementale et accélérer légèrement.

— C'est Sam qui l'a conduite au chalet, dit Elisa. Je le suivais avec notre propre voiture. Il était ravi.

Kendra accéléra encore, jusqu'à atteindre le soixante à l'heure — au lieu du quatre-vingt-dix autorisé dans cette zone. Mais ses mains n'étaient plus agrippées au volant, et elle commençait à se détendre. Quelques minutes plus tard, à l'approche du croisement de Carter's Mill, elle ralentit considérablement.

— Ils ont dû poser un panneau « A vendre » sur l'écurie.

Elles l'aperçurent, en effet, juste avant la bifurcation. Débarrassé de son revêtement extérieur, le bâtiment révélait une belle ossature en rondins anciens de dimensions impressionnantes. A première vue, il avait dû contenir six à huit stalles, avec pas mal d'espace pour circuler. Un panneau portant une inscription à la main était accroché près de l'entrée, côté route.

— Ça ne va pas traîner, affirma Elisa. Quelqu'un ne tardera pas à l'acheter. La tendance actuelle est à la récupération de matériaux anciens pour les réutiliser dans du neuf. Ici, il y a de quoi faire le bonheur d'un entrepreneur.

Kendra tourna dans le chemin menant à l'écurie et s'arrêta sans couper le moteur.

— C'est un sacré bâtiment.

— Avec ça, tu pourrais tripler la taille de ta maison.

Kendra en avait vu assez pour savoir que l'affaire l'intéressait.

— Je vais appeler Manning Rosslyn pour voir ce qu'il en dit.

Elle manœuvra et reprit la direction de la maison d'Elisa.

Devant le presbytère en brique rose, son amie lui dit d'un air admiratif :

— Tu es une excellente conductrice. Ça ira, pour le retour ?

Kendra préférait ne pas trop se poser la question.

— Je crois que je suis de nouveau sur les rails.

En chemin, elle s'efforça de respirer à fond chaque fois qu'elle croisait un autre véhicule. Mais une fois arrivée à bon port, elle sut qu'elle pourrait reprendre le volant le lendemain. Et pour se motiver, elle se promit d'aller acheter des meubles de jardin pour la terrasse.

A l'intérieur, elle accrocha ses clés à un clou, s'installa dans le fauteuil à bascule et remonta la courtepointe en patchwork sur ses jambes encore un peu tremblantes. Tout en se balançant, elle fit jouer l'étoffe entre ses doigts, fermant les yeux et laissant vagabonder ses pensées.

Même si Isaac se désintéressait totalement de sa mère et de sa grand-mère, elle avait l'intention de satisfaire sa propre curiosité au sujet des deux femmes qu'il n'avait jamais connues. Et même après sept ans de mariage, le véritable Isaac Taylor l'intriguait tout autant. Elle ignorait ce que d'éventuelles découvertes pourraient lui révéler sur son compte, mais elle espérait bien apprendre quelque chose.

Elle se pelotonna sous le couvre-lit en patchwork, tout en se demandant si la femme qui avait choisi et assemblé ces morceaux de tissu s'était jamais sentie seule ou désemparée. Leah était-elle venue s'installer ici pour fuir quelqu'un ou pour se retrouver ? Etait-elle parvenue à ses fins ?

Une fois encore, Kendra ressentit une sorte de connivence avec la grand-mère d'Isaac. Fermant les yeux, elle essaya de deviner ce que Leah aurait pu raconter sur sa vie.

5

Ferme Blackburn.
Lock Hollow, Virginie
14 octobre 1932

« Chère Puss,

» Comme tu m'as dit que tu te sentais faible, je t'envoie dans cette enveloppe une tisane d'herbes amères préparée par maman, comme dépuratif. Ce mélange peut aussi servir de fortifiant si tu le fais bouillir et si tu le bois après l'avoir laissé infuser quelques minutes (attention, le goût ne te plaira sûrement pas). Maintenant qu'elle n'est plus là, je suppose que c'est moi qui vais faire tout ça et le donner aux gens qui en auront besoin. C'est un lourd fardeau qui pèse sur mes épaules.

» Si tu te sens toujours patraque, tu peux préparer une décoction d'écorce de sassafras et la boire bien chaude. Mais tu ferais encore mieux de venir à la maison pour que je m'occupe de toi.

» Birdie se lève chaque matin et fait ce qu'elle a à faire — je ne peux pas te dire grand-chose de plus. C'est une excellente sœur pour moi. Je crains seulement de ne pas être capable de prendre soin d'elle comme il le faudrait. Je prie pour qu'elle retrouve bientôt le sourire.

» Jesse Spurlock n'est pas repassé par ici.

» Ton amie, à jamais.

Leah Blackburn. »

*
* *

Flossie et Dyer Blackburn étaient aussi robustes que n'importe qui, au hameau de Lock Hollow. Mais par une ironie du sort, Flossie, qui avait soigné tant de personnes du voisinage, succomba à la fièvre typhoïde huit jours après son époux.

Birdie, la sœur aînée de Leah Blackburn, prétendit avoir pressenti que leur mère allait suivre leur père dans sa tombe. Elle avait pris la relève de sa cadette au chevet de la malade quand Leah, qui venait d'y passer vingt-quatre heures d'affilée, avait été incapable de garder les yeux ouverts.

— Lève-toi de là et va faire un petit somme, maintenant. Laisse-moi prendre soin d'elle, dit Birdie à sa sœur.

Leah avait cédé. Et plus tard, Birdie avait raconté ce qui s'était passé ensuite. Elle avait attisé le feu dans le poêle car maman se plaignait d'avoir froid, malgré trois épaisseurs de couvertures. Alors qu'elle remuait les bûches, une étincelle avait jailli du feu et traversé la pièce.

— A ce moment-là, dit-elle, j'ai eu la révélation que maman aurait rendu l'âme au matin. C'était un signe, sans aucun doute.

Leah était plutôt sceptique. Elle avait déjà vu pas mal d'étincelles voler dans la pièce. L'une d'entre elles avait même un jour mis le feu au tapis de laine confectionné par maman, et maman s'était acharnée dessus avec une telle frénésie que Leah avait dû lui faire remarquer qu'elle était en train d'abîmer à la fois le tapis et le balai. Néanmoins, personne n'était mort, ce jour-là.

Mais Birdie avait besoin de réconfort. L'idée d'avoir pu prédire le décès de leur mère l'aidait sans doute, assez curieusement, à surmonter cette épreuve, songeait Leah. Sa sœur avait toujours cru aux présages et autres signes de l'au-delà. Ils lui permettaient de trouver un sens au monde qui l'entourait — un monde qui n'avait pas été clément envers elle.

En 1919, la poliomyélite s'était répandue jusque dans les montagnes et les coins reculés de Virginie. La petite Birdie, alors âgée de huit ans, avait été l'une des premières à en être atteinte. Elle avait bien failli succomber à la maladie et, une fois passée la période paroxysmique, il lui était resté des séquelles. Sans souffrir, comme beaucoup, d'une paralysie importante, elle était handicapée d'une jambe, et son corps était resté aussi frêle que celui d'un enfant.

Deux jours avant que la fièvre la prenne, leur mère avait rendu visite à une voisine et traversé sa maison sans s'asseoir ni sortir par la même porte. C'était un moyen presque infaillible d'attirer le mauvais sort. Au chevet de Birdie, la voisine avait évoqué cette « étourderie » de Flossie, et maman lui avait demandé de ne plus jamais remettre les pieds chez les Blackburn. Mais Birdie, que la fièvre faisait presque délirer, se rappela cette conversation. Par la suite, durant des années, elle chuchota maintes fois l'anecdote à l'oreille de Leah, telle une malédiction secrète.

Au cours du mois qui suivit le décès de leurs parents, Birdie ne desserra guère les dents. Les chagrins démonstratifs n'étaient guère de mise dans ces montagnes. Sans un mot, elle avait retourné le miroir vers le mur et veillé à ce que les corps soient sortis de la maison les pieds devant — traditions qui étaient beaucoup plus importantes pour elle que pour Leah.

Par deux fois, des voisins, qui avaient aussi perdu de proches parents, étaient venus se recueillir en silence près des cercueils livrés par convoi spécial à la ferme. Dyer et Flossie Blackburn étaient morts à huit jours d'intervalle, mais il y avait eu des obsèques distinctes. Le pasteur bûcheron qui habitait un peu plus loin, du côté de Dark Hollow, s'était donc déplacé par deux fois pour affirmer aux personnes présentes que les Blackburn se trouvaient désormais dans un monde meilleur.

Depuis lors, Birdie ruminait sa peine en silence. Elle avait été chouchoutée par leur mère. Flossie Blackburn, réputée à des kilomètres à la ronde pour ses talents de couturière, avait pris soin de transmettre ce savoir-faire à sa fille aînée.

— La couture est un art qui se pratique assis, disait-elle. Et de près, tu y vois très bien, ma Birdie.

Elle lui apprit également à tenir une maison, lui transmit ses recettes ancestrales de tomates vertes macérées dans le vinaigre, la distance à observer entre les coutures d'un édredon pour obtenir un matelassage moelleux. Après l'abattage du bétail à l'automne, Birdie bénéficiait toujours des meilleurs morceaux de viande, et des légumes les plus tendres après la récolte. Chaque soir, leur mère brossait les cheveux de Birdie plus longuement que ne l'exigeait la coutume des cent coups de brosse. Elle brodait des cœurs et des roses sur les cols et les poignets de ses chemises de nuit.

En cette nuit d'octobre, Birdie perdit plus qu'une mère : elle perdit la personne qui faisait l'impossible pour la protéger d'une dure réalité. Sur la tombe de sa mère, Leah jura secrètement à Flossie de ne jamais abandonner sa sœur aînée.

Si Birdie avait été chouchoutée, Flossie avait mis toute sa confiance et ses espoirs en Leah. Elle avait surprotégé l'aînée, laissant la cadette libre de prendre son envol. Elle lui avait donné le goût de la lecture, appris à observer le monde qui l'entourait et à ne jamais rechigner à la tâche. Elle avait tenu à ce que Leah poursuive ses études le plus longtemps possible.

Mais par-dessus tout, Flossie avait confié à Leah ses secrets de guérisseuse. Septième fille d'une grande famille de la Virginie de l'Ouest, leur mère jouissait d'une position qui lui garantissait des dons exceptionnels, et comme si le sort avait voulu s'en mêler, son père, bûcheron, était mort d'un accident de travail deux semaines avant sa naissance. La vieille sage-femme qui l'avait mise au monde répéta à qui voulait l'entendre que Flossie, n'ayant jamais croisé le regard de son père, était destinée à apaiser les maux de tous ceux qui auraient besoin d'elle.

Peut-être la vieille femme y croyait-elle vraiment ou peut-être avait-elle jugé bon, voyant l'extrême fatigue et le désarroi de la mère, de distinguer cette enfant de ses nombreux frères et sœurs afin de l'aider à surmonter cette épreuve.

Quoi qu'il en soit, cette prédiction rendit bien service à Flossie. Sitôt sevrée, elle fut placée chez une veuve du voisinage réputée pour ses dons de guérisseuse. Et cinq ans plus tard, quand la veuve partit à la montagne pour se rapprocher de son fils, elle emmena Flossie.

Au cours des années qui suivirent, Flossie prit son rôle très au sérieux. Employée comme apprentie, elle apprit l'usage des simples, le moment et la façon de les récolter ou de les cultiver afin de s'en procurer davantage. Elle apprit à faire sécher les racines et à les réduire en poudre, à confectionner des teintures mères, des onguents et des pommades. Une fois mariée à Dyer Blackburn et installée à Lock Hollow, elle dévora tous les livres spécialisés qu'elle put se procurer, se plongeant dans la lecture des *Almanachs Watkins*, des ouvrages de médecine ou des livres tels que *Poor Man's Friend, In the Hours of Affliction, Pain and Sickness,* du Dr John C. Gunn de Knoxville, Tennessee. Son observation personnelle lui permit de se forger progressivement une opinion et d'écarter les superstitions. Quand elle donna enfin naissance à une fille et que celle-ci fut capable d'arpenter la montagne avec elle, Flossie lui apprit à être consciencieuse et attentive, à apprécier le pouvoir qui consiste à guérir les malades.

— Tu jouiras toujours et partout d'une grande considération, promit-elle à Leah. Tu seras très estimée de tes amis et de tes voisins car tu soulageras leurs douleurs et tu garantiras la santé de leur progéniture.

C'est avec ces promesses en tête que la jeune fille se leva de bonne heure un samedi matin, s'habilla et s'acquitta rapidement des tâches quotidiennes. Elle apporta du bois pour le poêle et attisa les braises dans l'âtre. Enfin, tandis que la bouilloire chauffait, elle alla nourrir les poules et le cochon qui leur fourniraient de la viande pour l'hiver suivant.

Dehors, une légère odeur de fumée flottait dans l'air frais et doux. Quelque part, dans les bois environnants, un loriot lançait ses trilles. Leah suivit le sentier menant à la clôture de bois qui entourait la maison et examina ce qui restait des roses trémières plantées par leur mère au début de l'été. Il n'y avait pas encore eu de gelée. Sur chacune des plantes, elle préleva une fleur séchée qui contenait des graines bien développées, et les glissa dans la poche de son tablier. Elle les conserverait pour les planter au printemps, au cas où la fleur d'origine ne repousserait pas. Chaque année, elle veillerait à ce que la clôture soit garnie de roses trémières, en souvenir de leur mère.

Quand elle rentra, Birdie était en train de verser de l'eau chaude sur des doses de café soigneusement mesurées. La ferme des Blackburn était aussi autonome que n'importe quelle autre dans cette chaîne montagneuse du Blue Ridge, mais le café n'était pas une denrée qu'elles pouvaient cultiver elles-mêmes. En période de disette, les gens de Lock Hollow torréfiaient des racines de pissenlit ou des épis de maïs. Mais les Blackburn n'en avaient jamais été réduits à cette extrémité. Fermier prudent et avisé, leur père avait su exploiter ses terres de façon rentable, gérant en outre une petite scierie à vapeur, en lisière de la forêt, quand les récoltes étaient insuffisantes. Ils n'avaient jamais manqué de rien.

— As-tu fait de beaux rêves ? demanda Leah à sa sœur tout en allant se laver les mains dans la cuvette, à côté de la porte.

— J'aurais plutôt tendance à rester debout toute la nuit. Mon cerveau ne veut pas s'arrêter de tourner et je n'arrive pas à dormir.

— Tu sais bien que je peux te donner quelque chose, pour ça.

— Rien de ce que tu peux me donner ne rendra la vie à papa et maman.

— Je peux atténuer tes douleurs.

Même si Birdie se plaignait rarement, Leah savait qu'elle souffrait beaucoup. La polio avait endommagé ses muscles sans émousser sa sensibilité. Quelquefois, Leah l'entendait pleurer la nuit ; elle allait alors lui masser les jambes pour atténuer les crampes.

— Tu as bien assez de tracas comme ça, Leah, avec ces terres qui t'appartiennent, maintenant, et je ne suis rien qu'un fardeau supplémentaire pour toi.

Leah avait toujours su qu'elle hériterait de la ferme. Deux ans avant sa mort, leur mère leur avait montré le testament en expliquant ses dispositions.

— Voici nos dernières volontés, à votre père et à moi. Il y

est stipulé que nous léguons la ferme à Leah. Mais Leah, nous savons que tu garderas Birdie avec toi aussi longtemps qu'elle le souhaitera. Nous t'avons légué nos biens afin que tu puisses t'acquitter de toutes les tâches nécessaires sans avoir à demander d'autorisation. Mais vous comprenez toutes les deux ce que je vous dis ?

Leah n'avait pas besoin de confirmation écrite. Même si Birdie avait cinq ans de plus qu'elle, Leah tenait le rôle de sœur aînée pour tout ce qui comptait vraiment. Et prendre soin de Birdie n'était pas une corvée pour elle. Elle adorait sa sœur, depuis toujours.

— Je ne veux même pas entendre ce genre de bêtise, répliqua-t-elle. Voudrais-tu être un fardeau pour moi que tu n'y arriverais pas. Qui d'autre que toi tiendrait cette maison et préparerait les repas ? Je dois veiller à ce que nous ayons de quoi subsister, mais il n'y a aucune raison de se faire du mauvais sang pour autant. Nous avons beaucoup de provisions d'avance. Nous avons un cochon à égorger, le moment venu. Nous avons des pommes au verger, des noix et des châtaignes plein les bois.

— Et il y a des hommes qui te tournent autour, dans l'espoir que tu les remarques et que tu fasses ton choix.

Birdie accompagna sa remarque d'un clin d'œil espiègle. C'était une très jolie fille, surtout quand elle ne portait pas ses lunettes de myope, comme en ce moment. Elle avait des cheveux noirs qui flottaient en vagues souples sur ses épaules, en ces rares occasions où elle dénouait son chignon. Ses prunelles étaient bleues comme un ciel de juin, son teint clair et frais, son sourire angélique.

Peut-être à cause de sa myopie — à moins que ce ne soit la façon dont elle voyait la vie —, Birdie semblait toujours regarder au loin. Un jour, Flossie avait dit à Leah que si les yeux sont le miroir de l'âme, ceux de Birdie reflétaient le paradis. Leur mère était manifestement convaincue que sa fille aînée monterait droit au ciel avant d'avoir pu vieillir, songea Leah.

— Les hommes peuvent bien me tourner autour, ça ne veut

pas dire que je m'y laisserai prendre, dit-elle. En fait, je vise aussi haut qu'un nid d'aigle.

— Autrement dit, plus haut que Verle Lewis ?

— Nettement plus haut.

Verle était l'un des gars qui rôdaient autour de la ferme des Blackburn sous prétexte que les deux sœurs pourraient avoir besoin d'un coup de main. Leah le jugeait capable de fendre du bois pour le feu ou d'aller cueillir des pommes ; elle craignait cependant que la future Mme Lewis trouve plus souvent son mari en train de ronfler au soleil que de cultiver ses terres.

— Tu ne peux pas te permettre d'être trop difficile, Leah. Il nous faut un homme pour travailler la terre, et il n'y en a aucun qui me regarde.

Leah rejeta sa longue natte brune en arrière.

— Aucun d'entre eux ne voit plus loin que le bout de son nez. S'ils avaient plus de discernement, c'est toi qu'ils courtiseraient : non seulement tu es plus jolie que moi, mais personne à des lieues à la ronde ne sait cuisiner d'aussi délicieuses galettes ni rendre une vieille poule au pot aussi tendre qu'un poussin juste sorti de l'œuf.

— J'aurai séché sur pied avant mon éclosion complète, répliqua Birdie d'un ton fataliste. Tu connais des hommes qui aient envie d'épouser une femme aussi chétive ? Allons, ça se saurait ! Un homme veut une femme qu'il puisse tuer à petit feu en lui faisant trop de mioches et en l'épuisant à la tâche. Moi, à peine enceinte, j'aurais déjà rendu l'âme.

— Dommage pour eux, alors. Et dommage pour moi, aussi : du coup, c'est moi qui me ferai tuer à petit feu.

— Tu es solide. Tu vivras plus longtemps que n'importe quel homme.

— Et j'en enterrerai peut-être quelques-uns, tant qu'à faire.

Les deux jeunes filles s'esclaffèrent. Leah enlaça sa sœur.

— Allez, prenons notre petit déjeuner et je vais m'en aller pour la journée. Tu n'as pas peur de rester seule ?

— Je suis bien trop pressée de découper des morceaux de

toile imprimée dans ces sacs de grains pour volaille. Je les ai lavés et repassés, et aujourd'hui je vais choisir des formes pour nos courtepointes en patchwork.

Leah approuva d'un sourire. Elle était ravie que sa sœur mette enfin un terme à cette période de deuil qu'elle s'infligeait depuis des mois. Pour sa part, elle s'intéressait toujours aussi peu à la couture. Elle aurait préféré nettoyer l'étable de fond en comble ou enfumer un essaim d'abeilles dans un arbre creux plutôt que d'enfiler une aiguille. Le patchwork était une activité que Flossie et Birdie exerçaient ensemble, naguère. A présent, Leah craignait d'être obligée de tenir compagnie à sa sœur au cercle de couture ou encore le soir, quand elle assemblerait les carrés d'étoffe à la machine à coudre.

Birdie servit ses galettes et ses tomates mijotées avec des tranches de jambon cru avant de s'asseoir en face de Leah pour se régaler avec elle. Puis l'aînée débarrassa la table tandis que Leah confectionnait des galettes au jambon avec les restes et les enveloppait dans une serviette en toile ourlée à la perfection par sa sœur. Leah plaça ensuite son repas dans un panier en osier et y ajouta une timbale en fer-blanc pour boire l'eau claire de quelque source. Pour son dessert, elle cueillerait des pommes en chemin.

— Je serai de retour pour souper, promit-elle. Les chiens veilleront sur toi.

— Ce qui doit arriver arrivera. A la grâce de Dieu…

Leah songea à ces paroles tout en s'éloignant sur le chemin qui rejoignait la route. Sa sœur était une véritable énigme pour elle. Birdie ajoutait foi à toutes les superstitions qui se transmettaient chez eux, de génération en génération, tout en croyant également que tout était entre les mains de Dieu. Leah, en revanche, était persuadée que son destin dépendait surtout d'elle-même. Elle ne pouvait croire que l'endroit où une hirondelle choisirait de faire son nid ou que le fait de balayer après la tombée du jour puisse avoir la moindre influence sur le cours d'une existence. Et il lui semblait tout aussi impensable que le Créateur ait le temps ou l'envie d'exercer un contrôle permanent sur tout ce qui vit sur cette terre.

Elle quitta le chemin après avoir dépassé l'étable, et ramassa quelques pommes à l'orée du verger. L'un des chiens voulut la suivre, mais elle le renvoya surveiller la maison. Il y avait bien moins à craindre pour elle quand elle sillonnait les sentiers de sa chère montagne que pour Birdie, toute seule à la ferme.

Elle grimpa avec aisance jusqu'à la crête qui délimitait, côté nord, les terres des Blackburn. C'était la direction qu'elle prenait souvent pour aller rendre visite à Puss Cade quand son amie n'était pas à Stanardsville pour s'occuper de ses neveux, maintenant que sa belle-sœur était morte.

Leah et Puss étaient amies depuis qu'elles avaient l'âge de vadrouiller par monts et par vaux, une fois leurs devoirs terminés. Les Cade et les Blackburn s'étaient toujours prêté main-forte pour construire leurs étables ou pour récolter les pommes et en faire des confitures à l'automne. Ils tuaient aussi le cochon ensemble et cette année, Birdie et Leah se joindraient à eux au lieu de procéder à l'abattage dans leur propre ferme. L'hiver venu, comme elles n'étaient plus que deux, il serait inutile de fumer et saler autant de viande que par le passé.

A la bifurcation du chemin, Leah ne prit pas la direction qui conduisait à la ferme des Cade mais continua son ascension dans la montagne. Au bout d'un kilomètre et demi environ, elle ralentit pour chercher l'emplacement où elle s'était rendue avec sa mère l'année précédente.

Les bois, qui s'épaississaient à cette hauteur, commençaient à dégager une bonne odeur de feuilles mortes. Ici, pour le moment, la forêt échappait encore au déboisement constant qui élargissait l'espace réservé aux champs de maïs. Quand une terre était épuisée, le fermier la laissait en jachère et allait défricher plus loin, abattant les arbres ou les « étouffant » — pratique qui consiste à entailler le tronc à la hache afin que l'arbre meure et soit ainsi plus facile à faire tomber. Ensuite, il suffisait de planter et le cycle recommençait.

Cette partie de la montagne restait encore abondamment

boisée bien que les châtaigniers, si nombreux à l'époque de son enfance, aient été presque totalement décimés par une maladie qui avait privé la population d'une ressource appréciable. Naguère, cette forêt fournissait également du bois de construction, mais depuis le départ des bûcherons les arbres avaient repoussé de plus belle. Toutes les plantes qui peuvent pousser à l'ombre se développaient à merveille dans le riche terreau du sous-bois.

Leah fit une pause pour se repérer. Si elle avait su que cette tâche allait lui incomber, sans doute aurait-elle prêté encore plus d'attention aux conseils de sa mère. Dire que Flossie était une femme si robuste, sans jamais aucun souci de santé ! songea-t-elle. Il lui semblait encore impossible que ses parents aient succombé aussi vite à la maladie, tandis que leurs filles étaient épargnées.

Chassant ces pensées moroses, elle resta un moment immobile à écouter les bruits de la forêt. Les oiseaux avaient cessé de pépier à mesure qu'elle avançait dans le bois. Elle entendit un bruissement, plus loin, et quelque chose tomba dans les buissons. Mais dans cette région, les ours avaient disparu depuis longtemps…

Au bout d'un moment, elle s'enfonça plus profondément dans les bois, écartant avec un bâton le lierre et les ronces qui lui barraient le chemin.

Elle approchait de l'endroit où elle voulait se rendre quand un autre craquement, sur sa gauche, la fit s'arrêter pour prêter l'oreille. Les ours n'étaient plus là, mais certains habitants du vallon laissaient divaguer leurs cochons dans la nature pour qu'ils y trouvent leur pitance. Un tatouage incrusté dans l'oreille permettait de les identifier et de les récupérer au moment de l'abattage. On pouvait aussi rencontrer des sangliers sauvages ou des laies qui devenaient agressives aux périodes où elles allaitaient une portée de marcassins.

Une sorte de gazouillis, qui ne ressemblait à aucun chant d'oiseau, lui parvint, du même côté que le craquement. Puis le gazouillis se transforma en un sifflotement. Leah reconnut l'air de « I have no one to love me ».

Elle planta les poings sur ses hanches.

— Jesse Spurlock, sors de là tout de suite !

Le craquement reprit et un jeune homme apparut entre les arbres, émergeant d'un épais buisson.

— Leah Blackburn. Qui aurait pu deviner ça ?

Leah porta une main à son cœur, sans trop savoir si c'était la surprise ou la seule présence de Jesse qui le faisait battre aussi fort. Jesse Spurlock était le genre de garçon sur lequel on se retourne. Même s'ils avaient grandi ensemble et si elle avait l'habitude de le voir, Leah ne reconnaissait plus, depuis quelque temps, le gamin aux cheveux de jais qui avait construit une cabane en branchages et demandait un bonbon à la mélasse à qui voulait jeter un coup d'œil dedans. Ni même l'adolescent qui se cachait avec elle dans les grottes à flanc de montagne puis la laissait retrouver son chemin toute seule quand il en avait assez.

La version adulte était tout autre chose. Sa carrure imposante et les pommettes saillantes des Spurlock semblaient confirmer la rumeur selon laquelle il avait du sang Cherokee dans les veines. Ses yeux brun doré étincelaient sous d'épais sourcils bruns et sa mâchoire indiquait qu'il pouvait se montrer opiniâtre — un trait de caractère que personne, parmi ceux qui le connaissaient, n'aurait jamais contesté.

— Qu'est-ce que tu fabriques ici ? demanda-t-elle.

— Il me semble que nous sommes sur les terres des Spurlock.

— Je ne vois pas de clôture. Et toi ?

Leah regarda autour d'elle, comme si quelque prodige pouvait en faire apparaître une.

— Pas besoin de clôture. Tout le monde sait que ces bois sont à nous. Est-ce que je t'ai fichu la trouille de ta vie ?

— Rien ne me fait peur. Essaies-tu de me dire que je ne devrais pas être là ?

— Bien sûr que non ! Mais il te faut un garde du corps : tu l'as devant toi.

Tout en prenant une mine offusquée, Leah songea qu'elle ne portait pas de chapeau et que la natte qu'elle avait soigneusement tressée le matin devait maintenant ressembler à un vrai nid de brindilles et de feuilles mortes. Et pourquoi avoir choisi sa plus vieille robe ? L'imprimé brun plutôt défraîchi convenait tout à fait à cette expédition dans les bois, mais elle aurait dû songer que Jesse pouvait très bien venir la chercher par ici.

— Tu savais que je passerais par là ?

Réprimant son envie de se recoiffer avec les doigts, elle se borna à tirer sur sa jupe. Elle avait les jambes nues et probablement égratignées, les pieds chaussés des vieux souliers de marche de sa mère. Elle se voyait aussi clairement que dans le miroir de l'armoire maternelle.

— Oh ! j'ai peut-être entendu quelqu'un dire que tu irais ramasser des simples, aujourd'hui, répondit-il avec un petit sourire en coin. Mais ce n'est pas sûr.

Le sourire de Jesse était comme un rayon de soleil — ou une réponse à quelque prière. Tout en songeant qu'il fallait faire attention, Leah sentit son cœur palpiter malgré elle.

— Tu dois vraiment tenir à protéger vos terres contre les intrus, si tu as fait tout ce chemin dans les bois rien que pour me chercher sans être vraiment sûr que je viendrais.

— Un homme n'est jamais trop prudent.

— C'est encore plus vrai pour une femme.

— Tu es donc une femme, à présent ? J'ai pourtant l'impression qu'hier encore tu n'étais qu'une gamine.

— Moi, il me semble qu'hier encore tu n'étais qu'un garnement qui s'amusait à chevaucher la vieille truie de la ferme Spurlock.

— Tu te souviens de ça ? Tu avais peut-être quelque raison de penser à moi, alors ?

Jesse ne faisait pas partie de ces jeunes gens qui étaient venus lui tourner autour après le décès de ses parents. Il n'avait certes pas manqué de venir, en compagnie de sa famille, présenter ses condoléances aux deux sœurs ; il avait aussi assisté aux deux enterrements avec la mine affligée de rigueur. Depuis, un mois s'était écoulé sans qu'il revienne, bien que les beaux-fils Spurlock soient passés couper du bois et faucher le blé.

— Je me suis juste demandé pourquoi tu n'étais pas avec Glenn et Wilburn quand ils sont venus faire la moisson chez nous.

— Il suffisait d'être à deux pour ça.

Leah médita un instant sa réponse.

— Je n'ai vraiment pas le temps de m'arrêter pour bavarder avec toi. J'ai du travail, si tu permets.

— Dans ce cas, je vais peut-être t'accompagner.

Elle reprit son chemin. Il lui sembla d'abord qu'il allait la suivre — ce qu'il fit, en effet. Tout en recherchant l'emplacement qu'elle avait exploré avec sa mère les deux automnes précédents, elle entendit les brindilles craquer derrière elle, sous les pas de Jesse.

— Tu veux bien me dire ce que tu espères trouver par ici ? lui demanda-t-il.

— De la sanguinaire. Il doit y en avoir tout un carré.

— Et à quoi ça te servira ?

Leah songea à tous les usages de cette plante. Elle ne put s'empêcher d'étaler un peu sa science.

— Il faut savoir l'utiliser. Et on ne peut pas se permettre de la ramasser n'importe comment. En infusion, elle soigne les maux de gorge, l'asthme, la fièvre et les rhumatismes. Et il paraît qu'en pommade, rien ne remplace les cataplasmes de sanguinaire pour les problèmes de peau. Mais si tu en prends trop, tu risques de le regretter. Ça peut être un véritable poison pour la tête et pour l'estomac.

— Tu veux quand même en ramasser ?

— Il suffit de savoir la préparer. Maman en avait planté près de la maison, mais nous n'en avons pas assez pour que je puisse arracher des racines. Tandis qu'ici, il y en a tout un pré. Mais il ne faut pas les déraciner une fois que les feuilles sont tombées. Je vais en prendre quelques-unes aujourd'hui et les faire sécher.

— Les gens disent que ta mère t'a appris tout ce qu'elle savait et que c'est toi qui vas aider les voisins, maintenant.

— Je ne serai jamais aussi savante qu'elle, mais je ferai de mon mieux.

— Birdie et toi, vous vous en sortez ?

Leah décela une pointe de compassion dans la voix de Jesse. Jetant un coup d'œil de son côté, elle regretta qu'ils ne puissent marcher côte à côte car elle aimait bien le regarder. Un peu trop, peut-être.

Elle détourna la tête et accéléra le pas.

— Oui, très bien.

— J'ai entendu dire que vous auriez bien besoin d'un homme à la maison.

— Nous saurons nous en passer. Du moins, c'est mon intention.

— Je suppose que tu pourrais changer d'avis si un bon parti se présentait.

Le cœur de Leah s'emballa une nouvelle fois. Si l'on dressait la liste des garçons à marier à des kilomètres à la ronde, Jesse Spurlock serait sans nul doute le meilleur parti — et de loin. Il était beau, intelligent, et il avait beaucoup d'influence sur les gens. Bon nombre d'habitants du village avaient pris l'habitude de faire appel à lui pour les aider à régler leurs différends et à résoudre leurs difficultés. Il avait perdu son père à dix-sept ans (l'âge de Leah, aujourd'hui) mais l'homme, en lui, était déjà formé. Et son beau-père, Luther Collins, avait pris soin d'achever cette formation.

Bien considérés par leurs voisins, les Spurlock, à l'instar des Blackburn, avaient toujours joui d'une prospérité qui leur permettait de donner un coup de main aux moins favorisés. Tout cela expliquait que dans la région, Jesse Spurlock fasse battre bien des cœurs.

Celui de Leah brûlait pour lui depuis deux ans, bien qu'elle n'en eût jamais parlé à personne, hormis Puss. Même Birdie n'était pas au courant des sentiments que sa sœur nourrissait en secret.

Le silence se prolongea jusqu'à ce qu'ils aient atteint la clairière où poussait la sanguinaire. Les tiges étaient brunes et flétries. Si Leah n'avait su à quoi ressemblait la plante au printemps, il lui aurait été difficile de la reconnaître. Mais elle avait bien repéré l'emplacement, et elle était sûre de ne pas se tromper.

— Bon, tu m'as accompagnée jusqu'au bout, dit-elle. En échange, je peux t'offrir une galette au jambon et une pomme.

— Ça fera tout juste l'affaire.

Il sourit pour indiquer qu'il plaisantait.

— Il y a une source, pas loin. J'ai apporté une timbale.

— Je sais où c'est : je vais la remplir.

Leah sortit le pique-nique du panier et lui tendit la timbale. Quand il eut disparu entre les arbres, elle se laissa tomber dans l'herbe et put enfin se recoiffer un peu.

Cette rencontre n'était pas fortuite, songea-t-elle. Deux possibilités lui vinrent à l'esprit. Soit elle avait la chance de plaire à Jesse autant qu'il lui plaisait, et les sourires qu'il lui adressait ou la manière dont il l'observait quand il croyait que personne ne le voyait n'étaient pas le fruit de son imagination, pas plus que la façon qu'il avait d'apparaître comme par hasard quand elle allait se promener seule. Ou bien… Le seul fait d'envisager la seconde possibilité lui serrait le cœur : peut-être Jesse voulait-il lui faire part de ses sentiments pour Birdie, afin de tâter le terrain avant de courtiser sa sœur.

Jesse et Birdie, qui avaient à peu près le même âge, étaient d'excellents amis. Tandis que les autres enfants se moquaient parfois de Birdie, Jesse avait toujours été très gentil avec elle. L'une de ses sœurs avait succombé à la polio dont Birdie n'était que partiellement atteinte. Le garçon un peu arrogant, au tempérament parfois emporté, savait aussi se montrer délicat et plein de tact. Birdie l'admirait incontestablement, même si elle s'attardait rarement sur le sujet. Leah ignorait toutefois comment elle réagirait si Jesse lui demandait sa main. Birdie ne s'intéressait pas beaucoup aux garçons. Comme sa fragilité lui faisait craindre de ne pas supporter une grossesse, elle semblait considérer que le mariage n'était pas pour elle.

Et pourtant, elle était tout à fait en mesure de rendre un homme heureux. Leah adorait sa sœur, mais serait-elle capable d'étouffer ses propres sentiments pour se réjouir de sa chance — au cas où Birdie accepterait d'épouser Jesse ?

L'intéressé revint avant qu'elle ait pu résoudre ce dilemme.

— Nous n'avons qu'une timbale mais assez d'eau pour deux, annonça-t-il.

— Si je dois choisir entre mourir de soif et boire dans le même verre que toi, je me résoudrai au partage.

Le rire de Jesse résonna dans l'air léger.

— Tu n'as même pas commencé à creuser, on dirait.

S'asseyant près d'elle, sur un rocher, il lui donna la timbale pour qu'elle boive la première.

— Je commence toujours par manger. Après avoir gratté la terre pour prendre les racines, je serai toute sale.

Elle lui tendit la galette enveloppée dans une serviette et posa le verre entre eux.

Jesse mordit dans la galette et son regard s'attendrit.

— Ma grand-mère en faisait d'aussi bonnes que ça.

— C'est Birdie qui cuisine, chez nous. C'était déjà comme ça avant la mort de maman. Moi, il faut que je sois obligée pour le faire.

— Comment comptes-tu nourrir ton mari ?

— Ma sœur peut préparer les repas.

Il réfléchit un instant, puis inclina la tête et prit la timbale.

— Et si Birdie se mariait ?

Leah cessa un instant de respirer. Elle concentra son attention sur les bruits de la forêt — le roucoulement d'une tourterelle, le bruissement des feuilles agitées par le vent. Un écureuil, au-dessus de leurs têtes, sauta d'un arbre à l'autre en faisant craquer les branches.

La jeune femme baissa les yeux.

— Il faudra sans doute que j'apprenne à cuisiner, dans ce cas, à moins que je reste une vieille fille hébergée par sa sœur.

— Tu ne resteras pas vieille fille, à ce qu'on dit.

— Ah bon ?

— Je ne connais pas un gars, à cinquante kilomètres à la ronde, qui n'en pince pas pour Leah Blackburn.

— Pour moi et pour la ferme.

— Je ne crois pas vraiment que ce soit pour la ferme, répliqua-t-il avec un sourire à la fois nonchalant et plein d'assurance.

Elle reprit courage.

— Et pour quoi d'autre, alors ?

— Pour ces grands yeux verts, par exemple.

— Un homme épouserait une femme rien que pour la couleur de ses yeux ?

— Pas seulement.

Leah savait bien qu'il aurait mieux valu s'arrêter là, mais elle en était incapable.

— Et pour quoi d'autre ?

Il posa la timbale.

— Un certain nombre de choses. Vous êtes les plus jolies filles de la contrée, ta sœur et toi.

Elle venait de prétendre qu'elle n'avait jamais peur mais c'était un mensonge, naturellement. La peur la tenaillait en cet instant même — une peur bleue de l'entendre déclarer son amour pour Birdie. Elle essaya de gagner un peu de temps.

— Déraciner des plantes, est-ce que ça te tente ?

— Je peux me laisser convaincre.

Elle tendit vers la timbale une main qui tremblait un peu. Il fit pareil au même instant. Leurs doigts se touchèrent et avant qu'elle ait retiré sa main, il l'emprisonna dans la sienne.

— Et toi, qu'est-ce qu'on peut te convaincre de faire ? demanda-t-il.

Leah plissa les yeux sans répondre.

— Tu pourrais avoir besoin d'un homme qui te protège, reprit-il. Pour le restant de tes jours.

Leah se sentit envahie par une immense bouffée d'allégresse. Incapable de prononcer un mot, elle leva sur Jesse des yeux qu'elle savait plus éloquents que des paroles.

— C'est moi que tu veux ? demanda-t-elle enfin d'une toute petite voix.

— Depuis toujours, Leah. Toi et personne d'autre.

— Pourquoi n'es-tu pas venu, alors, après que papa et maman sont morts ?

— Tu avais besoin de faire ton deuil. Je ne voulais pas m'en mêler. Je ne voulais pas que tu viennes vers moi par gratitude ou parce que tu avais peur.

— Je te l'ai dit : la peur, ce n'est pas mon genre.

— Moi, j'ai eu peur que tu en trouves un autre pendant que je restais à l'écart.

— Oh ! Jesse…

Il passa un bras autour de sa taille et l'attira vers lui. Quand il l'embrassa, ce fut plus merveilleux que dans ses rêves les plus fous. Jesse, l'ami d'enfance qui l'avait tellement taquinée ; Jesse, l'homme qui avait autant envie d'elle qu'elle de lui…

— Et Birdie ? demanda-t-elle quand leurs lèvres se séparèrent. Je ne peux pas l'abandonner. Il faut qu'elle reste avec moi.

— Si tu veux, nous habiterons chez toi avec Birdie. Maman et Luther garderont la ferme de mon père. Quand ils ne seront plus là, on verra bien. Il faudra en vendre une ou exploiter les deux.

Il haussa les épaules.

— Ça n'a pas grande importance, tu sais. Birdie peut vivre avec nous où que nous allions. Nous serons ensemble, c'est tout ce qui compte.

Il la reprit dans ses bras et la serra de nouveau contre lui, plus étroitement, cette fois, et avec plus d'insistance.

Elle s'abandonna à son étreinte et en lui rendant ses baisers, elle lui donna sa réponse.

6

Isaac se réveillait de bonne heure depuis que Kendra ne dormait plus auprès de lui. Les premiers temps, après l'agression, il se redressait chaque matin en sursaut, affolé, cherchant instinctivement sa femme dans le lit. A présent, il ouvrait toujours les yeux longtemps avant la sonnerie du réveil mais en sachant parfaitement qu'il était seul et pourquoi.

Sans doute pouvait-on trouver des avantages à ne pas pouvoir dormir. Par exemple, il évitait les embouteillages de l'heure de pointe, devançant la foule des fonctionnaires et des étudiants qui affluait dans les quartiers du centre. Certains jours, s'il était particulièrement matinal, il faisait même le trajet au pas de course, et troquait son survêtement contre un complet veston en atteignant son bureau. A l'arrivée, son agitation s'était dissipée. Le travail achevait de le calmer et il canalisait son énergie de façon positive, dans la poursuite de quelque projet.

Ce matin-là, il se réveilla peu avant 6 heures — trop tard pour le trajet en jogging, mais il avait quand même tout son temps pour faire sa toilette, s'habiller et rouler tranquillement, au milieu d'une circulation fluide. A 9 heures, quand les employés du bureau arriveraient, sa journée serait déjà bien entamée.

Après avoir pris sa douche, il envisagea d'appeler Kendra, puis renonça à la réveiller inutilement. Plus exactement, leurs récentes conversations téléphoniques l'avaient plutôt contrarié, et il ne se sentait pas d'humeur à tenter de nouveau l'aventure.

Si Kendra souffrait de son absence ou si leur vie commune lui manquait, elle n'en laissait rien deviner. Elle se montrait polie, l'interrogeait sur son travail, sur leurs amis communs, sur la façon dont il occupait ses soirées. Mais de son côté, il n'obtenait que des réponses succinctes aux questions qu'il lui posait. Elle reprenait progressivement contact avec le monde extérieur. Elle avait acheté une table et des chaises pour la terrasse couverte, plus quelques outils de jardinage. La compagnie de téléphone lui avait installé une ligne et elle avait désormais accès à internet.

Puis, comme s'il s'agissait d'un simple détail, elle avait annoncé qu'elle comptait faire l'acquisition d'une ancienne écurie dont elle utiliserait l'ossature de bois pour agrandir le chalet. Elle ne tarderait pas à savoir — dès aujourd'hui, probablement — s'il s'agissait ou non d'une idée farfelue.

Logiquement, si Kendra envisageait un agrandissement, sans doute avait-elle l'intention de s'installer pour de bon. Isaac se demanda comment elle comptait concilier ce lieu de résidence avec son travail et sa vie de couple. Surtout avec sa vie de couple.

Il pensait encore à elle quand il se gara sur son emplacement réservé, au sous-sol du bâtiment qui abritait le siège d'ACRE. Il était presque impossible de stationner en ville et il n'y avait qu'une douzaine de places dans le parking d'ACRE — toutes réservées à des dirigeants.

Il se rappela le léger malaise qu'il avait éprouvé en venant se garer là, au lendemain de sa promotion au poste de directeur du management, sachant que ses subordonnés devaient continuer à prendre le métro. Il se félicitait néanmoins d'être arrivé jusque-là et de grimper encore les échelons dans la hiérarchie qui le conduirait un jour à jouer un rôle politique, afin d'être encore plus efficace.

Il avait atteint sans difficulté sa position actuelle dans l'organisation. Titulaire de plusieurs diplômes en technologie environnementale et économique, ainsi que d'une maîtrise de droit, il avait commencé par collecter et gérer des fonds pour le compte du Sierra Club. Quand l'agence du Maryland du groupe ACRE lui avait offert un emploi de cadre, il avait accepté puis enchaîné rapidement les promotions jusqu'au poste de directeur régional. Il était manifestement doué pour collecter des fonds et mener à bien des opérations innovantes, ainsi que pour nouer des contacts politiques de haut niveau à Annapolis et Washington. Personne ne s'était donc étonné qu'il soit invité à venir travailler au siège central.

Isaac n'achèverait pas sa carrière à ACRE. Par rapport à ses grands frères tels que le Sierra Club, « Nature Conservancy » ou le WWF, ACRE n'était qu'un minuscule pion sur l'échiquier de l'action environnementale. A la différence de ses homologues, la compagnie s'était réellement appliquée à préserver la nature arpent par arpent, sans dépasser de petites ou moyennes superficies.

Pour sa part, Isaac visait plus grand. Les ressources de la planète étaient trop précieuses et s'épuisaient trop vite pour perdre son temps à voler au secours de petites parcelles. Dennis Lavin, le nouveau responsable, voulait donner à l'organisation une nouvelle orientation qui allait justement dans ce sens. Mais l'objectif personnel d'Isaac était de continuer son ascension dans la hiérarchie du groupe ou d'une association à but non lucratif du même type, puis d'entrer dans l'Administration dès qu'un gouvernement suffisamment engagé dans la défense de l'environnement serait au pouvoir. A ce moment-là, il se serait peut-être fait suffisamment de relations pour agir à un niveau où il pourrait réellement faire évoluer les choses.

Il avait réussi à écarter Kendra de ses pensées en songeant à son avenir, mais elle y reprit la première place quand il verrouilla ses portières, attentif à tout mouvement suspect. Chaque fois que la scène de piraterie sur le parking lui venait à l'esprit ou qu'il se rappelait le moment où il avait appris qu'on emmenait sa femme à l'hôpital, son cœur se serrait malgré lui.

La pénombre du garage n'avait rien de rassurant. Au lieu d'emprunter la rampe mal éclairée qui conduisait à l'ascenseur, Isaac sortit dans le soleil du matin. A l'extérieur, il traversa en direction de Gene's Beans, un petit café fréquenté par tout le personnel d'ACRE parce qu'il avait résisté à l'invasion des grandes chaînes déterminées à prendre le monopole de la distribution du café. Gene connaissait les goûts de chaque employé et il était toujours fidèle au poste.

Isaac s'apprêtait à entrer quand il aperçut du coin de l'œil un chat de gouttière en piteux état, assis à l'angle de l'immeuble en brique, dans l'impasse où se garaient les clients du café. Le matou au poil roux semblait avoir grandi dans les rues de la ville. C'était Garfield sans la brioche mais à en juger par la façon dont il lorgnait Isaac, il affichait un aplomb et une effronterie analogues à ceux du personnage de la bande dessinée. Son oreille gauche passablement déchiquetée témoignait de l'existence tumultueuse qu'il devait mener sur les toits. Isaac se retourna pour mieux l'observer.

— Alors, bonhomme, tu viens mendier quelque chose ?

Le chat avait un regard désabusé. Il inclina légèrement la tête comme pour lui dire « Je sais à quoi tu joues, mon pote, et avec moi, ça ne prend pas ».

— Quelqu'un a dû accrocher deux ou trois boîtes de conserve à cette queue-là, grogna Isaac.

L'animal prit une pose assez éloquente — de celles qui signifient « Mêle-toi de tes oignons », en langage humain.

Isaac rentra dans le café pour y prendre son petit déjeuner.

Le chat était toujours à côté des poubelles quand il ressortit. Evitant la main qu'il tendait pour le caresser, le sosie de Garfield lui faussa compagnie, sans doute attiré par quelque odeur prometteuse venant du fond de l'impasse.

En arrivant en bas de l'immeuble, Isaac rencontra Dennis Lavin qui arrivait lui aussi. De la même taille qu'Isaac, Dennis avait vingt ans de plus que lui et le crâne plutôt dégarni. Sans doute pour attirer l'attention sur autre chose, il arborait une barbe et une moustache poivre et sel toujours parfaitement entretenues. Isaac se demanda si la barbe ne correspondait pas également à l'image du libéral qui soutenait les valeurs défendues par ACRE, même si son costume trois-pièces et sa façon d'exercer ses fonctions de P.-D.G. étaient plutôt de style conservateur.

— Je suis ravi de voir mon personnel arriver de bonne heure, affirma Dennis en lui donnant une tape sur l'épaule. C'est très bien, ça, de rattraper tes journées d'absence — bien que nous ne t'en ayons jamais refusé une seule. Au fait, ta femme se rétablit-elle comme il faut ?

Fort heureusement, Isaac n'eut cependant pas à lui répondre car Dennis se mit immédiatement à énumérer toutes les tâches auxquelles il comptait s'atteler ce jour-là. Il le quitta ensuite sur un bref hochement de tête pour gagner son propre bureau.

A 9 heures, Isaac se félicita d'être arrivé tôt. Il avait eu le temps de lire son courrier électronique, de satisfaire la curiosité de trois donateurs potentiels et de rédiger un brouillon de l'allocution qu'il comptait prononcer à la prochaine conférence sur les forêts tropicales du continent américain. Ses collègues étaient passés le voir par intermittence tout au long de la matinée. Son assistante, Heather Griswold, avait laissé un muffin au chocolat fait maison sur son bureau, un autre membre de son équipe lui avait apporté le *New York Times*. A 10 heures, ils se réunirent dans une salle de conférence pour comparer leurs réflexions sur le programme de la semaine. L'après-midi, Isaac relirait ses propres notes et les leurs avec ses supérieurs hiérarchiques.

Quand ils eurent échangé les anecdotes et plaisanteries d'usage, synchronisé leurs projets et débattu des principales questions à l'ordre du jour, la matinée touchait à sa fin. Isaac aborda le dernier sujet de sa liste.

— Le mont Pallatin. (Il leva les yeux). M. Forsythe n'est pas encore décidé. Personne n'a rien appris de nouveau ?

Heather, qui avait rencontré Gary Forsythe le jour où Kendra sortait de l'hôpital, écarta les mains — elles étaient larges et solides, avec des ongles courts enduits d'un vernis transparent. On aurait dit qu'elle arrivait d'une randonnée en montagne et venait d'enfiler à la hâte une tenue de ville décontractée. Elle avait des cheveux blonds coupés court, un joli teint hâlé qui se passait de maquillage. Malgré sa taille moyenne, elle portait aisément un sac à dos de vingt-cinq kilos. Les hommes qui ne se sentaient pas menacés dans leur virilité la trouvaient séduisante.

— Il avait une attitude plutôt ouverte lors de notre rencontre au restaurant, déclara-t-elle. Il a dit qu'il lui faudrait du temps pour prendre une décision. Mais il ne répond pas aux messages que je laisse sur son répondeur.

Le mont Pallatin, en Virginie — un domaine plus vaste que ceux auxquels ACRE se consacrait d'ordinaire —, était le cheval de bataille actuel d'Isaac.

— C'est l'une des plus importantes transactions que nous puissions faire, leur rappela-t-il. Je n'ai pas envie d'abandonner tout un pan de montagne aux promoteurs pressés d'y construire une station de ski ou un camp de chasseurs. Quelqu'un a des idées ?

Durant les vingt minutes qui suivirent, ils débattirent des possibilités qui se présentaient, tandis que Heather prenait des notes.

A midi, la réunion prit fin. Les uns regagnèrent leur bureau tandis que les autres allaient déjeuner dans le quartier. Isaac et Heather furent les derniers à partir.

— Tu déjeunes sur place ? demanda-t-elle.

— Je n'ai rien apporté.

— Si on allait s'acheter des sandwichs ?

Ils continuèrent à parler de la réunion tout en se dirigeant vers une échoppe au coin de la rue.

— Je n'ai rien voulu dire là-haut, lui confia Heather tandis qu'ils prenaient place dans la file d'attente, mais Gary Forsythe m'a semblé plutôt partagé, l'autre jour.

— Tu aurais dû le signaler.

Elle pinça les lèvres, comme s'il n'était pas facile de formuler ce qu'elle ressentait.

— C'est-à-dire que tu étais assez occupé, ces derniers temps. Et moi, je ne peux donner qu'une simple impression. J'ai senti un profond dilemme chez cet homme-là. Ce n'est pas vraiment quelqu'un de riche, tu comprends ? Il a des terres, c'est tout.

Je crois qu'il souhaite faire pour le mieux, mais il a de grands enfants : il aimerait leur laisser un héritage substantiel.

— Jusque-là, il n'y a rien de bien nouveau.

— En fait, il m'a parlé de ses deux filles, et puis après un moment d'hésitation, de son fils qui est avocat.

Isaac imagina un jeune homme en train de consulter de gros livres reliés traitant des droits de succession dans l'Etat de Virginie.

— Je commence à comprendre ce dont il s'agit.

La jeune femme esquissa un sourire.

— Nous y voilà. Mais après tout, tu es aussi juriste.

— Je n'ai jamais projeté d'être avocat. Je voulais seulement savoir comment fonctionne le droit.

— J'ai le sentiment que le fils compte sur un coquet héritage. Or, il y aura toujours un promoteur capable de leur offrir plus d'argent que nous. Je crois qu'il n'est pas aussi attaché à ces terres de montagne que le père. M. Forsythe m'a raconté que son père à lui l'emmenait chasser l'ours sur le mont Pallatin, quand il était gamin. Quel paradoxe, quand même : il n'y a pas plus opposé à la chasse que moi, mais les trois quarts du temps, c'est grâce aux chasseurs que nous parvenons à préserver la nature dans ce pays.

— Apparemment, Gary n'emmène pas assez souvent son avocat de fils à la chasse.

— Il le décrit comme un vrai citadin. « Tommy n'a jamais vraiment compris son vieux père », m'a-t-il dit. Bon, j'attache peut-être trop d'importance à ça. A moins que…

Isaac attendit. Ce n'était pas un homme patient, mais il n'aimait pas non plus bousculer les gens.

— Bref, ça m'ennuie, murmura Heather alors qu'ils approchaient enfin du comptoir.

— Qu'est-ce qui t'ennuie, au juste ?

— Je sais bien qu'il est important de protéger Pallatin. J'en suis intimement convaincue. Mais il n'est pas évident de savoir comment faire. Puis-je prendre la responsabilité de semer la zizanie dans cette famille ? Dans une dizaine d'années, à mon avis, ils risquent d'évoquer encore la bévue de « ce pauvre Gary qui n'a pas su tirer profit du seul bien de valeur que les Forsythe aient jamais possédé ».

— Attends, la transaction dont il est question se chiffre en dizaines de millions, tout de même ! Il ne va pas donner ces terres pour rien. Cette vente fera de lui un homme riche.

— Beaucoup moins riche que s'il vendait à un promoteur, rétorqua Heather. Et après tout, serait-ce vraiment si regrettable que ça ? Les skieurs se rapprochent de la nature quand ils dévalent les pentes.

— Des pentes déboisées puis aplanies par une armée de bulldozers. Des pentes défigurées par les télésièges et les immeubles. Tu veux voir bâtir un autre Wintergreen ? La conscience environnementale en moins ?

Wintergreen était une nouvelle station, dans le sud de la Virginie. La moitié des terres avaient été préservées dans le cadre d'un parc naturel, et on avait mis en place diverses initiatives favorables à la protection de l'environnement. Mais cette zone montagneuse, autrefois d'une beauté incomparable, regorgeait désormais de pistes de ski, de terrains de golf et de constructions neuves. Personne, en outre, ne pouvait garantir un aussi haut niveau d'engagement écologique pour de nouvelles opérations, comme le mont Pallatin.

— Tu es toujours tellement sûr de toi, Isaac... Il ne t'arrive jamais de douter ? Tu te fixes un objectif et tu ne laisses aucun obstacle t'en détourner. Je suis pourtant assez opiniâtre, mais il me semble que je vois plus de nuances de gris.

Isaac la trouvait même têtue comme une mule mais il s'abstint de sourire.

— Je vois toutes les nuances, dit-il. Mais je sais aussi que si l'on perd trop de temps à peser le pour et le contre avant de prendre une décision, il n'y a plus moyen d'avancer. Il nous appartient de préserver Pallatin pour l'avenir, d'une façon ou d'une autre. Il serait regrettable que le fils de Forsythe en veuille à son père de faire le bon choix, mais ça ne me fera pas changer d'avis.

C'était à leur tour de commander. Isaac opta pour un sandwich au thon et au pain de seigle, puis se ravisa et en demanda deux, dont un sans mayonnaise.

— Tu es affamé, aujourd'hui ! lui fit remarquer Heather. Tu te nourris bien, au moins ?

— Le second est pour un ami.

Ils emportèrent leurs casse-croûte pour les manger au bureau, et se remirent rapidement au travail. Après son meeting de 15 heures, Isaac regagna son poste et fut surpris quand Heather vint frapper à sa porte, quelques heures plus tard, pour lui dire qu'elle s'en allait.

— Il est 7 heures, annonça-t-elle. Et tu es arrivé tôt ce matin, n'est-ce pas ?

Un bref instant, il se sentit coupable de consacrer tant de temps à son travail. Puis il se rappela que personne ne l'attendait à la maison. Il pouvait passer la nuit au bureau s'il en avait envie.

— Vas-y ! dit-il. J'ai quelque chose à terminer ; je ne vais pas tarder à partir.

Elle lui dit au revoir et il l'entendit rassembler ses affaires dans le bureau voisin. Quelques minutes plus tard, l'immeuble était silencieux. Peut-être était-il seul ?

Il croisa les mains derrière sa tête et s'étira. Un bref instant, il rêva qu'il retrouvait sa femme à la maison, qu'il allait au restaurant puis au lit avec elle. Ces plaisirs-là, qui lui paraissaient, naguère, anecdotiques, avaient pris une tout autre dimension dans sa vie. Il ne se rappelait pas s'être jamais senti seul. Peut-être avait-il été un enfant solitaire, mais il avait bien vite appris à se contenter de ce qu'il avait et à ne pas se lamenter sur son sort.

Il regrettait encore et encore de ne pas avoir quitté le bureau immédiatement, le soir où Kendra avait eu besoin de lui. Une seule décision avait tout changé dans sa vie — une décision marquée par l'insouciance, l'égoïsme.

Ce soir, en tout cas, sa journée était terminée, même s'il n'allait pas retrouver sa femme.

Il rangea des papiers dans sa serviette et aperçut la barquette dans laquelle il restait un sandwich. La prenant dans sa main libre, il se dirigea vers l'ascenseur.

Dehors, le ciel était déjà sombre et l'air se rafraîchissait. Il traversa la rue en direction du Gene's Beans et jeta un coup d'œil dans la ruelle adjacente. Le chat de gouttière était tapi derrière les poubelles ; on ne voyait dépasser que sa queue rousse.

— Hé ! bonhomme ! Je t'ai apporté quelque chose.

Le matou ne lui prêta aucune attention mais quand Isaac ouvrit la barquette et la posa par terre, le fumet du poisson fut plus éloquent que n'importe quel discours. Tandis que l'animal se levait et approchait avec précaution, Isaac s'éloigna des poubelles, le regardant dévorer son festin. Même affamé, le chat le surveilla en permanence du coin de l'œil, tout en mangeant.

— Tu sais, lui dit Isaac, il y a des points communs entre nos parcours, mais je ne vais pas t'ennuyer avec mes histoires.

Quand il ne resta plus une miette dans la barquette, le chat s'assit et entreprit de se lécher les pattes. Toujours vigilant, il ne perdit pas de vue l'homme qui restait planté là.

Il n'y avait plus rien à dire — pas au matou, en tout cas. Isaac rebroussa chemin et prit la direction du garage.

Kendra balayait le deuxième rang du potager à grands coups de faucille quand Manning Rosslyn arriva. Comme elle l'attendait, le bruit du véhicule qui approchait ne lui causa aucune inquiétude. Elle alla l'accueillir à la descente de sa camionnette blanche qui portait l'inscription « **Rosslyn & fils, Restauration de bâtiments anciens, Rénovation architecturale** » en lettres noires et grises sur les portes latérales. Le jour commençait à peine à décliner.

— Madame Taylor ?

Ils échangèrent une poignée de main.

— Je m'appelle Kendra, dit la jeune femme en essuyant la

sueur sur son front d'un revers de main. Et vous, c'est Manning, n'est-ce pas ? Merci d'être venu.

— A votre service. Qui vous a parlé de moi ?

Elle lui répéta les propos élogieux de Helen, et il esquissa un sourire. C'était un grand gaillard qui devait approcher les soixante-dix ans. Sa stature était celle d'un pilier de rugby et quelques mèches brunes restaient encore visibles dans ses cheveux grisonnants, même si son front commençait à se dégarnir légèrement. Il avait une physionomie avenante, des pattes d'oie au coin de ses yeux noisette, un teint buriné par le grand air. Au premier regard, Kendra le trouva sympathique, tout en devinant que son allure débonnaire s'accompagnait sans doute d'un caractère bien trempé.

— Je fais ce que dit Mme Henry. Comme tout le monde, par ici.

Il parlait avec l'accent le plus répandu dans le centre de la Virginie, héritage d'ancêtres écossais immigrés au dix-neuvième siècle.

— Bon, venez donc jeter un coup d'œil sur la maison et je vous expliquerai tout. Je vous ai déjà dit que l'écurie à vendre, au bord de la route, pourrait m'intéresser.

Ils se dirigèrent ensemble vers le chalet.

— J'ai pris contact avec le propriétaire, déclara Manning. Elle est à vous si vous la voulez. Sinon, je l'achèterai probablement moi-même. Je l'ai examinée de près : le bois est presque entièrement récupérable. C'est un mélange de chêne, de peuplier et de noisetier, plus un peu d'épicéa. Les fermes de la toiture sont en cèdre. Dommage que le revêtement extérieur ait été enlevé car en certains endroits le bois a commencé à pourrir, mais il est encore temps d'intervenir.

— Le propriétaire a-t-il indiqué un prix de vente ?

— Nous avons négocié. Il nous la laissera pour moins de dix mille — la somme exacte dépendra du moment où nous viendrons la démonter. Ça me semble assez raisonnable, mais il faudra ajouter le coût de la démolition et du transport. Voyons d'abord ce que vous comptez en faire.

En présence d'un visiteur, Kendra se sentit gênée de monter sur la terrasse à sa façon. Seulement, elle s'était attardée longtemps dans le jardin en attendant Manning, et à présent sa jambe gauche était trop faible pour lui permettre de gravir les marches.

— Prenez l'escalier si vous voulez : moi, je vais me débrouiller autrement, lui dit-elle.

Tant bien que mal, elle se hissa sur le rebord de la plate-forme et réussit, en s'aidant des mains, à se mettre debout.

Manning observa son manège.

— Que nous fassions affaire ou pas aujourd'hui, je vous envoie mon fils dès demain pour installer une rampe. Rien de très compliqué : juste quelque chose qui vous permettra de vous tenir pour monter et descendre.

— Zeke Claiborne devait s'en occuper, mais il a dû s'absenter quelque temps. Sam Kinkade m'a proposé de trouver quelqu'un parmi ses ouailles, la semaine prochaine. Elisa me déconseille vivement de laisser approcher son mari avec une scie et des clous.

— Cash vous fera ça en un clin d'œil.

Kendra épousseta son jean.

— Cash : c'est le nom idéal pour un entrepreneur.

— John Cashel Rosslyn, le fils que j'ai eu avec ma seconde femme. C'est un jeune homme de votre génération. Cash est son surnom. Il dit que comme ça, il n'a pas besoin de faire crédit à quiconque. Comme fiston, ce n'est pas le pire qu'on puisse trouver par ici.

La façon dont il s'efforçait de tempérer sa fierté paternelle la fit sourire.

— S'il est trop occupé, je me débrouillerai comme ça. Merci quand même de votre proposition.

— Il sera là demain. Bon, voyons un peu à quoi il faut nous attaquer. Il ne fait déjà plus assez clair pour vous donner une estimation précise. Elle sera donc assez sommaire, pour ce soir.

— J'ai cru comprendre que vous étiez déjà venu ici.

— En effet, répondit-il laconiquement.

— Dabney Higby a fait quelques menus travaux dans le chalet, reprit Kendra. Il a ôté l'ancien revêtement et rebouché les fissures.

Elle ouvrit la porte du séjour.

— J'espère qu'il a récupéré le bois, grommela Manning.

— Il y en a un tas derrière la maison, au bout de l'allée. Il a porté tout ce qui ne valait rien à la décharge.

— Je connais Dabney. Ce n'est pas un grand défenseur de l'environnement, mais il y a pire que lui, hélas ! Vous voulez des murs en rondins apparents ?

— La structure de bois était recouverte de plaques de goudron, façon fausses briques. C'était assez hideux et ça commençait à s'effriter.

— Et Dabney a rejointé les rondins ?

— Ça paraissait indispensable.

— A-t-il touché aux fondations ?

Kendra commençait à s'inquiéter un peu.

— Pas à ma connaissance.

— Voyez-vous, le plus gros défaut de ces vieux bâtiments, c'est d'avoir des fondations et des remblais insuffisants. Si on doit surélever ou mettre tout ça de niveau, il va falloir rejointer. Moi, j'aurais utilisé quelque chose d'authentique — ou de plus authentique. Enfin, de toute façon, cette maison ne sera jamais classée comme site historique ; il y a un tas de chalets plus anciens et en meilleur état que celui-là, dans le coin. La première partie — celle où nous sommes — n'était sans doute, à l'origine, qu'une simple cabane de chasseurs. Mme Spurlock, l'ancienne propriétaire, a fait construire le deuxième chalet, puis elle a transformé l'ensemble en maison jumelée quand elle est venue s'y installer, dans les années trente. C'était le moyen le plus facile d'agrandir pour y habiter avec sa fille, Rachel.

Tout en se réjouissant d'entendre parler de Rachel, Kendra s'abstint de tout commentaire.

— Je tiens tout de même à restaurer ce chalet.

— J'ai tendance à préserver tout ce qui a de la valeur, mais ne vous sentez pas obligée de sauvegarder ça. Personne ne vous reprocherait de l'avoir rasé.

Kendra ne tenait pas à révéler les raisons pour lesquelles elle voulait conserver l'endroit. Tant qu'elle n'aurait pas mis Helen au courant des liens de famille qui unissaient Isaac à Leah et Rachel, personne d'autre n'avait besoin de le savoir.

— Je voudrais aussi plus de place, plus de lumière, un espace plus aéré.

— Bon, alors, voyons ça. Qu'est-ce que vous voudriez, exactement ? Qu'est-ce qui peut vous rendre heureuse ? Tous ceux qui ont vécu ici avant vous ont dû se poser la même question.

Ce qui lui manquait le plus, songea-t-elle, c'était une vraie cuisine avec de la place pour circuler, pour recevoir des amis autour d'une table. Et puis une grande salle de bains, une baignoire où se prélasser. Elle rêvait aussi d'une vaste pièce avec des baies vitrées donnant sur la rivière. De ce côté du passage couvert, le panorama était magnifique.

Elle lui fit part de ces réflexions et il acquiesça.

— Et qu'est-ce que vous pensez de ce plafond ? demanda-t-il. J'ai un peu l'impression d'étouffer là-dessous.

— Je sais. Il manque de la hauteur dans cette pièce, et de l'autre côté aussi.

— C'est un faux plafond. Je suppose que quelqu'un a dû rajouter ce truc dans les années quarante, pour que ce soit plus facile à chauffer. Si vous ne craignez pas de vous lancer dans l'entreprise, je peux vous les démolir, transformer cette pièce et celle d'en face en chambres ou en bureaux, faire un hall d'entrée du passage couvert et utiliser le bois de l'écurie pour ajouter une grande pièce qui surplombera le fleuve, avec une chambre principale et sa salle de bains sur le côté.

— Il va falloir creuser un second puits. Celui que j'ai s'épuise rapidement.

— Cash est un bon sourcier.

— Vous voulez dire qu'il se promène avec une baguette fourchue pour découvrir les sources ?

— Je peux vous garantir le résultat. Il ne s'est jamais trompé.

Du reste, la rivière n'est pas bien loin : il y a forcément de l'eau correcte à proximité.

— Vous croyez vraiment qu'il est possible de faire tout ça ici ?

— Donnez-moi une demi-heure pour examiner les lieux. Ensuite, je reviendrai vous donner mon avis.

Kendra profita de ce répit pour réchauffer une part de poulet rôti et se préparer une petite salade composée. Elle eut le temps de tout manger avant son retour. Il faisait déjà presque nuit.

— Ce que je vous propose, au bout du compte, c'est une maison qui aura l'air d'être là depuis un bon bout de temps, mais avec tous les aménagements que vous m'avez énumérés. Bien sûr, ça va vous coûter un peu cher.

— L'argent n'est pas un problème.

— Cette maison présente des inconvénients et elle manque tout de même un peu de charme, c'est certain. Ça va être un sacré chantier pendant quelque temps. Ce ne sera pas très drôle de vivre au milieu des travaux. Vous y tenez vraiment ?

— Ce sera tout de même habitable ?

— A un moment donné, nous devrons vous expédier ailleurs pour une dizaine de jours. Ensuite, vous pourrez revenir. Mais il faudra supporter le bruit et la compagnie des maçons.

— Pendant combien de temps ?

— Ma foi, vous avez de la chance. J'ai deux équipes de libres, en ce moment. L'une a terminé un chantier plus tôt que prévu et ne commencera pas le suivant avant le milieu de l'été. L'autre devait aller travailler quelques mois à Strasburg mais la banque n'a pas accordé le prêt à temps. Le propriétaire du terrain devra attendre que son financement soit au point car nous ne faisons pas crédit.

— Autrement dit, vous pourriez vous y mettre bientôt ?

— Ça m'en a tout l'air. Vous aurez les deux équipes au complet pendant quelque temps, et s'il faut démonter rapidement cette écurie pour vous faire économiser quatre ou cinq mille dollars, autant le faire tout de suite.

Elle était venue pour récupérer et se remettre en question.

Elle avait donc besoin de solitude. Mais comment laisser passer une telle opportunité ? Depuis quelques jours, elle s'était renseignée consciencieusement sur Rosslyn. Elle s'était même rendue chez trois personnes qui avaient eu recours à ses services. L'éloge était unanime, mais on l'avait avertie qu'il était généralement débordé et qu'il travaillait lentement car c'était un perfectionniste. C'était donc maintenant ou jamais — elle le sentait intuitivement.

— Programmez-moi sur votre agenda, dit-elle.

— J'enverrai Cash vous installer cette rampe demain. A mon avis, il voudra voir la maison et se faire sa propre opinion. De mon côté, je vais commencer à vous dessiner quelques plans. A vous de penser à tout ce que vous voudriez. Cash vous laissera une liste type et quelques bouquins. Tâchez de nous décrire vos projets de terrasses, balcons, cheminées, buanderie…

Elle s'efforça de l'écouter, mais ses pensées vagabondaient malgré elle. Elle imagina ce chalet, lieu de mémoire familiale, s'ouvrant à la beauté de l'environnement. Une maison où les amis viendraient séjourner, où Isaac et elle pourraient s'imprégner de la sérénité, de la splendeur du site qui surplombait la vallée de la Shenandoah.

Isaac et elle. S'engager dans une rénovation de cette envergure correspondait à un désir profond de passer ici, chaque année, une bonne partie de son temps. Comment concilier cela avec sa vie de couple, se demanda-t-elle, sachant que son mari détestait cet endroit et tout ce qu'il représentait ?

Mais après tout, elle pouvait bien mener sa vie à sa façon !

— Donc, nous sommes d'accord ? demanda Manning.

Elle hésita, puis acquiesça d'un hochement de tête.

— Bon. Inutile de sortir, Kendra : je connais le chemin.

— Je vous raccompagne jusqu'à la terrasse.

Dehors, les étoiles commençaient à s'allumer une à une. La lune, encore bas sur l'horizon, brillait à travers le feuillage.

Kendra décida de glaner quelques informations.

— Helen m'a dit que vous veniez souvent ici, quand vous étiez adolescent.

Il leva les yeux au ciel, lui aussi.

— Elle vous a dit ça ? Oui, j'en pinçais pour Rachel Spurlock — comme un homme n'en pince pour une femme qu'une seule fois dans sa vie. J'ai été marié à deux reprises et j'ai aimé mes deux femmes plus qu'il ne faudrait aimer, il me semble. Mais Rachel, ce n'était pas la même chose.

Cet aveu était émouvant. Décidément, Manning lui était de plus en plus sympathique.

— J'aimerais en savoir davantage sur cette maison, lui dit-elle. Je m'intéresse beaucoup au passé. On m'a dit que Rachel n'avait qu'une vingtaine d'années quand elle est partie d'ici.

— Rachel était quelqu'un de solitaire. Je devais être la seule personne en qui elle avait confiance. Elle ne s'est jamais vraiment adaptée ici. Pourtant, elle était assez jolie pour faire tourner la tête à tous les gars du coin. Mais elle se vexait pour un rien. Il suffisait que quelqu'un lorgne de son côté pour qu'elle se figure un tas de choses. Et puis, c'était une forte tête. Elle trouvait sa mère trop possessive. La vie à la campagne ne lui suffisait pas. Aujourd'hui, elle aurait eu le choix mais à l'époque, soit elle prenait le large, soit elle restait ici et elle m'épousait.

— Je ne voulais pas évoquer un sujet douloureux.

— Ça ne pouvait pas se passer autrement. Elle n'aurait jamais supporté d'aller à l'église le dimanche et d'élever nos enfants. Elle voulait voir le monde et, à mon avis, elle voulait le voir seule.

Kendra se demanda si Isaac n'avait pas hérité de sa mère son énergie débordante. Jusque-là, elle avait mis son perpétuel besoin d'activité sur le compte d'une jeunesse passée entre deux déménagements, dans la famille d'un militaire continuellement muté d'une base aérienne à l'autre.

— Ma foi, j'ai de la chance que vous soyez resté, dit-elle. Regardez ce que vous allez faire de l'endroit où habitait Rachel : vous allez l'ouvrir au monde extérieur. Je me demande ce qu'elle en penserait — elle ou sa mère.

— Mme Spurlock s'asseyait tout le temps là, sur un vieux tabouret de bois.

Il désigna l'extrémité du passage couvert qui dominait le fleuve.

— Elle épluchait du maïs et des haricots, ou bien elle faisait des petits bouquets d'herbes médicinales pour les vendre. Regarder couler la rivière, c'était son passe-temps favori, les rares fois où elle s'accordait un moment de répit.

Kendra avait très envie d'en savoir plus. Sans doute son âme de journaliste restait-elle à l'affût.

— Leah a dû être consternée quand sa fille est partie.

Manning garda les yeux fixés sur la rivière.

— Elle était effondrée.

Il marqua une pause et Kendra pensa qu'il en resterait là, mais il ajouta à mi-voix, comme pour lui-même :

— Elle a essayé de la retrouver. Elle a même passé le restant de ses jours à la chercher, il me semble. Rachel m'a téléphoné un jour, sans me dire où elle était. J'ai quand même pu rassurer un peu Mme Spurlock, lui dire que sa fille était toujours en vie, même si je ne lui ai pas répété ce qu'elle m'avait confié.

Kendra ne pouvait pas laisser passer ça.

— Il s'agissait sans doute de quelque chose que vous craigniez de révéler.

Ce n'était pas une question — juste un fil conducteur, s'il voulait bien le prendre.

— Rachel en voulait terriblement à sa mère. Elle m'a dit que les gens avaient tort de la prendre pour une sainte et qu'elle irait brûler en enfer.

La température avait baissé mais la chair de poule, sur les bras de Kendra, ne devait rien à la fraîcheur de l'air.

— C'était pénible à entendre, j'imagine. Vous avez dû vous faire du mauvais sang.

Il se tourna vers la jeune femme, comme s'il se rappelait soudain sa présence.

— Je n'avais pas l'intention de raconter tout ça. C'est peut-être le fait d'être là, à l'endroit où j'ai embrassé Rachel pour la première fois.

— Excusez ma curiosité — cette histoire m'intrigue malgré

moi. C'était tout de même terrible de dire une chose pareille. S'est-elle seulement expliquée ?

Il regarda un moment dans le vague puis secoua la tête. Kendra avait vu des centaines de fois ce mouvement de la tête, et elle en connaissait le sens. Elle était dans une impasse. S'il y avait autre chose, elle ne l'apprendrait pas ce soir.

— Ce chalet n'a jamais été un foyer heureux, murmura Manning. Pas comme il aurait dû l'être. Ces deux femmes-là s'aimaient pourtant beaucoup. C'est bien dommage qu'elles ne se soient jamais revues pour mettre tout ça au clair.

Il tendit la main à Kendra.

— Ravi de faire affaire avec vous, Kendra. A très bientôt, je pense.

Elle lui serra la main et le remercia. Puis elle le regarda s'éloigner tout en pensant à la mère et à la grand-mère d'Isaac, et à la navrante histoire qu'elle venait d'apprendre.

7

Cash Rosslyn était plus jeune que Kendra ne l'aurait cru. Et plus matinal, aussi. Il frappa à sa porte à 7 h 10, sa casquette à la main, le sourire de son père en guise de carte de visite. Au premier regard, elle devina que ce charmeur avait probablement fait des ravages dans bon nombre de cœurs féminins.

Il n'avait sans doute guère plus de trente ans. Ses cheveux châtain doré étaient un peu longs dans le cou et son hâle prononcé faisait ressortir le bleu étincelant de ses yeux.

— Kendra Taylor, dit-elle en lui tendant la main.

Elle se félicita de s'être levée et douchée en entendant les oiseaux lancer leurs premiers trilles.

— Désolé de vous déranger aussi tôt, mais je n'ai pas tellement le choix. Nous allons nous attaquer à l'écurie cet après-midi.

— Déjà ?

— Le propriétaire a des projets pour cette colline. Si nous commençons dès aujourd'hui, il vendra beaucoup moins cher.

— Je suis visiblement tombée sur les bonnes personnes.

Il lui décocha un autre sourire. S'il en usait sans vergogne, il le faisait aussi avec naturel.

— Oui, madame, vous pouvez être tranquille. Nous sommes les meilleurs : ça ne fait aucun doute. Quand on a du talent, il faut le montrer.

Kendra éclata de rire.

— Vous prenez un café ? proposa-t-elle à Cash. Je viens justement d'en préparer.

Il la suivit à l'intérieur et promena ses mains le long des murs, sur le chemin de la cuisine. Il s'arrêta avant de l'atteindre, sortit un canif de sa poche et donna des petits coups avec le manche sur toute la longueur d'un rondin, à mi-hauteur du mur extérieur.

— C'est légèrement pourri, par ici. Vous permettez que je sonde un petit peu ?

— N'hésitez pas.

Il déplia le couteau.

— Vous voyez ces longues craquelures ? Ce sont des fentes qui se forment naturellement dans le bois quand il se positionne, au fil du temps. Mais j'ai l'impression qu'il y a un peu d'humidité dans celle-là.

Il inséra la lame dans la fente et la fit tourner.

— Ne me dites pas que vous allez être obligés d'enlever des rondins au beau milieu des murs et de les remplacer !

— Ce ne sera pas nécessaire. Cette sapine-là ne posera pas trop de problèmes, à mon avis. Mais je vais surtout regarder dehors.

Il replia la lame d'une pichenette.

— D'habitude, on se contente de faire ce qu'on appelle du rapiéçage à la hollandaise : on découpe la partie pourrie et on insère à la place un morceau de bois sain. Dehors, nous tomberons certainement sur des problèmes. Il faudrait installer des gouttières — et la couverture du toit est peut-être à refaire. J'en saurai davantage quand j'aurai terminé mon inspection.

— Du sucre ? Un peu de lait ?

— Rien du tout : j'aime mon café noir comme le péché.

Elle remplit l'une des tasses qu'elle avait achetées au supermarché du coin et qui étaient décorées d'une frise de tournesols et de petits oiseaux. C'était une vaisselle pimpante, qui vous mettait d'humeur joyeuse dès le réveil — sans aucun rapport avec le service en porcelaine raffiné dont elle se servait à Washington.

— Mon père vous a dit que le second chalet avait été construit une dizaine d'années après le premier ?

— Oui. C'est ce qu'il pense, en effet.

— Le bois n'est pas assemblé de la même façon. Vous l'avez remarqué ? Si vous voulez sortir avec moi, je vais vous montrer.

Kendra se réjouit qu'un simple coup de fil lui ait permis de faire une incursion dans le passé. Elle se servit un autre café avant de suivre Cash dehors, de l'autre côté du bâtiment, d'où l'on voyait plus facilement comment les murs avaient été édifiés.

Cash reprit ses explications.

— Tenez, ça, c'est une queue-d'aronde. On n'en voit plus tellement, aujourd'hui. Celui qui a construit ce chalet connaissait son affaire. Tandis qu'en face… regardez : là, c'est une demi-queue-d'aronde — ce qui est beaucoup plus courant et facile à faire. Et ça m'a l'air un peu bâclé.

Tout en marchant, il lui expliqua la différence entre les deux techniques, qui tenait essentiellement à l'angle d'ouverture des encoches. Quand ils furent revenus à l'endroit d'où l'on surplombait la rivière, Kendra ne doutait plus d'avoir fait le bon choix. L'inspection des lieux n'était pas terminée mais de toute évidence, il y aurait beaucoup à faire pour consolider cette bâtisse. A l'instar de son père, Cash jugeait préférable de commencer par le bas. Mais surtout — c'était pour elle l'essentiel —, il avait l'intention de se conformer à ses souhaits.

Personne, hormis une certaine Kendra Taylor, de New York, ne se souciait de ce que pourrait devenir cette minuscule parcelle de Virginie. Cash et son père étaient toutefois les personnes les plus qualifiées pour assurer le passage en beauté de cette maison dans le vingt et unième siècle.

— Ce panorama me fascine de plus en plus, dit-elle. J'ai l'impression que je ne pourrais plus m'en passer.

— Nous allons devoir faire de gros travaux de terrassement et de fondation, et le fait de conserver le chalet va compliquer la tâche. Maintenant que j'ai vu ce dont il s'agit, je vais pouvoir aider mon père à esquisser un plan initial. J'ai apporté des bouquins que vous n'aurez qu'à consulter, et une liste de questions. Quand vous serez prête, nous commencerons à aborder les détails. Attendez-vous quand même à beaucoup d'allées et venues. Vous vous sentez prête à supporter ça ?

— Je ne vois pas comment vous dire non.

— Dans ce cas, je vais poser une rampe provisoire parce qu'il y aura peut-être lieu d'agrandir cette terrasse ou de la supprimer. Il ne faudra pas juger mon savoir-faire sur ce premier travail.

Kendra se demanda s'il espérait encore qu'elle change d'avis et leur fasse démolir le chalet.

— Ça fait longtemps que vous exercez ce métier ?

— Depuis que j'ai renoncé au mint julep[1] et aux joies des champs de courses.

— Ceux du Kentucky ?

— Je m'entraîne toujours un peu, mais ce n'est plus mon gagne-pain. Ne vous faites aucun souci : je ne vais pas m'arrêter en cours de chantier pour aller disputer le prix de Longchamp.

Il ne ressemblait à aucun des hommes qu'elle connaissait, ce qui avait quelque chose de rafraîchissant.

— J'avais l'intention de rendre visite à quelqu'un, dit-elle. Ce sera peut-être le moment d'y aller quand vous travaillerez ici.

— Peut-être. Quoique vous auriez intérêt à vous habituer.

— Vous avez raison, mais pas tout de suite.

Ils achevèrent leur circuit, et Cash s'arrêta à deux reprises pour tester la solidité des fondations. Ils regagnaient la terrasse, côté façade, quand ils virent Godzilla quitter sa tanière pour se diriger vers les bois.

— Dites donc, vous parlez d'un serpent ! dit Cash après un long sifflement admiratif. Je n'en ai jamais vu d'aussi grand.

Kendra s'efforça de recouvrer son souffle.

— J'aimerais vraiment qu'il trouve un autre abri. Vous ne sauriez pas ce que c'est, par hasard ?

— Une couleuvre royale, apparemment. Ce n'est pas un serpent venimeux. Et avec lui, vous n'aurez pas une souris dans la maison, ça, c'est sûr.

— Mais un serpent, oui ?

1. Mint julep : cocktail alcoolisé à base de bourbon. *(N.D.T.)*

— Evidemment, ces bestioles sont capables d'aller pratiquement n'importe où. J'en ai même vu grimper aux arbres pour piller des nids. Mais il a tout ce qu'il lui faut dehors et votre maison ferme correctement. Je ne crois pas que vous le trouverez dans votre lit au réveil, si c'est ce que vous craignez. Ce n'est pas le genre d'animal qu'on a envie de chasser à coups de balai. Il faudrait carrément un bazooka.

— Il n'existe pas de produit pour éloigner les serpents ?

— On doit pouvoir trouver ça... Mais je vous conseille plutôt de mettre un panneau « complet » sur la porte et d'économiser vos sous. Ça marchera aussi bien. Il décampera sûrement quand nous commencerons les travaux. La compagnie ne va pas lui plaire et j'ai deux lascars, dans mon équipe, qui auraient vite fait de lui tirer dessus.

Kendra trouvait Cash vraiment sympathique, et si sa vie devait être sens dessus dessous pendant quelques mois, elle avait intérêt à s'entendre avec les auteurs de ce remue-ménage.

Après l'avoir remercié d'être venu, elle ajouta :

— J'ai été grièvement blessée le mois dernier. Depuis, j'ai beaucoup de mal à monter un escalier sans me tenir quelque part.

— Un accident de la route ?

— On pourrait dire ça, en un sens. Un type qui voulait ma voiture m'a tiré dessus, le soir, sur un parking.

Un autre sifflement — plus grave, cette fois, comme le son lugubre d'un train qui siffle dans la nuit.

— Ici, vous avez des voisins qui veilleront sur vous, affirma Cash.

Kendra hocha la tête en souriant.

— Je m'apprêtais justement à aller voir Helen Henry, l'une de mes voisines.

— La mère Henry ? Ah ! c'est un personnage ! Elle va vous initier au patchwork, je suis prêt à le parier.

— Elle a peu de chances d'y arriver.

Cash lui tendit la main.

— Tope là. Vous me prendrez un pack de six bières ultrafines le jour où vous irez acheter votre matériel de couture.

— Et si c'est moi qui gagne ?

— Bof ! Je soustrairai dix dollars à votre facture.

Ils se serrèrent la main.

— Pari tenu.

L'œil pétillant, Kendra rentra pour prendre ses clés de voiture.

Elle alla d'abord s'offrir un copieux petit déjeuner au restaurant d'étape Le Milestone. Tout en lisant le journal, elle grignota quelques pancakes et des œufs brouillés au bacon. Entre deux articles, elle prêta l'oreille aux conversations des routiers qui se racontaient leurs exploits militaires. Son repas terminé, elle jugea qu'il était une heure raisonnable pour rendre visite à Helen et Cissy.

Au moment où elle s'arrêtait devant chez elles, Cissy manœuvrait pour sortir du jardin, au volant du vieux pick-up. La jeune femme descendit sa vitre et Kendra alla lui dire bonjour. Une blondinette avec deux couettes en jet d'eau sur la tête et des yeux comme des soucoupes fredonnait d'un air distrait dans son petit siège installé à l'arrière.

— Ma fille, Reese, dit Cissy, souriante. Reese, voici Mme Kendra.

La fillette tourna la tête pour l'observer. Elle était vraiment adorable dans sa petite robe à smocks et ses minuscules tennis à pompons. Kendra eut un pincement au cœur en songeant à son horloge biologique.

— Bonjour, Reese, roucoula-t-elle. Ravie de faire ta connaissance.

— Tu as des bonbons ?

Kendra rit de bon cœur.

— Quel âge as-tu ?

Reese haussa les sourcils.

— L'âge de savoir qu'il ne faut pas réclamer comme ça ! lança sa mère. Elle vient d'avoir deux ans.

Cissy se tourna vers sa fille.

— Non, pas de bonbons.

Reese fit une moue boudeuse.

— Mon frère n'est pas en classe aujourd'hui et nous allons lui acheter des chaussures. Caleb habite un peu plus loin, chez les Claiborne. A mon avis, la grand-mère de Reese aura préparé des beignets : ça suffira, comme sucreries, ajouta-t-elle un ton plus bas.

Kendra n'avait jamais vécu dans un endroit où les liens familiaux étaient aussi intrinsèquement liés à la vie quotidienne.

— Reese est une délicieuse petite fille qui sait ce qu'elle veut.

— C'est un vrai diablotin. On l'appelle Fripouille.

— Mme Henry est-elle levée ? Je ne voudrais pas la déranger.

— Elle se lève tous les jours avec le soleil. Reese y est un peu pour quelque chose. N'est-ce pas, bébé ?

Reese se remit à fredonner dans un langage connu d'elle seule.

— Je vais juste lui dire un petit bonjour. A votre avis, ça ne risque pas de l'ennuyer ?

— Ça l'ennuierait que vous n'y alliez pas. Elle se fait du mauvais sang de vous savoir toute seule, là-bas. Elle sera contente de voir que vous vous débrouillez si bien pour conduire.

— Je lui parlerai de la rénovation du chalet. Rosslyn & fils vont démonter l'ancienne écurie et ajouter quelques pièces chez moi. En ce moment, Cash est en train d'installer une rampe à l'escalier du perron. Ça évitera à Zeke de s'en soucier, quand il reviendra.

— Désolée qu'il n'ait pas pu s'en occuper plus tôt : il y a un festival de musique country à la fin du mois et les commandes de banjos affluent. Mme Henry va être aux anges. Ce qui lui fait le plus plaisir, à cette dame, c'est que les gens suivent ses conseils.

Kendra s'écarta et leur fit un petit signe d'adieu tandis que Cissy reprenait sa manœuvre et s'éloignait dans l'allée. Peut-être aurait-on pu juger Cissy un peu trop jeune pour avoir un enfant ; elle semblait pourtant faire une maman épatante pour sa petite Reese. Kendra s'émerveilla de la façon dont les choses pouvaient s'arranger, dans la vie.

Sur le perron de Helen, elle frappa discrètement à la porte grillagée. La vieille dame vint lui ouvrir presque aussitôt.

— Tiens, tiens, quelle surprise !

— Je ne vous dérange pas ?

Elles bavardèrent un moment. Kendra refusa de boire un énième café, et Helen lui fit visiter le rez-de-chaussée. C'était une ancienne maison de fermiers dans laquelle on se sentait bien, même si l'agencement laissait un peu à désirer. La peinture et les motifs de décoration étaient récents. Kendra flaira là une autre patte — celle de la fille ou de la petite fille de Helen, peut-être.

Elle savait que son amie Elisa avait habité là avant d'épouser Sam et que l'hospitalité de Helen lui avait rendu un fier service. Aujourd'hui, Cissy et Zeke avaient pris sa place — en principe, pour veiller sur Helen. Mais Kendra se demanda qui s'occupait de qui, en réalité. Sous ses airs bourrus, Helen Henry était une femme avec un cœur gros comme ça.

— Où faites-vous vos patchworks ? lui demanda-t-elle. J'ai vu quelques-unes de vos œuvres. C'est magnifique.

Helen désigna le plafond.

— Là-haut, dans ma chambre. C'est un art que j'ai appris toute jeune. Tout le monde cousait, à l'époque. Il y avait régulièrement des ateliers de patchwork dans cette maison, quand j'étais petite. Leah Spurlock venait parfois se joindre à nous, bien que la couture n'ait jamais été sa passion.

C'était l'entrée en matière idéale.

— Vous savez, Helen, je voulais justement vous parler de Leah.

— Avez-vous déjà pu interroger Manning Rosslyn ?

— Oui. Il m'a appris pas mal de choses. Mais je n'ai pas été tout à fait franche avec vous deux. Et je voulais corriger ça.

— J'ai l'impression que vous avez des révélations intéressantes à nous faire.

Helen regagna le séjour et s'installa sur le canapé. Kendra prit le fauteuil, en face d'elle.

— Nous n'avons pas acheté cette maison, commença-t-elle. Mon mari en a hérité — de Leah.

— Si vous me permettez cette remarque, cela semble un peu surprenant. Leah est morte depuis bien longtemps.

— C'est une longue histoire.

— Ce n'est pas le temps qui me manque. Enfin, on ne sait jamais combien il nous en reste, au juste, alors, il vaudrait mieux vous jeter à l'eau tout de suite.

Kendra se cala confortablement dans son siège.

— Isaac, mon mari, est le fils de Rachel Spurlock. Nous savons que Rachel s'est enfuie toute jeune de Toms Brook. Nous ignorons où elle est allée et ce qu'elle a pu faire ensuite, sinon qu'elle a fini par se retrouver, un jour, à Kansas City. Elle avait une trentaine d'années à l'époque — un âge où l'on est assez mûr, en principe, pour savoir ce que l'on fait. Pourtant, elle a accouché d'un petit garçon qu'elle a donné à l'adoption dès la naissance.

— Si Rachel l'a abandonné, comment Leah a-t-elle pu lui léguer le chalet et le terrain ?

— C'est là que ça se complique. Tout ce que nous savons, c'est le beau-fils de Leah, Mark Jackson, qui nous l'a appris. Il est avocat d'affaires en Californie.

— Je me souviens un peu de lui quand il était petit. Ses parents habitaient à une trentaine de kilomètres de Toms Brook ; je les voyais tous les trois quand ils venaient m'acheter des légumes au marché.

— Vous savez donc probablement que Leah s'est occupée de la maman de Mark quand elle était malade. Mark affirme qu'elle l'a accompagnée jusqu'à la fin avec un dévouement constant ; il se souvient encore des paroles de gratitude que sa mère a eues pour elle. Quelques années plus tard, Leah et Tom, le père de Mark, se sont revus et ont décidé de se marier. Elle est allée s'installer chez lui, à New Market, et elle a fini d'élever Mark, déjà adolescent. Apparemment, les Jackson ont été heureux ensemble. Mark ne tarit pas d'éloges à propos de Leah.

Helen réfléchit un instant.

— Personne n'a jamais rien trouvé de méchant à dire sur son compte, à ma connaissance. Elle était très jolie et rien que ça, ma foi, ça rend les autres femmes méfiantes, si vous voyez ce que je veux dire. Moi, j'étais veuve comme elle mais j'ai vieilli avant l'âge, ce qui m'a épargné ce genre de souci. Tandis que Leah, elle, plus d'un homme a essayé de la draguer, et certains étaient mariés. Apparemment, elle les a tous éconduits. C'était une bonne chrétienne et je n'ai jamais eu vent du moindre scandale.

Kendra fut soulagée. Elle craignait d'entendre tout autre chose. L'allusion de Manning aux propos que lui avait tenus Rachel au téléphone continuait de l'obséder.

« Elle m'a dit que les gens avaient tort de prendre sa mère pour une sainte et que Leah irait sûrement brûler en enfer »...

— Il y avait probablement autre chose, ajouta Helen.

— Mark ne possédait pas beaucoup de renseignements sur le passé de Leah. Il savait qu'elle avait une fille, et c'est à peu près tout. Mais avant de mourir, Leah a fait promettre à Tom de retrouver l'enfant de Rachel.

— Comment a-t-elle su que sa fille avait eu un enfant ?

— Rachel l'aurait appelée au moment de la naissance, sans lui donner plus de détails. Elle lui annonçait sa visite, après tant d'années, et comptait probablement lui en dire plus lors de sa venue. Mais elle est morte avant d'avoir fait ce voyage.

— Leah a dû avoir le cœur brisé.

— Rachel travaillait dans un bar. Un incendie a éclaté et plusieurs personnes ont péri — dont Rachel.

— Quelle fin épouvantable...

— Mark dit que Leah a aussitôt entrepris des recherches pour trouver l'enfant mais qu'elle est morte sans avoir découvert grand-chose. Le père de Mark a poursuivi l'enquête puis, sur son lit de mort, il a chargé son fils de continuer. Tom a légué tous ses biens à Mark, mais Leah a laissé un testament en faveur de son petit-fils, lequel héritait du chalet avec le terrain et d'un édredon en patchwork qu'elle avait fait pour lui. Mark a mis le chalet en fidéicommis, stipulant qu'il serait vendu au profit de la communauté religieuse de Tom et Leah si l'héritier n'était pas identifié de son vivant.

— Comment a-t-il finalement retrouvé votre mari ?

— Il a fait ce que Leah et Tom ne s'étaient pas sentis capables de faire. Quand il s'est heurté à un mur, il a engagé un détective privé. Isaac avait été adopté à la naissance par un officier de l'armée de l'air et son épouse. Ils étaient passés par un organisme privé et leur profil, sur le papier, paraissait excellent. Rachel a peut-être estimé qu'une famille de militaires offrirait à son enfant la discipline qui lui avait manqué… Je ne sais pas. Nous n'aurons jamais aucune certitude.

— Ils l'ont rendu heureux ?

Kendra secoua brièvement la tête.

— Le colonel Taylor voulait un fils à lui — pas celui d'un autre.

Kendra avait déjà révélé beaucoup trop de choses à son goût. Ce n'était pas sans arrière-pensée, toutefois.

— Voilà pourquoi je vous ai raconté tout cela : pour vous faire comprendre les réticences d'Isaac concernant tout ce qui a trait à cette propriété et à sa famille biologique. Son père adoptif lui rappelait continuellement ses origines. Durant toute son enfance, on lui a répété qu'il venait d'un milieu peu recommandable. Il en veut donc à tous ceux qui ont un rapport avec sa naissance, même s'il n'est pas homme à l'avouer.

— Ce qui explique qu'il ne soit pas ici avec vous ?

— En partie, oui.

Helen pinça les lèvres et hocha la tête.

— Ma foi, ça se tient, en effet. Je comprends que Leah n'ait pas voulu renoncer à ses recherches de son vivant, mais elle aurait peut-être dû laisser l'enquête s'éteindre avec elle. Rachel ne lui a pas confié son enfant : elle préférait qu'il commence sa vie sur de nouvelles bases.

— J'espérais que vous auriez quelques indications à ce

sujet — sur l'insistance de Leah. Pourquoi n'a-t-elle pas lâché prise, à votre avis ?

Helen ôta ses lunettes, les éleva vers la lumière, puis les essuya sur son tablier avant de les remettre sur son nez sans se presser.

— Je vais vous donner mon avis — qui vaut ce qu'il vaut, n'est-ce pas…

— Il sera certainement préférable à toutes les théories que je pourrais échafauder moi-même.

— Si ma mémoire est bonne, Leah est arrivée ici dans les années trente. Elle était encore jeune, et seule : aucun mari à l'horizon, mais elle portait une alliance. Nous avons supposé qu'elle était veuve, ou bien que son mari l'avait quittée, comme j'ai entendu ma mère le suggérer un jour. Maman avait ajouté que Leah était peut-être partie pour oublier, pour tourner la page.

Kendra réprima une grimace. La famille d'Isaac faisait vraiment penser aux personnages d'un mélodrame.

— Je ne sais pas au juste comment elle est devenue propriétaire du chalet et de son terrain, reprit Helen. C'était une bicoque abandonnée, à l'époque. Je ne me rappelle pas avoir vu quelqu'un l'habiter avant elle.

— Manning pense que c'était une ancienne cabane de chasseurs.

— C'est bien possible. En tout cas, Leah est arrivée ici enceinte de quelques mois. Elle a accouché sur place, et elle n'a jamais enlevé son alliance. Moi, si mon mari m'avait plaquée, j'aurais mis la bague au clou pour m'offrir un bon dîner en ville.

— Rachel est donc née ici ?

— On n'aurait jamais pu s'en douter, pourtant. Elle n'était pas dans son élément. Les autres la taquinaient parce que sa maman n'était pas du village. Les temps n'étaient pas faciles et les gens regardaient les étrangers de travers. Mais hormis quelques femmes qui s'inquiétaient parce que Leah était trop jolie, on l'appréciait plutôt. Rachel, elle, c'était une autre affaire : elle n'a jamais eu l'air de quelqu'un d'ici.

Kendra commençait à se faire une idée de Rachel.

— Donc, selon vous, pourquoi Leah tenait-elle tant à retrouver Isaac ?

— Rachel était tout pour elle, vous savez. Oh ! bien sûr, elle avait le chalet et le terrain autour — pas même un hectare, mais c'était suffisant pour la faire vivre. Plus tard, elle a aussi eu Tom et Mark. Mais ce n'était pas la même chose. Non, Rachel était le sel de sa vie : sa joie et sa fierté. Après le départ de sa fille, elle s'est peut-être dit que cet enfant, où qu'il soit, était tout ce qu'il lui restait d'elle.

Ce n'était, certes, qu'une hypothèse, mais Kendra la jugea assez cohérente. Une femme seule. Une femme blessée. Une enfant qu'elle adorait et qui s'était enfuie. Et pour finir, la seule chose qu'elle aurait pu garder d'elle était un petit-fils qui ne savait rien de sa famille d'origine. Elle n'avait pas voulu le laisser dans l'ignorance.

Elle s'imprégna un moment de cette histoire, les yeux fixés sur la cheminée dont l'âtre était décoré, pour le printemps, de quelques bûches et de fleurs séchées.

— Vous avez parlé d'un édredon ? dit Helen au bout d'un moment.

— Un édredon en patchwork au motif Nœud d'Amour. Un ouvrage orné de signatures brodées, assez inhabituel, en fait. J'aimerais beaucoup que vous y jetiez un coup d'œil. Vous pourriez peut-être me dire qui sont les personnes dont le nom apparaît. Elles doivent appartenir à des familles d'ici. Je possède d'autres patchworks signés, que j'ai achetés. Je commence à les collectionner, semble-t-il. Vous voulez les voir ?

— Cette affaire m'intrigue, comme je vous l'ai dit. Leah n'était pas vraiment une adepte du patchwork. Un ouvrage de ce genre, c'est plutôt surprenant de sa part.

Kendra jugea que Helen avait suffisamment de quoi réfléchir, maintenant. Elle quitta son fauteuil.

— Vous comprenez sans doute que je n'avais pas l'intention de dissimuler la parenté d'Isaac avec Leah et Rachel. Je voulais simplement tâter le terrain avant d'en parler ouvertement.

Helen se leva également.

— Et Mark Jackson ? Il ne peut pas vous aider davantage ?

— Mark nous a dit que son père ne lui avait jamais vraiment parlé du passé de Leah. Il estime, du reste, s'être rendu assez utile en retrouvant Isaac et en lui transmettant son héritage.

— Tom Jackson n'était donc au courant de rien, ou bien il cachait quelque chose.

— C'est aussi ce que je crois.

— Ma foi, il y a de quoi me faire gamberger, c'est sûr. Et je voudrais bien jeter un coup d'œil à cette courtepointe. Je passerai vous voir quand ça vous arrange.

— Vous me feriez plaisir. J'ai le téléphone, à présent.

Kendra lui tendit une carte sur laquelle elle avait griffonné son numéro.

— Tenez. C'est juste pour le cas où vous voudriez vous assurer que je suis là.

Helen la reconduisit jusqu'à la porte.

— Vous êtes en train de devenir une vraie villageoise. Vous savez qu'ici, on se rend visite sans crier gare.

— Je vais avoir pas mal de compagnie. Plus on est de fous, plus on rit, dit Kendra.

Elle lui fit part de son entente avec Cash et Manning à propos des travaux au chalet.

Après avoir poussé la porte grillagée de l'entrée, elle se retourna sans la refermer.

— Croyez-vous que Leah aurait été d'accord pour faire toutes ces rénovations ? C'est drôle : je ne voudrais pas contrarier une femme qui n'est même plus de ce monde.

— Il y aura plus de chances pour que votre mari vienne séjourner au chalet si vous l'aménagez un peu, non ?

Kendra n'en savait vraiment rien.

Helen lui effleura l'épaule d'un geste discret qui était déjà beaucoup pour elle.

— A mon avis, Leah aurait été ravie de pouvoir rendre cette maison plus accueillante.

— J'avais besoin d'entendre ça, je crois.

— Revenez quand vous voudrez. Vous serez toujours la bienvenue.

Le trajet du retour était trop bref pour lui permettre d'analyser cette conversation. A 10 heures, Kendra se sentait déjà aussi fatiguée que si elle avait ramé pendant une heure sur la rivière. La journée s'annonçait radieuse. Mais elle n'avait pas intérêt à se mettre au jardinage avant de s'être reposée un peu. Elle allait donc s'installer sur la terrasse dans son fauteuil tout neuf pour récapituler tout ce qu'elle venait d'apprendre sur Leah Spurlock et sa fille.

Elle s'attendait plus ou moins, en arrivant dans son allée cahoteuse, à entendre des coups de marteau. En fait, elle distingua des voix, et quelque chose qui ressemblait à un rire d'enfant. Elle atteignit la clairière avant d'avoir pu deviner qui pouvait bien lui rendre visite.

Un monospace bordeaux avec des plaques du Michigan était garé à sa place habituelle. Par la portière latérale, restée ouverte, Kendra aperçut des couvertures, des oreillers et des caisses en plastique entassées entre deux fauteuils surélevés, dont l'un était équipé d'un siège d'enfant. Elle s'arrêta juste à côté et descendit de voiture. Elle avait fait le tour du véhicule inconnu quand une jeune femme apparut au sommet de l'escalier extérieur, à présent muni d'une rampe rudimentaire.

Kendra se figea brusquement. La femme avait des cheveux noirs qui tombaient en vagues souples d'un chouchou attaché au sommet de sa tête. Mince et élancée, avec une silhouette gracieuse, elle portait un short en jean très court qui mettait en valeur de longues jambes joliment galbées. Son visage aux traits fins, dont l'ovale rappelait ceux des madones du quattrocento, était reconnaissable entre mille. Mais une ride profonde creusait aujourd'hui son sillon dans ce front si pur, juste entre les sourcils.

Le temps ne s'arrêta pas et la terre ne cessa pas pour autant de tourner. Mais un bref instant, Kendra éprouva une sensation de flottement, comme si ces retrouvailles, qu'elle avait cessé d'espérer depuis si longtemps, ne pouvaient être qu'une illusion.

Puis elle redressa les épaules et rassembla ses forces.

— Jamie.

— Salut, frangine ! dit Jamie. Ça fait un bail !

8

— Comment as-tu fait pour me trouver ?

— J'ai appelé Riva.

Kendra s'étonna que leur mère se soit rappelé où elle était. Avant de partir pour Toms Brook, elle avait laissé un message sur le répondeur de Riva, qui n'avait pas rappelé, comme on pouvait s'y attendre. Riva avait déjà fait son devoir de mère. Après l'agression, alors que Kendra gisait en salle de réanimation, reliée à toute une série de tuyaux qui la maintenaient sous perfusion, elle lui avait fait livrer un somptueux panier garni de friandises, chocolats fins, champagne et linge de nuit délicat.

— Elle a dû engager un secrétaire particulier, grommela Kendra. Quelqu'un qui prend note des informations élémentaires.

— Un Français rencontré je ne sais où l'a emmenée à Marseille. Elle ne tarissait pas d'éloges sur les domestiques formés par sa femme.

Kendra ne demanda même pas où était l'épouse en question. Riva ne s'encombrait jamais de détails de ce genre.

— Et ça t'a suffi pour arriver jusqu'ici ? Tu n'as pas interrogé Isaac ?

— Tu crois qu'il m'aurait dit où te trouver ? demanda Jamie avec une pointe de curiosité, comme si la question l'intriguait.

Kendra n'aurait pu le lui certifier. Isaac ne connaissait même pas sa sœur. Du reste, elles ne s'étaient pas vues depuis sept ans.

— Maman !

Jamie se retourna d'un bloc. Kendra eut alors l'explication du mini-van plein à craquer et du siège d'enfant. Une petite fille brune déguisée en princesse venait de surgir au sommet des marches.

— Alison a sali sa couche.

— Alison ? répéta Kendra.

— Il y a beaucoup de choses que tu ignores, hein ?

— Oui, apparemment.

— Il faut que j'aille voir ce qui se passe. Viens, je vais te les présenter.

Kendra eut l'impression qu'une main lui comprimait l'estomac.

— Y a-t-il autre chose que je devrais savoir ? Vas-tu me présenter tes amants ? Tes fils ? Tes admirateurs ?

Sans lui répondre, Jamie se tourna en direction de l'escalier. Kendra aperçut alors une orchidée tatouée au creux des reins de sa cadette.

La rampe était solide, bien qu'apparemment Cash n'ait pas tout à fait fini de la fixer. Elle se demanda où il était passé mais cessa instantanément de penser à lui en se retrouvant devant la petite.

— Hannah, voici ta tante Kendra.

Prise au dépourvu, Kendra contempla la copie conforme de sa sœur — la Jamie qu'elle avait protégée de parents dont la maturité laissait bien plus à désirer que la richesse, la Jamie qu'elle s'était efforcée d'éduquer, de soutenir contre vents et marées, durant toute leur enfance. Jamie avant la drogue, les garçons, les fugues à répétition. Jamie avant qu'elle ait pris le large, dans l'élan d'une immense colère accumulée au fil des années.

La petite lui tendit la main.

— Je m'appelle Hannah Clousell, dit-elle. Et je suis une vraie princesse.

— Je n'en doute pas un instant, grommela Kendra d'un air sombre en serrant la menotte légèrement poisseuse de sa nièce.

Elle n'avait pas envie de la lâcher. Elle aurait voulu protéger cette enfant comme elle n'avait pas été capable de protéger sa mère. Hannah, c'était Jamie à six ans — prunelles bleues sans une ombre de tristesse, cheveux noirs effleurant les lobes des oreilles et le mignon petit creux de la nuque, sourire rayonnant dans un visage fin, au nez aristocratique.

— Hannah, où est passée Alison ? demanda Jamie.

— Dans la salle de bains. Elle n'a pas mangé de savon.

— Ah la la ! on ne peut pas tourner la tête une minute ! maugréa Jamie en se dirigeant vers l'aile du chalet qui abritait la chambre.

Hannah reprit la main de Kendra, lui imprimant une légère secousse.

— Alison mange presque tout, expliqua-t-elle. Sauf les endives, que j'aime pas beaucoup.

— Moi non plus.

— C'est une drôle de maison, reprit Hannah. En fait, c'est deux maisons pareilles mais qui se touchent pas. L'hiver, il faudra mettre un manteau pour aller préparer le petit déjeuner.

— Pas forcément. Je vais ajouter des pièces. Le passage sera peut-être fermé.

— Où est-ce qu'on va dormir ?

Déconcertée, Kendra ne sut que répondre. Tout allait beaucoup trop vite.

— Où tu veux, dit-elle enfin. Qu'est-ce qui te plairait ?

— Ben, je veux pas dormir dans la voiture. On a aussi campé en route mais la tente, j'en ai assez.

— Il y a de la place à l'intérieur.

— Ce serait mieux, alors. (Hannah parut réfléchir). Oui, dit-elle en articulant de façon exagérée. On va dormir dedans. Mais pas dans ton lit. Alison n'est pas encore tout à fait fiable.

Levant les yeux, Kendra vit Jamie sortir de la chambre avec la *peu fiable* Alison pendue à son cou. Elle aperçut une masse de boucles cuivrées et le corps compact, tout potelé, d'un enfant en bas âge.

— Désastre évité de justesse, annonça Jamie. Couche changée.

J'irai jeter ça à la poubelle, si tu m'expliques où c'est. Les couches, c'est presque terminé pour elle, mais nous ne voyageons pas encore avec des culottes de grande fille.

Elle s'assit sur ses talons et mit l'enfant debout. On aurait dit un petit lutin issu de quelque conte celtique, avec sa peau d'un blanc laiteux, ses joues roses et une pluie de taches de rousseur sur son nez. De longs cils auburn délicatement recourbés ourlaient ses yeux aussi verts que les collines d'Irlande.

— Alison Calahan, voici tante Kendra, dit Jamie en défroissant le T-shirt de l'enfant, juste assez long pour lui couvrir les fesses.

Elle ne portait, du reste, pas d'autre vêtement que ce petit polo, orné d'un trèfle stylisé sous lequel on pouvait lire les mots : *Murphy's Irish Pub.*

— J'ai fait caca dans ma culotte, annonça-t-elle solennellement.

Kendra regarda tour à tour sa sœur et la petite fille.

— Bon, ce sont des choses qui arrivent. Je suis ravie de faire ta connaissance.

— J'ai faim.

— Ne t'en fais pas, dit Jamie à Kendra : nous avons de quoi soutenir un siège, dans le monospace. Je ne comptais pas te demander de nous préparer à manger. Je vais leur donner des sandwichs au beurre de cacahuètes.

— Je peux devenir un cacahuète, des fois, dit Alison.

— Quel âge as-tu ?

Kendra se pencha pour mieux voir.

— Trois ans ?

— J'ai comme ça ! dit Alison en brandissant trois doigts, dont un replié.

— Deux ans.

— Et demi, précisa Hannah. Elle y tient beaucoup.

— Oh…

— Deux et mi, confirma Alison en opinant avec véhémence. C'est ça.

Kendra se redressa et regarda Jamie.

— Tu as jugé que ça ne m'intéresserait pas, j'imagine ?

Elle avait parlé à mi-voix, prenant soin d'éviter toute inflexion amère.

— Hannah, voudrais-tu aller chercher le panier de pique-nique dans la voiture, s'il te plaît ? demanda Jamie à sa fille aînée. Le plus petit. Tu pourras le porter toute seule ?

Hannah leva les yeux au ciel et se dirigea vers le monospace. Jamie jucha sur sa hanche Alison qui lui tendait les bras.

— Nous avons beaucoup de choses à nous dire, murmura-t-elle à sa sœur. Mais pas maintenant, d'accord ?

— Tu débarques de je ne sais où avec deux enfants, et je suis censée ne pas réagir ?

— Tu réagiras tant que tu voudras une fois qu'elles seront au lit, d'accord ?

— Tu as l'intention de rester, alors ?

— Si tu nous héberges.

Kendra réfléchit. Elle était exténuée, et il ne lui restait plus assez d'énergie pour se taire.

— Sais-tu tout le temps que j'ai passé, tout l'argent que j'ai dépensé pour essayer de te retrouver quand tu t'es volatilisée ? A certains moments, j'y suis presque arrivée, mais j'avais toujours vingt-quatre heures de retard sur toi. Et puis, il y a eu cette unique rencontre, suivie de ta lettre annonçant la naissance de Hannah, dans laquelle tu me demandais de ne pas chercher à vous voir.

— Je ne m'attendais pas à ce que tu comprennes, Ken.

— Ken !

Kendra secoua la tête d'un air incrédule.

— Nous sommes là, maintenant. Ça ne pourrait pas suffire à notre bonheur en attendant le dîner ? J'ai fait quelques courses au supermarché. Je peux préparer le repas et ranger la cuisine pendant que tu fais connaissance avec tes nièces.

— Dis-moi seulement pourquoi tu es là. Ça me rendra service.

— Pour m'occuper de toi, dit Jamie. Si tu le permets.

*
* *

Jimmy Dunkirk n'aurait jamais dû se marier, et surtout pas avec Riva Delacroix. Jimmy était l'unique descendant et l'ultime espoir d'un magnat de la presse américaine dont l'empire avait, naguère, rivalisé avec celui d'un Hearst. Malheureusement, Jimmy ne s'intéressait pas à la chose écrite. Il avait donc démantelé et vendu ce qui restait pour investir l'argent dans l'immobilier. Plus tard, sur un coup de tête, il avait pris une part importante dans le capital d'une nouvelle société baptisée Microsoft, dont l'avenir lui semblait prometteur. A partir de ce moment-là, il consacra toute son énergie à jouer les casse-cou, multipliant les exploits inédits, dont l'un finit par lui coûter la vie.

Riva Delacroix était l'enfant gâtée d'une très ancienne famille aristocratique de La Nouvelle-Orléans. Eduquée depuis la naissance pour devenir reine du carnaval, la jeune fille de dix-huit ans fut reniée par ses parents quand, après deux danses au grand bal costumé de la Douzième Nuit, elle s'enfuit avec Jimmy pour commencer une nouvelle vie loin des écrevisses au court-bouillon, de l'argent jeté par les fenêtres et des échos de l'œuvre de Tennessee Williams.

Kendra s'était toujours demandé à quel moment son père avait pris conscience de son erreur : quand il avait découvert que sa femme se lançait dans d'interminables doléances à la Sainte Vierge chaque fois qu'il ne lui donnait pas tout ce qu'elle voulait ? La nuit où Riva, manifestant un déplorable manque d'indulgence envers les frasques de son époux, lui avait planté son coupe-papier dans le bras ? Le mois où elle avait arrêté de prendre la pilule, dans l'espoir de consolider son couple qui battait de l'aile ?

Kendra était le résultat de cette défaillance — une défaillance qui retint plus ou moins Jimmy auprès de Riva — du moins pour quelque temps… jusqu'à la « défaillance » suivante, neuf ans plus tard, qui eut pour conséquence la naissance de Jamie.

*
* *

D'abord étouffée par un excès d'affection maternelle, Jamie avait ensuite été délaissée sans autre forme de procès. Elle avait été « le pauvre petit bébé », « le chou à la crème » de sa mère, si cruellement négligée par un père inhumain. Tiraillée entre les personnalités disparates de Riva, elle finissait généralement par sombrer dans un désespoir incommensurable, et rien ni personne ne pouvait alors la consoler.

Entre deux visites éclair de leur génitrice, Kendra faisait ce qu'elle pouvait. Jamie n'avait que onze ans quand sa sœur aînée la prit sous son aile et l'emmena vivre à Chicago, où elle étudiait le journalisme à l'université. Kendra s'assura les services d'une gouvernante originaire des Philippines, qui prit soin de Jamie comme de sa propre fille.

Cette année-là, leur père se tua en sautant en parachute, et le peu d'influence qu'il avait exercé sur leur mère disparut avec lui. Riva passait n'importe quand, au cours de ses incessants périples, baignant tour à tour dans l'euphorie ou dans la détresse, racontant de fastueuses aventures qui faisaient regretter à l'impressionnable Jamie cette vie de rêve à laquelle sa sœur l'avait soustraite. Une fois son diplôme en poche, Kendra resta à Chicago pour lui fournir une certaine stabilité, acceptant tous les petits boulots de pigiste qui s'offraient à elle afin de se frayer un chemin dans le monde du journalisme.

Puis, au lendemain de ses dix-sept ans, sa cadette s'éclipsa tout simplement.

Depuis lors, Kendra n'avait revu sa sœur qu'une seule fois. Il y avait sept ans de cela, elle avait réussi à suivre sa trace jusqu'à un meublé de Brooklyn. Sur le moment, Jamie ne l'avait même pas reconnue. Kendra l'avait suppliée de revenir à la maison, promettant de l'aider à recouvrer une vie normale. Mais quand elle était revenue, le lendemain, pour faire une nouvelle tentative, Jamie avait repris la clé des champs.

Une lettre était arrivée quelques mois plus tard. Jamie avait donné naissance à une petite fille baptisée Hannah. Elle refusait l'assistance de sa sœur et déclara qu'elle ne tolérerait aucune intervention de sa part. Si Kendra essayait encore de la retrouver, Jamie disparaîtrait pour de bon avec sa fille.

Par la suite, elle avait donné quelques nouvelles par téléphone, de façon sporadique, avec des conditions de base, telles que l'interdiction de parler de Hannah. Et pour une fois dans sa vie, Riva réussissait à tenir sa langue, gardant pour elle ce qu'elle savait. Jamie n'était jamais venue voir Kendra, et elle affirmait qu'elle ne reprendrait pas contact avant de se sentir prête à renouer le lien familial.

Elle avait donc tenu promesse.

Depuis le début, Kendra avait ressenti une affinité avec Leah Spurlock dont la fille n'était jamais revenue. Elle avait abandonné tout espoir de revoir un jour sa cadette, et voilà qu'elles se retrouvaient aujourd'hui à l'endroit même où Leah avait attendu et prié en vain. L'ironie du sort, en l'occurrence, n'était-elle pas évidente ?

Curieusement, elle s'était assoupie presque aussitôt après avoir appris que Jamie venait la voir pour s'occuper d'elle. L'idée que la sœur responsable de tant de tracas et d'insomnies souhaitait maintenant se racheter auprès d'elle avait peut-être achevé de l'épuiser. Elle n'ajoutait pas vraiment foi aux propos de Jamie — pas plus qu'elle ne croyait à un revirement de la part d'Isaac, concernant son intérêt pour cette maison… Mais peut-être s'était-elle endormie parce qu'elle sentait inconsciemment qu'elle allait avoir besoin de toute son énergie dans les jours à venir ?

Elle entendit un bruit de pas derrière sa porte. Des pas d'enfants qui couraient. Ses nièces — puisqu'elles étaient deux, aux dernières nouvelles. Chacune portait un nom de famille différent. Elles n'étaient donc pas du même père. Kendra s'efforça de rester objective. Les petites paraissaient bien nourries et relativement propres. Et même si Hannah rappelait un peu à Kendra ce qu'elle était au même âge — trop mûre et serviable pour un bout de chou de six ans —, elle n'avait pas l'air malheureux. C'était manifestement une enfant éveillée, et Alison, curieuse de tout, ne faisait pas pitié non plus.

Mais quel genre de vie ces petites filles avaient-elles mené ?

Les bruits de pas s'arrêtèrent derrière la porte. Kendra se redressa dans son lit et leur cria d'entrer. Hannah entrouvrit légèrement et passa la tête dans l'entrebâillement.

— On doit t'apporter du thé quand tu te réveilles. Tu es réveillée ?

— Ce n'est pas nécessaire de faire ça.

Hannah la regarda d'un air déconcerté.

— Evidemment, ce serait quand même très gentil, s'empressa d'ajouter Kendra.

— Il y aura aussi des biscuits fourrés.

La porte se referma.

Kendra ne voulait pas sourire, mais elle craignit de fondre en larmes à la place.

— Bon sang, Jamie, c'est trop nul !

Elle donna un coup de poing dans son oreiller, puis un second pour faire bonne mesure.

Quand la porte s'ouvrit de nouveau, elle était assise dans son lit, le dos calé contre les oreillers. Toute l'équipe entra en file indienne, menée par Hannah qui portait un grand verre de thé glacé. Alison suivait avec une assiette au centre de laquelle étaient disposés trois biscuits fourrés entourés par une tartine de pain de mie au beurre de cacahuètes coupée en quatre. Jamie leur tint la porte.

— Tu te souviens de nos fameux goûters, Kendy ?

Ses cheveux maintenant dénoués tombaient en cascade sur ses épaules et dans son dos. A dix-sept ans, c'était une grande perche un peu efflanquée. Cette splendide créature avait manifestement éclos durant la Grande Absence. Alors que Kendra ressemblait à Jimmy, Jamie était une Delacroix jusqu'au bout des ongles. Les parents de Riva ne s'étaient jamais intéressés à leurs petites-filles ; Kendra jugea qu'ils avaient manqué une belle occasion d'avoir leur reine de mardi gras en dédaignant celle-ci.

— Je nous revois attablées dans le jardin avec nos poupées, du Kool-Aid[1].

— Tu avais largement passé l'âge de jouer à la poupée, mais tu étais patiente. J'en avais des centaines à ma disposition. Chaque fois que Riva ou Jimmy passaient nous voir, ils avaient une poupée sous le bras.

— Elles sont au garde-meuble, dit étourdiment Kendra.

Jamie s'immobilisa au pied du lit.

— C'est vrai ?

— Tu me connais, non ? Je prévois tout, jusqu'à l'éventualité que tu me donnes un jour une adresse où te les expédier.

Leurs regards se croisèrent, puis Jamie sourit aux deux petites.

— Vous savez quoi, les filles ? Un de ces jours, le facteur vous apportera une jolie surprise.

Impatientes de voir Kendra prendre leurs offrandes, Alison et Hannah ne prêtèrent pas grande attention à ces propos. Remarquant leur enthousiasme, Kendra accepta l'assiette et le verre.

— Je n'ai jamais été aussi gâtée, leur dit-elle.

— Trois ! s'exclama Alison en battant des mains. Trois petits gâteaux.

— Si tu n'ouvres pas tes biscuits fourrés pour lécher la crème, Alison sera très déçue, expliqua Hannah. Elle tient beaucoup à ses petites habitudes.

Kendra posa le verre sur la table de chevet et ouvrit le premier biscuit, suivant exactement le conseil de Hannah. Alison sauta sur le lit et se jeta à son cou. Kendra la prit sur ses genoux en s'arrangeant pour qu'elle n'appuie pas sur sa cicatrice.

— Tu en veux un ? proposa-t-elle à la petite fille.

— C'est pour toi.

Jamie s'interposa.

— Elle en a déjà mangé deux ; c'était le seul moyen de m'assurer que le contenu de l'assiette arriverait intact jusqu'à ton lit.

1. Kool-Aid : boisson non alcoolisée à base de fruits. *(N.D.T.)*

A son tour, Hannah se hissa sur le lit.

— Il y a de la menthe et du sucre dans le thé. Deux petites cuillères et aussi du citron. Comme on ne savait pas ce que tu aimais, on a mis de tout.

— Il est sûrement délicieux.

— As-tu dormi ? demanda Jamie.

— Oui, un peu.

— Comment te sens-tu ? Je veux dire, dans l'ensemble ?

— Je vais bien. Je fais des progrès de jour en jour.

— Je voulais venir plus tôt. En fait, je voulais venir tout de suite, dès que Riva m'a raconté ce qui t'était arrivé. Mais je passais des examens.

— Des examens ?

— Je suis des études à la fac. Mes vacances coïncident avec celles de Hannah : c'est ce qui nous a permis de venir.

Kendra ouvrit des yeux ronds.

— Je ne savais pas.

— J'étudie l'architecture et la décoration. Je n'ai pas encore vraiment décidé ce que je choisirai de faire avec mon diplôme. On verra bien.

Il y eut un silence.

— Tu viens du Michigan ? reprit Kendra. J'ai vu ta plaque d'immatriculation.

— Oui. De Southfield.

— Ça fait longtemps ?

— Bientôt trois ans.

Kendra s'aperçut que les filles attendaient qu'elle goûte son thé. Elle but la moitié du verre et se lécha les lèvres.

— C'est le meilleur thé que j'aie jamais bu, affirma-t-elle.

— Veux descendre, maintenant, dit Alison en se tortillant.

Kendra la remit par terre.

— Nous allons te laisser tranquille, dit Jamie. Y a-t-il autre chose qui te ferait plaisir ? Je comptais préparer des pâtes pour le dîner, si ça te convient.

— Il ne faut pas te donner autant de mal pour moi.

— D'accord. Tu aimes les champignons ?

Quelques notes de musique tintèrent avant que Kendra ait pu répondre. Elle reconnut l'air de *Walk like an Egyptian* qui provenait apparemment du téléphone portable de sa sœur. Jamie sortit l'appareil de sa poche et jeta un coup d'œil sur l'écran.

— Tu sais quoi ? reprit-elle. Je mettrai les champignons sur le côté et tu feras comme tu voudras.

La compagnie quitta la pièce, Jamie parlant au téléphone à voix basse. La porte se referma derrière elles. Kendra se rendit compte qu'elle était de nouveau exténuée.

En fin d'après-midi, alors que l'ail commençait à rissoler dans la marmite, Kendra en savait un peu plus sur sa sœur. Jamie était une mère indulgente. A l'instar de Riva, elle cajolait beaucoup ses filles et cédait facilement à leurs caprices. Alison grignotait continuellement et Hannah prenait trop de décisions toute seule.

Jamie avait aussi trop de préoccupations, comme leur propre mère, autrefois. Dans le courant de l'après-midi, elle avait répondu à quatre autres appels, et ces conversations semblaient lui causer de plus en plus de tracas. Dès que l'air « égyptien » commençait à jouer, Hannah prenait systématiquement sa petite sœur sous son aile. Jamie sortait de la pièce avec son téléphone pour se consacrer à l'affaire qui lui tenait tellement à cœur.

Jamie fumait — jamais à l'intérieur, toutefois. Il fallait aussi reconnaître qu'elle s'éloignait de ses filles pour allumer une cigarette. Elle dit à Kendra qu'elle avait renoncé au tabac quand elle était enceinte d'Alison mais qu'elle s'y était remise récemment.

— Je fume quand j'ai des soucis, avoua-t-elle. C'est débile, je sais. Ne me fais pas la morale.

Alison finit par s'endormir sur le canapé. Ses yeux se fermaient malgré elle depuis un bon moment, déjà. S'il n'avait tenu qu'à elle, Kendra l'aurait mise au lit et bordée bien plus tôt, après lui avoir raconté une histoire. Quant à Hannah, elle s'occupa en alignant des cailloux sur le rebord de la terrasse jusqu'à ce que Kendra lui prête un carnet et une boîte de crayons de couleur. Jamie partit faire un tour, son portable collé à l'oreille.

Une fois que le dîner fut prêt et Alison réveillée, affamée et grognon, la situation se détériora de minute en minute. Hannah reprochait à sa mère d'avoir oublié la couverture préférée d'Alison. Elle le lui avait pourtant rappelé avant le départ, mais Jamie n'écoutait jamais rien. Alison voulait regarder son dessin animé, et personne ne put lui faire admettre que la télévision de tante Kendra n'était pas équipée d'un magnétoscope. Hannah voulait des tartines de fromage, et il ne restait plus une miette du seul fromage qu'elle aimait.

Jamie était visiblement à bout de nerfs.

— Nous avons rempli la voiture à la hâte et pris la route le soir du dernier jour d'école. Je suis désolée, mais il n'est pas facile de s'organiser quand on fait des études. Et puis, le voyage nous a fatiguées. Ça ira mieux demain : j'irai avec elles acheter quelque chose pour les distraire.

Kendra n'avait pas encore trouvé un moment pour un tête-à-tête avec sa sœur, et elle commençait à douter que ce soit possible. Jamie ne faisait rien pour détendre l'atmosphère. Quand les filles pleurnichaient, elle les câlinait ou elle les faisait jouer à chat perché dans le jardin. Elle chatouillait ; elle faisait des bisous ; elle ne disait jamais non. C'était la reine du « peut-être » — un mot qui les laissait simplement dans l'expectative.

Quand tout le monde fut enfin attablé devant un excellent plat de volaille sautée aux poivrons et à la sauce tomate, les enfants étaient trop énervées pour manger. Après trois disputes qui achevèrent d'épuiser Kendra, Jamie posa enfin sa fourchette.

— Bon. Voilà ce que nous allons faire, dit-elle à ses filles. Vous allez prendre une douche dans la salle de bains de tante Kendra ; ensuite, vous vous mettrez en pyjama et hop ! tout le monde au lit.

— Il n'y a pas de lit, fit remarquer Hannah.

— Nous avons des matelas gonflables et il y a de la place ici.

Dès que vous serez prêtes, vous pourrez écouter de la musique en attendant de vous endormir.

— J'ai pas sommeil, dit Alison. J'ai déjà dormi !

Le portable de Jamie sonna une fois de plus.

— Excusez-moi : il faut que je réponde.

Elle se leva et quitta la pièce.

Kendra sentit que la soirée risquait d'être longue.

Quand les filles furent douchées et installées, que la table fut débarrassée et la vaisselle faite, elle alla s'asseoir dehors sur la terrasse. Jamie avait refusé le moindre coup de main, mais Kendra se sentait aussi exténuée que si elle avait tout fait elle-même.

La nuit tombait sur la campagne quand sa sœur vint enfin la rejoindre.

— Ne dis rien, grommela Jamie.

Kendra renversa la tête en arrière et guetta l'arrivée des étoiles.

— Les voyages, ça perturbe tout le monde, reprit sa sœur. Elles vont se calmer. Je suis navrée qu'elles se soient comportées de cette façon.

— Ça m'a seulement rappelé l'état dans lequel tu étais à chaque visite de Riva. Désolée, mais c'est la première chose qui me soit venue à l'esprit.

— Riva n'avait pas la moindre idée de ce dont un enfant pouvait avoir besoin.

Kendra garda le silence.

— Tu penses la même chose de moi, dit enfin Jamie.

— Je ne sais pas quoi penser. J'ignorais jusqu'à l'existence d'Alison, avant ton arrivée. Et maintenant, tu me demandes mon avis ?

— J'aimerais connaître ton opinion, en effet.

— Eh bien, je préfère la garder pour moi.

Jamie se leva et avança jusqu'au bord de la terrasse. Puis elle sortit de sa poche un briquet et un paquet de cigarettes. Elle fuma un moment avant de parler.

— Tu as toujours été tellement sûre de savoir ce qui est

bien pour tout le monde. C'est pour ça que j'ai fichu le camp. Tu avais plein de certitudes sur ma vie et je détestais toutes les décisions que tu prenais pour moi.

Kendra ferma les yeux. Les étoiles ne l'intéressaient plus.

— C'est l'impression que j'ai eue, en effet, à en juger par ta façon de disparaître du jour au lendemain. J'ai dû recoller les morceaux de la mienne, de vie, tout en me demandant si tu n'étais pas morte, ou enfermée, ou en train d'arpenter le trottoir pour gagner de quoi te shooter en douce.

— Faut pas m'en vouloir, Kendy. J'étais une gamine stupide, tourmentée, irresponsable et révoltée. Et je me retrouvais avec une sœur — pas une mère — qui voulait me dicter ma conduite comme si elle savait mieux que quiconque tout ce qui était bon pour moi.

— J'avais de sacrés modèles. Je me suis juste dit qu'en faisant autrement que Riva et Jimmy, tout irait forcément bien.

— Au fond, tu n'y étais pour rien.

— Ah bon ? Je ne suis pas en cause ? Ce n'est pas ce que j'ai cru comprendre, à l'instant.

— Tu es en colère contre moi. C'est compréhensible. Tu as des raisons de l'être.

— Tu étais une gamine, d'accord. Mais ça fait longtemps que tu n'en es plus une, bon sang ! Où étais-tu passée ?

Jamie termina sa cigarette, jeta le mégot en bas puis descendit pour l'écraser. De retour sur la terrasse, elle se planta devant sa sœur.

— J'avais honte. J'étais une loque. Je ne sais pas si on peut tomber plus bas que ça sans y laisser sa peau. C'est l'arrivée de Hannah qui m'a permis de remonter la pente. Et il m'a fallu du temps. J'ai été soutenue en chemin, mais je ne voulais pas te revoir avant d'être sûre de pouvoir garder la tête haute.

— Et puis, Alison est arrivée.

— Je ne regrette pas de l'avoir eue, Kendy. N'essaie pas de me le faire regretter.

— Qui est le père d'Alison ? Quelqu'un avec qui tu vis ?

— Quelqu'un avec qui j'ai vécu. On ne se voit plus du tout,

maintenant. C'était une grossesse accidentelle. Je suis une véritable pondeuse. Je prenais la pilule, pourtant... Enfin, bon, ça m'était égal.

Kendra sentit son estomac se nouer en guise de protestation.

— Ce monde est vraiment bizarre.

— Il faut me croire, tu sais : je me débrouille très bien avec les filles. Je les aime. Je fais tout mon possible pour les rendre heureuses. Je ne leur ai pas donné des pères valables et ça leur manquera certainement, mais je peux leur fournir la meilleure mère au monde : moi.

— C'est une rude tâche que d'être mère. La bonne volonté ne suffit pas.

Avant d'avoir fini, Kendra aurait déjà voulu pouvoir retirer ce qu'elle venait de dire. Elle en voulait à cette sœur qui n'était pas revenue, qui pouvait donner naissance à deux enfants superbes et jouer avec elles comme avec des copines. Contrairement à ce qu'elle prétendait, Jamie n'avait sans doute jamais songé au chagrin de Kendra, à l'angoisse qu'elle lui infligeait en disparaissant ainsi sans donner signe de vie.

La jeune femme sortit une autre cigarette de son paquet. Kendra vit que ses mains tremblaient légèrement.

— Si tu t'y connais tellement, Kendy, pourquoi n'as-tu pas fait comme moi ? Tu es mariée depuis un bon moment, il me semble ? Je ne vois aucun bambin courir dans le jardin. Mais peut-être que tes enfants ne joueraient pas dehors : ils resteraient sagement assis à lire Dostoïevski, ou bien ils inventeraient des programmes informatiques destinés à l'éducation du commun des mortels.

Une dizaine de reparties vinrent à l'esprit de Kendra. Elle avait déjà élevé un enfant, merci bien, et voilà le résultat. Elle avait un métier qui la passionnait bien davantage qu'une vie de femme au foyer avec quatre tétées par nuit. Elle avait un mari qui préférait changer le monde plutôt que des couches-culottes.

En définitive, elle opta pour la vérité.

— Je ne peux pas avoir d'enfants. C'est à Riva que je dois ça.

Jamie jeta sa cigarette sans l'avoir allumée.

— Qu'est-ce que tu racontes ?

— Avec Isaac, nous n'avons jamais vraiment essayé d'en avoir, mais je voulais des enfants et je pensais qu'il en voudrait aussi, un jour ou l'autre. La chose restait à notre portée, en somme. Ce n'était qu'une question de choix, une orientation de notre couple. Et puis, un voyou m'a tiré dessus.

Sa sœur vint s'asseoir près d'elle.

— Les suites de cette blessure t'auraient rendue stérile ?

— J'ai été opérée aux urgences. J'avais reçu deux balles dans l'abdomen. L'une était ressortie, l'autre pas. La seconde a endommagé ma moelle épinière. Bref, en constatant l'étendue des dégâts, le chirurgien a estimé que ce nouveau préjudice, ajouté aux adhérences et aux tissus abîmés par d'anciennes lésions, ne me permettrait jamais de mener une grossesse à terme.

— Qu'est-ce que Riva a à voir là-dedans ?

— J'ai eu l'appendicite, à treize ans. Tu te souviens ?

— Pas vraiment.

— Tu étais encore trop petite, sans doute. Nous étions en train de changer de nounou et j'ai été malade pendant une semaine. Je me plaignais de douleurs au ventre mais Riva disait que ce n'était rien, juste un petit virus qui partirait tout seul. Elle me faisait un câlin et courait s'habiller pour sortir. Finalement, quand j'ai eu quarante de fièvre, au point que je délirais presque, la gouvernante m'a emmenée à l'hôpital. J'avais une péritonite et j'ai failli y rester.

Kendra marqua une pause. Jamie garda le silence.

— Cette fois-ci, quand je me suis réveillée après l'opération, Isaac m'a raconté ce que le médecin avait découvert. Il ne fallait pas m'en faire, a-t-il ajouté. Heureusement, le fait d'avoir des enfants n'était pas une priorité pour nous.

— C'est sympa de sa part, dit Jamie. Tu es tombée sur un type bien.

— Ou sur un homme sans cœur. Je ne sais plus très bien.

Nous n'en avons pas reparlé, depuis. Pour lui, ce n'est apparemment qu'un inconvénient mineur.

— Mais pas pour toi.

— Je n'en sais trop rien.

Jamie se leva de nouveau et s'approcha de la balustrade, sans toucher à ses cigarettes.

— Et me voilà qui arrive comme une fleur, avec deux enfants que je n'avais même pas prévus au programme ! Je n'établis pas de règles strictes. Je ne les mets pas toujours au lit assez tôt, ni forcément à table à l'heure qu'il faudrait. Je me roule dans l'herbe avec mes filles. Je leur crie après quand je suis énervée et je les serre trop fort dans mes bras quand tout va bien. Je ne suis pas toi, et j'avoue qu'à ta place je me révolterais contre l'injustice du sort.

— J'essaie plutôt d'éviter ça. Mais ça n'a pas été facile, aujourd'hui. Je t'en veux toujours. Pendant longtemps, je n'ai eu que toi au monde. Et tu m'as laissée en plan. A présent, te voilà de retour, avec ta précieuse cargaison.

Kendra regarda sa sœur, dont le ravissant profil se découpait en ombre chinoise sur le rectangle éclairé de la fenêtre.

— Pourquoi es-tu venue, en réalité ?

Jamie tendit la main et lui caressa le bras, d'un geste presque furtif.

— Pour que nous puissions commencer à guérir, l'une et l'autre.

— Je ne suis pas sûre que ce soit possible.

— Et moi, je suis sûre que ça vaut la peine d'essayer.

9

Contre toute attente, Kendra dormit particulièrement bien, sans se réveiller en sursaut, comme d'habitude, chaque fois qu'une chouette hululait ou qu'une branche grinçait sous l'assaut du vent.

Quand elle se réveilla, le soleil entrait à flots par les étroites fenêtres du chalet. La météo avait annoncé de la pluie et la jeune femme craignait de passer une journée maussade à l'intérieur avec deux fillettes exubérantes qu'il serait difficile d'occuper.

Consciente que l'unique salle de bains se trouvait dans cette partie de la maison, elle se leva et fit rapidement sa toilette. Puis elle traversa le passage et ouvrit la porte donnant sur la salle de séjour. Les matelas gonflables n'étaient plus là. La pièce était impeccable et le couvert était mis pour une seule personne dans la cuisine. Kendra découvrit une grosse brioche au chocolat sur une assiette, des fraises lavées dans un bol, avec une barre de céréales au muesli et un pichet de lait. Une tasse vide attendait le café chaud, préparé dans la cafetière électrique.

Malgré elle, Kendra fut touchée. Instinctivement, pourtant, elle se méfiait de cette sœur capable des pires mensonges, cette sœur qui s'était dérobée pendant des années, omettant même de lui faire part de l'existence d'un second enfant. Jamie était bien loin de la petite fille au doux visage de chérubin qui s'était accrochée à sa grande sœur comme une naufragée à un rocher, durant la tempête.

Néanmoins, Kendra fut touchée.

Elle se servit un café et y ajouta un nuage de lait, mangea la barre de céréales et mordit dans la brioche tiède. Cinq minutes plus tard, elle débarrassait la table.

Des oiseaux gazouillaient sur le rebord d'une fenêtre et tout en faisant la vaisselle, Kendra se demanda où étaient passées Jamie et les filles. Sortant ensuite sur la terrasse, elle prêta l'oreille à des rires d'enfants, puis descendit dans le jardin et contourna la maison pour se diriger vers l'ancien verger. Sa sœur et ses nièces se poursuivaient dans l'herbe haute, jouant à cache-cache parmi les troncs noueux des vieux pommiers.

— Kendra ! s'écria Jamie, tout sourires. Ne cours pas ! Reste où tu es et attrape un de ces petits monstres au passage dès que tu pourras.

Kendra fut rassurée que les petites soient vêtues de jeans et de polos à manches longues. A cet endroit, l'herbe n'avait pas été tondue depuis une éternité, semblait-il. Quelques-uns des vieux arbres étaient morts, mais elle remarqua cependant que des bourgeons commençaient à éclore sur le plus proche, dont les branches touchaient presque le sol.

— On a vu un serpent !

Ce matin, Hannah tenait plus du garçon manqué que de la princesse. Ses yeux en amande étincelaient quand elle frôla Kendra. Elle esquiva prestement la main de sa tante qui faisait mine de l'attraper.

— Un gros, gros, gros serpent !

— Il s'appelle Génoir ! lança Alison qui arrivait en courant.

— Gé-ant Noir, articula soigneusement Hannah.

Godzilla le reptile, songea Kendra.

— Sous la terrasse ?

— Tu étais au courant, Kendy ?

Jamie se pencha en avant, posant les mains sur ses genoux pour reprendre son souffle.

— Ma parole, tu savais que ce serpent était là ?

— Crois-moi, je ne le porte pas vraiment dans mon cœur.

— J'ai eu une sacrée frousse. Il est passé tout près en rampant à cinquante à l'heure, je t'assure. J'emmenais les filles vers le monospace. Nous sommes allées en ville pour prendre notre petit déjeuner et utiliser les toilettes, pendant que tu dormais.

— Tu n'aurais pas dû — mais merci quand même. Ça faisait longtemps que je n'avais pas dormi comme ça.

— Tu as trouvé ton petit déjeuner ?

— J'ai été gâtée. C'était délicieux.

Jamie se redressa.

— Les brioches viennent d'une boulangerie-pâtisserie de Woodstock. Quelle charmante petite ville ! C'est vraiment une région superbe. Je crois que j'ai le coup de foudre.

— Chat !

Alison se remit à courir.

La sonnerie du portable commença à tinter dans l'air frais du matin.

— Merde ! grommela Jamie. Désolée, les filles.

— J'imagine qu'il n'est pas facile de se couper des réalités quotidiennes, même en vacances.

Kendra tenta de se convaincre qu'elle n'essayait pas de se renseigner. Ce n'était qu'une remarque polie, rien de plus.

Sa sœur esquissa une grimace.

— Ne m'en parle pas.

Elle ouvrit l'appareil d'une pichenette et alla s'asseoir plus loin, sur une souche.

Kendra l'entendit répondre, sans distinguer ce qu'elle disait ni à qui elle s'adressait. Pendant que Jamie parlait au téléphone, Kendra emmena les filles faire un petit tour dans les bois. Elles aperçurent un superbe geai au plumage bleuté — événement qui parut rivaliser d'intérêt avec une journée à Disneyland pour Hannah, qui se découvrit une passion soudaine pour la nature.

— Rosario me raconte plein de choses sur les oiseaux, confia-t-elle à Kendra. C'est un ami de maman.

Kendra nota mentalement cette information, tout en se demandant combien d'amis de leur mère traversaient, chaque mois, la vie de ces enfants.

Sa communication terminée, Jamie les rejoignit et elles regagnèrent tranquillement la maison. Juchée sur les épaules de sa mère, Alison l'exhortait à avancer plus vite, tandis que Hannah tenait Kendra par la main. L'enfant avait glissé la sienne dans celle de sa tante aussi naturellement que si elle la connaissait depuis toujours.

— Qu'est-ce que Riva pense de tes filles ? s'enquit Kendra pendant qu'Alison et Hannah allaient jeter un coup d'œil sous la terrasse pour voir si Géant Noir était de retour.

— Tu ne vas pas encore me faire la morale, hein ?

— Ce n'était pas mon intention. Je devrais ?

— Elle ne les a jamais vues.

Kendra ne s'attendait pas à cela.

— Autrement dit, tu as aussi tenu leur grand-mère à l'écart ? Ne me dis pas que tu voulais également faire tes preuves avant de les lui présenter ?

— Avant que je l'autorise à les rencontrer, c'est elle qui a quelque chose à me prouver. Elle ne suit plus son traitement depuis pas mal de temps — deux ou trois ans, semble-t-il. Mais tu es probablement au courant. Les filles ne comprendraient pas ce qui se passe et j'aurais du mal à gérer ça. Même quand son état est à peu près stable, Riva me perturbe énormément. Là, je ne t'apprends rien, n'est-ce pas ? Elle est capable de m'anéantir en quelques secondes à peine.

Kendra hocha lentement la tête. Elle connaissait l'épouvantable capacité de leur mère à dramatiser la moindre broutille.

— Cela explique peut-être pourquoi elle se montre si évasive à ton sujet, murmura-t-elle. Elle n'avait pas envie de m'avouer qu'elle ne connaissait pas non plus tes enfants.

— Je préférerais que les choses soient différentes. Mais j'ai appris à mes dépens que le monde tel qu'il est n'a pas grand-chose à voir avec ce que je voudrais qu'il soit.

Le téléphone de Jamie se remit à sonner.

— Ce n'est pas Riva qui t'appelle continuellement, n'est-ce pas ?

— Non, pas du tout. Et je dois absolument répondre. Excuse-moi.

Kendra était assise sur les marches de la terrasse, et Jamie parlait toujours au téléphone quand une camionnette blanche apparut au bout du chemin. Elle acheva d'expliquer à Hannah pourquoi il n'était pas question de ramper à quatre pattes sous la terrasse et d'apporter un bol de lait avec des biscuits fourrés au serpent. Alison, littéralement collée contre elle, était comme un poids mort sur sa hanche.

— Mais tu as dit qu'il n'était pas venimeux ! riposta Hannah.

— Ça ne l'empêcherait pas de mordre, si tu lui fais peur. Du reste, je ne crois pas que les serpents boivent du lait et mangent des biscuits fourrés.

Kendra leva une main pour saluer Cash qui sortait de son véhicule et se dirigeait vers elles.

Ce jour-là, il portait un polo vert sapin sur un pantalon de toile écrue, et tenait une chemise cartonnée sous le bras. Au passage, il jeta un coup d'œil admiratif sur Jamie. Elle lui répondit par un sourire, et l'air se réchauffa singulièrement.

— Comment ça va ?

Cash posa un pied sur la première marche et ébouriffa les cheveux de Hannah.

— Est-ce que les serpents boivent du lait ? lui demanda-t-elle.

— Je ne crois pas, mais ils gobent les œufs.

— Tante Kendra, est-ce que…

— Non, coupa vivement Kendra, mais je vais te dire : nous mettrons deux œufs dehors, cette nuit, et nous verrons bien s'ils sont encore là demain matin. A condition que tu me promettes de ne pas sortir voir ce qui se passe quand la lumière sera éteinte.

La petite fille réfléchit.

— D'accord, mais ça m'empêchera pas de regarder par la fenêtre. J'ai rien promis pour la fenêtre.

Elle prit sa sœur par la main et l'entraîna à l'intérieur de la maison.

Cash pointa le menton vers Jamie.

— C'est votre sœur ?

— Oui.

Kendra songea à l'ironie de la situation. La veille encore, elle était pratiquement seule au monde pour affronter les aléas de la vie quotidienne. Aujourd'hui, elle avait une sœur et des nièces, elle se surprenait à établir des stratégies d'approche au sujet d'un reptile avec une enfant qu'elle n'avait jamais eu le droit de rencontrer — ni même d'évoquer dans la conversation.

Du coin de l'œil, elle vit Jamie ranger son téléphone dans sa poche. Quand sa sœur les eut rejoints, elle fit les présentations. Jamie tendit la main à Cash. Kendra avait vu Riva faire ce geste gracieux, telle une reine choisissant le chevalier qui allait porter ses couleurs.

— Jamie Dunkirk, dit-elle avec un sourire.

Elle n'eut pas la coquetterie d'écarter une mèche rebelle ou de défroisser son chemisier. Il était toutefois évident qu'elle lui faisait du charme.

Kendra observa la scène avec une fascination teintée d'inquiétude. Il était impossible de mettre exactement le doigt sur la façon dont les signaux étaient transmis. Une subtile manière de déplacer son poids sur une hanche, peut-être, ou de redresser le dos en faisant saillir ses petits seins fermes sous l'étoffe de son corsage. Quelque chose dans sa manière de promener lentement les yeux sur le visage de Cash, en s'attardant une fraction de seconde sur ses lèvres bien dessinées.

Kendra n'ignorait pas qu'elle admirait là un travail d'expert.

— Enchanté, dit Cash en lui rendant son sourire. Ces petites filles sont les vôtres ?

— Oui.

Jamie jeta un coup d'œil derrière elle.

— Où sont-elles parties ?

— Elles sont rentrées, dit Kendra. Probablement pour compter les œufs qui se trouvent dans le réfrigérateur.

— Tu t'es laissé prendre à l'une de leurs combines, n'est-ce pas ?

— Hannah persuaderait un mille-pattes qu'il lui faut deux jambes de plus.

— Son père est un ténor du barreau. Il fallait l'entendre plaider une cause devant un jury ! Alison aura sans doute le même genre de talent : son père à elle n'a jamais perdu une partie de poker. Il serait en train de faire fortune à ce jeu quelque part en Europe, paraît-il.

Bien joué, jugea Kendra. Indirectement, Jamie avait laissé entendre qu'elle n'était plus avec aucun des deux, autrement dit qu'elle était libre de jeter son dévolu sur Cash, le cas échéant.

— Ce sont de vraies petites beautés, dit-il.

Jamie sourit comme si le compliment s'adressait à elle.

— Je dois reconnaître que j'ai de la chance, dit-elle.

— J'ai l'impression qu'elles n'en manquent pas non plus.

Kendra se sentit incapable d'en supporter davantage.

— Cash et son père vont faire quelques travaux de rénovation, ici.

— Ah bon ? Cet endroit ne te convient donc pas tel qu'il est ? demanda Jamie d'un air taquin.

— Il lui conviendra bien davantage quand nous aurons terminé, dit Cash.

Il tendit son classeur à Kendra.

— Je vous ai apporté quelques documents, plus deux ou trois esquisses sommaires. C'est juste pour vous donner une petite idée de ce qu'il serait possible de faire. Comme nous n'avons pas beaucoup de temps, je voudrais avancer rapidement.

— Pourquoi manquez-vous de temps ? s'enquit Jamie.

— Nous avions un créneau dans notre programme, mais il ne va pas tarder à se fermer. Nous continuerons à venir travailler ici, mais nos hommes seront sur plusieurs chantiers à la fois.

— Ils vont démonter une ancienne écurie qui se trouve un peu plus bas, sur la route, et utiliser la structure de bois pour agrandir le chalet, expliqua Kendra.

— Oh ! c'est fabuleux ! s'écria Jamie, l'œil étincelant. J'ai hâte de voir ce que vous comptez faire.

Il était difficile de savoir si elle essayait d'impressionner Cash

— lequel, il fallait l'admettre, valait bien cette peine — ou si ce projet la passionnait réellement.

— En ce moment même, l'écurie est en cours de démolition, annonça-t-il. Le transport du bois commencera dès demain.

— Les filles pourraient profiter du spectacle. Je les emmènerai peut-être voir ça, tout à l'heure.

— Entendu.

Cash se tourna vers Kendra — comme s'il détournait à regret son regard de Jamie.

— Je me suis procuré tout ce qu'il me faut pour terminer la rampe. Ça ne vous gêne pas si je le fais tout de suite ?

— Certainement pas. Merci, en tout cas : c'est déjà beaucoup plus facile pour moi.

Elle se leva pour rentrer.

— Si tu allais chercher les filles, Kendy ? suggéra Jamie. Nous regarderons Cash travailler. Elles vont se régaler.

Kendra se demanda qui se régalerait le plus à voir travailler Cash.

Trois quarts d'heure plus tard, elle était en train de récapituler ce qu'elle avait appris sur Leah Spurlock quand Isaac appela. Jamie venait de partir avec les filles, pour suivre Cash jusqu'au carrefour où les hommes commençaient à démonter l'écurie et à charger le bois sur de gros camions. Les rondins et les poutres arriveraient le lendemain. Vu la façon dont Jamie et Cash s'étaient regardés, Kendra comptait bien sur une heure supplémentaire de silence contemplatif.

— Comment vas-tu ? lui demanda Isaac après un bref « bonjour ».

— C'est vendredi. Tu n'es pas au bureau ?

— J'ai pris un jour de congé.

L'espoir étant un sentiment difficile à combattre, Kendra s'attendit un instant à l'entendre dire qu'elle lui avait manqué et qu'il mourait d'envie de la voir. Mais elle renonça très vite à se bercer d'illusions.

— Je vais bien.

Elle posa son carnet et songea qu'il était plus facile de coucher ses pensées sur le papier que de les confier à l'homme qu'elle avait promis d'aimer jusqu'à son dernier souffle.

— Le temps est froid et pluvieux, ici. As-tu un printemps acceptable ?

— Il fait beau.

Elle l'imagina en train d'effacer ses mails pendant qu'il parlait. Isaac faisait toujours plusieurs choses à la fois. Il pouvait aussi être occupé à signer du courrier ou à consulter ses rendez-vous sur son agenda.

— A part ça, il y a du nouveau ?

— Hum, c'est le cas de le dire.

Il réagit instantanément, comme s'il écoutait pour de bon.

— Qu'est-ce qui se passe ?

— Jamie est là.

Il y eut un bref silence. Puis il émit un bruit de gorge un peu rauque, proche du rire.

— Ce n'est pas une blague ? Tu l'as invitée ?

— Non. J'ai dû semer des petits cailloux derrière moi.

— Tu es censée te ménager.

— Elle est venue pour s'occuper de moi.

Isaac ne dit rien. Kendra pouvait presque l'entendre réfléchir.

— Comment est-elle ? demanda-t-il enfin.

— Superbe. Charmante. Si je n'étais pas aussi cynique, je pourrais la croire sincère.

— Tu n'es pas cynique. Tu as été échaudée.

— Elle a un second enfant, Isaac. Et elle a repris des études à l'université. Ses filles sont vraiment…

Elle laissa sa phrase inachevée.

— Dans un état lamentable ?

— Non. Stupéfiantes. Je n'en reviens pas.

Le silence qui suivit était éloquent, cette fois.

— Tu devrais venir les voir, reprit Kendra. C'est peut-être la seule occasion que tu auras de les connaître.

— Si c'est la seule, alors, ça ne vaut pas vraiment la peine.

Sa réponse lui fit l'effet d'une douche froide.

— Très bien.

— Je me suis mal exprimé. De toute façon, c'est en partie pour ça que j'appelais. Je me demandais si tu aurais envie de compagnie, ce week-end.

On pouvait faire des reproches à Isaac, mais ce n'était pas un menteur. Il ne déformait pas la vérité, n'essayait pas de l'enjoliver pour rendre la vie plus acceptable. S'il disait qu'il avait prévu de venir, c'est qu'il avait prévu de venir.

— Je serais contente de te voir.

— Alors, je partirai dans la matinée. Dis-moi ce que tu veux que j'apporte.

Elle avait déjà une liste à l'esprit : deux paires de draps, un carton de vêtements qu'elle avait laissé dans la penderie. Elle lui en fit part. Pour les petits meubles anciens, il valait mieux attendre que le chantier soit terminé.

— Avec Jamie et les petites, tu n'as pas le temps de t'ennuyer, j'imagine.

— Il y a aussi les travaux de rénovation.

— Tu n'y as donc pas renoncé ?

— Avec un peu de chance, tu assisteras peut-être à la livraison des poutres anciennes, demain.

— Ce serait plutôt une bonne raison de ne pas venir.

— Je suis aussi allée voir des gens. Et j'ai fait quelques découvertes sur ta famille.

Pas de réponse. Elle insista.

— Apparemment, ta grand-mère était une femme remarquable.

Elle préféra passer sous silence les accusations de Rachel, dont Manning lui avait parlé.

— On me l'a décrite comme une personne courageuse, scrupuleuse et serviable. Ta maman, elle, semblait mal dans sa peau, notamment parce qu'elle ne parvenait pas à s'acclimater, ici. A l'époque, il n'était pas facile de trouver sa place dans un aussi petit village pour une jeune fille qui avait du caractère. A moins de se marier et de fonder une famille.

— Je ne comprends pas ce qui peut te fasciner dans tout ça.

Le ton de sa remarque déplut à Kendra. On aurait dit qu'il s'adressait à une gamine qui accordait trop de crédit aux contes de fées ou aux légendes peuplées de super-héros.

— Si ça me fascine, dit-elle posément, c'est que je ne vois peut-être aucun accès à ta vie, hormis celui-là. Pour autant que je sache, toutes les autres voies sont coupées.

Elle regretta aussitôt cette phrase, mais il était trop tard pour la retirer. La vérité, c'est qu'elle aurait voulu qu'il lui donne davantage. Elle avait passé beaucoup trop de temps à tourner autour du pot, depuis leur mariage.

— Si tu crois trouver là un accès quelconque, tu es complètement dans l'erreur. Ma famille biologique n'a rien à voir avec ce que je suis. Fais toutes les recherches que tu voudras : c'est ton affaire et pas la mienne. C'est uniquement toi que ça intéresse.

— Le fait que ça ne t'intéresse pas est révélateur.

— Le fait que tu insistes alors qu'il s'agit de ma famille et de ma vie l'est bien davantage.

Ils ne se disputaient jamais. Même maintenant, ils n'avaient pas haussé le ton et parlaient tous les deux de façon calme et raisonnable. Il fallait être initié pour saisir les nuances de cette conversation.

— Je vis dans cette maison, lui dit-elle, et elle est remplie de fantômes.

— Ne compte pas sur moi pour sympathiser avec eux.

— Tu as toujours l'intention de venir demain ?

— Je viendrai.

— Alors, rends-moi service : apporte des cadeaux aux gamines.

— Comment aurais-je la moindre idée de ce qui peut plaire à des petites filles ?

Kendra attendit, refusant de le supplier. Isaac soupira.

— Quel âge ont-elles ? demanda-t-il enfin.

— Trois et six ans.

— Des suggestions ?

— Oui. Utilise ton imagination.

Une heure plus tard, elle avait toujours les yeux dans le vague quand un claquement de portières la tira de ses réflexions. Comme la météo l'avait annoncé, le ciel s'était couvert dans le courant de l'après-midi. Les filles avaient les joues roses et les cheveux en bataille. Alison semblait à la limite de l'épuisement : elle se frottait les yeux avec les poings, d'un geste universel que même une femme sans enfants n'avait aucune peine à interpréter.

— Quel spectacle ! dit Jamie. Et ces poutres sont fabuleuses. Ta maison fera la couverture d'un magazine sur les chalets de charme quand ce sera fini. Mais ce n'est pas demain la veille ! Ne les crois pas s'ils prétendent le contraire.

Tout en parlant, Jamie souleva Alison dans ses bras, et la petite blottit sa tête contre l'épaule de sa mère.

— J'ai là deux petits boulets complètement raplapla. Hannah elle-même a demandé à se reposer. Je peux les coucher quelque part pour un petit somme ? Nous gonflerons nos matelas.

Satisfaite que Jamie ait remarqué combien elles étaient fatiguées, Kendra secoua la tête.

— Mets-les plutôt dans mon lit. Elles seront plus tranquilles.

— J'ai apporté une alèse — au cas où.

— Bien vu. Et il y a une laverie automatique pas très loin d'ici.

— Bon, je vais suivre ton conseil, alors. Vous entendez ça, les filles ? Hop, au lit, toutes les deux ! Votre tante vous prête sa chambre. Sympa, non ?

Les petites s'éloignèrent sans protester.

Au bout de dix minutes, Jamie rejoignit sa sœur.

— Il a fallu raconter une histoire, dit-elle. Et une histoire de serpent, évidemment. J'ai bien songé à celle d'Adam et Eve mais l'introduction du Mal dans l'univers ne me paraît pas tout à fait indiquée pour s'endormir.

— Qu'est-ce que tu leur as raconté, alors ?

— C'est Hannah qui a improvisé. Il était question d'œufs, de lait et de biscuits fourrés. Ça ressemblait à une recette.

En attendant, Kendra avait préparé du thé. Elle se rappela comment Jamie l'aimait autrefois : très sucré, avec un nuage de lait. La distance qui les séparait à présent n'en était que plus évidente puisqu'elle ignorait tout des goûts de cette sœur adulte.

Jamie porta un toast avec sa tasse.

— A ces quelques moments de paix et de tranquillité ! J'espère qu'on ne te fatigue pas trop. Il m'arrive d'oublier combien les enfants peuvent être épuisants.

— C'est merveilleux de les avoir ici.

Kendra se rendit compte à quel point c'était vrai. Quand ses nièces seraient reparties, elle ne cesserait de se demander ce qu'elles devenaient.

Jamie se laissa choir sur un siège.

— Explique-moi donc un peu ce que tu comptes faire avec ce chalet.

Kendra décrivit sommairement son projet, omettant de mentionner son obsession croissante pour la famille d'Isaac.

— As-tu examiné le dossier que Cash t'a apporté ?

Kendra n'y avait pas même jeté un coup d'œil.

— Non. Ça t'intéresse de le voir ?

— Tu veux rire ? Je ne vis que pour ça.

Kendra alla le chercher.

— Tu étudies l'architecture et l'aménagement intérieur. Qu'est-ce qui t'a orientée dans cette direction ?

— Un dessin grâce auquel j'ai gagné une bourse d'études.

Inexplicablement, Kendra n'avait jamais songé au fait que sa sœur n'était pas encore en droit de prétendre à son héritage. Leur père avait établi pour elles un legs en fidéicommis, l'argent étant géré pour elles jusqu'à leur vingt-huitième anniversaire. Jamie devait attendre encore un an pour en disposer à sa guise.

— Pourquoi as-tu sollicité une bourse ? demanda Kendra. Les administrateurs du legs auraient donné le feu vert pour financer tes études. Ou bien j'aurais pu t'aider. Même Riva aurait mis la main à la poche.

— Je ne voulais pas laisser quelqu'un contrôler ma vie, poser des conditions, surveiller mes fréquentations ou mes notes de fin d'année. Du reste, trop de facilité aurait ôté du sens à cette expérience. J'ai préféré y aller progressivement, procéder à des emprunts et obtenir des bourses. Evidemment, le fait de savoir que je pourrai tout rembourser d'un coup l'année prochaine, c'était quand même tricher un peu. Mais bon, je n'y peux rien si je suis une riche héritière.

— Ça t'a pris pas mal de temps, alors ?

— Cinq ans. J'ai un emploi à mi-temps — plus les filles, naturellement. Je me suis arrêtée un an après la naissance d'Alison. Tout ça s'est ajouté. Son père paie les frais de garde pour que je suive mes cours. Le père de Hannah est encore plus généreux, à condition qu'il n'ait pas à passer un moment avec elle. Je loue une petite maison — un pavillon tout simple, mais avec un grand jardin et une salle de jeux. Ce n'était pas le genre de priorités qui me venaient à l'esprit, autrefois : quand j'imaginais mon futur logis, je voyais un manoir sur une côte somptueuse, avec des lustres en cristal et des terrasses dallées de marbre. A la place, j'ai des jeux de jardin et un grillage en guise de clôture.

— Pardon ?

— Qu'est-ce que tu crois ? Je sais que nous ne sommes pas une famille conventionnelle. Jusqu'ici, j'ai choisi des hommes comme Jimmy : des casse-cou, des beaux parleurs, le genre de types qui ont la mémoire courte dès qu'il s'agit d'être là pour de bon. Je suis encore bien loin de maîtriser l'art délicat qui consiste à sélectionner le bon compagnon.

Il était difficile de la critiquer, songea Kendra, vu le résultat incertain de sa propre sélection. S'était-elle justement éprise d'Isaac parce qu'il était tout le contraire de son propre père ?

— J'aime penser qu'Alison était destinée à venir au monde,

même si ce n'était pas prévu au programme, reprit Jamie. Ça manque peut-être un peu de logique.

— Je ne sais pas ce qui est logique.

Kendra sortit les croquis et les listes que Cash avait apportés.

— Mais tu verras demain le résultat de ma sélection à moi, ajouta-t-elle. Isaac vient passer le week-end ici.

— C'est vrai ? Oh, génial ! dit Jamie d'un air sincèrement ravi. Si on faisait cuire des grillades dehors ? Ce serait sympa, non ? Les filles adorent manger dans le jardin.

— Je n'ai pas de barbecue.

— J'en achèterai un petit demain matin et je rapporterai de la viande et de quoi faire une grosse salade. Ce sera mon cadeau pour ta crémaillère. Mais il faudra que tu en fasses construire un en dur. Ajoute ça à la liste des travaux. Tiens, par ici, de préférence !

Elle désigna le côté du chalet qui donnait sur la rivière.

— J'espère que tu as prévu une suite de terrasses en escalier ? Ce sera l'endroit idéal pour recevoir.

— Etalons tout ça sur la table, dit Kendra, joignant le geste à la parole. Cash a dit que ce n'étaient que des esquisses. Apparemment, c'est vrai. Mais l'idée générale est bien là.

Jamie se pencha pour regarder.

— Tu as de la chance qu'il ait eu le temps de faire ça. Isaac participe ?

— Lui ? Il préférerait brûler tous ces papiers que d'y jeter un coup d'œil. J'ai carte blanche pour faire tout ce qui me plaira.

Jamie opina comme si elle comprenait, ce qui n'était évidemment pas le cas. Mais elle s'abstint sagement d'interroger sa sœur.

— Bon. Voyons un peu.

Elle prit le premier croquis et le posa sur le dessus de la pile.

— Ça, c'est une ébauche du chalet. Original, d'accord, mais dans l'ensemble, ça ne donne pas vraiment envie. Il n'y a rien qui permette de tirer vraiment profit de la vue, surtout sur la rivière. Ce n'est pas non plus particulièrement intéressant d'un point de vue historique… Tu tiens absolument à conserver la structure initiale ?

— Absolument.

— Bon. Le terrain doit valoir une petite fortune. Donnons-lui encore plus de valeur.

Jamie glissa le premier croquis en dessous des autres.

— Tiens, voilà sa première idée.

Kendra s'aperçut aussitôt qu'elle était totalement incapable, en regardant un plan, de le transformer mentalement en maison. Elle avait plutôt l'impression d'examiner un problème de géométrie. Les angles, les lignes et les formes étaient bien visibles — mais pas le bâtiment dans son ensemble.

— Qu'est-ce que tu en penses ? demanda Jamie.

— Je pense que j'ai besoin de tes explications. Pour moi, c'est un véritable casse-tête chinois.

— Tiens, voilà quelque chose dont je suis capable et pas toi : le rêve le plus cher d'une sœur cadette.

Jamie entreprit de décoder le plan : ici, une véranda. Là, une terrasse de bois ; et en dessous, une série de paliers surplombant le fleuve. Plus loin, une sorte de canal descendait en cascade jusqu'à un petit bassin de rétention.

— Très fonctionnel et aussi très ordinaire, déclara Jamie en conclusion. C'est le genre de chose que l'on conçoit à la va-vite. Parlons un peu atmosphère. Qu'est-ce que tu aimerais réellement trouver quand tu viendras passer le week-end ici ? Je ne parle pas de pièces ni de dépendances. Mais de quoi auras-tu besoin, là, au fond de toi ?

Elle posa une main sur son cœur pour illustrer son propos.

— De paix, de contemplation. D'un endroit où respirer, où me ressourcer.

Tout en feuilletant les papiers, Jamie continua à l'interroger. Elle trouva un plan qui lui plaisait davantage et le tendit à Kendra en soulignant ses points forts.

— Celui-ci est déjà plus élaboré. C'est probablement la

maison de ses rêves — celle qu'il aimerait te construire si tu lui donnais le feu vert. En fait, Cash te laisse le choix.

— Ce projet-là est donc le plus audacieux ?

— A mon avis, il faudrait encore beaucoup plus d'audace que ça. Viens, allons faire un petit tour dans les prés avant qu'il se mette à pleuvoir pour de bon. J'espère que Géant Noir est en train de faire un petit somme dans les bois, loin d'ici.

Quand elles rentrèrent, vingt minutes plus tard, de grosses gouttes commençaient à tomber, et Kendra avait eu un aperçu du talent et de l'imagination de sa sœur. Le projet de Jamie tirait le meilleur parti de chaque panorama. Une terrasse couverte donnant sur les bois, d'un côté, offrait un sentiment de communion avec la nature. Une série de terrasses de bois dominant la rivière incitait à la contemplation. Le bassin et la cascade esquissés par Cash s'agrémentaient d'un espace dédié à la méditation. Une immense baie vitrée, par où la lumière entrait à flots, remplaçait tout un pan de mur. Une vaste chambre principale, avec salle de bains attenante, donnerait envie à Kendra de s'y attarder plus que nécessaire. Et le bureau, avec sa vue à couper le souffle, serait un véritable lieu d'inspiration.

Jamie s'installa sur le canapé tandis que le tonnerre grondait au loin, dans la montagne. L'orage promettait d'être violent.

— L'astuce consiste à mêler le neuf à l'ancien, conclut-elle. Il faut donner l'impression que le chalet existe depuis la nuit des temps et qu'une fois terminée, la maison sera là pour l'éternité.

Kendra s'assit près d'elle.

— C'est un projet de haut vol.

Jamie l'étreignit d'un geste spontané, puis s'écarta immédiatement.

— Ce n'est pas totalement désintéressé de ma part, bien sûr. Si tu agrandis, nous pourrons venir sans te gêner.

La perspective était séduisante. Kendra ne demandait pas

mieux que d'accueillir Jamie et ses filles — la famille qu'elle n'avait jamais eue réellement. Cette maison lui fournirait l'occasion de voir grandir ses nièces. Et aussi l'occasion de retrouver sa sœur.

« Egyptian », une chanson que Kendra avait adorée, naguère, fit vibrer le portable de Jamie.

La jeune femme secoua la tête.

— Ces portables, quelle plaie !

— Tu ne pourrais pas le débrancher ?

— Hélas ! le monde continue de tourner.

Elle se leva et se dirigea vers la porte.

— Tu peux rester ici, ça ne me gêne pas, dit Kendra. Sur la terrasse, tu vas être trempée.

— Ça risque de durer. Je vais rester contre le mur.

Elle ouvrit le téléphone et le porta à son oreille. Au moment où elle atteignait la porte, il y eut une brève accalmie, un de ces silences absolus qui précèdent la foudre. Kendra entendit les mots que sa sœur chuchotait.

— Le genre de truc que tu peux te procurer demain, ça m'est égal. Il n'a jamais été question de demain. Tu tiens absolument à décevoir Rosario ?

La porte se referma derrière elle. Un coup de tonnerre ébranla les murs.

Kendra se demanda comment elle avait pu être aussi stupide.

10

Kendra dormit mal. Un cauchemar, au petit matin, lui fit revivre une scène de son enfance. Elle avait sept ans, et Riva lui avait promis de l'emmener au cirque dans le parc de Madison Square. A cet âge-là, Kendra avait déjà appris à ne croire personne sur parole — méfiance qui lui avait été utile, plus tard, dans l'exercice de son métier.

Quand Riva comprit que sa fille ne la croyait pas, elle prit un couteau, entailla le bout de son index et traça une croix avec son sang à l'intérieur du poignet de Kendra, en guise de promesse solennelle.

Puis elle quitta la maison et ne réapparut que huit jours plus tard.

Le rêve correspondait fidèlement à cet épisode, sauf qu'après le départ de Riva, la petite fille avait condamné toutes les portes et les fenêtres de la maison avec des planches, un marteau et des clous.

Kendra se réveilla en sueur, le sang battant bruyamment à ses tempes.

Elle savait pourquoi ce souvenir refaisait surface. La veille, en regagnant la cuisine après son coup de fil, Jamie s'était mise à préparer une poule au pot maison. En la voyant couper l'oignon, l'ail et le céleri en rondelles, Kendra s'était demandé où sa sœur avait appris à cuisiner. Vendait-elle aux toxicomanes avides de sucre, en plus de leur dose d'héroïne, des tartes aux fruits comme celle dont elles s'étaient régalées au dessert ?

Elle essaya d'imaginer Jamie confrontée à des difficultés

financières telles qu'elle devait organiser des transactions par téléphone, puis elle hésita entre deux conclusions. Soit elle avait mal compris ce que disait sa sœur (avec l'orage, ce n'était pas impossible), soit Jamie se commettait avec un certain Rosario qui exploitait son besoin de drogue, d'argent et d'amour en la faisant travailler pour lui.

Kendra ignorait l'étendue de ses écarts de conduite. Après la naissance de Hannah, elle avait envisagé de faire appel à un détective privé pour retrouver sa sœur. A la réflexion, elle y avait renoncé. Si Jamie avait découvert que Kendra la faisait suivre, tout espoir de retrouvailles aurait été exclu. Elle se doutait bien que Jamie avait été impliquée dans des affaires de trafic de drogue, à Brooklyn.

Elle n'avait posé aucune question sur le coup de fil. A présent, il y avait deux petites filles à prendre en compte. Avait-elle envie de voir sa sœur et ses nièces disparaître une fois pour toutes ? Ou voulait-elle être la première personne à qui Jamie songerait si les enfants avaient besoin d'aide ou d'un refuge ?

Kendra s'endormit, se réveilla, se rendormit. En se réveillant une dernière fois, elle vit que le jour était déjà levé, et découvrit aussi qu'elle n'était pas seule.

— Il ne reste plus qu'un œuf, ce matin, lui annonça Hannah.

Elle était vêtue d'un pyjama à fleurs jaunes, dont le haut était à l'envers.

— Et il y en avait deux, hier soir, quand on s'est couchées. Comment ça peut gober un œuf, un serpent ? Est-ce qu'il a des lèvres pour sucer ?

Kendra se redressa en position assise et s'étira longuement. Alison, en T-shirt bleu, était installée près de sa sœur.

— Je ne me suis jamais suffisamment approchée de la bouche d'un serpent pour pouvoir te répondre, dit Kendra.

— C'est peut-être un autre animal qui a pris l'œuf. Je crois qu'il faudrait monter la garde, cette nuit.

— Et moi, je crois qu'il vaut mieux faire un gros dodo, dit Kendra. Certaines choses doivent rester des mystères.

— Quand je serai grande, je résoudrai tous les mystères.

— M'stere, renchérit Alison en hochant vigoureusement la tête. Moi aussi.

— Où est votre maman ? leur demanda Kendra en les serrant dans ses bras.

— Elle s'est levée tard.

Kendra songea que le téléphone portable avait dû sonner plus d'une fois pendant la nuit.

— Vous avez bien dormi ?

— Je dors jamais. Alison ronfle.

— C'est vrai, Alison ?

— Ronfe.

Alison renifla comme un âne.

— Ben dis donc ! Je ne pourrais pas dormir, moi non plus.

— Alison voulait une histoire. Moi, je suis neutre.

Kendra se mordit la lèvre pour ne pas rire.

— Quel genre d'histoire ?

— Elle aime assez les contes de fées. Mais il faut que ça finisse bien, sinon elle pleure.

— Je la comprends. Vous aimez l'histoire du vilain petit canard ?

Hannah rampa sur le lit de façon à se mettre à plat ventre près de Kendra. Pour ne pas être en reste, Alison fit de même, de l'autre côté.

— Raconte, on verra bien.

Dix minutes plus tard, après avoir ajouté une foule de détails auxquels Andersen n'avait jamais pensé, et gommé quelque peu les mauvais traitements infligés au pauvre petit canard, Kendra conclut son histoire.

— Et donc, le vilain petit canard n'était pas du tout un canard, mais un superbe cygne blanc. Et tous les cygnes étaient si heureux de le retrouver qu'il eut des amis pour l'éternité.

— Fin ! cria Alison.

La porte s'ouvrit et la tête de Jamie apparut.

— Quelqu'un a kidnappé mes petites filles. Leurs lits sont vides.

— Maman !

Alison glissa en bas du lit et courut vers Jamie, qui la souleva dans ses bras et fit claquer un baiser sur sa joue ronde.

— Comment va ma poupette ?

— Les canards est méchant !

— Ce n'est pas tout à fait le message que je voulais faire passer.

Kendra regarda Hannah se joindre au tableau, sur le pas de la porte, en quête d'un câlin.

— Elles t'ont réveillée ?

— Elles ont dû passer devant ma porte sur la pointe des pieds pour aller aux toilettes, et elles n'ont pas pu s'empêcher de me regarder dormir.

— Je vais faire comme elles — à moins que tu veuilles passer avant moi ?

— Vas-y.

Jamie s'arrêta à mi-chemin de la salle de bains.

— C'est sympa de vous trouver toutes les trois comme ça. Elles ont besoin d'une famille, mes filles.

Kendra se demanda tout ce dont les filles pourraient avoir besoin, plus tard. C'était trop douloureux d'y penser.

Un monospace bordeaux sortait de l'allée quand Isaac arriva au chalet. Il aperçut le profil d'une jeune femme et d'un enfant assis dans un siège surélevé avant que le véhicule tourne sur la route dans la direction opposée à la sienne.

La sœur de Kendra et ses enfants. Il espéra ne pas les avoir manquées.

Il s'était toujours posé mille questions sur Jamie. Bien sûr, il connaissait les grandes lignes : la sœur cadette, ravissante, perturbée, amorale, qui avait déserté le foyer. Kendra disait que Jamie ressemblait beaucoup à Riva et semblait prendre le même chemin qu'elle. Isaac avait rencontré deux fois la mère de Kendra. Sa propre mère, d'une docilité qui frisait l'inertie, s'était toujours appliquée à se fagoter comme une mamie pour ne pas être accusée par son mari d'aguicher d'autres hommes.

La dernière fois qu'il avait vu Riva Dunkirk, elle arborait un corsage de soie imprimé léopard, une jupe en cuir et des bagues à chaque doigt. Son rire en cascade jaillissait au moindre prétexte et dans la salle du restaurant, tous les regards masculins — admiratifs ou horrifiés — étaient braqués sur elle. Riva n'inspirait jamais de sentiments mitigés.

Kendra parlait rarement de Jamie. S'il ne l'avait jamais encouragée à le faire, ce n'était certes pas par manque d'intérêt. Le fait que Jamie ait fait tant de peine à Kendra le rendait furieux, mais il refoulait délibérément sa colère — une émotion qui lui faisait horreur. Son père adoptif était un homme irascible et vindicatif auquel il n'avait aucune envie de ressembler.

Quand le monospace eut libéré le passage, il monta jusqu'à la clairière, s'arrêta et coupa le contact. Rien ne semblait avoir changé — sinon qu'il y avait maintenant une rampe à l'escalier de la terrasse, ce qu'il jugea rassurant. Depuis le départ de Kendra, il avait fait quelques cauchemars épouvantables dans lesquels sa femme gisait, inerte, au bas de ces cinq marches, sans personne à proximité pour la secourir. S'il conservait cet état d'esprit, l'irritation que lui causait sa décision d'habiter ici allait gâcher leur rencontre. Or, il n'était pas venu jusqu'à Toms Brook dans l'intention d'accélérer le déclin de leur couple.

Il ne descendit pas immédiatement de voiture. Toujours installé au volant, il s'interrogea malgré lui sur la femme qui l'avait mis au monde. Comment Rachel Spurlock avait-elle vécu le fait de grandir ici ? Aux yeux d'Isaac, le chalet et la campagne alentour n'étaient pas pittoresques mais gâchés par la misère et le chagrin des gens qui avaient vécu là. Comment s'étonner que Rachel ait déserté cette zone rurale de Virginie pour découvrir un autre mode de vie ? Le départ de sa fille avait-il vraiment été une surprise pour Leah Spurlock Jackson ?

Leah était une tout autre énigme. Kendra affirmait qu'elle jouissait d'une certaine considération au village. Pourtant, personne ne semblait savoir d'où elle venait ni pourquoi elle était arrivée là un beau jour. La fascination que cette histoire exerçait sur Kendra le troublait. Apparemment, elle avait aussi ravivé les obsessions de sa propre enfance — obsessions normales chez un enfant adopté, surtout quand il se trouve dans une situation difficile.

Petit garçon, il avait souvent fantasmé sur les gens qui s'étaient débarrassés de lui. Son père mettait volontiers l'accent sur l'indigence et l'ignorance de sa famille biologique, trop immorale, selon lui, pour élever un enfant. En son absence, sa mère expliquait à Isaac que le colonel se trompait. Ses parents l'avaient certainement aimé, et ils pensaient bien faire en lui offrant cette chance d'être élevé dans un milieu aisé. Tout en préférant cette seconde version, Isaac n'était évidemment pas dupe : si ses parents avaient réellement voulu son bien, ils ne l'auraient pas envoyé vivre sous le toit du colonel Grant Taylor.

Adulte, il avait fini par comprendre que vu de l'extérieur, son père présentait toutes les qualités du candidat idéal à l'adoption. Il savait bien que certaines femmes peuvent se retrouver enceintes sans avoir les moyens ni l'envie d'élever un enfant, et à l'époque où elle aurait pu aisément avoir recours à l'avortement, sa mère biologique avait pourtant choisi de le mettre au monde.

Ces réflexions-là auraient dû consoler le chagrin du petit garçon abandonné et pris au piège qui subsistait en lui. Peut-être auraient-elles réussi à guérir son âme en peine si Kendra n'avait pas tout remis en question en venant s'installer dans le pauvre logis de sa grand-mère, lui faisant comprendre à demi-mot — mais avec insistance — qu'il fallait affronter son passé pour transformer sa vie.

Une porte s'ouvrit et sa femme apparut sur la terrasse couverte, en jean noir et chemise ouverte sur un petit bustier à fines bretelles. Soudain ragaillardi, il détailla sa silhouette un peu frêle, presque androgyne tant elle avait minci après les opérations consécutives à son agression. Ses cheveux courts dégageaient son cou gracieux, ses pommettes saillantes et l'ovale de son visage.

Il la trouvait plus désirable que jamais.

— Tu peux entrer ! lança-t-elle en se penchant sur la balustrade. Je ne mords pas.

Il descendit de voiture.

— J'admirais le point de vue.

— Tiens, c'est nouveau, ça !

— Je ne parle pas du chalet.

— Ah… Les compliments ne sont pas monnaie courante, par ici. Celui-ci me plaît bien.

Isaac se dirigea vers la maison.

— Ta sœur aurait-elle un monospace bordeaux ?

— Elle vient juste de partir. Elle a oublié d'acheter des glaces pour le dessert, et les filles en faisaient une maladie. Jamie tient à célébrer comme il se doit l'événement que représente votre rencontre.

Il testa la rampe toute neuve et la jugea assez solide pour assurer la sécurité de Kendra. Sous le porche, il la prit dans ses bras, l'attira contre lui et effleura ses lèvres d'un baiser.

— Tu as pris un petit peu de poids, mais pas assez.

Sous le soleil printanier, des paillettes d'or brillaient dans les prunelles noisette de Kendra.

— Comment le sais-tu ?

— Je connais chaque centimètre carré de ton corps.

Elle sonda son regard.

— Tu aurais pu oublier, depuis tout ce temps.

— Il est difficile de faire l'amour à distance, riposta-t-il d'une voix un peu rauque.

— Jamie va revenir d'un moment à l'autre.

Ils n'avaient pas eu de rapports sexuels depuis les jours précédant l'agression, mais en cet instant, bien qu'il eût envie d'elle, il jugea préférable que ce soit impossible. D'une certaine façon, Kendra était devenue une inconnue pour lui, et il se sentait incapable de coucher avec une inconnue sans savoir exactement sur quel pied danser.

— J'aurais aimé rester cette nuit, lui dit-il, mais je dois partir demain matin pour Philadelphie. Il faudra que je rentre après le dîner : je dois faire mes bagages.

— Une conférence ? Une réunion ?

— Une réunion. Quelqu'un s'est décommandé et m'a chargé de le remplacer.

— Aïe !

Elle croisa les doigts sur sa nuque et l'embrassa rapidement avant de s'écarter.

— Toi, tu as travaillé dur.

— Qu'est-ce qui te fait dire ça ?

— Franchement, tu n'as pas l'air reposé. A mon avis, tu ne dois pas te coucher avant minuit ni te lever après 6 heures du mat'. Et chaque fois que je t'ai appelé, le week-end, je suis tombée sur le répondeur. Tu vas au bureau le dimanche ?

Il y avait quelque chose d'un peu étrange dans cette conversation. Ils ne s'étaient pas vus depuis quinze jours et pourtant ils se comportaient déjà comme de bons amis, sans plus. Il se demanda si elle se sentait aussi déboussolée que lui, ou s'il s'agissait de l'évolution normale d'une union qui touchait peut-être à sa fin. Même s'ils parlaient encore de sexe, les circonstances faisaient d'eux un couple pratiquement séparé, qui ne trouvait plus ses repères.

— Je n'ai aucune raison de rester à la maison quand tu n'y es pas, lui dit-il. Dimanche dernier, je suis allé faire une randonnée en VTT.

— De quel côté ?

— Oh, un simple aller et retour entre Towpath et les cascades de Great Falls.

Il y avait bien longtemps qu'il n'avait pas forcé ainsi, au point de tout évacuer hormis la douleur musculaire et le bouillonnement du sang dans ses veines.

— J'adore ce parcours, dit-elle en souriant tristement. Je ne suis pas sûre de pouvoir le refaire un jour.

— Comment te sens-tu ?

Elle croisa les bras sur sa poitrine.

— Un peu plus solide, je crois. J'effectue religieusement mes exercices et je marche le plus possible. On m'a conseillé un excellent kiné pour superviser ma rééducation. Je boite toujours un peu. Peut-être pour toujours.

— Tu te reposes assez ? Tu manges bien ?

— Mes voisins m'ont gavée comme une oie : je n'avais jamais vu une telle quantité de nourriture. Et Jamie est un fin cordon-bleu. Elle a préparé un véritable festin pour le dîner de ce soir. Je me demande qui lui a appris à cuisiner. Certainement pas Riva, en tout cas.

Elle indiqua la porte d'un mouvement de tête.

— Rentrons dans le séjour. Tu veux boire quelque chose ?

Il remarqua qu'elle semblait plus solide sur ses jambes. Quelques semaines plus tôt, il se demandait si elle réussirait à marcher de nouveau.

— Je vais préparer du thé glacé.

Kendra se dirigea vers la cuisine. Il lui emboîta le pas, puis s'appuya contre le plan de travail pour la regarder. L'endroit était si exigu qu'il dut se plaquer contre le meuble pour prendre moins de place.

— Si tu me parlais un peu de Jamie, avant qu'elle revienne ?

— Je voudrais ton opinion objective, alors, je préfère éviter de t'influencer.

Elle sortit un citron du frigo et le lui lança.

— Les couteaux sont dans ce tiroir, à ta droite.

Il posa le citron sur une planche à découper et fouilla dans le tiroir à couverts.

— De quoi pouvons-nous parler, alors ?

— Je comptais te montrer quelques esquisses du projet de rénovation.

— Le bois est arrivé ?

— La livraison a été repoussée à demain, répondit-elle en remplissant deux verres bleu cobalt de glaçons puis en versant le thé par-dessus. Apparemment, il y a eu une anicroche au dernier moment, lors du démontage de l'écurie.

Isaac lui tendit les tranches de citron, qu'elle ajouta au reste, avec quelques cuillérées de sucre.

— D'après ce que j'ai entendu dire, les chantiers de rénovation ne seraient qu'une longue suite d'anicroches.

— Installe-toi confortablement. Je vais chercher les plans.

Il ne voulait pas entamer une polémique en répondant qu'il s'en contrefichait. Manifestement, elle accordait beaucoup d'importance à cette opération. Refuser de voir ce qu'elle comptait faire ici était le plus sûr moyen de compromettre leur avenir commun.

Kendra revint et étala des papiers sur la table.

— Jamie étudie l'architecture et la décoration : elle a vraiment l'œil. Pour moi, en revanche, un croquis comme celui-ci, c'est du charabia.

Isaac l'écouta en silence exposer les différentes options, le potentiel et l'intention générale. Son malaise s'accrut quand il s'aperçut qu'elle ne comptait pas simplement ajouter une chambre et agrandir le séjour mais qu'elle voulait faire de ce chalet une maison de rêve. Pour elle, l'appartement de Washington ne serait jamais plus qu'un lieu de passage. Sa vraie maison serait ici.

— Qu'est-ce que tu en penses ? lui demanda-t-elle enfin.

— As-tu l'intention de t'installer ici définitivement ?

Elle leva les yeux sur lui.

— Je fais juste évoluer les choses, petit à petit. C'est donc l'impression que ça te donne ? Tu penses que ce projet est un moyen de m'éloigner de toi ?

Il ne répondait jamais à ce genre de question.

— Je n'ai pas le sentiment que cela ait grand-chose à voir avec moi.

— C'est ta propriété. J'ai toujours eu envie de te faire participer à tout ce que nous entreprenons ici.

Des bruits de pas précipités sur le plancher de la terrasse le dispensèrent de répondre. Deux petites filles firent irruption à point nommé.

— On a pris vanille fraise et chocolat au beurre de cacahuètes ! annonça l'aînée. Tu es l'oncle Isaac ?

Isaac se leva au moment où une charmante jeune femme

qui ressemblait bien davantage à Riva qu'à Kendra entrait à son tour.

— Bonjour ! lança-t-elle. Moi, c'est Jamie, la petite sœur. La gloutonne qui porte les glaces, c'est Hannah et la friponne toute bouclée, Alison.

La gloutonne et la friponne avaient des frimousses plutôt sympathiques, bien qu'en matière d'enfants Isaac n'y connaisse pas grand-chose.

Jamie lui tendit la main et il la serra tout en marmonnant une formule de politesse. Elle exhibait des fossettes semblables à celles de Riva, sans toutefois minauder comme elle ni afficher la même expression aguicheuse. Elle avait l'air sincèrement heureux de faire sa connaissance, comme si quelque chose de bien survenait dans sa vie.

— Il y a un serpent sous la maison, dit la gloutonne. Il s'appelle Géant Noir et il faut l'admirer de loin. Il gobe des œufs, mais il ne mange pas de biscuits fourrés.

Isaac regarda Kendra, qui l'observait.

— Un serpent ?

Elle haussa les épaules.

— Géant Noir ? demanda-t-il à Hannah.

— Il est très beau. Si j'étais une dame serpent, je me marierais avec lui.

— Si tu étais une dame serpent, il aurait bien de la chance de t'avoir.

Hannah sourit, et une paire de fossettes creusa ses joues.

— Avec Alison, on peut te montrer où il habite. Mais il faut que tu lui donnes la main : c'est encore une petite fille.

Jamie tenta de s'interposer.

— Oncle Isaac vient à peine d'arriver, Hannah. Il doit être fatigué du voyage.

Isaac tendit la main aux filles.

— Pas trop fatigué pour aller voir ce visiteur rampant.

— Oh ! Géant Noir n'est pas un visiteur ! dit Hannah. Il est chez lui, ici. C'est nous, les visiteurs : il était là avant.

— G.N. est un serpent ratier, de la famille des couleuvres, expliqua Kendra. Sa morsure n'est pas venimeuse.

Isaac tenait à présent les deux petites filles par la main. Il avait l'impression d'être un géant, lui aussi.

— Nous revenons tout de suite, dit-il. Jamie, j'ai hâte de connaître tous les détails du périple qui vous a conduite ici.

— Et probablement bien davantage, ajouta-t-elle d'un air entendu.

Leurs regards se croisèrent. Il hocha légèrement la tête et Jamie sourit de nouveau. Isaac était un homme prudent qui avait toutes les raisons de détester la sœur de Kendra.

Il se surprit à lui rendre son sourire.

11

Kendra redoutait cette fête de retrouvailles concoctée par Jamie. Elle s'était figuré Isaac mal à l'aise dans son rôle d'oncle, rigide avec les filles et soupçonneux envers leur mère. En réalité, il semblait fasciné par ses nièces — Hannah, en particulier.

Comme cadeau, il leur avait apporté un nécessaire à bulles composé de baguettes munies d'anneaux métalliques de dimensions et de formes variées, avec deux petites bassines en plastique. Il leur apprit ensuite à confectionner l'eau savonneuse avec du liquide vaisselle et de la glycérine. Manifestement, il avait trouvé le temps, au cours d'une journée chargée, de se renseigner sur l'alchimie de ce plaisir d'enfant.

Dehors, les filles passèrent près de deux heures au soleil à produire des bulles. Ou, plus exactement, Hannah soufflait les bulles et Alison les poursuivait. Tout en les regardant, Isaac assembla le gril à charbon de bois acheté par Jamie et prit soin de le placer assez loin de l'usine à bulles.

Jamie était infatigable. Elle prépara une salade de pâtes assaisonnée d'une vinaigrette aux graines de sésame, éplucha des épis de maïs de Floride et des asperges violettes du Michigan, confectionna une génoise à la crème fouettée, et accompagna le gâteau d'un compotier de fraises achetées au marché. Elle répondit au moins à deux appels téléphoniques et s'arrangea pour que personne ne puisse entendre ce qu'elle disait.

Kendra resta assise sur la terrasse, dans un siège en osier de son nouveau salon de jardin, avec un grand verre de limonade et un livre sur les patchworks signés. Distraite par le spectacle qu'offrait son mari avec les filles, elle ne lut pas grand-chose.

Isaac, qui avait toujours éludé le sujet quand il était question de fonder une famille, aurait fait un excellent père. C'était l'évidence même. Les filles l'adoraient déjà. Il était d'une patience remarquable et semblait fasciné, comme s'il venait de découvrir une espèce inconnue au fin fond d'une forêt tropicale.

L'ironie du sort fit grimacer Kendra. Son mari aurait fait un excellent père — et elle, une excellente mère. Hélas ! il n'était plus question pour eux d'avoir des enfants.

— Je crois que c'est presque prêt.

Jamie sortit sur la terrasse, essuyant ses mains sur un torchon à carreaux. Elle avait de la farine sur la joue et portait un autre torchon en guise de tablier, glissé dans la ceinture de sa jupe. Dans cette tenue, on aurait pu la croire tout droit sortie d'un épisode de *La Petite Maison dans la prairie*.

— Viens t'asseoir près de moi, lui dit Kendra. Tu n'as pas pris une minute pour souffler.

Jamie alla se jucher sur le rebord de la balustrade, s'appuyant au pilier de bois.

— Ça m'amuse de cuisiner. Et pour tout dire, les enfants n'apprécient pas mes efforts à leur juste valeur, alors, je me régale à faire ça pour d'autres. Hannah rêve de manger toujours la même chose. Si tu ajoutes une pincée de basilic, par exemple, elle fera la grève de la faim.

— Où as-tu appris à cuisiner ?

— J'ai commencé une formation dans une chaîne de restaurants et je suis passée du niveau de simple exécutante à celui de chef avant de reprendre mes études. J'avais même songé à en faire ma profession, et puis j'ai gagné ce concours dont je t'ai parlé.

— Je me demande ce que Jimmy penserait de ses filles. Moi qui exerce le métier dont il n'arrivait pas à se débarrasser, toi qui coupes des légumes en rondelles et fais griller du poisson.

— Au moins, le journalisme, c'est un truc de famille. Je doute qu'aucun autre Dunkirk ou Delacroix se soit jamais couché avec les doigts qui sentaient l'ail ou l'oignon.

— Tu imagines la grimace horrifiée de Riva ?

Elles s'esclaffèrent ensemble, ce qui leur fit du bien. Le fait qu'elles puissent rire de quelque chose ayant trait à leur enfance était un bon début.

— Qu'est-ce qu'il y a de drôle ?

Isaac vint s'asseoir à côté de Jamie, sur la balustrade. Les filles avaient essayé tous leurs anneaux à bulles. Leur capacité d'attention, tout à fait remarquable, atteignait néanmoins ses limites.

— Notre mère, répondit Jamie. Est-ce que tu la connais ? Bon, je sais bien que ce n'est pas une personne très saine ; mais nous pouvons nous moquer de ce qu'il y a de purement pervers en elle, non ? Elle nous a assez fait pleurer.

— Je l'ai rencontrée, dit Isaac en prenant une voix de tête. Kendra chérie, cette mer-veil-leuse créature est-elle vraiment le compagnon de ton choix ? Dire que je craignais de n'avoir rien réussi à t'apprendre, et te voilà avec cet homme absolument irrésistible !

Kendra ouvrit de grands yeux. Depuis sept ans qu'ils étaient mariés, elle ne s'était jamais rendu compte qu'il avait un tel talent d'imitateur. Elle aurait cru entendre sa mère.

Jamie éclata de rire.

— Oh non ! elle n'a pas dit ça ! Attends… Mais si ! Bien sûr que si ! Est-ce qu'elle te fait des avances dès que Kendra a le dos tourné ?

Kendra répondit pour lui.

— Elle l'a fait : je confirme.

— Mon Dieu ! s'écria Jamie. Là, je devrais probablement calmer le jeu en disant que Riva est complètement givrée mais qu'au fond elle a un cœur d'or. L'ennui, c'est que je mentirais. Elle est comme elle est, voilà tout : un cas unique. Elle se prend pour le nombril du monde et tant pis pour ceux qui ont le malheur de croiser son chemin.

Kendra ne s'offusqua pas de ces propos. En revanche, le

ton sur lequel Jamie énonça cette triste vérité la surprit. Il n'y avait pas une once de reproche ou d'amertume dans sa voix. A l'âge de Jamie, elle n'était pas sûre d'avoir été aussi détachée ni aussi lucide.

— Parle-moi donc de ton travail, dit Jamie à Isaac. Kendra m'a un peu expliqué et je trouve ça passionnant.

Kendra écouta Isaac raconter sommairement en quoi consistaient ses activités. Il était ravi, de toute évidence. Isaac ne flirtait jamais réellement, mais quand il appréciait une femme, il était capable de lui accorder toute son attention. Ce qu'il faisait, en l'occurrence, avec Jamie.

De son côté, Jamie était très intéressante à observer. Nonobstant ses railleries aux dépens de Riva, elle avait appris quelques petites choses à son contact. Même si elle exerçait moins ouvertement son charme sur Isaac que sur Cash, elle savourait, à l'instar de Riva, son pouvoir de séduction sur les hommes. Elle ne battait pas des cils mais elle se penchait en avant, exhibait ses fossettes, se servait de ses mains de façon presque provocante pour souligner ses propos.

Kendra se demanda si Isaac était conscient de ce qui se passait. Le retour des filles interrompit la conversation. Le cadeau d'Isaac avait opéré un miracle mais l'intermède s'achevait. Jamie les fit rentrer pour leur servir des jus de fruits et des tomates cerises à grignoter pour éviter qu'elles s'impatientent pendant que la viande grillerait.

Isaac se leva pour aller allumer le gril, et Kendra l'accompagna.

— Elle n'est pas du tout comme je l'imaginais, dit-il en époussetant ses mains sur son jean.

— Ah bon ? fit Kendra.

— Je la trouve sympa. Ce n'était pas prévu au programme. En fait, elle est épatante avec les enfants. Crois-moi, c'est le meilleur critère pour apprécier quelqu'un.

— Elle n'a aucun principe.

— Bien sûr que si ! Seulement, elle ne passe pas son temps

à s'en vanter. Regarde comme les filles sont bien élevées. Leur mode de vie est une illustration de ses principes.

Voilà qu'ils discutaient de la façon d'élever des enfants ! Kendra eut un mouvement de colère, qu'elle ne tenait pas à analyser de trop près.

— Désolée, mais ce sont les filles qui font la loi. Jamie s'adapte, sans plus.

— Je crois que tu évalues une partie de ce que tu vois à l'aune de ton passé.

— Vraiment ? Alors, qu'est-ce que tu dis de ça ? Je crois qu'elle vend de la drogue.

Elle lui fit part de ses observations et lui confia ce qu'elle avait entendu, la veille.

Isaac marcha sans répondre jusqu'au barbecue.

— Il y a peut-être une autre explication.

— Isaac, tu ne comprends donc pas ? Jamie sait parfaitement comment gagner ta sympathie. Elle t'a fait du charme. Apparemment, ça a marché.

Isaac fronça les sourcils.

— Elle ne m'a pas fait de charme. Nous avons sympathisé. Il y a tout de même une différence, tu ne crois pas ?

— Jamie tient absolument à obtenir notre affection. Elle fait tout son possible pour moi. Mais les gens comme elle, j'en ai connu quelques-uns. Tu ne peux pas te fier à eux ou à ce qu'ils racontent. J'étais sur le point d'oublier cette évidence, hier soir, et puis je l'ai entendue parler au téléphone.

— Alors, pourquoi n'essaies-tu pas d'avoir une conversation avec elle ? Dis-lui ce que tu as entendu et demande-lui ce que ça veut dire.

— Je ne veux pas la faire fuir. Je ne veux pas la voir disparaître de nouveau. Il me semble important d'être là pour les filles. C'est d'une banalité affligeante, n'est-ce pas ? Il y a tant de familles, en ce monde, qui s'accommodent de certaines choses, uniquement à cause des enfants.

— Et maintenant, tu vas sans doute me dire qu'elle n'a eu ses filles que pour se servir d'elles comme monnaie d'échange ?

— Non, elle les aime. Ça, je ne le nie pas. Mais que deviendront-elles si leur mère se fait pincer en vendant de la coke ou de l'héroïne ? Et si elle en vend, elle doit sûrement en consommer. Tu imagines Hannah allant réveiller sa mère, un matin, et la trouvant morte d'une overdose ?

Isaac posa les mains sur les épaules de sa femme.

— Je ne peux te dire que ce que je vois : une jeune maman qui fait de son mieux pour élever correctement ses enfants. Une sœur aînée qui s'efforce de rétablir une relation très importante pour elle. Une femme intéressante, passionnée, qui t'a terriblement manqué pendant des années. Et puis, je vois ma femme, qui voudrait toujours protéger sa petite sœur.

— Jamie est aussi cette personne qui s'est éclipsée un beau jour, il y a dix ans, et m'a laissée pratiquement sans nouvelles jusqu'à maintenant.

— Est-ce de ça qu'il s'agit, K.C. ?

Elle changea de sujet.

— D'où sort donc ce K.C., Isaac ? Tu m'appelais comme ça au tout début…

— A l'époque où nous n'étions sûrs de rien, sauf de ne pas pouvoir cesser un instant de nous caresser ?

— Apparemment, nous y arrivons très bien aujourd'hui.

Il se tut un peu trop longtemps.

— Je craignais de te faire mal.

— C'est une crainte légitime.

— Bon, je trouve que ça s'est bien passé, non ?

Au terme d'une journée passée à cuisiner et à s'occuper de ses filles, Jamie avait l'air un peu fatigué. Après le délicieux dîner concocté par sa belle-sœur, Isaac était reparti pour Washington, promu au grade d'oncle préféré. Les filles avaient même essayé de lui barrer le passage.

— Tout était formidable.

Kendra fulminait encore, mais elle refusait d'analyser de trop près ses motivations.

— Est-ce que tout va bien entre Isaac et toi, Ken ? Je me mêle peut-être de ce qui ne me regarde pas, mais j'ai senti un malaise… Bien sûr, tu peux m'envoyer balader si tu veux.

— Si la situation était au beau fixe, je ne serais pas ici, répliqua Kendra, un peu plus sèchement qu'elle ne l'aurait voulu.

— Je croyais que tu étais venue reprendre des forces loin de la capitale.

— C'est vrai en partie.

Jamie changea de stratégie.

— Je le trouve très chouette. Il est un peu collet monté mais cette façade doit cacher de belles choses. Est-ce que je me trompe ?

Kendra eut envie d'admettre la vérité. Elle haussa les épaules.

— Je ne sais plus vraiment. Quand on s'est mariés, j'ai pensé que c'était l'arrangement idéal. Quelqu'un qui n'avait pas d'exigences. Quelqu'un qui se dévoilerait peu à peu, avec le temps. Seulement, ça ne s'est pas passé comme ça.

— Jimmy et Riva nous ont joué un sale tour, hein ? J'ai cherché l'amour partout où il ne fallait pas et toi, tu n'en voulais qu'à petites doses.

Kendra jugea la réflexion très perspicace.

— Apparemment, nous avons eu l'une et l'autre ce que nous méritions.

— Je ne peux pas dire le contraire, seulement j'ai mes filles. Evidemment, ça ne compense pas le mal que j'ai fait aux autres, en chemin.

Elle posa une main sur le bras de Kendra comme si elle s'apprêtait à ajouter quelque chose. Mais à cet instant, son portable sonna.

— Merde !

— Ne réponds pas, dit Kendra.

— Je suis obligée. Désolée.

Elle ne l'était pas autant que sa sœur. Apparemment, rien n'était plus important pour elle que la personne qui l'appelait.

Jamie se leva et gagna l'escalier de la terrasse.

— J'en profiterai pour fumer une cigarette : je ferai d'une pierre deux coups.

C'était le cas de le dire, jugea Kendra. Sa colère monta d'un cran. Elle ne savait pas au juste à qui elle en voulait le plus. A Isaac, pour la négligence qu'il lui témoignait ? A Jamie, pour la façon dont elle donnait une certaine image d'elle, tandis qu'en réalité elle menait une double vie ?

Jamie disparut derrière le monospace. Kendra pensa que les choses allaient en rester là jusqu'à ce qu'une petite voix appelle, depuis l'intérieur du chalet :

— Maman… je me sens pas très bien…

Kendra rentra juste à temps pour voir Hannah se lever de son matelas gonflable et partir en courant.

— Toilettes, marmonna-t-elle, une main sur la bouche.

Ouvrant les portes à la volée, Kendra l'accompagna de l'autre côté du chalet. Au moment où elles arrivaient aux toilettes, la petite fille se précipita au-dessus de la cuvette et vomit d'un seul coup l'excellent repas de Jamie.

Quand elle eut terminé, Kendra mouilla un gant, lui nettoya le visage, puis l'aida à se rincer la bouche. Hannah était en sueur et tremblait. Sa tante s'assit sur ses talons et l'attira contre elle.

— Ça va mieux ?

Elle hocha la tête.

— Trop de gâteau.

Il fallait espérer que ce n'était que cela, songea Kendra.

— Tu te sens assez bien pour retourner au lit ?

— Où est maman ?

— Dehors. Je vais lui dire que tu as vomi.

Hannah acquiesça.

— D'accord.

Kendra reconduisit la fillette en la tenant par la main. Jamie était toujours invisible. Elle remit Hannah au lit et la borda en lui ajoutant une couverture légère. La petite cligna des paupières, puis ses yeux se fermèrent. Alison ronflait bruyamment sur l'autre matelas.

Kendra attendit quelques secondes à la porte, mais Hannah ne semblait plus avoir besoin de rien. Sa respiration régulière indiquait qu'elle s'était déjà rendormie.

Dehors, Kendra descendit les marches avec précaution et se mit en quête de sa sœur. En approchant du monospace, elle distingua la voix de Jamie. Elle n'avait pas l'intention de prêter l'oreille ou d'utiliser le malaise de Hannah comme prétexte — du moins chercha-t-elle à s'en convaincre. Elle ralentit cependant le pas en arrivant près du véhicule, et put entendre ce que disait Jamie.

— Allons, on en a déjà discuté ! Tu le fais ou tu ne le fais pas. Mais si tu abandonnes, tu sais parfaitement ce que ça signifie pour toi. Tu n'as vraiment pas intérêt à tout foutre en l'air.

Il y eut un silence, puis Jamie reprit la parole.

— Bon. C'est ce que tu veux que je dise à Rosario ? Que tu refuses de lâcher prise ? Que tu vas garder la marchandise dans l'espoir de te faire un paquet de fric ? Et tu t'imagines, pour une raison quelconque, que ça n'a rien à voir avec notre accord ?

Nouveau silence.

— Chérie, je suis déjà passée par là et je peux te garantir que toutes les larmes du monde ne le feront jamais changer d'avis. Ce n'est pas en sanglotant ni en le suppliant que tu pourras t'en sortir. Et si tu ne t'en tiens pas à ce que tu as promis, ta vie va devenir un véritable enfer. Ne te fais aucune illusion : Rosario passera la main aux caïds qui sont loin d'être aussi patients ou tolérants que lui.

Kendra en avait assez entendu. Elle fit le tour du monospace.

— Raccroche ! ordonna-t-elle.

Jamie sursauta. Elle regarda sa sœur avec des yeux ronds.

— Ne quitte pas, murmura-t-elle à son correspondant. Qu'est-ce qui se passe, Kendra ?

— Ta fille est malade. Je l'ai remise au lit mais elle a vomi tout son dîner.

— Alison ?

— Non, Hannah.

Jamie se mordit la lèvre.

— Le gâteau à la crème. Ah, zut, alors ! Ça lui est déjà arrivé la dernière fois que j'en ai fait. Elle ne sait pas s'arrêter.

La scène semblait un peu surréaliste, songea Kendra. La femme qui venait de menacer un dealer quelconque coupable de vouloir garder de la drogue s'inquiétait maintenant des nausées de sa fille et de leur origine.

— Bon, je termine ça et j'arrive !

Kendra réagit brutalement. Durant la fraction de seconde où elle arracha le portable des mains de sa sœur et le lança dans les buissons, elle se rendit compte qu'elle était en colère contre beaucoup de gens — plus particulièrement contre le type qui lui avait logé deux balles dans le corps sur un parking : un individu au casier judiciaire chargé d'autant d'arrestations pour trafic de drogue que pour vol de voitures. Un individu qui avait bouleversé le cours de sa vie.

— Ne me prends pas pour une imbécile, d'accord ? J'en ai entendu assez, cette fois-ci et l'autre soir, pour savoir ce que tu mijotes. Et tu ne passeras pas un moment de plus chez moi à trafiquer de la drogue ou à poursuivre tes petits arrangements entre dealers ! J'ai essayé de ne pas m'en mêler. Je préférais fermer les yeux dans l'intérêt des petites. Mais maintenant, ça suffit… Mon Dieu, Jamie, tu es aussi pourrie que Riva !

Le teint de Jamie était presque livide sous le clair de lune, mais ses yeux lançaient des éclairs.

— Tu ne pourrais pas te renseigner davantage sur ce que tu crois avoir entendu ?

— Je sais parfaitement ce que j'ai entendu.

— C'est drôle, je me souviens qu'étant petite, tu m'avais recommandé de ne jamais me fier entièrement à mes oreilles car ainsi, je commettrais moins d'erreurs.

— Qu'est-ce que j'aurais donc appris de plus si je t'avais demandé des explications ?

— Que la femme à qui je parlais suit une cure de désintoxication et que je travaille avec l'équipe qui s'occupe de son cas. Elle s'appelle Trudy. Elle est en train de rechuter. Notre directeur, Ron Rosario, me dit de ne pas insister, qu'elle n'est pas prête à arrêter pour de bon, mais je persiste parce que je suis passée par là, moi aussi. Elle m'a avoué hier qu'elle avait acheté de la coke dans la rue et qu'elle comptait la revendre un peu plus cher. Malgré tout, je pense pouvoir la repêcher.

Kendra secoua la tête.

— Et Rosario va la livrer aux caïds ?

— Oui, Kendra : il préviendra les flics. Entre nous, c'est comme ça qu'on appelle les gars de la brigade des stups. S'ils la mettent en taule, elle replongera. Trudy sait bien que nous sommes l'unique espoir des drogués, le dernier palier avant la dégringolade finale. Ils le savent tous quand ils s'engagent dans cette démarche.

Bien sûr, il était tentant de la croire, mais Kendra se méfiait encore. Elle commençait toutefois à craindre d'avoir tout fait foirer.

— Alors, pourquoi ne pas m'avoir raconté tout ça plus tôt ?

Jamie ne répondit pas.

— Tu estimais que je devais avoir confiance, c'est ça ? Malgré tout ce qui m'incitait à douter de toi ? Tu es pratiquement devenue une inconnue, Jamie. Tu as fichu le camp il y a dix ans. Tu m'as menacée de disparaître à jamais si je me lançais à ta recherche. Je n'ai même pas su qu'Alison était née. Que voudrais-tu que j'en pense ?

— Je vais voir comment va ma fille. Nous réglerons ça ensuite. En attendant, si tu as une lampe électrique, essaie de retrouver mon portable. Je ne suis pas encore riche, et ce n'est pas en essayant de remettre les drogués dans le droit chemin que je gagnerai autant d'argent que sur le trottoir.

Kendra regarda sa sœur regagner la maison à grands pas. Jamie était furieuse et pour tout dire, il y avait de quoi… à condition que tout cela soit vrai. En fait, elle avait encore du mal à la croire. Pour elle, la suspicion faisait partie des risques du métier de reporter ; c'était aussi un trait de caractère qu'elle avait acquis au contact de sa mère, mensonge après mensonge.

Encore sous le coup de la colère, les mains moites et tremblantes, le cœur battant, elle se dirigea vers les buissons où le téléphone avait atterri. Il lui fallut un bon moment pour le retrouver, à tâtons, en s'écorchant les doigts sur les ronces. Tout en cherchant, elle avait pris une décision. A la lueur de la lune, elle trouva la touche de rappel et appuya dessus, composant ainsi le dernier numéro.

Une femme à la voix jeune, un peu haletante, répondit aussitôt, sans lui laisser le temps de parler.

— Jamie, enfin, qu'est-ce qui se passe ? J'ai cru que tu m'avais laissée tomber. Ne m'en veux pas. Ma vie est un sacré gâchis, tu comprends ? Ne m'abandonne pas ! Il faut que j'y arrive, cette fois-ci. Je sais que c'est ma dernière chance de m'en sortir. Dis-moi ce qu'il faut faire. Dis-moi comment réparer cette connerie.

Embarrassée, Kendra ne savait que dire.

— Ecoutez, murmura-t-elle enfin, ce n'est pas Jamie : c'est sa sœur. Sa fille Hannah est patraque, mais elle vous rappellera dans un moment. Vous pouvez y compter.

La femme se mit à pleurer. Kendra ferma l'appareil.

Elle contemplait les étoiles quand Jamie revint.

— Hannah dort comme un loir, annonça-t-elle.

Kendra lui tendit l'appareil.

— Trudy attend que tu la rappelles.

— Le téléphone a sonné ? Et tu as répondu ?

— Non, c'est moi qui ai appelé.

Jamie reprit son portable.

— Et alors ?

— Tu dis la vérité.

— Quelle chance que tu t'en sois aperçue !

— Ça ne servirait pas à grand-chose de te présenter des excuses, n'est-ce pas ?

— Depuis mon arrivée, je m'évertue à te répéter de toutes les façons possibles à quel point je regrette tout ce gâchis. Apparemment, ça ne t'a pas fait grande impression.

Cette journée avait épuisé Kendra, et la poussée d'adrénaline venait de l'achever. Sa tête pesait des tonnes.

— Appelle Trudy. Je vais m'allonger dans la chambre. Viens me trouver quand tu auras fini.

En attendant sa sœur, Kendra prit une douche. Debout sous le jet d'eau tiède, elle se remémora les innombrables soirs de son enfance où elle avait donné sa douche à Jamie. Elles n'avaient que dix ans d'écart mais sa petite sœur était comme son enfant, à l'époque. Et depuis son arrivée, elle la traitait de nouveau comme une enfant, une petite fille désobéissante qu'il fallait constamment surveiller, contrôler et réprimander. Comme si elle s'attendait à être encore déçue par son comportement.

Elle s'était désespérément accrochée à cette sœur qu'elle aimait plus que tout au monde. Elle n'avait pas voulu la voir grandir, la laisser vivre sa vie…

Quand Jamie entra, Kendra était en chemise de nuit.

— Est-ce que Trudy va s'en sortir ?

— Je ne sais pas. Le fait de balancer le téléphone a peut-être été positif. Elle a cru que je renonçais à l'aider. Je suis la seule personne qui ne la laisse pas tomber et elle en est consciente. Elle m'a dit qu'elle allait tirer la chasse d'eau sur la drogue et assister à une réunion.

— Une réunion ?

— Des Toxicomanes Anonymes. J'ai appelé le gars qui doit la parrainer ; il m'a promis de passer la prendre et de s'assurer qu'elle irait. Il la regardera aussi jeter les sachets de poudre aux chiottes pour qu'il n'y ait pas de lézard. Mais il faut que je retourne dans le Michigan : je veux lui faire reprendre la cure de désintoxication. Rosario va être difficile à convaincre : il est nettement plus intransigeant que moi.

— Veux-tu rentrer pour te rendre utile ou pour t'en aller d'ici ?

Jamie s'assit sur le lit et Kendra l'imita.

— Les deux, avoua Jamie.

— Je n'arrive pas à croire que j'aie tout fichu en l'air aussi bêtement.

— L'erreur est humaine. Et pour être honnête, tu avais quand même tout un tas de choses à me reprocher.

— Mais je suis ta sœur. Je t'ai pratiquement élevée.

— C'est bien ça le problème. Tu te sens responsable de moi — et tu ne l'es pas. Tu n'as jamais été ma mère. Tu étais aussi une gamine.

Une gamine ? Kendra essaya vainement de se rappeler quand elle avait eu le sentiment d'être une *gamine*.

— Nous étions toutes les deux des victimes, conclut Jamie.

— Ça faisait si longtemps… et puis, tu arrives sans crier gare, en disant que tu viens t'occuper de moi, sans donner tellement d'explications pour toutes ces années d'absence…

— Tu veux des explications ?

Kendra n'en était plus si sûre.

— Je crois que je t'en dois, de toute façon. Après Brooklyn, je suis tombée plus bas que tout, reprit Jamie : drogue, alcool, amants d'un soir, trafic et même un peu de prostitution.

Kendra ferma les yeux.

— Jamie…

— Tu n'as probablement aucune idée de ce qu'on peut faire quand la drogue est la seule chose capable de combler ce vide immense qu'on appelle la vie. Un jour, je me suis retrouvée dans une maison inconnue, à cinquante bornes de New York, en train de remplir un sac-poubelle avec les trésors de quelqu'un. J'ai eu comme l'impression de revenir à moi, tout à coup, et je n'arrivais pas à comprendre ce que je faisais là. J'ai regardé dans le sac : il y avait des bijoux et ce qui ressemblait à une collection de pièces de grande valeur. Et même des photos dans des cadres argentés. Sur l'une d'elles — très ancienne —, on voyait deux petits garçons en costumes marins avec un gros chien noir entre eux, sur un banc de jardin. Je savais que quelqu'un serait très malheureux de ne plus avoir cette photo. L'ennui, c'est que je ne me rappelle pas la suite. J'ai probablement remis la photo dans le sac et continué à voler tout ce qui était à ma portée.

— Tu devais être dans un état épouvantable.

— On m'a arrêtée. C'est le père de Hannah qui a été chargé d'assurer ma défense. Larry n'est vraiment pas un mauvais bougre. Il m'a tirée d'affaire en invoquant un vice de procédure dérisoire, puis il a essayé de me remettre sur la bonne voie. Nous avons couché ensemble et j'ai poursuivi clandestinement mon petit trafic, logée et nourrie chez mon avocat préféré. Je suis tombée enceinte sans le faire exprès. Larry m'avait bien prévenue qu'il ne voulait pas d'enfants, et il me déconseillait vivement d'en avoir.

— Mais tu es passée outre ?

— J'ai entamé une cure en découvrant le résultat du test de grossesse. J'étais descendue drôlement bas mais pas assez, quand même, pour avoir complètement perdu le nord. Il fallait que je fasse un choix, entre la drogue et ce bébé. Larry a accepté de financer ma cure mais il m'a dit que si j'échouais, je pourrais être sûre de rentrer seule de l'hôpital. Heureusement, ça a marché.

Kendra digéra un moment ces informations.

— Pourquoi n'as-tu pas fait appel à moi ?

— Pour me faire dorloter ? J'étais lucide, Ken. Personne d'autre que moi ne pouvait me tirer de là. A la naissance, Hannah était en parfaite santé. Je ne peux pas t'affirmer que je n'ai pas essayé de me procurer de la drogue au centre de désintoxication, car ce serait un mensonge. Heureusement pour tout le monde, je n'en ai pas trouvé. Quand je suis enfin sortie du centre, j'étais sur la voie de la guérison. J'y suis encore. Mais ce ne sera jamais facile pour moi.

— Hannah a tout de même six ans !

Jamie suivit du doigt une couture de l'édredon en patchwork matelassé que Kendra gardait dans sa chambre, par précaution.

— J'avais honte de t'apprendre que j'étais tombée aussi bas — et peur de rechuter, aussi. Il fallait que je fasse mes preuves, je te l'ai déjà dit. Je voulais être sûre de pouvoir me débrouiller seule.

Elle leva les yeux.

— Et tu sais quoi ? Après ce qui vient de se passer, je crois que j'avais raison.

Les yeux de Kendra s'emplirent de larmes.

— Tu ne m'avais pas dit grand-chose. Comment aurais-je pu deviner ?

— J'en suis consciente, mais je n'avais pas envie de m'étendre sur mon passé sordide — pas tout de suite, en tout cas. Je voulais d'abord que tu apprennes à me connaître autrement, à me faire confiance. Ensuite, je t'aurais parlé de la drogue et de mes activités au Centre. Tous les responsables sont d'anciens toxicos. Rosario a fait sept ans de taule pour trafic de drogue.

— J'aurais aimé que tu me dises tout ça plus tôt.

— Je préférais venir t'aider. J'ai cru que ce serait la meilleure façon de nouer des liens différents. En fait, je me suis rendu compte que tu ne veux aucun soutien. Tu as été trop longtemps la grande sœur ; tu es incapable de te laisser aller et de confier les rênes à quiconque. Tu as donc trouvé le moyen de me tenir à distance. Si je n'avais pas été ta sœur, est-ce que tu ne m'aurais pas carrément demandé tout de suite ce qui se passait ?

— Tu n'es pas juste.

— J'escamote probablement le reste mais il y a de ça, malgré tout. J'espère que nous serons un jour à égalité.

Jamie posa la main sur celle de sa sœur.

— Il n'y a plus de mystère, maintenant. Nous allons laisser les choses se décanter et un de ces quatre, peut-être, nous réessaierons.

Kendra retourna sa main et serra fermement celle de Jamie.

— J'espère que tu es sincère.

— Pour une fois dans ta vie, essaie de croire ce qu'on te dit.

12

En arrivant chez lui, le samedi soir, Isaac apprit que son déplacement à Philadelphie avait été annulé. A Toms Brook, personne n'avait pu le joindre sur son portable. Apparemment, il allait devoir changer d'opérateur s'il comptait continuer à aller voir Kendra. Il éprouvait des sentiments mitigés au sujet de ce départ inutilement anticipé.

Le dimanche matin, il se réveilla dans un appartement où régnait un silence pesant, à l'aube d'une journée sans but. N'ayant rien de mieux à faire, il décida de passer au bureau pour y récupérer une pile de documents à étudier. Pendant le petit déjeuner, il parcourut le *Washington Post*, et regretta une fois encore de ne plus y lire aucun article rédigé par Kendra. Elle n'estimait pas son talent à sa juste valeur, mais Isaac se félicitait de la chance qu'il avait d'être le mari d'une femme aussi intelligente et perspicace.

Il roula sans encombre jusqu'au siège de ACRE, à travers des rues presque désertes — à l'exception de quelques attroupements à l'entrée des églises. Des mamans affairées faisaient entrer leur progéniture dans de vieux bâtiments séculaires en briques sombres. Enfant, il avait passé ses matinées dominicales dans différentes églises, selon l'endroit où son père adoptif décidait d'exhiber sa famille. A l'âge adulte, il s'était toujours refusé à franchir le seuil d'un lieu de culte — même le jour de son mariage. C'était un juge de paix qui avait célébré son union avec Kendra, au bord du Potomac.

Dans son bureau, il passa une heure à répondre aux mails

qu'il avait reçus, avant de rassembler ses papiers. En sortant, il prit l'une des boîtes pour chat qu'il entreposait dans le placard du vestibule. Le matou tigré de la ruelle d'en face n'était pas vraiment devenu un ami, mais il acceptait les offrandes d'Isaac comme un dû. Isaac dut admettre qu'il était allé faire un tour au bureau surtout pour nourrir le chat.

D'ordinaire, l'animal se montrait dès qu'Isaac l'appelait. Sans s'approcher réellement, il se manifestait néanmoins chaque fois. Ce jour-là, il ne donna pas signe de vie. Isaac ne vit aucune raison de s'en inquiéter. Ce chat était un habitué du quartier et les rues de la ville n'avaient aucun secret pour lui. Il avait dû trouver sa pitance quelque part.

Isaac ouvrit quand même la boîte et alla la déposer derrière les poubelles où le chat avait l'habitude de traîner. Ainsi, il la trouverait à son retour, si elle n'avait pas fait, entre-temps, le bonheur de l'un de ses congénères. Demain, il y en aurait une autre et si le matou ne réapparaissait pas pendant la semaine, Isaac donnerait le reste à Craig, le vice-président du marketing de ACRE, dont le compagnon recueillait des chats dans le cadre d'une opération locale de sauvetage.

La ruelle n'était pas un lieu de promenade idéal. Un fumet assez peu ragoûtant émanait de la grande benne à ordures. Des arcs-en-ciel graisseux brillaient à la surface des flaques laissées par les dernières pluies. Un artiste refoulé et peu doué pour l'orthographe avait orné un mur en brique de graffitis obscènes. Isaac se fraya un chemin entre les voitures, enjambant deux murets en béton. Il n'aperçut le chat qu'au moment où il se baissa pour lancer la boîte derrière la poubelle. L'animal gisait sur le flanc, dans une posture tout à fait inhabituelle pour un chat. Isaac l'observa un instant, la gorge nouée, persuadé qu'il était mort… jusqu'à ce qu'il ouvre les yeux. Le matou émit une sorte de crachement pathétique destiné à le tenir à distance.

Isaac battit en retraite, tout en se demandant comment le malheureux animal avait pu se traîner jusque-là. Il était, du reste, assez surprenant que cet habitué des rues, citadin jusqu'au bout des griffes, n'ait pu esquiver le véhicule qui l'avait percuté.

Peut-être quelqu'un avait-il délibérément essayé de l'écraser, songea Isaac.

De toute évidence, le matou n'en avait plus pour longtemps à vivre ; sans doute l'achèverait-il en voulant le déplacer. Il était parfois préférable de laisser la nature suivre son cours. Isaac avait fait tout ce qu'il pouvait — peut-être même en avait-il trop fait. L'avait-il incité à fréquenter un endroit dangereux en lui apportant à manger ici ?

— Qu'est-ce que je peux faire pour toi ?

Il s'aperçut qu'il avait parlé à voix haute.

Le chat rouvrit les yeux. La douleur les rendait vitreux, mais Isaac crut discerner dans son regard quelque chose qui n'était certes pas de la résignation.

— Tu me dépècerais bien à coups de griffes, hein, si tu pouvais ?

Mais tout en posant cette question, Isaac ôta le blouson en maille polaire qu'il avait enfilé sur son T-shirt.

Le chat ne bougea pas quand il s'approcha. Arrivé à deux pas de lui, Isaac sortit son portable pour appeler les renseignements.

Le praticien d'un certain âge qui le reçut aux urgences de la clinique vétérinaire était un homme de cœur et d'expérience. Au premier regard, on devinait qu'il avait dû sauver d'innombrables vies et mettre fin à bien d'autres — plus souvent qu'il n'aurait voulu. Il endormit immédiatement le captif d'Isaac, emmailloté dans le blouson, et secoua la tête en voyant les multiples blessures dont il souffrait.

— C'est un chat de gouttière ? demanda-t-il après l'avoir examiné de façon plus approfondie.

— Un vrai de vrai, répondit Isaac.

— Il vaudrait mieux le piquer.

Isaac s'attendait à entendre cela. Mais la confirmation de ses craintes acheva de lui serrer le cœur.

— Il n'a aucune chance de s'en sortir ?

Le vétérinaire ôta son stéthoscope.

— Peut-être que si, à condition d'être bien soigné. Il faudrait l'opérer en urgence. Il resterait ensuite sous surveillance en clinique pendant une semaine et près d'un mois sans bouger à la maison. Encore faudrait-il qu'il accepte de se laisser soigner.

Il jeta un coup d'œil sur les avant-bras griffés d'Isaac.

— Il faut aller vous faire faire un sérum antitétanique. Est-ce qu'il vous a mordu, en plus ?

— Il a beaucoup d'énergie pour un chat agonisant.

— Si c'était un animal de compagnie choyé par ses maîtres, il serait logique d'essayer de le sauver, mais ce n'est pas le cas.

Isaac savait ce qu'il lui restait à faire. En amenant ce chat jusque-là, il lui avait épargné de longues heures de souffrance. A présent, il était endormi. Il ne se réveillerait jamais plus, voilà tout. Le vétérinaire avait du cœur ; il le piquerait immédiatement et ferait en sorte qu'il ne sente rien.

— Combien cela coûterait-il ? demanda-t-il néanmoins.

— Plus de mille dollars. Et qu'est-ce que ça vous apportera, ensuite ? A condition qu'il s'en remette. Que ferez-vous de lui ?

— Quel âge a-t-il, à votre avis ?

— Je dirais, dans les deux ans, environ.

— Je le croyais beaucoup plus vieux que ça.

— Ne vous décidez pas en fonction de l'âge. Ce chat a déjà vécu neuf vies, vous savez ?

Isaac jugea cette conversation un peu surréaliste.

— Vous m'avez dit tout ce que vous deviez me dire. Maintenant, à ma place, que feriez-vous ?

Le vétérinaire se tut un moment. Puis il soupira.

— S'il ne survit pas à l'opération, je vous ferai cadeau de mes honoraires. Ça peut vous aider ?

Isaac était contrarié de ne pas réussir à s'en laver les mains.

— C'est de la folie. Je ferais mieux d'envoyer cet argent en Afrique pour sauver des enfants de la famine.

— Vous savez, toute créature, petite ou grande…

Isaac sentit l'angoisse qui l'oppressait s'estomper comme par miracle.

Kendra n'avait jamais été vraiment pratiquante. En principe, elle était catholique. Les grands-parents Delacroix avaient pris soin de les faire baptiser, elle et Jamie, puis ils s'en étaient tenus là. Sans doute avaient-ils jugé plus facile de limiter au minimum leurs rapports avec Riva, afin de ne pas constater de trop près les dégâts qu'elle causait autour d'elle.

Riva évitait la messe avec plus d'efficacité encore qu'elle ne se dérobait à ses responsabilités parentales. Il n'y eut ni communions solennelles ni catéchisme ni aucune célébration de fêtes religieuses. Kendra reçut sa véritable éducation religieuse au tout début de sa carrière, quand elle travailla à la rédaction de la rubrique « religions » d'un quotidien local. A cette occasion, elle en apprit un peu trop à son goût sur les affaires et les scandales de ce microcosme.

Quand elle commença à se poser des questions sur son couple, celles qui concernaient l'existence, en général, lui parurent de plus en plus angoissantes. Elle chercha donc auprès d'une église des réponses qui donneraient un sens à sa vie. La Congrégation de la Shenandoah, dont Sam Kinkade était le pasteur, lui apporta en fait le soutien dont elle avait besoin.

Le dimanche matin, de bonne heure, après avoir fait ses adieux à Jamie et à ses filles, elle agita la main, au bout du chemin, jusqu'à ce que le monospace ait disparu au premier tournant, puis regagna le chalet. Le silence dans la maison lui parut alors trop pénible, et elle comprit que le moment était venu de faire sa première apparition dominicale depuis l'agression. Elle avait des amis dans cette communauté et elle tenait à renouer avec eux.

Elle eut du mal à se garer sur le parking bondé et prit son temps, ensuite, pour marcher jusqu'à la porte de la chapelle.

Elisa la vit presque immédiatement : elle vint l'accueillir et l'invita à s'asseoir sur son banc à côté d'elle.

Une chorale d'une congrégation méthodiste africaine de Washington, invitée à Toms Brook, chanta une série de gospels. L'assistance, enthousiasmée, lui fit une véritable ovation. Le sermon de Sam sur la justice raciale obtint, lui aussi, un franc succès. Après l'avoir écouté, Kendra aperçut Helen au moment où elle allait quitter l'église en compagnie de Cissy. La plus jeune des deux femmes tenait sur sa hanche la petite Reese qui gigotait comme un beau diable. Kendra prit les mains de Helen et se pencha pour l'embrasser sur la joue. Helen grommela quelque chose d'inaudible.

— Quand venez-vous me voir ? demanda Kendra.

— Je comptais passer cet après-midi — à moins que vous ayez prévu autre chose ?

— J'apprécierai d'avoir de la compagnie.

Helen fronça les sourcils.

— L'isolement commence à vous peser ?

Kendra secoua la tête, consciente de son erreur.

— Non, pas du tout.

— Parce qu'il nous faudrait plus de monde au cercle, pour le patchwork.

Les membres du cercle de couture se réunissaient tous les mercredis matin. Kendra trouvait ces femmes charmantes, mais la couture ne lui disait toujours rien.

— Vous ne voudrez pas de moi, affirma-t-elle en esquissant une grimace. Je suis irrécupérable.

— Ça, sûrement pas !

Kendra essaya de changer de sujet.

— J'ai hâte de vous voir à la maison, cet après-midi.

— Vous croyez en avoir terminé avec ce que nous disions, mais ce n'était qu'un début.

Helen se dirigea vers la sortie, et Cissy adressa un sourire compatissant à Kendra.

— Elle mijote un mauvais coup, on dirait.

En se retournant, Kendra découvrit que l'homme qui venait de parler ainsi n'était autre que Sam.

— Elle croit que je vais me joindre au cercle pour faire du patchwork.

— Tu es fichue. Ce n'est pas quelque chose que je dis souvent, pourtant !

Kendra sourit — son premier sourire spontané de la journée.

— Elle est tombée sur quelqu'un d'aussi têtu qu'elle.

— Tu ne voudrais pas faire le pari, par hasard ?

— J'ai déjà parié avec Cash.

Sam la prit par le bras et l'entraîna légèrement à l'écart.

— Dis-moi, comment te sens-tu ?

— De mieux en mieux, jour après jour.

Elle lui parla de ce qu'elle avait entrepris dans le potager de Leah.

— Malgré tout, ajouta-t-elle, je pense que j'aurai toujours un peu de mal à marcher.

— C'est un moindre mal, non ?

— Oui, tu as raison.

Puis, en quelques phrases, elle raconta à Sam comment sa sœur venait de réapparaître dans sa vie.

— Si je comprends bien, dit-il, elle avait disparu pendant des années et tu n'as pas accepté son retour sans broncher ?

Elle n'avait encore rien trouvé à lui répondre quand il reprit :

— Mais tu ne seras pas quitte pour autant. Si tu refuses de lui faire confiance, c'est sans doute parce que tu refuses de reconnaître que tu avais besoin d'elle, autrefois.

Sam était trop doué pour ce genre de chose. Comment nier que la seule fois où elle avait eu besoin de quelqu'un, récemment, cette personne lui avait fait défaut ?

— Tu penses à Isaac, n'est-ce pas ?

Il jeta un bref coup d'œil autour de lui, s'assurant que personne ne pouvait les entendre.

— Si les choses s'étaient passées autrement la nuit de ton

agression — disons, si tu étais rentrée tranquillement chez toi avec tes médicaments, si tu t'étais recouchée après les avoir pris, serais-tu encore en colère contre lui ?

— J'essaie de trouver des explications. Je ne suis pas en colère.

— Oh, que si ! Il t'a déçue et tu lui en veux. On le sent dans ta voix, à la façon dont tu tiens ta tête, dont tu serres ton sac contre toi.

Kendra relâcha machinalement ses doigts. Sa tête ne semblait pas vouloir changer de position.

— Il ne m'a pas déçue. Il s'en est tenu aux règles que nous avions établies.

— Apparemment, tu estimes qu'il faudrait peut-être les revoir, ces règles. Tu lui en as parlé ?

Kendra songea qu'elle n'était pas tellement tentée de mettre son âme à nu devant un mari qui n'avait jamais manifesté le moindre désir de la voir.

— Je ne me sens pas tout à fait capable d'aborder le sujet.

L'expression de Sam s'adoucit.

— Il faut pourtant mettre les choses au point avec Isaac. A moins que ce ne soit trop tard — et que tu en sois sûre.

En était-elle sûre ? Pas vraiment. Mais aurait-elle le courage de se confier à son mari ?

Elle jeta un coup d'œil derrière Sam et vit un petit groupe qui se dirigeait vers eux, à point nommé.

— Il faut que je réfléchisse sérieusement à tout ça.

— Tu ne t'en sortiras pas avec des platitudes. Il se peut que les choses ne tournent pas comme tu le souhaites avec Isaac. Tu dois y être préparée. Et si ça se passe bien, il faut t'y préparer aussi. Tu n'as pas l'habitude d'avoir besoin de quelqu'un. Cela demande un gros effort d'adaptation.

Elle songea à sa sœur, sur la route du retour.

— Alors, je m'adapterai.

— On se voit dimanche prochain ?

— Tu risques de me voir souvent. J'ai besoin de cet endroit.

Il l'embrassa sur la joue.

— C'est bon signe.

Helen arriva vers 3 heures et tendit à Kendra un grand sac de courses, sans le moindre préambule.

— Tenez, c'est pour vous. Un petit quelque chose pour réchauffer la maison.

Kendra sortit du sac un édredon en patchwork. Le motif représentait une cabane en rondins dans des nuances de gris, beige, rouille et olive. Les grands carrés du centre étaient de couleur dorée et les moitiés sombres et claires de chaque bloc étaient disposées de manière à ressembler à des rayons. Mais surtout, des noms étaient inscrits dans les carrés du centre. Kendra reconnut ceux des membres du cercle qu'elle connaissait déjà.

La gorge nouée par l'émotion, elle s'éclaircit la voix.

— Je ne sais pas quoi dire. C'est vraiment magnifique. Un véritable trésor, murmura Kendra en le portant à sa joue.

— Bon, nous sommes toutes au courant de ce que vous avez fait pour le révérend Sam, pour Elisa et son jeune frère. Sans vous, ils ne seraient peut-être pas parmi nous.

— Je n'ai fait que mon travail.

— Nous avons fait le nôtre. Voilà le résultat.

Kendra frotta encore l'étoffe contre sa joue, puis serra la courtepointe contre son cœur.

— Merci infiniment, Helen. Je l'adore.

— Vous en aurez besoin cet hiver, si vous êtes encore là. Manning Rosslyn est le meilleur artisan du coin, mais il n'est pas rapide, quoi qu'il en dise. Il faudra vous blottir sous quelque chose de chaud pendant qu'ils vont découper ce chalet en petits morceaux avant de le remonter. J'aimerais bien venir voir ça, en guise de divertissement.

— Le spectacle commence demain. Ils vont livrer les poutres de l'écurie et commencer les fondations.

Son cadeau sous le bras, Kendra fit entrer sa visiteuse. Elle drapa ensuite le couvre-lit sur le dossier du fauteuil et alla sortir du réfrigérateur le thé glacé qu'elle avait préparé. Pendant qu'elle le posait sur la table, avec quelques-uns des petits gâteaux confectionnés par Jamie, Helen examina le patchwork de Leah, que Kendra avait déplié sur le canapé.

— Ça, par exemple, c'est vraiment autre chose ! murmura la vieille dame. Vous dites que c'est Leah Spurlock qui l'a fait ?

— C'est ce qu'on nous a dit.

— Ma foi, j'ai vu tout un tas de patchworks anciens dans ma vie, mais pas un qui ressemble à celui-ci. Ce motif, on l'appelle tantôt « Rose Dream », tantôt Nœud d'Amour. Il y a souvent plusieurs noms pour un modèle.

— Je ne suis pas une spécialiste mais, malgré mon inexpérience, je me rends bien compte que le matelassage n'est pas d'une grande qualité si on le compare aux autres pièces de ma collection.

Kendra alla chercher sa pile de couvre-lits et la posa près de Helen. S'asseyant sur un bras du canapé, elle déplia celui du dessus, un patchwork au motif rose et blanc qui portait vingt-cinq signatures.

— Regardez comme les points sont petits.

— Effectivement. Celui-ci, c'est « Big Dipper » — la Grande Ourse. Un motif pratique pour les signatures, surtout quand il est disposé en bandes. Maman et ses amies en avaient fait un comme ça quand notre pasteur est parti. C'était presque une coutume, vous savez, d'offrir un couvre-lit en patchwork pour célébrer le passage d'un pasteur. Sauf que le révérend Blye n'avait pas été tellement apprécié dans la paroisse et que nous étions contents de le voir partir. Alors, les femmes ont assemblé tous les morceaux de tissu qui ne leur plaisaient pas et je peux vous dire que ça formait un sacré méli-mélo, tout ça.

Kendra rit de bon cœur tout en se demandant si l'infortuné pasteur s'était rendu compte que ses ouailles s'étaient payé sa tête. Puis elle suivit pensivement du bout des doigts les coutures parfaitement parallèles du matelassage de sa Grande Ourse.

— Je m'interroge sur les femmes qui ont confectionné celui-ci.

Elle s'arrêta sur un nom.

— Lizzie Hemlock. A quoi pouvait-elle bien penser en signant cet ouvrage ? Se tracassait-elle pour son petit dernier qui avait la coqueluche ? Etait-elle pressée de partir en voyage pour voir sa famille ? Etait-ce une femme mal mariée qui rêvait secrètement à quelqu'un d'autre ?

— Vous ne manquez pas d'imagination, pour sûr. C'est une bonne chose chez une personne qui fait du patchwork.

Kendra fit la sourde oreille.

— C'est en partie pour ça que le couvre-lit d'Isaac m'intrigue tant, je suppose. Il devait avoir une grande importance pour Leah. Elle l'a légué à son petit-fils sans savoir où il était ni s'il tiendrait particulièrement à ce genre d'ouvrage.

— Est-ce qu'il y tient ?

— Non, mais j'y tiens pour lui.

Helen examina les quatre autres — dont deux avaient fait de l'usage, sans être déchirés ni trop tachés, et deux semblaient être restés rangés dans un coffre depuis que le dernier point avait été cousu.

— Ma foi, ils sont tous très jolis, dit Helen. Le « Panier », c'est une belle pièce, même si le tissu est un peu usé sur les bords. Le « Ramoneur », c'est un classique, et celui qui représente l'Etoile du Berger, je vous parie qu'il a permis de collecter des fonds pour une cause quelconque. Regardez, il est couvert de signatures : c'est une école ou une paroisse qui a dû le vendre. Mais aucun n'est aussi intéressant que celui de Leah. Ni aussi bizarre.

Kendra crut savoir à quoi Helen faisait allusion mais elle attendit la suite, préférant laisser l'expert s'exprimer.

— Tenez, prenons d'abord le dessin du Nœud d'Amour.

Helen prit la courtepointe d'Isaac sur le dossier du canapé.

— Evidemment, n'importe quel motif peut servir de support à la confection d'un patchwork-souvenir ou patchwork-album, comme nous appelions aussi ce genre d'ouvrage. Bref, on peut utiliser un motif ancien, du moment qu'il y a assez d'endroits clairs sur un bloc pour écrire ou broder une signature. Mais il faut savoir que certaines personnes écrivaient pour les autres, qui appréciaient leur écriture. Ce sont le plus souvent celles-là qui signent. Ce couvre-lit ne semble pas avoir été conçu pour être signé. Les morceaux de tissu clair ont de drôles de formes. Les signatures n'ajoutent strictement rien au dessin, si vous voyez ce que je veux dire.

— Je vois. Et l'ouvrage semble être signé n'importe comment, sans rime ni raison.

— C'est ma seconde remarque. Vous voyez, sur la plupart des patchworks-souvenirs, dit Helen en indiquant les quatre ouvrages pliés à côté d'elle, les signatures sont à la même place sur chaque bloc. Et si les blocs ne sont pas tous signés, le motif suit néanmoins un plan précis. Quelquefois, un carré sur deux, ou alors les carrés signés forment une croix au centre du patchwork. Ou encore, les carrés signés sont répartis le long de la bordure. Tout dépend du nombre de blocs et du nombre de signatures. Mais il y a généralement un objectif et un plan bien précis.

Helen brandit la courtepointe de Leah.

— Maintenant, regardez celui-là : les signatures sont éparpillées n'importe comment, et certaines se trouvent même sur les parties foncées.

Le patchwork était un mélange de cotonnade blanche et de plusieurs imprimés entrelacés comme des rubans noués. Helen avait raison. En certains endroits, les noms brodés à la main traversaient les morceaux de tissu imprimé.

— On peut en déduire une chose, poursuivit Helen : C'est qu'au moment où Leah a confectionné cet assemblage, il n'y avait aucune signature. Et ce n'est pas ainsi que l'on procède, d'habitude. La plupart du temps, les gens signent un bloc qui fera partie d'un motif, en étant cousu à d'autres. Mais là, ce n'était pas le cas. Jetez un coup d'œil là-dessus, dit-elle en désignant successivement plusieurs endroits de l'ouvrage. Vous voyez ça ?

Les signatures commencent sur un bloc et se poursuivent sur l'autre. Donc, l'assemblage était déjà fait.

— Et c'est inhabituel ?

— Plutôt, oui. Et plus inhabituel encore, il n'y a pas eu le moindre souci de disposer les signatures de façon cohérente. Elles sont tournées par-ci, par-là, dans n'importe quel sens. Celle-ci est pratiquement à l'envers. Tout cela est vraiment jeté pêle-mêle. Et vous savez quoi, encore ? Toutes ces signatures sont de la même écriture. Hein, qu'est-ce que vous pensez de ça ?

Kendra avait bien remarqué que le fil à broder utilisé était d'une couleur uniforme pour tous les noms, sans voir réellement que les lettres se ressemblaient. Elle fronça les sourcils.

— A l'époque, on apprenait la calligraphie à l'école, et l'écriture était plus uniforme, alors je n'avais pas fait attention. Mais vous avez raison : c'est probablement la même personne qui a tout écrit. N'est-ce pas curieux ? Pourquoi quelqu'un disperserait-il ainsi des noms sur un patchwork ?

— Et vous savez quel est le comble de la bizarrerie, dans l'affaire ?

— Dites-le-moi.

— Je ne connais pas un seul de ces noms. J'étais ici, à Toms Brook, durant tout le temps où Leah y a vécu, et je peux vous assurer que je connais absolument tout le monde à plusieurs kilomètres à la ronde. Mais ces gens-là, je n'en ai jamais entendu parler.

Elle ajusta ses lunettes pour déchiffrer une fois de plus les signatures.

— Rien que des inconnus.

Kendra retourna s'asseoir.

— Ces personnes ne sont donc pas des gens d'ici.

— A moins qu'elle ait inventé des noms. Mais je ne vois pas très bien l'intérêt.

Helen tournait et retournait la courtepointe entre ses mains.

— Savez-vous que la plupart des tissus imprimés proviennent d'anciens sacs à grains ?

Au fil de ses lectures sur les patchworks anciens, Kendra avait effectivement lu que la nourriture pour la volaille ou le bétail était jadis livrée dans des sacs en coton imprimé que les femmes utilisaient ensuite pour confectionner des torchons ou des vêtements. Les chutes servaient à l'assemblage des patchworks et rien ne se perdait. Elle n'aurait pas su les identifier, cependant. Visiblement, Helen en était capable.

— Tenez, on appelait celui-ci un « imprimé papotage ». Vous voyez ces petites maisons, ces animaux de ferme ? Il y a de très jolis tissus, dans ce patchwork, et un goût très sûr pour les couleurs. On s'est donné beaucoup de mal pour bien les choisir. Regardez ce dégradé de teintes : les rouges au milieu puis les violets qui évoluent vers le bleu, jusqu'à ce qu'on arrive aux verts, sur les bords. Le matelassage est bâclé, oui, mais pour le reste, c'est du beau travail.

— Vous doutez que ce soit l'œuvre de Leah ?

— Elle n'était pas douée pour les travaux d'aiguille.

— Je peux la comprendre.

— Vous changerez d'avis, vous verrez. Mais pour ce qui est de Leah, ma mère disait que son cas était désespéré. Or, regardez un peu ces points de couture : ils sont d'une régularité incroyable. Il faut une sacrée expérience pour réussir ça.

Kendra n'en doutait pas un instant.

— Le matelassage, en revanche… Ça, c'est Leah qui l'a fait. Je n'ai jamais rien vu d'aussi minable.

— J'ai remarqué qu'il était irrégulier.

— Irrégulier ? Le mot est faible. Il y a des coutures qui devraient être parallèles et qui se chevauchent. C'est vraiment fichu n'importe comment. Du coup, le garnissage est mal tassé et l'édredon est tout plat, par endroits. A mon avis, c'est bien Leah qui a matelassé ce couvre-lit, mais quelqu'un d'autre a confectionné le patchwork.

— C'est à ça que mon travail ressemblerait si je devais matelasser quelque chose.

— J'ai bien l'intention d'y remédier. Seulement, je dois m'absenter une semaine. Je vais voir ma fille à Richmond.

Au retour, nous en profiterons pour faire un petit crochet par Harrisonburg : je voudrais jeter un coup d'œil sur certaines pièces, au musée du Patchwork.

— L'une de vos œuvres y est exposée, n'est-ce pas ? Le célèbre Album de la Shenandoah ?

— Je me demande encore ce qui les fascine tellement dans ce patchwork. Mais bon, ils veulent m'interviewer pour une chaîne de télévision locale. Il y a vraiment des gens qui n'ont rien à faire…

Helen prit sa tasse et avala la moitié de son thé.

— J'ai hâte d'aller voir cet ouvrage de mes propres yeux, dit Kendra.

— Bon, moi, il ne faut pas que je tarde, mais nous n'avons pas abordé la question principale, à propos de cette courtepointe dont votre mari a hérité.

Kendra comprit où Helen voulait en venir.

— Pourquoi Leah a-t-elle légué ce patchwork à Isaac ?

— Exactement.

— Quelles pourraient être ses raisons, selon vous ? Parce que c'était le seul qu'elle ait jamais achevé, et qu'elle en était fière ?

— C'était une femme intelligente. Elle n'aurait pas été fière de ça. Elle n'était pas douée pour la couture, mais elle avait du goût.

— Elle voulait peut-être laisser à son petit-fils quelque chose qu'elle avait fait elle-même ?

— Un patchwork signé ? Avec des noms qu'elle était la seule à connaître ?

— Croyez-vous que ces noms pourraient être ceux de personnes de sa famille ?

— Je ne vois aucun Spurlock dans tout ça. Et vous ?

Kendra avait déjà réfléchi à la question.

— Spurlock était probablement le nom de son mari. Nous ignorons tout d'elle avant son arrivée ici — y compris son nom de jeune fille.

— J'ai l'impression que vous pourriez dénicher ça quelque

part. Le nom de Leah Spurlock doit bien apparaître dans des archives de l'Etat de Virginie.

— Je vais me renseigner.

Kendra éprouva le frisson du reporter qui découvre les prémices d'une piste palpitante. La vie de Leah Spurlock la fascinait, et elle était bien décidée à en élucider les mystères.

— Bon. Promettez-moi de me tenir au courant, dit Helen en se levant. Vous avez le virus du patchwork, vous savez ? Seulement, vous observez les choses de l'extérieur. J'ai bien l'intention de vous initier.

Kendra craignit qu'en dépit de toutes ses protestations, elle soit bientôt obligée d'offrir à Cash son pack de bières de luxe.

13

Ferme Blackburn
Lock Hollow, Virginie
Jeudi 29 novembre 1932

« Ma,

» J'ai de la peine à croire que je vais me marier demain sans toi à mes côtés.

» Bien sûr, tu ne peux pas voyager avec ta petite Alice si gravement malade. Tu as raison de lui donner du sirop Troutman contre la toux, bien qu'à mon avis une infusion d'écorce de cerisier avec un mélange d'épices et une cuillerée de miel seraient plus efficaces. Je t'en ai envoyé un peu avec des explications, pour que tu essaies.

» Dans le carton, tu trouveras aussi de l'aigremoine en poudre. Partage le sachet en trois parts et dissous une part dans deux tasses d'eau bouillie. Fais-le-lui boire à peine tiède, à petites gorgées. Surtout, garde-la bien au chaud.

» Birdie semble heureuse de savoir que Jesse viendra vivre avec nous et s'occuper de la ferme. Elle est en train de faire un patchwork au Nœud d'Amour pour notre cadeau de noces et un autre, identique, pour son trousseau à elle.

» Jesse dit qu'il ne faut pas t'en faire pour les bruits qui courent sur le parc naturel. Il dit qu'avec la Grande Crise, le gouvernement n'aura pas d'argent à mettre là-dedans et que s'il en avait quand même, ça ne nous concernerait pas, de toute façon.

» Ton amie de toujours, même mariée,

Leah Blackburn, bientôt Spurlock. »

Par égard pour la mémoire des parents de Leah, ils attendirent Thanksgiving avant de se marier. Toutefois, les nouvelles se répandaient vite et des femmes du canton vinrent, parfois de loin, apporter de petits cadeaux à la future épouse : de la choucroute soigneusement fermentée dans des barriques en chêne, de la gelée de myrtilles sauvages, des pickles aussi sucrés que des bonbons. Tous ces aliments étaient recherchés à une époque où l'argent ne coulait pas à flots et où la nourriture dont une famille n'avait pas besoin s'échangeait contre des bons d'achat à l'épicerie générale Grayling.

L'aînée des sœurs de Jesse offrit une bible à Leah et la cadette lui fit cadeau de jupons blancs comme neige. Celle du milieu lui broda une chemise de nuit en voile de coton blanc, avec de la dentelle au bas des manches et au col. La maman de Jesse apporta à Leah un matelas tout neuf en duvet et plume d'oie qu'elle avait confectionné avec ses sœurs. De son côté, Birdie veillait tard chaque soir pour terminer l'un de ses deux patchworks au Nœud d'Amour pour le lit de noces de sa sœur.

Le matin de Thanksgiving, Leah se réveilla en sachant que ce jour-là sa vie allait changer à jamais. Elle se sentait fébrile.

Birdie dormait encore. Leah quitta donc le lit avec mille précautions. Elle gagna la cuisine sur la pointe des pieds et ranima le feu dans le fourneau. Puis elle alluma le poêle à bois installé dans l'âtre de l'ancienne cheminée en pierre. Il commença immédiatement à chauffer la pièce. Leah resta là, serrant les bras contre elle tout en se dandinant d'un pied sur l'autre devant le poêle.

D'ordinaire, les nouvelles mariées quittaient la maison de leurs parents, mais Leah était contente de rester là. Elle adorait cette maison — et particulièrement cette pièce douillette où elle avait passé tant de soirées. Les murs en rondins étaient régulièrement entretenus et blanchis à la chaux. La vaste soupente où elle dormirait avec Jesse formait une avancée au-dessus de la cheminée, avec un garde-fou pour l'intimité et un petit œil-de-bœuf près du lit, pour laisser entrer la lumière. Leah voulait faire installer une ouverture dans le toit. Elle avait envie de contempler le ciel, couchée avec son mari, tout en se demandant qui vivait là-haut, sur la Lune et dans les étoiles, et à quoi ils pensaient en regardant la Terre. Elle avait l'intention de demander à Jesse s'il serait possible d'ajouter un vasistas. Qui, mieux que son Jesse, serait capable de faire ça ?

On pouvait tenir à huit dans la cuisine, voire davantage en se serrant un peu. Quand ils invitaient du monde à dîner, ses parents rentraient une grande table de travail de sous le porche et la plaçaient devant le vaisselier en châtaigner. Evidemment, leur mère sortait d'abord la vaisselle qu'il lui fallait car une fois la table installée, on n'avait plus accès au buffet.

Désormais, c'était Leah qui sortirait la vaisselle familiale. Elle n'était pas très élégante, mais ces assiettes et ces plats un peu ébréchés évoquaient tant de succulents repas. Ici, le moindre recoin regorgeait de souvenirs.

Elle avait essayé de parler à Birdie de tout ça, de la façon dont elles s'y prendraient pour inviter chez eux. Birdie étant l'aînée, il semblait normal qu'elle ait son mot à dire. Mais Birdie avait haussé les épaules en riant.

— Si j'avais désiré les choses qui vont avec le mariage, je me serais trouvé un homme qui veuille bien de moi. Toi, tu auras les avantages des femmes mariées et moi, j'aurai ceux des autres — comme de ne pas me soucier des gens qu'il faut fréquenter ou pas. A présent, vous prendrez ces décisions-là ensemble, Jesse et toi, et vous me laisserez faire ce qui me plaît.

Ce qui plaisait à sa sœur, c'était cuisiner, coudre des vêtements et faire du patchwork. Birdie aimait aussi écouter Leah lire, le soir, les livres que lui prêtait Aubrey Grayling, le meilleur ami de Jesse et le fils du propriétaire de l'épicerie générale. Aubrey, qui remplaçait beaucoup son père ces derniers temps, réservait deux rayonnages de livres à emprunter, à condition qu'on lui laisse en gage un objet précieux. La broche en perles fines de la grand-mère Blackburn passait plus de temps dans un tiroir-caisse de l'épicerie que dans la commode de Leah.

— « Et voilà que la mariée devient blanche comme neige », déclama Birdie sur le pas de la porte. Si tu tiens à annuler ce mariage, tu n'as qu'à le dire, c'est tout. Pieds nus et en chemise, tu es en train de tout faire pour attraper la mort.

Ordinairement plutôt avare d'effusions, Leah s'élança vers sa sœur et la prit dans ses bras.

— Birdie chérie, j'étais seulement en train de chauffer la maison pour toi. C'est probablement la dernière fois que je fais ça moi-même.

Aussi frêle qu'un roseau, Birdie étreignit brièvement sa sœur avant de s'écarter.

— Moi, je ne vois aucune raison d'être triste. J'aurai un grand lit rien que pour moi et tu pourras dormir un petit peu plus le matin parce que c'est Jesse qui se lèvera le premier pour allumer le feu.

— Eh bien moi, je ne suis pas près d'avoir un lit rien que pour moi.

Plusieurs semaines après que Jesse l'eut demandée en mariage, Leah n'arrivait pas encore à se faire à cette idée. Dormir avec Birdie, c'était une chose, mais partager son lit avec Jesse, qui débordait de vitalité rien qu'en respirant ou en souriant… c'était une tout autre histoire.

— Inutile de te tracasser, dit Birdie : ça arrivera bien assez tôt.

Leah se demanda s'ils allaient dormir tant que ça, de toute façon. Et le sujet la rendit rêveuse.

— Tu as toujours l'intention de partir chez Etta après le souper ?

— Bien sûr ! Tu ne m'es pas d'un grand secours pour la couture. Avec Etta, je suis sûre de finir les deux patchworks que j'ai promis d'exposer avant Noël chez Grayling.

Leah sentit son cœur se gonfler d'affection pour sa sœur. Bien qu'un peu trop fragile pour voyager, Birdie allait passer le reste de la semaine chez leur cousine afin de laisser quelques moments de tranquillité au jeune couple. Evidemment, elle prétendait que ce séjour n'obéissait qu'à des raisons personnelles.

Depuis le jour où Leah avait annoncé à sa sœur qu'elle allait épouser Jesse, Birdie s'était montrée particulièrement sérieuse, presque préoccupée, comme si elle se sentait tenue de jouer le rôle de leur mère. De cet air toujours un peu distrait qui faisait son charme, elle avait évoqué tous les changements qui allaient survenir dans leur vie. Et comme Leah persistait fermement dans ses intentions, Birdie avait promis d'accueillir favorablement son beau-frère dans leur foyer. Il n'avait pas été question qu'elle s'en aille et d'ailleurs, même s'ils l'avaient souhaité tous les trois, où serait-elle allée ?

— Je vais préparer du café, annonça Birdie. Il m'aidera à chasser ce brouillard que j'ai dans la tête.

Leah regagna la cuisine avec elle. Une chaleur agréable commençait déjà à se répandre dans la maison.

— Tu n'as pas bien dormi, Birdie ?

— Si.

— As-tu fait de beaux rêves ?

Birdie secoua la tête.

— J'ai vu des choses terribles.

— Quel genre de choses ?

La jeune fille réfléchit.

— Il vaudrait peut-être mieux ne pas en parler.

Elle marqua une pause, puis reprit :

— Ou peut-être que si, justement. Etta prétend que si tu racontes un rêve prémonitoire avant le petit déjeuner, il ne se réalisera pas.

Leah haussa les épaules en riant.

— Quelle bécasse ! Vas-y, alors, raconte-moi.

— J'ai rêvé que tu dévalais la montagne en courant, aussi vite que tes jambes te le permettaient. Tellement vite que tu avais disparu avant que je puisse t'appeler. Et puis, je t'ai entendue tomber… et tomber…

Leah frissonna.

— Tu as sûrement rêvé ça parce que je me marie aujourd'hui. Mais tu sais bien que je ne t'abandonne pas pour autant.

— Jesse te courait après, mais il n'arrivait pas à te rattraper.

— Tiens, tu vois ? C'est bien la preuve que ce rêve n'a aucun sens. Même si je cours aussi vite que je le peux, Jesse Spurlock arrivera toujours à me rattraper.

— Bref, je suis contente de t'en avoir parlé : je sais que ça ne se produira pas.

Contente, Leah l'était aussi. Ce jour-là, elle avait envie que Birdie soit aussi heureuse qu'elle. Si ça faisait du bien à sa sœur d'exprimer quelques inquiétudes, ce n'était pas bien gênant.

Elle lui serra gentiment le bras.

— Je vais m'habiller et m'occuper des bêtes. Ensuite, je reviendrai prendre mon petit déjeuner avec toi.

— Ne traîne pas trop, dit Birdie. Et n'oublie pas, surtout, que je serai toujours là pour toi.

La maison des Spurlock était plus grande que celle des Blackburn. Le rez-de-chaussée était bâti en pierre de taille et l'étage, en rondins si parfaitement ajustés qu'il n'y avait presque jamais de fissures à boucher. C'était la plus belle demeure du vallon. Une terrasse couverte, assez profonde pour abriter une balancelle et des meubles de jardin, occupait toute la longueur de la façade, et la porte de bois sculptée de volutes était l'œuvre du père de Jesse, qui avait été l'ébéniste le plus réputé de la région. En été, des roses jaunes et des boules-de-neige formaient des massifs fleuris de part et d'autre de l'entrée. Des lauriers de montagne et des azalées pourpres poussaient le long du mur le moins ensoleillé.

Vêtue de sa plus belle robe imprimée — d'un bleu très pâle, émaillé de minuscules roses rouges —, Leah fut accueillie avec effusion par Ginny, la mère de Jesse, son beau-père Luther Collins, ainsi que tous les parents et voisins invités au repas de

Thanksgiving et à la noce. Elle arborait la broche en perles fines de sa grand-mère, récupérée pour l'occasion chez Grayling, et un fichu blanc finement brodé, que sa mère avait porté le jour de son mariage.

La journée étant très douce pour la saison, des tables avaient été installées dehors. Trois dindes nourries au maïs dans un enclos avaient été sacrifiées pour l'occasion. Elles furent servies avec de grands plats de légumes de saison, des haricots secs mijotés à la saucisse et au jambon, de la purée de pommes de terre, des patates douces, du pain chaud, des gâteaux et des tartes garnies de toutes sortes de fruits poussant dans la montagne. Mme Collins avait confectionné trois pains d'épice avec un glaçage au sucre sur le dessus. Le pasteur bénit le repas, rappelant aux convives la chance qu'ils avaient de disposer d'autant de victuailles en période de disette.

Au fil de l'après-midi, les enfants commencèrent à quitter leurs places et à se poursuivre entre les tables. Les jeunes mamans rentrèrent pour allaiter les bébés qui pleuraient, et les plus âgés des convives s'assoupirent au soleil.

Leah et Jesse occupaient les deux extrémités opposées de la plus longue table. La jeune femme ignora délibérément les boutades des hommes, les coups de coude qu'ils donnaient dans les côtes de Jesse et leur façon d'agiter les sourcils en la regardant. Les femmes n'étaient guère plus délicates, mais les sœurs de Jesse eurent pitié d'elle et placèrent le pasteur à sa droite pour qu'elle ait quelqu'un d'intelligent avec qui parler.

Le repas terminé, on servit un alcool de pêche maison. Bien que personne, au hameau, n'eût jamais vraiment tenu compte de la prohibition, le fait que le vingt et unième amendement soit près d'être supprimé enchantait tout le monde.

Le pasteur, un grand gaillard qui nourrissait sa famille en abattant des arbres et en les faisant rouler jusqu'en bas de la montagne, appréciait l'eau-de-vie tout autant qu'un autre. On alluma les pipes, une autre tournée fut servie, et les femmes commencèrent à débarrasser. Quand Leah et Birdie voulurent donner un coup de main, on leur ordonna de ne pas bouger.

En réalité, Leah était ennuyée d'être l'invitée d'honneur. Bien qu'ils fussent toujours dehors, la fumée du tabac de Virginie la faisait pleurer.

— Alors, Aubrey, demanda l'un des hommes, tu as entendu dire quelque chose sur ce parc qu'ils essaient de nous faire avaler ?

Sans être aussi bel homme que Jesse, Aubrey Grayling ne manquait pas de charme, avec ses cheveux châtain clair et ses yeux pétillants de malice. Commerçant, il n'avait pas la musculature d'un garçon qui travaille aux champs. Leah savait toutefois que cette minceur était trompeuse : dans une bagarre, n'importe quel gars du pays préférait avoir Aubrey de son côté.

Aubrey se cala dans son siège, flatté d'être le centre d'intérêt de la tablée. Comme tout le monde passait à l'épicerie un jour ou l'autre et s'attardait pour bavarder un peu, Aubrey était au courant de l'actualité, proche ou lointaine.

— Je sais qu'ils veulent nous faire partir de chez nous, c'est sûr, mais personne, au ministère, n'a assez d'argent ni de temps pour s'occuper de ça.

— Il a fallu plus de dix ans au gouvernement pour s'apercevoir que la prohibition n'empêcherait personne de boire, dit l'un des cousins de Jesse. Ces gens-là, tu leur donnes une canne à pêche et un seau plein de truites, ils seront même pas fichus d'accrocher un ver à l'hameçon.

Leah ne savait que trop bien de quoi les hommes discutaient. Depuis plusieurs années, il était question d'aménager un parc naturel dans les montagnes de Virginie. Des lois avaient été votées ; on avait vu venir et repartir des émissaires du gouvernement. Des limites avaient été tracées, débattues et redessinées. Le gouvernement fédéral ne pouvait pas acheter les terres, mais l'Etat de Virginie semblait disposé à les acquérir pour eux. Un arrêté d'expropriation avait été édicté. Les propriétaires l'attaquaient continuellement, regroupant les procès devant les tribunaux.

Mais la perspective d'être dépossédés par l'Etat de tous les biens gagnés à la sueur de leur front n'était qu'un simple sujet de discussion pour les montagnards d'ici. Le hameau de Lock Hollow (le Vallon Perdu) se trouvait à la lisière de la superficie à dégager et jusqu'à ce jour personne n'était encore venu frapper à leurs portes. Comme la plupart des résidents, Leah ne pensait pas qu'un parc verrait le jour ici de son vivant.

Certes, la roche avait été dynamitée l'année précédente pour créer la Route des Crêtes, une voie qui serpenterait d'un sommet à l'autre, permettant aux touristes de venir admirer les splendides panoramas de la Haute Virginie. La première section devait s'ouvrir à la circulation dans deux ans, et personne n'aurait cru que les choses iraient aussi vite.

— Nous ennuyons les dames, déclara le pasteur. Et quel est l'avantage de discuter de ça un jour où nous sommes réunis pour témoigner de notre gratitude ?

Il marqua une pause assez longue pour culpabiliser son auditoire, puis sourit d'un air espiègle.

— Alors, y a-t-il quelqu'un qui aurait un chien d'arrêt capable de battre mon vieux corniaud ?

Une fois les tables débarrassées et rentrées dans la maison, le jour commença à décliner et l'air se rafraîchit nettement. Leah, qui souhaitait toujours se marier en plein air, songea qu'il ne faudrait pas trop tarder. Certains invités avaient apporté des instruments de musique, et les meubles furent poussés le long des murs pour permettre aux gens de danser. Leah et Jesse pourraient s'éclipser discrètement quand la fête battrait son plein. Elle était pratiquement sûre que personne ne s'amuserait à les suivre pour perturber leur nuit de noces, avec un deuil aussi récent dans la famille Blackburn.

Une certaine agitation, sur la terrasse couverte, attira son attention. Puis les sœurs de Jesse descendirent les marches, entourèrent Birdie et Leah et les entraînèrent à l'intérieur. La gent féminine s'affairait soudain autour des sœurs Blackburn. Une cousine sortit un peigne, de la poudre et du rouge à lèvres dont elle fit un usage abondant. Une tante, qui avait cueilli les derniers chrysanthèmes blancs de la saison, en fit un bouquet et attacha les tiges avec un ruban rose. Ginny Collins coiffa Leah d'une capeline blanche au rebord souligné du même ruban.

Sachant que ces femmes s'efforçaient de pallier l'absence de sa mère, Leah fut touchée par toutes ces attentions. Elle regagna l'escalier avant d'avoir pu réfléchir à ce qui allait suivre. Birdie, dans sa robe à pois blancs et rouges, prit les devants, descendant les marches avec précaution tout en se tenant à la rampe. Leah sortit sur la terrasse dès que Birdie fut arrivée en bas sans encombre.

Jesse l'attendait au pied des marches, superbe dans son costume sombre qui allait sans doute mieux à son beau-père qu'à lui. Quelle importance, si la veste et le pantalon étaient un peu étriqués ? C'était son Jesse. Leah attendit que Birdie se soit éloignée. La jeune fille marqua une pause pour respirer, et Leah patienta tandis que sa sœur aînée passait devant Jesse, qui lui sourit avec affection. Quand Birdie lui eut cédé la place, Leah descendit enfin le retrouver.

La cérémonie fut brève. Pendant que les unes l'aidaient à se pomponner, les autres femmes avaient disposé des bouquets de feuillage et de fleurs séchées dans des brocs, les plaçant ensuite à intervalles réguliers pour former un demi-cercle dans la clairière, à quelques pas de la maison. Leah et Jesse suivirent le pasteur et Birdie. Quand tout le monde fut là, le pasteur sortit sa bible et lut le psaume 128 avant de commencer son sermon.

Leah essaya d'écouter mais tout ce qu'elle put se rappeler par la suite, ce fut l'expression de Jesse — le sourire qui flottait sur ses lèvres, ses yeux pleins de tendresse. Dès la troisième phrase, cependant, il commença à taper du pied. A mesure que le pasteur continuait à parler de sa voix monotone, il tapa de plus en plus vite. Jesse était un garçon débordant d'énergie, et le fait de rester là sans rien faire devait le rendre fou. Même s'il souriait toujours, Leah devina qu'il était sur le point d'exploser.

Au moment où elle le sentait prêt à bondir, le pasteur leur demanda de répéter ses paroles. Sans trop savoir ce qu'elle disait, Leah obtempéra, puis Jesse en fit autant. Quelques secondes plus tard, ils étaient déclarés mari et femme. Un long baiser scella leur union.

Tandis que la dernière personne achevait de les féliciter, les musiciens attaquèrent un premier morceau. Des voisins apportèrent d'autres cadeaux, qu'on entassa sur la terrasse en attendant que le jeune couple les emporte. Birdie avait même apporté le patchwork au Nœud d'Amour pour que tout le monde le voie.

— Il va falloir rester un moment, dit Jesse à l'oreille de Leah, mais juste avant qu'il fasse complètement nuit, viens me retrouver sous le porche du fond et nous nous sauverons sans rien dire à personne.

Elle ne demandait pas mieux. Cette journée l'avait épuisée et elle mourait d'envie d'être seule avec son mari.

Ils rentrèrent main dans la main. Deux violonistes plus Aubrey Grayling au banjo faisaient danser la compagnie, et Leah passa de bras en bras, sollicitée par une pléiade de cavaliers. Les deux plus jeunes neveux de Jesse vinrent se pendre à sa jupe. Elle les prit chacun sur un bras et leur fit faire un tour de valse, applaudie par la famille qui formait cercle autour d'eux.

Birdie avait ses propres admirateurs. Légère comme une plume, elle dansa avec de vieux messieurs galants qui la tenaient plus délicatement qu'une porcelaine de Chine. La maman de Puss Cade fit part à Leah de ses regrets que Puss et son frère n'aient pas pu assister à la noce.

— J'ai expédié un carton de simples pour soigner la petite Alice, lui dit Leah. J'espère qu'elle va guérir très vite.

— Vous nous êtes indispensable, comme votre maman l'était, déclara Mme Cade. Aucune des potions que l'on trouve chez Grayling n'est aussi efficace que les herbes de Flossie.

Une heure plus tard, Leah s'aperçut que le jour était tombé. Parcourant l'assistance des yeux, elle ne vit Jesse nulle part. A moins qu'il soit dans la grange, en train de goûter le whisky distillé à partir du maïs de sa ferme, il devait l'attendre sous le porche du fond. Elle s'éventa comme si elle avait trop chaud, et sourit aux femmes qui avaient engagé la conversation avec elle.

— Je crois que je vais aller prendre un peu l'air, dit-elle. J'ai tellement dansé que je suis en nage.

L'une des femmes cligna de l'œil.

— Nous allons veiller à ce que personne ne te suive.

Leah lui rendit son clin d'œil.

Elle se fraya un chemin à travers la pièce, le plus discrètement possible. Dans la cuisine, comme Mme Collins lui demandait si elle avait besoin de quelque chose, elle désigna la porte.

— Juste de prendre l'air, dit-elle.

Mme Collins lui lança à son tour une œillade, et retourna faire la vaisselle avec ses sœurs.

Comme Jesse n'était pas sous le porche, elle descendit les marches, dans l'ombre du crépuscule. Un bras surgit et l'attrapa. Avant qu'elle ait pu crier, les lèvres de Jesse la réduisirent au silence. Elle l'enlaça et lui rendit son baiser. Sa bouche avait un goût de whisky et de mâle ardent — ce qui n'était pas pour lui déplaire.

Finalement, elle s'écarta.

— Si on y allait, maintenant ?

— Le camion est prêt.

Leah regretta qu'ils n'aient pas de voiture. Il y en avait quelques-unes dans la montagne, mais seulement aux endroits où les routes étaient praticables. Les routes, dans ce vallon, étaient plutôt des chemins de transhumance. Même en camion, on était secoué comme un prunier.

Elle eut une idée.

— Ne prenons pas le camion. Allons-y à pied. On pourra couper à travers bois.

— J'ai entassé là-dedans tous les cadeaux qu'on nous a offerts aujourd'hui.

— Nous reviendrons les chercher un autre jour. Je n'ai pas envie d'être secouée comme une ruche entre les pattes d'un ours pendant tout le trajet.

— Alors, viens.

Il voulut l'entraîner mais elle resta sur place.

— Jesse, dit-elle à voix basse, prenons le patchwork de Birdie.

— Pour le porter jusque-là-haut ?

— J'aimerais l'avoir, cette nuit, pour dormir.

Elle l'entendit ronchonner, mais il partit néanmoins dans la direction opposée. Quelques secondes plus tard, ils grimpaient dans le camion pour y prendre la courtepointe. Elle la mit sous son bras, puis glissa à l'oreille de Jesse :

— Allons-y, sinon quelqu'un va donner l'alarme.

— Laisser le camion ici, ça donnera le change un moment.

— C'est bien possible.

Il la conduisit d'un pas sûr à travers les terres des Spurlock. Le soleil avait disparu, mais le ciel était encore assez clair pour leur permettre de s'orienter. La lune n'allait pas tarder à apparaître ; ils pourraient la voir tout à l'heure par la lucarne de la soupente.

Les choses se gâtèrent quand ils atteignirent les bois qui séparaient la ferme des Cade et celle des Spurlock. Leah n'avait pas prévu que ses jolies chaussures n'étaient pas vraiment conçues pour une randonnée en forêt. En enjambant un rondin, elle se tordit bêtement le pied et se retrouva à plat ventre sur un tapis de feuilles.

A peine eut-elle poussé un petit cri que Jesse la souleva dans ses bras et l'aida à s'asseoir sur une souche.

— Est-ce que ça va ?

— C'est… enfin, je…

Incapable de recouvrer son souffle, elle s'affola.

— Ne te contracte pas comme ça. Laisse aller tes épaules et penche la tête en avant. Plus bas que ça. Maintenant, essaie de respirer.

Elle fit ce qu'il disait, et ses poumons s'emplirent d'air dès qu'elle eut cessé de s'agiter.

— Où as-tu appris ce truc ? demanda-t-elle quand elle put parler.

— Oh ! il faut en connaître quelques-uns pour se tirer d'affaire dans les bagarres !

Il lui ôta sa chaussure et tâta sa cheville.

— Ça fait mal ?

Elle ne sentait rien. Consciente d'avoir eu de la chance, elle rit, un peu embarrassée.

— Pas du tout. Quelle idiote je fais !

— On marchait beaucoup trop vite. C'est ma faute.

— J'étais aussi pressée que toi.

Jesse sourit.

— Bon, en tout cas, on va s'arrêter un peu. Il ne faut pas prendre le risque de faire une autre chute en chemin.

Le ciel, à travers les branches dénudées des arbres, avait pris une teinte indigo, et les étoiles s'allumaient une à une, au-dessus d'eux.

— Il commence à faire froid mais regarde les étoiles, là-haut. As-tu jamais rien vu de plus joli qu'une étoile, Jesse ?

— Oui. Il me suffit de te regarder.

— Je ne dois pas être très jolie à voir, pour le moment.

Elle entreprit d'épousseter sa robe, mais Jesse écarta son bras.

— Je vois mieux comme ça.

Leah resta immobile tandis qu'il promenait une main sur ses seins, ôtant au passage des feuilles et des brindilles accrochées à son corsage. Elle avait l'impression que sa place était là, depuis toujours, et aussi que c'était un plaisir défendu, qui lui ferait toujours l'effet d'un délicieux péché.

— Tu as tout enlevé ?

— Je n'en suis pas sûr. Il vaudrait peut-être mieux que tu ôtes cette robe, Leah. En la secouant un bon coup, il ne resterait plus rien.

— Jesse !

— Pourquoi pas ? On vient de se marier. Personne n'a dit que nous n'avions pas le droit de coucher ensemble à la belle étoile, n'est-ce pas ?

— Je suis sûre que le pasteur a justement dit ça.

D'un air espiègle, elle lui prit la main et embrassa le bout de ses doigts.

— Tu n'as pas écouté un mot de ce qu'il a dit, et moi non plus.

— Mais si, j'ai écouté ! Il a dit que j'étais une plante féconde ou que j'avais des oliviers à faire fructifier — enfin, bref, quelque chose comme ça.

— Je n'ai pas l'intention de planter des oliviers : j'ai déjà bien assez de cultures comme ça. S'il parlait des enfants, on verra ça un jour. Pour le moment, j'aimerais bien t'avoir quelque temps pour moi tout seul.

Il commença à l'embrasser dans le cou, juste au-dessous de l'oreille.

— Dans ce cas, il faudrait peut-être attendre un peu pour ça, dit-elle d'une voix haletante.

— Ou bien au contraire, il vaudrait mieux le faire le plus souvent possible tant que les bébés ne sont pas encore là.

Elle sentit ses doigts dégrafer son corsage, et le contact de sa main sur sa peau nue était tout autre chose qu'à travers l'étoffe.

Alors qu'elle s'apprêtait à ôter sa robe, Jesse cessa de la caresser et se leva.

— Où vas-tu ? lui demanda Leah.

Il se baissa pour ramasser la couverture en patchwork, qu'elle avait lâchée en tombant. Après l'avoir secouée, il alla l'étendre à un endroit où l'épaisseur des feuilles mortes formait un nid douillet. Puis il se retourna et lui tendit les bras.

Leah se leva à son tour, les genoux tremblants. Tandis qu'il la regardait, elle fit glisser sa robe le long de son corps et la laissa tomber doucement sur le sol.

— Tu n'auras pas froid, comme ça. Approche-toi, dit-il d'une voix rauque. Je vais te tenir chaud mieux que ce couvre-lit.

Et Jesse tint parole, sans la décevoir à aucun égard.

14

Quinze jours plus tard, Kendra ne songeait plus aux patchworks ni à la famille d'Isaac. Le bruit chassait toute autre préoccupation. Celui des camions, des scies circulaires, des marteaux-piqueurs et de toutes sortes d'engins dont elle ignorait le nom. Elle n'en revenait pas d'avoir obtenu si rapidement le permis de construire, une fois le plan dessiné. Il y avait une pléiade de détails à mettre au point, mais tout le monde s'était accordé pour dire que les idées de Jamie, tout à fait pertinentes, devaient être prises en compte.

Ce jour-là, l'équipe avait entrepris de creuser une partie du terrain derrière la maison pour ajouter deux chambres d'amis et une salle de séjour. La place ne manquait pas et même si Kendra ne voyait aucune raison particulière de s'attaquer à ça tout de suite, le fait d'ajouter de l'espace rendrait le chalet plus agréable à vivre.

Cash vint la rejoindre sur la terrasse couverte où elle s'était réfugiée pour échapper au bruit assourdissant d'une bétonnière.

— Vous commencez à changer d'avis ?

Il n'était que 8 heures du matin et elle s'éventait déjà avec le cahier « Sorties » du journal du dimanche précédent. Elle leva les yeux sur lui avec un sourire.

— Disons que je m'interroge. Il n'y a que les imbéciles qui ne changent pas d'avis, paraît-il.

— Allons, ça vaut la peine : vous allez avoir la clim'.

— C'est ce que je me répète sans cesse.

— Je vais quand même vous dire comment rester au frais sans clim'. Faites frémir de l'eau avec une poignée de lavande et de romarin, puis laissez refroidir et gardez l'infusion dans un pichet au réfrigérateur. Par forte chaleur, vous vous aspergez le corps et la tête avec ça, puis vous vous installez sur la terrasse avec un grand verre de menthe glacée. Vous n'aurez besoin de rien d'autre.

— Et c'est ce que vous faites ?

— Moi, non. Je reste à l'intérieur, où j'ai l'air conditionné, et je sirote une bonne bière.

Kendra rit de bon cœur.

— Vous n'auriez pas d'autres tuyaux pour les moins favorisés ?

— Je connais tout un tas de remèdes populaires. Cette consoude que vous avez dans un pot sur la loggia, par exemple : vous pouvez l'utiliser en cas de fracture. Vous le saviez ?

— Je me doutais que c'était de la consoude, répondit Kendra, ravie. J'en ai déterré un peu dans le jardin pour la mettre en pot. Ça me faisait penser à une illustration d'un de mes livres sur les plantes, mais je n'étais pas sûre de moi. J'aurais dû vous le montrer. Personne d'autre n'a su me renseigner.

— Autrefois, on l'appelait « l'herbe aux coupures ou l'herbe au charpentier ».

— Comment savez-vous ces choses-là ?

— Par ma grand-mère. C'était une guérisseuse, elle aussi. Elle n'inventait rien, en fait. Elle se contentait de m'apprendre quelques bonnes vieilles méthodes qui ont fait leurs preuves, quand elle parvenait à me faire tenir tranquille un moment.

— Eh bien, nous aurons l'occasion de voir si elle vous a enseigné quelque chose d'utile, un de ces jours.

— Le moment venu, je trouverai le meilleur endroit où creuser un puits, soyez sans crainte.

Cash s'apprêtait à la quitter quand ils entendirent un cri venant de l'autre côté. La bétonnière s'arrêta de tourner. Un chapelet de jurons leur parvint, après un bref silence.

— Aïe ! Je ferais mieux d'aller voir ce qui se passe.

Cash regagna en courant le passage central. Comme elle n'avait rien de mieux à faire, Kendra lui emboîta le pas. Derrière la maison, où une fosse béante venait d'être creusée contre le mur du fond, elle vit tout de suite quel était le problème. Géant Noir, qu'on n'avait pas vu depuis le début des travaux, était réapparu. L'un des hommes l'avait acculé contre deux rochers récemment extraits du sol et posés au bord du trou. L'énorme serpent était dressé dans une posture d'attaque. Sous les yeux de Kendra, le cadet de l'équipe, un jeune homme efflanqué avec de longs cheveux raides qui dépassaient de sa casquette, arriva en courant avec un fusil. D'un mouvement de tête, il fit signe aux autres de s'écarter.

— Laissez-le filer ! Dès qu'il s'éloigne de ces rochers, je lui tire dessus.

Ses compagnons reculèrent et le serpent commença à s'éloigner.

Kendra vit rouge. Les images du soir où un inconnu avait braqué son arme sur elle, au fond d'un parking obscur, se superposèrent à celles de l'instant présent. Elle revit le canon du revolver s'élever, entendit la détonation résonner dans sa tête, et une fureur incontrôlable s'empara d'elle.

Elle sauta en bas de la terrasse, fit trois pas en direction du jeune homme et d'un seul coup de poing, lui fit tomber le fusil des mains au moment où il l'ajustait contre son épaule.

— Ça va pas, non ?

Rouge de colère, l'homme se baissa pour ramasser son fusil.

— Le coup aurait pu partir !

Elle mit le pied sur le canon, l'empêchant de le récupérer.

— Ne vous avisez pas de reprendre ça ! Qui vous a dit que vous aviez le droit d'apporter une arme chez moi ?

Il se redressa, les yeux réduits à deux fentes étincelantes de colère.

— Si j'ai une arme, c'est pour me protéger !

Cash s'interposa.

— Randy voulait rendre service, dit-il en posant une main sur l'épaule de Kendra.

— Rendre service ? Ce serpent n'est pas venimeux ! Vous m'avez dit vous-même qu'il tuait les rats et toutes sortes de nuisibles. Mais pour moi, la question n'est pas là : personne — vous m'entendez ? — absolument personne ne mettra les pieds chez moi avec une arme à feu. Et je me fiche pas mal que ce ne soit pas la norme, dans le coin. Est-ce bien clair ?

Tout le monde la regardait avec des yeux ronds, comme si elle était en train de piquer une crise de nerfs au beau milieu du chantier.

— C'est rien qu'un foutu serpent, grommela Randy. Je ne voulais pas qu'il vous fasse peur chaque fois que vous le verriez.

Elle essaya de respirer à fond mais l'oxygène n'y fit rien. Elle tremblait de tout son être et sa jambe menaçait de se dérober. Elle avait besoin de s'asseoir. Un moment, elle crut qu'elle allait tourner de l'œil.

Cash la prit par le bras, comme s'il sentait qu'il fallait la soutenir.

— Ecoutez-moi tous, d'accord ? Mme Taylor a l'une des meilleures raisons qui soit de détester les armes. Un taré lui a tiré dessus, en ville, et vous venez de lui flanquer une trouille bleue. Bon, est-ce que vous comprenez ce que je vous dis ?

Kendra vit six paires d'yeux la dévisager, comme s'ils essayaient de comprendre exactement à qui ils avaient affaire et s'ils voulaient continuer ou pas. Tout dépendait de sa réaction. Aucun d'eux n'était un fou de la gâchette — un désaxé comme le type qui l'avait grièvement blessée. Ces gars-là étaient des hommes de la campagne habitués aux armes, qui jugeaient le geste de Randy comme un acte chevaleresque avec une pointe de fanfaronnade. Elle pouvait laisser entendre qu'elle comprenait et regagner leur respect, ou bien ignorer ce contexte et continuer à se draper dans son indignation vertueuse.

Fournissant un effort considérable, elle retira son pied du fusil.

— J'ai dû vous faire drôlement peur, moi aussi.

— Quelqu'un aurait pu nous prévenir ! marmonna Randy.

— Maintenant, vous êtes au courant, dit Cash d'un ton nettement moins conciliant. Il ne me serait pas venu à l'idée que mes gars puissent jouer au cow-boy sur le chantier. Voilà pourquoi je n'ai rien dit. J'aurais peut-être intérêt à envisager toutes les bêtises qui pourraient vous passer par la tête — le genre de truc qui va de soi avec un minimum de bon sens.

Kendra se dit qu'il ne tenait qu'à elle de redresser la situation. Elle ne voulait pas être prise en grippe par des gens qui allaient être là tous les jours. Elle préférait que le travail leur plaise et qu'ils le fassent bien. D'un geste décidé, elle tendit une main qui tremblait encore visiblement.

— En ville, les armes à feu ne servent qu'à s'entretuer. Je suppose que ce n'est pas la même chose, ici. Je vous remercie d'avoir cherché à me protéger, Randy. Mais actuellement, j'ai beaucoup moins peur d'un serpent que d'une arme à feu. Et mes nièces adorent cet animal. Elles seraient inconsolables si quelqu'un lui faisait du mal.

Randy prit sa main parce qu'il ne pouvait vraiment pas faire autrement.

— Excusez-moi, grommela-t-il. Je ne voulais pas vous faire peur.

— C'est gentil de votre part. Merci.

— Vous devriez clôturer votre terrain, en tout cas. Si vous ne voulez pas de chasseurs, il faudra mettre des panneaux tout autour ; sinon, vous allez vous en mordre les doigts, en automne.

— Je veillerai à ce que ce soit fait.

Kendra regarda autour d'elle.

— Quelqu'un aurait-il vu où est passé mon serpent ?

— Il est parti depuis longtemps, m'dame, répondit Randy. Mais si jamais il revient, on lui fichera la paix, c'est sûr.

Il jeta un coup d'œil aux autres.

— Vous voulez aussi qu'on protège les vipères et les serpents à sonnette ?

L'un des hommes rigola.

Kendra sentit la tension s'atténuer. Tant bien que mal, elle parvint à esquisser un sourire.

— Si nous en parlions une autre fois ?

Les hommes s'éparpillèrent, retournant vaquer à leurs tâches respectives. Cash donna une tape dans le dos à Randy pour montrer qu'il ne lui gardait pas rancune. Il remonta ensuite sur le passage central, puis aida Kendra à s'y hisser.

— Votre jambe, ça va ? C'était un peu haut pour sauter comme ça, non ?

Kendra se rendit compte qu'elle avait des élancements au niveau du genou.

— Ce n'est pas grave, mais il vaudrait mieux que je me ménage pendant quelque temps.

Il la raccompagna de l'autre côté.

— Si vous comptez vivre à la campagne, il va falloir comprendre les gens d'ici.

— Et vous, de votre côté, vous allez devoir comprendre que nous ne vivons plus dans un monde où l'on peut tirer sur tout ce qui bouge. Randy se prend pour Davy Crockett.

— Vous savez ce que je pense ? Les gens comme lui et les gens comme vous ont probablement bien plus de choses en commun que vous ne l'imaginez. Dommage qu'il n'y ait pas moyen de s'asseoir tranquillement autour d'une table, un de ces jours, pour s'expliquer et trouver un terrain d'entente. Parce qu'au vingt et unième siècle, beaucoup de choses vont dépendre de la façon dont on réglera le contrôle des armes.

Kendra hocha la tête. Son impression d'avoir affaire à quelqu'un qui ne manquait ni de finesse ni d'instruction s'était confirmée au fil des semaines.

— Vous avez été très bien, tout à l'heure. Ils vous écoutent, dit-elle. Et ils vous apprécient.

Il sourit.

— Qu'est-ce qu'on pourrait bien me reprocher ? Je ne suis qu'un simple paysan.

*
* *

La journée touchait à sa fin. Assise au bord de la terrasse, Kendra regardait les ombres du soir s'allonger sur la clairière. Aucune lampe n'était allumée, ce qui n'empêchait pas les premiers moustiques d'arriver jusqu'à elle. Quelques recherches lui avaient permis d'apprendre que bon nombre de plantes — géranium, citronnelle, herbe-aux-chats, romarin… — étaient censées les repousser. Sceptique, elle s'était enduit bras et jambes d'une lotion répulsive, bien qu'elle eût des bougies à la citronnelle à portée de main.

Elle était épuisée et sa jambe la faisait souffrir sans relâche. L'incident de la matinée l'avait profondément perturbée. Poursuivie tout au long de la journée par des images de son agression après avoir revécu en quelques secondes cette terrible nuit, elle avait eu son content d'émotions. A présent, chaque fois qu'elle songeait à quelqu'un d'armé sur son terrain, la colère et l'anxiété l'oppressaient malgré elle.

Plus d'une fois, depuis son installation au chalet, elle avait cru discerner une présence dehors et avait chassé cette impression comme un effet de son imagination. Elle se demandait maintenant si des braconniers ne venaient pas traquer le gibier dans ses bois, bien qu'elle n'eût pas entendu un seul coup de feu. Le printemps n'était certes pas une saison de chasse, mais elle savait que les chasseurs ne respectaient pas toujours les dates. Et que pouvait-elle faire pour se protéger ? Se procurer une arme ? Une arme à feu n'était-elle pas à l'origine de tous ses malheurs ?

Elle ferma les yeux et essaya de laisser dériver ses pensées vers quelque chose d'agréable. Le tonnerre grondait dans le lointain. La météo annonçait de la pluie et les paysans se réjouissaient car la sécheresse sévissait depuis un moment. Au fond de son lit, elle écouterait les gouttes tambouriner sur le toit. Toute seule au fond de son lit, avec des braconniers qui rôdaient peut-être à proximité.

Il valait mieux penser à autre chose. Ces travaux lui causaient bien du tracas, mais le résultat en vaudrait la peine. Une fois terminée, la maison aurait un cachet indiscutable. Elle pouvait déjà se l'imaginer. Malgré les désagréments inhérents au fait d'habiter un logement en chantier, il serait tout aussi compliqué de faire l'aller et retour chaque fois qu'une décision s'imposerait, quand elle aurait repris son travail.

Rien qu'à l'idée de retourner en ville, elle sentit son pouls s'affoler. Avait-elle un moyen d'échapper à l'angoisse, ce soir ? Elle ne voulait plus penser au travail, à son mari, à sa sœur et à ses nièces, à son corps blessé, à l'avenir…

Avec un soupir, elle rouvrit les yeux et découvrit au bord de la clairière deux biches et un jeune faon qui se tenaient immobiles, à une vingtaine de mètres de la maison. Tandis qu'elle observait ce spectacle, ils approchèrent encore.

Retenant son souffle, elle les regarda avancer vers les marches du porche. Cela n'avait rien d'exceptionnel, par ici. A sa place, les voisins auraient probablement crié ou tiré en l'air pour les faire fuir dans les bois. Les daims étaient friands de légumes du potager, d'azalées et d'hortensias.

Mais Kendra préférait les daims à toutes les plantes du jardin. Envers et contre tout — la multiplication des voitures, les chasseurs, la pollution —, ces animaux témoignaient des ressources inépuisables de la Nature.

Le faon leva la tête et la regarda bien en face. Kendra fit de même, en se demandant ce qui allait suivre. Ils restèrent ainsi quelques secondes sans bouger. Puis le faon fit demi-tour et regagna le bois en quelques bonds. Les deux biches le suivirent presque aussitôt.

— Au revoir, murmura Kendra. Revenez quand vous voudrez.

Le ciel commençait à se couvrir. Elle avait intérêt à rentrer avant qu'il se mette à pleuvoir, mais le passage des daims l'avait réconfortée, comme par enchantement. Elle allait se préparer un petit repas qu'elle accompagnerait peut-être d'un verre de vin, puis elle écrirait une lettre à sa sœur. Elle lui raconterait où en étaient les travaux et lui expliquerait que la partie « séjour » actuelle allait être transformée en chambres d'amis, conformément à ses suggestions. Dès que ce serait terminé, Kendra lui proposerait d'amener les filles, et elles inaugureraient ensemble le fief des invités. Il suffirait d'installer des lits de camp contre un mur.

Elle quitta son fauteuil et scruta des yeux la pénombre teintée de reflets rougeoyants, dans l'espoir d'apercevoir les biches une dernière fois. Elle ne discerna d'abord que la masse confuse des arbres, noyée dans l'ombre, puis elle crut voir bouger quelque chose.

Un bref instant, elle pensa que les daims s'étaient arrêtés à l'orée du bois, dans l'intention de revenir quand elle serait rentrée. Mais en regardant plus attentivement, elle aperçut une silhouette qui se déplaçait d'arbre en arbre.

Une silhouette masculine.

Sans réfléchir, elle se cacha derrière un pilier de la loggia. Apparemment, l'intrus s'enfonçait plus profondément dans les bois. S'il avait d'abord observé la maison, autre chose venait d'attirer son attention. Il n'était pas difficile de deviner quoi, songea-t-elle : trois daims, et au diable la saison de le chasse !

La fureur l'envahit de nouveau. Quelqu'un traquait les merveilleuses créatures qui venaient de lui rendre visite. Elle se sentait démunie. Que faire contre un individu probablement armé d'un fusil ? N'avait-elle pas déjà failli se faire tuer en croisant le chemin d'un braqueur muni d'un revolver ?

Et si elle parvenait à le faire décamper sous la menace ? Si elle allait jusqu'au bois lui crier qu'elle avait appelé les gendarmes ? Se sachant repéré, peut-être jugerait-il plus prudent de ficher le camp avant l'arrivée des forces de l'ordre ? Ou bien comprendrait-il que c'était une menace en l'air, que la gendarmerie locale n'avait pas assez d'hommes pour donner suite à ce genre d'appel et que de toute façon, même en admettant qu'ils viennent, il leur faudrait un bon bout de temps.

Cela dit, même si ses cris ne chassaient pas l'intrus, du moins effraieraient-ils les daims.

Elle n'était pas stupide. Elle n'avait rien à faire dans les bois, au crépuscule. Mais tout en se disant cela, elle s'éloigna du pilier et se dirigea vers les marches. Apparemment, les balles qu'elle avait reçues dans le corps avaient détruit sa capacité à raisonner face au danger.

Portée par la colère, elle traversa la clairière.

— Hé ! sortez de là ! Laissez ces biches tranquilles. J'ai appelé la gendarmerie : ils vont envoyer quelqu'un.

Elle avança en boitant jusqu'à l'orée du bois et crut voir quelqu'un, un peu plus loin. Quittant l'espace découvert de la clairière, elle se déplaça lentement d'un arbre à l'autre.

— Je ne plaisante pas. Sortez immédiatement de là ! La chasse n'est pas ouverte et vous vous trouvez sur une propriété privée. Je vous interdis de venir braconner chez moi !

Elle respirait difficilement, à présent. Elle songea soudain que cette silhouette pouvait être celle de Randy, qui cherchait à se venger de la façon dont elle l'avait traité devant ses collègues…

Elle s'immobilisa, soudain consciente de son imprudence. Il y avait quelqu'un tout près et elle criait à tue-tête. Un soupçon de logique se fraya un chemin dans son cerveau. Elle se demanda si elle ne cherchait pas à se faire tuer — si l'existence, depuis son agression, ne lui était pas devenue insupportable au point qu'elle suppliait maintenant qu'on l'achève.

— Oh la la…

Elle porta une main à son front et se pencha en avant, essayant de reprendre son souffle. Il n'y avait rien de rationnel dans son comportement. Voilà qu'elle s'identifiait aux animaux traqués ! Pour la seconde fois de la journée, elle s'attaquait à un homme qui représentait très probablement celui qui lui avait tiré dessus un mois auparavant et qui se trouvait maintenant derrière des barreaux.

Un peu plus loin, en face d'elle, une petite branche craqua. Kendra prêta l'oreille, se demandant comment elle avait pu être assez folle pour s'aventurer ainsi dans le bois. A présent, comment pourrait-elle rejoindre la clairière sans attirer l'attention ? Les daims étaient partis depuis longtemps. Le chasseur n'avait aucune raison de s'attarder. Il ferait bientôt nuit noire. A moins d'être équipé de matériel infrarouge, il avait raté l'occasion de se procurer du gibier à bon compte.

N'osant plus bouger, Kendra attendit et écouta. Sa jambe la faisait horriblement souffrir. Le tonnerre gronda. On pouvait sentir l'orage approcher. Kendra commençait à craindre de ne pas pouvoir regagner la maison sans se trouver mal. Toutes sortes de bruits emplissaient maintenant la forêt. Depuis quelques instants, les grillons avaient entamé leur sérénade nocturne et quelque part, au loin, des crapauds coassaient sur tous les tons, célébrant le retour du printemps. Mais dans cette symphonie pastorale, elle discerna un bruissement insolite dans les taillis, comme si quelqu'un écartait les buissons pour passer, à quelques mètres d'elle.

Elle devait rebrousser chemin avant que l'orage éclate et que la nuit soit trop sombre pour permettre de se repérer. Tâtant le sol du bout du pied, elle avança d'un pas hésitant. Le bas de son jean s'accrocha dans les ronces et elle s'arrêta pour se libérer. Par où était-elle passée, à l'aller ? Portée par la colère, elle n'avait pas remarqué que le sous-bois était aussi dense. Elle continua de marcher en direction du pré, se mordant la lèvre chaque fois qu'elle s'appuyait sur sa jambe blessée. Elle était en train de se dire que cet épisode risquait fort de retarder son rétablissement lorsqu'elle mit le pied dans un trou. Une seconde plus tôt, quand elle l'avait testé, le sol lui avait pourtant paru assez ferme et voilà que soudain, il venait de céder sous son poids. Une douleur fulgurante lui vrilla la cheville et elle tomba en avant. Elle parvint à amortir le choc au dernier moment, mais sa main droite heurta brutalement une pierre. Une douleur aussi vive que celle de sa cheville lui traversa le poignet.

Tout à coup, un grand silence se fit autour d'elle. Kendra se rendit compte qu'elle avait crié, interrompant les chants de tout ce petit monde qui grouillait alentour. Ses yeux se remplirent de larmes et elle s'efforça de ne pas gémir. Mais la douleur était si vive qu'elle se mit à sangloter malgré elle.

Le temps passa, tandis qu'elle donnait libre cours à son

désespoir. Puis elle ravala ses larmes et, s'appuyant sur sa main valide, elle réussit à s'asseoir. Avec d'infinies précautions, elle sortit ensuite son pied du trou, mais quand elle voulut le poser par terre, ce fut un véritable supplice.

Manifestement, elle ne pouvait plus s'appuyer sur cette jambe-là. Comment allait-elle faire pour rentrer ? Personne ne s'inquiéterait de son absence. Le lendemain était un dimanche et les maçons ne viendraient pas travailler. Et si elle n'allait pas à l'église, les gens en déduiraient qu'elle n'en avait pas eu envie, tout simplement.

Il lui faudrait sans doute la moitié de la nuit pour se traîner jusqu'à la maison en épargnant au maximum son poignet et sa cheville blessés. Avec l'orage qui approchait, elle serait trempée à l'arrivée, et dans un état lamentable.

Quelle idiote elle faisait ! Isaac avait raison. Jamais elle n'aurait dû venir s'installer dans un endroit aussi isolé. Ses amis et voisins avaient été gentils, mais ce n'était pas leur rôle de veiller sur elle. Et pour comble de stupidité, elle avait découragé la bonne volonté de Jamie, au lieu d'accepter son aide avec gratitude.

— M'dame ?

Elle sursauta. D'où provenait cette voix ? Elle n'y voyait strictement rien.

— Qui est là ?

— Vous vous êtes fait mal ?

— Qui êtes-vous ?

Elle s'essuya le nez avec une main pleine de terre et scruta l'obscurité, devant elle. Une silhouette prit forme — celle d'un jeune garçon —, presque fantomatique dans la pénombre des bois. Puis il s'approcha et elle put le voir réellement.

— Je m'appelle Caleb.

— Qu'est-ce que tu fais là ?

Elle chercha des yeux son fusil.

— Tu étais en train de chasser, n'est-ce pas ? C'est toi que j'ai vu, tout à l'heure.

— Je ne chasse pas.

— Qu'est-ce que tu fabriques, alors ?

— Je regarde.

— Tu m'épies ?

— Pas vous. Les daims.

Elle essaya d'assimiler sa réponse, mais la douleur dominait toute autre considération.

— Tu es déjà venu ici ?

Il s'assit près d'elle sur ses talons. Kendra vit qu'il avait les cheveux clairs et que ses joues conservaient les rondeurs de l'enfance. Il devait avoir entre dix et treize ans.

Il ne la regardait pas dans les yeux.

— Je n'ai jamais voulu faire de mal à personne. Vous pouvez tenir debout ?

— Sûrement pas.

— Il faut rentrer chez vous avant qu'il se mette à pleuvoir.

— C'est après toi que j'ai crié ?

Il resta un bon moment sans rien dire.

— Je voulais pas vous faire peur, murmura-t-il enfin.

— Eh bien, c'est raté.

Il hocha la tête, comme s'il acceptait le reproche.

— Je vais vous aider à vous relever.

— Je suis trop lourde pour toi.

— J'y arriverai.

Le garçon se remit debout et lui tendit la main.

— Je me suis tordu la cheville.

— Vous en avez une autre, non ?

Cette remarque la fit rire malgré elle — d'un rire nerveux qui lui donna le hoquet.

— Je dois te signaler que je me suis également fait mal au poignet. Il est vrai que j'en ai également deux.

Caleb ne sourit pas. C'était un garçon taciturne et il continuait d'éviter son regard, tout en s'accroupissant près d'elle.

— Passez votre bras autour de mon cou.

Elle était plus grande et plus lourde que lui.

— Je vais vous soulever, dit-il.

Kendra songea qu'elle n'avait pas vraiment le choix.

— Je risque de te faire tomber… mais puisque j'en suis là par ta faute, tant pis pour toi.

— Oui, m'dame.

Elle rassembla ce qui lui restait de force et s'agrippa à ses épaules. Puis elle poussa de son mieux sur sa jambe et sa main valides pendant qu'il se relevait. Enfin debout, elle se sentit tout étourdie.

— Attends un peu, dit-elle.

Il resta parfaitement immobile pendant qu'elle respirait plusieurs fois à fond pour tenter de faire disparaître cette sensation de vertige. Même avec son aide, elle n'était pas sûre d'y arriver.

— Appuyez-vous sur moi, dit-il. Je vous soutiens.

Ils avancèrent tant bien que mal. A un moment donné, elle faillit perdre connaissance. Le garçon était plus costaud qu'il n'en avait l'air et il réussit à la maintenir debout, même s'ils furent plusieurs fois à deux doigts de rouler ensemble par terre. Finalement, au terme d'un trajet qui lui parut interminable, ils atteignirent les marches de la terrasse. Kendra serra les dents et se hissa sur le plancher en utilisant la rambarde. Quand elle fut assise dessus, Caleb l'aida à se relever encore une fois, puis l'accompagna à l'intérieur, jusqu'à la chaise placée près du téléphone.

— Maintenant, je vais m'en aller, dit-il en se dirigeant vers la porte.

— Attends, tu ne m'as… rien dit sur toi.

Mais il était déjà parti et avait discrètement refermé la porte derrière lui.

15

— Quel gâchis !

Agenouillée aux pieds de Kendra, Elisa tâtait délicatement sa cheville. Dehors, les éclairs zébraient encore le ciel, à intervalles de plus en plus longs.

Quand son amie lui orienta la cheville vers la droite, Kendra agrippa les bras du fauteuil avec un cri étouffé. Elisa poursuivit son examen.

— A mon avis, c'est une très vilaine entorse. Il faudra faire faire une radio dans la matinée. Pas de discussion. Pour cette nuit, je vais te donner des poches de glace à appliquer à l'endroit douloureux : vingt minutes avec, vingt minutes sans, et ainsi de suite. J'ai aussi apporté des cachets pour atténuer la douleur et faire désenfler un peu. Voyons un peu ce poignet, maintenant.

Kendra lui tendit son bras droit. Elisa secoua la tête d'un air désapprobateur, puis se mit en quête d'une bassine et d'un gant de toilette.

— Ce n'est pas aussi grave que le pied, déclara-t-elle, mais tu auras une vilaine ecchymose à la base de la paume. Un simple bandage pour t'empêcher de plier le poignet pendant quelque temps devrait suffire.

Assommée par la fatigue et la souffrance, Kendra avait le regard presque vitreux. Dès qu'elle s'était retrouvée seule, elle avait appelé Elisa. A présent, son amie revenait avec une poche de glace pilée dont elle entoura la cheville blessée, la maintenant en place avec des bandes de tissu qui semblaient découpées dans une serviette usagée. Elle tendit ensuite à Kendra un verre d'eau et quatre comprimés.

Kendra avala le tout avec gratitude.

— Je ne te remercierai jamais assez…

— Tu as donc rencontré Caleb.

— Je suis pratiquement sûre qu'il est déjà venu dans mon bois.

— C'est le petit frère de Cissy. Il habite chez les beaux-parents de sa sœur : les Claiborne.

— Elle m'a parlé de lui, en effet.

— Il n'est pas là depuis très longtemps. C'est une histoire compliquée.

Elisa approcha la table basse du fauteuil de son amie et posa doucement sa jambe sur un coussin.

Kendra ferma les yeux.

— Combien de temps faut-il pour que l'antalgique fasse de l'effet ?

— Celui-ci n'est pas le plus rapide, mais je ne peux rien te donner de plus puissant tant que je n'ai pas obtenu le diplôme qui m'autorisera à pratiquer de nouveau.

— Parle-moi de Caleb, demanda Kendra, préférant songer à autre chose qu'à sa cheville.

— Eh bien, Cissy ne l'avait pas vu depuis très longtemps ! En fait, elle pensait même ne plus jamais le revoir. Quand ils étaient petits, leur mère a été jugée incapable de les élever et Cissy est partie vivre avec sa grand-mère. Mais la pauvre femme, déjà âgée, ne s'est pas senti la force de prendre deux enfants en charge, et Caleb a été placé dans une famille d'accueil.

— Que s'est-il passé ?

— Avant l'adoption, une malformation cardiaque a été diagnostiquée chez le garçon lors d'un examen médical. Opéré à plusieurs reprises, il a passé beaucoup de temps à l'hôpital et dans des maisons de convalescence. Le temps qu'il soit suffisamment rétabli pour mener une vie normale, il était déjà trop grand pour être adopté. Une assistante sociale particulièrement tenace a consulté ses dossiers et découvert qu'il avait une sœur en âge de s'occuper de lui. Elle a réussi à retrouver Cissy, qui a sauté de joie.

— Mais il ne vit pas avec elle ?

— Cissy est encore très jeune — et déjà mère. En principe, elle s'occupe aussi de Helen. Les Claiborne ont donc proposé de prendre en charge le frère de leur bru. Après avoir élevé trois garçons, ils devaient trouver la maison bien vide, j'imagine. Cissy essaie de le voir le plus souvent possible et les Claiborne font le reste.

— Et ça se passe bien ?

Elisa ne dit rien.

Kendra rouvrit les yeux.

— Non ?

— Caleb a eu une vie mouvementée. C'est un garçon solitaire. Il refuse de fréquenter ses camarades de classe. Il ne parle pas beaucoup et sourit rarement. Il fait ce qu'on lui demande sans se plaindre, de façon presque mécanique. Il a été suivi par un psy, mais ça ne sert pas à grand-chose chez un enfant qui n'a pas connu la stabilité.

Kendra avait vu Caleb sous un autre jour.

— Apparemment, il adore les animaux. Il suivait deux biches et un faon. Et il est venu à mon secours, alors que je lui avais crié de ficher le camp. Ça, personne ne lui avait demandé de le faire. Je connais pas mal d'ados apparemment équilibrés qui auraient détalé comme des lapins.

— C'est bon signe.

Kendra remua son pied par mégarde et grimaça de douleur.

— Il me fait penser à Isaac. Isaac était aussi à la merci de gens qui ne l'aimaient pas. C'est comme cette cheville. Ça ne va pas trop mal tant que je ne bouge absolument pas... Caleb et Isaac font très attention à ne rien changer, de crainte que tout aille de mal en pis.

— J'ai appelé Isaac, Kendra.

Kendra se redressa dans son siège et le regretta aussitôt.

— Quand ?

— Je lui ai téléphoné avant de partir parce que j'estime que tu ne peux pas rester seule ici. Il faudra quelqu'un pour t'aider pendant quelques jours et moi, j'ai plusieurs entretiens à Washington puis à Charlotteville, demain et après-demain.

— Tu aurais dû commencer par m'en parler. Je peux me débrouiller…

Elisa lui coupa la parole.

— Non, tu ne peux pas. Il y a des choses que tu seras incapable de faire toute seule.

Sur le point de protester, Kendra se tut en se remémorant sa conversation avec Sam. Ils avaient débattu d'un sujet similaire.

— Qu'est-ce qu'il a dit ? demanda-t-elle au bout d'un moment.

— Qu'il partait tout de suite. Il ne devrait pas tarder à arriver.

— Je suis prête à parier qu'il est contrarié.

— Il ne m'a pas fait part de ses impressions. Il a seulement dit qu'il venait. Sans hésiter.

— Tu sais bien que je ne serai plus jamais tout à fait sûre de ses motivations. Va-t-il venir parce qu'il se sent coupable de m'avoir fait faux bond la nuit où j'ai été agressée ? Ou bien vient-il parce que…

— Parce qu'il t'aime ?

Kendra haussa les épaules.

— Pourquoi ne pas t'épargner tous ces tracas en lui posant simplement la question ? suggéra Elisa.

— Par crainte d'entendre la réponse, je suppose.

— Mais une fois que tu la connaîtras, tu pourras avancer.

— Pour le moment, je ne peux même pas me déplacer d'un centimètre.

Elisa posa une main sur l'épaule de son amie.

— Parfait. Comme ça, tu ne risques pas de te sauver. Et si Isaac est quelqu'un d'aussi correct que je l'imagine, il ne pourra pas se défiler non plus.

*
* *

La dernière fois qu'Isaac avait roulé aussi vite, il suivait l'ambulance qui emmenait Kendra à l'hôpital George Washington. Cette nuit-là resterait à jamais gravée dans sa mémoire. A un moment donné, il avait rêvé de suivre la route sans s'arrêter à l'hôpital, de traverser les faubourgs pour quitter la capitale, une bonne fois pour toutes. Il s'était imaginé en train de rouler dans le Maryland et la Pennsylvanie, jusqu'aux vastes prairies de l'Ouest américain. Il s'était demandé combien de temps il pourrait conduire sans s'endormir au volant. Et qu'aurait-il fait en arrivant sur la côte, en se retrouvant face aux rouleaux écumants de l'océan Pacifique ?

Il avait pourtant dit à Kendra de ne pas aller s'installer au chalet ! Il l'avait avertie qu'elle risquait de se trouver en difficulté dans cet endroit isolé. La femme qu'il avait épousée aurait pu survivre seule dans une tente de bédouin en plein désert ou dans une simple hutte de la forêt amazonienne, mais cette nouvelle Kendra, cette créature fragile qui avait frôlé la mort de si près manquait cruellement de ressources. Quand il avait cherché à le lui faire remarquer, elle avait refusé de l'écouter.

Il était en colère. C'était plus fort que lui. Kendra s'était délibérément mise en danger, comme pour le défier. *Tu ne t'occupes pas de moi, alors je vais me débrouiller toute seule.*

Il se demanda si elle était grièvement blessée. Qu'allait-il trouver en arrivant au chalet ? Une fausse alerte et sa femme qui viendrait l'accueillir à la porte ? Ou bien une maison vide avec un petit mot expliquant où l'ambulance l'avait emmenée ? Il avait l'intention de revenir la voir, mais chaque jour il trouvait une excuse pour repousser le voyage au lendemain.

Si seulement il était venu…

Il frappa le volant du plat de la main.

Peu importait ce qu'il allait trouver : il était temps pour elle de rentrer à la maison. Il en avait plus qu'assez d'attendre, de s'interroger, de tourner autour du téléphone en hésitant à l'appeler rien que pour entendre sa voix. Elle avait insisté sur son besoin de solitude. A présent, il allait insister pour qu'elle y renonce.

Les derniers roulements du tonnerre s'estompaient dans le lointain quand il arriva. La voiture de Kendra et celle d'Elisa étaient garées côte à côte. Il coupa le moteur et piqua un sprint jusqu'à la terrasse. Un véritable torrent ruisselait le long du chalet, ravinant le terrain au passage. Isaac entra dans la chambre sans prendre la peine de frapper. Le lit était vide. Traversant le passage couvert, il ouvrit la porte du séjour. Kendra était assise dans le fauteuil, un pied surélevé sur un coussin. Elisa s'approchait d'elle avec une poche de glace.

— Comment vas-tu ? demanda-t-il à sa femme, les yeux fixés sur les mains d'Elisa.

— Mieux que je ne le mériterais.

Elle avait répondu d'un ton dégagé, mais on voyait bien qu'elle souffrait.

— Il n'y a rien de cassé, je pense, dit Elisa en ajustant la poche autour de la cheville de Kendra et en l'attachant avec des bandes de tissu. Mais elle s'est fait une vilaine entorse. Il faudra qu'elle passe une radio de la cheville et du poignet pour s'en assurer.

— Merci de m'avoir averti.

— Elle doit bouger le moins possible. Ce qui signifie qu'elle aura besoin d'aide.

— C'est pour ça que je suis là.

— Hé ! moi aussi, je suis là, je vous signale ! lança Kendra. Au cas où vous l'auriez oublié.

Elisa se redressa.

— Tu pourras reprendre deux cachets dans trois heures. Et tu appelleras ton médecin à la première heure, demain matin, d'accord ?

— Heureusement que j'en ai trouvé un à Woodstock.

Pour Isaac, le fait que Kendra ait choisi un médecin sur place était une preuve supplémentaire de son intention de rester là. Il sentit la colère frémir de nouveau en lui.

— Je peux m'occuper d'elle, à présent, dit-il d'un ton involontairement revêche.

Elisa prit son sac qu'elle avait laissé sur une chaise.

— Elle a passé un mauvais quart d'heure, ce soir.

Comprenant l'avertissement — *Tâche de ne pas en rajouter* —, il hocha brièvement la tête.

— Je prendrai bien soin d'elle.

— J'aime laisser mes patients en de bonnes mains.

— Je te raccompagne à ta voiture.

Il jeta un coup d'œil sur sa femme — ce qu'il avait évité de faire, jusqu'ici. Elle avait le teint blême et sa pâleur faisait ressortir ses taches de rousseur.

— Ça va aller ?

— Je n'irai vadrouiller nulle part.

Il n'en aurait pas mis sa main au feu.

Il ouvrit la porte pour Elisa. Dehors, l'orage s'était mué en bourrasque. La jeune femme s'arrêta au bord de la terrasse et respira à fond.

— Il fait plus frais. Je craignais que l'on ait juste de l'humidité.

La température avait chuté, en effet, bien qu'Isaac n'y ait pas prêté attention.

— Regarde où tu mets les pieds, dit-il à Elisa. Il y a un véritable torrent le long de la maison.

Ils descendirent ensemble. Ce vent froid fit du bien à Isaac en refroidissant sa peau brûlante. Il ralentit le pas pour s'accorder à celui d'Elisa.

— Kendra aimerait nous faire croire que son rétablissement suit un cours normal, dit-elle. En fait, elle ne sera pas complètement remise tant qu'elle n'aura pas accepté le préjudice qu'elle a subi.

— Mais qu'est-ce qu'elle pouvait bien fabriquer dehors, dans les bois, à la tombée de la nuit et à l'approche de l'orage ? Sachant que des braconniers rôdent dans le coin, en plus ? C'est une idée épouvantable qu'elle a eue de venir s'installer ici. J'espère qu'elle va entendre raison, à présent.

Elisa marcha sans rien dire jusqu'à sa voiture. Puis elle se retourna vers Isaac.

— Excuse-moi, mais je ne suis pas d'accord.

— Avec quoi, précisément ?

— Son idée de venir ici était bonne. Beaucoup trop de gens s'étourdissent dans le travail, le sport ou d'autres activités superflues pour éviter de se poser des questions sur leur vie. Kendra s'interroge et cherche à comprendre ce qui ne va pas. Il ne lui reste plus qu'à écouter les réponses.

— Tu parles par énigmes.

— Vous devrez trouver les solutions ensemble.

— Ce n'est pas très facile quand elle est aussi loin.

— Tu es là, maintenant. Elle aussi.

Isaac la regarda monter dans son petit coupé gris, et s'éloigner. Il respira ensuite un bon coup. Les choses n'étaient pas aussi graves qu'il l'avait craint. Kendra souffrait, mais les dégâts étaient relativement limités. Il n'y avait pas d'urgence.

Quand il rentra, Kendra avait les yeux fermés. Sa respiration trop rapide et sa bouche crispée trahissaient une souffrance permanente. Mais elle crânait, à la manière du chat de gouttière qu'il avait secouru. Contre toute attente, l'animal avait survécu à l'opération et le directeur adjoint du marketing de ACRE avait accepté de le recueillir pendant sa convalescence. Comme lui, Kendra n'allait pas tarder à se rétablir.

Elle rouvrit les yeux.

— Fais comme chez toi, dit-elle en grimaçant un sourire. Il y a du potage au poulet dans le frigo. Tu as dîné ?

— Je n'ai pas faim.

— Il doit y avoir de la bière, et il reste une demi-bouteille de vin sur le plan de travail.

— Quelque chose te ferait plaisir ?

— Oui : pouvoir effacer cette journée maudite et tout recommencer. Je ne ferais pas tout à fait la même chose.

— J'imagine.

Il alla ouvrir le réfrigérateur et dénicha un pack de bière

derrière les briques de lait. Il décapsula une bouteille puis servit un verre de vin à Kendra. Elle le prit avec gratitude.

— Si tu as l'impression que je rends l'âme dans ce fauteuil, n'essaie surtout pas de me ranimer !

— Combien de temps faut-il laisser la poche de glace ?

— Vingt minutes avec, vingt minutes sans, pendant trois heures.

Il s'assit en face d'elle sur le canapé.

— Comment te sens-tu ?

— Comme une idiote qui a mis le pied dans un trou et qui a failli l'y laisser.

Ne sachant plus quoi dire, Isaac avala quelques gorgées de bière comme si cela lui demandait beaucoup d'énergie et de concentration.

— Tu meurs d'envie de savoir ce qui s'est passé, hein ? dit enfin Kendra.

— Elisa me l'a raconté dans les grandes lignes.

— Je ne lui ai pas demandé de t'appeler.

— Oh ! je m'en serais douté !

— Qu'est-ce que ça veut dire ?

La colère le prit de nouveau, bien qu'il eût fait son possible pour la dominer. Il posa la bouteille sur la table avec un soin exagéré.

— Cela veut dire que tu préfères te traîner dans les bois comme un animal blessé plutôt que me demander quoi que ce soit. Je le sais parfaitement.

Elle ouvrit des yeux ronds.

— Ma foi, c'est assez vrai.

— Tu as l'air surpris. Tu croyais peut-être que je n'avais rien compris ?

Il vit son regard étinceler brièvement — sous l'effet de la douleur ou d'une colère qui commençait à frémir en elle, à l'instar de la sienne.

— Tiens, puisque tu abordes le sujet, je n'en savais trop rien, justement. Tu ne remarques pas grand-chose en ce qui me concerne. Dans ta vie bien ordonnée, je suis devenue un meuble parmi d'autres.

— Un meuble remisé de son plein gré à la maison de campagne ?

— Je dirais plutôt un meuble en cours de restauration.

— Si nous laissions tomber le mobilier pour parler un peu de nous ?

— C'est de nous qu'il s'agit.

Il espaça soigneusement ses mots.

— Je n'ai jamais cessé de te *remarquer.*

— Ce qui signifie quoi, au juste ? Que tu reconnais mon existence ? Eh bien, merci beaucoup.

La petite voix familière qui lui enjoignait, naguère, de ne pas jeter d'huile sur le feu résonna une fois de plus dans sa tête. *Isaac, ne lui réponds pas ! Ne le pousse pas à bout. Tu sais ce qu'il va faire. Laisse-le dire, c'est tout...*

— Ce n'est pas le moment d'ergoter, dit-il. Tu as déjà eu une journée éprouvante.

— Je n'ai pas besoin de tenir debout pour tout mettre sur le tapis.

— Que veux-tu mettre sur le tapis ?

— Isaac, tu n'en as même pas une petite idée ? Faut-il vraiment que je mette les points sur les i ? Très bien, alors allons-y.

Elle se pencha en avant — un mouvement qu'elle dut payer cher, à en juger par sa grimace.

— Ton travail passe bien avant moi. Je suis tout au plus une commodité, quelqu'un qui rembourse les emprunts avec toi, quelqu'un avec qui tu vas dîner en ville et à qui tu fais l'amour — ou du moins, tu le faisais. Je reste à ma place, mais je ne vois rien dans notre couple qui ressemble à une véritable intimité. Et quand je deviens une gêne, tu peux me glisser sous le tapis d'un petit coup de balai.

Après les chuchotements de sa mère adoptive, Isaac se remémora soudain son dialogue avec le Dr Gupta, le jour où il avait ramené Kendra du service de rééducation. *Je pense que nous allons régler tout cela ensemble, ma femme et moi. Nous l'avons toujours fait*, avait-il affirmé de façon péremptoire. Puis la réponse du médecin : *Vraiment ? Je m'interroge. N'auriez-vous pas plutôt fermé les yeux pour ne pas voir tous les détails qui ne correspondaient pas à l'image que vous vous faisiez de votre couple ?*

— Pourquoi suis-je là, alors ? demanda-t-il à Kendra. Pourquoi ai-je fait tout ce chemin ? Je n'en ai pas la moindre idée non plus, sans doute ?

— Tu es venu parce que tu n'arrives pas à oublier que la dernière fois que j'ai eu besoin de toi, tu étais trop occupé pour me rendre service.

— Après ton coup de fil, j'ai tout planté là et j'ai foncé comme un dingue pour arriver à temps à la pharmacie. Et comment aurais-je pu deviner que tu te comporterais comme une idiote en allant chercher les médicaments toute seule, malgré ton état ?

— Tu me connais vraiment mal, décidément ! As-tu seulement une petite idée de ce qu'il m'en coûte de te demander quoi que ce soit ? Evidemment, nous n'avons jamais été tellement prévenants l'un pour l'autre. Tout va bien tant que nous sommes à égalité. C'est ce que nous voulions.

— « Nous » : tu le dis toi-même. C'est ce que *nous* voulions. N'était-ce pas une entente tacite, entre nous ?

— Et quelle entente, hein ? Rien que le meilleur de la vie — surtout pas les ennuis. Nous sommes-nous seulement juré de rester unis pour le meilleur et pour le pire, en échangeant nos serments ? Evidemment, la cérémonie était tellement informelle que les serments se réduisaient au strict minimum : nous avons apposé nos signatures au bas d'une feuille, tout au plus. N'est-ce pas symbolique ?

— J'ai fait ce que j'ai pu, ce soir-là.

— Juste un tout petit peu trop tard. Combien de fois as-tu pensé à moi, malade comme un chien au fond de mon lit, pendant cette journée ? Pas une seule fois, hein ? Pas une seule fois jusqu'à mon dernier coup de fil, quand je t'ai dit que j'en avais assez de tes dérobades. Du coup, tu as pris ta voiture. Exactement comme tu l'as prise ce soir… Et certainement pas par amour, Isaac. Juste parce que tu te sentais coupable.

Seulement, ta culpabilité, je n'en veux pas. Je ne veux pas non plus d'une union superficielle où il ne soit jamais question d'affronter ensemble les difficultés.

— Super. Eh bien, soit !

Il se leva d'un bond.

— Voilà au moins deux fois que tu me délivres le message : ce mariage, tu n'en veux plus, et tu ne veux plus de moi. Qui entame la procédure ?

— Oh ! ne va pas t'imaginer que ce sera aussi facile ! Tu peux faire semblant de ne rien entendre : ça ne m'empêchera pas de m'expliquer tout à fait clairement. Je ne veux pas de nos rapports tels qu'ils sont. Je n'ai jamais dit que je ne voulais plus de toi.

Sa pâleur devenait alarmante.

— Je ne divorcerai pas sur un malentendu, Isaac. Alors, laisse-moi exprimer ce que je ressens : j'ai besoin de quelqu'un sur qui je puisse compter — quelqu'un qui ne soit pas un étranger. Pendant sept ans, j'ai pris le peu que tu donnais de toi, faute de mieux. A présent, ça suffit !

— Qu'est-ce que c'est que ce baratin de psy à la noix ?

Il était furieux, à présent, tellement furieux qu'il ne choisissait même plus ses mots.

— Tu ne veux pas de moi : tu veux un mari parfait qui n'ait pas de vie personnelle.

— Non, je veux un homme qui ait les deux : une vie personnelle et une vie de couple, chacune enrichissant l'autre.

— Que voudrais-tu que je fasse ? Que je boive chacune de tes paroles ?

— Je voudrais que tu m'ouvres le fond de ton cœur ; je voudrais te faire partager ce qu'il y a dans le mien.

— Oh ! voilà qui est tout à fait clair, pour le coup !

Vibrant de colère, il s'était mis à crier.

— Tu veux un exemple ? reprit Kendra. En voici un : j'aimerais bien savoir pourquoi c'est la première fois que nous avons un véritable conflit, depuis toutes ces années.

— Nous nous sommes disputés maintes fois.

— Ceci n'est pas une dispute.

— Quoi ? Tu veux que je me livre à un exercice d'introspection, là, tout de suite ? Que je dissèque mes moindres angoisses et mes motivations profondes ?

— Eh bien oui, c'est ça, figure-toi !

— Ecoute, Kendra, heureusement que je ne suis pas mon père. Aussi longtemps que je vivrai, je ne lèverai jamais la main sur une femme. Je ne te frapperai jamais comme il frappait ma mère.

Kendra le dévisagea.

Les poings serrés, le souffle haletant, il n'avait pas fait un pas vers elle, cependant. Une minute passa, puis deux. Progressivement, ses poings se desserrèrent et sa respiration reprit un rythme normal.

— Oh non, tu n'es pas ton père ! dit-elle doucement. Tu ne lui ressembles en rien et tu ne lui ressembleras jamais. Et je n'aurai jamais la moindre raison d'avoir peur de toi, même quand tu es en colère. Apparemment, j'ai beaucoup plus confiance en toi que tu n'as confiance en toi-même.

Isaac eut l'impression qu'on lui avait fait un trou dans la poitrine pour mettre son cœur à nu et en faire un examen clinique.

Il se retrouva dehors sans trop savoir comment, descendit les marches de la terrasse en courant, regagna sa voiture et s'adossa au coffre, croisant les bras sur sa blessure imaginaire.

— Vous n'avez pas intérêt à lui faire du mal.

Isaac fit volte-face et distingua une silhouette filiforme dans l'obscurité. L'auteur de la menace s'approcha. Isaac découvrit un garçon, à peine adolescent, qui tenait les mains légèrement éloignées de ses hanches, tel un cow-boy prêt à dégainer.

— Vous l'avez frappée ? demanda-t-il.

Isaac leva les yeux au ciel.

— Bien sûr que non.

— Vous en êtes certain ?

Pour étrange qu'elle soit, la question méritait cependant réflexion, jugea Isaac.

— Non, je ne la frapperai jamais, répondit-il enfin.

Inexplicablement, ces paroles eurent un effet libérateur. Malgré sa colère, il n'avait pas même secoué sa femme par l'épaule. Bien entendu, il n'ignorait pas que son enfance l'avait profondément marqué. Mais était-il pleinement conscient de la terreur qui s'immisçait en lui à l'idée de devenir aussi violent que le colonel Grant Taylor, quand il se mettait en colère ? En doutant ainsi de sa capacité à se dominer, il vivait dans la crainte permanente de faire du mal à ceux qu'il aimait.

— Elle va bien ? demanda encore le garçon.

— Tu es Caleb, n'est-ce pas ? dit Isaac, se souvenant du récit qu'Elisa lui avait fait au téléphone.

— Oui, et alors ?

— Merci d'avoir secouru Kendra. Je suis Isaac, son mari. Je ne sais pas ce qu'elle serait devenue sans toi.

— Vous étiez en train de lui crier dessus.

— Nous sommes en colère l'un contre l'autre, en ce moment.

— Vous n'avez pas à crier après une femme.

— Parfois, c'est le seul moyen que l'on trouve pour se dire les choses.

— Comment ça se fait qu'elle vit tout seule ici, si elle a un mari ?

Isaac pesa ses mots. Cette question partait manifestement d'un bon sentiment. Après l'épisode du début de soirée, Caleb se prenait un peu pour l'ange gardien de Kendra. Instinctivement, Isaac devina que ce garçon se voulait le défenseur du faible et de l'opprimé. Il se doutait aussi qu'au cours de sa jeune existence, Caleb avait dû être lui-même le plus faible de tous.

— Je travaille à Washington, répondit-il, sachant reconnaître une âme sœur. Kendra est venue à la campagne pour reprendre des forces après une opération. Je fais des aller et retour.

— Elle a besoin de quelqu'un pour l'aider.

— Je vais rester jusqu'à ce qu'elle soit capable de marcher toute seule.

— Rester et lui crier après.

Ce n'était pas une question.

— Il est tard. Ta famille doit se faire du souci. Est-ce qu'ils savent au moins où tu es ?

Caleb garda le silence.

— Je prendrai bien soin d'elle, dit enfin Isaac. C'est promis.

— Vous avez intérêt.

Isaac regarda le garçon disparaître dans la nuit. Avant de se décider à rentrer retrouver sa femme, il resta un long moment sur place, parfaitement immobile, tandis que dans sa mémoire défilaient les images d'un gamin semblable à Caleb qui se fondait aussi, naguère, dans l'obscurité d'un monde hostile.

16

Le lendemain matin, Kendra se réveilla seule. Isaac l'avait portée jusqu'à son lit, puis il l'avait aidée à enfiler une chemise de nuit et s'était acquitté comme un pro de ses tâches d'infirmier. Au milieu de la nuit, quand elle avait gémi de douleur, il s'était levé pour lui donner ses cachets. Il dormait encore auprès d'elle, à ce moment-là. Cela, elle s'en souvenait très bien.

Comme elle se redressait en position assise, les élancements dans sa cheville et son poignet reprirent de plus belle. Isaac arriva à ce moment précis avec un plateau.

— Hé ! je venais t'aider !

Elle l'observa d'un œil circonspect.

— Ça va : j'y suis arrivée. Je ne savais pas trop…

— Si j'étais là ? Bien sûr que oui. Je vais rester jusqu'à ce que tu sois de nouveau sur pied. C'est comme ça.

Kendra ne tenait pas à ranimer le conflit de la veille. Elle lui avait reproché de ne jamais parler des choses importantes mais elle ne faisait guère mieux, de son côté. Mentalement, elle était épuisée.

— Et ton travail ? lui demanda-t-elle.

— Je peux me servir de mon ordinateur, ici. Heather a proposé de m'apporter tout ce dont je pourrais avoir besoin. J'ai préparé le petit déjeuner. Tu n'as pas grand-chose dans tes placards.

— Je comptais faire des courses, ce matin. Les ouvriers sont là ?

— Pas encore.

— Mmm… Ça sent bon.

— Café. Tartines grillées. Yaourt. Ça ne m'étonne pas que tu sois aussi maigre.

Elle haussa les sourcils d'un air surpris.

— Aussi maigre ?

Il avait dit cela sur le ton de la taquinerie. Mais au fait, depuis combien de temps ne s'étaient-ils pas taquinés ?

— Je vais t'aider à te remplumer. J'ai le souvenir d'une femme un peu plus potelée et j'aimerais bien la retrouver.

— Les voisins m'ont gavée comme une dinde de Noël.

— Ils t'ont apporté des tas de choses, mais les as-tu mangées ?

— En partie.

Isaac posa le plateau à côté d'elle sur le lit.

— Tu as rendez-vous chez le médecin à 9 h 30. Elisa l'a convaincu que c'était une urgence.

— Très bien. Je serai prête.

— Je sais : je vais y veiller.

Il tint parole. Quand elle eut pris son petit déjeuner, il l'aida à faire sa toilette, à s'habiller, à gagner la voiture. Au cabinet médical, il patienta dans la salle d'attente, l'escorta dans une salle d'examen puis la conduisit à l'hôpital pour une radio. Il la ramena ensuite au cabinet où on lui banda la cheville et le poignet. Equipée de béquilles, elle alla ensuite avec lui à la pharmacie avec son ordonnance.

Quand il la souleva dans ses bras, un peu plus tard, pour monter l'escalier de la terrasse, l'équipe de Cash était occupée à creuser le sol à flanc de colline. Kendra était si fatiguée que ses yeux se fermaient malgré elle.

— Tiens, ça devrait te faire du bien, lui dit Isaac en s'asseyant en face d'elle avec un verre d'eau et un comprimé. Tu dois souffrir le martyre.

Elle avala l'antalgique avec avidité.

— Je te proposerais bien de faire un petit somme, mais tu ne pourras jamais dormir avec tout ce raffut. Tu me diras quand tu voudras déjeuner.

— Ce n'est pas pour tout de suite.

Quelqu'un frappa à la porte, leur épargnant un nouveau papotage insignifiant, et la jeune femme en remercia le ciel. Elle avait de plus en plus de mal à faire comme si de rien n'était.

Isaac alla ouvrir et fit entrer Sam. Leur ami était en short, avec un T-shirt portant l'inscription : « Heureux ceux qui savent rire d'eux-mêmes car ils auront toujours un sujet d'amusement. »

— Elisa m'a tout raconté, dit-il en se penchant pour embrasser Kendra sur la joue. Comment ça va ?

— Ta femme avait vu juste. Il n'y a rien de cassé, seulement des entorses. Je dois me reposer, rester immobile et prendre des calmants pendant quelque temps. Je m'en sors plutôt bien.

— Tant mieux. Avez-vous besoin de quelque chose ?

— Isaac a l'intention d'aller faire des courses au supermarché, un peu plus tard.

— Beaucoup plus tard ? demanda Sam.

— Je comptais y aller dans l'après-midi, dit Isaac.

— Et avant, ça te dirait de venir courir avec moi ? C'est mon jour de congé.

Le visage d'Isaac s'éclaira malgré lui. Puis il secoua sagement la tête.

— Il vaut mieux…

— Il vaut mieux que tu y ailles ! déclara Kendra. A moins que tu préfères que je me lève et que je te flanque dehors à coups de béquilles ! De toute façon, j'ai besoin d'être un peu seule.

— Tu es sûre ?

Elle n'était plus sûre de rien, mais elle se sentait si exténuée que le fait d'être débarrassée un moment d'Isaac allait probablement lui faire du bien.

— File.

— Je me change et je te rejoins, Sam ! dit Isaac en s'éloignant.

— Comment ça va, en réalité ? demanda Sam à Kendra quand son mari eut disparu dans l'autre partie du chalet.

— Ma foi, ce sera une longue route ou une voie de garage. Je ne sais pas encore.

Elle savait qu'il comprenait ce qu'elle voulait dire.

— Tu as mis du temps à arriver où tu en es. Il te faudra encore du temps pour aller ailleurs. « Un voyage de dix mille lieues commence toujours par un simple pas. »

— Ça vient tout droit d'un de tes T-shirts ?

— Oui, mais c'est aussi une citation de Lao-Tseu. Je vais m'occuper d'Isaac. Prends bien soin de toi, en attendant.

Les deux hommes partirent ensemble. Kendra pouvait entendre le bruit incessant des engins et les ouvriers qui parlaient sur le chantier. L'antalgique commençait toutefois à produire son effet et, pour la première fois depuis sa chute, elle se sentait presque bien. Elle ferma les yeux.

Des coups frappés à la porte la tirèrent de sa torpeur.

— Entrez ! dit-elle en clignant des paupières.

Helen pénétra dans la pièce.

— Qu'est-ce que c'est que cette histoire ? Vous vous êtes encore fait mal ?

— Y aurait-il une enseigne au néon au bout du chemin ?

— Allons, n'essayez pas de noyer le poisson !

— C'est que je me sens plutôt stupide, voilà tout.

— D'après ce que j'ai entendu dire, vous pouvez, en effet.

Helen approcha et s'installa dans un fauteuil.

— Ce sont les Claiborne qui l'ont dit à Cissy. Je suppose qu'ils ont cuisiné Caleb, hier soir. Il n'est pas très causant, ce garçon.

— Sans lui, je serais peut-être encore à plat ventre dans le bois, à l'heure qu'il est.

— Vous auriez réussi à vous relever, d'une façon ou d'une autre.

Kendra apprécia ce vote de confiance assez pragmatique, somme toute. Elle remarqua que Helen avait apporté un grand sac à provisions, mais elle se garda bien de l'interroger sur son contenu. Helen savait ménager ses effets.

— Elisa m'a raconté le parcours de Caleb, lui dit-elle. Depuis combien de temps est-il à Toms Brook ?

— Hum, voyons… nous sommes en mai. Il est arrivé juste

après Noël, directement de Norfolk. La petite Cissy était folle de joie de revoir ce garçon. Evidemment, Caleb ne se souvenait pas d'elle : il était trop petit quand on les a séparés.

— Est-ce que ça se passe bien avec les Claiborne ? Elisa m'a dit qu'il ne s'adaptait pas très bien.

— Marian et Ron sont des gens extrêmement dévoués. Je crois que s'il mettait le feu à leur maison, ils lui demanderaient juste de les aider à en rebâtir une autre. C'est pas qu'il ferait une chose pareille, remarquez ; c'est juste pour dire qu'ils le soutiendront toujours, quoi qu'il arrive. Ils ont trois fils à eux, alors ils savent ce que c'est qu'un garçon.

— Ce sont de braves gens, on dirait.

— Cissy se fait du mauvais sang pour lui.

Kendra ne le comprenait que trop bien. Elle allait se faire du souci pour Caleb, elle aussi.

— Et ce voyage, ça s'est bien passé ? demanda-t-elle, optant pour un sujet plus neutre. Ils ont été sympa avec vous, au musée du Patchwork ?

— J'ai l'impression qu'ils m'ont pressée comme un citron pour me faire dire tout ce que je sais sur le sujet. Ils ont dû me vider le cerveau, ma parole.

— C'est le meilleur moyen de conserver un lien avec le passé.

— Je vous apporte justement un petit échantillon du passé. Et puis une portion de gratin, aussi. Ce n'est pas grand-chose — juste des macaronis au fromage que je me suis empressée de faire quand j'ai appris que vous aviez des problèmes. Les dames du cercle de patchwork vous ont préparé autre chose. Comme ça, vous n'aurez pas de courses ni de cuisine à faire avant un bon bout de temps.

Kendra se pencha vers Helen et lui serra la main.

— Vous êtes tous si gentils avec moi. Je dois avoir une dette d'une centaine de repas, dans ce village.

— Pour le moins.

— Mon mari est venu s'occuper de moi, mais question cuisine, il est complètement nul.

— Il n'est jamais trop tard pour s'y mettre.

Helen sortit un emballage en plastique de son sac à provisions et le posa sur les genoux de Kendra.

— Tenez, c'est pour vous.

A travers le plastique, Kendra aperçut des morceaux de tissu. Elle ouvrit la boîte, en sortit une pile de blocs de patchwork et déplia celui du dessus.

— Oh la la, regardez-moi ça !

— Ils traînent dans un coin de ma pièce à couture depuis plus de temps que vous n'êtes au monde. Si je ne m'en occupe pas maintenant, je ne le ferai jamais.

Kendra examina les blocs un par un — des étoffes imprimées dans des teintes de beige, vieux rose, bleu, et des carrés blanc cassé. Mais par-dessus tout, chaque bloc était signé sur la partie la plus claire. Au dessus de chaque nom, on pouvait lire une brève citation de la Bible.

La jeune femme leva les yeux.

— D'où proviennent ces blocs ?

— Ma mère faisait un peu de couture pour des clients. Quelqu'un a dû les lui donner pour qu'elle les assemble, même si à l'époque, ces tissus étaient déjà anciens. A en juger par les imprimés, je les daterais des années 1900 à 1920. Je reconnais la plupart des noms — des familles habitant du côté de Strasburg. Il y avait une ancienne colonie allemande entre nos deux communes : à mon avis, ces blocs venaient de chez eux. Seulement, maman est tombée malade et elle est morte sans avoir pu commencer le travail. Personne n'est jamais venu nous demander quoi que ce soit, après ça. Et moi, j'ai eu bien trop à faire pour rechercher à qui c'était. Les femmes qui ont signé là-dessus, c'étaient déjà des petites vieilles quand j'étais gamine. Elles avaient peut-être fait ça pour une amie qui est morte avant maman. Enfin bref, il ne reste plus personne qui puisse nous renseigner, maintenant.

— Vous n'avez pas l'intention de les assembler ?

— Je n'ai pas le temps. Il me faudrait encore soixante ans d'existence pour terminer tout ce que j'ai entrepris. Alors, je peux les donner pour le prochain vide-grenier paroissial ou en faire cadeau à quelqu'un qui s'y intéresse.

— Vous me les donneriez ?

— A une condition.

— Oh non…

— Eh, si ! Il va falloir les assembler. A quoi serviraient-ils au fond d'un carton ? Ils sont vraiment en bon état, n'est-ce pas ?

— Je ne mérite pas une telle confiance.

— Si vous faites une bêtise, vous pourrez toujours la réparer.

— Je n'ai pas de machine à coudre.

— Ce genre de tissu ancien, il vaut mieux le coudre à la main.

Kendra comprit qu'elle avait perdu la partie. Elle ne laisserait pas ces superbes blocs partir pour le marché aux puces.

— Il faut simplement les coudre les uns aux autres ?

— Nous parlerons de cela à votre première leçon.

— Ma première leçon ?

Helen hocha résolument la tête.

— Un de ces mercredis, vous viendrez prendre une leçon au cercle.

— Vous êtes drôlement forte, hein ?

— Oh ! je suis la meilleure !

Helen sortit une petite cocotte du panier et l'emporta dans la cuisine. Kendra l'entendit ouvrir le réfrigérateur puis le refermer.

— Encore une chose, avant que je me sauve, dit Helen en revenant s'asseoir.

— Mais rien ne vous oblige à partir aussi vite !

— Cissy ne va pas tarder à rentrer, maintenant. Bref, c'est à vous que je voulais donner ça. Voyez-vous, si je tiens à ces blocs, c'est qu'il me reste quelques souvenirs associés aux gens qui les ont signés. Tenez, Emma Haff, par exemple : le sien est un imprimé bleu, à peu près au milieu de la pile. Elle cultivait des tournesols dans son potager, entre chaque rang de maïs.

Comme elle avait des fleurs géantes et un maïs tout frêle, les gens l'appelaient Mme Tournesol.

— Ah ! je trouve ça mignon ! dit Kendra en riant.

— Et Melissa Putzkammer — son bloc doit être l'un des roses, si j'ai bonne mémoire. C'était une vieille fille acariâtre — une vraie punaise. La nuit de Halloween, sa porte était toujours la première à recevoir des jets d'œufs cassés et autres cochonneries. Elle chargeait son fusil avec du gros sel et tirait sur tous ceux qui approchaient de chez elle sans s'être annoncés.

— Elle a quand même confectionné un bloc ?

— Au fond, elle n'était peut-être pas si mauvaise que ça. En somme, vous voyez, le patchwork peut vous apprendre un tas de choses sur le passé.

— Certes…

Kendra sentit que ce n'était pas tout.

— Et figurez-vous qu'au musée du Patchwork, je suis justement tombée sur quelque chose de curieux. J'aurais aimé que vous soyez avec moi.

— Pourquoi donc ?

— Parce que j'ai vu des morceaux d'un patchwork — le même que votre Nœud d'Amour. Enfin, oui, pratiquement le même, il me semble.

Kendra se redressa légèrement, sur le qui-vive.

— Ah bon, vous croyez ? Comment avez-vous découvert ça ? Racontez-moi.

— Eh bien, en vérité, l'histoire n'a rien de réjouissant.

— Peu importe.

— Apparemment, deux squelettes ont été découverts dans une grotte du Parc national, l'an dernier. Ils étaient là depuis très longtemps, et on les a trouvés enveloppés dans ce qui restait du patchwork en question. Si je ne me trompe pas, cet ouvrage est le frère jumeau de celui dont votre mari a hérité.

*
* *

Isaac allait généralement courir seul. Il fut surpris d'être aussi à l'aise en compagnie de Sam et des chiens qui les accompagnaient. Les deux molosses mâtinés de berger allemand, Shad et Shack, étaient aussi sympa qu'hirsutes, et l'un des deux (difficile de savoir lequel, au juste) assumait le rôle de garde du corps pour Isaac, galopant juste à côté de lui.

— Tu cours régulièrement ? demanda Isaac à son compagnon.

— Deux ou trois fois par semaine. Davantage, si je peux. Et toi ?

— J'évite le plus possible de prendre la voiture pour mes trajets entre l'appart et le bureau. Sinon, je cours sur le tapis de jogging à mon club de sport, comme beaucoup de citadins. Et le week-end, je fais de la randonnée ou du vélo avec Kendra.

— Moi, je suis trop occupé pendant le week-end, alors je m'arrange pour passer la journée du lundi en plein air.

— Kendra m'a dit que pour une aussi petite paroisse, la fréquentation de l'église était impressionnante.

— Je vais faire venir quelqu'un pour me seconder : ça me laissera plus de temps pour visiter les prisonniers.

— On associe plutôt ce genre d'activité au milieu urbain, dit Isaac. Ici, ça surprend.

— Il y a aussi beaucoup de problèmes à la campagne. Et à mon avis, une communauté religieuse apporte un plus dans les débats sur pas mal de questions.

— Quand j'étais petit, les débats allaient bon train dans les églises. Mais il s'agissait surtout de stigmatiser les politiciens.

— Condamner les gens, ce n'est pas notre style. Tu devrais venir un jour avec Kendra, pour voir.

— Essaierais-tu de me convertir ?

— Certainement pas. Je considère avant tout le temple comme un endroit où réfléchir et trouver des amis.

— Des lieux de culte, j'en ai fréquenté assez comme ça. J'ai surtout vu ce que la religion n'avait pas fait pour ma mère.

— Ta mère était pratiquante ?

— C'était mon père qui choisissait les églises où nous irions le dimanche, au fil de ses affectations. La religion était l'un des prétextes qu'il utilisait pour nous mener à la baguette. Il accompagnait toujours ses corrections de citations bibliques.

Tout en parlant, Isaac se demanda pourquoi il s'épanchait ainsi. Etait-ce à cause de sa dispute de la veille avec Kendra ? Espérait-il ébranler la foi de Sam ? Ou bien lui indiquer qu'en ce qui le concernait la religion était un sujet clos ?

— Je suis désolé. Ta mère a-t-elle fini par le quitter ?

— Elle avait un cancer du sein dont elle n'a jamais parlé à personne. Je suis persuadé qu'elle voulait mourir — et elle a réussi. Le colonel a pleuré toutes les larmes de son corps.

— Il est toujours en vie ?

— Probablement. Je n'ai plus de nouvelles.

— Aucun espoir de réconciliation, je suppose ?

— Ne me dis pas que les gens comme Grant Taylor seraient capables de changer !

— Ça s'est déjà vu. Mais un homme qui a le goût du sang le perd très rarement.

— Quand j'avais douze ans, ma mère est allée voir notre pasteur pour lui raconter ce qui se passait à la maison, dans l'espoir qu'il nous aiderait à partir. Il lui a répondu qu'il était de son devoir de rendre son mari heureux — autrement dit, que c'était sa faute.

— Isaac, tu ne crois tout de même pas qu'il existe une conspiration chrétienne pour maintenir les femmes battues sous le joug de leur époux ? Ton père recherchait des pasteurs qui affichaient des convictions aussi tordues que les siennes. Il ne faut pas nous mettre tous dans le même sac.

— Tu n'as jamais conseillé à une femme de rester avec son mari ?

— Les liens du mariage ont un caractère sacré, mais je ne suis pas borné. Il m'est arrivé plus d'une fois d'emmener une femme directement de mon bureau dans un centre d'accueil.

— Vous n'avez pas dû lire les mêmes passages de la Bible, mon père et toi.

— « Dieu est amour », répète le Christ à deux reprises

dans l'Evangile selon saint Jean. Le message ne peut être plus clair…

Isaac se tut. Il admirait Sam qui avait toujours vécu selon ses principes, même quand cela lui coûtait beaucoup. Il s'aperçut maintenant qu'il l'aimait bien.

Au bout de trois kilomètres, ils firent demi-tour et revinrent sur leurs pas, en courant du côté ombragé de la route de Fitch Crossing. De retour au chalet, Sam fit monter les chiens en voiture, dit à Isaac de l'appeler s'ils avaient besoin de quoi que ce soit, et reprit le volant.

Isaac fit ses mouvements de détente et échangea quelques mots avec deux ouvriers du chantier avant de rentrer. Les murs en rondins constituaient une bonne isolation contre la chaleur extérieure, mais la température commençait à monter.

Apparemment, Kendra n'avait pas bougé.

— Comment ça va ? lui demanda-t-il.

— La journée promet d'être torride.

— Veux-tu t'installer dehors, sur la terrasse ? Il y a de l'air et tu seras à l'ombre. Ensuite, je t'apporterai un sandwich et une boisson fraîche.

— Il y a aussi un gratin dans le frigo, et j'attends encore d'autres victuailles. Helen Henry est passée me voir.

Quand elle fut confortablement assise dans un fauteuil en osier, il alla chercher des jus de fruits et les rapporta sur la terrasse, avec les sandwichs qu'ils avaient achetés en rentrant du cabinet médical.

— La visite de Mme Henry a été bien brève, dit-il en posant le plateau sur la table basse.

— Elle m'a juste laissé son gratin et matière à réflexion.

Isaac prit un siège, en face d'elle. Ils ne jouissaient pas d'un panorama remarquable, puisque la terrasse donnait sur leurs voitures et deux camionnettes d'artisans. Pour la première fois, il se sentit impatient de voir la maison rénovée, avec sa vue sur le fleuve.

Il sortit son sandwich du sac en papier.

— Qu'est-ce qui t'a fait réfléchir ?

— Isaac, as-tu jamais regardé de près le couvre-lit en patchwork que t'a légué ta grand-mère ?

— Non, pas vraiment, grommela-t-il, ennuyé que la conversation prenne ce tour-là.

— Helen était venue le voir, il y a une quinzaine de jours. Tu sais que c'est une célébrité locale, en matière de patchwork ?

Il l'écouta distraitement énumérer les bizarreries de l'ouvrage en question, tout en se remémorant son dialogue avec Sam.

— J'avais l'intention d'entamer des recherches sur les noms qui apparaissent sur ce couvre-lit, annonça Kendra. Il y a bien des extraits de naissance ou des registres de mairie qui pourraient m'indiquer où vivaient ces personnes.

— A mon avis, tu dois pouvoir occuper ton temps de façon plus intéressante, maugréa Isaac.

— Je le pensais aussi, avant de m'être penchée sur la question. Et puis, j'ai été absorbée par le démarrage du chantier. Tu n'imagines pas le nombre de décisions qu'il faut prendre : revêtements de sol, éclairage, fenêtres, enduits…

— Mmm…

Elle avait raison : il n'imaginait même pas.

— Eh bien, figure-toi que j'avais tort.

Il fronça les sourcils.

— A propos de quoi ?

— Apparemment, ce patchwork est beaucoup plus intéressant que je ne le pensais.

Elle déposa les deux moitiés de son sandwich sur son assiette, sans l'entamer.

— Je vais te raconter le peu que j'ai appris. L'année dernière, un groupe qui faisait une randonnée dans le parc régional de la Shenandoah avec un chien a bien cru perdre le toutou au détour d'un chemin. Ne le voyant plus, ils l'ont cherché pendant une demi-heure. Au bout d'un moment, ils l'ont entendu aboyer, sans pouvoir définir d'où venait le bruit. Finalement, ils ont remarqué qu'il semblait provenir d'un amas rocheux, à quelque distance du sentier.

— Je croyais que tu me parlais d'un couvre-lit ?

— J'y arrive.

— Mange un morceau avant de reprendre.

Elle mordit sans entrain dans son sandwich. Il avait déjà presque fini le sien.

— En courant après une bestiole quelconque, le chien était apparemment entré dans une grotte dont il ne pouvait plus ressortir. Même en s'y mettant à plusieurs, les randonneurs n'ont pas réussi à déplacer les rochers qui obstruaient l'entrée. Quelqu'un est parti à la recherche d'un garde forestier et ce n'est qu'à la tombée du jour qu'ils ont enfin obtenu des renforts.

— Le chien a dû passer un mauvais moment, j'imagine.

— Il s'en est sorti sans une égratignure. Bref, il a fallu cinq hommes pour parvenir à faire rouler un rocher et dégager l'accès à la grotte. Le chien est sorti d'un bond, et l'affaire aurait pu en rester là si cette grotte n'avait pas attisé la curiosité des gardes. Ils n'en connaissaient pas l'existence. L'un d'eux a donc sorti une lampe électrique pour regarder à l'intérieur.

— Et alors ?

— Il a vu des ossements. Des ossements humains, enveloppés dans une couverture en patchwork.

Isaac était tout ouïe, à présent. Il froissa le papier du sandwich et en fit une boulette qu'il jeta sur son assiette.

— Il me semble avoir lu ça dans les journaux, un jour. Tu dis que c'était l'an dernier ?

— Au printemps. Il y a presque un an jour pour jour. Les gendarmes sont venus avec un expert pour prendre les squelettes. Car il y en avait deux : un homme et une femme. Tués l'un et l'autre d'une seule balle de carabine. On les a trouvés dans ce qui restait d'une couverture en patchwork. L'examen a permis de déterminer que la mort devait remonter à soixante-dix ans, environ. La grotte était hermétiquement fermée, ce qui explique que le tissu soit resté en partie intact.

— Quel est le rapport avec le patchwork de ma grand-mère ?

— Helen a vu des fragments de ce couvre-lit au musée du Patchwork de Virginie. La police espérait qu'un spécialiste pourrait un jour leur dire d'où provenaient ces tissus. Quelqu'un les a montrés à Helen et elle a reconnu les imprimés du couvre-lit qu'elle avait vu chez moi. Apparemment, ils sont aussi assemblés de la même façon, suivant le motif du Nœud d'Amour, à ceci près qu'il n'y aurait aucune signature sur celui de la grotte.

— Comment le sait-elle ? Tu m'as dit toi-même que le patchwork était en lambeaux.

— Les enquêteurs ont recomposé l'ouvrage le mieux possible, et ils ont pris des photos avant d'envoyer les morceaux de tissu au musée. Helen avait longuement examiné le tien, quelques jours avant de regarder ces photos. Et crois-moi, question tissus et patchworks, elle en connaît un rayon. Si je lui demandais de décrire ta courtepointe, elle le ferait dans les moindres détails, sans avoir besoin de vérifier.

— Où cela nous mène-t-il ?

Kendra inclina la tête.

— Tu ne te rends pas compte ? Le fait que ta grand-mère t'ait légué ce patchwork est déjà assez surprenant. Ce n'est pas un ouvrage remarquable d'un point de vue technique, d'accord. Mais voilà qu'on découvre son jumeau dans une grotte où il enveloppait deux cadavres ! Tu ne crois pas qu'il y a là un mystère à élucider ? Ou une réponse aux questions que tu te poses sur ta famille d'origine ?

— Je ne me pose aucune question sur ma famille : c'est toi que ça intéresse. Ma mère est morte dans un incendie. Mon père aurait pu être le premier venu. On ne sait même pas si ma grand-mère était mariée au père de ma mère. J'ai été abandonné entre les mains d'un militaire sadique et d'une femme qu'il a piétinée jusqu'à ce qu'elle y laisse sa peau. Et maintenant, voilà que surgissent deux cadavres !

Isaac se leva.

Elle posa une main sur son bras pour le retenir.

— Deux choses, Isaac. D'abord, cette histoire est celle de gens bien réels qui avaient des espoirs et des rêves, comme chacun de nous. Et apparemment, l'un des rêves de ta grand-mère était de te donner un fil conducteur qui te mènerait jusqu'à eux.

Il évita son regard.

— Tu as dit « deux choses ».

— Tu ne crois pas qu'il serait temps de cesser d'imaginer le pire ? La vérité ne peut certainement pas être plus épouvantable que tes hypothèses. Ton père adoptif a bien pris soin de te rabâcher les quelques détails dont il disposait. Mais il se trompait sur tout le reste. Alors, pourquoi aurait-il raison à propos de ta famille ? Tu n'as pas envie de savoir ?

Il fournit un effort pour répondre posément.

— Non, je n'ai pas envie.

Kendra laissa retomber sa main. Il resta immobile, le regard fixé sur les bois et le jardin de sa grand-mère.

— D'accord, dit-elle enfin. Excuse-moi. Tu as raison : c'est ton passé, pas le mien. A vivre ainsi dans la maison de Leah, à retourner son jardin, j'ai le sentiment qu'un lien s'est créé entre nous. Je dois avouer que je sens presque sa présence, par moments.

— Je t'en prie !

— Mais il s'agit de ta vie, Isaac !

Il posa les yeux sur elle.

— Est-ce juste une nouvelle piste pour la journaliste qui sommeille en toi ?

Elle fronça les sourcils, comme si la question méritait réflexion. Elle prenait toujours la peine d'approfondir les choses, comme quand elle était petite et déjà trop sérieuse, en l'absence d'adultes responsables.

— Non, dit-elle enfin. Ce n'est pas ça.

— Et ne me dis pas qu'à travers cette histoire, tu cherches juste à mieux me connaître : ça n'aurait aucun sens.

— J'ai deux autres raisons, alors.

— Encore ?

— Juste les deux dernières : je voudrais que tu te connaisses mieux toi-même, Isaac, parce que je pense que tu serais plus heureux. Voilà ma première raison. La seconde, c'est que je t'aime. Et l'amour se partage mieux quand on n'a rien sur le cœur.

Isaac regarda sa femme qui avait tant souffert, récemment,

et demandait pourtant si peu. Les sentiments, ils en parlaient rarement. Ils n'étaient que deux individus unis par un désir commun de faire un bout de chemin ensemble.

Et pourtant, en contemplant son visage, il était incapable d'imaginer qu'un jour il puisse avoir envie d'être avec une autre, de se lever le matin en sachant qu'elle avait disparu de sa vie. Il se méfiait beaucoup des mots tels qu'*amour* et *toujours*, des envolées lyriques et des serments éternels. Pourtant, la déclaration d'amour qu'elle venait de lui faire changeait tout à ses yeux. La colère qui frémissait en lui céda soudain la place à un soulagement indiscutable. Il discernait à présent ce qu'il avait redouté sans se l'avouer.

— Qu'arriverait-il, K.C., si tu découvrais que le passé de ma famille est encore pire que ce que je pense ?

Visiblement perplexe, Kendra haussa les sourcils.

— Tu sais bien que ça ne ferait pas la moindre différence, pour moi !

Isaac tourna de nouveau son regard vers les bois. Il se demanda à quoi Leah Spurlock avait pensé, jadis, en contemplant ce paysage. Et Rachel, sa propre mère ?

Un bref instant, il sentit se tisser un minuscule lien de parenté avec ces deux femmes, et il éprouva un soupçon d'intérêt pour la vie qu'elles avaient menée ici.

— Leah avait une raison de te léguer ce patchwork, murmura Kendra. Tout commence et s'arrête là.

— Continue, alors.

Il lui effleura l'épaule d'une caresse, puis écarta une mèche qui lui tombait sur l'œil et la glissa derrière son oreille.

Elle captura sa main et la porta à ses lèvres.

— Tu es sûr ?

Il hocha brièvement la tête et déclara :

— Je vais aller creuser quelques trous.

— Pardon ?

— Tu as un problème de drainage. Il faut que je vérifie s'il y a un système d'évacuation quelque part. Les maçons ont dû prévoir de venir avec une pelleteuse pour arranger ça, je suppose.

— Jamie pense qu'il faudrait creuser un bassin.

— Jamie peut revenir faire ça n'importe quand : elle sera la bienvenue ! lança-t-il en ébouriffant les cheveux bouclés de sa femme.

— Merci, Isaac.

Il sortit en grommelant quelque chose d'inintelligible.

17

Quinze jours plus tard, Kendra était de nouveau d'aplomb. Sa cheville et son poignet étaient guéris et Isaac avait regagné la capitale. Il ne s'était pas plaint, mais elle savait qu'il devait faire des heures supplémentaires pour rattraper ses journées d'absence. Il s'arrangeait cependant pour appeler presque chaque soir. Une intimité toute nouvelle s'installait entre eux quand ils se racontaient les péripéties de la journée. Leurs conversations duraient chaque fois un peu plus longtemps.

Elle n'avait pas la candeur de croire qu'une simple discussion pouvait suffire à transformer les rapports d'un couple. Mais elle n'oubliait pas la sagesse de la maxime de Lao-Tseu.

Dès qu'elle le put, Kendra se remit à travailler au jardin. Cash accepta de venir y faire un tour et il lui indiqua quelques reliquats d'anciennes plantations. Avec le temps, la menthe et l'herbe-aux-coqs avaient formé un tapis dense, quasi impénétrable. Des carrés de citronnelle et de pied-de-loup leur faisaient concurrence, essayant d'attirer l'attention un peu partout, dans le jardin. La sélection de plantes fascinait la jeune femme. Elle éclaircissait avec précaution, munie de plusieurs ouvrages de référence, tout en imaginant les mises en garde ou les encouragements de Leah, tandis qu'elle se déplaçait d'une rangée à l'autre.

En se réveillant le samedi matin, elle ne fut pas tentée de rester chez elle. Une bétonnière devait fonctionner tout au long de la journée, sur le chantier. Elle finirait par avoir la migraine, à force de l'entendre tourner.

Une fois habillée, elle prit ses clés de voiture et son sac, salua les ouvriers au passage et partit en direction du village. Une idée lui était venue ; c'était l'occasion ou jamais d'essayer de la concrétiser.

Il était tout juste 8 heures quand elle frappa à la porte de Helen. Personne ne faisait la grasse matinée chez la vieille dame, à cause de la petite Reese. Cissy ne tarda pas à venir lui ouvrir, sa fille juchée sur une hanche étroitement moulée dans un jean délavé. La jeune femme gratifia Kendra d'un sourire avenant.

— Les maçons vous ont chassée de chez vous ?

Elle l'invita à entrer, et Kendra la suivit jusqu'à la cuisine.

— Ils ont commencé les fondations pour agrandir le chalet. J'ai jugé préférable d'aller prendre l'air.

— Nous sommes bien contentes que vous veniez vous réfugier ici. N'est-ce pas, Reese ?

La petite tendit les bras à Kendra, comme si elle cherchait une alliée.

— J'essayais de lui faire manger autre chose que des biscuits fourrés pour le petit déjeuner, expliqua Cissy. Pas moyen de lui faire goûter à mes œufs brouillés, jusqu'à présent.

Kendra prit l'enfant dans ses bras.

— Tu es une vraie petite comédienne, hein ?

— Médienne, confirma Reese en hochant la tête.

— Vous aurez peut-être plus de chance que moi, dit Cissy. Elle n'arrête pas de me rappeler que c'est elle qui commande, au cas où j'oublierais.

Kendra sourit à la petite fille, et aussitôt, un sentiment maternel, à la fois farouche et désespéré, lui gonfla le cœur.

— Tu aimes le ketchup, Reese ?

La fillette renversa légèrement la tête pour la regarder, comme si cela demandait réflexion.

— Elle peut manger du ketchup ? demanda Kendra.

— Bien sûr ! Elle aime ça, mais je n'avais jamais pensé à en mettre sur les œufs.

— Ma petite sœur en mettait partout.

Kendra installa Reese dans une chaise haute qui avait déjà

dû servir à une ribambelle d'enfants. Cissy apporta les œufs brouillés et le ketchup, laissant à Kendra le soin de les servir. En y goûtant la première, Kendra se rendit compte qu'elle avait faim.

— Miam ! Si tu n'en veux pas, je mangerai tout, dit-elle à Reese en posant l'assiette sur le plateau.

Sur ce, elle s'éloigna comme si elle se désintéressait de l'affaire.

Cissy en fit autant, feignant de ne plus prêter attention à sa fille.

— Asseyez-vous à table, dit-elle à son invitée.

Kendra passa derrière la chaise de bébé où Reese essayait de décider s'il était plus important de faire preuve d'indépendance ou de goûter aux œufs brouillés aspergés de ketchup. Le temps que Kendra s'installe, les œufs l'avaient emporté. Personne ne fit allusion à l'affaire.

— Mme Henry va être contente de vous voir, dit Cissy en achevant de mettre le couvert.

— Je me réjouis de la voir, moi aussi, mais en fait, c'est à vous que je voulais parler.

Cissy parut flattée.

— A moi ?

— Je vais faire un tour en voiture dans le Parc national de la Shenandoah et je voulais savoir si Caleb aimerait m'accompagner. Vous pourriez venir aussi, avec Reese. Et Mme Henry, également, si ça l'intéresse.

— Qu'est-ce qui pourrait m'intéresser ? demanda Helen en apparaissant à la porte de la cuisine.

Kendra se leva pour la saluer, mais Helen lui fit signe de se rasseoir.

— Je viens juste de terminer l'assemblage d'un patchwork pour la kermesse de dimanche prochain.

La kermesse était organisée au profit du programme de soutien de la paroisse aux détenus. Elle fournirait également une bonne dose d'animation dans cette paisible communauté.

— Quel type de patchwork ?

— C'est un ancien motif que ma tante Mavis avait confectionné jadis. On l'appelle Fleur de Cactus. J'ai conservé tous ses patrons, découpés avec des boîtes de biscuits en fer d'après un modèle qu'elle avait dû trouver dans un magazine quelconque. Le symbole semble assez bien adapté aux circonstances : même le cactus le plus épineux peut avoir une chance de fleurir, si on lui donne l'occasion de s'épanouir… Enfin bref, chaque membre du cercle a confectionné trois blocs, et moi, j'ai assemblé le tout.

— Il est splendide, dit Cissy. Dans des tons dorés, orange et rouge sur fond bleu pâle. Les gens viendront de partout pour participer aux enchères.

— Elle se fait des idées ! affirma Helen. Ils vont surtout venir à cause du barbecue géant, et puis pour voir les pompiers avec leurs camions rutilants et tout leur matériel.

La vieille dame s'assit à table, en face de Kendra. Cissy apporta tasses et soucoupes, avec l'assiette de beignets à la cannelle. Au passage, elle en donna un à Reese, qui avait presque terminé ses œufs et frappait du poing sur le plateau de bois.

Kendra mit Helen au courant de ses projets.

— Je voudrais aller voir si je peux obtenir des renseignements sur les cadavres découverts dans cette grotte et sur les morceaux du patchwork.

— Un coup de fil suffirait : inutile de faire tout ce chemin.

— J'y avais songé. Mais je préfère quand même aller sur place. D'ailleurs, il fait un temps de rêve pour se promener en voiture.

— Moi, j'ai trop de travail. Mais allez-y ensemble : offrez-moi une journée de paix et de tranquillité. Vas-y avec elle, Cissy !

— Il y a des violonistes qui se produisent je ne sais trop où. Zeke a pris quelques-uns de ses instruments pour les présenter sur un stand. Il est parti de bonne heure. Je ne vois pas ce qui nous empêcherait d'y aller.

— Croyez-vous que nous pourrions décider Caleb à venir ? demanda Kendra.

— Il adore les balades en montagne. J'appelle Marian tout de suite.

Cissy apporta une cafetière fumante et la posa sur un dessous-de-plat. Après avoir échangé quelques mots au téléphone, elle vint s'asseoir près de Helen et se servit deux petits roulés.

— Marian dit qu'il a envie de venir et elle m'a proposé de garder Reese… Quelqu'un veut finir les œufs brouillés ?

Kendra refusa poliment.

A deux reprises, depuis la nuit de l'orage, elle avait aperçu Caleb, de loin. Elle lui avait fait dire par Cissy qu'il pouvait venir se promener dans ses bois quand il voudrait. Le dimanche après-midi, elle l'avait vu se frayer un chemin dans les sous-bois — soit pour épier encore quelque biche, soit pour admirer les arbres qui commençaient à se couvrir de feuilles vert tendre, à l'approche de l'été. Une autre fois, elle l'avait vu en compagnie de Ron Claiborne, dans un champ de maïs, derrière la fermette des Claiborne. Tentée de s'arrêter pour lui exprimer encore sa gratitude, elle avait craint de le gêner plus qu'autre chose.

Elle souhaitait le dédommager pour son aide, mais sans doute se vexerait-il si elle lui offrait de l'argent. Caleb était venu à son secours quand elle en avait besoin, comme cela se passe à la campagne, entre voisins.

Le geste était toutefois remarquable de la part d'un garçon de quatorze ans — un âge auquel bien des adolescents vivent dans un univers relativement cloisonné. Même si Caleb avait du mal à s'adapter à son nouvel environnement, Kendra était convaincue qu'un avenir prometteur s'offrait à lui, malgré les épreuves qu'il avait vécues dans son enfance. Elle tenait à lui apporter son soutien.

Le garçon embrassa sa sœur et sa nièce avant de franchir la porte. Il portait un jean flambant neuf qui aurait pu tenir debout tout seul, et un polo vert sapin avec le logo d'une équipe de base-ball renommée. Ses cheveux blond-roux venaient visiblement d'être coupés. Ses traits n'avaient pas tout à fait perdu les rondeurs de l'enfance, mais la mâchoire et le menton carrés annonçaient l'homme en train d'éclore.

Kendra lui tendit la main.

— Salut, Caleb. Ça me fait plaisir de te revoir… dans des circonstances plus agréables, cette fois.

Caleb ne sourit pas. Elle ne l'avait encore jamais vu sourire. Mais son visage s'éclaira imperceptiblement, comme s'il se libérait d'un fardeau imaginaire. Ils échangèrent une poignée de main.

Les autres les rejoignirent alors qu'elle s'efforçait de trouver un sujet de conversation. Reese était blottie dans les bras de sa grand-mère. Marian avait des cheveux grisonnants, une permanente apprêtée et une vitalité immédiatement perceptible qui faisait tout son charme.

— Je n'avais pas grand-chose à faire, aujourd'hui, leur dit-elle. Ce bout de chou me tiendra compagnie.

Caleb s'installa à l'arrière de la voiture et Cissy rejoignit Kendra à l'avant.

— Nous ne nous quittons presque jamais et pourtant, il faudra bien qu'elle aille à l'école, l'année prochaine, dit Cissy d'un ton un peu indécis.

— Elle sera encore plus contente de retrouver sa maman le soir, répliqua Kendra avec un sourire.

Ils en avaient à peu près pour une heure et demie de trajet. Elle comptait emprunter la nationale 11, une route pittoresque qui traversait les pâturages et les bourgs de la vallée de la Shenandoah.

Au bout de quelques kilomètres, Cissy se cala confortablement dans son siège.

— Je suis contente de faire un tour en montagne. Le parc naturel est une splendeur. Tu n'y es jamais allé, Caleb ?

Le « non » qui leur parvint depuis l'arrière était le premier mot qu'il prononçait.

— Sais-tu qu'une partie de notre famille vient de là-haut ?

Il ne dit rien pendant si longtemps que Kendra se demanda s'il avait entendu.

— Où ça, là-haut ?

Cissy ne parut pas s'étonner du temps qu'il avait mis pour répondre.

— Je ne connais pas l'endroit exact, mais grand-mère m'a raconté plein de choses. Je suis contente que tu y ailles.

Kendra ralentit en traversant Woodstock. La rue principale était bordée de ravissantes échoppes et d'anciennes maisons de style colonial. Ils passèrent ensuite devant les imposants bâtiments de l'Académie militaire de Massanutten.

— Quel genre de choses ?

— C'est à propos des gens que l'on chassait de chez eux pour aménager le parc. Grand-mère était encore petite quand c'est arrivé. Depuis des générations, sa famille avait toujours vécu dans le même coin, là-haut, en montagne. Et un beau jour, le gouvernement a décidé qu'il lui fallait ces terres pour une réserve naturelle. Alors, les habitants ont dû s'en aller et laisser la place aux promeneurs.

— Ils les ont virés comme ça, sans leur demander leur avis ?

La question avait fusé si vite que Kendra, surprise, jeta un coup d'œil dans le rétroviseur. Elle s'abstint cependant de tout commentaire.

— C'est ce qu'elle m'a dit, répondit Cissy.

Caleb, manifestement intéressé, réagit encore rapidement.

— Tu sais où ils sont allés ?

— Non, pas exactement. Elle m'a raconté qu'ils avaient vécu quelque temps dans une ferme, mais qu'ils en étaient repartis au bout d'un moment. Ils n'arrivaient pas à se construire une nouvelle vie. Avant, c'étaient des artisans qui fabriquaient des paniers pour les vendre au marché. Mais une fois descendus de la montagne, ils n'ont plus trouvé ce qu'il leur fallait pour faire des paniers de bonne qualité. Et comme ils n'avaient jamais appris à cultiver la terre, ils sont allés plus loin.

Au bout d'un moment, Kendra rompit le silence.

— L'Etat a le droit d'exproprier les gens pour prendre les terres dont il a besoin, dans l'intérêt général.

— Chasser les gens de chez eux ? Tu parles d'un droit !

— Je sais : à première vue, ça semble vraiment injuste, en effet.

— Moi, je trouve ça révoltant, déclara Cissy. Grand-mère disait que ses parents n'arrivaient plus à se parler sans se disputer, après ça. Il s'est mis à boire et il n'a plus jamais arrêté. Sa mère est devenue vieille avant l'âge et elle est morte trop jeune. Après ça, grand-mère a voulu se débrouiller toute seule et elle a épousé le premier venu, rien que pour pouvoir s'en aller.

Kendra n'ignorait pas que ce genre de départ forcé pouvait détruire des vies.

— Il y a des gens qui s'en sont bien sortis, reprit Cissy, comme si elle avait lu dans les pensées de Kendra. Grand-mère me l'a dit.

— Ça a dû rendre ses parents encore plus tristes de ne pas y arriver, dit Caleb.

La remarque ne manquait pas de pertinence, jugea Kendra.

— C'est une question dont on parle beaucoup, en ce moment. La Cour suprême vient de décréter que les grandes villes pouvaient exiger des terrains pour construire des bureaux et des centres commerciaux, si c'était bon pour l'économie locale.

— On ne déplace pas les gens comme des pions simplement parce qu'on a le droit de le faire.

Kendra se demanda combien de fois Caleb avait été envoyé d'un endroit à l'autre « simplement parce qu'on avait le droit de le faire ». Elle ressentit un élan de compassion envers ce garçon qui ne s'était probablement jamais senti vraiment chez lui nulle part. Elle se demanda quel était son sentiment aujourd'hui.

Ils roulèrent quelque temps en silence. En atteignant l'embranchement qui menait au Parc national via la Route des Crêtes, elle entreprit de leur raconter l'histoire du patchwork d'Isaac et celle de la grotte. Cissy, aussi extravertie que son frère était réservé, se déclara enchantée de jouer les détectives avec elle.

Afin de leur permettre d'admirer plus longuement le panorama qui s'offrait à eux à chaque virage, Kendra s'arrêta à plusieurs reprises sur les parkings aménagés à cet effet. A un moment donné, elle demanda à Caleb s'il avait déjà fait de la randonnée en montagne.

Le garçon secoua la tête.

— Non, m'dame.

Elle se rappela alors qu'il avait eu de graves problèmes cardiaques. L'opération avait-elle complètement réparé cette malformation ?

— Isaac, mon mari, adore la randonnée. Moi aussi, mais je me fatigue beaucoup plus vite que lui. Le Sentier des Appalaches traverse toute cette contrée. C'est un immense chemin de randonnée qui va du Maine jusqu'en Géorgie. Nous l'avons suivi pendant une semaine, dans le New Hampshire, il y a quelques années. Tu crois que ça te plairait, Caleb ?

Elle crut le voir opiner.

— Nous étions avec des amis, reprit-elle, mais on ne rencontre pas grand monde en chemin. C'est assez particulier.

— On ne devait pas non plus rencontrer beaucoup de gens par ici, avant qu'ils fassent le parc.

Il avait dit ça d'un ton nostalgique. Sans doute aurait-il du mal à se laisser convaincre que beaucoup de gens valent la peine d'être connus.

Après deux heures de route, ils atteignirent enfin le Centre d'accueil de Big Meadows. Le bâtiment avait de l'allure, avec ses immenses baies vitrées qui devaient offrir des points de vue spectaculaires. Ils se garèrent sur le parking, mais Kendra jugea préférable de ne pas aller s'enfermer tout de suite après ce long trajet. Prenant son sac à dos, elle suggéra une promenade sur un sentier de randonnée qui partait de là.

Cissy et Caleb ralentirent automatiquement le pas pour l'ajuster à celui de Kendra. Le chemin en boucle parut, de ce fait, deux fois plus long qu'il ne l'était en réalité. Cela ne semblait pas les gêner et Caleb, en particulier, semblait fasciné par chaque nouvelle vue, comme s'il cadrait les paysages et les photographiait dans son esprit.

Sur un banc, vers la fin du parcours, Kendra sortit des bouteilles d'eau de son sac, et ils se reposèrent un moment.

— Comment va la cheville ? demanda Cissy à Kendra.

— Beaucoup mieux que je ne le craignais.

— Est-ce bien prudent de marcher autant ?

— Ce sera tout pour aujourd'hui, mais je suis contente d'avoir pu le faire. Je pense que je boiterai toujours un peu. C'est à cause d'une balle que j'ai reçue dans la jambe.

— Une balle dans la jambe ? répéta Caleb.

Elle leur résuma le plus succinctement possible l'histoire de son agression.

— Comment ça se fait que vous êtes toute seule ici, sans personne pour s'occuper de vous ?

Kendra hésita, ne sachant trop comment expliquer ce qu'elle-même ne comprenait pas tout à fait.

— Je tenais à prouver que je n'ai besoin de personne. L'ennui, c'est que ce n'est pas une réussite, jusqu'à présent : on dirait que tout le monde s'est donné le mot pour me venir en aide, au village.

— Je trouve ça normal, dit Cissy. Il paraît que la dame qui habitait le chalet, autrefois, soignait tous les habitants du canton.

Kendra se mit debout.

— Et c'est à cause d'elle que nous sommes là. Allons voir si quelqu'un pourrait nous fournir plus de renseignements au sujet de ce patchwork.

L'office du tourisme était un endroit sobre, avec un sol dallé de pierre, qui s'intégrait parfaitement à l'environnement. Dans le prolongement du bureau d'accueil, une galerie était réservée à une exposition permanente sur la création du parc et la confiscation des terres qui le composaient. Ils prirent leur temps pour lire les documents et regarder les photos. Kendra alla ensuite se présenter au bureau d'information où un jeune couple cherchait des brochures sur les sentiers de randonnée.

— Auriez-vous un moment à nous consacrer ? demanda-t-elle au garçon préposé à l'accueil, quand le couple se fut éloigné.

Elle désigna du menton Cissy et Caleb qui continuaient à regarder les panneaux.

Le jeune homme en tenue de garde forestier hocha aimablement la tête et gratifia Kendra d'un sourire engageant.

— On m'a dit que les gardiens du parc avaient découvert deux squelettes dans une grotte, l'an dernier.

Il se rembrunit, aussitôt sur le qui-vive.

— Ce n'étaient pas des cadavres de randonneurs. Dans la nature, il n'existe aucun endroit sans risque, mais le parc n'est pas plus dangereux que n'importe quelle zone montagneuse, vous savez.

Kendra en convint, persuadée qu'il avait dû rassurer un nombre incalculable de touristes depuis cette macabre découverte. Elle lui expliqua alors le but de sa démarche et lui raconta le peu qu'elle savait sur Leah en terminant par la visite de Helen au musée du Patchwork.

L'histoire parut intéresser le jeune homme.

— Je ne connais pas grand-chose au patchwork, dit-il, sauf que les gens reprennent généralement les mêmes motifs, non ?

Cissy s'était approchée pour écouter.

— Même à cette époque-là, il y avait beaucoup de tissus différents, unis ou imprimés, expliqua Kendra. Par conséquent, si on retrouve les mêmes imprimés placés au même endroit dans un motif identique sur deux ouvrages, cela signifie probablement quelque chose.

— Vous n'auriez pas apporté le couvre-lit en question, par hasard ?

— Il est dans ma voiture.

— Si vous alliez le chercher ? Moi, je vais essayer de trouver Hank Armstead. Tout ce qui touche au passé le passionne, et c'est lui qui a découvert les cadavres, avec un collègue.

— Laissez, je vais y aller, dit Cissy à Kendra. Ce n'est pas la peine de faire l'aller et retour en courant jusqu'à la voiture.

Kendra lui donna ses clés et expliqua ce qui se passait à Caleb, qui venait de les rejoindre.

— L'exposition t'a plu ? lui demanda-t-elle.

— Ils n'en disent pas assez.

La plupart des garçons de son âge n'auraient probablement pas été de cet avis.

— J'ai remarqué qu'ils ont des livres à vendre. Si tu allais choisir pour moi ceux qui te semblent les plus intéressants ? Ce serait sympa.

L'ébauche d'un sourire éclaira brièvement le visage de Caleb. Elle le regarda se diriger vers les étalages, songeant que la réserve de ce garçon ressemblait étrangement à celle d'Isaac et dissimulait sans doute un tempérament tout aussi passionné.

Le gardien revint avec le dénommé Hank Armstead qu'il laissa avec Kendra. C'était un quinquagénaire au visage encore jeune, malgré ses tempes grisonnantes. Il portait des lunettes rondes à la Harry Potter, qu'il remontait continuellement sur son nez en parlant.

— Jake m'a dit un mot de votre patchwork.

— Tenez, le voici ! lança Kendra en voyant Cissy franchir la porte, munie d'un grand sac en plastique.

Occupé à examiner le présentoir, Caleb tourna la tête vers eux, et Kendra lui fit signe de revenir.

— Suivez-moi dans l'arrière-salle, dit Armstead. Nous pourrons déplier ce couvre-lit pour mieux l'examiner.

— Cette jeune fille et son frère peuvent-ils venir ? Les ancêtres de Cissy et Caleb vivaient dans ces montagnes avant la création du parc.

— Vraiment ? Connaissez-vous le nom de leur village ? demanda Hank aux jeunes gens.

— Je pense que la mémoire me reviendrait si je l'entendais, répondit Cissy.

— Alors, je vais vous montrer une carte, proposa Armstead. J'en ai une grande épinglée au mur de mon bureau.

Ils le suivirent dans une petite pièce portant l'inscription « privé » sur la porte. Pendant que Cissy s'approchait de la grande carte régionale punaisée sur le mur du fond, Hank Armstead débarrassa une table pliante pour permettre à Kendra d'étaler son patchwork — ce qu'elle fit, avant de se reculer sans rien dire.

Armstead chaussa ses lunettes et se pencha sur l'ouvrage.

— Jake ne m'a pas dit comment vous vous l'étiez procuré.

Kendra résuma de nouveau son histoire, lui parla de Leah,

racontant comment elle avait légué ce couvre-lit à Isaac en même temps que le chalet.

— Nous ignorons pourquoi elle tenait tant à le lui transmettre, conclut-elle. Ce n'est certes pas un chef-d'œuvre, surtout en ce qui concerne le matelassage, paraît-il.

— Hum…

Hank examinait attentivement le patchwork, centimètre par centimètre.

— Auriez-vous des photos des morceaux de tissu que vous avez assemblés, par hasard ? lui demanda-t-elle.

Il se redressa.

— Bien entendu.

Il alla fouiller dans un classeur à tiroirs et revint avec un dossier cartonné dont il sortit quatre photos.

— Qu'en pensez-vous ? demanda-t-il en les lui montrant.

A première vue, il était possible que ces ouvrages se soient ressemblé un jour, mais Kendra était loin de trouver cela aussi évident que Helen.

— C'est tout ce que vous avez ?

— J'ai aussi les restes de tissu.

— En avez-vous gardé quelques-uns ici ? Je sais qu'une partie de ce qui restait se trouve au musée du Patchwork.

— Non. Ici, je n'ai plus rien. Mais ça, nous l'avons, ajouta-t-il en pointant l'index sur un carré de cotonnade taché, cousu à un tissu imprimé de minuscules moulins à vent verts et blancs sur fond rouge.

Puis il déplaça son doigt vers un imprimé bleu avec des roses rouges et jaunes, et ensuite sur un tissu vert à fines rayures blanches et bleues.

— Celui-là aussi, et encore ça. Il y a certains tissus que nous n'avons pas, ce qui ne veut pas dire qu'ils ne figuraient pas sur le patchwork. Le nôtre est resté plusieurs dizaines d'années dans une cave, et un bon morceau est parti en poussière.

Il recula d'un pas et se tourna vers Kendra et Caleb.

— Il n'y a pas un seul tissu dont je me souvienne qui ne soit pas sur votre patchwork. Ça, j'en suis absolument sûr.

Kendra adressa mentalement des excuses à Helen pour avoir mis sa parole en doute.

— Corbin Hollow, dit Cissy, du fond de la pièce. C'est de là que vient notre famille. Enfin, je crois que c'est ça. Caleb, viens voir.

Kendra avait oublié qu'une autre énigme était en train de se résoudre. Elle suivit Caleb et regarda l'endroit que désignait la jeune femme.

— Cissy m'a dit que sa famille confectionnait des paniers, confia-t-elle à Hank.

— Ça se tient. Corbin était le hameau le plus proche de Skyland, un complexe hôtelier bâti au début du dix-neuvième siècle, dit-il en montrant du doigt un autre point sur la carte. Les gens qui vivaient à proximité y étaient embauchés comme employés ou vendaient leur artisanat aux touristes. Les paniers de Corbin ou de Nicholson étaient réputés pour leur qualité et leurs détails raffinés.

Hank continua à parler, décrivant le canton en question et indiquant aux deux jeunes gens les sentiers de randonnée qui y menaient.

— Il reste un vieux chalet qui a été préservé comme exemple de l'habitat primitif de ces montagnards. L'un des moyens utilisés pour inciter la population à voter en faveur de leur expulsion était de les faire passer pour des ânes. Vous êtes trop jeunes pour vous rappeler Li'l Abner, une bande dessinée qui ridiculisait les montagnards du Sud en les présentant comme des crétins habitant Dogpatch, un hameau imaginaire de Virginie. C'était pendant la Grande Dépression et les gens de Corbin Hollow, qui tiraient leurs revenus du tourisme, sont parmi ceux qui ont le plus souffert.

Cissy ne perdait pas une miette de ce récit.

— Ma grand-mère m'a raconté que ses parents ne savaient plus quoi faire de leurs dix doigts, après ça.

— J'ai entendu dire que les fabricants de paniers avaient été particulièrement touchés, dit Hank. Ils sont passés du statut d'artisans renommés à celui de quasi-mendiants, dans des régions où ils ne trouvaient plus l'osier et le bois dont ils avaient besoin pour continuer à travailler.

— J'aimerais bien aller là-bas, dit Caleb.

Le rapport avec Isaac se précisait, songea Kendra. Comme lui, il avait perdu tout contact avec sa famille pendant un certain temps. Mais à mesure qu'il comprenait leurs problèmes… Décidément, l'histoire se répétait.

Ils restèrent un moment silencieux. Il était temps de changer de sujet.

— Monsieur Armstead, puisque nous examinons la carte, pourriez-vous me montrer où les squelettes ont été découverts ?

L'homme recula légèrement puis posa l'index sur un emplacement situé au sud de Corbin Hollow, tout près de la limite du parc.

— C'est là.

Kendra s'approcha et examina l'endroit de plus près.

— Ah bon ? murmura-t-elle. J'ignorais complètement… Ces fines lignes bleues sont des rivières ?

— Je dirais plutôt des ruisseaux ou des torrents, répondit-il.

— Et ça, ce sont des chemins de randonnée ?

— Ces pointillés ? Oui, mais quelques-uns sont là depuis l'époque où ces montagnes étaient peuplées de Peaux-Rouges.

— Alors, ils servaient peut-être de routes, jadis, avant la création du parc.

— Certainement, mais je ne pourrais pas vous raconter leur histoire.

Kendra inclina la tête et plissa les yeux. Dès l'instant où elle l'avait vu, ce réseau de lignes noires et bleues lui avait rappelé quelque chose. Soudain, en prononçant le nom d'un village qu'elle déchiffrait sur la carte, elle comprit pourquoi.

— Lock Hollow ?

— C'est un hameau composé de plusieurs fermes, sur les contreforts de Little Lock Mountain. Comme son nom l'indique, c'est une petite montagne qui n'offre pas de randonnées remarquables. La grotte où les corps ont été découverts se trouve juste là, au pied de ce mamelon. Je crois qu'il y avait même une épicerie générale, au hameau. La terre, de ce côté, était bonne pour la culture.

— Lock, comme dans Leah Spurlock, dit Kendra.

— Qu'est-ce qui vous fait penser ça ?

— Les lignes, sur mon patchwork… celles que suivent les points du matelassage. Je crois qu'elles forment une carte de Lock Hollow. Je parie que si vous avez une liste des habitants qui ont été expulsés de cet endroit-là, vous y trouverez les Spurlock. C'est peut-être ce que Leah Spurlock essayait de raconter à son petit-fils.

Hank Armstead se retourna et revint vers le patchwork.

— Si ça se trouve, elle voulait même lui dire autre chose, murmura-t-il au bout d'un moment.

Kendra s'éloigna à son tour de la carte, épatée qu'une médiocre couturière comme Leah ait réussi à reproduire une carte sur son ouvrage.

— Vous croyez ?

Elle traversa la pièce pour le rejoindre. Cissy et Caleb l'entouraient déjà.

— Regardez ces points, dit-il en indiquant un endroit situé en bas à droite du patchwork, à peu près à mi-hauteur du premier tiers.

Petits et réguliers, ils se distinguaient des autres. Ils semblaient avoir été cousus à l'aide d'un fil plus épais et plus sombre, et exécutés avec un soin tout particulier. Kendra n'avait encore jamais remarqué ce détail.

Elle l'observa avec attention puis leva les yeux vers la carte.

— Il n'y a rien qui corresponde à cette intersection, n'est-ce pas ?

— Sur la carte, non. Mais l'endroit où ces deux coutures se croisent pourrait bien être l'emplacement de la grotte où l'on a découvert les squelettes.

18

Isaac imaginait parfois qu'aux premières heures du jour, un essaim d'elfes s'introduisait dans les locaux d'ACRE et voltigeait jusqu'à son bureau. Au lieu de tout ranger pour lui laisser un plateau impeccable, ils lui rajoutaient du travail : des montagnes de dossiers supplémentaires.

Victime d'elfes désœuvrés ! Il aurait préféré un dragon crachant des flammes ou quelque sorcière au nez crochu dans son conte de fées personnel.

— Pour quelqu'un qui s'apprête à boucler la plus grosse transaction de sa carrière, tu as l'air un peu tristounet.

Levant les yeux, Isaac découvrit Heather sur le pas de la porte. Un lundi tout à fait ordinaire, à 5 heures de l'après-midi, elle ressemblait au mannequin d'un catalogue de camping « Nature et Découverte », en short de toile écrue, chemise bleue en microfibre, baskets et socquettes blanches.

Il se cala dans son siège et croisa les mains sous sa nuque.

— Tu es venue travailler comme ça et je n'ai rien remarqué ?

— Je me suis changée. Il fait trop beau pour rester enfermée, ce soir. Je vais aller faire un grand tour à vélo. Tu veux venir ?

— J'ai promis à John de passer chez lui pour parler de Ten.

C'était ainsi qu'il avait baptisé le chat de gouttière, car l'animal avait manifestement dépassé les neuf vies traditionnellement attribuées à son espèce.

— Comment va ce vieux Ten ?

— Il se bagarre avec les chats de John. A mon avis, il sera bientôt viré.

— Tu vas le prendre chez toi ?

— Les chats ne sont pas admis dans notre immeuble. J'espère pouvoir convaincre John de le garder jusqu'à ce que je lui trouve une famille adoptive.

Heather eut un rire bref.

— Isaac, ne rêve pas !

Elle avait peut-être raison. Qui se sentirait disposé à accueillir un matou à demi sauvage, avec des tendances homicides ?

— Quoi de neuf au sujet du mont Pallatin ? demanda Heather. Tu n'en parles plus, ces temps-ci.

— La somme est débloquée, selon Dennis.

Quand Gary Forsythe avait finalement repris contact avec Isaac, en lui disant qu'il acceptait de vendre ses terres à ACRE s'ils pouvaient rajouter un demi-million de dollars, Dennis s'était engagé à trouver l'argent nécessaire.

— Sais-tu comment il se procure les fonds ?

— Pas encore.

— Parce que le bruit court…

Heather regarda brièvement ses ongles puis les frotta contre son chemisier pour les faire briller.

Ce geste lui ressemblait si peu qu'Isaac fut aussitôt sur le qui-vive. Cette conversation n'avait rien d'anodin.

— Oui ?

Elle entra carrément dans la pièce et referma la porte derrière elle.

— Il paraît que Dennis serait plutôt favorable à l'idée de vendre quelques parcelles choisies sur Pallatin pour obtenir cet argent. Pas à des promoteurs, mais peut-être à des gens qui ont rendu des services à l'organisation.

— Nous ne pouvons pas construire : ça fait partie de notre entente avec Forsythe.

— Mais pouvons-nous céder le droit de construire quelques habitations ? Avec des restrictions environnementales, bien entendu.

Une vente assortie de telles restrictions garantissait, en principe, que le terrain resterait en zone protégée. Il s'agissait de servitudes inscrites dans l'acte notarié. Par exemple, il était impossible de morceler le terrain ou d'abattre des arbres. Il était interdit de bâtir quoi que ce soit dans des zones sensibles, comme les abords d'un cours d'eau. La surface au sol de tous les bâtiments était rigoureusement limitée.

Isaac savait comment cela se passait, en général. Les terrains étaient vendus à quelques acquéreurs pour un prix nettement inférieur à celui qu'avait payé ACRE pour l'obtenir, puisque les servitudes en diminuaient la valeur. En contrepartie, ces acquéreurs consentaient un don — déductible de leur revenu imposable — à l'association. ACRE faisait encore assez de bénéfice pour compenser le coût de la préservation du site, et les acheteurs diminuaient le montant de leurs impôts tout en s'offrant une propriété au flanc d'une montagne intacte.

D'une montagne *naguère* intacte.

Isaac prit un stylo et se mit à tambouriner machinalement sur son bloc-notes.

— Je vais interroger Dennis.

— D'autres organisations l'ont fait. Certains disent que c'est une opération qui profite à tout le monde, que les nouveaux propriétaires sont des gens personnellement engagés dans la préservation de la nature et que les terres sont mieux entretenues avec quelques occupants soucieux de leur environnement.

Isaac lâcha le stylo.

— Les organisations en question ont fait la une des journaux et perdu pas mal de donateurs. Ils ont dû changer leur fusil d'épaule.

— Oh ! je suis certaine que Dennis ne tombera pas dans les pièges où d'autres se sont fait avoir ! Autrement dit, il trouvera un moyen de contourner les écueils du contrat.

— Tu ne l'aimes pas tellement, hein ?

Heather se remit à polir ses ongles avec soin.

— Il a des points communs avec toi. C'est quelqu'un qui fonce tête baissée sans regarder à droite ni à gauche. Seulement, toi, j'apprécie généralement la direction que tu prends. La sienne, c'est plus discutable.

— Je dois le voir demain.

— Ah bon ? J'ai hâte de savoir ce qu'il t'aura dit.

Sur ce, elle s'en alla, et Isaac jugea qu'en effet il était temps de rentrer.

Il songeait encore à leur conversation en frappant à la porte de la maison de ville, dans Glover Park, où Ten était provisoirement hébergé. John avait promis de prodiguer des soins attentifs et toute son affection au matou convalescent. Mais après le coup de fil qu'il avait reçu ce matin, Isaac ne doutait plus que la présence de Ten soit devenue indésirable.

John arborait une mine pour le moins soucieuse quand il vint lui ouvrir. C'était un homme de petite taille, avec quelques mèches décolorées dans ses cheveux bruns. Il portait un diamant à l'oreille droite et une chemise hawaïenne ouverte sur un T-shirt noir.

— Ce matou est un vrai voyou et moi, je n'en peux plus.

Isaac secoua la tête.

— Je suis vraiment navré, John. Tu aurais dû m'avertir plus tôt.

— Au début, ça allait. Il était encore sous le coup de l'opération. Mais il n'est vraiment pas sociable, ton copain. Hier soir, il est sorti de sa cage et il a terrorisé ma petite bande. Et quand j'ai voulu le récupérer, il a bien failli me tailler en pièces.

— Oh la la, il me fait honte !

— Tu es venu le reprendre ?

Il y avait plus de désespoir qu'autre chose dans ce cri du cœur.

— L'ennui, c'est que je ne sais vraiment pas où l'emmener. J'ai cherché, mais…

— Isaac, mon vieux, il ne peut pas rester là. Je ne sais pas quoi te dire. J'ai appelé deux autres membres de la SPA, mais personne n'a de place en ce moment. Ils ont tous des chats. Il faut qu'il aille chez quelqu'un qui n'en a pas. Il vaudrait même mieux qu'il n'y ait pas un seul chat à des lieues à la ronde.

— Je ne connais aucun endroit comme ça.

— Quelque part à la campagne ? Pour qu'il puisse vadrouiller un peu ? Il restera probablement dans les parages si quelqu'un le nourrit. Je ne vois rien d'autre à te dire — sinon que je ne peux pas le garder.

— Même pas une dernière nuit ?

John mit les poings sur ses hanches.

— Ne me fais pas ça !

— Excuse-moi, dit Isaac, penaud. Je vais t'en débarrasser.

— Tu ne l'emmènes pas à la fourrière, hein ? Ils le supprimeraient sans autre forme de procès.

— Non.

— Il est déjà dans son panier.

Cela indiquait le degré de désespoir de John. Tout en suivant son ami jusqu'à la chambre où se trouvait le chat, Isaac se creusa la tête, à la recherche d'une solution.

— Quelque part à la campagne, répéta John. Tu dois bien connaître quelqu'un qui a le cœur tendre.

John s'arrêta et fit volte-face.

— Tu connais forcément quelqu'un comme ça.

Les ouvriers partirent vers 15 heures en disant qu'ils devaient laisser sécher le ciment avant de continuer. Kendra les connaissait désormais tous par leur prénom, et ils avaient, dans l'ensemble, des relations cordiales. Seul Randy ne lui parlait pas.

Elle se réjouit à l'idée de profiter du silence pendant le reste de la journée. Deux heures et une brève sieste plus tard, elle s'installa sur la terrasse, face aux bois, avec un thé glacé à la menthe verte du jardin de Leah. Le printemps avait été d'une douceur étonnante. Elle se demanda si la chaleur de l'été tout proche serait facile à supporter. Comment Leah et ses contemporains faisaient-ils pour ne pas suffoquer dans la touffeur du climat méridional, sans même un ventilateur pour se rafraîchir ?

Leah était enceinte de Rachel en arrivant à Toms Brook. Au

début, elle avait dû se débrouiller toute seule, sans un homme pour l'épauler, dans une cabane délabrée, sans eau ni électricité. Sans doute venait-elle prendre l'air sur cette terrasse, le soir, exactement comme Kendra en ce moment…

La jeune femme but son thé à petites gorgées tout en admirant le paysage paisible. En sortant, elle avait entendu quelque chose bouger dans le sous-bois, et elle avait cru un instant qu'il s'agissait de Caleb, car elle espérait le voir. Puis elle avait aperçu le pelage brun clair d'une biche.

Elle s'apprêtait à rentrer quand elle entendit un autre bruit — le jappement d'un chien, provenant de l'allée qui reliait le chalet à la route. Elle alla s'accouder à la balustrade et attendit. Les enfants du voisinage passaient parfois par ses bois pour atteindre la rivière, bien que ce ne fût pas le meilleur chemin. Comme elle n'attendait pas de visite, elle supposa que c'était eux.

Mais cette fois, c'était Caleb.

— Hé ! Tu as un nouveau copain ?

Le copain en question était un tout jeune chien visiblement issu d'un drôle de mélange. A en juger par l'épaisseur de ses pattes, ce n'était encore qu'un chiot, même s'il arrivait déjà presque à la hauteur du genou de Caleb.

Le jappement plaintif et la longueur du corps étaient ceux d'un chien de chasse. Le pelage épais, d'un noir bleuté, celui d'un berger australien ou d'un colley. Mais il avait la grosse tête carrée d'un labrador, ou pire : d'un pitbull. Au début de sa carrière, Kendra avait dû faire un reportage sur une exposition canine qui durait huit jours, ce qui lui avait permis d'apprendre à reconnaître les races. Celui-ci plairait probablement beaucoup à Sam, qui n'aimait que les corniauds.

— Je t'offre quelque chose à boire ? proposa-t-elle à Caleb. Et un peu d'eau pour ton copain ?

— Juste de l'eau pour elle.

— Apparemment, tu t'es fait une amie.

Kendra tendit la main pour la faire renifler par la chienne, qui ne leva même pas la truffe. Ses yeux tombants et ses oreilles pendantes lui donnaient une expression un peu triste.

Caleb se mordillait la lèvre sans la regarder.

Kendra avait appris dès son jeune âge à déchiffrer le langage corporel. Son cœur se serra brusquement.

— Caleb, qu'est-ce que tu mijotes ?

— Ben, cette chienne, elle n'a pas de maître. Quelqu'un l'a abandonnée près de chez les Claiborne.

— Et ils ne veulent pas que tu la gardes ?

— Si vous lui donniez un peu d'eau, comme vous l'aviez proposé ?

Une petite pause serait la bienvenue. Elle en profiterait pour préparer un discours dissuasif, car elle savait ce qui allait suivre. L'air en était imprégné.

Quand elle revint, le garçon et l'animal étaient assis sur la terrasse. La chienne avait toujours l'air accablé, comme si elle savait qu'ici non plus on ne voudrait pas d'elle.

— Est-ce que les Claiborne t'ont demandé de lui trouver un maître ?

Kendra avait déjà posé l'écuelle par terre, mais l'animal n'y prêta pas la moindre attention. La jeune femme tendit ensuite à Caleb une boîte de Pepsi qu'il n'avait pas demandée, et le regarda l'ouvrir.

— En fait, ils sont deux : un chien et une chienne. Les Claiborne sont d'accord pour que j'en garde un. J'ai pris le mâle et je vous ai réservé sa sœur. Je lui ai donné un bain, et tout. Voilà… Moi, j'ai un chien, maintenant. Et vous, vous avez rien. Regardez-moi ça : vous êtes ici toute seule sans aucune protection. Et cette chienne-là, elle aboie pour un rien, je peux vous le garantir.

La chienne, qui s'était mollement allongée près de lui, ne remua même pas la queue.

— C'est une bonne gardienne, conclut-il.

Cette tirade avait impressionné Kendra.

— Je n'en doute pas, mais…

— Et en plus, vous pourriez la dresser. Elle vous rendrait

service. Elle peut apporter des choses, chasser les lapins du jardin : ce serait drôlement utile.

Kendra ne sut que répondre. Apparemment, Caleb se sentait investi d'une mission d'assistance à son égard. Elle jugea plutôt encourageant qu'en dépit des épreuves dont son enfance avait été jalonnée, il soit encore capable de se soucier du bien-être d'autrui.

Elle essaya de gagner du temps.

— Quel est son nom ?

— C'est votre chienne.

Kendra ouvrit la bouche pour lui dire qu'il avait tort, que cet animal devait être placé chez quelqu'un de plus compétent, qu'elle n'était pas assez sûre du lendemain pour prendre cette responsabilité… Caleb l'observait d'un air indécis. Elle comprit qu'il craignait d'avoir commis une bévue. Pour une fois qu'il sortait de sa réserve, il redoutait que ce soit une erreur.

— Pourquoi pas Blue, vu la couleur de son pelage ? s'entendit-elle proposer. Ou Dusty[1] ? Ou peut-être Patience, parce qu'elle semble extrêmement tranquille.

Caleb se détendit visiblement.

— J'ai baptisé le mien Rusty. C'est le même, mais avec des poils roux.

— Alors, elle s'appellera Dusty. Rusty pourra venir la voir ici.

Il avait l'air tellement soulagé que Kendra eut envie de l'embrasser — mais elle s'abstint néanmoins de le faire. Le rôle de mère, il fallait le laisser à Marian. Le sien était celui d'une amie et rien de plus… enfin, si : elle était aussi la bonne poire qui ne dit jamais non.

Elle eut soudain un mauvais pressentiment.

— As-tu déjà emmené Rusty chez le vétérinaire pour le faire vacciner ?

Le garçon secoua la tête.

1. Dusty : poussiéreux, mais aussi cendré (dusty blue = bleu cendré). *(N.d.T.)*

Kendra se demanda si l'apathie de Dusty n'était pas liée à quelque état pathologique.

— Ecoute, dit-elle, puisque tu m'as offert un beau cadeau, nous pourrions y aller ensemble. Je prendrai rendez-vous pour un après-midi de la semaine.

— M. Claiborne a dit qu'il me donnerait des trucs à faire pour que je gagne l'argent que ça coûtera.

— Parfait. Mais allons-y quand même le plus tôt possible et tu pourras me rembourser plus tard, d'accord ?

— D'accord.

Caleb ébouriffa les poils de Dusty et lui flatta la tête avant de se lever.

— Bon, il faut que j'y aille.

— Caleb...

— Mmm ?

— Ecoute, tu as été formidable avec moi... et ne dis pas le contraire. J'ai quelque chose à t'offrir. Un petit cadeau de remerciement.

— Je n'ai pas besoin de cadeau.

— Je sais bien. Mais j'ai quand même quelque chose. Peux-tu attendre une minute ?

Il s'assit de nouveau au sommet des marches pour caresser Dusty encore une fois. La chienne n'avait toujours pas bougé d'un pouce.

Kendra revint presque aussitôt avec un sac de supermarché.

— J'ai remarqué quelque chose à ton sujet, samedi. J'ai vu que rien ne t'échappait. Et moi, en tant que reporter, j'ai travaillé avec beaucoup de photographes. Ils ont tous le même regard que toi sur les choses : un peu comme s'ils les cadraient mentalement, tu vois ?

Elle lui tendit le sac.

— J'espère qu'il te plaira.

Visiblement perplexe, il prit le sac et regarda à l'intérieur. Puis il le posa par terre et en sortit une boîte.

— Un appareil photo ?

— C'est un appareil numérique. Tu n'auras pas besoin de pellicules. Tu peux charger les photos sur un ordinateur et les imprimer ensuite, si tu veux.

Il retourna la boîte entre ses mains. Elle n'avait pas acheté le modèle le moins cher, mais elle n'avait pas choisi non plus le haut de gamme. C'était un bon appareil pour débutants, solide et d'excellente qualité. Caleb pourrait être fier des photos qu'il prendrait.

— C'est pour moi ? demanda-t-il enfin.

— Rien que pour toi. Et s'il n'y a pas d'ordinateur chez les Claiborne, tu pourras utiliser le mien quand tu voudras. Tout est numérique ou presque, de nos jours, et je voulais que tu sois dans le coup.

— Je n'ai jamais eu d'appareil photo.

— Eh bien maintenant, tu en as un. Mais il y a une contre-partie.

Cette idée parut le réconforter.

— Vous avez besoin que je fasse quelque chose ?

— Je m'intéresse énormément à ce que nous avons appris au Parc national. Cet après-midi, j'ai trouvé sur internet quelques renseignements sur cet épisode du passé. J'ai l'intention d'approfondir mes recherches. J'en ferai peut-être un sujet de reportage en racontant les répercussions de ces expulsions sur plusieurs générations. Accepterais-tu d'être mon photographe ?

— Je n'ai jamais eu d'appareil photo et vous me demandez de vous aider pour votre reportage ?

Il répondait pratiquement du tac au tac, à présent. Kendra s'en réjouit secrètement.

— Tu en es capable, ça ne fait aucun doute. Pour te faire la main, tu pourrais venir prendre des photos à la grande kermesse de la paroisse, ce week-end.

— J'aime pas trop fréquenter les églises et tous ces trucs-là.

Kendra attendit la suite sans rien dire.

— Enfin je pourrais essayer, dit-il enfin.

— Super. Je passerai te prendre. J'y vais le matin.

— Bon, je crois que je ferais mieux de rentrer pour lire la notice, dit-il en prenant la boîte.

— Je te raccompagne en voiture ?

— C'est pas la peine.

Il descendit deux marches puis se retourna.

— Je n'ai jamais eu d'appareil photo, répéta-t-il. Merci, madame Taylor.

— De rien, Caleb. Et appelle-moi Kendra. Merci encore pour Dusty. Je prendrai bien soin d'elle.

— Je sais.

Il était à deux doigts de sourire. Son regard pétillait imperceptiblement — ce qui représentait déjà un énorme progrès.

Quand il eut disparu au détour du chemin, Kendra baissa les yeux sur le chien.

— Qu'est-ce que je vais bien pouvoir faire de toi, hein ?

Dusty avait toujours l'air abattu. Kendra commençait à se demander si elle serait jamais capable de manifester le moindre soupçon d'intérêt pour quoi que ce soit.

— Génial : un chien dépressif. C'est moi qui vais veiller sur toi, alors ? Quel bon gardien j'ai là !

Dans l'immédiat, elle ne savait pas trop quoi faire de son nouveau cerbère. Elle n'avait pas envie de l'avoir dans les jambes en préparant à dîner, mais elle craignait qu'elle ne suive Caleb si elle la laissait dehors. Elle décida donc de l'enfermer un moment dans sa chambre, et l'installa dans un coin avec une vieille couverture et son écuelle d'eau. Apparemment, il n'y avait ni puces ni tiques sous les poils emmêlés par paquets, constata-t-elle. La truffe était fraîche et humide, les yeux limpides sous les paupières tombantes.

Dusty se laissa choir sur son tapis et Kendra l'abandonna à son activité favorite.

Elle émincait des champignons pour confectionner une sauce quand elle entendit klaxonner dehors. Un fol espoir que ce soit le vrai maître du chien lui traversa brièvement l'esprit. Quelqu'un qui dresserait des chiens d'aveugles, par exemple, et qui serait inconsolable…

Elle se rinça les mains, et sortit en s'essuyant à un torchon.

Isaac était en train de descendre de voiture.

Prise au dépourvu, Kendra resta un moment sans voix.

— Je sais que tu ne m'attendais pas, lui dit-il.

Elle porta machinalement une main à ses cheveux.

— Tu n'as pas besoin d'invitation.

— Il se peut que tu changes d'avis…

Il claqua sa portière, puis alla ouvrir le coffre de la voiture avant qu'elle ait pu lui demander ce qu'il entendait par là.

A en juger par sa tenue — chemise oxford bleu pâle, pantalon anthracite, mocassins cirés —, il arrivait directement du bureau.

Comme il ne réapparaissait pas tout de suite, elle lui lança :

— Ne me dis pas que tu m'apportes un cadeau ! Tu n'es pas le premier.

Il émergea de nouveau et elle écarquilla les yeux en voyant ce qu'il tenait à la main.

— C'est une blague, hein ?

Isaac avança vers la terrasse, tenant à bout de bras un panier à chat dont provenaient des miaulements retentissants. Isaac ? Son époux impassible et un tantinet guindé n'avait jamais eu l'air si penaud.

Il posa le panier sur la première marche.

— Je n'avais pas d'autre solution.

Elle jeta un coup d'œil sur le chat, puis leva de nouveau les yeux sur Isaac. Il n'avait pas l'air seulement penaud, mais aussi déconcerté.

— Dis-moi que ce n'est pas vrai, murmura-t-elle.

— Au départ, je n'avais pas du tout l'intention de l'amener ici.

— Isaac, qu'est-ce que c'est que… ça ?

Il détourna les yeux, comme s'il préférait regarder n'importe quoi d'autre.

— Ce serait long à raconter.

— Tu n'auras pas le temps, du reste. Ce monstre s'apprête

à déchirer ton panier à coups de griffes, et malheur à qui se trouvera sur son chemin.

Il enfonça les mains dans ses poches et se dandina d'un pied sur l'autre. Une mèche tomba sur son œil gauche sans qu'il prenne la peine de l'écarter.

— K.C...

— Il n'y a pas de K.C. qui tienne.

— D'accord, bon, bref, voilà : je l'ai trouvé en train d'agoniser dans l'impasse, en face du bureau. Je l'ai secouru, et le véto lui a sauvé la vie. Après ça, c'est John... Tu te souviens de John ? L'associé de Craig ?

Ne recevant aucun signe d'approbation ou d'encouragement, Isaac soupira.

— John s'est occupé de lui après son opération.

— Son opération ?

— Un sacré rapiéçage, en fait.

— Isaac, c'est un chat de gouttière !

— Je sais.

Il sortit une main de sa poche pour ramener ses cheveux en arrière.

— Je ne pouvais pas le laisser mourir comme ça. Je croyais qu'une fois soigné, il allait se calmer, que je pourrais lui trouver une famille d'adoption. Mais c'est une vraie catastrophe. Il a sauté sur les autres chats de John. Il veut sa liberté. Il veut reprendre sa vie de vagabond, mais je ne peux pas le ramener simplement dans l'impasse. Il se ferait écraser par une autre voiture, ou emmener à la fourrière.

Kendra dévisagea son mari. Ce n'était pas l'homme qu'elle croyait connaître. Elle aurait parié n'importe quoi qu'Isaac n'était pas du genre à secourir un chat moribond, qu'il choisirait plutôt d'appeler la fourrière en souhaitant qu'ils mettent rapidement un terme à ses souffrances. Ce n'était pas non plus quelqu'un qui jetait l'argent par les fenêtres. Sans être franchement radin, il savait contrôler ses dépenses. Elle préférait ne pas imaginer les honoraires du vétérinaire.

A moins qu'elle n'ait justement devant les yeux le véritable Isaac : l'être au cœur tendre enfoui au fond de lui-même.

— Je suppose que tu ne viens pas seulement me raconter son histoire ? dit-elle en s'efforçant de garder un air intraitable.

— C'est que… je suis dans un sacré pétrin. Evidemment, je sais que c'est beaucoup te demander…

— Qu'est-ce que je vais faire de lui ?

— Eh bien, l'idéal serait de le garder à l'intérieur pendant quelques jours. Ensuite, tu pourrais le laisser sortir et voir sa réaction. Quand il commencera à se sentir chez lui…

— Chez lui ? Il faudrait répandre le contenu des poubelles à travers la pièce et garer des voitures près du canapé !

— Ça fait un bail qu'il n'est pas retourné dans la rue.

— Tu ne m'avais jamais parlé de ça.

Il sourit.

— J'étais embarrassé.

Ce sourire eut raison de sa résistance. Il usait rarement de son charme, mais quand il le faisait…

Elle essaya de ne pas laisser voir qu'elle faiblissait.

— Et après, qu'est-ce que je ferai de lui ? Tu sais, une fois qu'il se sentira à l'aise ici ?

— A ce moment-là, il pourrait peut-être entrer et sortir librement. Je pense qu'il ne s'éloignera pas trop si tu lui donnes à manger. Au fait, il aime beaucoup le thon en boîte. Et il s'appelle Ten.

— Tu avais vraiment de quoi être embarrassé.

— Je sais. J'aurai une sacrée dette envers toi si tu acceptes de le prendre.

C'est alors qu'elle se souvint de Dusty, enfermée dans sa chambre, à quelques pas de là. L'ironie de la situation ne pouvait certes pas lui échapper.

Isaac monta sur la terrasse.

— K.C., tu as toujours désiré avoir un chat. Alors, j'ai exaucé ton vœu.

— Je n'ai jamais dit ça.

— Peut-être, mais tu l'as pensé. Personne ne te connaît mieux que moi, ajouta-t-il en posant les mains sur ses épaules. Enfin, si c'est trop te demander, je comprendrai.

Il ne demandait jamais rien. Cela faisait partie de leur accord tacite.

— Est-ce que tu récupérais des chats errants quand tu étais enfant ?

— Ça n'a jamais marché.

Cette phrase en disait long. Elle se haussa sur la pointe des pieds pour l'embrasser. Il lui rendit son baiser avec fougue. Elle l'enlaça alors et se blottit dans ses bras.

Une série de miaulements furieux les interrompit.

Elle soupira en le voyant s'éloigner, mais de toute façon il valait mieux qu'il n'entre pas dans la chambre pour le moment. En découvrant Dusty, il disparaîtrait immédiatement avec son chat de gouttière. Or, elle avait envie de lui rendre service.

Elle l'aida à installer près de la porte la grande cage munie d'une litière. Puis elle le regarda apporter le panier du chat et positionner les portes l'une contre l'autre avant de pousser Ten dans la cage. Il referma la porte en un clin d'œil et la verrouilla.

— Ça fera l'affaire pour un jour ou deux.

Kendra était déjà dans la cuisine en train de remplir deux verres de vin, tout en espérant que Dusty n'allait pas sortir brusquement de son état semi-comateux.

— A Ten ! dit-elle en faisant tinter son verre contre celui d'Isaac. Puisse-t-il apprécier son nouveau logis.

— A tout ce qui bouge dans un périmètre de deux kilomètres ! Puissent-ils se sauver pendant qu'il est encore temps.

— A mon mari, qui croyait que je voulais un chat !

— A ma femme, qui trouve toujours une solution !

Ils burent une gorgée de vin.

— J'aurais aimé passer la nuit ici, mais il faut que je rentre.

— Si tu restais au moins pour dîner ?

— J'ai une réunion à 8 heures. Je mangerai un sandwich sur la route.

C'était sans doute préférable car Dusty aurait pu aboyer et leur gâcher la soirée.

— Finis ton vin et je te raccompagne à la voiture. J'ai quelque chose à te dire.

Isaac obtempéra, puis sortit avec elle après avoir dit un petit mot bourru au matou qui crachait et faisait le gros dos dans sa cage. Une petite brise agitait le feuillage. La soirée allait être superbe.

— Je suis allée faire un tour au Parc national de la Shenandoah, samedi.

Elle s'arrêta près de la Prius, et Isaac croisa les bras tandis qu'elle lui faisait part de leurs découvertes.

— Décidément, tu ne pouvais pas lâcher prise.

Il n'avait pas l'air fâché, ce qui la rassura.

— Isaac, si ta grand-mère avait commis un double meurtre, aurait-elle cherché à indiquer l'endroit où se trouvaient les corps ?

— Nous ignorons pratiquement tout d'elle, à part quelques témoignages et le fait qu'elle avait probablement un lien avec un village du nom de… comment, déjà ?

— Lock Hollow. Mais ce n'est pas tout. Après nous être aperçus que les coutures du matelassage dessinaient une carte de ce secteur…

— Une carte qui souligne l'emplacement d'une grotte où l'on a découvert deux squelettes.

— Oui, mais après ça, Hank a trouvé une liste des personnes qui habitaient dans le coin avant d'être expulsées. Il y avait une ferme, au hameau, qui était celle d'un certain Jesse Spurlock et de son épouse, Leah. Hank affirme qu'ils avaient l'une des meilleures terres du secteur.

— Tu as donc découvert le pot aux roses !

— Isaac, tous les noms brodés sur le couvre-lit figurent sur cette liste. Absolument tous. N'est-ce pas une preuve de plus que ta grand-mère venait bien de Lock Hollow ?

— Sans doute. Et après ?

— Hank Armstrad m'a parlé d'un groupe qui se réunit

chaque mois. Des personnes qui ont été expulsées, elles ou des membres de leur famille. Cela se passait dans les années trente. La plupart des gens sont donc morts aujourd'hui, mais pas tous. Justement, ils ont une réunion cette semaine.

— Quelque chose me dit que ton enquête n'est pas terminée.

— Souhaites-tu que j'y mette un terme ? Jusqu'ici, ce n'est pas une histoire réjouissante et je crains qu'elle ne confirme tes idées reçues sur le compte de ta famille.

Isaac réfléchit. Elle le vit peser le pour et le contre.

Un chien aboya, pas très loin. Elle craignit de savoir exactement où.

Plongé dans ses pensées, Isaac n'y prêta pas attention.

— Tu es déjà allée si loin que je commence à m'interroger, moi aussi, avoua-t-il enfin. A mon avis, tu ferais mieux de continuer. Mais ne t'imagine pas que tout va te tomber tout cuit dans le bec. Il est possible que personne ne puisse — ou ne veuille — te renseigner.

— Et si je découvre la vérité, ce sera peut-être pire que l'ignorance, n'est-ce pas ?

Il réfléchit encore, puis secoua brièvement la tête.

— Non.

— Non ?

— Cette histoire a toujours projeté une ombre sur ma vie.

Il effleura ses cheveux d'une caresse, enroulant une mèche brune autour de son index.

— Si tu fais la lumière là-dessus, tant mieux. Ça ne peut pas vraiment être pire, K.C.

Kendra observa cet homme dont le cœur était resté si longtemps enfoui sous les décombres d'un désastre affectif. A mesure qu'il en émergeait, un être nouveau apparaissait — un être qu'elle aimait encore davantage.

— Tu reviens ce week-end, Isaac ? Il y a une grande kermesse à la paroisse. Ce sera sympa.

Il la regarda avec un petit sourire appuyé.

— Je pourrai dormir ici ?

Elle lui rendit son sourire.

— Tu seras le bienvenu.

— Si je n'arrive pas à temps, pars à la kermesse sans moi. Mais en principe, je serai là dans l'après-midi.

— Entendu.

Ils échangèrent un baiser plein de promesses, puis Isaac se mit au volant et s'éloigna en agitant la main.

Il n'était pas parti depuis plus de trois minutes qu'une autre voiture se garait à sa place. Kendra reconnut la Buick des Claiborne. Marian abaissa sa vitre.

— Caleb a quelque chose pour vous.

L'adolescent descendit de voiture, ouvrit la portière arrière et sortit un énorme sac de croquettes.

— Vous aurez besoin de ça.

— Merci. C'est une bonne idée.

— Je vais le porter à l'intérieur, dit Caleb.

— Euh… non, merci. Dépose-le sur la terrasse. Je lui donnerai probablement à manger dehors.

Elle ponctua sa phrase d'un sourire engageant.

— Ça risque de vous attirer des bestioles, dit Marian. Vous ne voulez vraiment pas que Caleb le dépose dans la cuisine ? Ça pèse autant qu'un âne mort et il a de la force.

— C'est inutile. Il n'y a pas de place dans la cuisine.

— Vous aurez toute la place qu'il faut quand ils auront fini, hein ?

Assez de place pour un félin déchaîné et un chien comateux ? Assez de place pour cacher tour à tour l'un ou l'autre aux deux hommes de sa vie ? Kendra se demanda où elle pourrait bien trouver autant de place…

— J'ai hâte que ces travaux se terminent, dit-elle pendant que Caleb remontait en voiture. Vous viendrez visiter quand ce sera fini.

Elle regarda Marian faire demi-tour et prendre le chemin par où Isaac venait de partir.

Une fois assurée que plus personne ne pouvait l'entendre, elle donna libre cours à son hilarité.

19

Manifestement, Dusty n'avait jamais mis les pattes chez un vétérinaire. Après la première série de vaccins, le praticien prescrivit un certain nombre de remèdes et fournit à Kendra l'adresse d'un salon de toilettage où l'on déferait les nœuds de cet épais pelage. Rusty, un corniaud du même genre que sa sœur, mais avec le poil roux et plus lisse, reçut le même traitement. Kendra dit à Caleb qu'il en aurait pour cinquante dollars. Comme la plupart des gamins, il n'avait pas la moindre idée du montant de la facture, et promit de la payer dès qu'il aurait gagné cette somme.

— Rusty a plu au vétérinaire, dit-il à Kendra sur le chemin du retour.

Les deux chiens étaient installés sur le siège arrière. Rusty avait renoncé à essayer de jouer avec Dusty.

Kendra se demanda ce que le vétérinaire avait pensé de Dusty. L'examen médical n'avait révélé aucun symptôme de maladie infectieuse, ce qui était rassurant, même s'il fallait encore attendre les résultats des analyses.

— Une fois vermifugée, elle va peut-être s'animer un peu, avait-il déclaré d'un air quelque peu sceptique.

Après avoir déposé Caleb et Rusty, Kendra alla faire un tour dans un magasin de bricolage et commanda une niche spacieuse. L'employé promit de la lui livrer en rentrant chez lui, l'après-midi même.

Elle était en train de s'habiller pour ressortir quand il arriva. Le jeune homme, accompagné d'un ami, avait apporté un ballot de paille pour le sol et du grillage pour entourer la niche d'une clôture. Une fois l'installation terminée, elle les gratifia d'un généreux pourboire. Ils l'avaient placée derrière un rideau d'arbres, pour qu'on ne la voie pas trop. Bien évidemment, Kendra n'avait pas la candeur de croire qu'Isaac ne remarquerait rien si la chienne aboyait. Pour remédier à cela, il allait falloir trouver autre chose.

Sitôt installée dans son nouveau domaine, Dusty s'affala par terre, devant l'entrée de la niche, et s'assoupit.

Le chat, lui, n'était pas d'aussi bonne composition. Il essaya de décamper quand Kendra ouvrit la porte pour lui donner à manger. Elle réussit à refermer juste à temps, sans avoir pu remplir son écuelle. Ce qui ne lui laissait donc que deux solutions : soit laisser sortir le chat en espérant qu'il n'allait pas tout détruire dans le séjour en son absence, soit le laisser enfermé sans rien à manger.

Ten l'observait du coin de l'œil, d'un air retors. On croyait presque l'entendre susurrer : *Laisse-moi sortir, poulette, et tu vas voir ce que tu vas voir !*

Kendra se mit à rire.

— Je suis quand même bien plus grosse que toi, mon bonhomme ! Si tu veux m'attaquer, je t'écrabouille.

Elle ouvrit la porte et recula d'un pas. Ten fila comme une flèche sous le canapé. A côté de lui, le célèbre « Bip-Bip[1] » du dessin animé faisait figure de tortue.

— Dis donc, tu te rétablis à toute vitesse, on dirait !

Elle posa son écuelle pleine et un bol d'eau fraîche par terre, près de la cage. Puis elle sortit la litière, la vida par la fenêtre et la remplit de sciure propre avant de l'installer dans un coin.

— Quand tu seras prêt à t'aventurer dans ton nouvel univers, tu trouveras tout ce qu'il te faut, mon bonhomme.

De retour dans la chambre, elle finit de se préparer pour

1. « Bip-Bip » : personnage d'une série d'animation américaine des années 1960 (Looney Tunes), inspiré d'un oiseau américain, le grand coucou de Californie ou géocoucou (*Road Runner*, soit coureur des routes). *(N.D.T.)*

repartir. Ce soir-là, il y avait une réunion de l'association « The Way We Were[1] », dont Hank Armstead lui avait parlé. En surfant sur internet, on pouvait aller sur le site d'un groupe actif dont le but était de s'assurer que l'histoire de ses membres soit racontée de façon honnête et véridique. Ils étaient déjà intervenus de façon efficace en faisant modifier un récit inexact et relativement malveillant des expropriations, dans un documentaire présenté au Parc national de la Shenandoah.

Trois jours plus tôt, Kendra avait appelé le numéro fourni par le site, et elle avait pris contact avec Jennifer, la secrétaire de l'association. La jeune fille lui avait confié que son arrière-grand-père, Aubrey Grayling, participerait à la prochaine réunion. M. Grayling était une véritable mine d'informations sur le secteur de Lock Hollow. Kendra connaissait ce nom puisqu'il se trouvait sur le patchwork, ainsi que sur la liste du garde forestier. C'était là une coïncidence des plus intéressantes.

Les réunions n'avaient pas toujours lieu au même endroit. Celle-ci se tiendrait dans une salle paroissiale proche de Luray, à une heure de Toms Brook. Kendra avait proposé à Cissy de l'accompagner, mais la jeune femme devait aller voir des cousins avec Zeke et la petite Reese.

— Ils ont un gamin de l'âge de Reese, avait-elle expliqué. La dernière fois qu'ils se sont vus, ils se sont mutuellement décoré le visage avec la crème au chocolat du goûter. Ça crée des liens indéfectibles, vous comprenez ?

La route, pittoresque, serpentait à travers champs. Les fleurs de chicorée sauvage formaient des nappes bleu vif sur les talus, et de jolies maisonnettes ombragées d'arbres séculaires s'accrochaient à flanc de colline.

Kendra aurait pu prendre l'autoroute, mais elle préférait flâner et profiter du paysage. Il y avait tant de belles choses qui

1. *The Way We Were* est le titre d'un film de Sydney Pollack (1973) avec Barbra Streisand et Robert Redford, ainsi que d'une chanson de Barbra Streisand (1975). *(N.D.T.)*

lui avaient échappé pendant les années où elle s'était focalisée sur sa carrière.

Elle arriva à Saint Joseph de Cupertino quelques minutes avant le début de la réunion. La salle se trouvait dans une annexe de la chapelle, où une vingtaine de personnes étaient déjà installées sur des chaises pliantes, face à une estrade munie d'une petite table et d'un micro. Comme il n'y avait encore personne sur l'estrade, Kendra alla inscrire son nom sur le registre, à l'entrée, et elle en profita pour prendre une brochure. Elle venait tout juste de s'asseoir quand la séance débuta.

Comme toujours dans ce genre d'assemblée, la première partie portait sur l'ordre du jour et les questions d'organisation interne. Kendra laissa vagabonder son esprit tout en se demandant lequel des trois messieurs d'un certain âge était Aubrey Grayling. Elle espéra que c'était le plus bavard : un beau vieillard aux cheveux blancs qui portait une chemise à carreaux et des bretelles rouges du plus bel effet. Sa mine avenante pouvait laisser penser qu'il accepterait de lui parler.

Quand il s'avéra que le débat principal portait sur des fouilles archéologiques à Corbin Hollow, Kendra regretta que Cissy ne soit pas venue. Le présentateur fournit quantité d'indications sur la façon dont les gens avaient réellement vécu — les aliments qu'ils consommaient, les remèdes qu'ils utilisaient et jusqu'aux jouets de leurs enfants. Ces découvertes infirmaient totalement la thèse selon laquelle les habitants de cette contrée étaient arriérés et n'auraient jamais eu accès à la modernité sans l'intervention des pouvoirs publics.

Après cela, Kendra écouta la discussion avec intérêt. Plusieurs adhérents, dont la famille était originaire de Corbin Hollow, racontèrent des anecdotes qu'ils avaient entendues dans leur enfance. Une femme avait apporté une photo de la ferme de ses grands-parents qu'elle fit circuler dans l'assistance. C'était une belle maison à étage, couverte de bardeaux, avec une vaste loggia courant le long de la façade, des massifs de lilas et de boules-de-neige au pied des marches. Bref, une demeure qui n'avait rien à envier aux chalets cossus d'autres régions des Etats-Unis.

La séance terminée, l'assistance était conviée à une petite collation servie au fond de la salle. Kendra se leva pour aller prendre une limonade et fut interceptée par une jeune femme de vingt-cinq à trente ans, avec des cheveux blonds rassemblés en queue-de-cheval et un sourire engageant.

— Seriez-vous Kendra Taylor ?

Elle lui tendit la main.

— Et vous, vous êtes Jennifer, n'est-ce pas ?

Les deux femmes échangèrent une poignée de main.

— Bon-papa avait hâte de faire votre connaissance. Il est assis là-bas, vous voyez ? dit-elle en pointant le menton vers l'angle de la salle.

Kendra put constater qu'Aubrey Grayling était bien le vieux monsieur aux bretelles rouges.

— Je suis ravie qu'il soit venu, dit-elle.

— Il ne sort plus beaucoup, mais ces réunions sont le sel de sa vie. A quatre-vingt-douze ans, il a conservé toute sa vivacité d'esprit. Surtout quand il s'agit de parler du passé.

— La plupart des adultes qui vivaient à la montagne avant la création du parc sont décédés, n'est-ce pas ?

— Effectivement. Dans l'ensemble, les membres de notre association qui ont vécu ces événements étaient encore tout jeunes à l'époque où leurs familles ont été expulsées. Vous seriez étonnée, cependant, de constater à quel point les montagnards sont des gens robustes. Bon-papa n'est pas le seul nonagénaire du groupe.

— La grand-mère de mon mari aurait quatre-vingt-neuf ans, aujourd'hui.

— Venez voir Aubrey : il aura sans doute des choses à vous raconter.

Jennifer la présenta à deux autres personnes avant de la conduire jusqu'à la rangée de chaises où Aubrey était assis. Leur conversation terminée, son voisin venait de se lever, libérant le siège d'à côté. Jennifer fit signe à Kendra de le prendre.

— Bon-papa ? Voici Mme Taylor, la dame dont je t'ai parlé. Tu te souviens ?

Aubrey Grayling leva un regard affectueux sur son arrière-petite-fille.

— Tu crois que j'oublierais une chose pareille ?

— C'était une façon de parler. Bon, eh bien, je vous laisse tous les deux.

Aubrey paraissait plus jeune que son âge. Les gens comme lui étaient un exemple vivant de la théorie de Darwin. Plusieurs années avant l'invention de la pénicilline, du vaccin antitétanique et du chauffage central, seuls les plus résistants survivaient dans les rudes montagnes de Virginie. Ses yeux étaient d'un bleu très pâle et laiteux qui faisait songer à la cataracte. Peut-être qu'il ne voyait plus très bien.

— Alors, madame Taylor, redites-moi ce qui vous amène !

Elle aurait presque parié qu'il savait très exactement ce qu'elle voulait.

— Appelez-moi Kendra, monsieur Grayling.

— Moi, c'est Aubrey.

— Jennifer a dû vous le dire : j'ai appris récemment que mon mari était le petit-fils d'une femme qui a peut-être vécu à Lock Hollow.

— En effet, Jen m'a raconté ça.

— Et vous avez vous-même habité Lock Hollow ?

— J'y ai passé les vingt-cinq premières années de ma vie. J'ai été l'un des derniers à partir. Jusqu'à ce qu'ils viennent brûler sous mes yeux notre magasin familial. Ils voulaient être sûrs qu'on ne reviendrait pas.

Il gardait un visage souriant, mais une émotion intense perçait sous ses paroles.

— Je ne crois pas qu'on puisse réellement se remettre d'un tel choc, dit Kendra.

— On essaie de se convaincre qu'il vaut mieux ne pas trop ressasser, et on s'efforce de refaire sa vie ailleurs. J'y suis arrivé, au bout d'un moment.

Kendra remarqua qu'il ne lui avait pas demandé le nom de la grand-mère d'Isaac. Elle attendit la suite.

— J'ai connu Leah Spurlock, reprit-il après une pause.

Il se rappelait donc bel et bien le nom de Leah. Pour vérifier s'il connaissait d'autres détails, elle répéta une fois de plus son histoire — depuis le legs du chalet et du patchwork jusqu'à sa visite au Parc national, en omettant seulement de parler de la grotte.

— Un garde forestier m'a donné une liste des habitants de Lock Hollow, conclut-elle. Leah et Jesse Spurlock y figuraient. C'est ainsi que je suis arrivée jusqu'à vous.

— Je les ai connus tous les deux. Et aussi Birdie, la sœur de Leah. Birdie Blackburn. Certains la trouvaient encore plus jolie que Leah, mais pas moi. Elle ne s'est jamais mariée. Elle vivait chez Leah et Jesse à cause de son infirmité.

Kendra se félicita d'être tombée sur un véritable gisement d'informations.

— Leah s'appelait donc Blackburn avant son mariage.

— Exactement.

Kendra nota le nom dans un coin de sa mémoire.

— Tout cela m'est apparu parce que le patchwork dont je vous ai parlé est identique à celui…

Elle s'interrompit.

— Mais d'abord, êtes-vous au courant de la macabre découverte faite dans une grotte des environs ?

— J'en ai entendu parler.

Elle attendit, mais il n'avait manifestement pas l'intention d'en dire plus.

— Donc, voyez-vous, le patchwork que Leah a légué à mon mari est pratiquement le même que celui qu'ils ont trouvé avec les squelettes — ou, du moins, ce qu'il en restait.

— Tiens, c'est intéressant !

— Et les coutures du matelassage forment une carte de Lock Hollow. Deux d'entre elles se croisent à l'emplacement de la grotte, presque comme si Leah avait marqué l'endroit d'une croix pour l'indiquer à celui qui hériterait de l'ouvrage.

— Ça semble peu probable, tout de même.

— Aubrey, savez-vous quelque chose à ce sujet ? Auriez-vous une petite idée de l'identité des personnes dont on a retrouvé les squelettes ? A mon avis, Leah essayait de raconter quelque chose, et ces deux morts pourraient être l'ultime paragraphe du récit.

Il y eut un long silence, comme s'il se creusait la tête pour se rappeler quelque chose. Mais ce qu'il dit ensuite la surprit.

— Je lis le journal. Enfin, je le lisais, quand j'avais encore de bons yeux. Je le dévorais de bout en bout pratiquement tous les jours : le *Times du Richmond,* le *Washington Post.*

Il sourit. Ses dents étaient trop régulières pour être vraies, mais le résultat méritait un plébiscite.

— Je prêtais attention à tout ce que je lisais, et j'appréciais beaucoup les articles d'une journaliste qui portait le même nom que vous.

Kendra se cala dans son siège. Décidément, cet homme-là n'était pas de ceux à qui l'on peut en conter.

— J'écris effectivement pour le *Post*, mais là, il s'agit d'une affaire personnelle.

— Vous pouvez ôter les ailes à un papillon : vous n'en ferez pas un mille-pattes.

Ayant envisagé de rédiger une série d'articles sur l'histoire des montagnards de la Blue Ridge, elle ne pouvait pas lui mentir.

— J'ignore ce que je ferai si je parviens à éclaircir ce mystère. Mais de toute façon, même si la vérité éclatait maintenant, je suppose qu'il ne resterait plus aucune personne concernée.

— Ma foi, ça dépend de la vérité en question ! Mais enfin, peu importe… Je vous taquinais, c'est tout. Voyez-vous, j'ignore tout concernant ces cadavres. A moins que je sache quelque chose sans m'en douter. Si cette découverte avait été faite autrefois, je me serais peut-être rappelé un détail, une broutille qui m'échappe maintenant. Mais on oublie généralement les choses anodines.

Comment parvenait-elle à lire dans les yeux d'un homme qui

était presque aveugle ? Elle était à peu près certaine qu'Aubrey Grayling mentait — ne serait-ce que par omission.

Elle tenta une autre approche.

— Pourriez-vous me parler de Leah, alors ? Je n'arrive pas à comprendre comment elle a atterri à Toms Brook — et seule, de surcroît. Vous en souvenez-vous ? Qu'est-il arrivé à son mari ? Pourquoi n'était-il pas avec elle ?

Aubrey secoua la tête.

— C'est difficile à dire. Vers la fin, voyez-vous, personne ne s'en est sorti indemne. Les gens allaient et venaient, les pouvoirs publics envoyaient des agents pour menacer les habitants et leur acheter de force leurs propriétés. J'étais bien assez occupé à essayer de trouver moi-même un moyen de rester. Nous n'étions pas si proches les uns des autres, vous savez. Du jour au lendemain, les gens s'en allaient sans crier gare et personne n'entendait plus parler d'eux. Ils partaient à droite ou à gauche, chacun de son côté.

Il haussa ses frêles épaules.

— Du jour au lendemain.

Calée dans son siège, Kendra réfléchit. Elle avait en face d'elle un véritable expert en récits du passé — sauf qu'elle n'arrivait pas à lui faire raconter ce qu'elle voulait savoir. Elle se rendit compte qu'elle l'avait interrogé sur l'essentiel avant de le mettre en confiance. Le caractère personnel de sa démarche lui avait fait commettre une erreur.

— Ma foi, c'est bien dommage, dit-elle. J'ai l'impression que Leah voulait transmettre un message à Isaac, mais je crois qu'elle souhaitait aussi qu'il la connaisse un peu mieux.

— C'est possible, admit-il.

— Y a-t-il encore des Blackburn ou des Spurlock ? Des gens qui l'auraient bien connue ? Ou leurs descendants ?

— Je ne saurais le dire. Tant de gens ont disparu, à présent.

Là encore, elle se heurtait à un mur. Un véritable rempart de mystère qu'il dressait entre eux, si haut qu'elle craignit de ne pouvoir jeter le moindre coup d'œil par-dessus.

Elle changea encore de tactique.

— Sur la carte que j'ai vue à l'accueil du Parc national, la ferme la plus proche de celle des Spurlock appartenait à la famille Cade. Se pourrait-il qu'il y ait encore des Cade dans le monde des vivants ?

— Voilà enfin une question à laquelle je peux répondre.

Kendra l'encouragea d'un sourire.

— Oui ?

— Ceux de ma génération sont tous morts, mais il reste leurs descendants. Puss Cade était la meilleure amie de Leah. Voyez-vous, quand Leah et Jesse se sont mariés, ils ont repris la ferme des Blackburn. Ainsi, c'est chez Leah qu'ils se sont installés, pas chez lui. Et la ferme des Cade se trouvait pratiquement à mi-chemin entre celle des Blackburn et la propriété des Spurlock. Plus tard, Puss s'est mariée, et sa fille, Prudence, est encore en vie. Elle s'appelle Prudence Baker, maintenant ; elle habite du côté de Flint Hill. Elle ne vient pas à ces réunions.

Kendra commença à reprendre espoir.

— Je vais essayer de la trouver.

— Il y a des gens qui ont été relogés dans ce coin-là. Sa famille faisait partie du groupe.

— Il se pourrait que Puss ait parlé de Leah à sa fille.

— C'est bien possible, vu comme elles étaient proches, ces deux-là.

— Pourriez-vous m'en dire un peu plus sur Leah, Aubrey ? Des choses dont vous vous souvenez ?

— Oh ! je n'ai rien oublié du passé !

Elle n'en doutait pas un instant. Aubrey se rappelait sûrement bien plus de choses qu'il ne lui en disait. Elle décida de glaner un maximum d'informations, ne serait-ce que des détails.

— Pourquoi Jesse et Leah se sont-ils installés chez elle ? Je n'ai vu aucun Spurlock sur le patchwork de Leah. Et ils étaient les seuls de ce nom sur la liste des habitants que le garde forestier m'a donnée.

— C'est tout simple. Les Spurlock, c'était l'une des plus anciennes familles de Lock Hollow. Ils avaient beaucoup de bonnes terres et une maison dont ils pouvaient être fiers. Les Blackburn se débrouillaient tout aussi bien, du reste. Mais Essie Spurlock, elle n'arrivait pas à avoir de garçon. Ils avaient déjà cinq filles et tout le monde pensait que le nom allait s'éteindre quand Jesse est né. Essie et Grove étaient aux anges. Ensuite, Grove est mort, et Essie s'est remariée avec Luther Collins.

En effet, Kendra avait vu le nom de Collins sur la liste du garde et sur le patchwork.

— Tout s'explique, dit-elle avec un hochement de tête.

— La maman de Jesse et son nouveau mari sont restés à la ferme Spurlock. Jesse en aurait sûrement hérité un jour, mais quand il s'est marié, Leah et Birdie venaient de perdre leurs parents, emportés par la fièvre typhoïde. Elles étaient donc toutes seules chez elles.

— Il semblait donc logique que Jesse reprenne la ferme des Blackburn tant que sa propre mère et son beau-père étaient encore en vie, j'imagine.

— Exactement. Leah avait hérité de tout, vous savez. Ses parents savaient bien que s'ils venaient à mourir, Leah veillerait toujours sur sa sœur aînée.

— Vous disiez que Birdie était handicapée ?

— Elle avait eu la polio. Vous ne pouvez pas vous imaginer ce que ça représentait, à l'époque. Mais même aujourd'hui, si vous allez en Inde ou en Indonésie, vous vous apercevrez que c'est une maladie qui continue à sévir.

Une fois encore, Kendra put constater qu'elle avait affaire à un homme intelligent et bien informé.

— Pourriez-vous me décrire un peu Leah et Jesse ? lui demanda-t-elle. Et Birdie ?

Aubrey croisa les bras sur ses bretelles rouges et ferma les yeux. Kendra crut un instant qu'il allait invoquer la fatigue pour s'arrêter là. Mais il esquissa un sourire.

— J'habitais aussi le hameau, vous savez. Et j'avais une très bonne vue, à l'époque.

— Je m'en doute bien. J'attends la suite de l'histoire avec impatience.

Il sourit de nouveau.

— Tant mieux, parce que quand je me mets à parler…

20

Ferme Blackburn
Lock Hollow, Virginie
18 février 1934

« Ma chère Puss,

» Je ne vois pas pourquoi le médecin de la résidence, à Skyland, n'arrive pas à guérir les rhumatismes de miss Lula. Ce n'est vraiment pas difficile à soigner et c'est dommage qu'elle soit si souvent patraque. Ça prouve bien que tout ce qu'il lui donne pour éliminer le mal ne sert à rien, je n'ai pas besoin d'avoir fait autant d'études que lui pour le savoir.

» Je t'envoie des baies séchées de phytolacca (raisin d'Amérique). Elle peut en prendre une par jour et aller jusqu'à six, si ça ne la fait pas vomir. Qu'elle crache les graines si elle y arrive ; il ne faut surtout pas les mâcher car dans ce cas, elles sont toxiques. Le fruit frais serait plus efficace, mais on ne peut pas en trouver avant l'été. L'écorce de saule blanc calme aussi la douleur. Tu sais comment l'utiliser. Je t'en ai mis aussi un peu dans un sachet, sous forme de poudre.

» Malheureusement, je ne connais aucun remède pour éloigner les pouvoirs publics de nos montagnes. Je trouve extrêmement regrettable que l'Etat vienne nous déposséder de nos terres. J'aimerais bien que tu reviennes ici.

» L'amie qui se languit de toi,

Leah Spurlock. »

*
* *

Un an après son mariage, Leah avait deux soucis majeurs. Elle s'inquiétait d'abord de n'être toujours pas enceinte. Au début, elle espérait ne pas avoir de bébé trop tôt. En soignant les gens du voisinage, elle avait pu constater l'état de fatigue des mères de famille nombreuse. Mais un an avait passé sans que son ventre s'arrondisse, et elle commençait à se poser des questions.

Sa seconde appréhension était plus insidieuse et vraisemblablement encore moins susceptible d'aboutir à un dénouement favorable. La décision d'aménager un Parc national dans les montagnes de Virginie semblait se concrétiser rapidement, malgré toutes les raisons qu'on pouvait lui opposer.

Le pays était dans un état lamentable. Dans les villes, les gens faisaient la queue pour avoir du pain. Des ex-millionnaires se jetaient par les fenêtres des gratte-ciel et leurs veuves allaient vendre des pommes au coin des rues. Des familles pauvres vivaient dans des caves. Le président Hoover, qui s'était fait construire une somptueuse résidence sur les hauteurs du fleuve Rapidan, avait été destitué de ses fonctions et le nouvel élu, Franklin Delano Roosevelt, semblait plus résolu à améliorer la situation des petites gens. Mais en quoi le fait d'abandonner leurs fermes de montagnards aux cerfs et aux vautours pourrait-il rendre service à quiconque ?

Quelques familles conscientes que la création d'un parc n'était plus une chimère pensaient qu'on les autoriserait néanmoins à rester sur leurs terres. Certains en avaient même reçu l'assurance. Et qui pourrait chasser de leur domicile plus d'un millier de personnes, simplement pour permettre aux arbres de pousser librement ?

Toutefois, il devenait de plus en plus évident que leur avenir et leurs exploitations étaient menacés. Quelques agriculteurs avaient déjà plié bagage, acceptant l'inévitable. La superficie initialement prévue pour le parc avait été réduite, mais Lock Hollow se trouvait toujours de justesse à l'intérieur du périmètre.

Ses habitants ne pouvaient plus ignorer le fait qu'ils allaient bientôt subir un bouleversement radical.

En février, Leah était en train de confectionner des tartes aux myrtilles avec Birdie quand Jesse entra en coup de vent, faisant pénétrer avec lui une bouffée d'air glacial. Cette année-là n'avait apporté la prospérité à personne mais au cours de l'été, comme pour compenser les déboires, la récolte des myrtilles avait presque triplé de volume. L'une de ces tartes était destinée à une vieille dame qui vivait toute seule sur un sommet voisin.

— Ça y est, ils ont commencé pour de bon, cette fois.

Leah s'essuya les mains sur son tablier et vint prendre la veste de Jesse et sa musette. Il s'était absenté toute la journée pour aider les Cade à réparer leur toit endommagé par la chute d'un arbre, lors du dernier orage.

— La neige approche, annonça-t-elle. Je la sens déjà dans l'air. Je suis contente que tu sois rentré avant qu'elle se mette à tomber.

— J'aurais mieux fait de ne pas bouger d'ici, tiens !

— Pourquoi ? De quoi est-ce que tu parles ?

Jesse s'assit sur le tabouret de la cuisine et ôta ses bottes qui avaient grand besoin d'être remplacées — comme la plupart de ses vêtements, du reste. En temps normal, Leah était payée pour les soins qu'elle prodiguait aux malades et les remèdes qu'elle confectionnait grâce aux recettes léguées par sa mère. Jesse vendait du bois de charpente, ainsi que le maïs qu'il récoltait et les pommes des vergers des Spurlock et des Blackburn. Birdie elle-même confectionnait des couvre-lits en patchwork qu'on pouvait acheter chez Grayling.

Mais ces temps-ci, les gens se débrouillaient avec ce qu'ils avaient et l'été précédent, Jesse avait discrètement vendu son maïs à une distillerie de Free State Hollow. Bien que la prohibition eût pris fin depuis quelque temps, l'eau-de-vie de maïs était encore ce qui rapportait le plus et le moyen le moins cher de transporter la récolte à travers le pays.

— Les pouvoirs publics ne reconnaîtront aucun titre de propriété provenant de l'Etat de Virginie tant que nous n'aurons pas tous quitté nos terres, expliqua Jesse. Ils vont donc venir nous déloger, maintenant — tous, jusqu'au dernier.

Leah jeta un coup d'œil sur Birdie qui regardait par la fenêtre comme si l'entrelacs des branches nues qui se découpait sur le ciel en train de s'obscurcir avait été plus important que leur conversation.

— Jesse, dit Leah en baissant la voix, où en sont les procès en cours ? N'est-ce pas aux tribunaux de décider s'ils ont le droit de faire ça ?

— Tu n'as pas écouté. Je te dis qu'ils ont déjà commencé : ça y est !

— Il va vraiment falloir partir ? Ils peuvent nous expulser ?

— Qu'ils essaient, et il va y avoir de la bagarre dans le coin. Tu sais ce qui va se passer.

— Non, s'il te plaît !

Elle posa une main sur son bras.

— Tu n'as rien à gagner en te mettant hors la loi.

— Ils disent qu'ils vont venir très bientôt pour évaluer chaque exploitation du hameau. Tu crois qu'ils pourraient nous dédommager d'une telle perte ? Ma famille est installée ici depuis trois générations, au moins — et la tienne aussi. Ces montagnes sont à nous : nous les avons payées avec la sueur et le sang de ceux qui nous ont précédés.

Leah ressentait la même chose. Il était scandaleux que les pouvoirs publics puissent entrer chez eux, calculer la valeur de leurs biens et prétendre leur donner assez d'argent pour qu'ils puissent s'installer ailleurs. Comment pouvait-on mettre dans ses bagages autant de souvenirs ?

— Il faut entendre ce qu'ils racontent sur nous, en bas.

Jesse se mit debout et se dirigea vers la grande pièce où le poêle à bois répandait une bonne chaleur.

— Ils disent que nous ne sommes rien qu'une bande de péquenauds ignorants, et qu'en partant d'ici, nous pourrons nous instruire, apprendre à nous servir d'une fourchette, à dire « s'il vous plaît » et « merci ». Comme si nous ne le faisions pas déjà ! Selon eux, nous nous rendrons compte un jour de la chance que nous avons eue d'être expropriés.

Leah le suivit.

— Je ne connais pratiquement personne qui n'enverrait pas ses enfants à l'école chaque jour si c'était possible.

— Ce n'est pas ce que disent les journaux. Ils affirment qu'il n'y a pas assez d'écoles parce que nous n'en voulons pas. Ce n'est pourtant pas faute d'avoir demandé à la préfecture de faire quelque chose !

— Pourquoi mentent-ils comme ça ?

Au lieu de se réchauffer les mains au-dessus du poêle, Jesse alla prendre le pistolet sur le linteau de la cheminée. Il appartenait à son père qui l'avait rapporté du front après la guerre de 14-18, avec ses médailles militaires et un casque à pointe autrichien. Tous ces objets semblaient être maintenant à leur place chez eux, tels des témoignages du passé. Mais en voyant l'arme dans sa main alors qu'il était en colère, Leah frissonna malgré elle.

Il régla le viseur du canon, le pointa vers une fenêtre.

— Pour pouvoir nous chasser plus facilement de chez nous, voilà pourquoi. Les gens réfléchissent aussi, en ville ; ils pourraient nous plaindre et essayer d'empêcher la création du parc. Mais là, ils vont avoir l'impression qu'on nous rend service.

— Si ça se passe comme ça, où irons-nous ?

— Aubrey va passer après le dîner.

Aubrey Grayling et Jesse étaient inséparables. Depuis son mariage, Jesse continuait de voir fréquemment son ami. Leah aimait bien Aubrey, même si quelquefois, comme n'importe quelle jeune mariée, elle aurait préféré avoir son homme rien que pour elle. Mais Aubrey était intelligent et de bonne compagnie. Ses parents l'avaient envoyé vivre quelques années chez des cousins, à Luray, pour qu'il fasse des études secondaires, et il lisait tout le temps.

Leah posa la main sur l'épaule de Jesse, et il laissa retomber son bras armé.

— Laisse-nous terminer ces tartes aux fruits et nous débarrasserons la table pour dîner. Si tu allais t'asseoir près du poêle en posant les pieds sur un tabouret ?

Elle le regarda remettre le pistolet à sa place et se laisser tomber dans le fauteuil à bascule. A en juger par son expression, il en avait toujours aussi gros sur le cœur.

— Il est très anxieux, murmura-t-elle à l'oreille de Birdie. Et du coup, ça m'inquiète aussi.

— Jesse ne permettrait pas qu'il arrive quoi que ce soit, dit Birdie. C'est Dieu qui l'a envoyé pour s'occuper de nous.

— Tu ne crois pas que Dieu aurait pu l'envoyer pour nous aider à faire nos bagages et partir ?

— Si telle était Sa volonté… mais ce n'est pas le cas.

Leah aurait aimé avoir une foi aussi solide que celle-là, mais elle n'était pas rassurée. Elle s'était rarement aventurée au-delà de leur montagne. Sa mère avait eu l'intention de l'envoyer suivre une formation d'infirmière à Hagerstown, dans le Maryland, mais la Dépression l'avait empêchée de faire les économies nécessaires. Leah avait rêvé d'étudier davantage et, surtout, de voir un peu le monde.

Elle imagina un instant la vie qu'ils pourraient mener ailleurs. Jesse ne manquait ni de courage ni d'intelligence ; il pouvait trouver du travail, même si les pouvoirs publics ne leur donnaient pas assez d'argent pour acheter une autre ferme. En partant d'ici, elle pourrait peut-être enfin passer son diplôme d'infirmière. Tous les trois ensemble, pourquoi ne pourraient-ils pas mener une existence agréable ? Et leurs enfants — s'ils en avaient un jour — pourraient suivre plus facilement des études.

— Ce serait une vie différente, dit-elle à sa sœur. Mais pas forcément pire que celle-ci.

— Tu ferais mieux de ne pas parler comme ça devant Jesse, dit Birdie. Il compte bien rester ici et tu n'as pas intérêt à lui casser les pieds en disant le contraire.

Leah se demanda si sa sœur avait raison. En tout cas, ils devraient se préparer, au cas où on les obligerait à partir. Pour cela, il ne s'agissait pas seulement d'emballer leurs affaires et de remplir des cartons. Encore fallait-il envisager les bons côtés de la situation pour y puiser du courage.

Comme si Birdie cherchait à réconforter Jesse, le dîner fut encore meilleur que d'habitude. Le pain de maïs tout chaud était garni de petits lardons et il y avait un bon plat de « Poke Salit[1] » cuisiné aux oignons du jardin et garni de morceaux de viande. La tarte aux myrtilles fut servie avec de la crème fouettée joliment décorée à la fourchette.

— Tu nous fais de si bonnes choses à manger, Birdie, que personne ne pourrait imaginer ce qui se passe dans ce pays, lui dit Jesse.

La jeune fille sourit.

— Un gars qui travaille aussi dur que toi doit bien manger, et souvent, dit-elle.

Leah savait que Birdie essayait seulement de remonter le moral de Jesse, mais le compliment lui parut un peu trop appuyé. Elle aida sa sœur à débarrasser et à faire la vaisselle, et elle sortit à deux reprises puiser de l'eau à la pompe. En réalité, elle voulait regarder le ciel pour voir si la neige arrivait. Elle en sentait l'odeur et le goût dans l'air du soir. Un frémissement courait sur sa peau et ses joues et son nez rougissaient déjà de plaisir autant que de froid.

Elle n'avait pas entendu la porte s'ouvrir et se refermer. Au moment où elle distinguait un bruit de pas, les bras de Jesse l'enlacèrent.

— Il te faut vraiment toute cette eau pour laver quelques assiettes ?

Elle s'appuya contre lui, heureuse pour la première fois depuis qu'il était rentré.

1. *Poke Salit* : Plat de légumes à base de feuilles de Phytolacca, une plante que l'on trouve principalement en Amérique du Nord et du Sud, et dont les baies noires contiennent une substance toxique (à forte dose). A très faible dose (et dans l'homéopathie, notamment), elle a été traditionnellement utilisée comme anti-inflammatoire. *(N.D.T.)*

— Nous avons pas mal cuisiné pour dîner, afin que tu puisses manger *bien et souvent*.

Il rit doucement et la serra plus fort contre lui.

— Ce n'est pas la seule chose que j'ai envie de faire bien et souvent.

— Pour ce qui est de le faire souvent, je peux en attester. On dirait que tu ne peux pas me laisser souffler, Jesse Spurlock.

Il rit de nouveau et la fit pivoter vers lui.

— Et tu préférerais que je te laisse souffler ?

Elle l'embrassa en guise de réponse.

— Pour ce qui est de le faire bien…

Elle recula d'un pas afin de voir son visage à la clarté de la lune.

— Ça dépend si tu es pressé ou pas.

— C'est pour ça que je tiens à le faire souvent. Pour être moins pressé.

— Ah bon, voilà l'explication !

Leah sourit puis reprit son sérieux.

— J'aimerais aussi que tout ce « bien et souvent » fasse de moi une future maman.

— Ne te tracasse donc pas pour ça. C'est une bénédiction de ne pas être encombré d'un enfant dès le début du mariage. Et avec cette menace au-dessus de nos têtes, à propos du parc…

Elle regretta de lui avoir fait cet aveu. Ce moment magique en était gâché.

— Ecoute, Jesse, quoi qu'il arrive, nous pouvons compter l'un sur l'autre, tu le sais bien. Ensemble, nous sommes capables d'affronter n'importe quoi. Où que nous allions, nous vivrons heureux, j'en suis sûre.

— Ma place est ici, pas ailleurs.

Il avait dit cela sur un ton sans réplique, avec une conviction absolue.

Du reste, ils n'eurent pas le loisir d'en discuter. Une lumière venait d'apparaître au coin de la grange : celle d'une lanterne qui approchait rapidement.

— Ça doit être Aubrey, dit Jesse. Il est allé souper chez les Cade.

— Il passe pas mal de temps chez eux. Tu crois qu'il s'intéresse à Mary ?

Mary était la sœur cadette de Puss. Pour sa part, Puss nettoyait les chambres à la résidence hôtelière de Skyland depuis que son frère qui habitait Stanardsville s'était remarié. Elle avait un jour de congé par semaine, mais ça ne lui laissait pas le temps de rentrer chez elle.

— Il n'a jamais parlé de Mary, dit Jesse. J'ai plutôt l'impression qu'il laisse croire ça pour se faire offrir un bon repas de temps en temps.

Aubrey avait perdu sa mère deux ans plus tôt. Il n'aimait pas cuisiner et rien ne lui plaisait davantage qu'un bon dîner préparé à la maison. Birdie lui confectionnait régulièrement des petits plats. Leah se demanda s'il ne finirait pas par épouser sa sœur, un de ces jours. Ainsi, les deux amis deviendraient beaux-frères et ils passeraient encore plus de temps ensemble. Jusqu'ici, toutefois, ni Aubrey ni Birdie ne semblaient y songer eux-mêmes.

Leah rentra, laissant Jesse accueillir son ami. Elle versa de l'eau dans la bassine afin de terminer la vaisselle. Birdie s'était retirée dans la chambre qu'elles partageaient naguère, probablement pour continuer à coudre son dernier patchwork.

Leah essuyait les assiettes quand Aubrey arriva avec Jesse.

— Je suppose que tu vas bien ? lui dit Aubrey en ôtant son couvre-chef.

— Je suis contente de te voir, Aubrey. Donne-moi ton chapeau et ta veste.

Elle les prit et alla les accrocher à une patère.

— Il reste de la tarte aux myrtilles pour dessert. Tu en veux une part ?

Aubrey refusa, expliquant qu'il avait repris deux fois du gâteau aux pommes chez les Cade.

— Bon, eh bien, je vais aider Birdie à finir son patchwork, dit-elle, laissant les deux hommes à leur conversation.

— Il vaudrait mieux qu'elle reste, dit Aubrey à Jesse. Ces terres sont à elle, après tout.

Leah regarda son mari, qui acquiesça d'un bref signe de tête.

— C'est vrai. Cette exploitation t'appartient. Quand ils viendront nous annoncer le montant de leur estimation, c'est à toi qu'ils voudront parler.

Leah fut contente de pouvoir rester. Ainsi, elle n'aurait pas à lui tirer les vers du nez pour savoir ce qu'ils s'étaient dit. Ils s'assirent autour du poêle à bois, Aubrey et Jesse dans des fauteuils à bascule, Leah sur le canapé en velours que son père avait apporté dans une carriole tirée par des ânes pour l'offrir à sa mère.

— Voilà ce que j'ai appris..., commença Aubrey.

Ça devait être très important, songea Leah, car il était tout à fait inhabituel de la part d'un visiteur d'aller droit à l'essentiel.

— ... et les nouvelles sont loin d'être bonnes, hélas !

— Epargne-nous les commentaires, qu'on en finisse ! maugréa Jesse d'une voix tendue.

— L'Etat a déjà décrété l'expropriation, et les tentatives de recours devant les tribunaux ont échoué pour le moment. Bref, ils disent maintenant que toute la contrée leur appartient et qu'il ne nous reste plus qu'à dégager les lieux au plus vite. Ils promettent de dédommager correctement les gens et même de les aider à s'installer dans un endroit similaire où ils reprendront leurs activités. Ils achèteraient des terres pour nous réinstaller.

Jesse secoua la tête avec amertume.

— Je croyais que la montagne ne nous valait rien ! A moins que d'autres montagnes, quelque part, soient plus bénéfiques que celle-ci.

— Il est inutile d'essayer de comprendre ou de croire au bien-fondé de leurs arguments, répondit Aubrey. C'est une situation légale. L'Etat de Virginie aura toujours réponse à tout. Maintenant que l'arrêté d'expropriation est prononcé, ils peuvent affirmer qu'un cochon est une vache et nous n'aurons qu'à nous incliner. Ils vont prétendre que les terres ne valent pas grand-chose. Et ils auront raison puisque rien n'a de valeur en cette période de crise économique. Ils les veulent pour développer le tourisme, mais ils ne les évalueront pas sous cet angle-là. En admirant un panorama, personne ne songe à sa valeur marchande.

— Qu'est-ce qui va se passer, alors ? demanda Leah en regardant Aubrey, plutôt que Jesse.

— Ils sont dans la légalité : nous avons donc intérêt à agir dans un cadre légal. Il va falloir nous regrouper, tous les habitants du hameau, et engager quelqu'un pour nous représenter. Nous verrons d'abord s'il reste un recours possible devant les tribunaux, histoire de gagner du temps. Car il ne faut pas se faire d'illusions : ils nous expulseront de toute façon, alors mieux vaut essayer d'obtenir tout ce que nous pourrons avant qu'il ne soit trop tard.

— Ça va revenir cher, non ? Personne n'a d'argent de côté, par ici.

— Oh ! c'est bien là-dessus qu'ils comptent ! dit Jesse. Ils vont faire exactement comme l'a dit Aubrey. Ils savent très bien que nous n'avons pas un sou pour prendre un avocat.

— Je m'occupe de ça, dit Aubrey. Il faut juste que je sache si vous êtes avec nous.

— Nous ?

— Les Cade, ta maman et Luther Collins.

Il ajouta quatre autres familles du coin.

— Tu as parlé à tout le monde ?

— Oui. Ils sont tous passés au magasin, cette semaine.

Jesse se leva pesamment.

— Ils baissent les bras, comme ça, et c'est tout ?

Aubrey se leva à son tour.

— Baisser les bras, qu'est-ce que ça veut dire ? On s'efforce de trouver un moyen d'obtenir le meilleur dédommagement possible. Il ne s'agit pas de savoir si tu es d'accord ou pas, Jesse. Ce n'est pas parce que tu diras qu'ils n'ont pas le droit de faire ça qu'ils ne le feront pas. Tout le monde, par ici, sait bien que tu es le dernier Spurlock de Lock Hollow, mais quand ils se pointeront avec leurs camions et leurs fusils en nous ordonnant de dégager, ça ne servira à rien de le leur dire. Ça ne leur fera ni chaud ni froid.

Leah vit son mari serrer les poings. D'ordinaire, Jesse savait se contrôler, même s'il avait le sang chaud. Le fait qu'il s'en prenne à Aubrey prouvait combien il se sentait désemparé.

Elle se plaça entre les deux hommes et leva les bras.

— Allons, vous vous êtes toujours battus dans le même camp, tous les deux. Il n'y a aucune raison pour que ça change. Aubrey, tu nous as annoncé tes nouvelles. A ta place, je reprendrais ma veste et mon chapeau et je partirais avant que la neige commence à tomber. Il nous faut un peu de temps pour réfléchir. Tu peux comprendre ça, n'est-ce pas ?

Aubrey parut vouloir dire quelque chose, puis il se ravisa, haussa les épaules et alla chercher sa veste. Quand Jesse fit un pas vers lui, Leah le retint par le bras.

— Laisse-le partir, dit-elle à mi-voix, ou tu iras dormir près du feu, cette nuit.

Sur le pas de la porte, Aubrey se retourna.

— Je n'ai pas l'intention d'en rester là. Si vous êtes partants, on sera contents de vous avoir avec nous.

La porte se referma derrière lui.

Leah se détendit enfin.

— Qu'est-ce qui t'a pris de lui foncer dessus comme ça ? Il était là pour nous aider.

Jesse repoussa sa main d'un geste brusque.

— Pour nous aider ? Il n'y aurait pas assez d'argent dans tout le pays pour payer ce que ces terres et celles des Spurlock représentent pour nous.

— Et le fait de te bagarrer avec Aubrey y changerait quelque chose ?

Il ne répondit pas.

— Il y a des choses auxquelles nous ne pouvons rien, reprit Leah. Le mois dernier, j'ai fait tout ce que je pouvais pour cette pauvre Mary Hamm, là-haut, du côté de Stony Man, et ça n'a servi absolument à rien. Elle est morte pendant que je lui épongeais le front. Elle a rendu l'âme près de moi et j'ai compris que j'aurais pu faire des pieds et des mains sans y changer quoi que ce soit. Tu dois admettre que, parfois, on doit renoncer même aux choses que l'on veut de toute ton âme.

Il se tourna vers elle et la dévisagea d'un air sombre.

— Si c'est moi que tu veux, dit-il enfin, je vais dormir là-bas, près du feu. Il y fera plus chaud que dans ton lit.

Elle mit les poings sur ses hanches.

— Ce sera parfait. Et pendant que tu y es, tu devrais faire rentrer l'un des chiens pour te tenir compagnie.

Sur ce, elle pivota et le laissa méditer ses paroles. Mais une fois dans la soupente, elle s'attarda longtemps à la fenêtre, en chemise de nuit, incapable de supporter l'idée de dormir sans lui.

21

Dusty commençait à manifester quelque intérêt pour sa maîtresse. Kendra sentait les yeux du chiot la suivre quand elle se déplaçait dans la chambre. Si elle entrait dans la penderie, Dusty s'approchait en rampant pour s'assurer que Kendra n'avait pas disparu. Plutôt que d'exposer le pauvre animal à la fureur du chat, elle avait pris l'habitude de laisser Dusty en liberté dans le passage couvert, le « dogtrot », quand elle vaquait à ses occupations. Comme pour confirmer le bien-fondé de cette appellation, Dusty trottinait de long en large derrière la porte pendant tout le temps que Kendra passait dans le séjour.

Ten, en revanche, continuait à se cacher. Mais à en juger par la rapidité avec laquelle les écuelles se vidaient, il avait de l'appétit. Pas une seule fois, il n'essaya de se précipiter vers la porte, mais la pelote d'herbe compressée qu'elle lui avait achetée n'était jamais au même endroit quand elle entrait dans la pièce.

Elle avait l'impression de devenir psychologue pour animaux. Peut-être ne parviendrait-elle pas à psychanalyser Ten et Dusty, mais elle aimait leur présence.

Le samedi matin, elle prit la voiture avec Dusty et, tout en s'engageant sur la route, au bout de l'allée, elle lui exposa ses projets.

— Bon, écoute, je vais t'emmener dans le salon de toilettage. C'est une charmante dame qui a trois chiens à elle. Comme elle a beaucoup à faire, tu vas passer la nuit chez elle. Ainsi, elle pourra prendre son temps. Une fois qu'elle t'aura lavée, peignée et qu'elle aura démêlé tous ces nœuds dans ton pelage, je pourrai peut-être assurer l'entretien courant. Enfin bref, je reviendrai te chercher.

Elle marqua une pause, puis conclut :

— Aussitôt après le départ d'Isaac, demain soir.

Il n'était sans doute pas indispensable d'expliquer à la chienne que c'était surtout à cause d'Isaac qu'elle la laisserait là-bas cette nuit. Pour le moment, elle souhaitait encore cacher à son mari la présence du chien, préférant lui laisser croire qu'il était le seul à pouvoir obtenir d'elle ce genre de sacrifice.

Elle jeta un coup d'œil sur la chienne. Dusty avait les yeux fermés.

— Tu as l'air drôlement inquiet, à ce que je vois.

La toiletteuse était une jolie jeune femme brune, mère de deux petits garçons qui tentèrent vainement de décider Dusty à jouer avec eux.

— Son bilan de santé est excellent, mais c'est le type même du chien apathique, expliqua Kendra.

La jeune femme tendit la main à Dusty et la lui fit renifler.

— J'ai déjà vu ce comportement. Une fois habitué à sa nouvelle vie, cet animal sera un bon compagnon. Les chiens sont comme les gens. S'ils voient que ça ne sert à rien, ils n'insistent pas.

— J'ai aussi un chat qui aurait besoin d'une thérapie.

— Le moins qu'on puisse dire, c'est que vous ne risquez pas de vous ennuyer !

Quand elle s'éloigna, Kendra crut remarquer que Dusty avait l'air plus triste. Ce n'était pas facile à dire, cependant. Elle espéra que les maigres progrès qu'elles avaient faits ne seraient pas réduits à néant.

La veille au soir, elle était passée chez les Claiborne pour leur rappeler qu'elle comptait emmener Caleb à la kermesse. Marian lui avait confié que le garçon ne s'était toujours pas fait d'amis au collège. Bien qu'impressionnés par sa maturité et son intelligence, ses professeurs s'inquiétaient car bon nombre de brillants élèves finissent par décrocher s'ils n'arrivent pas à s'intéresser à ce qui se passe autour d'eux.

Aujourd'hui, Kendra avait des projets pour lui.

Il l'attendait devant la porte quand elle arriva. Marian sortit de la maison en s'essuyant les mains sur son tablier.

— Vous avez de la chance : il fait un temps magnifique. Nous allons souper chez mon fils aîné, ce soir. Est-ce que Caleb sera de retour ?

— Je le ramènerai après le déjeuner.

Marian donna une petite tape sur l'épaule de l'adolescent.

— Prends-nous quelques belles photos, fiston. Je compte sur toi, puisque nous ne pouvons pas y aller.

Kendra remarqua le « fiston » et se demanda comment Caleb prenait ça. Sans doute Marian souhaitait-elle ardemment que Caleb devienne un véritable fils, au sens le plus profond du terme. Ron et elle l'avaient accueilli dans leur maison, dans leur vie et, de toute évidence, dans leurs cœurs. Le reste ne dépendait que de lui.

— Tu as déjà pris des photos ? demanda la jeune femme quand il fut installé à l'avant.

La dernière fois qu'elle lui avait posé la question, il avait répondu avec une gravité attendrissante qu'il devait d'abord lire la notice et bien comprendre les instructions avant de se lancer. Elle savait qu'il craignait de faire une bêtise.

— Quelques-unes, dit-il.

Kendra fut soulagée.

— Et qu'est-ce que ça donne ?

— Je n'ai pas pu les voir sur l'ordinateur de M. Claiborne.

— Apporte-les chez moi la semaine prochaine : on les chargera et tu pourras admirer ton œuvre. En plus, tu auras toutes celles d'aujourd'hui.

— Qu'est-ce que vous voulez que je prenne en photo ?

— Tout ce que tu voudras. Tout ce que tu trouveras intéressant.

— Je dois pouvoir faire ça, j'imagine, murmura-t-il sans grande conviction.

Kendra ne savait pas comment lui venir en aide. Il fallait espérer qu'un outil tel que l'appareil photo le rapprocherait des gens et lui donnerait un peu d'assurance…

Il y avait un monde fou aux abords du site. Kendra se gara sur le bas-côté de la route derrière une longue file de voitures, à quelque distance de l'église. Pour les gens des environs, la kermesse était manifestement la grande attraction du début de l'été.

— Tu peux aller faire un tour de ton côté, si tu veux, dit-elle à Caleb. On se retrouve à l'entrée vers midi si jamais on s'est perdus de vue. Ce serait sympa de déjeuner sur place. Il doit y avoir un barbecue géant et tout un tas de bonnes choses.

A en juger par son expression, elle aurait aussi bien pu lui faire enfiler une combinaison de forçat et lui attacher un boulet au pied. Il resta avec elle aussi longtemps qu'ils marchèrent au bord de la route, mais dès qu'elle commença à échanger quelques mots avec des connaissances, il s'éclipsa discrètement et disparut dans la foule.

En voyant toute l'activité qui avait été déployée pour cette kermesse, Kendra regretta de ne pas s'être rendue plus utile. Le jeudi précédent, elle était passée pour aider à élaborer et imprimer les menus. Plus tard, elle avait passé quelques heures à remplir d'ail et d'oignons un robot de cuisine de taille industrielle pour les marmites de chili. Mais beaucoup de gens avaient travaillé durant des mois pour organiser cette fête.

Des tentes rayées avaient été dressées tout autour des pelouses. Kendra remarqua cependant que la précieuse roseraie de Sam avait été épargnée. A « La Casa Amarilla », l'ancien patronage qui abritait aujourd'hui un foyer rural principalement dédié à l'accueil des familles américano-hispaniques, un espace particulier avait été aménagé pour offrir des activités aux enfants.

La jeune femme dépassa divers stands de viennoiseries artisanales et s'arrêta un peu plus loin devant une petite table couverte de pots de confitures et gelées variées qui étincelaient comme des rubis et des améthystes sous le soleil de juin. Elle examinait l'étiquette d'une marmelade de fraises et de rhubarbe quand quelqu'un lui tapa sur l'épaule. Se retournant, elle reconnut Gayle Fortman, l'ancienne responsable du Foyer, une personne très impliquée dans l'activité paroissiale. L'adolescent très blond qui l'accompagnait lui ressemblait tellement qu'il ne pouvait être que son fils.

— J'ai appris que vous veniez à l'office du dimanche, dit Gayle, mais nos chemins ne s'étaient pas encore croisés.

— Effectivement.

Kendra sourit au jeune homme et lui tendit la main.

— Kendra Taylor. Je suppose que vous êtes le fils de Gayle ?

— Jared Fortman, dit-il en lui serrant la main.

Il avait le regard droit et les yeux gris clair de sa mère, une mâchoire carrée et une belle silhouette athlétique. Sans doute avait-il un succès fou auprès des filles.

Kendra ne connaissait pas très bien Gayle mais le peu qu'elle savait n'était pas pour lui déplaire. Agée d'une quarantaine d'années, cette maman de trois enfants avait aménagé des chambres d'hôtes dans sa propriété et participait à plusieurs associations locales. L'année précédente, quand Sam avait eu besoin du vote de confiance de ses paroissiens, c'était elle qui avait œuvré pour le lui faire obtenir.

Au bout d'un moment, Jared s'excusa et les quitta pour des activités plus palpitantes.

— Vos autres fils sont là ? demanda Kendra.

— Dillon est parti camper avec son groupe de scouts. Il a onze ans : c'est mon cadet. Noah, celui du milieu, doit être dans les parages avec Leon.

Kendra se rappela en avoir entendu parler : Leon était le fils unique d'un clerc alcoolique, qui le battait. L'année précédente, Gayle avait pris le garçon chez elle. Il devait avoir quatorze ou quinze ans et sans doute resterait-il chez les Fortman jusqu'au bac.

— J'ai un service à vous demander, déclara Kendra en prenant deux pots de marmelade et en se plaçant au bout de la file qui attendait à la caisse. Vous êtes en quelque sorte une spécialiste en adolescents…

— Moi qui rêvais d'avoir des filles ! Enfin, c'est la vie.

Kendra s'abstint de disserter sur l'injustice du sort en ce qui concernait la décision d'avoir des enfants ou pas, et elle résuma brièvement le parcours de Caleb.

Gayle hocha la tête.

— J'ai entendu parler de lui. Que devient-il ?

— Il a de bons résultats en classe, mais il reste beaucoup trop souvent seul. Il n'a sans doute jamais eu l'occasion de se faire des amis, et il ne doit pas savoir comment s'y prendre.

— Aimeriez-vous que j'en parle à mes garçons ? Noah est certainement le plus ouvert. Leon, lui, a quinze ans et demi, mais ce qu'il a vécu l'a rendu très sensible. Il veillera volontiers sur Caleb comme un grand frère et saura l'orienter vers les gens qu'il faut.

— Je n'en espérais pas tant. Merci infiniment.

— Essayons de voir où ils sont, si vous avez un moment.

— Je suis à vous tout de suite.

Elles flânèrent ensemble dans les allées, s'attardant au *Grenier de Grand-mère*, avec son assortiment de bijoux en ambre, ses porcelaines dépareillées et ses nappes du temps jadis. Gayle en acheta une au crochet pour recouvrir un guéridon dans l'une de ses chambres d'hôtes.

Elles admirèrent des stands de livres d'occasion, des éventaires de fleuristes et d'artisanat local. Plusieurs artisans proposaient des vêtements confectionnés pour les poupées folkloriques américaines. Il n'y avait que l'embarras du choix. Kendra acheta trois tenues de poupée qu'elle destinait à Hannah, pour son cadeau de Noël. Il ne lui restait plus qu'à trouver la poupée. Par la même occasion, elle se promit de faire expédier sa collection à Jamie dès le début de la semaine. Du coup, elle prit trois vêtements de plus.

Elles trouvèrent Noah Fortman et Leon Jenkins au stand photo. On pouvait s'y faire photographier derrière des célébrités en contreplaqué découpé et peint par une poignée de bénévoles.

Les candidats avaient le choix entre le général Stonewall Jackson et saint George terrassant le dragon — deux destins tout à fait comparables aux yeux des Méridionaux. Les femmes qui ne se sentaient pas inspirées par Stonewall pouvaient prendre la pose en Jeanne d'Arc ou Scarlett O'Hara. Il y avait aussi un super-héros à l'identité indéfinissable, l'artiste ayant probablement voulu éviter le risque de poursuites pour contrefaçon.

Personne n'attendait son tour, pour l'instant. Noah et Leon avaient été enrôlés pour recueillir des fonds à l'aide d'un appareil numérique impressionnant. Assis à une table de jeu, ils affichaient un air important. Ils se levèrent simultanément quand Gayle leur présenta Kendra. Elle leur exposa ensuite la situation le plus simplement possible, ayant manifestement réfléchi en chemin à la meilleure façon d'aborder le sujet.

— Si nous profitions de l'occasion pour proposer à Caleb d'utiliser l'imprimante photo ? suggéra Leon après avoir écouté attentivement. On aura besoin d'un coup de main, tout à l'heure, quand les gens vont commencer à arriver. Il suffira de lui montrer comment faire.

C'était une excellente idée, estima Kendra. Ce serait facile à expliquer à son protégé. Ainsi, elle pourrait le présenter tout naturellement aux deux autres.

— Vos fils sont des garçons charmants, dit-elle à Gayle avant de la quitter pour aller chercher Caleb. Vous les avez vraiment bien éduqués, votre mari et vous. Et Leon aussi. Je sais qu'il a traversé des moments difficiles.

— Eric est très rarement dans les parages.

Gayle salua de la main un couple qui lui faisait signe, sous le grand chapiteau blanc.

— Nous sommes divorcés depuis des années. Je prends donc le compliment pour moi.

Le nom que Gayle venait de prononcer intrigua Kendra.

— Eric Fortman ? Le journaliste de télévision ?

— Vous devez le connaître, bien sûr. Je n'avais jamais pensé à ça.

Kendra secoua la tête.

— Je ne le connais pas vraiment. Nous nous sommes trouvés plusieurs fois ensemble à des colloques.

Eric Fortman travaillait comme correspondant pour plusieurs chaînes d'actualités télévisées. Une certaine renommée d'intrépidité l'avait conduit à assurer des reportages dans les endroits critiques du monde entier. Aux dernières nouvelles, il était en Afghanistan avec un groupe de reporters pour essayer de retrouver la trace d'anciens membres des Talibans.

— On oublie rarement Eric quand on a fait sa connaissance, dit Gayle en souriant afin de montrer que sa remarque était dépourvue de malveillance. Pour ma part, j'en suis toujours incapable mais il est plus facile d'être une mère célibataire que d'avoir Eric pour mari.

Kendra fut épatée de la manière dont Gayle se débrouillait seule. Certains mariages exigeaient-ils trop de sacrifices pour justifier une quelconque persévérance ? se demanda-t-elle avec une pointe de mélancolie.

Une fois seule, elle se mit en quête de Caleb. Comme elle s'approchait de la tente qui abritait le buffet — la première destination quand on cherche un adolescent —, Helen Henry fit irruption sur son chemin. Elle portait un corsage à rayures bleues et vertes avec une jupe bleue et des chaussures à bride. Ses cheveux avaient été coupés récemment, et ils étaient joliment ondulés. Kendra aurait parié que sa fille ou sa petite-fille l'avait emmenée se faire belle en ville.

— Vous avez acheté vos tickets de tombola, pour le patchwork ?

Kendra avait aperçu de loin le fameux ouvrage au motif Fleur de Cactus, indiscutablement remarquable.

— Je vais en prendre un carnet : c'est promis.

— Evidemment, celui-ci n'est pas signé, comme ceux que vous aimez tant.

— Rassurez-vous, j'ai des goûts éclectiques.

— Avez-vous appris autre chose sur le vôtre ?

Kendra lui fit part de sa visite au parc et de son aller et retour à Luray pour assister à la réunion de l'association « The Way We Were ».

— Mazette, vous n'avez pas chômé ! dit Helen. A part ça, vous vous êtes un peu occupée de ces pièces d'étoffe dont je vous ai fait cadeau ?

Kendra se demanda comment lui répondre par la négative sans la froisser, et s'aperçut qu'il ne lui restait plus aucune échappatoire. Indiscutablement, Helen avait gagné la partie.

— Pas du tout, avoua-t-elle, mais il faudra m'apprendre.

— Voilà ce que je souhaitais entendre. Venez donc nous rejoindre au cercle de couture, mercredi matin. Et n'oubliez pas ces blocs. Pour le reste, nous avons tout ce qu'il faut.

Helen hocha la tête comme si l'affaire était entendue, et retourna vaquer à ses occupations.

— Elle a l'air ravi. Tu lui as dit quelque chose de sympa ?

Se retournant, Kendra vit approcher Elisa. Les deux amies s'embrassèrent et Kendra dut avouer qu'elle venait de renoncer à se battre pour esquiver les cours de patchwork.

Elisa n'eut pas l'air surpris.

— Je te verrai probablement là-bas mercredi, alors ! Elles m'ont enrôlée pour confectionner un nouvel ouvrage : un couvre-lit de bébé, pour la garderie paroissiale. Mais à mon avis, elles espèrent que nous en aurons l'usage un de ces jours, Sam et moi.

Kendra sentit sa gorge se serrer.

— Tu n'attends pas… ?

— Pas encore de bébé en vue, non. J'essaie toujours de passer mon internat. Cela dit, je ne rajeunis pas.

Elisa avait à peu près le même âge que Kendra. En matière de grossesse, le temps lui était compté. Passé quarante ans, ce serait tout de même moins évident.

— Nous aurons recours à l'adoption, le cas échéant.

Elisa suivit un instant des yeux son pasteur de mari qui venait de se joindre à l'équipe chargée du barbecue et commençait à déposer la viande sur un gril, les hanches ceintes d'un grand tablier noir.

— Et tu n'y verrais pas d'inconvénient ?

Elisa se retourna vers elle.

— Certainement pas. Du reste, nous sommes décidés à adopter des enfants, même si nous en concevons nous-mêmes. Il y a tellement de gamins malheureux sur terre, y compris dans mon pays d'origine !

Kendra songea au colonel Grant Taylor.

— Les enfants que vous adopterez auront bien de la chance.

— Non, c'est plutôt nous qui serons comblés. C'est une merveilleuse façon de fonder une famille.

Le message implicite ne pouvait échapper à Kendra : cette *façon de fonder une famille*, elle pourrait peut-être y réfléchir avec Isaac. Sauf qu'ils n'avaient encore jamais abordé la question, comme si les enfants étaient, entre eux, un sujet tabou.

Elisa la quitta pour aller aider son mari. Kendra vit Sam l'enlacer brièvement par l'épaule et déposer un baiser furtif dans son cou avant de se remettre au travail. Elle éprouva un petit pincement au cœur, regrettant de ne pas partager le même degré d'affection avec Isaac.

Elle partit à la recherche de Caleb, un garçon dont l'adoption avait été un échec. Seulement, pour Caleb, il était encore temps de corriger le tir. Contrairement à Isaac au même âge, Caleb avait autour de lui des personnes qui ne voulaient que son bien.

Kendra était en train de devenir l'une d'elles.

Ça lui faisait un drôle d'effet d'entrer dans le chalet sans Kendra. Isaac était arrivé à midi et demi, pensant qu'elle serait rentrée de la kermesse. A une heure moins dix, il était toujours seul sous l'auvent de la terrasse. Cette maison avait été celle de sa grand-mère et pourtant, il ne s'y sentait pas chez lui. Kendra en était devenue l'héritière de cœur, en quelque sorte, et il avait toujours l'impression d'être un intrus, ici.

Il consulta sa montre tout en hésitant sur la décision à prendre. Elle n'allait sûrement pas tarder à revenir ; c'était ridicule de l'attendre dehors. Il avait envie de voir Ten. Et aussi de boire un verre d'eau.

Conscient de se comporter comme un idiot, il alla chercher un sac en plastique dans sa voiture, puis regagna le chalet, entra dans le séjour et alla mettre le sac dans le réfrigérateur. Ensuite, il remplit un verre d'eau au robinet et le but tranquillement, adossé au plan de travail, tout en cherchant son chat des yeux. La veille, au téléphone, Kendra lui avait dit que Ten restait toujours caché sous les meubles, refusant de donner signe de vie. Isaac déplora de ne pas pouvoir raisonner l'animal. Il lui expliquerait que tout le monde, ici, ne voulait que son bien. Ils se serreraient la patte et Ten irait jeter un coup d'œil dehors pour découvrir le nouvel univers qui s'offrait à lui…

Comme par un effet de télépathie, Ten pointa le museau de dessous le canapé. Isaac retint son souffle, craignant de le faire de nouveau disparaître s'il esquissait le moindre geste.

Le chat l'observa un instant puis, sans le quitter des yeux, il se dirigea lentement vers l'écuelle placée à moins de deux mètres d'Isaac. Arrivé là, il jeta un coup d'œil sur le festin qui l'attendait, puis tourna encore la tête vers Isaac.

— Je ne vais pas te piquer ta bouffe, lui dit calmement Isaac.

Comme si le son de sa voix le rassurait, le chat baissa la tête et commença à manger. Une fois rassasié, il regarda de nouveau l'homme qui n'avait pas bougé d'un millimètre. Isaac s'assit très lentement sur ses talons et tendit la main. Pendant près d'une minute, ils s'observèrent avec l'intensité de deux chefs de bandes rivales. Puis Ten battit en retraite et se réfugia de nouveau sous le canapé.

— Petit à petit, on progresse.

Isaac se remit debout. Il ne comprenait que trop bien la nécessité de ne pas accorder sa confiance à tort et à travers.

S'il ignorait à quelle heure Kendra allait rentrer, il savait parfaitement, en revanche, qu'il ne passerait pas une seconde de plus à l'intérieur. Il avait exactement le même problème que Ten. Pas plus que lui, il ne voulait admettre que sa vie avait changé. Le chat croyait encore que le monde, au-delà de cette porte, était un labyrinthe de rues dangereuses, et Isaac pensait toujours que le chalet où sa mère avait passé son enfance ne pouvait que lui être funeste. Pas plus l'un que l'autre, ils n'étaient capables de se raisonner.

Isaac ne lui ayant pas précisé l'heure à laquelle il arriverait, Kendra fut un peu surprise de voir sa voiture au bout de l'allée lorsqu'elle rentra, vers 14 h 30. Elle se souvenait d'une époque où sa promesse d'être là dans l'après-midi signifiait qu'elle pouvait l'attendre au plus tôt à l'heure du dîner.

Elle alla déposer ses emplettes dans la maison, se donna un coup de peigne et ressortit le chercher dans le jardin. Elle le trouva enfoncé jusqu'aux mollets dans un trou, en contrebas du chalet, à un endroit où il n'y avait aucun trou, auparavant. Il était en train de creuser à l'emplacement exact où Jamie avait suggéré d'aménager un bassin propice à la méditation.

Pendant quelques instants, elle l'observa en silence. Le fait qu'il participe ainsi à la rénovation des lieux allait au-delà de ses espérances. Avait-il l'intention de confectionner d'énormes pâtés de boue ou de concrétiser les idées de sa belle-sœur ?

Quand il s'arrêta pour s'essuyer le front, elle s'adressa à lui.

— Tu ne m'as même pas entendue approcher : j'aurais pu être un ours ou un lynx !

Il leva la tête et lui adressa un sourire un peu altéré par la fatigue.

— Ça fait longtemps que tu es là ?

— J'ai eu tout le temps d'estimer que tu méritais une bonne citronnade bien fraîche.

Isaac s'appuya sur sa pelle et indiqua d'un geste ce qu'il avait fait.

— Qu'est-ce que tu en penses ?

Elle admira d'abord la façon dont son T-shirt rayé lui moulait le torse.

— Tu crois qu'il y a de l'or dans le coin ?

— Les eaux de pluie ruissellent le long de cette pente, dit-il en montrant le sommet de la déclivité. La puissance du flux a fini par former une retenue sur cet aplat, qui reste constamment bourbeux. Il faudra soit créer une canalisation à partir de là, soit creuser un trou plus profond et aménager un petit bassin.

— Je crois deviner ce que tu as choisi.

— Pas forcément. Je peux remplir ce trou de cailloux et surélever l'ensemble pour améliorer le drainage. L'une ou l'autre solution vaudra mieux que la boue à laquelle tu n'échapperas pas si on ne fait rien.

— Quelle solution préférerais-tu ?

La question, apparemment toute simple, incitait toutefois Isaac à s'investir dans ce projet de rénovation.

Il prit prudemment la tangente.

— C'est toi qui commandes. Je suis à tes ordres.

— Certainement pas !

Après un bref silence, il haussa les épaules.

— Ça fait du bien de transpirer un peu. C'est l'une des meilleures thérapies que je connaisse.

Ravie, elle dissimula un sourire.

— Un bassin — pas un étang, hein ?

— En fait, ce n'est pas si simple que ça. Comme il n'a pas beaucoup plu, récemment, la terre est dure comme du roc. Il va me falloir pas mal de temps pour creuser assez profondément. Les poissons rouges ont besoin de pas mal de place.

— Des poissons ?

— Une stimulation intellectuelle pour Ten : il pourra s'asseoir au bord et gamberger sur le meilleur moyen de se procurer son repas.

Apparemment, il avait déjà réfléchi à la question. C'était encourageant, estima Kendra.

— Evidemment, il vaudrait mieux que je ne sois pas obligée de multiplier les opérations de sauvetage anti-pêche.

— D'où un bassin assez profond pour la sécurité des poissons mais pas trop quand même, pour permettre au chat de rêver.

Par endroits, le soleil donnait à ses cheveux des reflets cuivrés, remarqua distraitement Kendra.

— Tu as tout prévu, à ce que je vois. Et ce citron pressé, ça te tente ?

— J'en boirais bien un verre, mais il faut que je travaille encore un peu, pour ne pas perdre la cadence.

— Je vais en remplir un pichet. Ensuite, il faut que je me change pour aller travailler au jardin. A la kermesse, quelqu'un m'a dit qu'il n'était pas trop tard pour repiquer des plants de tomates.

— Ils t'ont dit ça juste avant de t'en vendre deux ?

— Non, six, plus un pot de basilic, répondit-elle en s'éloignant vers la maison. Je t'appelle dès que le citron est prêt.

A l'intérieur, elle troqua son tailleur-pantalon contre une salopette en denim afin de pouvoir accrocher sa serpette à une boucle de la ceinture et remplir les profondes poches avec d'autres outils de jardinage. Puis elle alla presser quelques citrons dans la cuisine et tricha légèrement en complétant avec un peu de concentré tout prêt.

Isaac ne parut pas même remarquer que la citronnade n'était pas cent pour cent authentique. Après s'être lavé les mains, il la rejoignit sur la terrasse et but un verre entier pendant qu'elle trempait les lèvres dans le sien.

— Ce boulot m'a donné soif, dit-il avec un sourire d'excuse.

— Tu as de quoi te désaltérer. En tout cas, je suis ravie : nous allons avoir un superbe bassin.

— On verra.

Depuis leur mariage, ils avaient toujours évité de faire des projets. Dans leur premier appartement, c'est tout juste s'ils avaient pris le temps de défaire les cartons et de remplir les placards. Peut-être avait-elle inconsciemment attendu de savoir s'ils resteraient ensemble, estimant leur relation trop précaire pour s'y investir totalement.

D'un geste taquin, Isaac tira sur le haut de sa salopette pour examiner le T-shirt, en dessous. Ce faisant, il effleura un sein du bout des doigts, et elle s'embrasa instantanément.

— Te voilà déguisée en fermière, à présent ?

— Ne suis-je pas mignonne ?

— Oh, que si ! C'est justement ce que j'étais en train de me dire.

Il fit glisser sa main vers le cou de Kendra, lui caressant le menton avec le pouce.

— Tu peux faucher les prés et récolter le coton pour moi quand tu voudras.

Ses paupières se fermèrent malgré elle.

— Pas du coton : du maïs. Pour le coton, il faut descendre plus au sud.

— Je prendrai ce que tu me donneras.

Elle n'en était pas si sûre.

Sentant qu'il retirait sa main, elle rouvrit les yeux, et chacun retourna à ses occupations.

Après avoir sarclé un nouveau carré du jardin et repiqué ses plants, Kendra décida que ça suffirait pour la journée. Elle rentra prendre une longue douche pour se décontracter les muscles du dos et des épaules. Elle se sentait plus forte de jour en jour. Le kiné qu'elle voyait maintenant deux fois par semaine la félicitait de ces progrès. Il y avait quelque chose de cocasse à travailler un ancien jardin d'herbes médicinales pour se rétablir, songeait-elle parfois. Leah aurait sans doute applaudi.

Kendra sortit des serviettes propres pour Isaac qui ne tarda pas à rentrer à son tour, sale, en sueur, et pourtant follement séduisant. Elle était debout devant le frigo, en train de faire l'inventaire de son contenu, quand il émergea de la salle de bains, vêtu d'un short propre et de son polo vert préféré. Isaac n'avait que deux critères pour acheter ses vêtements : la facilité d'entretien et l'absence de logo publicitaire.

Il s'approcha d'elle par-derrière et posa les mains sur ses épaules.

— Tu espères que les ingrédients vont se mélanger tout seuls ?

— J'aurais dû faire des courses. Il va falloir aller dîner quelque part. Mes repas sont un peu trop élémentaires, je le crains.

— Par exemple ?

— La plupart du temps, je mange des sandwichs, des yaourts et des fruits. Une petite salade composée, de temps en temps, s'il me reste assez d'énergie après un après-midi de jardinage. Mais ce n'est pas très fréquent.

— J'ai des provisions dans la voiture.

Kendra se retourna.

— Ah bon ?

Il la fit pivoter de nouveau côté frigo.

— Il y a aussi quelque chose, là, derrière le lait et le jus d'oranges.

Elle poussa une brique de lait et aperçut un paquet.

— Je n'avais pas vu.

— Tu vas te reposer : je m'occupe de tout.

— Qu'est-ce que tu as fait de mon mari ?

— Qu'est-ce que tu dirais d'un pad thaï aux crevettes ?

— Tu as apporté un plat cuisiné de Washington ?

Comme elle se tournait de nouveau vers lui, il remit les mains sur ses épaules.

— K.C., il y a cinq cents grammes de crevettes bouquet dans ce frigo, et je vais confectionner un pad thaï aux crevettes ici même, sous tes yeux.

— Tu ne cuisines pas.

— Maintenant, si.

Elle essaya en vain de réprimer un sourire.

— Depuis quand ?

— Depuis que ma femme est partie. Les émissions culinaires me tiennent éveillé jusque tard dans la nuit.

— Tu t'es mis à faire la cuisine ? En apprenant des recettes à la télévision ?

— Disons plutôt que je vais m'y mettre tout de suite. Ça ne doit pas être sorcier, tout de même. J'ai acheté tout ce qu'il faut. Je les ai vus faire. J'ai la recette et surtout, j'ai la victime idéale.

— Je vais te servir de cobaye ? Tu m'en vois ravie. Je t'abandonne les fourneaux. As-tu besoin d'un coup de main ?

— Non. Juste d'un verre de vin. J'ai apporté un excellent merlot. Je vais le chercher.

Elle s'extasiait encore d'un tel miracle quand il revint avec deux grands sacs en papier brun, qu'il posa sur la table.

Elle trouva le tire-bouchon et prit deux verres dans un placard. Puis, tandis qu'il sortait une quantité impressionnante de denrées asiatiques de ses sacs, elle déboucha la bouteille pour laisser le vin s'aérer. Isaac avait choisi un excellent millésime : de quoi accompagner une véritable opération de séduction.

Isaac examina tout ce qu'il avait étalé sur la table.

— Ma foi, je vais en avoir pour trois jours à hacher tout ça. Installe-toi là et fais-moi la conversation.

Partagée entre l'envie de voler à son secours et celle de voir exactement ce qu'il comptait faire, elle éprouva un petit frisson de plaisir anticipé. Le vin, le repas, la conversation et la suite du programme s'annonçaient prometteurs.

Isaac remplit une bouilloire.

— Raconte-moi ce que tu as fait depuis ma dernière visite.

Elle réfléchit, éliminant d'emblée tout ce qui concernait Dusty.

— J'ai essayé d'attirer Ten hors de sa cachette.

— Il est sorti quand j'étais là, figure-toi !

— Pas possible !

— Bon : il est sorti, il a vidé sa gamelle et il est retourné se cacher. Mais enfin, c'est déjà ça.

— Alors, il est vivant, et ce ne sont pas les souris qui se régalent à sa place.

— C'est plutôt lui qui croquerait les souris.

— J'ai aperçu Géant Noir, hier matin. Il n'a pas abandonné les lieux. Mais il quitte le chalet de plus en plus tôt, avant l'arrivée des maçons.

— Tu ne manques pas d'animaux de compagnie.

Il ne croyait pas si bien dire. Elle se demanda comment ses trois protégés se comporteraient quand ils se croiseraient pour la première fois. Elle n'était pas certaine d'avoir envie de voir ça.

— Je suis allée à cette réunion dont je t'ai parlé, poursuivit-elle. C'était à Luray.

— J'allais te poser la question.

Le ton de sa voix était encourageant. La moindre nuance de désapprobation l'aurait dissuadée d'en parler. En fait, il semblait presque curieux.

— On m'a présenté un monsieur qui a connu tes grands-parents quand ils étaient tout jeunes.

— Ah bon ?

— Aubrey Grayling m'a dit qu'il était le meilleur ami de ton grand-père. C'est une histoire étonnante.

Isaac posa des carottes et un poivron rouge sur le rebord de l'évier. Kendra se demanda s'il savait qu'il fallait gratter les carottes. Quand il se retourna pour couper le poivron en rondelles, elle admira sa dextérité. Combien de chefs avait-il vus opérer, à la télé ?

— Crois-tu que ce soit vrai ? demanda-t-il.

— Je n'ai aucun doute là-dessus. C'est un vieux monsieur de quatre-vingt-dix ans, mais il a une mémoire remarquable. Ton grand-père s'appelait Jesse Spurlock. Sa famille possédait de vastes plantations de pommiers — les meilleurs vergers de la région de Lock Hollow. La famille de Leah, les Blackburn, avait un peu moins de terres mais leur ferme était un véritable joyau, selon Aubrey. Ils cultivaient principalement du maïs et des légumes. Ils élevaient aussi des volailles et des porcs. Leur ferme était une belle construction de bois flanquée d'une étable.

Sans être riches, ils menaient l'existence de gens aisés. Les deux familles jouissaient de la considération générale.

Isaac acheva de hacher le poivron en tranches aussi fines que des allumettes avant de lui répondre :

— Toute ma vie, je me suis efforcé de ne jamais penser à ma famille d'origine. Et voilà qu'à présent j'imagine les Ingalls de *La Petite Maison dans la Prairie*… Enfin, les Ingalls encombrés de secrets inavouables.

— La description d'Aubrey était particulièrement vivante. Leah avait les cheveux de la couleur des tiens, Isaac. Il dit que c'était une très jolie femme aux yeux verts, à la silhouette élancée. En outre, elle respirait la santé. Ce qui n'était pas le cas de sa sœur.

— Sa sœur ?

— Sa sœur aînée, Birdie. Elle avait un visage aux traits délicats, les yeux bleus et les cheveux noirs. Certains la trouvaient encore plus jolie que Leah, mais elle était fragile et constamment souffrante. La polio qui sévissait à l'époque avait failli la tuer à l'âge de huit ans. La maladie l'avait aussi rendue très myope ; elle n'y voyait que de très près. Aubrey dit que son infirmité avait fait d'elle une femme repliée sur elle-même, une sorte de nonne contemplative, un peu illuminée quelquefois.

— Cet Aubrey a des talents de conteur, on dirait.

Estimant que le vin avait suffisamment « respiré », Kendra entreprit de le servir. Elle attendit qu'Isaac ait fini de gratter les carottes (il avait réellement appris un tas de choses à la télévision) pour lui tendre son verre.

— Après ça, il n'a plus dit grand-chose. Il était fatigué, paraît-il.

— Paraît-il ?

— Je crois qu'il a laissé certaines choses dans l'ombre.

— Il aime peut-être qu'on l'écoute et il espère te faire revenir.

— Ce n'est pas l'impression que j'ai eue. En fait, il m'a conseillé d'aller voir la fille de la meilleure amie de Leah. D'après lui, elle devrait être en mesure de me renseigner.

Elle jeta un coup d'œil par-dessus l'épaule d'Isaac.

— Seraient-ce des champignons chinois ?

— Attends un peu : tu vas te régaler.

Pendant qu'il nettoyait les champignons avec un morceau d'essuie-tout, la bouilloire se mit à siffler. Il posa ce qu'il tenait pour arrêter le feu et verser lentement un volume d'eau bouillante dans un bol à demi plein de nouilles asiatiques.

— Cinq minutes, dit-il. Tu regardes l'heure ?

— Plutôt deux fois qu'une.

— Votre conversation s'est donc arrêtée là ? demanda Isaac.

— Il m'a encore dit que le mariage de Leah Blackburn et Jesse Spurlock était un événement aussi attendu et naturel, au hameau, que l'alliance de deux familles royales.

— Sauf que, par la suite, ils n'ont pas vécu heureux et ils n'ont pas eu d'enfants.

— Ce sera peut-être l'objet du prochain récit.

— Tu continues sur ta lancée ?

— J'aurais du mal à décrocher.

Elle le regarda hacher du tofu. Du tofu ? Elle n'aurait jamais imaginé qu'il savait seulement où trouver cette denrée-là. Il éminça ensuite de l'ail et des oignons, écrasa des cacahuètes puis pressa un citron vert dans une tasse. Kendra commençait à avoir l'eau à la bouche.

Comme il mélangeait divers ingrédients dans un second récipient, elle jugea utile de l'avertir.

— Si tu as autre chose à mélanger, c'est fichu : te voilà à court de saladiers. Et les cinq minutes sont écoulées, je te signale.

— Egoutte les nouilles, K.C., et laisse-moi faire.

Elle obtempéra en riant et laissa les nouilles dans la passoire.

Isaac recula d'un pas et leva les bras à la façon d'un chef d'orchestre prêt à entamer une symphonie.

— Maintenant, tu vas pouvoir admirer le chef cuistot à l'œuvre.

— Je suis impressionnée.

— Et cette kermesse, comment ça s'est passé ?

Elle lui raconta les péripéties de sa journée, terminant par l'histoire de Caleb et de l'appareil photo. Pendant ce temps, Isaac avait fait chauffer deux huiles différentes dans la grande poêle. D'un geste théâtral, il y jeta les crevettes.

— C'est une bonne idée de lui avoir offert cet appareil. Ses photos sont réussies ?

Haussant la voix pour couvrir le bruit du grésillement, elle lui expliqua que Caleb n'avait pas d'ordinateur sur lequel charger ses photos.

— Mais je l'ai invité à venir utiliser le mien. En attendant, il a peut-être connu l'amorce d'une première relation amicale, ce matin. Mais c'était pénible de l'observer avec les autres garçons. Il est tellement renfermé. Il a à peine ouvert la bouche.

— Tu crois qu'il a quand même passé un bon moment ? demanda Isaac tout en versant son mélange de légumes sur les crevettes qui avaient pris une belle teinte rose orangé.

— J'espère que oui. Leon et Noah étaient très sympa avec lui. Caleb finira peut-être par s'épanouir.

— J'étais aussi renfermé que lui.

Isaac n'avait jamais l'air timide ou mal à l'aise au milieu des autres. Bien que réservé, il participait aux conversations sans jamais faire de réflexions superflues. Comme il ne parlait pas à tort et à travers, les gens étaient généralement suspendus à ses lèvres.

— Vraiment ? dit-elle en s'approchant pour humer l'arôme de l'excellent pad thaï. On ne dirait pas, à en juger par l'assurance que tu affiches maintenant.

— Une assurance qui m'a coûté beaucoup de temps et d'efforts.

Il remua les légumes avec la cuillère de bois et les fit revenir comme un vrai pro. Finalement, il éteignit le feu sous la poêle et enlaça Kendra de façon inattendue.

— Je n'ai peut-être pas fait assez d'efforts, K.C. Je garde peut-être encore trop de choses pour moi.

— Quel genre de choses ? demanda-t-elle dans un souffle.

— Le fait, par exemple, de ne pas te dire combien tu me manques, de ne pas t'avouer que je me sens bien seul quand tu n'es pas là.

— Pourquoi n'es-tu pas venu me voir plus souvent, alors ?

Il posa une main sur sa joue.

— Ça t'aurait fait plaisir ? Pourtant, tu es venue ici sans moi. Tu es en train de t'installer ici sans moi. Tu as entrepris de te concocter une vie dont je ne fais pas partie.

— Tu fais partie de tout ce qui m'arrive, Isaac. Que je le veuille ou non. Que tu sois avec moi ou pas.

— Es-tu venue ici pour que ça change ?

— Je suis venue ici pour savoir si je peux vivre sans toi.

Discernant une ombre dans son regard, elle se serra contre lui avant d'ajouter :

— Parce que je croyais que c'était inévitable.

— Tu *croyais* ?

— Maintenant, je pense que nous serons tous les deux très malheureux si nous nous séparons sans nous être battus.

Il resserra son étreinte.

— Mais je ne veux pas me battre. Pas ce soir.

Elle sonda ses yeux aussi sombres que les doutes qui la harcelaient depuis son agression. Ils lui avaient toujours paru quasi impénétrables. Elle s'était interrogée pendant trop longtemps sur ses sentiments véritables, sur ce qu'il y avait derrière cet écran infranchissable. Aujourd'hui, elle ne voulait plus se poser de questions. Elle avait besoin de certitudes.

— Si nous faisons l'amour cette nuit, je veux que ce soit un nouveau départ, Isaac. C'est-à-dire que nous devrons nous efforcer l'un et l'autre de tendre vers quelque chose de mieux. Je ne sais pas trop comment on peut faire, mais je tiens à ce que nous nous engagions dans cette voie-là.

Il esquissa un sourire et tout à coup, elle n'eut aucun mal à lire dans ses pensées.

— Moi, je sais comment nous pouvons tendre vers quelque chose de mieux, affirma-t-il. Mais pas ici.

— Et mon petit dîner si amoureusement mijoté, alors ?

Il la souleva dans ses bras, comme un jeune marié sur le seuil de la chambre.

— Ne t'ai-je pas dit que j'avais regardé une foule d'émissions culinaires ?

— Isaac…

— Je crois que je vais me spécialiser dans le réchauffé.

22

Kendra aimait bien dormir avec Isaac. Eveillé, c'était un homme énergique mais qui se maîtrisait. Il avait appris à user avec précaution de l'espace qui l'entourait, ne donnant libre cours à sa vitalité que lors de longues séances d'exercice physique. Dans le sommeil, en revanche, il laissait sa nature s'exprimer. S'il arrivait que Kendra empiète sur l'autre moitié du lit, il l'intégrait facilement à son territoire, l'attirant plus près, l'entourant de ses bras, l'installant tout contre lui. Elle aimait penser que dans ces moments-là, l'affection qu'il éprouvait pour elle était plus évidente, que son besoin d'intimité se manifestait plus pleinement dans le sommeil.

Toutes les nuits où ils avaient dormi ensemble depuis l'agression, il avait pris soin de garder ses distances dans le lit. Kendra s'était dit qu'il avait peur de lui faire mal, mais leur éloignement ne se bornait pas à quelques centimètres. Finalement, elle avait eu mal à cause de lui.

Le dimanche matin, de bonne heure, elle se réveilla dans les bras d'Isaac. Le soir précédent, il lui avait fait l'amour avec précaution, craignant sans aucun doute qu'elle soit encore trop fragile pour des rapports sexuels plus fougueux. Mais une fois endormi, il avait repris ses vieilles habitudes d'abandon nocturne.

Vive les bonnes vieilles habitudes !

Elle se blottit plus profondément dans ses bras et sentit qu'il embrassait ses cheveux.

— Comment ça va ? demanda-t-il.

— Ça pourrait aller encore mieux.

— Qu'est-ce qu'il y a ?

— J'étais en train de me dire que cette nuit, c'était une séance d'entraînement. Juste pour ne pas oublier pourquoi nous étions là.

— Je n'ai pas été à la hauteur ?

— Oh ! tu sais encore comment t'y prendre, apparemment ! Mais à mon avis, il te faudrait une autre séance pour t'en assurer.

— Comment te sens-tu ?

— Beaucoup mieux que tu ne l'imagines.

— Tu es sûre que tu ne veux pas te lever et prendre un copieux petit déjeuner campagnard ? Hier soir, j'ai eu l'impression que tu étais carrément affamée. Tu as mangé tout ton pad thaï avec un appétit incroyable.

— Et une partie du tien, en plus, dit-elle en écartant une mèche du front d'Isaac avant de passer les bras autour de son cou.

— Je n'aurais pas eu l'indélicatesse de te le faire remarquer.

— As-tu appris à préparer un copieux petit déjeuner campagnard à la télévision ?

— Pas encore.

— Alors, je crois qu'il va falloir nous en tenir à ça.

Elle approcha ses lèvres des siennes.

— K.C...

— Mmm... oui ?

Elle sentit la main d'Isaac se glisser entre eux, remonter de son ventre jusqu'à sa poitrine.

— Je t'aime.

Il lui faisait si rarement cet aveu. Elle savait l'effort qu'il lui coûtait. Sa gorge se serra. Elle dut s'éclaircir la voix.

— C'est réciproque. Tu le sais.

— Comment la situation a-t-elle pu se dégrader ainsi, entre nous ?

— Je propose que nous fassions tout notre possible pour la transformer.

— Voilà une idée qui me plaît, dit-il avant de l'embrasser enfin.

Une heure plus tard, il dormait si profondément que Kendra put sortir furtivement du lit et prendre une douche sans qu'il ait bougé un cil. Puis elle gagna sa voiture garée dans le pré.

Quand elle revint, au bout d'une demi-heure, la cuisine sentait bon le café et à en juger par le gargouillis des vieilles canalisations, Isaac devait être sous la douche. Kendra déposa sur la table le gâteau fourré et le journal qu'elle venait d'acheter. Elle était en train de parcourir les gros titres quand il entra, les cheveux humides et la chemise déboutonnée.

Il déposa un baiser sur sa tête avant d'aller se servir un café derrère le bar.

— C'est le *Washington Post* ?

— Eh oui !

— Ça fait un bail que ma journaliste préférée n'a rien écrit dedans.

— C'est qu'elle n'en a plus très envie.

— Ton boulot ne te manque pas ?

Elle s'était posé cette question presque quotidiennement. Il lui était donc facile d'y répondre.

— Un jour ou l'autre, je retrouverai le feu sacré. Ce n'est pas encore le cas.

— Tu y mettais un tel zèle.

— C'est facile de se retrouver sur des rails — et avec des œillères. Quand quelque chose te fait dérailler, tu commences à te rendre compte que tu n'avais rien remarqué du paysage, autour.

Isaac la rejoignit à table et prit le premier cahier du journal.

— Je ne suis pas persuadé que tu en sois aussi détachée que tu le penses.

— Qu'est-ce qui te fait dire ça ?

— Tu mènes cette enquête sur mon passé de la même façon que tu t'y prenais pour réaliser tes reportages.

— Tu n'es pas le premier à faire ce rapprochement, dit-elle. Je pense à Aubrey… Il se méfie un peu de moi à cause de mon métier.

— C'est un homme de quatre-vingt-dix ans, et il se souvient de ta rubrique ?

— Je doute qu'il ait fait beaucoup d'études, mais ses facultés mentales n'ont rien perdu de leur acuité. Il se rappelle certains détails que la plupart des gens n'auraient même pas remarqués, a priori.

— J'aimerais bien le connaître.

Elle jugea cela encourageant.

— Je comptais appeler Prudence Baker aujourd'hui et lui rendre une petite visite, si elle est disponible. C'est la fille de Puss Cade, la meilleure amie de ta grand-mère, comme je te l'ai dit. La ferme des Cade était située à mi-chemin entre celle des Spurlock et celle des Blackburn.

— Puss ?

— Un diminutif, sans doute.

— Et Puss n'est plus de ce monde ?

— Non, elle est morte depuis pas mal de temps, mais Aubrey pense qu'elle a pu confier des choses à sa fille. J'espère pouvoir la trouver plus facilement un dimanche.

Elle marqua une pause.

— Tu veux m'accompagner ?

— Je ne vais pas tarder à rentrer. Il y a une situation délicate à régler, au boulot.

— Quel genre de situation ?

Il ne répondit pas tout de suite. Comme le silence se prolongeait, Kendra commença à croire qu'il était trop absorbé par sa lecture pour avoir entendu, quand il leva enfin les yeux.

— Un truc sur lequel il me faudrait plus de renseignements.

— Tu veux m'en parler ?

Elle écouta ses explications concernant le rachat du mont Pallatin.

— Pourquoi as-tu l'air aussi méfiant ? demanda-t-elle quand il eut fini de lui raconter comment il avait réussi à convaincre Forsythe de céder sa propriété à ACRE. Normalement, tu devrais être enchanté. C'est une grosse affaire.

Elle lui resservit du café et posa la cafetière sur la table.

— Donc, il y a un hic ?

— Nous ne sommes pas tous d'accord sur la façon de financer cet achat. Notre budget est serré et les donateurs sont beaucoup moins généreux qu'avant. Le prix des carburants, la guerre en Irak…

Il haussa les épaules.

Kendra s'efforça de faire quelques déductions.

— Pour une organisation qui se spécialisait dans des propriétés moins importantes que celle-là, ce n'était pas un souci majeur, mais maintenant que vous passez à la vitesse supérieure, ça devient plus gênant ?

— Et Dennis est bien décidé à trouver un moyen de se débrouiller.

Kendra n'appréciait pas particulièrement Dennis Lavin. Isaac accordait plus d'importance aux résultats qu'à la personne, mais dès leur première rencontre le narcissisme de Dennis lui avait fait mauvaise impression. Le nouveau directeur général de l'organisation n'était pas sans lui rappeler son dentiste, un jeune homme imbu de sa personne qui parlait constamment de lui-même, profitant du fait que ses patients ne pouvaient rien répliquer. Dennis semblait manifester la même propension à l'abus de pouvoir — sauf qu'il n'avait pas recours à la roulette pour l'exercer. Sa position dans la hiérarchie lui permettait de licencier quiconque se mettait en travers de son chemin.

— Les méthodes qu'il envisage sont discutables ?

— La dernière en date consisterait à vendre quelques parcelles à des membres bienfaiteurs. Evidemment, nous poserions des conditions de jouissance, en terme de servitudes. Mais j'ai vu les terres qui seraient ainsi mises en vente.

— Et c'est une idée qui ne te plaît pas ?

— Ce n'est pas ce que j'avais à l'esprit en persuadant Forsythe de vendre son bien à ACRE plutôt qu'à un gros promoteur. Il pensait que nous préserverions la nature en empêchant toute construction. Et moi aussi.

— Où se trouve le mont Pallatin, exactement ?

— Pas très loin du Parc national de la Shenandoah.

— Aïe…

— Il n'y a pas lieu de s'inquiéter. Je verrai Dennis demain et nous passerons en revue toutes les options. Dans ce genre de décision, il faut toujours peser le pour et le contre.

Kendra songea que « ce genre de décision » causait plus de soucis à Isaac qu'à d'autres.

— Parle-moi du mont Pallatin. Tu y es déjà allé ?

— J'ai fait presque tous les sentiers de randonnée qui s'y trouvent pendant que tu étais au Guatemala, pour ton reportage sur Elisa.

— Et alors ?

— La montagne a été reboisée au tout début du vingtième siècle mais ça se voit à peine, maintenant. C'est un lieu de prédilection pour les chasseurs qui maintiennent les chemins en bon état. Il n'est donc pas trop difficile de s'y promener. N'empêche que l'on est dans un autre monde.

— Un monde que l'on a envie de préserver pour la postérité ?

— Oui. J'aimerais que ces terres soient réservées à l'usage public, mais le budget de l'Etat est également restreint pour les raisons que j'évoquais tout à l'heure à propos des donations. En fait, il y a beaucoup de paramètres à prendre en compte.

Pourquoi ne lui avait-il encore jamais parlé de cette affaire ? se demanda Kendra. C'était une preuve de plus qu'ils s'éloignaient depuis un certain temps.

— Je voudrais bien y aller, dit-elle.

— Il va falloir que tu te remettes à faire de longues randonnées. Le mont Pallatin n'est pas l'endroit idéal pour ça.

— Alors, j'aimerais en faire à l'intérieur du parc. Les sentiers sont bien indiqués et on peut obtenir tout un tas d'informations sur les parcours.

— Nous pourrions peut-être en organiser une... si tu veux que nous la fassions ensemble.

Elle posa une main sur la sienne.

— Quel meilleur compagnon pourrais-je trouver ?

Il porta la main de Kendra à ses lèvres et l'embrassa.

Ils finirent leur petit déjeuner dans un silence complice, le rompant par moments pour se lire l'un à l'autre de petits passages d'articles, comme ils l'avaient toujours fait. Un peu plus tard, quand Isaac se leva pour rassembler ses affaires, elle eut un pincement au cœur.

— Tu pourrais peut-être venir passer tout un week-end ici, un de ces jours ? lui dit-elle en le raccompagnant à sa voiture.

Isaac jeta son sac de voyage dans le coffre, se redressa et se tourna vers elle.

— Tu pourrais peut-être venir passer un week-end à Washington ? rétorqua-t-il. Tu t'en sens capable ?

Elle n'en savait rien. Evidemment, il était injuste d'attendre que ce soit toujours lui qui vienne la voir. Mais Kendra avait maintenant l'impression d'être chez elle, comme cela ne lui était jamais arrivé à Washington. Elle ne se sentait pas prête à partir.

— Et le chat, alors ? dit-elle d'un ton léger. Peut-être, quand Ten réussira à entrer et sortir facilement par la chatière...

— La chatière ?

— Cash m'a promis d'en installer une.

— Il va falloir décider ce que nous ferons de lui quand tu reviendras en ville.

Des cris d'enfants, à proximité, la dispensèrent de répondre. On ne pouvait pas les voir, mais elle les entendait courir dans les bois. Désormais habituée à leur passage, elle savait où ils étaient et où ils allaient.

— Il y a un chemin dans les bois, dit-elle à Isaac. Un tout petit sentier qui descend jusqu'à la rivière. Maintenant qu'il commence à faire bon, les gamins vont se baigner assez souvent.

De la fenêtre du fond, je les vois quand ils sont sur la berge. Ils doivent habiter tout près d'ici puisqu'il y a un chemin plus direct, un peu plus loin, sur la route. Ça doit être un raccourci de passer chez nous.

— Tant qu'ils ne font pas de bêtises…

— Jusqu'ici, ils ont l'air plutôt sages.

Elle hésita.

— J'aime bien les entendre rire. C'est un bruit que j'ai toujours souhaité avoir dans ma vie. Je n'ai pas envie d'y renoncer uniquement parce que je ne peux pas avoir d'enfants.

— Vivre avec des ados, ce n'est pas toujours la joie, paraît-il.

— Il y a sûrement de bons côtés, comme pour tout.

— Qu'aurions-nous fait avec des enfants ? Nous sommes tellement occupés, l'un et l'autre. Nous menons des vies trop actives. Une fois de retour à la maison, tu t'immergeras de nouveau dans ton travail. Il faudra organiser nos emplois du temps à la minute près pour pouvoir passer un peu de temps ensemble.

Etait-ce du fatalisme ou un optimisme à toute épreuve ? se demanda-t-elle. Apparemment, le fait qu'elle ne puisse pas avoir d'enfants n'était pas si grave que cela, aux yeux d'Isaac. En somme, tout se passait comme si le traumatisme qu'elle venait de vivre au cours de ces derniers mois n'était qu'une vétille pour lui.

Elle s'efforça de parler calmement.

— Tu fais bien des suppositions.

Il comprit de travers, ou feignit d'avoir mal compris.

— Je sais qu'il faudrait ralentir notre rythme, mais même en travaillant deux fois moins qu'avant, il serait difficile de caser des enfants dans le tableau.

— Autrement dit, le destin a bien fait les choses ?

— Tu sais que je ne crois pas à ce genre de sornettes. Mais nous pouvons raisonnablement penser que si nous n'avons jamais réellement envisagé d'avoir des enfants, c'est que nous n'en désirions pas tant que ça.

Cette interprétation manquait de la plus élémentaire sensibilité, jugea Kendra. Sans lui demander son avis, il émettait des hypothèses sur ce qu'elle ressentait. Il avait très facilement renoncé à avoir des enfants, et il n'imaginait pas une seconde qu'elle puisse en souffrir profondément. Le fait qu'elle soit partie, qu'elle n'ait pas très envie de rentrer chez eux ni de reprendre son travail ne semblait pas non plus entrer en ligne de compte dans le raisonnement d'Isaac. Il considérait cela tout au plus comme un petit obstacle sur la voie de la réussite — un détour fâcheux, certes, mais évidemment provisoire.

Elle était incapable de parler. En ouvrant la bouche, elle craignait de dire quelque chose de définitif — une réflexion cinglante qui aurait pu le faire fuir pour de bon. Du reste, était-elle vraiment en mesure de lui faire comprendre combien il se trompait et à quel point elle regrettait qu'ils ne puissent pas partager leurs sentiments les plus intimes ?

Elle se demanda s'il se doutait seulement qu'il y avait davantage à partager.

Isaac jeta un coup d'œil sur son visage, puis consulta sa montre.

— Nous n'avons pas mangé grand-chose. J'ai le temps de t'emmener déjeuner quelque part avant de m'en aller.

— Non, vas-y tout de suite. Je vais appeler Prudence Baker pour voir si elle peut me rencontrer cet après-midi. Elle n'habite pas tout près.

Il parut soulagé. Cette invitation au restaurant était peut-être une façon de faire amende honorable. Peut-être s'était-il rendu compte qu'un véritable dialogue s'imposait. Mais elle n'avait plus envie de parler, maintenant. Pour le moment, c'était la colère qui dominait en elle.

— Je crois que je n'ai rien de prévu le week-end prochain, dit-il encore.

Il attendait manifestement qu'elle lui propose de revenir, mais elle ne put trouver les mots.

— Tu sais où j'habite.

— C'était chouette, ce week-end.

Elle opina avec un sourire contraint.

— Oui.

Isaac se pencha pour l'embrasser, puis il monta en voiture sans la regarder, fit demi-tour et s'éloigna dans l'allée.

Elle prit son temps pour regagner la maison, tout en réprimant les larmes qu'elle sentait venir. Dans sa chambre, elle prit son sac et le Post-it où la petite-fille d'Aubrey avait noté le numéro de Prudence Baker.

Il y avait une feuille de papier sur le lit. Isaac avait dessiné un petit croquis d'elle et lui en train de s'embrasser. Un croquis « éromantique », comme il qualifiait parfois ces dessins-là. Le genou d'Isaac était calé entre ses jambes ; elle avait les cheveux en bataille, le visage levé vers lui. Quelques traits de crayon lui suffisaient pour cerner l'expression des personnages et en capturer l'essence. Kendra déchiffra la légende inscrite au-dessous, de la belle écriture nerveuse d'Isaac : *L'amour est le plus court chemin d'un cœur à un autre.*

Elle hocha lentement la tête et ferma les yeux.

— Sauf que parfois, dit-elle à mi-voix, le plus court chemin est encore trop long à parcourir.

Prudence Baker habitait à la périphérie de Flint Hill : trois quarts d'heure de route de Toms Brook, environ. Kendra prit l'autoroute afin de ne pas se perdre. Elle arriva à 3 heures — l'heure précise du rendez-vous que Prudence lui avait fixé.

A en juger par sa voix au téléphone, elle devait avoir une soixantaine d'années. Si Puss Baker était encore en vie, elle aurait eu à peu près le même âge qu'Aubrey. Prudence avait paru contente que Kendra vienne la voir. Elle avait été prévenue par Aubrey de sa visite imminente.

Kendra ne savait pas trop si Aubrey Grayling avait appelé Prudence pour lui faciliter les choses ou pour d'autres raisons. Elle était certaine que le vieil homme n'avait eu aucun trou de mémoire à la fin de leur entretien. Il en savait plus qu'il ne voulait l'admettre et s'il essayait de préserver un secret, peut-être avait-il appelé Prudence pour le lui dire. A condition, bien sûr, que Prudence connaisse, elle aussi, ce secret.

Se pouvait-il que cela ait un rapport quelconque avec les deux squelettes de la grotte ?

Flint Hill était une pittoresque petite ville de province, avec des PME florissantes. A quelques kilomètres de là, l'Auberge de Little Washington, de renommée mondiale, possédait son propre héliport pour que les célébrités puissent s'y rendre sans être obligées d'emprunter les petites routes de campagne sinueuses. La population était constituée à la fois de gens qui avaient fui la capitale et de véritables autochtones ayant de profondes racines dans le sol de Virginie.

La maison de Prudence, un charmant bungalow en brique rose, était flanquée d'un garage visiblement abandonné aux enfants depuis un certain temps. Kendra dénombra une bonne vingtaine de jouets roulants allant du tracteur à pédales au minikart électrique. Une piste de course dessinée à la craie sur le goudron de l'allée s'étendait de l'abri jusqu'à l'entrée du jardin.

Elle se gara le long du trottoir derrière un autre monospace, et entendit des cris d'enfants derrière la maison. Alors qu'elle se demandait si quelqu'un l'entendrait sonner, Prudence Baker vint lui ouvrir presque aussitôt. Elle se présenta et les deux femmes échangèrent une poignée de main. C'était une dame un peu corpulente avec des cheveux poivre et sel coupés selon un savant dégradé et des yeux gris clair derrière de petites lunettes à monture dorée.

— Appelez-moi donc Prudence. Mes petits-enfants étaient sur le point de partir. Vous permettez que je les raccompagne à leur voiture ?

Kendra la suivit et fit connaissance des quatre bambins — trois garçons et une fille — plus la fille de Prudence, copie conforme de sa maman, en plus jeune et plus affairée. Elle s'efforçait, sans trop de succès, de sécher ses deux cadets, qui avaient dû s'amuser avec le tuyau d'arrosage. Après quelques minutes passablement mouvementées, toute la troupe finit par s'engouffrer dans le minivan.

— Puis-je vous offrir une tasse de thé ?

Elles s'installèrent dans la cuisine pimpante, avec ses rideaux à volants et sa toile cirée fleurie.

— Voulez-vous des petits sablés ?

— Merci, une tasse de thé suffira.

— Aubrey m'a dit que vous étiez journaliste.

Bingo ! Kendra crut presque entendre ses paroles exactes : « Attention, cette femme-là écrit des articles : ne lui dis rien de ce que tu n'aurais pas envie d'ébruiter. »

— J'ai pris un congé sans solde, répondit-elle. J'habite actuellement au chalet que Leah Spurlock a légué à mon mari. Isaac est son petit-fils.

Elle fit un récit aussi bref que possible des circonstances, puis attendit.

Prudence lui montra la théière.

— Une tranche de citron ? Du sucre ?

— Juste du citron, merci.

Pendant que Kendra se demandait comment obtenir les renseignements qu'elle souhaitait, Prudence s'affaira, et revint bientôt avec deux verres pleins qu'elle posa sur la table avant de s'asseoir en face de son invitée.

— Aubrey Grayling m'a dit que votre mère était la meilleure amie de Leah, reprit Kendra, tout en la remerciant d'un sourire.

— Maman parlait beaucoup d'elle. Ces histoires ont bercé mon enfance. Elle racontait sa jeunesse comme s'il s'agissait d'événements récents. On avait l'impression de vivre tout cela, quand elle parlait.

Encouragée, Kendra poursuivit :

— Leah s'est installée pas très loin d'ici, vous savez. Evidemment, on ne se déplaçait pas aussi facilement, à l'époque, mais il était possible d'aller en voiture de Flint Hill à Toms Brook.

— Comme vous le dites, c'était une autre époque.

— Votre maman… Puss, je crois ?

— Un diminutif de Prudence. Le même prénom que moi.

— Puss est venue ici aussitôt après avoir quitté Lock Hollow ?

— Non, pas tout de suite. Vous comprenez, elle travaillait à Skyland — une résidence hôtelière dans les montagnes qui font maintenant partie du Parc national — pour aider à subvenir aux besoins de sa famille. Elle y est restée un certain temps. Maman n'était pas encore mariée, à ce moment-là.

— Sa famille est donc venue ici pour prendre un nouveau départ ?

— L'Etat avait racheté près de quatre mille hectares dans la région afin de recaser les gens expropriés. Il a quand même fallu du temps pour construire les maisons. Notre famille a eu une ferme avec une étable, un poulailler et quelques dépendances sur une dizaine d'hectares près de Flint Hill. Maman disait que ses parents n'avaient jamais vu une maison aussi chouette, avec l'eau courante, l'électricité et une cuisine bien équipée. Evidemment, certains trouvaient que c'était trop bien pour des péquenauds comme nous.

Une génération plus tard, l'amertume était encore perceptible, songea Kendra.

— Je suppose qu'il s'agit d'un épisode douloureux.

— Maman disait que ma grand-mère avait mis du temps à s'y faire, mais que grand-père avait tout de suite apprécié leur nouveau logement. Trois ans après son arrivée ici, maman s'est mariée, et elle a repris la ferme avec mon père, au décès de ses parents. C'était une maîtresse de maison incomparable. Ensuite, c'est mon frère aîné qui a tenu l'exploitation, jusqu'à sa mort, il y a cinq ans. La propriété a été vendue et c'est bien dommage. Mais j'étais déjà veuve, à ce moment-là, et personne dans la famille ne voulait plus être fermier.

— Toms Brook ne fait pas partie du périmètre où les gens ont été réinstallés. Du moins, c'est ce que j'ai lu dans les archives d'époque.

— C'est probable, en effet.

— Je ne sais pas pourquoi Leah a choisi cet endroit. Votre mère ne vous a jamais dit où elle était partie et pourquoi ?

Prudence chassa distraitement une mouche qui tournait autour de sa tasse.

— Non, je n'en ai pas le souvenir.

— Pourriez-vous me dire ce qu'elle vous racontait à son sujet ?

— On peut avoir toutes sortes de raisons pour poser des questions, n'est-ce pas ?

Kendra s'attendait à cela.

— Je sais qu'Aubrey me soupçonne de vouloir écrire un article. Et je ne peux pas vous promettre que je ne le ferai jamais. C'est un sujet passionnant, mais c'est aussi très personnel car à mon avis, mon mari aurait besoin d'en savoir plus sur sa famille d'origine. Il a beaucoup souffert de ce mystère.

Prudence scruta attentivement son visage.

— Aubrey prétend que vous vous êtes renseignée sur les squelettes que l'on a découverts dans cette grotte.

— Mon mari a hérité d'un patchwork pratiquement identique à celui dans lequel on a trouvé les corps. C'est la seule chose que Leah lui ait léguée, hormis le chalet et le terrain. Cela devait avoir une certaine importance pour elle. Et il y avait plein de noms brodés sur le tissu — dont celui de « Cade ».

— Voilà qui est intéressant.

— Le matelassage représente une carte grossière de Lock Hollow, avec deux coutures qui se croisent à l'endroit où l'on a découvert les squelettes, comme si Leah voulait l'indiquer à quelqu'un.

— Les gens n'ont pas tous la même façon de faire des révélations : je l'ai constaté bien des fois. Certains disent immédiatement ce qui leur passe par la tête sans trop réfléchir, alors que d'autres prennent tout leur temps. Quelquefois, c'est parce qu'ils ne sont pas sûrs que les personnes à qui ils s'adressent auront envie d'apprendre ce qu'ils ont à dire.

— Je me suis fait exactement la même remarque.

— Maman me parlait de Leah — je vous l'ai déjà dit. Elle n'allait pas souvent à Lock Hollow mais quand elle y était, elle observait la façon dont Jesse et Leah se comportaient. Elle disait que ce couple-là faisait plaisir à voir et qu'elle espérait trouver un jour, comme Leah, quelqu'un qui serait tout pour elle. C'est une notion démodée, mais elle a finalement trouvé ça avec mon père. Quand il est mort, elle a eu le cœur brisé et elle ne lui a pas survécu longtemps.

Pour Kendra, c'était presque inconcevable.

— Ils ont eu de la chance, apparemment.

— Et si maman n'était pas venue vivre ici avec ses parents, elle ne l'aurait jamais rencontré. Ce qui prouve que les choses peuvent s'arranger, même quand on croit avoir touché le fond. Tiens, ça me fait penser... j'ai quelque chose que votre mari aimerait peut-être conserver.

Prudence se leva et s'approcha d'une étagère remplie de livres de cuisine.

— Je vous ai dit que maman était une maîtresse de maison accomplie. Regardez, voici toutes ses notes — des classeurs entiers — sur les astuces de nettoyage et de détachage. Elle découpait aussi des modèles de patchwork dans le journal. Tenez, elle conservait tout ça là-dedans...

Elle tendit un épais cahier à Kendra.

— Je l'ai gardé précieusement comme un véritable témoignage du temps passé.

— Vous avez bien fait, dit Kendra.

— A la suite de votre appel, j'ai pensé à votre mari, et je me suis rappelé qu'une partie de ces notes était consacrée aux « remèdes de bonne femme ». Figurez-vous que Leah écrivait à maman : elle lui envoyait des « simples » ou des extraits de plantes en lui expliquant comment s'en servir en cas de douleurs. Et maman gardait tout ça pour se soigner ou aider les personnes de son entourage. Vous voyez ? Tout est là, dit Prudence en désignant une série de pages auxquelles étaient fixées des feuilles manuscrites.

Intriguée, Kendra se pencha en avant.

— C'est une véritable mine d'or, n'est-ce pas ?

— Je me suis dit que votre mari aimerait peut-être voir des

écrits de sa grand-mère. C'était une guérisseuse, vous savez. Bref, j'ai confié ça à ma fille pour qu'elle fasse des photocopies.

Elle prit une liasse de feuilles dans le cahier et les tendit à Kendra.

A première vue, ça devait faire une bonne douzaine de pages. L'écriture était ronde, un peu enfantine mais parfaitement lisible, jugea Kendra en y jetant un coup d'œil.

— Vous n'imaginez pas combien je suis ravie de découvrir tout ça, dit-elle avant de raconter brièvement à Prudence l'histoire du jardin de Leah.

— Vous en profiterez d'autant plus, alors, conclut Prudence.

Kendra rangea les papiers dans une poche latérale de son sac à main.

— Vous m'avez raconté la belle histoire de vos parents en précisant que la vie de Leah avait inspiré Puss. Mais apparemment, ça ne s'est pas si bien passé entre Leah et Jesse, puisqu'elle est arrivée seule à Toms Brook. Seule et enceinte.

— En cours de route, des difficultés ont dû survenir.

— De quelle nature, selon vous ?

— Quand les gens ont commencé à comprendre que le parc serait créé et qu'il faudrait l'accepter bon gré mal gré, cela a dû provoquer une certaine tension dans les familles. C'est assez compréhensible, non ? Ma grand-mère m'a raconté qu'en voyant l'air satisfait de grand-père après leur installation, elle avait cessé de lui parler pendant un bon mois, tant elle lui en voulait.

— Croyez-vous que leurs problèmes aient eu un lien avec le parc ?

— C'est assez vraisemblable.

— Ça devait être assez sérieux pour qu'elle le quitte en de telles circonstances. Et jusqu'à présent, je n'ai trouvé aucune information concernant l'endroit où Jesse serait parti.

Kendra attendit, mais comme Prudence ne disait rien, elle poursuivit :

— Aubrey m'a appris que Leah avait une sœur. Et je n'ai

rien trouvé non plus sur cette Birdie. C'est comme s'ils s'étaient brusquement volatilisés, Jesse et elle…

Laissant sa phrase en suspens, elle plongea son regard dans celui de Prudence.

— C'est assez étrange, en effet.

Kendra insista :

— Votre mère vous a-t-elle jamais parlé de Birdie ou de Jesse ?

— Si, quelquefois.

Un silence suivit. Kendra retint son souffle.

Prudence détourna les yeux.

— Ce n'est pas une très jolie histoire.

— J'aimerais la connaître.

— Quelques personnes du coin ont raconté que Leah et Jesse s'étaient disputés et que, par la suite, il était peut-être parti avec Birdie. Qu'il avait plaqué Leah, quoi !

C'était un élément nouveau. Kendra réfléchit un instant.

— Les gens ont vraiment pensé que Jesse et Birdie étaient tombés amoureux l'un de l'autre ? Votre mère était-elle de cet avis ?

— Elle ne l'a jamais dit clairement. Maman adorait Leah, vous savez. Même après tout ce temps, elle l'aimait et l'admirait toujours autant. Mais je crois qu'elle n'a pas su tout ce qui s'était réellement passé, à l'époque. Qu'en pensez-vous ? Etant donné…

— La découverte des cadavres ?

Prudence sourit tristement.

— Ma foi, oui. C'est que deux personnes ont disparu de Lock Hollow — comme ça, *pfft !* Et personne ne les a plus jamais revues. Bien sûr, les fermes étaient isolées. Maman me racontait que les gens prenaient des lampes à pétrole, et empruntaient des sentiers rocheux qui faisaient plusieurs kilomètres pour se rendre visite les uns aux autres. C'est dur à imaginer, n'est-ce pas ?

— Effectivement.

— Et pourtant, on savait ce qui se passait un peu partout. Les gens se rassemblaient pour éplucher ensemble les épis de maïs ou écosser les haricots à faire sécher. Jesse et Birdie habitaient la ferme des Blackburn et du jour au lendemain… plus personne. La mère de Jesse n'a plus jamais entendu parler de lui.

Kendra se rappela que la mère de Jesse et son second mari avaient continué à vivre à la ferme située juste après celle des Cade. La propriété familiale des Spurlock, dont Jesse aurait hérité un jour.

Prudence souligna son propos d'un hochement de tête.

— Si ma mémoire est bonne, maman disait aussi que Jesse avait plusieurs sœurs. Aucune n'aurait jamais eu de nouvelles de lui.

— Qu'a-t-il pu se passer, selon vous ?

— Moi, je pense que quelqu'un en voulait suffisamment à Jesse pour le tuer. Peut-être que Birdie s'est interposée… Sinon, comment expliquer ces deux squelettes dans la grotte ?

— *Quelqu'un ?*

Prudence la regarda bien en face.

— C'est ce que je me suis imaginé. *Quelqu'un.* Mes suppositions ne vont pas plus loin.

Kendra ne pouvait pas rester là-dessus.

— Prudence, voulez-vous dire qu'à votre avis, Leah aurait tué son mari et sa sœur ?

Le regard de Prudence ne vacilla pas.

— Comment l'affirmer ? Je n'y étais pas.

— C'est une terrible idée, n'est-ce pas ? Que Leah ait pu assassiner deux personnes ?

Quelque chose dans sa façon de dire cela dut émouvoir Prudence car son expression s'adoucit.

— Maman avait une immense estime pour Leah Spurlock. Elle a toujours affirmé que les gens avaient fait des déductions hâtives. Si je ne peux pas vraiment vous dire ce qui s'est finalement passé là-haut, dans ce vallon perdu, j'en sais quand même un peu plus sur les raisons de la brouille entre Jesse et Leah. Cela vous sera peut-être utile.

23

Ferme Blackburn
Lock Hollow, Virginie.
4 avril 1934.

« Ma chère Puss,

» Je comprends que tu sois obligée de rester à Skyland, maintenant. Ta famille sera contente d'avoir cet argent quand tout le monde devra partir. Je continue d'espérer un miracle mais Dieu n'a pas l'air d'entendre les paysans de nos montagnes, ces temps-ci.

» Je suis désolée que tu aies tant de mal à t'endormir. Le meilleur remède serait que l'Etat nous laisse tranquilles — ça ne fait aucun doute. Miss Lula se figure peut-être qu'en mettant la Sainte Bible sous ton oreiller, tu feras de plus beaux rêves mais à mon avis tu risques plutôt d'attraper un torticolis. Je t'envoie des feuilles de cataire (herbe-aux-chats) à prendre en infusion avant de te coucher. Si ça ne marche pas, essaye du lait chaud. Une petite rasade de whisky dedans ne te ferait pas de mal mais je doute que miss Lula soit d'accord.

» J'aimerais bien connaître un remède pour guérir Jesse de ses tracas. Je ne l'ai pas vu sourire depuis deux mois. Ça me fait plus de peine que je ne saurais le dire.

» Souhaitant que tu reviennes ici bien vite,

Ton amie, Leah. »

Les émissaires du gouvernement arrivèrent chez les Spurlock un matin où Leah était seule à la ferme. Birdie venait de passer quelques jours chez leur cousine Etta et elle ne devait rentrer que dans la soirée. Jesse aidait son beau-père à rebâtir le poulailler des Spurlock. Le fait que les deux hommes s'emploient à rénover et consolider toutes les dépendances de la ferme prouvait bien qu'ils refusaient de regarder les choses en face. Luther était persuadé que l'avocat auquel Aubrey avait demandé de défendre les intérêts des villageois allait les tirer d'affaire comme par magie. Quant à Jesse, il était bien décidé à se battre pour rester.

En ouvrant la porte, Leah trouva sur le seuil un grand gaillard bien bâti, au visage parsemé de taches de rousseur et aux boucles couleur cuivre qui allaient avec. Il ôta son chapeau tandis que le garçon qui l'accompagnait leur tournait le dos, occupé à tenir à distance les trois chiens de la ferme.

Leah fit taire les chiens, qui battirent en retraite au son de sa voix.

— Je suis vraiment désolée, dit-elle. Je ne vous ai pas entendus arriver, sinon je les aurais attachés. J'étais dans la basse-cour.

— Madame, je m'appelle Daniel Flaherty et ce jeune homme, Charlie Thompkins. Il s'occupe des instruments d'arpentage.

Flaherty indiqua d'un geste l'adolescent, un grand brun efflanqué, vêtu comme lui d'un pantalon noir et d'une chemise en toile relativement propre mais toute froissée.

Leah comprit soudain la raison de leur présence, et elle eut l'impression qu'une main lui serrait brusquement le cœur.

— Nous travaillons pour les pouvoirs publics, reprit Flaherty. Nous venons estimer la valeur de votre propriété.

— Elle vaut tout l'or du monde ! déclara Leah en haussant le menton. Et bien plus encore.

— Madame, je sais ce que vous ressentez.

— Ça, c'est impossible.

Leah respira à fond, et s'étonna presque que l'air circule dans ses poumons aussi naturellement que d'habitude.

— Votre mari est là ?

— Il est absent, et vous avez de la chance !

Elle songea à claquer la porte, mais contrairement à Jesse

elle savait qu'aucun geste de protestation n'aurait le pouvoir de faire reculer l'Etat. En outre, l'hospitalité était, chez elle, une seconde nature.

Avec un soupir, elle ouvrit plus largement la porte et s'effaça.

— Entrez.

Les deux hommes se regardèrent. Thompkins, qui devait avoir seize ans, tout au plus, haussa les épaules.

Leah s'éloigna en laissant la porte ouverte.

— Vous devez avoir soif. Je vais vous chercher de l'eau fraîche.

Ils la suivirent à l'intérieur et attendirent près du canapé pendant qu'elle emportait une cruche à la pompe.

— Asseyez-vous, dit-elle en revenant.

Ils obéirent et elle leur tendit deux verres avant de s'installer en face d'eux, au bord d'un fauteuil à bascule.

Flaherty vida son verre d'un trait, puis se pencha en avant, les coudes sur ses genoux.

— Vous comprenez l'intérêt du parc, n'est-ce pas ?

Leah examina avec curiosité l'homme qui prétendait les chasser de chez eux.

— Vous arrivez à dormir la nuit après avoir fait ce sale travail ?

Il parut sincèrement peiné.

— Je dors car je sais que j'ai une tâche à accomplir, en ces temps difficiles. Et puis, Charlie et moi nous faisons tout ce que nous pouvons pour les gens. Nous essayons d'obtenir pour eux un maximum d'argent. Est-ce qu'il ne vaut pas mieux que le boulot soit fait par des gens comme nous que par des brutes sans cœur ?

Ce n'était pas sa faute. Thompkins aurait visiblement préféré être n'importe où ailleurs, mais Flaherty semblait se préoccuper réellement de leur sort. Il avait une physionomie sympathique, avec des yeux noisette au regard franc. Beaucoup de femmes devaient trouver séduisant le mélange de douceur et de force qui se dégageait de sa personne.

— Nous ne voulons pas partir, dit-elle.

— Je comprends ça. Vous vivez dans un endroit magnifique. A votre place, je réagirais de la même façon. Mais hélas ! nous n'avons pas notre mot à dire. Des gens que vous ne verrez jamais ont pris cette décision. Ma tâche consiste à vous permettre d'en tirer le meilleur profit.

— Mon mari affirme qu'il ne bougera pas d'ici.

— D'après les actes notariés, cette propriété appartiendrait à une certaine Leah Blackburn.

— Leah Blackburn Spurlock, maintenant. C'est à elle que vous parlez en ce moment.

— Dans ce cas, je vais vous faire une confidence, dit Flaherty en se levant. Votre mari peut faire le mort pendant un certain temps. Personne ne viendra le traîner hors de chez lui avant plusieurs mois, peut-être davantage. Il est même possible que vous parveniez à figurer sur la liste des usufruitiers.

Elle se leva pour les raccompagner.

— Qu'est-ce que c'est ?

— Il y a une chance pour que certaines personnes soient autorisées à rester, mais je ne voudrais pas vous donner de faux espoirs. Si les autorités décident de faire ça, c'est un privilège qui sera surtout réservé aux plus âgés d'entre vous. Mais ceux qui resteront n'auront pas le droit de défricher plus de terre ou de couper des arbres pour avoir du bois. Ils ne pourront jamais agrandir leur maison car elle appartiendra désormais à l'Etat. Ils ne pourront peut-être même pas faire paître leur bétail. Ce ne sera pas très facile à vivre, et ce privilège ne sera pas transmissible à leurs enfants.

Leah essaya de s'imaginer prisonnière dans sa propre maison, constamment surveillée par les responsables du parc. Elle ferma les paupières et visualisa un instant ce que serait la vie, dans le hameau plein de fantômes. Ce serait sans doute pire que de partir.

— A mon avis, madame, vous auriez plutôt intérêt à commencer vos préparatifs.

Rouvrant les yeux, elle vit qu'il croyait fermement à ce qu'il disait. En cet instant, elle se rendit compte que Daniel Flaherty, un parfait inconnu qui représentait les autorités honnies, se souciait davantage de son avenir et de la façon dont elle s'y adapterait que son propre mari.

Ils se regardèrent pendant un moment. Elle ressentit une sorte de petit frisson dans le dos qui n'était pas une véritable attirance sexuelle ni un réel besoin de pleurer sur cette épaule solide.

— Nous campons pas très loin d'ici, en descendant la route. Nous allons arpenter vos terres et tout examiner attentivement, annonça-t-il enfin. J'espère que votre mari n'a pas l'intention de faire quelque chose d'idiot.

— Je vous promets d'y veiller, dit-elle doucement.

— Merci.

Elle leur ouvrit la porte mais quand ils furent à mi-chemin entre la maison et la barrière, Flaherty se retourna pour la regarder. Ses yeux étaient pleins de compassion… et d'autre chose, qu'elle n'aurait su définir.

— Prenez bien soin de vous, madame Spurlock. Dieu vous bénisse.

Elle eut la certitude, sans pouvoir s'expliquer comment, qu'il avait l'intention d'en dire plus.

Birdie était exténuée quand elle revint de chez leurs cousins dans le camion conduit par le père d'Etta. Leah lui confectionna une tisane de racine de valériane sucrée au miel, avec une tartine de gelée de groseilles.

— Est-ce que ça va, ma Birdie ? Tu as l'air toute courbatue.

Leah s'agenouilla devant le fauteuil où sa sœur s'était effondrée.

— J'ai un petit pot de baume au camphre. Veux-tu que je te frictionne les bras et les jambes ?

— Il me faut un peu de repos, c'est tout.

Birdie prenait beaucoup sur elle. Sans doute craignait-elle de souligner davantage encore sa différence si elle se plaignait. Leah ne savait pas toujours très bien ce que pensait sa sœur aînée.

— Je suis en train de préparer le repas, reprit-elle. Jesse ne devrait pas tarder à rentrer. J'ai prévu du lapin à la moutarde et des beignets de légumes, mais c'est meilleur quand c'est toi qui le fais.

— Où Jesse est-il allé ?

— Chez ses parents, pour donner un coup de main à son beau-père.

Leah marqua une pause.

— J'étais contente qu'il s'en aille. J'ai un peu honte de dire ça, mais c'est vrai. C'est tellement dur quand il est là… J'ai l'impression de mieux respirer dès qu'il a passé cette porte.

— Il prend tout beaucoup trop à cœur, n'est-ce pas ?

Leah s'assit sur le tapis et croisa les jambes sous sa jupe.

— Il n'est vraiment plus le même homme qu'avant. C'est à peine s'il m'adresse la parole, Birdie. Je lui parle et il me regarde comme s'il ne se rappelait plus d'où je sors, comme si ma place n'était plus auprès de lui.

Elle omit de raconter le pire — que Jesse lui tournait désormais le dos chaque nuit, ne prenant plus de plaisir dans le lit conjugal.

— Il y a des choses qui le rongent, c'est sûr.

— Pourquoi est-ce qu'il n'en parle pas ? J'essaie de lui faire dire quelque chose mais il n'y a pas moyen, je t'assure.

— Les Spurlock ont des périodes de mauvaise humeur, comme ça. Son père faisait pareil, tu ne te rappelles pas ? Tu étais peut-être trop petite pour le remarquer mais moi, je le revois très bien assis dans son coin sans rien dire quand les gens venaient. Et puis, quinze jours après, tu aurais pu croire que c'était l'homme le plus joyeux du canton.

Leah ne se le rappelait pas, en effet. Le seul souvenir qu'elle gardait de son beau-père, c'était son sourire et sa façon de siffler.

— Qu'est-ce que je devrais faire, à ton avis ? Obliger Jesse à me parler ?

— Tu ferais mieux de le laisser tranquille. Tu ne le forceras pas à parler. Par contre, tu pourrais bien le mettre en colère.

Birdie avait-elle raison ? se demanda Leah. A la place de Jesse, elle aurait eu besoin de parler. Elle aurait aimé que quelqu'un tienne assez à elle pour l'interroger sur ses tourments et prendre la peine de l'écouter. Mais Jesse était un homme — et à en juger par le peu d'expérience qu'elle avait de la gent masculine, s'épancher n'était pas son fort.

— J'ai quelque chose à lui dire, quelque chose qu'il n'aura pas envie d'entendre.

Leah raconta à sa sœur ce qui s'était passé le matin.

— Ce Daniel Flaherty, je suis sûre qu'il ne s'en fiche pas. Il n'aime pas faire ça, je t'assure. Ça se voit au premier coup d'œil. Il a même dit qu'il ne voulait que notre intérêt.

Birdie, qui commençait à somnoler, rouvrit tout grand les yeux.

— Et tu vas dire à Jesse qu'ils sont venus ici ?

— Il faut bien ! Ils campent un peu plus loin, près de la route. Il va les voir circuler sur nos terres en prenant des notes, ou bien un voisin lui en parlera. Il vaut mieux que ce soit moi : je ne veux pas d'ennuis.

— Tu cherches à les protéger ?

— Ce n'est pas leur faute. Ils ont un travail à faire, c'est tout.

— Alors, tu n'as qu'à dire à Jesse que ce sont de braves types qui ne nous veulent aucun mal.

— Il ne va pas prendre ça comme une sorte de trahison de ma part ?

— Il comprendra qu'il vaut mieux être expulsés par des braves types que par des brutes.

Leah ne savait trop que penser. Elle était contente de pouvoir demander conseil à sa sœur, en tout cas. Birdie vivait peut-être dans un univers restreint mais elle en était la reine. Elle voyait tout : rien ne lui échappait. Et elle était moins impliquée que Leah dans l'issue de cette affaire. Quoi qu'il advienne et où qu'ils aillent, elle pouvait être sûre qu'ils l'accueilleraient chez eux.

Finalement, Leah hocha la tête.

— Je vais lui parler.

Birdie sourit, visiblement satisfaite que sa sœur tienne compte de son avis.

— N'en dis pas plus que nécessaire. Laisse-le venir vers toi quand il sera prêt.

Ce soir-là, Leah attendit que Birdie ait regagné sa chambre au fond de la maison pour rejoindre Jesse dans le salon où il taillait un morceau de bois depuis la fin du souper.

— Qu'est-ce que tu fais, Jesse ?

Il leva la tête et jeta un coup d'œil autour de lui.

— J'ai de bonnes planches en chêne pour fabriquer un nouveau métier à patchwork, dit-il à mi-voix. C'est pour l'anniversaire de Birdie. La date approche, non ?

C'était la première fois depuis des semaines que Jesse semblait penser à autre chose qu'à la menace d'expropriation. Encouragée, Leah posa doucement une main sur son épaule.

— C'est une excellente idée. Le métier de maman commence à être très usé.

— Je taille des chevilles pour maintenir le tissu bien tendu.

— Tu es aussi doué que ton père pour l'ébénisterie. Tu n'as jamais eu envie d'en faire ton métier ?

— De temps en temps. Mais les gens n'ont pas besoin de bois sculpté, dans le coin. La plupart des paysans sont capables de fabriquer ce qu'il leur faut.

— En bas, dans la vallée, c'est peut-être différent.

Il s'arrêta seulement une fraction de seconde.

— Nous ne le saurons jamais.

— J'ai quelque chose à te dire qui ne va pas te plaire.

— Je suis fâché d'avance.

Elle s'assit sur ses talons devant lui, sa robe étalée autour d'elle comme une corolle.

— Ne sois pas comme ça, Jesse. Il faut que je puisse te parler. A quoi bon être mariés si on ne peut rien se dire ?

Il leva la tête, gardant la main en l'air comme pour recommencer tout de suite à tailler sa planche.

— Alors, vas-y.

— Deux hommes sont venus ce matin, pendant que tu étais chez ta mère. Ils vont circuler à travers tout le hameau pour examiner les fermes et les terres. Ils doivent en faire une estimation.

Jesse se figea. Quelques secondes passèrent, puis ses mains se remirent à bouger. On n'entendait plus dans la pièce que le bruit de son couteau raclant régulièrement le bois.

— Ce ne sont pas des brutes, loin de là, dit-elle. Je crois qu'ils sont sincèrement malheureux de devoir faire ça. M. Flaherty — c'est celui qui doit être le chef — fera tout son possible pour nous obtenir un bon prix et une belle maison où nous irons vivre quand nous serons partis.

Jesse leva la tête.

— Qui va partir ?

— Il dit que nous serons obligés, et qu'il vaut mieux être prêts. Je ne suis pas rassurée, Jesse. Personne d'autre, au hameau, ne parle de rester là. Qui ira déclarer la guerre aux autorités rien que pour nous permettre de garder cette ferme ? Quand il va falloir partir, tu seras seul à les affronter, sur le pas de cette porte.

— Autrement dit, tu ne seras pas avec moi ?

Leah ne savait comment répondre.

— Si je suis là, dit-elle, nous ne serons que tous les deux. Et eux, ils seront nombreux pour nous déloger. Est-ce qu'il ne vaut pas mieux accepter l'inévitable ? Peut-être rejoindre Aubrey et les autres qui ont pris un avocat pour être sûrs d'obtenir une indemnisation maximum ? M. Flaherty m'a dit...

— Je me fiche pas mal de ce qu'il dit ! cria Jesse en jetant violemment son morceau de bois par terre. Et je ne veux pas non plus que tu fasses attention à ce qu'il dit. Je te demande de n'écouter personne d'autre que moi.

Elle se redressa à demi et le regarda d'un œil noir.

— Comment t'écouter quand tu ne me parles même plus ? Tu

t'adresses plus souvent aux chiens qu'à moi, ces temps-ci ! Mes parents me parlaient, eux. Ils m'expliquaient ce qui se passait et si j'avais une remarque à faire, ils m'écoutaient.

— Alors, c'est qu'ils t'ont gâtée. Et il est temps que quelqu'un te reprenne en main.

Cette réponse acheva de l'exaspérer. Elle se leva d'un bond, comme mue par un ressort.

— Non, ils me traitaient simplement comme un être humain. Et tu as été élevé de la même façon : ne me dis pas le contraire ! Personne chez les Spurlock ne t'a appris à être plus têtu qu'une mule et plus méchant qu'une vipère ! Ça, tu y es arrivé tout seul !

Pivotant sur ses talons, elle se dirigea vers la porte.

Sans avoir même eu l'idée de prendre son châle, elle se retrouva en train de marcher sur la route dans l'air glacial de la montagne. Heureusement, elle avait mis ses chaussures, un peu plus tôt, pour aller porter les épluchures aux cochons. Elle avait l'habitude de marcher pieds nus mais une pluie printanière avait rendu le sol boueux, et il valait mieux être bien chaussé pour sortir la nuit.

— Jesse Spurlock, il faudra que quelqu'un te remette les idées en place car moi, j'y renonce !

Elle s'arrêta après la barrière, ne sachant trop quelle direction prendre. Si seulement son amie Puss était revenue vivre ici... Même en pleine nuit, elle connaissait si bien le chemin qu'elle n'avait pas besoin de lanterne. Mais Puss travaillait toujours à Skyland et Leah n'avait aucun endroit où aller. Elle se dirigea vers la droite et monta à flanc de colline. Sur la route, elle était au moins sûre de ne pas se perdre. Et quand elle aurait trop froid pour continuer, elle pourrait rebrousser chemin, en espérant que Jesse serait couché.

Quelques mètres plus loin, elle aperçut une silhouette masculine.

Elle sursauta et porta les mains à sa bouche.

— Oh !

— N'ayez pas peur. C'est moi, Daniel Flaherty. Pardon de vous avoir effrayée. Est-ce que ça va ?

Il sortit de l'ombre, et le bout incandescent de sa cigarette éclaira son visage. Il portait les mêmes vêtements que le matin, avec une parka sur sa chemise froissée.

— Qu'est-ce que vous faites là ? lui demanda-t-elle.

— Nous campons de ce côté, répondit-il en indiquant la route, un peu plus loin. Personne n'habite par là.

Les terres dont il parlait avaient été abandonnées l'année précédente quand un couple âgé, sans enfants, avait trouvé la mort dans un accident : leur véhicule avait roulé au fond d'un ravin. C'était un terrain abrupt et rocailleux où rien ne poussait, et personne n'en avait voulu, en dépit des splendides panoramas qu'on avait de là-haut.

— Alors, qu'est-ce que vous faites par ici ? demanda Leah.

— J'étais sorti faire un tour. Vous aussi, apparemment.

— J'avais besoin de réfléchir un peu.

Elle frissonna. D'un geste aussi prompt que s'il voulait lui sauver la vie, Flaherty ôta sa veste et la lui mit sur les épaules.

— Il semble que vous soyez sortie à la hâte sans penser à vous couvrir, reprit-il. Le temps s'est considérablement refroidi, après la pluie.

La veste était toute chaude, épaisse et douillette. Elle la serra un moment contre elle, tout en sachant qu'elle devrait la lui rendre très vite.

— Vous ne vous êtes jamais retrouvé quelque part où vous n'aviez pas prévu d'aller ?

— C'est-à-dire comme vous, en ce moment ? Pourquoi vous êtes-vous sauvée comme ça ?

Il n'y avait qu'un homme auprès duquel elle était censée s'épancher, et ce n'était pas Daniel Flaherty. Hélas ! celui qui aurait dû l'écouter ne s'intéressait pas à ses états d'âme.

— Vous avez répété notre conversation à votre mari, n'est-ce pas ? Et il a mal pris la chose ? Je suis désolé de vous avoir placée dans une telle position.

Elle ne pouvait pas parler de Jesse avec lui.

— Dites-moi comment c'est, là où vous vivez.

Il se mit à rire.

— En ce moment, je vis dans la montagne. Il fait froid et humide et j'en ai marre de me laver dans la rivière.

— Et le reste du temps ?

— J'habite en bas, dans la vallée. La bourgade de Harrisonburg, vous connaissez ?

— Je sais où ça se trouve. C'est comment, la vie là-bas ?

— Pas aussi calme qu'ici. C'est tout plat mais on voit les montagnes, pas loin, et il y a plein de champs et de fermes autour de nous.

— « Nous » ?

— Oui, nous, les habitants de Harrisonburg. J'ai une petite maison à l'orée du bourg. Ma mère habite tout près de chez moi. On peut aller à l'église et à l'école à pied, et les gens s'entraident beaucoup.

Leah essaya d'imaginer ce genre de vie. Elle n'était jamais allée aussi loin. Il ne paraissait pas impossible, cependant, d'être heureux dans un endroit comme celui-là.

— Je n'ai pas vu d'autres Blackburn sur ma liste, reprit Flaherty. Vous n'avez pas de famille ici ? Y a-t-il quelqu'un à qui vous pourriez parler de ce qui vous arrive ?

— Ce n'est pas une chose dont les gens ont envie de parler.

— Ça rend la situation encore plus pénible, n'est-ce pas ?

— Y a-t-il du travail à Harrisonburg ? Pour des gens comme nous qui devaient faire sept kilomètres à pied tous les jours pour aller à l'école et qui n'ont pas pu, par conséquent, étudier autant qu'il l'aurait fallu ?

— Je pense que vous pourrez apprendre très vite tout ce dont vous aurez besoin. L'aménagement du parc fournira des emplois aux hommes : construction des routes, abattage et découpe des arbres morts. Il faudra aussi replanter, tailler, et tout et tout. Votre mari pourrait poser sa candidature.

— Quand les poules auront des dents, j'imagine.

Il rit encore.

— Et vous, madame Spurlock, que feriez-vous si vous en aviez la possibilité ? Quel genre de métier aimeriez-vous exercer ?

— Un métier ?

C'était une idée si étrange. Puss était femme de chambre à Skyland. D'autres femmes vendaient des objets artisanaux ou des gâteaux aux touristes. Sa propre mère avait toujours été rémunérée pour soigner les malades.

— Je serais infirmière, dit-elle. Tout le monde fait appel à moi, ici, pour les problèmes de santé. Je connais quelques anciens secrets de guérisseuse et j'ai quelques recettes.

— On a toujours besoin d'infirmières. Vous pourriez suivre une formation.

C'était une perspective alléchante. Si Jesse subvenait à leurs besoins quotidiens, si Birdie tenait la maison, elle pourrait faire quelques études. Elle était sûre d'en être capable. Ils pouvaient y arriver.

Elle redescendit sur terre.

— Il vaut mieux que j'y aille, dit-elle en ôtant la veste à contrecœur et en la tendant à son propriétaire. Je ne devrais pas rester dehors en pleine nuit.

— A mon avis, vous avez besoin de réconfort.

Il ne dit rien de plus, mais le sous-entendu était évident : *Parce que votre mari ne fait pas ce qu'il faut.*

— Jesse est quelqu'un de bien. Il finira par changer d'avis. Il sera obligé, de toute façon. Mais c'est toute sa vie qu'on chamboule.

— Toute sa vie, ça devrait être vous. Il a bien de la chance.

Leah retint son souffle un instant. Flaherty ne l'avait pas touchée. Il ne s'était pas approché d'un pouce et pourtant, elle éprouva le besoin de mettre quelque distance entre eux.

Elle s'écarta sans le quitter des yeux. Il avait l'air soucieux, comme s'il se demandait ce qui allait lui arriver quand elle rentrerait chez elle.

— Bonne nuit, monsieur Flaherty.

— Daniel, dit-il.

Il n'était pas question pour elle d'appeler par son prénom la personne chargée de les expulser. Néanmoins, elle hocha la tête.

— Moi, c'est Leah.

— Bonne nuit, Leah.

Elle reprit en courant le chemin de la maison.

La température continuait à descendre régulièrement. Quand elle rentra, elle frissonnait de nouveau, mais de quoi, au juste, elle n'aurait su le dire.

Jesse l'attendait à la porte.

— Qu'est-ce qui t'a pris de déguerpir comme ça ? Ta sœur s'est fait un sang d'encre : elle est restée tout le temps à la fenêtre à te guetter !

Sur le moment, Leah demeura sans voix. Birdie avait-elle pu l'apercevoir en train de parler avec Daniel Flaherty ? Et allait-elle le répéter à Jesse ?

— Jesse, je t'ai dit de ne pas t'inquiéter pour elle, déclara Birdie depuis la porte de sa chambre.

Leah fit volte-face et vit sa sœur hocher imperceptiblement la tête.

— Elle était juste en train de regarder les étoiles dehors. Je l'ai vue par ma fenêtre, le nez en l'air, en train d'admirer le ciel étoilé. Sois gentil avec elle, maintenant, et ne te fâche pas.

Sur ces mots, la jeune fille rentra dans sa chambre et referma la porte.

— Qu'est-ce que tu crois qu'elles vont te dire, hein, les étoiles ?

Jesse enfonça les mains dans ses poches comme pour s'empêcher d'en faire mauvais usage. Puis il partit se coucher.

Leah attendit qu'il soit en haut de l'échelle et ferma les yeux de soulagement.

24

Le mercredi matin, après la visite de Kendra à Prudence Baker, Manning vint de bonne heure effectuer son contrôle hebdomadaire du chantier. Le soleil commençait tout juste à luire entre les arbres qui entouraient la clairière et une légère brume bleutée montait de l'herbe, autour d'eux.

— Une fois terminée, ce sera une maison superbe, dit-il en descendant de sa camionnette.

Kendra lui avait préparé une tasse de café qu'il prit avec gratitude.

— Ce sera plus tard que prévu, n'est-ce pas ?

— Il n'y a pas moyen de prévoir les retards, malheureusement.

Kendra se rappela les avertissements de sa sœur. Elle parlait maintenant plusieurs fois par semaine avec Jamie, qui ne manquait jamais de rire quand Kendra se plaignait de la lenteur des travaux. Kendra ne détestait pas faire l'objet de cette plaisanterie. Dans le rôle de la grande sœur qui sait tout, elle avait déjà donné, merci bien.

Ils firent le tour de la construction, qui se résumait encore à des fondations et quelques tuyaux de plomberie. Kendra posa plusieurs questions auxquelles Manning répondit de façon satisfaisante. Une fois par semaine, Manning ou Cash passait vérifier l'avancement des travaux et s'entretenir avec elle.

— Vos hommes commencent à faire partie de la famille. Une famille que j'aimerais voir plus souvent, dit-elle en le regardant du coin de l'œil.

— Cash m'a dit qu'il y avait eu un petit différend avec Randy, le mois dernier.

Kendra était certaine que son fils lui avait raconté toute l'affaire.

— Je n'ai pas revu Randy ici depuis plus de quinze jours.

— J'ai suffisamment de travail pour l'occuper ailleurs. Randy est une tête brûlée et l'alcoolisme le guette déjà mais à mon avis, c'est un garçon qui a plutôt un bon fond. Je prends un gars ou deux comme lui, à l'occasion. A son âge, j'étais à peu près pareil, et c'est le fait d'avoir un emploi stable avec de bons compagnons de travail qui m'a assagi. J'essaie de rendre la pareille, aujourd'hui.

— Vous devriez peut-être recruter d'autres garçons dans son genre et leur proposer des heures supplémentaires. Je serais ravie de les aider à mûrir en terminant ma maison.

Manning rit de bon cœur.

— Comment trouvez-vous mes femmes plombiers ?

Kendra n'était certes pas fâchée d'avoir sur le chantier deux jeunes femmes énergiques chargées des travaux de plomberie.

— Epatantes, dit-elle. Mais elles aussi, j'aimerais les voir plus souvent.

— Il ne faut pas être trop pressée. Nous faisons ce que nous pouvons. En fait, nous profitons de ce temps sec pour terminer tous les travaux de charpente de nos clients. Et vous avez choisi des équipements qu'il n'est pas facile de se procurer. Il faut aussi savoir qu'il est toujours plus difficile de travailler en rénovation, autour d'un bâtiment existant.

Elle avait effectivement cédé à quelques caprices qui ne simplifiaient pas la tâche des artisans. Mais combien de fois dans sa vie aurait-elle l'occasion de faire des folies de ce genre ?

Ils achevèrent la visite du chantier et Manning promit de lui fournir sans tarder des réponses à quelques questions qui restaient encore à régler.

Dusty, qui venait tout juste de s'apercevoir que Kendra était dans le jardin, descendit tranquillement les rejoindre. La jeune chienne se mit à marcher tout près de sa maîtresse sans la toucher. Kendra se baissa pour la caresser et Dusty leva les yeux comme pour quémander son attention.

— Je n'ai jamais vu un animal aussi nonchalant, dit Manning.

— Vous la voyez pourtant en pleine activité.

— Ma foi, elle a l'air de se plaire ici. Sans doute parce que vous vous y sentez bien vous-même.

Cette remarque fournit à Kendra une entrée en matière pour le sujet qui lui tenait à cœur. Après avoir fait part à Helen des liens de parenté qui unissaient Isaac à Leah, elle avait jugé nécessaire d'en parler aussi à Manning. Il avait semblé content d'apprendre que Rachel Spurlock n'était pas morte sans aucune descendance. Kendra s'était promis de lui présenter un jour le fils de son amour de jeunesse.

— Manning, j'avais justement quelque chose à vous dire à propos de cette maison et de son ancienne propriétaire. Mes recherches sur la grand-mère d'Isaac commencent à porter leurs fruits.

Elle lui résuma aussi brièvement que possible ses dernières découvertes concernant Leah.

Il siffla doucement entre ses dents, à la manière de Cash.

— Ça, alors, première nouvelle ! Le Parc national ? Je n'avais jamais entendu dire qu'elle venait de là-haut. Evidemment, à l'âge que j'avais, on n'écoute pas tellement ce que racontent les adultes.

— Il est possible que personne ne l'ait su. Quoique... à mon avis, quelqu'un devait bien connaître des détails de son passé.

Manning attendit.

— Rachel ! dit Kendra. Rachel avait dû apprendre quelque chose, et je pense qu'elle vous en a parlé le soir où elle vous a appelé. Je ne veux pas être indiscrète : j'ai bien vu que vous n'aviez pas envie de divulguer son secret, l'autre jour. Mais il s'agit de la famille d'Isaac et il me semble qu'il aurait intérêt à savoir le maximum de choses.

Manning croisa les bras et s'adossa à la porte de sa fourgonnette pour réfléchir.

— Quelquefois, il est préférable d'imaginer ce qui a pu se passer, de s'en faire une image plus agréable que la réalité.

— D'accord, mais il faut que vous compreniez une chose : en ce qui concerne sa famille de sang, mon mari a toujours imaginé le pire. Il vaudrait mieux qu'il sache la vérité, aussi pénible soit-elle.

— Ça pourrait difficilement être pire, répliqua Manning en se redressant et en s'écartant de la portière. Rachel m'a dit que sa mère brûlerait en enfer parce qu'elle avait tué son mari.

C'était là ce que Kendra redoutait d'entendre.

— Comment pouvait-elle savoir une chose pareille ?

— Elle avait trouvé un job de serveuse à Strasburg pour gagner un peu d'argent après ses cours. Elle faisait l'aller et retour en stop. C'était un resto de routiers où chaque membre du personnel portait un badge avec son nom. Un jour, un client de passage lui a demandé si elle avait un lien de parenté avec les Spurlock qui avaient été fermiers, là-haut, dans un hameau de montagne. Elle a répondu que son père se prénommait Jesse. Alors, le type lui a dit que sa mère s'était enfuie parce qu'elle avait tué son mari, Jesse Spurlock.

Comment concevoir l'effet qu'une information comme celle-là avait pu produire sur une adolescente impressionnable et déjà considérablement perturbée par des conditions de vie qu'elle exécrait ? se demanda Kendra.

— Il fallait être un monstre pour lui annoncer d'emblée une chose pareille.

— Il y a effectivement de quoi s'interroger sur cet individu, reconnut Manning. Mais il a dit à Rachel qu'il venait de la région où ses parents avaient vécu et que là-bas, tout le monde savait qu'elle était coupable, même s'il n'existait aucun moyen de le prouver puisque le corps n'avait jamais été retrouvé.

— Et Rachel a cru cet homme ?

— C'est la raison pour laquelle elle a quitté Toms Brook et n'y a jamais plus remis les pieds.

— Avant de trouver la mort dans cet incendie, elle avait l'intention de revenir voir sa mère. C'est le beau-fils de Leah qui nous l'a dit. Je pense que c'était longtemps après votre conversation téléphonique : Rachel a appelé Leah pour lui annoncer qu'elle avait un enfant. Elle lui a promis d'aller la voir avec lui. Elle voulait peut-être savoir une fois pour toutes si l'inconnu du restaurant lui avait dit la vérité.

— Leah n'a jamais fait allusion à ce coup de fil. Dire que Rachel avait failli revenir et qu'elle est morte avant d'avoir pu le faire… cela a dû être doublement horrible, pour elle.

— Quel terrible gâchis ! En tout cas… merci de m'avoir confié ce que Rachel vous a dit.

— Croyez-vous que ce soit vrai ?

Kendra haussa les épaules.

— Les gens de Lock Hollow — c'est le nom du hameau d'où elles venaient — ces gens-là ont pu soupçonner Leah d'avoir assassiné son mari et même sa propre sœur. Cela veut-il dire qu'elle l'a fait ? Pas forcément.

— A mon avis, vous êtes en train de vous faire envoûter par Leah.

— Avait-elle ce genre de pouvoir ?

— Ce sera à vous d'en décider.

Manning porta deux doigts à la visière de sa casquette « Rosslyn & Rosslyn », ouvrit la portière de sa camionnette et disparut dans le brouillard matinal.

Tous les matins, à 8 heures, Kendra faisait manger Dusty avant de prendre son petit déjeuner. Elle lui donnait son repas sur la terrasse pour éviter une fâcheuse rencontre avec Ten, mais ce matin-là, elle n'avait aucune envie de rester près de la porte à regarder manger le chien. Soucieuse de tenir sa promesse, elle voulait participer à la séance de patchwork du mercredi matin. Comme elle n'avait pas fini de se préparer, elle fit entrer Dusty pour la première fois dans la partie séjour du chalet, et alla remplir sa gamelle dans la cuisine.

Mais la chienne ne manifesta aucun intérêt pour sa nourriture. Etalée à plat ventre, les pattes écartées, elle regardait sous le canapé.

— Je te préviens, lui dit Kendra, ce chat a mauvaise réputation. Il ne ferait qu'une bouchée de toi.

Dusty ne bougea pas même une oreille.

— Ne viens pas te plaindre s'il t'arrive des bricoles !

Kendra était en train d'étaler de la confiture sur son toast quand elle entendit un bruit de pas sur la terrasse. On frappa à la porte, le battant s'ouvrit et Elisa passa la tête à l'intérieur.

— Bientôt prête ?

Kendra ne s'attendait pas à voir son amie. Elle alla l'accueillir, sa tartine à la main.

— Comment sais-tu que je vais au cercle ?

— Tu me l'as dit l'autre jour. Je suis d'abord passée chercher Helen, mais elle t'attend pour monter en voiture. On doit la rejoindre chez elle.

Kendra esquissa un sourire.

— J'en ai pour trois minutes.

— Tu sais, c'est plutôt bon signe qu'elle soit aux petits soins pour toi. Pendant des années, elle a presque vécu en recluse. Maintenant, elle se mêle des affaires des autres : c'est un progrès.

— Tu veux du café ?

— Avec plaisir.

— Viens en boire une tasse avec moi.

Kendra repartit vers la cuisine. Elle s'arrêta brusquement à mi-chemin, écartant les bras, et Elisa vint buter dans son dos.

— Regarde ça ! chuchota-t-elle.

Ten était sorti de dessous le canapé et s'approchait de Dusty en progressant comme un crabe.

— Il y a de la bagarre dans l'air ? demanda Elisa.

— Tu ne connais pas ce chat. Si je m'interpose, il va me sauter à la gorge.

Malgré tout, elle se sentit obligée d'y aller. Comme elle faisait un pas en avant, Elisa la retint par le bras.

— Laisse-les se débrouiller.

— Tu rigoles ? J'en aurai pour des semaines à tout nettoyer.

— Il faut leur faire confiance.

— Ils ont de tout petits cerveaux.

— Le cerveau d'un oiseau-mouche ne pèse guère plus qu'un trombone. Il sait pourtant voler en avant, en arrière et latéralement — chose que tu ne pourras jamais faire.

Kendra saisit le message. Elle attendit, prête à intervenir si nécessaire.

Ten continua d'avancer vers Dusty en faisant le gros dos et en crachant furieusement. La chienne remua mollement la queue. Puis, comme ça commençait à exiger trop d'efforts, elle se laissa retomber dans sa position initiale et regarda le chat approcher.

Ten s'arrêta à quelques centimètres d'elle. Dusty bâilla.

— *Anda despacio que tengo prisa*.

— Tu peux traduire ? murmura Kendra.

— Ça signifie : « Hâte-toi avec lenteur. » C'est ce que ton chien est en train de faire.

Ten tourna brusquement la tête de leur côté, comme s'il venait de s'apercevoir qu'il y avait quelqu'un. Il regarda les deux femmes puis, de nouveau, la chienne. Dusty choisit cet instant pour se relever, et avant que Ten ait pu s'éclipser, une grosse langue de chien lui lécha le museau.

— Aïe aïe aïe ! fit Kendra.

Elle fit un pas en avant, mais Elisa la retint encore.

Ten cracha furieusement et donna un coup de patte à la chienne. Dusty lui passa encore sa grosse langue sur la tête. Puis, apparemment satisfaite d'avoir amadoué ce fauve, elle se dirigea enfin vers sa gamelle.

Les yeux ronds, le poil hérissé, le chat se tourna du côté de Kendra, comme pour dire : « Tu as vu ça ? ».

Kendra leva les mains en l'air.

— Je ne regardais même pas !

Ten battit en retraite vers son canapé — mais avec dignité.

— *Ver y creer,* dit Elisa.

— « Il faut le voir pour y croire », grommela Kendra.

— Toi, tu vas parler espagnol en un rien de temps.

Le cercle de couture occupait une petite pièce qu'aucun autre groupe n'avait briguée, au rez-de-chaussée du Foyer paroissial. Le club de patchwork en avait fait son repaire. Il y avait tout juste assez de place pour un grand cadre d'assemblage en noyer et quelques sièges confortables. Le club s'était étoffé depuis la visite de Kendra ; il était maintenant question d'agrandir en abattant une cloison pour utiliser le réduit attenant.

Quand tout le monde fut installé, la réunion débuta par des présentations de projets, et Kendra montra les blocs signés dont Helen lui avait fait cadeau. Quelqu'un lui proposa de les disposer sur le panneau à maquettes — un simple rectangle de contreplaqué cloué sur la cloison. Un débat suivit sur la meilleure façon de les assembler et le dessin qu'ils formeraient. Malgré elle, Kendra se prit au jeu, défendant ses préférences avec animation.

— Ça y est, te voilà prise dans l'engrenage ! lui dit Elisa quand elle revint s'asseoir près d'elle. Plus moyen de revenir en arrière, désormais.

La conversation officielle s'orienta vers autre chose. Au bout du compte, Kendra fut désignée comme la partenaire de Dovey Lanning, qui s'engagea à l'aider dans ses premiers pas — ou plus exactement, ses premiers points de patchwork. Les autres femmes découpaient des carrés dans des cotonnades multicolores pour confectionner des couvre-lits destinés aux enfants de La Casa.

Kendra enfila un dé sur son majeur, et elle eut aussitôt l'impression d'avoir le doigt plombé.

— Je dois absolument vous prévenir, dit-elle. En seconde, j'ai suivi un cours de couture. Nous devions réaliser un simple tablier en coton et raconter ensuite, dans une rédaction, ce que cette expérience nous avait apporté. J'ai failli redoubler, cette année-là.

— De mon temps, on appelait ça un cours d'arts ménagers.

Dovey devait avoir à peu près l'âge de Helen. Ses cheveux blancs tirés en arrière étaient rassemblés en un petit chignon, et elle portait une loupe accrochée à une chaîne, autour du cou, pour augmenter la puissance de ses verres correcteurs.

— Il y avait une seule machine à coudre pour toute la classe, et c'était une robe que nous devions faire. L'objectif était de la porter le dernier jour d'école, expliqua Dovey.

Kendra essaya de remuer son doigt affublé d'un dé, juste pour voir si elle y arrivait.

— Je suis sûre que la vôtre était magnifique.

— Quand je me suis assise à mon bureau, une couture a craqué. J'ai passé plus d'une heure à essayer de la cacher, jusqu'à ce que la prof ait pitié de moi et me prête une grande épingle de nourrice. De retour à la maison, je me suis aperçue que l'ourlet s'était défait et pendouillait lamentablement en trois endroits.

— Vous me remontez le moral !

— J'y comptais bien. Et maintenant, regardez-moi faire.

Cinq minutes plus tard, Kendra avait réussi à passer son aiguille à travers le tissu et à la ressortir… trois ou quatre centimètres plus loin.

— Ça ne fera pas l'affaire, j'imagine.

— Je crains que non. Défaites le point et recommencez. Il vous faut juste de l'entraînement.

Kendra se consola secrètement du supplice du dé par la promesse d'un bon remontant, d'un long bain moussant et de deux tablettes de chocolat pour faire bonne mesure.

— Est-ce que vous vous plaisez dans la maison où vivaient les Spurlock ? lui demanda Dovey.

— J'adore être en pleine campagne. Mon mari a hérité ce chalet de sa grand-mère, ainsi que le terrain qui l'entoure. Personne ne l'habitait plus depuis longtemps.

Dovey n'eut pas l'air surpris. Kendra en déduisit que leur histoire avait circulé.

— J'ai très bien connu Leah Spurlock.

Kendra leva les yeux. Son nouveau point n'était pas meilleur que le précédent.

— De quelle façon ?

— Elle m'a soignée quand j'étais malade. C'était pendant la guerre. J'ai eu un bébé mort-né — une petite fille —, et Leah est restée une semaine près de moi pendant ma convalescence. Ma mère habitait dans le Tennessee et mon mari se battait quelque part dans le Pacifique. Ma belle-mère avait encore cinq enfants chez elle. Leah est venue de son propre chef et je n'ai jamais été aussi dorlotée. Cette femme avait les mains douces, et elle a su trouver les mots pour me réconforter.

Dovey s'interrompit pour jeter un coup d'œil sur les derniers points de Kendra.

— C'est mieux, mais défaites-les encore.

— Je ne suis pas douée pour un sou.

— Vous n'avez aucune patience. Défaites-les.

Kendra tira sur le fil avec son ongle.

— Leah vous a-t-elle fait des confidences ? Nous savons si peu de choses…

Dovey réfléchit un instant. Finalement, elle leva les yeux.

— J'étais dans un état lamentable. Vous comprenez, j'espérais que ce bébé compenserait l'absence de mon mari pendant cette sale guerre. J'ai cru que je ne pourrais pas m'en remettre. Un soir, Leah m'a fait une tisane apaisante, aux herbes de son jardin, en me disant qu'un jour ça irait mieux, même si cela me semblait inconcevable. Elle avait perdu des gens qu'elle aimait. Elle était passée par là. Et elle m'a promis qu'un jour la souffrance ne serait plus qu'une douleur sourde, avec laquelle je pourrais apprendre à vivre. Vous savez, si elle m'avait dit que j'oublierais finalement ce bébé, je ne l'aurais pas placée très haut dans mon estime. Tandis qu'une douleur sourde… c'était quelque chose de crédible. Ça m'a fait du bien.

Kendra sentit que Dovey ne racontait pas cette histoire pour meubler la conversation mais qu'elle voulait témoigner de la considération qu'elle avait pour la grand-mère d'Isaac.

— Elle avait raison ?

— Par la suite, j'ai eu deux robustes garçons et une autre fille. Mais je n'ai jamais oublié mon pauvre bébé premier-né. Et je n'ai jamais oublié Leah, non plus. J'ai dit à des amies tout le bien que je pensais d'elle, et cela lui a procuré un peu de travail. J'aurais bien aimé pouvoir faire plus.

Kendra se demanda si une femme aux mains si douces aurait pu s'en servir pour commettre un meurtre.

25

Une heure avant le coucher du soleil, Kendra remplit d'eau une casserole pour faire cuire des spaghettis, et choisit un pot de sauce tomate au basilic. Dans un brusque accès de créativité, elle décida même d'ajouter de nouveaux ingrédients à ce plat de base. Sondant les profondeurs du frigo, elle dénicha un poivron rouge, une demi-courgette et une barquette de champignons. Au dernier moment, elle ajouta aux légumes un blanc de poulet qui restait. Tout en coupant et hachant ses trouvailles, elle songea au savoureux pad thaï d'Isaac et à sa fierté évidente d'avoir développé un nouveau talent. Isaac, qui n'avait pas manifesté l'intention de venir ce week-end…

Elle s'employait à faire revenir les légumes quand une détonation et un hurlement de pneus, dans l'allée, la firent sursauter. Elle éteignit le gaz et sortit sur la terrasse couverte tout en s'essuyant les mains sur son jean. Dusty remua à peine la queue quand elle l'enjamba.

Elle arriva juste à temps pour voir un pick-up tout cabossé effectuer un cercle dans la clairière. Comme il évitait de justesse un érable, elle entendit des cris à l'intérieur et aperçut plusieurs passagers tassés dans la cabine. Une canette de bière vola par la portière et rebondit sur le capot de sa voiture. Le pick-up fit une embardée suivie d'une nouvelle pétarade, puis il repartit en zigzaguant à toute allure par où il était arrivé.

Appuyée à un pilier de bois, Kendra le regarda s'éloigner en priant pour qu'il ne revienne pas. Apparemment, elle venait de faire l'expérience de l'un des désagréments de la vie rurale.

Le calme revint dans la clairière. Comme pour indiquer qu'il n'y avait plus de danger, les grillons se remirent à chanter et plus bas, en direction de la rivière, la jeune femme entendit le coassement ténu d'un crapaud.

Son cœur battait trop vite, et une sourde inquiétude l'étreignait. Elle avait peur que les occupants du pick-up décident de revenir la provoquer. Elle n'était pas terrifiée : juste un peu anxieuse. Et c'était bien normal en pareille circonstance.

N'était-elle pas sur la voie de la guérison ?

Comme pour répondre non à cette question, deux faisceaux lumineux réapparurent entre les arbres. Kendra s'apprêtait à appeler la police quand quelque chose l'arrêta. C'était l'absence de bruit. Le pick-up de tout à l'heure faisait un bruit de tonnerre, et il n'avait manifestement pas de pot d'échappement. Les phares qui approchaient cette fois n'étaient accompagnés que par le chant des grillons — et rien d'autre. Kendra ne connaissait qu'un seul véhicule aussi silencieux.

Elle alla retrouver Isaac dans le pré, stupéfaite de le voir arriver à l'improviste, à un moment aussi opportun.

— Tu n'as rien ? demanda-t-il en descendant promptement de voiture.

Elle secoua la tête.

— Et toi ? Est-ce que tu les as croisés ?

— Ils étaient juste en train de sortir du chemin. C'est un miracle s'ils m'ont évité, tellement le pick-up zigzaguait… Tu as vu leur plaque d'immatriculation ?

— Non. Il faisait trop sombre. Sinon, j'aurais donné leur signalement à la police. Mais de toute façon, ils auraient eu le temps de faire pas mal de bêtises avant que quelqu'un ne se pointe.

Isaac la prit dans ses bras.

— Est-ce que ça va ?

Elle sourit sans se forcer.

— Oui, rassure-toi. Je ne me suis pas affolée.

— Eh bien, moi, si, figure-toi ! Je me suis dit que tu avais encore été agressée.

— Ils ne m'ont rien fait.

— Qu'est-ce que tu fabriques ici, seule, si loin de tout ? Tu te rends compte, maintenant, que c'est une très mauvaise idée ? Et si ces abrutis ne s'étaient pas contentés d'une virée entre ivrognes ?

Elle répéta, en espaçant ses mots :

— Ils ne m'ont rien fait.

Isaac laissa retomber ses mains.

— D'accord. Ça ne t'a pas suffi, on dirait.

La colère s'empara soudain de Kendra. Elle avait franchi une étape, mais il ne voyait là qu'une raison de réaffirmer son point de vue.

— Vas-tu me répéter que je serais bien plus en sécurité à Washington, Isaac ? Parce que ce n'est pas ce que l'expérience nous a démontré, figure-toi !

— Il aurait peut-être suffi que tu te montres un peu plus raisonnable.

Kendra le dévisagea, ravalant une réplique trop évidente.

Le silence se prolongea quelques instants.

— Moi aussi, j'aurais dû être plus raisonnable, murmura-t-il.

Elle se détendit légèrement.

— C'est moi qui ai décidé de m'installer ici, lui rappela-t-elle. Tu n'as pas à te sentir coupable s'il m'arrive quoi que ce soit.

— Tu crois que c'est ça ? Que je culpabilise ?

Kendra sonda son regard où l'on pouvait tout voir sauf du remords. Une anxiété confinant à l'angoisse, de la colère envers l'entêtement qu'il lui reprochait. Et de l'amour — de l'amour pur et simple, à l'état brut.

Sa colère se dissipa et elle lui caressa la joue.

— Je suis désolée que tu aies eu si peur, mais il ne faut pas t'inquiéter. Moi aussi, j'ai eu un peu peur — sans plus. Je suis sur la bonne voie, Isaac. Je commence à redevenir moi-même. Ça ne peut être que positif, n'est-ce pas ?

Isaac soupira.

— Je me fais du souci, K.C. Il y a beaucoup trop de distance entre nous.

Il n'évoquait pas seulement les kilomètres, songea-t-elle.

— Tu as fait une longue route pour venir me retrouver un soir de semaine. Je n'en reviens pas. Quelle en est la raison ?

— Je prends quelques jours de congé.

Elle n'était pas sûre d'avoir bien entendu.

— Tu prends quoi ?

— Quelques jours. J'ai droit à un congé annuel, alors je le prends.

Kendra devina qu'il y avait anguille sous roche, mais elle savait qu'il lui parlerait quand il l'aurait décidé.

— Ma foi, je suis enchantée.

— J'avais une autre raison de venir : un cadeau pour Caleb. (Il esquissa un sourire). Mais c'est quand même toi, ma principale motivation.

Kendra avait passé près d'une semaine à souhaiter qu'Isaac soit différent et à se demander si elle pouvait vivre avec un homme comme lui. A présent, toutes ces spéculations lui semblaient dérisoires. Même s'il observait un certain détachement, ses sentiments n'en étaient pas moins intenses et profonds.

— Pour une fois, j'ai de quoi nourrir deux personnes. Ça tombe bien.

Elle reprit la direction de la maison.

— L'eau doit être en train de bouillir. Je vais faire cuire les pâtes.

A la reprise de l'ébullition, elle prit un moment pour souffler, puis alluma l'autre brûleur pour réchauffer les légumes. Elle allait s'attaquer au poulet quand elle entendit la voix d'Isaac.

— Kendra, cette chose, par terre, c'est un chien ou une carpette ?

Caleb ouvrit de grands yeux en voyant l'écran d'ordinateur dans les bras d'Isaac. Kendra en avait d'abord parlé au téléphone avec Marian. L'ordinateur d'Isaac — celui qu'il venait de remplacer — était un modèle puissant, qui disposait de toutes les applications dont Caleb pouvait avoir besoin.

— Il t'en fallait un pour tes photos numériques, dit Kendra à Caleb. Et il te servira aussi pour tes études. Marian et Ron nous ont donné le feu vert pour venir t'apporter cet appareil.

Caleb s'effaça pour laisser entrer Isaac dans sa chambre, avec l'écran. Ron Claiborne suivait avec le processeur et Kendra, avec un carton d'accessoires.

Les murs de la pièce étaient d'un joli bleu-gris, assorti au fond du dessus-de-lit écossais. Les meubles de bois sombre, sans être des antiquités, avaient l'air solides et de bonne qualité. Mais le trait caractéristique de cette chambre était l'absence complète de touche personnelle : il n'y avait ni poster ni photo aux murs, très peu de livres et pas de magazines sur les étagères.

Cette chambre faisait penser à celle d'un pensionnat : elle était déprimante à souhait.

— C'est exactement ce qui manquait ici, dit Marian d'un air enchanté.

Caleb effleura l'écran d'une main hésitante.

— Je risque de l'abîmer.

Isaac secoua la tête.

— Il est à toi, maintenant. Tu peux sauter dessus à pieds joints : personne ne te dira rien.

— Je n'ai jamais eu d'ordinateur.

Une fois de plus, Isaac le rassura.

— Tu permets que je reste un moment pour te montrer comment t'en servir ? J'ai installé tout un tas de logiciels. Si tu veux charger tes photos, on peut le faire ensemble.

Au bout d'un moment, Kendra et les Claiborne jugèrent plus sage de battre en retraite, les laissant se débrouiller avec un nombre impressionnant de câbles et de fils.

— J'espère que ça changera quelque chose, dit Marian en emmenant Kendra boire un café dans la cuisine. Je me suis donné un mal fou pour qu'il se sente ici comme chez lui. Mais il n'y a jamais une chaussette qui traîne par terre. Et il refuse d'accrocher quoi que ce soit au mur, de crainte d'abîmer la peinture.

— Vous faites tellement de choses pour lui ! A mon avis, il lui faut juste un peu de temps pour prendre conscience que votre maison est aussi la sienne.

Kendra marqua une pause avant de se décider à poser la question qui la hantait :

— C'est bien le cas, n'est-ce pas ? Il a enfin trouvé un endroit où poser ses bagages ?

— Pour ce qui nous concerne, il sera toujours chez lui, ici. Nous voudrions l'adopter.

Kendra éprouva un véritable soulagement.

— Je suis si contente de l'apprendre.

— Cissy soutient notre démarche et nous en avons parlé à l'assistante sociale. Elle pense que ce ne sera pas trop difficile. A condition qu'il soit d'accord. En fait, nous ne lui en avons pas encore parlé. Nous attendons de voir s'il se sent bien.

Marian fit signe à sa visiteuse de prendre un siège et alla remplir la cafetière. Ron était ressorti pour terminer une réparation sur sa camionnette, à la lumière du porche.

— Isaac comprend Caleb, déclara Kendra. Il n'a pas été élevé dans des conditions idéales, lui non plus. Je suis ravie qu'ils passent un peu de temps ensemble.

— C'est une honte de voir comment certaines personnes traitent les enfants…

Kendra se cala dans son siège, humant la bonne odeur d'herbe fraîchement tondue qui entrait par la fenêtre ouverte. Il était agréable de voir Marian s'affairer dans sa cuisine, mesurer les doses de café et sortir les tasses. Dehors, Ron essayait de faire redémarrer son moteur en panne. Quelques jurons bien sentis ponctuaient des silences de plus en plus longs.

Marian apporta un pichet de lait et du sucre, puis la cafetière fumante.

— Je suis contente de vous avoir ici, dit-elle en s'asseyant en face de Kendra. Je suis débordée, mais je trouve toujours un moment pour bavarder avec les voisins qui viennent me rendre visite.

— Dans ce cas, il vous faudrait au moins une visite par jour. A mon avis, vous avez besoin d'un peu de repos.

Marian remua son café en souriant, comme si la remarque lui faisait plaisir.

— Je suis née pas très loin d'ici, dans une maison à l'orée du village. J'étais l'aînée de six enfants : croyez-moi, le travail ne manquait pas, à la maison.

Kendra prit conscience que Marian était vraiment quelqu'un du pays.

— Vous avez connu Rachel Spurlock, la mère d'Isaac ?

— Elle venait de temps en temps faire du baby-sitting à la maison. Nous n'avions pas une grande différence d'âge, toutes les deux.

— Accepteriez-vous de me parler un peu d'elle ? Isaac sait si peu de chose... uniquement ce que j'ai réussi à découvrir.

Marian parut trouver cela tout naturel. Kendra se demanda si l'histoire avait maintenant fait le tour du village.

— Rachel, eh bien, elle adorait le grand air, comme notre Caleb.

« Notre Caleb », c'était sympa, nota Kendra.

— Il était difficile de la retenir à l'intérieur, poursuivit Marian. Quand elle venait nous garder, elle nous emmenait toujours jouer dehors. Il y avait des gens qui la trouvaient farfelue — moi, pas. Elle avait beaucoup d'imagination. Elle aimait jouer avec nous aux cosmonautes ou aux chevaliers combattant des dragons.

Bien qu'Isaac eût un autre genre d'imagination, Kendra pensait que sa capacité à envisager une foule de solutions aux difficultés qui se présentaient avait grandement contribué à sa réussite professionnelle.

— Un jour, elle m'a dit que son père était un prince, reprit Marian. Je n'ai jamais oublié ça. Pendant très longtemps, j'y ai cru. Elle racontait qu'il l'avait laissée à Toms Brook parce qu'il y avait des méchants dans son royaume qui lui voulaient du mal.

Mais un jour, quand il serait roi, elle pourrait retourner vivre avec lui, et tout le monde saurait qu'elle était sa princesse.

— Quel âge avait-elle, à l'époque ?

Marian réfléchit.

— Une quinzaine d'années. Bien sûr, elle ne croyait certainement pas à cette histoire mais c'était une rêveuse. Je me suis souvent demandé si ces rêves étaient la raison de son départ. Comment aurait-elle pu espérer les réaliser dans ce coin perdu ?

— Etaient-ils réalisables ?

— A mon avis, Rachel n'appréhendait pas la réalité comme le font la plupart des gens.

Kendra se demanda comment Rachel avait appréhendé la réalité le jour où un inconnu lui avait annoncé que sa mère avait assassiné son père. Cela expliquait sans doute beaucoup de choses, à tel point qu'il était peut-être inutile de s'interroger davantage.

Marian changea de sujet.

— Cette promenade au Parc national a beaucoup plu à Caleb. Vous avez sûrement remarqué qu'il ne dit pas grand-chose. Pourtant, il m'a beaucoup parlé de cette journée. Il m'a aussi raconté des choses qu'il avait vues à la kermesse. Je vous suis reconnaissante de l'intérêt que vous lui portez, vous et votre mari. Ça lui rend service.

— Est-ce que l'un des garçons qu'il a rencontrés à la kermesse s'est manifesté depuis ?

— Hier, il a été invité chez Gayle Fortman, répondit Marian avec un sourire radieux. Il a fait une randonnée avec son fils et ce Leon Jenkins. Il a fallu que j'insiste mais il y est allé, et je crois qu'il était ravi.

— C'est formidable.

Un « youpi ! » délirant leur parvint de la chambre, au fond du couloir.

— Ils ont dû réussir à faire fonctionner l'ordinateur, dit Kendra avec un clin d'œil. Mais lequel des deux a poussé ce cri ?

— Si c'est Caleb, je n'en reviens pas. En tout cas, vous êtes sûrement là pour un moment. Voulez-vous une part de tarte avec ce café ?

Il y a bien des choses, dans la vie, qui ne valent pas leur réputation, mais certes pas l'amour après une longue abstinence. Quelques heures plus tard, assouvis et comblés, Isaac et Kendra étaient allongés côte à côte et écoutaient le chant des grillons par la fenêtre ouverte. L'été approchait à grands pas. Malgré la fraîcheur de l'air nocturne, la pièce conservait la moiteur d'un après-midi presque torride.

— J'ai hâte que les travaux soient terminés.

Les bras repliés sous la nuque, Kendra suivait des yeux les ombres qui jouaient au plafond. Au clair de lune, son corps svelte était une statue d'ivoire, à peine éraflée par la cicatrice qui lui griffait l'abdomen.

— J'adore ce chalet, mais j'appréhende un peu d'y vivre au mois de juillet.

Isaac s'abstint de lui faire remarquer qu'elle pouvait toujours revenir en ville. Il commençait à comprendre pourquoi elle avait choisi de venir se rétablir ici.

— C'est tellement apaisant, murmura-t-il. Maintenant, quand je viens te voir, je sens la tension me quitter comme par magie. Il y en a beaucoup à évacuer, ces temps-ci.

Elle se souleva sur un coude et lui caressa la poitrine.

— Ça ne te ressemble pas de quitter le travail comme ça, sans crier gare.

Il s'aperçut qu'il avait envie de lui faire part de ses soucis. En fait, il avait juste attendu le moment propice pour en parler.

— ACRE est en train de mettre en vente plusieurs parcelles du mont Pallatin. Dennis ne voit pas d'autre moyen de se procurer la somme nécessaire pour le racheter. Bien entendu, il y aura des servitudes draconiennes. Mais à mon avis, elles ne le sont pas encore assez.

Du bout du doigt, elle dessina un huit sur sa peau.

— A quoi penses-tu, par exemple ?

— A la dimension des maisons que l'on aura le droit de construire ; à l'espace que les acheteurs pourront déboiser ; aux routes qu'il faudra élargir pour permettre l'accès aux propriétaires.

Il expliqua en détail tout ce qui le choquait et s'aperçut ensuite que ça lui avait fait du bien de s'épancher ainsi.

— Je comprends que tu sois mécontent.

— C'était moins pénible, avant. Les compromis qu'il fallait faire ne me gênaient pas autant que celui-là. Tant qu'une solution ne paraissait pas contraire à l'éthique, je m'en accommodais sans difficulté.

Cet aveu lui ressemblait si peu que Kendra ne sut apparemment que répondre.

— A présent, je remets beaucoup de choses en question, conclut-il.

— Pourquoi ?

Il tourna la tête de son côté.

— A cause de toi. A cause de ce qui t'est arrivé — et de ton installation ici.

Elle sembla de nouveau trop déconcertée pour trouver quelque chose à dire. Isaac lui effleura la joue d'une caresse, puis il attira son visage vers lui et leurs lèvres se joignirent. Après ce baiser, elle se blottit contre lui, la tête au creux de son épaule.

— Quand la vie est-elle devenue aussi compliquée ? demanda-t-il. A moins qu'elle l'ait toujours été et que j'aie refusé de m'en rendre compte ?

— Quand tu étais enfant, le seul moyen d'avancer était d'ignorer les complications et les tourments qu'elles engendraient. Tu as formé des projets. Tu as surmonté les difficultés. Plus tard, tu as fait d'autres projets et tu t'es finalement placé dans une position où tu pouvais mieux maîtriser les choses.

Il réfléchit un instant.

— C'est assez logique, en effet.

— Et puis j'ai été agressée par un délinquant. Au début, nous nous sommes fait des reproches mutuels. Mais tout bien réfléchi,

Isaac, nous n'y étions pour rien ni l'un ni l'autre. En réalité, il y a plein de choses face auxquelles nous sommes totalement impuissants. Ça me fait penser à la courtepointe que t'a léguée ta grand-mère. Le patchwork Nœud d'Amour. Je vois la vie comme ça : comme une corde de soie. Tout se passe bien, tout glisse et puis soudain, il y a un nœud — et deux possibilités : le dénouer pour que la corde redevienne lisse ou l'examiner de plus près pour voir s'il n'est pas utile. Parce qu'il arrive qu'un nœud soit là pour renforcer la corde. Dans ce cas, il serait pire de le défaire car sans lui la corde se casserait.

Isaac lui caressa les cheveux, enroulant une boucle autour de son index.

— Est-ce cette méthode qui va renforcer notre couple ? demanda-t-il, exprimant l'inquiétude qui le rongeait depuis quelque temps.

— Je l'espère.

Elle lui prit la main et leurs doigts s'entrelacèrent. Ils restèrent un moment sans rien dire. Isaac écouta sa respiration régulière tout en sachant qu'elle ne dormait pas.

— Pourrais-je te parler d'un autre problème ? reprit-elle enfin.

— Bien sûr ! Accumulons donc les complications !

Elle rit.

— Ça peut peut-être attendre. C'est à propos de ta famille.

Il aurait pu s'en douter.

— Tu as découvert autre chose ?

Elle lui fit part de tout ce qu'elle avait appris récemment.

— Jusqu'ici, je n'ai rien entendu qui prouve que ta grand-mère ait tué ton grand-père, conclut-elle. Ni même que l'un des cadavres découverts dans la grotte soit le sien. Tout ce que je sais, c'est que Leah a sympathisé avec un certain Daniel Flaherty et que certaines personnes, à Lock Hollow, en ont déduit que Jesse a très mal pris la chose. C'est tout : ça ne va pas plus loin.

— Tes recherches aboutissent donc à une impasse ? Enfin, à une grotte, ce qui revient au même.

— Isaac, je viens de te raconter une histoire qui n'a rien d'amusant. Elle doit bien t'attrister un peu, non ?

Il se sentait bien triste, en effet. C'était sans doute l'une des conséquences de toutes ces confidences, songea-t-il.

— Est-ce que je ne t'ai pas assez « ouvert mon cœur », ce soir ? rétorqua-t-il d'un ton qui se voulait léger.

Elle lui donna un petit coup de poing sur l'épaule.

— C'est de l'or que je cherche, là-dessous, et je vais creuser de plus belle après être tombée sur une telle mine.

— Cette histoire a empoisonné la vie de Rachel et celle de Leah, hein ?

— Ça te concerne aussi. Si Rachel n'avait pas soupçonné sa mère de meurtre, elle ne serait peut-être jamais partie d'ici, et elle ne t'aurait jamais eu.

— Tu es bien décidée à établir un lien de cause à effet entre ce qui s'est passé voilà soixante-dix ans dans un trou perdu de montagne et ma vie personnelle, n'est-ce pas ?

— Leah pensait qu'il y en avait un, Isaac. Tu ne le vois donc pas ? C'est pour ça qu'elle t'a légué ce chalet. Et aussi ce patchwork.

— Dans ce cas, pourquoi n'a-t-elle pas simplement écrit toute l'histoire et donné les papiers à son beau-fils pour qu'il me les remette au cas où il me retrouverait ? Pourquoi cette chasse au trésor ? D'autant plus que le lot à gagner n'est pas forcément très tentant.

Elle écarta une mèche qui tombait sur l'œil d'Isaac.

— J'ai beaucoup réfléchi à la question. Leah a tout perdu en quittant Lock Hollow. Elle a perdu son mari et sa sœur, même si nous ignorons encore dans quelles circonstances, au juste. Elle a perdu ses amis, ses voisins, sa maison, ses terres…

— Et alors ?

— En fait, elle a été coupée de tout, d'un seul coup. Elle a dû venir s'installer ici et repartir de zéro. J'imagine à quel point c'était difficile. Et ta mère en a souffert aussi. Leah savait donc mieux que quiconque ce que l'on ressent quand on se retrouve seul au monde, sans aucun lien avec le passé, sans racines. Quand elle a su que Rachel avait donné son enfant à adopter, elle a peut-être eu peur qu'un jour son petit-fils ou sa petite-fille traverse la même épreuve.

— Cela peut expliquer qu'elle ait voulu me retrouver, mais pas qu'elle n'ait laissé aucun message écrit pour moi.

— C'est qu'elle ne savait absolument rien de toi. Elle espérait certainement de tout cœur que tu serais assez heureux dans la vie pour ne pas avoir besoin de ta famille biologique. Auquel cas, la courtepointe n'aurait été qu'une simple curiosité et le chalet, un charmant cabanon de vacances. Mais dans le cas contraire, si tu éprouvais le besoin de te raccrocher à quelque chose, de retrouver tes racines, les indications étaient là et il ne te restait qu'à dénouer l'écheveau. Avec quelques recherches, les noms brodés sur le patchwork te menaient tout droit à Lock Hollow.

— Où j'allais découvrir que ma grand-mère avait commis un ou deux meurtres.

Kendra l'embrassa, comme pour chasser sa douleur.

— Eh bien, tout est là, justement. A mon avis, ce n'est pas ce que tu apprendras si tu continues à chercher. Je ne crois pas que Leah se serait donné autant de mal pour te conduire à un tel dénouement.

— Tous ceux qui se rappellent quelque chose seront bientôt morts. La prochaine génération ne saura pas qui étaient Leah et Jesse Spurlock. Pourquoi s'obstiner à déterrer les morts ?

— C'est à toi de répondre à cette question, pas à moi.

Au bout du compte, s'il voulait être honnête, il ne lui restait qu'une seule chose à dire.

— Effectivement, je crois que j'aimerais savoir.

— Au moment où je partais, Prudence m'a dit que Leah et Birdie avaient une cousine, Etta Norton, qui est encore en vie. Elle vit à Luray, dans un établissement médicalisé. Elle a presque quatre-vingt-dix ans mais d'après Prudence, elle est en assez bonne santé pour que tu la voies.

— Moi ?

Kendra s'allongea de nouveau sur le dos.

— C'était normal que j'aille voir Prudence et Aubrey. Mais Etta, c'est quelqu'un de ta famille. Que penserait-elle si je lui rends visite et si je lui parle de toi sans que tu aies daigné venir ?

— J'ai une cousine…

Il laissa sa phrase en suspens, comme pour mieux goûter la saveur de cette nouveauté.

— A partir de maintenant, c'est toi qui dois mener l'enquête. Si tu décides de le faire, je t'accompagnerai. Nous pourrions y aller demain, à condition qu'elle accepte de nous voir. J'ai le numéro de téléphone.

— Pour demain, j'avais une autre idée, dit-il en se tournant de son côté. J'ai apporté tout ce qu'il faut pour camper. Pourquoi ne pas faire une randonnée là-haut, dans le Parc national, en sortant un peu des sentiers battus ?

Il se tut un instant car il ne s'était pas encore réellement avoué ce qu'il s'apprêtait à ajouter.

— Nous pourrions essayer de trouver Lock Hollow, par exemple.

Les yeux de Kendra pétillèrent, puis elle fronça les sourcils.

— C'est effectivement à l'écart des sentiers battus. J'ai repris des forces, Isaac, mais je ne suis pas encore capable de porter un sac à dos. Et tu ne peux pas tout prendre en charge.

— Non, mais Caleb acceptera sûrement de m'aider.

— Caleb ?

— Hier, il m'a parlé de la randonnée qu'il a faite avec ses nouveaux amis. Il adorerait camper et je pourrais le convaincre de nous accompagner en lui proposant de prendre des photos de l'endroit où vivait ma famille.

— Nous avons assez de matériel pour lui ?

— J'ai apporté la tente individuelle et aussi la double. J'ai aussi nos deux sacs à dos et des provisions en pagaille.

— Mais pas de sac de couchage pour Caleb ?

— Il doit bien y en avoir un chez les Claiborne.

— Et j'ai aussi un chien, maintenant.

— Tu persistes à prendre cette carpette pour un chien, n'est-ce pas ?

Il s'esclaffa en la voyant plisser les yeux.

— Les Claiborne accepteront sûrement de garder Dusty pendant notre absence. Et Ten peut rester seul un jour ou deux.

Elle n'hésita pas très longtemps.

— Si tu acceptes d'y aller avec quelqu'un qui traîne la patte et qui aura plus d'enthousiasme que de force…

Isaac se remit sur le dos.

— Luray est sur le chemin du Parc national. Nous pouvons nous arrêter pour voir ma cousine, si ça ne dérange pas Caleb. Il faudra appeler les Claiborne de bonne heure, dès que nous serons levés.

Kendra se serra contre lui et l'embrassa dans le cou. Ils s'endormirent ensuite main dans la main.

26

Luray était une toute petite ville d'un canton minuscule. Comme Caleb n'avait guère envie de participer à la conversation avec Etta, Isaac le déposa à l'office de tourisme pour qu'il puisse flâner dans les rues, et lui donna rendez-vous une heure plus tard au même endroit.

Ils trouvèrent la résidence sans aucune difficulté. Maple Inn était un immeuble de deux étages ombragé par de grands érables rouges et argentés. On aurait plutôt dit un ancien pensionnat qu'une maison de retraite médicalisée. La terrasse était pleine de résidents qui bavardaient en profitant du soleil matinal.

Un employé en uniforme jaune indiqua au couple le numéro de la chambre d'Etta qui se trouvait au rez-de-chaussée. Isaac frappa à la porte puis ouvrit dès qu'une voix chevrotante les eut invités à entrer.

Etta Norton était installée dans un fauteuil relax, face à l'une des deux fenêtres. Ses cheveux clairsemés étaient teints en blond orangé et soigneusement permanentés. C'était une petite dame toute menue et ridée comme une pomme. Isaac eut l'impression qu'elle avait dû se battre pour tout ce qu'elle avait obtenu dans la vie.

En le voyant, elle porta une main à son cœur.

— Je vous jure que si je n'avais pas été avertie, j'aurais pu croire que Jesse Spurlock était ressuscité.

Isaac rougit de plaisir en entendant ces mots. Il se présenta puis présenta Kendra à Etta.

— Merci d'avoir accepté de nous voir pratiquement à l'improviste.

— Oh ! ce n'est pas vraiment une surprise ! Après le coup de téléphone d'Aubrey, je me suis dit que vous finiriez par venir jusqu'ici. C'est une chance que j'aie vécu assez longtemps.

— Aubrey prévient tout le monde, dit Kendra.

Etta sourit d'un seul côté, comme si une attaque lui avait laissé des séquelles.

— Approchez donc deux chaises. Chaque fois que ma fille s'en va, ils les repoussent contre le mur.

— Vos enfants habitent par ici ? demanda Kendra.

— Ils sont tous dans les parages. J'ai épousé un homme qui a été embauché pour l'entretien du parc, ce qui fait que nous nous sommes installés ici.

Elle tendit la main vers Isaac.

— Laisse-moi te regarder de près.

Il obtempéra de bonne grâce en lui prenant la main. Etta se pencha en avant et plissa les yeux pour l'examiner.

— Il y a un peu de Leah, peut-être, dans la couleur des cheveux. Mais tu es le portrait de Jesse. Sauf que lui, il avait les cheveux noirs comme jais. Ça, c'est un peu fort.

— Pourquoi ?

— Parce que, vous savez, il y a eu des doutes à propos de ce mariage. Des allusions, par-ci par-là.

— Nous espérions que vous nous en diriez un peu plus.

Etta sourit encore, visiblement ravie. Le fait que l'on ait besoin d'elle serait probablement son remède le plus efficace de la journée, songea Isaac.

— Bon, que savez-vous déjà ? demanda-t-elle.

Isaac répéta de son mieux l'histoire dont Kendra lui avait fait le récit.

— Nous avons cru comprendre qu'un autre homme était apparu dans le tableau, à un moment donné.

— Daniel Flaherty. Nous avons tous eu l'occasion de les rencontrer, lui et son assistant…

Elle marqua une pause, le regard dans le vague.

— Charlie Thompkins, il s'appelait.

Elle se redressa dans son fauteuil, fière d'avoir retrouvé son nom.

— Mon petit frère le suivait partout à travers champs, c'est pour ça que je m'en souviens. Mon père a coupé une baguette de noyer pour apprendre à Will qu'il ne fallait pas frayer avec ces gens-là. Ça aussi, je me le rappelle bien.

Craignant visiblement de perdre le fil, elle en revint au cœur du sujet.

— Bref, ces deux-là sont restés un bon moment parmi nous. Chaque famille du vallon les a vus arpenter leur propriété, se renseigner, prendre des notes, mesurer les terrains. Daniel était consciencieux, il faut bien lui accorder ça. Il jurait qu'il faisait tout son possible pour nous aider ; seulement, il a quand même détruit un couple au passage.

— Ce Daniel Flaherty a donc fini par séparer Jesse et Leah ?

— Ce ne sont pas des façons de parler de tes grands-parents, mon garçon ! Enfin, je sais bien que tu ne les as jamais connus. (Elle l'examina encore par-dessus ses lunettes.) Ils auraient été drôlement fiers de toi ; ça, je peux te l'assurer.

— Ils me semblent un peu irréels, avoua Isaac.

Malgré tout, il ressentit un absurde petit frisson de plaisir.

— Eh bien, je vais te dire : Jesse Spurlock était le plus bel homme que j'aie jamais vu de ma vie. Et intelligent comme pas deux. Pour autant, il n'était pas parfait. Quand tout n'allait pas comme il le voulait, il pouvait se replier sur lui-même pendant des semaines. De nos jours, on appellerait ça un état dépressif. A l'époque, les gens pensaient qu'il faisait la tête, c'est tout. Ça le rendait difficile à vivre. N'empêche qu'à l'époque je me suis demandé comment Leah pouvait regarder un autre homme que lui. Seulement, ce n'était pas moi qui supportais ses sautes d'humeur et tout ce qu'elle a enduré. Quand on est jeune, c'est facile de condamner les gens. C'est moins évident plus tard, quand on a commis soi-même des erreurs.

Après un si long discours, elle eut l'air exténué. Kendra

se leva pour aller lui chercher de l'eau. Etta prit le verre avec gratitude.

Après s'être désaltérée, elle se reposa un peu, puis reprit :

— Si vous m'apportez l'album qui est là-bas, j'ai quelque chose à vous montrer, dit-elle en désignant une table, près du lit.

Kendra réagit avant Isaac et lui rapporta l'album en question. Elle le posa sur ses genoux et Etta se mit à le feuilleter jusqu'à ce qu'elle trouve la page qu'elle cherchait.

— Tiens, le meilleur moyen de te rapprocher un peu de tes grands-parents, c'est de les voir en photo. Regarde plutôt si j'ai menti à propos de ta ressemblance avec Jesse.

Elle tendit l'album à Isaac.

— Le troisième cliché sur la page de droite. C'est une photo d'eux le jour de leur mariage. L'un des voisins avait un vieil appareil Kodak. Pour nous, c'était quelque chose. Complètement à gauche, c'est moi, mais ta grand-mère et ton grand-père sont au milieu.

Isaac examina la petite photo en noir et blanc et crut se voir avec quelques années de moins et des cheveux beaucoup plus foncés. La ressemblance était frappante, en effet. Leah était aussi charmante que Kendra l'avait entendu dire. Il s'immergea dans la contemplation de ces gens qui étaient, pour le meilleur ou pour le pire, ses plus proches parents. Au bout d'une minute, il passa l'album à Kendra.

Elle l'éleva vers la lumière.

— Etta a raison, dit-elle. Vous vous ressemblez comme deux gouttes d'eau, Jesse et toi. Et je suis si contente de voir enfin Leah. Là, elle n'avait même pas dix-huit ans, n'est-ce pas ? Bien sûr, nous le savions, mais ça fait un drôle d'effet de voir sa frimousse d'adolescente.

Elle releva la tête.

— Auriez-vous des photos de Birdie ?

— Oh ! Birdie ne voulait pas qu'on la photographie ! Elle se cachait dès qu'elle apercevait un appareil.

— Quand ils ont disparu, avez-vous pensé qu'ils avaient pu s'enfuir ensemble, elle et Jesse ?

La question ne parut pas surprendre Etta.

— Birdie était la seule à pouvoir faire sourire Jesse. C'était elle qui parvenait à le délivrer de sa morosité, à force de cajoleries. Elle me racontait tout quand elle venait me voir. Nous étions très amies. J'en savais plus sur elle que n'importe qui, même Leah.

— Accepterais-tu de nous en dire un peu plus ?

Etta posa son verre en souriant.

— Est-ce que j'ai l'air d'avoir autre chose à faire ?

Ferme Blackburn
Lock Hollow, Virginie
1er mai 1934

« Ma chère Puss,

» Je suis bien contente que miss Lula aille mieux. Mais je doute que ce soit grâce aux baies de phytolacca. Je miserais plutôt sur le radoucissement de la température.

» C'est gentil de m'avoir écrit. Non, je ne te conseille pas de manger des feuilles de sumac vénéneux pour éviter d'avoir une éruption cet été. Je sais que certains le font, mais ce n'est pas très malin de leur part.

» Si tu es obligée de toucher des feuilles et que tu as une éruption, lave-toi les mains à l'eau et au savon, puis frotte-les très fort avec des feuilles d'impatiens. Tu sais où en trouver. Il y en a presque toujours à proximité du sumac.

» M. Flaherty a dit qu'on toucherait pas mal d'argent pour la ferme et les terres dont j'ai hérité. Jesse ne veut rien savoir. Ces temps-ci, il ne me parle plus.

» Je ne savais pas que ce serait comme ça, le mariage.

» Affectueusement, comme une sœur,

Leah. »

*
* *

Leah était exténuée. Même s'ils devaient partir de chez eux, elle n'avait pas d'autre solution que de continuer à s'occuper de la ferme et des animaux dont ils étaient responsables. Daniel lui avait dit qu'ils auraient le droit d'emmener leur bétail quand ils partiraient. Ils pourraient aussi prendre leurs meubles et leurs effets personnels, sans rien enlever de ce qui faisait partie de la maison ou de la propriété — même la clôture toute neuve que Jesse avait installée au printemps.

Elle avait essayé d'expliquer à Jesse qu'il devait continuer à travailler comme si de rien n'était jusqu'au dernier moment, mais il ne voulait rien entendre. Brusquement, son agressivité et sa méfiance avaient cédé la place à une véritable léthargie. Il se levait à midi, ne mangeait que s'il trouvait une assiette pleine devant lui, passait son temps à graver des bouts de bois ou à se promener dans la montagne. Elle se retrouvait seule pour faire tout le travail. A la mort de ses parents, des voisins passaient régulièrement et se chargeaient des tâches les plus rudes. Maintenant que Leah était mariée à un garçon robuste, plus personne ne venait lui donner un coup de main. Elle s'efforçait d'accomplir les tâches qui incombaient à Jesse en plus des siennes. Et à force, elle n'en pouvait plus.

Birdie semblait être la seule personne à pouvoir encore communiquer avec Jesse. Il s'arrangeait toujours pour lui sourire ou lui répondre quand elle s'adressait à lui. Tandis que Leah, qui avait vainement essayé de lui faire accepter l'inévitable, n'avait droit qu'à son regard glacial.

L'unique consolation de Leah provenait de ses rencontres de plus en plus fréquentes avec Daniel. Ils se retrouvaient le soir, à la nuit tombée, quand personne ne pouvait les voir. Elle en profitait pour aller nourrir les bêtes à l'étable et s'acquitter d'autres tâches à l'extérieur.

Leah n'avait pas envie d'analyser de trop près cette amitié. Elle comptait de plus en plus sur Daniel pour lui donner de l'affection. Sa façon de l'écouter parler, la chaleur de son regard, sa sollicitude lui étaient devenues précieuses. Elle pouvait parler à Daniel, alors qu'il lui était devenu impossible de parler à son mari.

Ce soir-là, Daniel ne l'attendait pas près du bosquet de noyers où ils se retrouvaient généralement. Elle s'adossa à un tronc et attendit, humant l'air chargé d'effluves enivrants provenant des pommiers en fleur, dans le verger voisin. Par-delà le sommet des grands pins, la lune étincelait comme une perle somptueuse.

Elle était sortie plus tard que d'habitude car elle avait dû couper du bois pour alimenter le poêle. Daniel s'était peut-être dit qu'elle ne viendrait plus. Il n'y avait entre eux qu'un accord tacite. Ils ne se promettaient rien, n'attendaient rien l'un de l'autre, même si Leah voyait bien qu'il appréciait autant sa compagnie qu'elle appréciait la sienne. De toute évidence, il y avait entre eux une attirance mutuelle. Daniel avait presque dix ans de plus que son mari, et il possédait la maturité et le sérieux qui manquaient à Jesse. L'esprit et la vivacité de Jesse illuminaient leur petit univers de leur fulgurance. Daniel était plus posé, moins capable de la faire rire, mais il avait aussi moins tendance à la critiquer ou à la mettre en rage. L'ironie de la situation, c'était que Daniel, en travaillant pour leur expropriation, participait au désespoir de Jesse.

Comprenant qu'il ne viendrait pas, elle reprit le chemin de l'étable et regagna le billot où elle avait débité du gros bois en petites bûches. Comme elle allait chercher la brouette pour les charger, une silhouette se détacha de l'ombre, derrière le mur. Un bref instant, elle crut que Daniel l'attendait là, dans la cour de la ferme, où n'importe qui aurait pu le voir.

Mais ce n'était pas Daniel.

— On dirait que tu as besoin d'un coup de main, dit Jesse.

Elle respira à fond pour calmer les battements de son cœur.

— Un peu d'aide me serait bien utile, répondit-elle enfin.

— Je suis justement là pour ça.

— Tu me fais le coup du gars qui ne vient pas à son mariage et qui arrive juste pour la fête. J'ai déjà fait le plus dur.

— Pour la fête ? Tu ignores la force qu'il faut pour bien empiler tout ce bois dans la brouette ?

— Ma foi, j'ai eu le temps de m'en rendre compte depuis que je fais ça toute seule.

— Je vois bien que tu n'as pas saisi le truc. Attends, je vais te montrer.

— Jesse…

Il secoua la tête.

— Chut ! Le maître donne une leçon.

Elle aurait voulu se mettre en colère, mais cet aperçu de l'ancien Jesse, l'homme qu'elle aimait depuis si longtemps — depuis l'enfance, pour ainsi dire —, avait quelque chose de désarmant.

— D'abord, tu choisis les plus gros morceaux de bois. Evidemment, tu espères que celui ou celle qui les a coupés s'est arrangé pour qu'ils soient tous à peu près pareils.

— C'est pas mon boulot !

— Mais il peut y avoir des complications. Et nécessité fait loi, dans la vie. Alors, contentons-nous de ce que nous trouvons.

— C'est trop aimable à toi.

— Bon, regarde : est-ce que ce ne sont pas les plus gros ?

Sans lui laisser le temps de répondre, il se mit à jongler avec trois grosses pièces.

— Lequel est le plus gros ? Celui-ci ? Celui-là ?

Leah s'efforça de lui cacher à quel point elle était éblouie par sa démonstration.

— Je ferais mieux de rentrer, maintenant, dit-elle.

— Tu raterais le spectacle, et ce serait dommage. Il n'y a pas beaucoup de distractions, par ici. Regarde un peu !

Vif comme l'éclair, il attrapa un quatrième morceau de bois et le lança en l'air avec les autres.

— Et maintenant, fais bien attention, dit-il. Tu pourrais apprendre un truc ou deux.

— Tout ce que je vois, c'est que j'ai épousé un drôle de zèbre.

Il rit. Ce n'était pas le rire franc et communicatif des jours heureux dont elle gardait le précieux souvenir mais enfin, il ne faisait plus la tête.

— Hop, et voilà !

Jesse se retourna à demi, et les quatre morceaux de bois atterrirent l'un après l'autre dans la brouette.

Leah fut impressionnée, mais il n'était pas question de le lui montrer.

— Dans les cirques, on engage des gens comme toi. Il te manque juste un public, en somme.

— Je vais t'apprendre à faire pareil.

— Non, merci. Je préfère finir ton boulot, comme je le fais depuis près d'un mois.

— C'est pas la peine. Laisse-moi une chance et je vais te montrer comment t'amuser un peu.

Comme elle ne bougeait pas, il haussa les sourcils.

— Viens là, Leah !

— Je ne vois pas pourquoi je ferais ce que tu me demandes.

— Parce que tu es la femme d'un drôle de zèbre. N'empêche que tu es quand même ma femme, non ?

— Jesse, tu crois peut-être te rattraper comme ça…

— Viens là !

D'un geste prompt, il la prit par la taille et l'attira vers lui, utilisant la force pour vaincre sa résistance mais sans lui faire mal.

La tenant de dos, contre son torse, il la serra fermement par la taille avec le bras gauche.

— Il vaudrait mieux commencer avec quelque chose de moins gros que ces bûches prétendument coupées en morceaux.

— Tu n'avais qu'à m'apprendre à le faire mieux, s'il te restait encore un peu d'énergie.

— Pour commencer, cette petite pomme de pin fera l'affaire. Essaie de la lancer en l'air comme ça et de la rattraper comme ça.

Il changea de bras à toute allure, lançant la pomme de pin de la main droite, puis retenant Leah du bras droit pour se servir de sa main gauche.

— A ton tour, maintenant !

Elle se tortilla contre lui pour tenter de se libérer. Soudain, elle s'aperçut que ses mouvements ne produisaient pas exactement l'effet escompté. Elle se retourna dans ses bras.

— Jesse…

Il l'enlaça étroitement, tandis que la pomme de pin roulait à leurs pieds sur le sol.

— Tout m'est tombé dessus d'un seul coup, murmura-t-il.

Elle savait que ses excuses se limiteraient à cela, et que c'était déjà beaucoup.

— Mais ce n'était pas la peine de me tenir à l'écart. Personne ne t'aime plus que moi. Ce que tu veux, je le veux aussi.

Il enfouit ses mains dans les cheveux de sa femme.

— Tout fiche le camp, ajouta-t-il.

— Je sais, je sais.

Elle posa les mains sur ses épaules, oubliant son indignation vertueuse.

— Mais tu ne perds pas vraiment tout. Je suis encore là. Et Birdie, aussi. Nous aurons un peu d'argent et une autre propriété, ailleurs.

Jesse l'embrassa. C'était un baiser avide, exigeant, dans lequel elle perçut néanmoins un certain découragement. Il avait besoin de se perdre en elle et de puiser un peu de réconfort dans cette étreinte, songea Leah. Il souleva sa jupe et la pénétra d'un coup. Quelques secondes plus tard, il criait son prénom comme si c'était le seul prénom au monde qu'il connaisse.

Les minutes passèrent. Un engoulevent appela sa femelle au clair de lune. Leur vache meugla quelque part, dans un pré.

— Je n'avais pas l'intention de faire ça.

Jesse recula d'un pas et referma sa braguette tandis qu'elle rabaissait sa jupe.

Elle n'arrivait pas à analyser ce qu'elle ressentait. Elle oscillait entre la satisfaction d'avoir au moins partagé ce moment d'intimité avec lui et l'impression de lui avoir juste servi d'exutoire.

Le second sentiment était le plus fort.

— Tu n'avais pas l'intention ? Tu en es sûr ? Ce n'est pas uniquement pour ça que tu es venu me faire des excuses ?

L'un des chiens aboya. Puis ils entendirent bouger les feuilles des buissons qui bordaient le sentier menant à l'étable.

— Jesse ? Leah ? Vous êtes là ?

— Birdie nous cherche, chuchota Leah.

— Oui, à l'étable ! cria Jesse. Rentre vite à la maison. Nous remplissons la brouette de bois pour le poêle.

La voix de la jeune fille leur parvint de nouveau.

— Non, je peux vous aider. Je suis déjà dehors, de toute façon. C'est pas la peine que je rentre les mains vides.

— Réponds-moi vite avant qu'elle n'arrive, dit Leah à voix basse. Tout ça, c'était juste pour obtenir ce que tu voulais ? Ou bien il y avait autre chose ? J'ai besoin de savoir !

— Si tu ne le sais pas, je n'ai aucune raison d'éclairer ta lanterne puisque tu ne croiras pas un mot de ce que je te dirai.

Elle le retint par la manche quand il voulut s'éloigner mais au même instant, sa sœur apparut à l'angle de l'étable. Leah laissa retomber sa main.

— Je trouve que tu en fais beaucoup trop, Leah, déclara Birdie. Et tu ne me laisses pas assez de travail. Je pourrais quand même te donner un coup de main. Toutes ces négociations avec M. Flaherty, ça ne te laisse pas beaucoup de temps pour le reste.

Elle jeta un coup d'œil sur Jesse, qui s'était raidi de colère en entendant parler de négociations.

— Jesse, ajouta Birdie avec douceur, n'est-ce pas à toi de prendre soin de ma sœur ?

Jesse disparut si rapidement que Leah se demanda s'il avait jamais été là.

27

Kendra fut épatée par la vitesse à laquelle Isaac s'occupa des détails pratiques comme l'autorisation de camper en forêt et l'achat des cartes indispensables. Au centre d'accueil du parc, Hank Armstead se fit un plaisir de leur indiquer le meilleur chemin pour gagner Lock Hollow. Il aida Isaac à repérer sur son GPS la ferme des Blackburn et celle des Spurlock, ainsi que la fameuse grotte.

— Vous verrez les fondations des maisons et peut-être davantage, leur dit-il. La dernière fois que j'y suis allé, certains murs étaient encore debout.

Pour conclure, il leur proposa de passer la nuit dans un refuge tout proche du Sentier des Appalaches.

— Vous êtes sûrs qu'il y aura assez à manger ? demanda Caleb en lorgnant d'un œil sceptique les aliments secs qu'Isaac avait placés dans son sac à dos.

— Je te promets que tu vas aimer ça. Il y aura des spaghettis à la sauce tomate le premier soir et le lendemain, du poulet avec du riz. Au retour, tu auras droit à un bon steak dans un restaurant.

Kendra ne portait qu'un petit sac contenant le pique-nique du déjeuner, avec une bouteille d'eau. Ses vieilles chaussures de randonnée, bien qu'un peu démodées, étaient tout à fait confortables. Ils avaient envisagé d'en acheter une paire à Caleb, mais pour une première randonnée il risquait de souffrir davantage avec de nouvelles chaussures qu'avec ses baskets. Heureusement, les siennes étaient bien montantes, et Isaac lui avait prêté une bonne paire de chaussettes en laine. Grâce à son organisation remarquable, ils furent prêts en moins d'une demi-heure.

Il procéda à un dernier inventaire.

— La carte, je l'ai, le GPS aussi, le purificateur d'eau à ultraviolets…

— Comment campais-tu avant d'avoir tous ces joujoux ? lui demanda Kendra.

Il esquissa un sourire tout en continuant de cocher sur sa liste à mesure qu'il vérifiait. Quand il eut terminé, il fourra la feuille dans sa poche.

— Nous allons prendre notre temps, K.C. Au moindre signe de fatigue, préviens-nous et nous nous arrêterons. Les journées sont longues. Même si nous ne marchons pas vite, il fera encore jour quand nous installerons le camp.

Kendra n'avait aucune envie d'être héroïque. Elle avait bien plus de chances d'arriver à Lock Hollow en se montrant extrêmement prudente, et elle voulait mettre ses pas dans ceux de Leah et Jesse, ajouter un élément au puzzle de leurs vies qu'elle avait commencé à assembler.

— Je vais marcher à mon rythme et on verra comment je m'en sors.

Elle s'en sortit très bien. Dans un petit bois, dès le début de la randonnée, Caleb lui dénicha le bâton idéal, ce qui l'aida considérablement. Elle pouvait s'estimer heureuse, après avoir craint de ne plus jamais pouvoir marcher, de se retrouver sur un sentier de montagne en aussi bonne compagnie.

Ils firent quelques brèves haltes puis s'arrêtèrent pour déjeuner au bord d'un ruisseau, dans une clairière émaillée de pâquerettes. Assis sur des rochers plats, ils écoutèrent le clapotis de l'eau qui bondissait de pierre en pierre, entre les branches cassées.

— Vous entendez ça ? demanda Caleb.

Kendra se tut pour écouter. Il était rare qu'il prenne l'initiative d'une conversation. Un oiseau lançait ses trilles depuis un arbre, de l'autre côté du cours d'eau.

— Ça, c'est une fauvette à tête noire, déclara Caleb.

— Bravo ! dit Isaac. Je ne l'aurais pas reconnue.

— Un prof m'a donné un CD de chants d'oiseaux.

— C'est l'une des raisons pour lesquelles tu aimes venir te promener dans les bois près de chez nous, n'est-ce pas ?

— C'est parce que je fais des fiches.

— Sais-tu que le gendre de Helen est ornithologue ? Il emmène souvent sa femme, Tessa, en expédition. Je crois qu'elle est passionnée, elle aussi. Si tu veux, je leur dirai que ça t'intéresse.

Caleb ouvrit de grands yeux étonnés, comme si le fait de partager sa passion avec des inconnus était un concept totalement incongru pour lui. Kendra songea que la fille de Helen était une enseignante dévouée qui pourrait aider ce garçon à sortir de sa coquille. Elle s'était rendu compte qu'à la campagne les rapports sociaux avaient une grande importance. Elle s'était installée au chalet dans l'intention de s'isoler, mais personne ne l'avait laissée faire. Et en définitive, la sollicitude et le dévouement des voisins l'avaient aidée à se rétablir.

— Voilà ce qui nous a toujours manqué, dit-elle tout haut.

Isaac marchait à côté d'elle et Caleb, une vingtaine de mètres plus loin, était en train de photographier le paysage.

— Quoi ? demanda Isaac.

— Les rapports sociaux. Nous ne sommes pas très doués pour ça, ni l'un ni l'autre. Regarde-nous : aucun lien familial, du moins jusqu'à cet été. Quelques amis que nous voyons de temps en temps. Des métiers qui nous absorbent tellement que nous n'avons le temps de rien faire. Nous donnons de l'argent à des associations sans nous impliquer réellement. Nous avons même choisi de vivre dans un appartement meublé pour ne pas avoir à nous occuper de l'installation.

— Est-ce l'une de ces conversations destinées à démontrer la supériorité de la vie rurale sur la vie citadine ?

— Non. Je pense que nous pourrions entretenir des rapports humains n'importe où, si nous le voulions.

Ils marchèrent un bon moment en silence.

— Au début, dit enfin Isaac, ACRE était un peu comme une grande famille. Je voulais contribuer à son développement et sur ce plan, mon vœu a été exaucé. Mais en devenant un organisme plus important, plus professionnel, cette boîte a perdu son côté sympa. Les gens ne se retrouvent plus à l'improviste chez l'un ou chez l'autre, les réunions n'ont plus lieu au bar ou au restaurant du coin.

— Nous n'allions pas souvent chez tes collègues.

— Je travaillais de plus en plus. Et toi aussi.

Kendra éprouva une pointe de regret.

— Nous nous sommes arrangés pour nous fermer un maximum de portes.

— Et ACRE n'a plus aucun charme. Surtout depuis que Dennis fait la pluie et le beau temps. Tout a été rationalisé, hiérarchisé de façon presque militaire. Nous ne sommes plus un groupe de gens qui poursuivent un idéal commun : il y a des chefs, des subordonnés, et les seconds n'ont même plus vocation à penser. Je me suis aperçu des changements plus tard que ceux qui n'avaient pas autant de responsabilités que moi. Mais à présent, la situation est carrément critique.

— C'est pour ça que tu as pris une semaine de vacances ?

— Tu n'es plus la seule à devoir tout remettre en question.

Il n'en dit pas davantage, et le silence qui s'installa entre eux témoignait de la conscience qu'ils avaient d'arriver à un tournant crucial de leurs vies.

Une heure avant la tombée du jour, ils atteignirent le refuge dont Hank leur avait parlé. Il les avait prévenus qu'ils risquaient d'y trouver du monde mais à leur arrivée, il n'y avait personne. Les rares randonneurs qu'ils avaient rencontrés en chemin n'étaient là que pour la journée. Et apparemment, aucun de ceux qui suivaient le sentier de découverte des Appalaches n'était encore arrivé à cette étape.

En inspectant le bâtiment, ils remarquèrent que Caleb avait l'air déçu à l'idée de ne pas dormir en plein air. Isaac annonça alors qu'ils allaient planter leurs tentes un peu plus loin, dans le pré. Enchantée de trouver des toilettes et une douche, Kendra accepta volontiers de passer la nuit sous la tente.

Pour dîner, ils allumèrent un feu de camp près du refuge, à

l'endroit prévu à cet effet, plutôt que d'utiliser le petit réchaud d'Isaac. Ils grignotèrent des fruits tout en filtrant l'eau et en la faisant bouillir pour reconstituer leur repas. Le plat de spaghettis prévu pour quatre disparut entièrement, ainsi que la tarte au chocolat et à la noix de coco.

Comme si la tarte ne suffisait pas, ils profitèrent du feu pour se faire du thé à la menthe et des « s'mores », biscuits tartinés de guimauve et de chocolat qui fondent sur le gril. Personne d'autre ne se montra ce soir-là, et aucun bruit, hormis le chant des grillons et le crépitement des flammes nourries de petit bois sec, ne vint troubler la paix des lieux. A un moment donné, un brusque fracas, dans les taillis qui bordaient le pré, interrompit leur conversation, mais l'auteur de ce remue-ménage demeura invisible.

Quand il ne resta plus ni biscuits ni guimauve et qu'ils eurent bu le thé jusqu'à la dernière goutte, Kendra alla faire un brin de toilette, puis revint, vêtue de son pyjama.

— Caleb, tu sais chanter ? demanda-t-elle à l'adolescent.

Il sourit imperceptiblement et secoua la tête.

— Tiens, j'ai quelque chose à vous lire, reprit-elle en se levant pour aller chercher une liasse de papiers dans la poche de son coupe-vent. Ce sont des lettres que Leah Spurlock adressait à sa grande amie Puss, qui avait quitté le hameau.

Elle expliqua brièvement comment elle s'était procuré ces photocopies.

— Je n'en ai pas encore lu beaucoup mais j'aimerais le faire à voix haute, pour vous deux, à moins que ça vous ennuie à mourir. Il s'agit de conseils de santé et de remèdes traditionnels.

— Quel genre de bobos est-ce qu'elle pouvait soigner ? demanda Caleb.

Kendra sortit le premier feuillet et en parcourut quelques lignes.

— Eh bien, par exemple, voilà des conseils pour ragaillardir quelqu'un qui souffre de « consomption ». On dirait sans doute « anémie », de nos jours. C'était peut-être dû à des problèmes de malnutrition.

Elle promena encore les yeux sur la page.

— Oui, ça doit être ça… voilà ce qu'elle dit.

Elle se mit à lire tout haut.

— « Je regrette que ton frère ne soit pas très en forme. C'est normal qu'il soit fatigué avec tout le travail qu'il fait. Quand le printemps arrive, on a besoin de reprendre des forces grâce aux feuilles nouvelles qui poussent dans la nature. Ramasse une bonne brassée de feuilles de phytolacca et fais-les cuire comme ta maman les cuisine d'habitude. Garde seulement les plus tendres et change l'eau trois fois. Qu'il en mange le plus possible. Il y a aussi d'autres feuilles qui sont bonnes pour la santé et encore meilleures si tu les fais cuire dans une vieille cocotte en fonte avec un peu de vinaigre. »

Kendra leva la tête vers son auditoire.

— La verdure est généralement riche en fer et les ustensiles en fonte d'autrefois laissaient passer du fer dans les aliments, ce qui les enrichissait d'autant plus. Du moins, c'est ce que je pense.

— Leah devait le penser aussi, dit Isaac.

— Qu'est-ce qu'elle dit encore ? demanda Caleb, visiblement intéressé.

Kendra parcourut la lettre et sourit.

— Elle recommande de lui donner un remontant à base de soufre et de mélasse.

— Beurk !

— On utilise parfois le soufre pour détruire les parasites, dit Isaac. Et la mélasse contient également du fer : elle est très calorique.

— Un bon sirop multivitaminé me semble préférable. Mais comment sais-tu tout cela ?

— A l'université, j'ai suivi des cours de chimie et de physiologie. A un moment donné, j'ai eu envie de faire médecine.

— Tes journées de travail auraient été encore plus longues.

— Est-ce vraiment possible ?

Isaac et Kendra échangèrent un sourire.

— Est-ce qu'elle dit autre chose dans ces lettres ? demanda Caleb.

La jeune femme étudia un moment les deux suivantes.

— « Une décoction de racines de sassafras en cas d'affaiblissement. » Le sassafras n'a-t-il pas été classé parmi les produits cancérigènes ?

— Qu'est-ce que ça veut dire *cancérigène* ? demanda Caleb.

— On le dit de quelque chose qui peut provoquer un cancer, répondit Isaac. Effectivement, je l'ai entendu dire, moi aussi.

Kendra plaça la lettre en dessous des autres.

— A mon avis, il ne faut pas prendre ces conseils au pied de la lettre. Leah n'avait guère la possibilité d'expérimenter ses remèdes.

Elle poursuivit encore un peu sa lecture jusqu'à ce que son auditoire commence manifestement à se lasser.

— Et voilà, dit-elle. C'était la petite histoire pour vous endormir, les garçons.

Isaac se mit debout et s'étira.

— Caleb, allons vérifier qu'il n'y a pas d'ours dans le coin.

Ces paroles auraient dû remplir d'effroi tout être normalement constitué, mais Caleb avait quatorze ans. Il se leva d'un bond.

— Des ours ? Tu crois que des ours pourraient s'approcher d'ici ?

Isaac passa un bras sur l'épaule du garçon.

— Seulement si nous laissons quelque chose de comestible à leur portée. Il faut ramasser tout ce qui peut avoir l'air bon à manger et l'accrocher dans un arbre. A trois mètres de hauteur et à quatre mètres du tronc. Même le dentifrice et le savon. Donc, nous allons d'abord nous laver.

Caleb avait l'air absolument ravi. Ils allèrent récupérer tout ce qui était susceptible d'intéresser un ours.

Kendra contempla rêveusement la fumée des dernières braises qui montait en volutes vers les étoiles. Alors qu'elle commençait à ranger les lettres de Leah, elle remarqua que la suivante était un peu plus longue que les autres. Elle la parcourut, puis la relut plus attentivement. Elle était datée du mois de juin 1934. Une phrase retint toute son attention.

« Il y a des femmes, vers chez nous, qui parlent vraiment à tort et à travers. Si tu entends médire sur mon compte, Puss, rappelle-toi seulement tout ce que tu sais de moi au fond de ton cœur. Certaines personnes croient tout ce qu'on raconte, simplement parce que les commérages mettent un peu de sel dans leur existence. »

Kendra eut l'impression que Leah était revenue pour l'encourager à approfondir ses recherches. Etait-elle éprise de Daniel Flaherty au point de commettre un meurtre ? Certains, peut-être, l'avaient cru — ou avaient feint de le croire. Pourtant, Leah n'était pas allée vivre avec Daniel. Elle s'était retrouvée seule, enceinte de l'enfant de Jesse dont elle avait accouché dans un simple cabanon de Toms Brook. Au demeurant, la femme que Kendra découvrait de jour en jour à travers ses recoupements n'était certes pas du genre à tuer pour obtenir ce qu'elle voulait.

Une seule personne saurait dire avec certitude le degré d'intimité qu'avait atteint sa relation avec Daniel Flaherty. Et c'était l'intéressé lui-même. Mais était-il encore en vie ? Si c'était le cas, songea Kendra, il était presque centenaire… et elle avait les moyens de le retrouver.

A moins que l'un des squelettes découverts dans la grotte de Little Lock Mountain soit celui de Daniel ?

Elle serrait encore la lettre contre elle quand Isaac la rejoignit près du feu.

— Caleb est parti se coucher, mais il n'est pas près de s'endormir. Il doit prier pour que les ours viennent faire un tour par ici.

Kendra glissa les lettres dans la poche de son coupe-vent et lui tendit la main. Il l'aida à se relever.

— C'est l'une des plus belles journées que nous ayons passées ensemble, dit-elle.

Isaac la prit dans ses bras et l'embrassa tendrement.

*
* *

Depuis qu'il travaillait, il s'évertuait à préserver la nature dans les endroits sauvages de la planète. A présent, tandis qu'il observait, dans la belle lumière d'un matin d'été, les derniers vestiges de la ferme où avaient vécu ses ancêtres, il comprit ce qu'avaient dû ressentir ses grands-parents au moment de la quitter à jamais. Il songea à l'ironie du destin : quelqu'un, à Washington, avait certainement pris une décision identique à celle qu'il aurait prise dans cette situation-là. Il fallait protéger la Terre. La Terre appartient à tout le monde et chacun doit être en mesure de profiter de ses plus beaux paysages.

Et pourtant…

— Oh, tu as vu ça ? dit Kendra en s'approchant, la voix chargée d'émotion. D'après mon GPS, c'est la maison des Blackburn.

Il n'en restait pas grand-chose. Les bois et la futaie avaient envahi la majeure partie des champs et des pâturages. Mais comme le garde forestier le leur avait dit, le contour des fondations était encore visible à travers le feuillage estival. Un mur bien malmené avait résisté à la démolition totale. Les montants d'une cheminée en pierre à demi écroulée témoignaient d'une époque révolue.

Caleb se dirigeait déjà vers les ruines, l'œil rivé au viseur de son appareil. Isaac se réjouit que Kendra lui ait offert ce cadeau ; pour sa part, il aurait été incapable de prendre des photos dans un moment pareil.

— Chaque matin, au réveil, voilà ce qu'ils voyaient, murmura Kendra. Imagine un peu ça !

Le paysage était idyllique. Par-delà les bois, les montagnes s'étendaient à perte de vue, par vagues successives, bleutées dans le lointain. Au-dessus du vallon, les prés montaient en pente douce. Plus haut, des éperons rocheux surplombaient le vide, leurs formes fantastiques se découpant sur le ciel lumineux. Le bruit frais d'un torrent qui dévalait de quelque sommet leur parvenait distinctement, en harmonie avec l'air vif et pur des hauteurs.

— On dirait qu'il reste des traces de leur jardin, dit Isaac d'une voix un peu étranglée.

Kendra lui prit la main.

— Allons y jeter un coup d'œil.

Ils avancèrent lentement, presque solennellement. Pour la première fois, Isaac crut comprendre le sens de l'expression « terre sacrée ». Qu'il le veuille ou non, il était le dernier maillon d'une chaîne qui s'était constituée en ce lieu. A l'exception d'Etta, qui était une cousine assez éloignée, il n'avait jamais connu les gens qui vivaient autrefois à cet endroit, et pourtant il demeurait l'un des leurs. Ses racines étaient là, dans ce sol qu'il foulait pour la première fois.

— La maison était bâtie sur un terrain rocheux, dit Kendra. C'est pour ça qu'elle n'est pas envahie par les herbes… Mais n'est-ce pas un lilas que je vois, là ?

Elle désigna un arbuste florissant, vers l'angle droit des fondations.

— Je crois bien.

— J'ai toujours eu envie d'en avoir un, dit la jeune femme.

— Ça ne peut pas pousser sur un rebord de fenêtre, n'est-ce pas ?

— Non, mais quelque chose me dit que s'il y a une pousse récupérable, je vais en avoir un à planter au chalet quand nous quitterons le parc. Et ne viens pas me dire qu'il est interdit de prendre quoi que ce soit — même un petit caillou. Je le sais.

Isaac ne discuta pas. Il comprenait ce qu'elle ressentait. Avec le temps, il finirait par admettre que l'Etat avait eu raison de vouloir préserver ces montagnes afin de transmettre aux générations futures un patrimoine intact. Pour le moment, il était en colère que l'on ait chassé sa famille de la ferme qui était celle de leurs ancêtres. Aujourd'hui, il estimait pouvoir au moins hériter d'une pousse de lilas.

Ils rejoignirent Caleb, qui continuait à photographier les ruines, cadrant chaque cliché avec tout le sérieux d'un professionnel. Quand il eut épuisé le sujet, ils firent tous les trois le tour de la maison et découvrirent les ruines d'un autre bâtiment qui avait dû être une étable. Les murs en rondins étaient tout pourris et le toit s'était effondré, mais on discernait encore bien la forme générale.

— Ce n'était pas très grand, fit remarquer Kendra.

— Il ne devait pas y avoir plus d'une vache ou deux, peut-être un cheval ou une mule et quelques cochons à engraisser.

— La vie ne devait pas être facile.

— Elle était peut-être agréable quand même.

— Evidemment, ils n'étaient pas stressés par les embouteillages.

Kendra écarta une touffe d'herbe.

— Regarde ça.

Isaac jeta un coup d'œil par-dessus son épaule. C'était un outil en ferraille, apparemment très lourd et complètement rouillé. Il s'assit sur ses talons pour mieux voir.

— Je crois que c'est un morceau de charrue. La pièce qui sert à creuser les sillons.

— Je me demande combien de sillons elle a pu creuser, en son temps.

— Allons explorer encore un peu les lieux.

Ils flânèrent près d'une heure dans les parages. Kendra déterra sa pousse de lilas, la plaça dans un sac en plastique, l'arrosa un peu avec l'eau de sa gourde et mit le sac dans ses affaires.

— Je culpabilise. Je n'aurais jamais déterré une plante sauvage, je le jure.

— Inutile de plaider ta cause : je sais à quel point tu es respectueuse des lois et de l'environnement, dit Isaac.

— Crois-tu que Leah ait emporté quelques plantes avec elle ? Autour du chalet, il y a des roses trémières qui ont l'air très anciennes. J'ai réussi à les dégager des mauvaises herbes et j'espère qu'elles vont prospérer.

— Si ma grand-mère avait un lien quelconque avec ces cadavres, elle devait être pressée de partir. Je doute qu'elle ait eu le temps de s'attendrir sur les plantes.

Il regarda Kendra et la trouva bien pâle.

— Tu transpires, lui dit-il. Si tu allais t'installer à l'ombre ? Je vais essayer de dénicher cette source qu'on entend d'ici et te rapporter un peu d'eau fraîche de la ferme Blackburn.

— Ça va aller, ne t'inquiète pas.

— Tu t'es beaucoup dépensée et tu t'en sors très bien, mais il ne faut pas prendre de risques inutiles, d'accord ?

Elle acquiesça, visiblement soulagée de se reposer.

Ils déplièrent un sac de couchage sous un vieux chêne qui devait être là depuis assez longtemps pour avoir abrité plusieurs générations de Blackburn. Caleb avait déjà trouvé le torrent et rempli la Thermos filtrante. Un bon verre d'eau fraîche les récompensa de leurs efforts. Isaac ouvrit un sachet de fruits secs et ils en prirent chacun une poignée.

— Il doit y avoir des tombes familiales quelque part, dit Kendra. A en croire les documents que j'ai lus, elles ont été laissées sur place lors de l'aménagement du parc, mais ils ne les entretiennent pas : c'est aux familles de le faire.

— C'est vraiment pas juste, dit Caleb. On chasse les gens, on leur prend tout, et il faut qu'ils viennent s'occuper des tombes.

— Nous chercherons une autre fois. Je voudrais faire un tour jusqu'à l'ancienne ferme des Spurlock avant la tombée du jour.

Isaac posa une main sur le genou de sa femme.

— Toi, tu ne bouges pas d'ici. Apparemment, le plus court chemin pour s'y rendre est de grimper jusqu'à cette crête puis de franchir le col, un peu plus loin. Ce n'est pas de l'escalade mais presque, et tu as assez marché pour aujourd'hui.

— Entendu, dit Kendra. Je suis bien, sous cet arbre. Je vous attends là.

Caleb fronça les sourcils.

— Je reste aussi, dit-il.

— Ne t'en fais pas pour moi, lui dit Kendra. Je ne risque absolument rien. Je vais faire un petit somme.

— On aurait dû emmener Dusty pour veiller sur toi.

— Dusty la Carpette se serait allongée dans l'herbe et aurait dormi comme un loir, dit Isaac.

Caleb les regarda tour à tour, puis s'esclaffa.

— Bon, enfin, elle lui aurait quand même tenu compagnie.

Kendra ôta sa casquette et s'en servit pour s'éventer.

— Tu as sûrement remarqué que son nom s'est allongé. En fait, Dusty la Carpette va devenir simplement « Carpette », tant qu'elle n'aura pas acquis un peu d'énergie… Allez, partez vite et ne craignez rien. Je suis dans un endroit de rêve où il ne peut rien m'arriver.

Les deux hommes allèrent remplir des gourdes d'eau à la source et prirent chacun deux grosses barres chocolatées. Avec ça, ils avaient de quoi gravir la montagne en courant, leur dit Kendra. Sur ce, elle s'allongea confortablement, sa casquette sur les yeux, les laissant partir à l'aventure.

Derrière Isaac, Caleb gravit en silence le sentier abrupt sans aucune difficulté apparente — ce qui était bon signe pour un garçon qui avait été opéré un jour d'une malformation cardiaque. Ils firent halte à un tiers, environ, de l'ascension, et Isaac tâcha de se repérer grâce au GPS.

— Tu veux voir la grotte où on a trouvé les squelettes ?

— C'est une histoire qui fait un peu froid dans le dos, non ?

— Effectivement. C'est comme tu voudras.

— Je crois que je préférerais ne pas y entrer.

Ils prirent un chemin transversal qui descendait ensuite vers un amas rocheux adossé à une autre paroi. Isaac s'arrêta pour consulter de nouveau son appareil. Il leva ensuite la tête.

— Ça devrait être là-haut, juste au-dessus de nous.

La grotte n'était pas difficile à localiser. Il y avait un espace bien distinct parmi des rochers. Avant que le chien ne réussisse à s'y introduire, elle devait être bouchée par un gros bloc de pierre et pratiquement invisible. Isaac imagina des enfants découvrant cette grotte et allant jouer dedans à l'insu de leurs parents.

— Il y a probablement d'autres grottes, dit-il. Mais c'est celle-ci que le garde forestier nous a indiquée.

— J'aurais bien aimé vivre par ici, déclara Caleb.

— Moi aussi, dit Isaac en lui donnant une tape dans le dos. Mais nous pouvons venir en profiter quand nous voulons.

Caleb prit quelques photos. Ils regagnèrent ensuite le sentier et reprirent la direction de l'ancienne ferme Spurlock.

Un peu essoufflés, ils marchèrent un moment sans rien dire. A un moment donné, Isaac demanda à Caleb s'il connaissait le nom de l'oiseau qu'ils entendaient. Le garçon répondit qu'il devait s'agir d'une grive.

— Aimerais-tu devenir ornithologue ?

— Je voudrais être médecin, si je peux.

— A ton âge, c'est aussi ce que je disais.

— Un chirurgien m'a sauvé la vie. J'aimerais bien pouvoir faire ça pour quelqu'un, un jour.

— C'est un motif valable.

— Et toi, c'était pour quoi ?

— Nous avons vécu un peu partout dans le monde. J'ai vu tellement de gens malades ou blessés que j'aurais voulu les guérir tous. En définitive, je suis plus doué pour empêcher les hommes de blesser la Nature. J'ai vu pas mal de terres qui avaient grand besoin d'aide, aussi.

— J'imagine qu'il y a beaucoup de choses en piteux état et beaucoup de travail à faire, dans tous les domaines.

Après une autre demi-heure de marche en terrain accidenté, ils arrivèrent en vue de la ferme Spurlock. Les chemins devaient être plus praticables et le trajet plus facile du temps de ses grands-parents, songea Isaac. A présent, ils n'étaient plus empruntés que par de rares marcheurs, et des futaies avaient poussé dans les champs. Sans son GPS, il n'aurait jamais su qu'ils étaient arrivés.

— Allons voir s'il reste des traces de la maison, proposa-t-il.

Ils finirent par la trouver, derrière un bosquet d'acacias. La surface au sol était plus importante que celle de la maison des Blackburn. Là, il ne restait plus aucun mur — rien que les fondations et un amas de moellons qui avait dû être, naguère, une cheminée. Pour l'époque, c'était sans doute une superbe maison de maître, mais ce qu'il en restait était maintenant enfoui sous un fouillis de ronces, d'églantines et de lauriers de montagne.

— Dis donc, tu as vu le panorama qu'ils avaient d'ici ? lança Caleb au bout d'un moment. Je vais en face pour prendre des photos.

Isaac leva la tête et s'aperçut qu'au-delà d'une rangée d'arbres, une splendide montagne, entièrement boisée et inhabitée, s'offrait à sa vue. Quittant le fantôme de l'ancienne demeure des Spurlock, il alla rejoindre Caleb.

Il contempla le paysage un long moment, le cœur battant. C'était le panorama que ses ancêtres voyaient dès leur réveil, qu'ils pouvaient admirer depuis leur fenêtre ou leur terrasse, du lever au coucher du soleil.

— C'est une vraie merveille, hein ? dit Caleb. Finalement, c'est peut-être une bonne chose, ce parc. Si ça a permis de préserver des endroits aussi sauvages, alors, peut-être que ça valait la peine d'embêter les gens.

— Malheureusement, cette montagne ne fait pas partie du parc, dit Isaac. Elle est juste en dehors des limites. Elle s'appelle le mont Pallatin.

28

Ils marchèrent plus lentement en revenant vers l'ancienne ferme des Blackburn.

— Ça doit faire un drôle d'effet de découvrir l'endroit où vivait ta famille, dit Caleb.

Isaac en savait assez sur son compte pour se douter qu'il ne s'agissait pas d'une remarque anodine.

— La prochaine fois, nous irons marcher du côté de Corbin Hollow, promit-il. Kendra m'a dit que ta famille était peut-être originaire de là-bas.

— Je ne sais rien sur eux, à part ce que raconte Cissy.

Partagé entre l'envie de réfléchir en silence à ce qu'il venait de voir et le désir d'aider Caleb à faire le point sur sa vie, Isaac n'hésita pas très longtemps.

— Moi-même, j'ignorais tout de ma famille jusqu'à ces derniers temps, déclara-t-il. J'ai été adopté à l'âge de six mois.

— Moi, personne n'a voulu m'adopter, à cause de mes problèmes de santé, dit Caleb sans aucune amertume, comme s'il trouvait la chose assez logique.

— C'est une perte pour ceux qui ont refusé, mais en définitive ça a plutôt bien tourné pour toi, non ? Tu te retrouves avec ta sœur et tu vis avec des gens qui tiennent beaucoup à toi.

— Je n'ai pas l'impression d'être dans ma famille. Et Cissy non plus, d'ailleurs.

Caleb marqua une pause.

— C'est peut-être parce que je ne sais pas ce que c'est, d'avoir une famille. Et toi, comment c'était avec tes parents adoptifs ?

Isaac ne parlait jamais de son enfance. Kendra elle-même n'en connaissait que quelques bribes. Toutefois, il fallait se réjouir que le garçon sorte enfin de sa tour d'ivoire.

— Pour tout dire, avoua-t-il après avoir mentalement formulé puis écarté diverses réponses qui auraient accentué les aspects positifs de sa vie, mes parents adoptifs étaient des gens malsains. Ils m'ont élevé à leur façon, qui consistait surtout à me faire croire que je ne valais pas grand-chose.

— C'est pour ça que tu t'intéresses tellement à ta vraie famille ?

— Ma famille biologique ?

Sur le point de répondre que ce n'était pas lui qui voulait savoir mais Kendra, il se ravisa. Cette quête était devenue la sienne, en effet.

— On dirait que ma grand-mère, depuis sa tombe, s'efforce de m'entraîner vers les générations qui ont vécu ici. Tout à l'heure, quand nous étions là-haut, j'ai eu le sentiment de faire partie d'un tout. Evidemment, je me rends compte que ça ne rime à rien.

Il fut surpris d'entendre une fêlure dans sa propre voix.

— J'aimerais bien que ça m'arrive un jour, dit Caleb.

Isaac fut touché.

— Tu sais, il ne faut pas t'en faire, dit-il. Tu apprendras à aimer les gens, petit à petit. L'important, c'est de ne pas te replier sur toi-même. Sois attentif à la façon dont ils te traitent et écoute ce qu'ils disent. Un beau jour, tu te rendras compte qu'ils te manqueraient énormément s'ils disparaissaient de ta vie.

— Avant, je croyais que c'était moi qui les faisais fuir.

— Et maintenant ?

— Je me demande si ce sera toujours comme ça.

Cette fois, Isaac s'étonna de connaître la réponse.

— Il y a deux sortes de gens qui se soucient de toi, dans la vie, Caleb : ceux qui sont payés pour ça puis qui s'en vont, et ceux qui ne peuvent pas faire autrement. Ceux-là, personne ne les paie. Ils tiennent à toi, c'est tout. Les gens qui sont payés, comme les médecins, les infirmières, les enseignants ou les familles d'accueil, ils savent qu'ils ne prendront soin de toi que de façon provisoire. Ça ne veut pas dire qu'ils ne sont pas dévoués, mais ils ont parfaitement conscience que ça ne durera pas.

— C'est arrivé souvent.

— Et les autres ? Ceux qui tiennent réellement à toi ? Ta sœur appartient à cette catégorie-là et les Claiborne aussi, à mon avis. Et plus tard, dans ta vie, tu rencontreras une femme qui tiendra à toi, que tu sois parfait ou non.

Ils entamèrent la descente qui menait à la ferme.

— C'est ce que Kendra a fait ?

Isaac se mit à rire.

— Ma foi, tout ce que tu as vécu semble t'avoir rendu perspicace.

— Et toi, ce qui t'a rendu perspicace, c'est d'avoir eu des mauvais parents ?

Isaac n'avait jamais envisagé les choses sous cet angle-là. Ses malheurs lui avaient-ils finalement rendu service ? Devait-il classer son enfance difficile parmi les éléments utiles à son développement personnel ?

— J'ai l'impression d'avoir surtout appris comment ne pas vivre, répondit-il enfin. L'ennui, c'est que je mets du temps à assimiler. Il m'est plus facile de rejeter les gens que de me rapprocher d'eux. Ne sois pas comme moi. Commence tout de suite. Ne repousse pas les autres. Tu seras beaucoup plus heureux, ainsi.

— Il y a seulement deux catégories, tu crois ? Est-ce qu'il n'y en aurait pas une troisième : des gens qui aiment bien être avec toi tant que c'est possible mais pas pour toujours ?

— Oui, on les appelle des amis, je suppose.

— Alors, je crois que vous êtes mes amis, Kendra et toi.

— Sauf en ce qui concerne le « pas pour toujours ». J'espère bien que nous resterons très très longtemps tes amis.

Caleb sourit et Isaac lui pinça le bras. Sur l'échelle de l'amitié virile, peu encline aux confidences, cette conversation atteignait un degré élevé.

Kendra les attendait en bas du sentier de randonnée. Elle agita la main en les voyant arriver.

— Un renard est passé me dire bonjour : une grosse bestiole d'un beau roux cuivré. Et les tamias grouillent littéralement autour des fondations de la maison. Je me demande où vivent les serpents et les rapaces. Sûrement pas dans le coin, en tout cas.

— D'après certaines tribus indiennes, le renard aurait des pouvoirs de guérison, dit Caleb. Ce renard était peut-être ton totem.

— Et les tamias, alors ?

— Ils ont l'art de fureter partout. Ils veulent tout savoir. Dans la nature, les tamias sont de vrais petits détectives.

— Comme les reporters, dit Kendra. Tiens, je commence à croire aux totems, moi.

Il était interdit d'allumer des feux ailleurs que dans les endroits prévus à cet effet, et ils respectèrent cette règle-là. Ils mangèrent le riz au poulet reconstitué sur le mini-réchaud d'Isaac avant de déguster un pudding au chocolat et de faire fondre leurs derniers marshmallows.

Ayant reçu la recommandation de ne pas camper à proximité des ruines, ils choisirent un endroit boisé, à l'écart du sentier, où d'autres campeurs étaient manifestement passés avant eux. Les tentes n'en furent que plus faciles à planter sur des espaces déjà dégagés.

Les rituels du soir terminés, Caleb se déclara épuisé et alla se coucher. Après sa nuit passée à guetter les ours et la grande randonnée de la journée, il avait besoin de sommeil.

Kendra n'avait pas encore envie de dormir. L'air était frais et une brise légère brassait des senteurs de résine mêlées à un doux parfum de fleurs. Elle aurait voulu respirer davantage, gonfler ses poumons de ces effluves. C'était le Paradis.

— Allons faire un tour, proposa-t-elle en tendant la main à Isaac. J'aimerais voir les ruines au clair de lune. Prenons la lanterne.

Ils dirent à Caleb qu'ils revenaient tout de suite et reçurent un marmonnement indistinct en guise de réponse. Main dans la main, ils reprirent le chemin de l'ancienne ferme.

— Donne-moi un peu tes impressions, après cette visite à la ferme des Spurlock, reprit-elle quand ils se furent éloignés du campement. J'ai aussi quelque chose à te montrer.

— Sais-tu ce que Jesse voyait en permanence, de chez lui, pendant toute son enfance ?

Il n'attendit pas la réponse.

— Le mont Pallatin.

Kendra s'immobilisa.

— C'est une blague.

Isaac la tira par la main pour l'inciter à avancer de nouveau.

— Je savais qu'il n'était pas très loin des limites du parc. Mais à l'époque où je le cherchais sur les cartes, au début de nos négociations, j'ignorais que je m'intéresserais un jour à Little Lock : ce n'était qu'un massif parmi tant d'autres dans la chaîne des Montagnes Bleues.

— Tu es sûr de ne pas te tromper ?

— Absolument sûr. Il a une forme bien reconnaissable, et il est entièrement boisé et inhabité — pour le moment.

Kendra devina son dilemme.

— Je suppose que tu n'avais jamais envisagé les choses de ce point de vue-là.

— Il devait être particulièrement difficile de partir d'un endroit aussi idyllique, de renoncer à jamais à ce panorama.

Kendra attendit, mais il n'en dit pas davantage. Elle espéra qu'un jour il se sentirait prêt à partager ses préoccupations avec elle.

Ils flânèrent autour des ruines. Elles prenaient un aspect fantomatique dans la brume qui montait de la terre rafraîchie. Des ombres fuyaient et se reformaient chaque fois qu'un léger nuage passait devant la lune.

— Qu'est-ce que tu voulais me montrer ? demanda Isaac.

La lanterne et le clair de lune les éclairaient un peu, mais il faisait quand même très noir. Kendra commençait à hésiter.

— C'est un peu plus loin. Je me demande si nous verrons assez clair pour aller jusque-là-bas.

— Il faudra marcher en levant les pieds assez haut. Tiens, prends la lanterne pour nous guider.

Kendra contourna la maison, mais pas en direction de l'étable. Un semblant de sentier lui indiqua le chemin de sa trouvaille. Ils avaient parcouru une centaine de mètres quand elle s'arrêta. Une petite clôture en fer forgé disparaissait presque sous le lierre et les ronces, et de jeunes arbres prenaient racine tout autour. Mais c'était une zone où l'obligation de laisser la nature intacte ne s'appliquait pas. Quelqu'un était venu récemment pour entretenir les lieux.

— Voilà le cimetière familial des Blackburn, dit Kendra. Je l'ai découvert en venant me promener par ici, cet après-midi.

Isaac se taisait. Elle avança vers la clôture et chercha quelque chose à tâtons sur quelques mètres.

— Voilà l'entrée, annonça-t-elle quand elle eut trouvé.

Elle ouvrit le portillon, et Isaac la suivit, non sans quelque réticence.

— J'ai trouvé le père et la mère de Leah — tes arrière-grands-parents. Ils ont été enterrés côte à côte. Il y a juste deux petites pierres grises plantées dans la terre, avec leurs prénoms gravés dessus : Flossie et Dyer.

Elle s'arrêta et lui rendit la lanterne.

— Tiens, c'est là. Leah avait peut-être l'intention de leur offrir de vraies pierres tombales, mais elle n'aura eu ni le temps ni les moyens de le faire avant d'être expulsée.

Isaac s'approcha.

— Ça me fait tout drôle.

— Je m'en doute.

Il observa un long silence, éclairant tour à tour les pierres puis le reste du petit enclos. Elle attendit sans rien dire.

— Il y en a d'autres ? demanda-t-il enfin.

— Il va falloir débroussailler un peu pour aller voir dans les coins. Je crois qu'il y a plusieurs sépultures qui ne sont pas très bien indiquées. Et je n'ai peut-être pas tout vu. Mais je tiens à te montrer autre chose. C'est la raison pour laquelle je t'ai amené ici sans Caleb.

— Tu as bien fait.

— As-tu remarqué que cet enclos avait été dégagé et entretenu assez récemment ?

— On dirait bien, en effet. Mais par qui ? Des randonneurs de passage ?

— Ça m'étonnerait. Viens voir pourquoi.

Elle rebroussa chemin en direction du portail, puis longea la grille vers la droite, à l'intérieur, s'arrêtant pratiquement à l'opposé de l'endroit qu'ils venaient de quitter. Elle désigna le sol, à leurs pieds.

— Eclaire par ici.

Isaac fit ce qu'elle disait, et une petite plaque de marbre poli brilla sous le faisceau de sa lampe. Il s'accroupit pour mieux voir.

— Ça, par exemple ! murmura-t-il.

— Comme tu dis. Je n'en revenais pas quand j'ai fait cette découverte.

Elle n'avait pas besoin de regarder pour se rappeler l'inscription : *Jesse Isaac Spurlock, 1911-1934*. Et en dessous : *Birdie Florence Blackburn, 1911-1934*.

Isaac passa l'index sur les lettres gravées dans la pierre. Finalement, il se releva.

— Quelqu'un sait donc ce qui s'est passé. Et tu crois qu'ils sont enterrés ici ?

— Non, je ne pense pas. Quelqu'un est venu déposer cette plaque à leur mémoire, et ça ne fait pas si longtemps que ça.

— Je porte son second prénom.

Kendra eut envie de le toucher, mais ce n'était pas le moment. Ce qu'il ressentait en cet instant était trop personnel.

— J'ai pensé à ça tout l'après-midi. Je parierais que ta mère en a fait une condition de ton adoption. C'était une adoption privée, par l'entremise d'un avocat. Elle pouvait poser toutes les conditions qu'elle voulait — y compris le choix de ton prénom.

— Rachel n'a même pas connu son père.

— Elle devait rêver de lui. Elle a raconté à Marion Claiborne qu'elle était la fille d'un prince. Sans doute a-t-elle voulu te transmettre une petite part d'un grand-père que tu ne connaîtrais jamais non plus.

C'était là un petit geste tout simple qui reliait Isaac à une mère qu'il avait préféré bannir de ses pensées. Rachel l'avait abandonné mais, à l'instar de Leah, elle lui avait donné ce qu'elle pouvait.

Il garda le silence encore un moment. Kendra hésita puis passa un bras autour de sa taille. Ce contact parut le réconforter.

— Qui a bien pu apporter cette plaque ? dit-il enfin. Je suis sûr que les gens du parc ne sont pas au courant. Ils n'auraient pas donné leur autorisation.

— Quelqu'un qui savait que Birdie et Jesse ne se sont pas enfuis ensemble, qu'ils sont morts tous les deux en 1934.

— As-tu une petite idée… ?

— Aubrey Grayling en sait plus qu'il ne veut bien le dire. Mais il ne se confiera pas à moi.

— Peut-être qu'il me parlera.

Isaac se dégagea et l'entraîna vers le portillon.

— Légalement, en tant que parent proche, j'ai le droit d'entretenir ces tombes.

— Est-ce que tu vas le faire ?

— Je ne sais pas.

Il aurait été maladroit d'insister. Kendra se doutait toutefois qu'ils reviendraient un jour ou l'autre avec une pelle et une pioche. Ce qui n'était pas pour lui déplaire.

Sur le chemin du retour, le silence était presque oppressant. On n'entendait pas la moindre chouette, et même les grillons se taisaient. Si des animaux rôdaient dans la forêt, ils étaient particulièrement discrets.

Kendra frissonna et frictionna ses bras nus, regrettant de ne pas avoir pris son coupe-vent. Comme ils approchaient de la ferme en ruine, elle rompit le silence.

— Vous vous entendez bien, Caleb et toi. Il y a des points

communs entre vous : on pourrait presque imaginer que vous êtes frères.

Isaac la prit par la main et se laissa choir sur une grosse pierre plate assez large pour les accueillir tous les deux.

— Ça lui plairait sûrement, dit-il en passant un bras autour de l'épaule de sa femme.

Surprise qu'il ait envie de parler, elle s'efforça de rester sur ses gardes. La forêt semblait retenir son souffle et Kendra en faisait autant, à présent.

— Ça te plairait peut-être aussi. Tu n'as jamais eu de frère.

Il inclina la tête pour la regarder.

— En fait, si.

Prise au dépourvu, elle ne sut que répondre. Isaac n'était pas très loquace à propos de son enfance. Elle pensait néanmoins qu'il lui avait au moins raconté l'essentiel.

— J'ai eu un frère pendant huit mois, reprit-il. J'avais huit ans à l'époque et lui, quatre. Il était pupille de la Nation — le fils d'un officier de l'armée de l'air — dont les parents étaient décédés. On ne m'a jamais donné beaucoup de détails, mais je l'ai retrouvé un beau jour dans ma chambre. Il s'appelait Davey.

Kendra redoutait presque de poser la question.

— Qu'est-il devenu ?

— Ne t'en fais pas. Mon père adoptif était un tyran, pas un assassin. Personne n'a enterré Davey dans une grotte secrète.

Ouf ! C'était précisément ce qu'elle avait craint. Elle n'avait rencontré qu'une seule fois le père d'Isaac et c'était une fois de trop.

— Davey avait eu une vie de famille normale : il savait ce que c'était, reprit Isaac. Entre le traumatisme d'avoir perdu ses parents et celui de tomber chez les miens, il s'est transformé en un véritable petit monstre. Ce qui semble assez logique, bien sûr.

— En effet.

Elle attendit. Il mit un certain temps à reprendre son récit.

— Le colonel manquait de la plus élémentaire patience. Pour lui, il n'y avait pas d'autre solution que la discipline et les sanctions à répétition. Mais Davey était plus courageux que moi ou bien il avait l'expérience de parents aimants… Bref, il ne cédait pas un pouce de terrain. Aucune menace, aucun châtiment ne produisait le moindre effet sur lui. Et naturellement, il était hors de question de lui manifester la moindre compassion ou d'essayer de le comprendre. Un beau jour, mon père a donc décidé de le ramener à l'orphelinat. Il a dit que c'était de la mauvaise graine et qu'il ne voulait pas de ça chez lui. Un soir, quand je suis rentré de l'école, Davey avait disparu. Evidemment, ma mère aurait bien aimé le garder, mais elle ne pouvait pas s'opposer à la volonté de son mari. Pendant des mois, je l'ai entendue pleurer la nuit.

Kendra frissonna, mais la fraîcheur de l'air n'y était pour rien.

— C'est épouvantable, Isaac. Je compatis du fond du cœur. Pourquoi ne m'en as-tu jamais parlé ?

Il ne répondit pas directement.

— J'avais été enfant unique. Je n'étais pas sûr de vouloir un petit frère. Quand j'ai découvert qu'il n'était plus là, je me suis d'abord senti soulagé, puis coupable. Terriblement coupable. Je me suis reproché mon ambivalence à son égard. J'ai même craint qu'on ne l'ait chassé par ma faute.

— En soi, le fait de devoir partager ses parents crée une sorte de compétition naturelle entre frères. Et j'imagine que même à huit ans, tu devinais déjà qu'il n'y avait pas assez d'amour dans cette maison pour un seul enfant — encore moins pour deux.

— Pendant longtemps, après le départ de Davey, je me suis attendu à être chassé, moi aussi.

— Quelle tristesse ! C'est probablement lui qui a eu le plus de chance, pourtant. Il n'était pas difficile de tomber mieux.

Isaac regarda sa femme droit dans les yeux.

— Aujourd'hui, j'ai dit à Caleb que j'avais une fâcheuse tendance à m'enfermer dans une tour d'ivoire. Pas besoin d'être psychiatre pour en comprendre les raisons. J'ai résolu la plupart de mes problèmes, mais il reste un blocage insurmontable.

Elle garda le silence, comprenant qu'elle allait apprendre le véritable objet de cette révélation.

— Je ne serai jamais capable d'adopter un enfant, K.C.

Kendra discerna la souffrance dans sa voix mais, sur le coup, ces mots lui firent si mal qu'ils lui coupèrent littéralement le souffle.

— Jamais ? chuchota-t-elle.

Il secoua la tête. Ses yeux brillaient bizarrement.

— Les blessures étaient trop profondes. Elles ont laissé des cicatrices indélébiles. Si tu espérais…

— Mais nous connaissons des familles adoptives heureuses. Il y en a tellement… La plupart des adoptions sont des réussites.

— Crois-tu que je ne le sais pas ?

De toute évidence, il avait réfléchi à la question. Peut-être même y pensait-il depuis le jour où il avait appris qu'elle ne pourrait plus lui donner d'enfants.

— Tu te sous-estimes en déclarant forfait.

Comme elle essayait de se lever, il la retint.

— Non. Tu ne comprends pas ? Il y a des choses qui durent, quoi qu'on fasse. En me fâchant contre un enfant, j'entendrais le colonel rabâcher que je n'étais pas son vrai fils, que je ne pourrais jamais l'être. En étant laxiste, je m'en voudrais aussi : ne serait-ce pas une réaction à la façon dont on m'a élevé ? Rien ne peut me sembler naturel dans une situation identique à celle que j'ai vécue. J'aurais peut-être eu du mal à élever mon propre enfant, avec les modèles que j'ai eus, mais je crois que j'aurais pu le faire. Par contre, je douterais trop de moi dans le rôle de père adoptif : je ne serais vraiment bon à rien.

— Pourquoi parles-tu de ça maintenant ?

Elle pleurait. Elle ne s'en était pas rendu compte avant d'entendre sa voix étranglée par les larmes.

— Parce que je me devais de le faire. J'en suis conscient depuis longtemps, mais je ne savais pas comment te le dire. Apparemment, tu as toujours envie d'avoir des enfants et c'est le seul moyen qu'il nous reste. Je t'ai dit qu'aujourd'hui nous avions abordé la question avec Caleb, à propos de la maladie qui avait fait obstacle à son adoption, et je me suis rendu compte que ma colère contre ce foutu système est toujours intacte. Il fallait que tu le saches.

— Et là, je suis censée te dire que ce n'est pas grave ? Que tu t'es trompé et que je n'ai pas vraiment envie d'avoir des enfants ? Que je n'ai pas le cœur brisé à l'idée de ne jamais être mère ?

— Est-ce le cas ?

— A ton avis ?

Il prit son visage dans ses mains, et elle les sentit trembler.

— Si j'étais capable de te donner ce qui te manque, je le ferais, tu peux me croire.

— Ce qui *me* manque, Isaac ? Est-ce que tu t'en fiches complètement ? Est-ce que la perspective de ne jamais fonder une famille ne te désespère pas ?

— C'est une décision que beaucoup de gens doivent prendre.

Elle le repoussa et se leva d'un mouvement brusque.

— Eh bien moi, je ne l'ai pas prise, figure-toi ! Elle m'a été imposée. Et maintenant, tu viens me dire que je dois choisir entre adopter des enfants et vivre avec toi. Mais de toute façon, ma stérilité n'a pas grande importance pour toi — pas plus que le fait d'avoir des enfants ou non. Combien de fois m'as-tu répété que ce serait quelque chose d'encombrant pour nous ? Peut-être qu'au fond tu es plutôt soulagé que je ne puisse plus en avoir !

Il la retint par le bras avant qu'elle s'échappe.

— Tu veux savoir la vérité ?

— Je croyais que tu venais de me la dire.

— Oui, je voudrais des enfants ! Je voudrais mon propre enfant, dans mes bras, avec ton nez et mes yeux, et nos gènes mêlés. Je voudrais pouvoir remonter le temps pour que tous les malheurs qui te sont arrivés n'aient jamais eu lieu, pour avoir des parents adoptifs qui m'adorent. Je voudrais chasser à jamais l'angoisse qui me noue les tripes chaque fois qu'il est question d'adoption… Mais à quoi bon te raconter tout ça ? Est-ce que ça change quoi que ce soit à la situation actuelle ?

Kendra le dévisagea. Cela changeait tout, et Isaac ne s'en rendait pas compte. Cet aveu de sa part modifiait totalement son existence.

— Toi, tu peux encore avoir des enfants, murmura-t-elle. Tu peux trouver quelqu'un d'autre avec qui en faire.

Il l'attira contre lui.

— Tu ne m'as pas écouté ? C'est avec toi que j'aurais voulu des enfants… Et toi ? Qu'est-ce qui t'empêcherait d'en adopter avec un autre homme ? Avoue que nous n'étions pressés ni l'un ni l'autre. Nous voulions des enfants mais nous attendions le bon moment, voilà tout.

— Ce ne sera plus jamais le moment.

— Je sais, je sais, dit-il en la serrant plus fort. Je voudrais arranger les choses. Et je ne peux pas.

Elle se mit à sangloter pour de bon. Et tout en l'étreignant de toutes ses forces, il se mit à pleurer, lui aussi.

29

Le matin qui suivit le retour d'Isaac à Washington, Kendra se réveilla avec un sentiment d'abandon. Il lui manquait comme il ne lui avait encore jamais manqué. Jusqu'ici, elle ne s'était pas sentie seule à Toms Brook. Le vide causé par l'absence d'Isaac était une nouveauté. Ils avaient vécu ensemble pendant près de huit ans sans être capables de partager leurs sentiments les plus profonds, mais maintenant que la digue était rompue, elle savait que leur vie de couple ne serait plus jamais la même.

Pendant toute la semaine, elle fit en sorte de s'occuper afin de ne pas ressasser tout ça. Et la meilleure occupation consistait à rechercher Daniel Flaherty.

Selon le *Washington Post*, un certain Daniel Simon Flaherty était mort en 1978 en Floride — et pas du tout dans le massif de Lock Hollow. La notice nécrologique indiquait que M. Flaherty avait pris sa retraite de fonctionnaire en 1960 avant d'aller s'installer à Bradenton. Il laissait une épouse et deux fils qui habitaient Alexandria.

Daniel ne lui serait manifestement plus d'aucun secours. Voilà pourquoi, le samedi après-midi suivant leur escapade au Parc national, Kendra roulait en direction de Vienne, en Virginie, pour rencontrer Charlie Thompkins, l'ancien assistant de Daniel Flaherty.

Depuis le matin où Sandy, une amie et collègue, lui avait expédié par mail une copie de la nécro de Daniel, Kendra s'efforçait d'opérer des déductions à partir de ces quelques phrases. Il semblait que le couple Flaherty, déjà marié depuis quelques années à l'époque du flirt entre Leah et Daniel, se soit finalement séparé puisque Daniel était mort en Floride alors que sa femme vivait en Virginie.

Il y avait peu de chances pour que l'épouse soit encore en vie, et Kendra n'avait, du reste, aucune raison de la rencontrer. Elle envisagea brièvement de rechercher ses enfants puis y renonça. Même si Daniel leur avait raconté quelques anecdotes sur les montagnards de Lock Hollow, sans doute avait-il passé sous silence son idylle avec une certaine Leah Blackburn.

Kendra choisit donc d'effectuer des recherches sur Charles Thompkins, ajoutant progressivement à son nom les termes de « Parc de la Shenandoah », « géomètre » et « expropriations » pour ajouter des éléments à son enquête. Enquête qui déboucha bientôt sur la découverte d'un article sur un certain Charles Thompkins, de Vienne, en Virginie. Il y était présenté comme un historien amateur qui se spécialisait dans l'étude des manifestations de la guerre civile dans les montagnes de Virginie du Sud. Une courte biographie précisait que « Charlie » avait commencé à s'intéresser au sujet à l'époque où, adolescent, il aidait un expert-géomètre à évaluer les propriétés des paysans expropriés du futur Parc national de la Shenandoah.

Kendra s'était précipitée sur son téléphone.

Elle avait donc rendez-vous ce jour-là avec Thompkins, qui vivait à Vienne chez son fils aîné. Vienne est une ville de Virginie du Nord, pas très éloignée de la capitale, et Kendra avait une autre raison de faire le trajet. La veille, au téléphone, elle avait promis à Isaac de le retrouver pour dîner à Arlington, dans l'un de leurs restaurants préférés. Ensuite, si elle s'en sentait le courage, ils se rendraient ensemble à une soirée donnée par ACRE avant de passer la nuit dans leur appartement. Pour l'occasion, elle portait la tenue habillée qu'Isaac avait remarquée le jour de sa sortie de l'hôpital.

Pour le moment, cette excursion en ville ne lui disait rien qui vaille mais du moins n'était-elle pas paralysée par la peur. La circulation était dense sur les autoroutes de la région, les vacanciers profitant des week-ends d'été pour visiter les sites historiques. Quand elle prit la seconde bretelle de sortie pour Vienne, elle avait les mains engourdies à force de serrer le volant.

Elle emprunta de larges avenues ombragées, bordées de pelouses et de massifs d'impatiens entourant de majestueux cannas d'un beau rouge profond. Manifestement, la Virginie du Nord n'avait pas souffert de la sécheresse qui sévissait dans le sud de l'Etat. Elle trouva sans difficulté la maison de Thompkins, un pavillon de style colonial situé au fond d'une impasse.

L'homme qui vint lui ouvrir n'avait plus seize ans depuis longtemps. Il était pratiquement chauve et semblait nager un peu dans son costume en lin beige. Son visage s'éclaira quand elle déclina son identité.

— Je vous attendais, dit-il en l'invitant à entrer. Ma belle-fille s'est absentée pour quelques heures. Voulez-vous voir ma collection d'objets historiques ?

Kendra sentit que si elle refusait, leur entretien serait de courte durée. Elle passa donc un quart d'heure à déguster un Coca tout en admirant la collection de son hôte qui se composait essentiellement d'armes à feu et de munitions, de ceinturons de soldats, de médailles, rubans et photographies encadrées — objets qu'il avait recueillis à l'occasion de plusieurs périples dans les montagnes du Blue Ridge. Le petit bureau où ils étaient exposés ressemblait à un musée miniature.

— Tout cela vient de Virginie, dit-il. Plus particulièrement de la région qui est devenue le Parc national. C'était mon lieu de recherches préféré. Les montagnards n'étaient pas tous du côté des sudistes, vous savez ? Beaucoup de gens, là-haut, ont pris parti pour l'Union, et les Allemands de la Vallée aussi.

— Je voulais justement vous interroger sur le parc, dit Kendra, saisissant l'occasion qui se présentait. Avez-vous un peu de temps ?

— Vous êtes journaliste au *Washington Post,* si j'ai bien compris ?

Il l'entraîna dans un salon passablement guindé, et lui proposa un fauteuil voltaire en velours rouge.

— En effet, mais cette démarche est personnelle.

Charlie s'assit en face d'elle.

— En quoi puis-je vous être utile ?

Elle lui résuma le plus brièvement possible l'histoire d'Isaac. Son hôte avait des yeux sombres au regard attentif. Il suivit son récit avec intérêt.

— Je me souviens de Leah, dit-il quand elle eut terminé. Oh, oui, Leah Spurlock. J'avais seize ans et elle ne devait pas être beaucoup plus âgée que moi. J'étais censé travailler dans les services de la protection civile, mais quand ils ont appris que j'avais fait un peu de topographie avec mon père, du côté de Fredericksburg, ils m'ont affecté à ce poste d'assistant géomètre, auprès de Daniel.

— Il y avait de quoi mûrir vite, autant pour vous que pour Leah.

— En sa présence, j'arrivais à peine à ouvrir la bouche. Elle avait un visage à l'ovale très pur, comme ces madones de la Renaissance, et un vrai port de reine quand elle marchait. Du moins, c'est comme ça que je la voyais.

— Et comment Daniel Flaherty la voyait-il, à votre avis ?

— On dirait que vous avez des soupçons.

— Les gens ont jasé, répondit simplement Kendra.

— A propos d'elle et de Daniel, j'imagine… D'abord, il faut comprendre Daniel.

Kendra se cala dans son siège, sentant qu'ils étaient sur la bonne voie.

— Je vous écoute.

Charlie parla en choisissant ses mots avec soin.

— Eh bien, c'était un homme marié. Mais il ne portait pas d'alliance, si vous voyez ce que je veux dire. Il estimait que ce qu'il faisait quand il était en mission loin de chez lui ne causait de tort à personne. Et ce n'est pas, comment dire… une simple extrapolation de ma part. Il me faisait la leçon quand nous campions ensemble dans la nature, comme s'il m'apprenait une règle de conduite utile dans la vie, au même titre que le fait de rogner des mètres carrés sur les terres tout en classant un flanc de colline rocailleux en riche pâturage pour avoir l'air d'un brave type. Ça aussi, il me l'apprenait.

Kendra connaissait beaucoup d'hommes de cette espèce, au demeurant fort répandue. Mais sans doute la jeune Leah n'en avait-elle rencontré aucun avant lui.

— J'ai trouvé son avis de décès, dit-elle. En faisant le calcul, j'ai découvert qu'il était déjà marié quand il a connu Leah.

— Daniel était catholique. On ne divorçait pas si fréquemment, à l'époque. Mais je pense qu'il n'a guère passé avec sa femme plus de temps qu'il n'en fallait pour lui faire deux enfants. Il aimait vivre en célibataire, même s'il n'était pas libre. Cela dit, il avait son code moral à lui. Comme beaucoup de gens, il considérait que ces paysans isolés dans leurs montagnes seraient bien mieux ailleurs. Ça ne le gênait donc pas de tricher un peu avec eux. Il trouvait que l'Etat en faisait bien assez comme ça. Pour les femmes, il estimait aussi que s'il se comportait correctement avec elles tant qu'il était là, personne n'avait à se plaindre. Oh, il ne collectionnait pas les conquêtes, mais quand même… et il savait s'y prendre pour faire croire à chacune qu'elle était la seule. Il leur faisait croire qu'il les aimait. Et le plus fort, c'est qu'à mon avis ce n'était pas tout à fait faux.

Il marqua une pause.

— Surtout en ce qui concernait Leah Spurlock. Il lui avait même trouvé une maison avec des terres, qu'elle pourrait racheter grâce au dédommagement de l'Etat.

Kendra inclina la tête pour l'encourager. Il ne fallait surtout pas l'interrompre.

— En fait, Daniel a peut-être eu ce qu'il méritait, poursuivit-il. Car au bout du compte, Leah lui a fait du mal. Cette fille n'était pas quelqu'un de très compliqué, mais elle ne se laissait pas rouler comme ça. Quand elle a compris à qui elle avait affaire et ce qu'il attendait d'elle, elle l'a envoyé paître, tout simplement. C'est elle qui l'a laissé tomber. Et à mon avis, Daniel ne s'en est jamais vraiment remis.

— Ça devient intéressant, dit Kendra. Avez-vous le temps de m'expliquer ça en détail ?

Il sourit, manifestement ravi de l'intérêt que la jeune femme prêtait à son récit.

Ferme Blackburn.
Lock Hollow, Virginie
15 mai 1934

« Ma chère Puss,

» Rien d'étonnant à ce que tu aies mal à l'estomac, avec les nouvelles que tu reçois en ce moment. Je sais que ton papa s'est déjà fait à l'idée de partir, même s'il n'a toujours pas commencé les préparatifs. J'espère encore que l'avocat pourra faire quelque chose mais, à mon avis, souffler sur les nuages n'a jamais éloigné l'orage.

» Je t'envoie quelques comprimés faits avec des racines de sceau-d'or écrasées et réduites en poudre. Ça te soulagera un peu, tu verras. Ce qui te ferait le plus de bien, c'est que tout redevienne comme avant, évidemment. Ce serait aussi très bon pour Jesse et pour moi.

» L'amie qui aimerait que tu sois là et comprend pourtant que tu sois partie.

Leah. »

Après leur rencontre devant le tas de bois, Leah et Jesse cessèrent complètement de se parler. Ils ne communiquaient plus que par l'intermédiaire de Birdie qui transmettait les messages comme si de rien n'était. Elle ne semblait pas remarquer la tension qui régnait dans la maison, et s'acquittait de ses tâches sans se départir de son sourire angélique. La plupart du temps, Leah trouvait des excuses pour aller faire un tour dehors, afin de fuir le silence et voir si Daniel ne l'attendait pas. Son mari ne lui faisait aucune réflexion à propos de ces absences. Du reste, si Jesse avait des soupçons, ils étaient désormais sans fondement car Daniel n'était jamais là.

Puis un jour, au bout de deux semaines, alors qu'elle se sentait presque aussi triste et désemparée qu'au décès de ses parents, elle le trouva près du bosquet de noyers avec un cadeau.

Daniel sortit de l'ombre et fit un pas vers elle sous la lueur argentée de la lune. Elle eut si peur qu'elle porta une main à sa bouche pour étouffer un cri.

— Je craignais que vous ne veniez pas, chuchota-t-il. J'étais en déplacement et j'ai pensé que vous m'aviez probablement oublié.

Il lui tendit un paquet enveloppé de papier brun.

— Je vous ai apporté quelque chose pour adoucir vos journées.

— Qu'est-ce que c'est ?

— Pas grand-chose. Quelques gâteries qui pourraient vous plaire — du moins, je l'espère.

Elle défit le nœud, écarta le papier et découvrit un gros sachet de chocolats fourrés et un autre, de fruits confits et de pâtes d'amandes. Elle n'avait jamais vu autant de friandises à la fois, sauf à l'épicerie générale.

— C'est pour moi ?

— Il y a trop de moments amers dans votre vie.

Elle rit doucement. Le fait que quelqu'un pense à elle était une nouveauté bien appréciable.

— Où les avez-vous eus ?

— Je suis descendu à Harrisonburg pour des réunions de travail. J'y ai passé deux semaines.

Leah songea à Jesse et Birdie, qui étaient encore plus gourmands qu'elle, mais comment aurait-elle pu leur faire goûter ces chocolats ? Elle pouvait difficilement dire à son mari qu'elle voyait un homme en cachette et qu'il lui offrait des douceurs.

Jusque-là, elle ne s'était pas trop posé de questions sur les complications que pouvaient causer ces moments passés avec Daniel. Quand les scrupules commençaient à la titiller, elle se disait qu'après tout elle ne faisait rien de mal en passant un peu de temps avec quelqu'un qui comprenait ses difficultés. N'ayant pas l'intention de nuire, elle ne pouvait faire de tort à personne. A présent, en regardant les papiers colorés qui brillaient au clair de lune, elle se rendit compte que l'on pouvait faire beaucoup de mal aux gens sans le vouloir.

Elle lui rendit le paquet d'un geste vif.

— Vous savez que je ne peux rien accepter de vous.

Il croisa les mains dans son dos.

— C'est à vous, maintenant. Est-ce que vous ne méritez pas de vous accorder un petit plaisir ? Vous prenez soin de tout le monde. Et qui prend soin de vous ?

Elle n'avait jamais envisagé sa vie de cette façon et naturellement, c'était bien ce qui la perturbait. Même si Birdie faisait de son mieux, il fallait quand même veiller sur elle et il en irait ainsi jusqu'à la fin de ses jours. Et Jesse ? Il s'était remis au travail, mais combien de temps cela durerait-il ? Bientôt dépossédée de cet endroit si cher à son cœur, elle se sentait déjà privée aussi de son mari.

Elle ne s'était pas aperçue que Daniel s'approchait. Soudain, elle sentit ses doigts lui soulever le menton, la contraignant à renverser la tête et à le regarder.

— Vous êtes une délicieuse jeune femme. Même si c'est difficile à imaginer pour le moment, vous avez un bel avenir devant vous. Et vous avez le choix. Votre mari a peut-être l'intention de rester ici et de se battre jusqu'au bout, mais rien ne vous oblige à en faire autant. Vous inspirez l'amour tout naturellement. Il faudrait être aveugle ou fou pour ne pas vous aimer.

Il effleura sa joue d'une caresse.

Une larme roula sur la joue de Leah.

— Où voulez-vous que j'aille ?

— J'ai quelque chose en vue.

Ce contact lui faisait tant de bien. Et le fait de se sentir comprise et choyée lui en faisait davantage encore. En même temps, les battements effrénés de son cœur étaient comme un avertissement. Elle éprouvait pour Daniel Flaherty une attirance dont la force pouvait devenir comparable à celle qui maintenait ses pieds sur terre. Il était possible de se sentir trop bien, au point d'en perdre toute faculté de discernement. Elle craignait d'en arriver bientôt là.

— Ne pleurez pas, dit-il tendrement.

Il fit un pas de plus et d'un baiser cueillit la larme au coin de sa bouche.

Leah ne fut pas surprise. Elle resta un instant immobile, tandis que les lèvres de Daniel glissaient vers les siennes. Puis elle recula vivement, s'écartant juste assez de lui pour que sa main retombe et qu'il relève la tête.

— Où ça ? demanda-t-elle, ramenant la conversation au stade précédent.

Il sourit comme si sa dérobade lui paraissait naturelle.

— J'ai trouvé dans la vallée un joli terrain qui domine la Shenandoah, à peu près à l'endroit où le fleuve se sépare en deux mais assez haut pour qu'il n'y ait aucun risque d'inondation. Vous pourriez l'acheter avec la somme que l'Etat vous donnera à titre de dédommagement : il vous restera encore de quoi prendre un nouveau départ.

— Mais où habiterions-nous ?

— Il y a un tout petit chalet — presque une cabane, mais il serait possible de l'agrandir. Un jour ou l'autre, vous auriez une maison très agréable.

— Vous avez trouvé ça pour moi ?

— J'en ai entendu parler et je suis allé voir. J'ai aussitôt pensé à vous. Je n'habite pas très loin de là, ce qui me permettrait de venir vous voir… pour m'assurer que tout va bien.

— Jesse ne voudra jamais entendre parler de ça. Je peux vous le dire sans même lui poser la question.

— Alors, vous devrez peut-être envisager l'avenir sans lui.

Leah en était incapable. La vie sans Jesse, même s'il ne lui parlait plus, lui paraissait aussi lugubre qu'un monde privé de soleil ou d'étoiles. Quand elle essayait de l'imaginer, tout sombrait dans l'obscurité.

Elle baissa les yeux.

— J'ai fait un cauchemar, la nuit dernière. J'ai rêvé qu'il était debout sur le toit avec un fusil. Des corbeaux fonçaient sur lui, des nuées de corbeaux qui obscurcissaient le ciel. Je criais tant que je pouvais, mais Jesse ne voulait pas descendre. Et chaque fois qu'il tirait, rien ne sortait de ce fusil sauf…

Elle secoua la tête, la gorge serrée.

— Sauf quoi ?

— Du sang. Un flot de sang giclait du canon à chaque coup de feu. J'ai raconté ce rêve à ma sœur avant le petit déjeuner. Birdie prétend que si on fait ça, le rêve ne se réalisera pas.

— C'est tout le contraire. Si vous racontez un rêve avant le repas du matin, il se réalise.

Elle était suffisamment perturbée et désorientée pour s'alarmer à l'idée que Birdie puisse se tromper à ce point, elle qui basait toute sa vie sur des signes et des présages. Son inquiétude dut transparaître sur son visage car Daniel chercha à la rassurer.

— Ce n'est qu'une superstition ridicule, lui dit-il. Mais ce qui est bien vrai, en revanche, c'est qu'il n'y aura aucun avenir pour votre mari s'il essaie de rester ici. L'Etat ne tolérera aucune résistance. Jusqu'ici, les gens sont partis tranquillement, mais tout est prévu pour le cas où il y aurait des récalcitrants.

— Ils viendraient nous abattre sur nos propres terres ?

— Elles ne vous appartiennent plus. C'est fini. Mais cette propriété, au-dessus du fleuve, peut être à vous pour toujours.

— Deux femmes seules ?

— Vous ne serez peut-être pas toujours seule, Leah.

Sa réponse était claire. Il avait envie de vivre avec elle. Ils pouvaient s'installer ensemble près du fleuve. Si elle divorçait d'avec Jesse ou s'il mourait en essayant de défendre ce qu'il considérait toujours comme son bien, Daniel l'épouserait.

Elle lui tendit encore les friandises, mais il secoua la tête.

— J'ai acheté ça pour vous. Ça ne rimerait à rien de le reprendre.

Il l'attira contre lui. Elle résista à peine. Ses membres ne lui avaient jamais paru aussi lourds ; ses chaussures avaient des semelles de plomb. Daniel lui sourit avec tendresse.

— Ça me peine énormément de voir qu'on vous traite aussi mal et que vous vous tracassez au point de faire d'affreux cauchemars. Vous méritez bien mieux que cela. Quand est-ce que quelqu'un vous a fait du bien pour la dernière fois ? Pouvez-vous me le dire ?

Elle haussa les épaules sans le regarder. Il soupira et resserra son étreinte.

— Moi, je veux vous faire du bien.

Cette fois, quand sa bouche chercha celle de Leah, elle ne lui refusa pas ses lèvres.

Derrière elle, du côté de la maison, les chiens se mirent à aboyer. Puis Jesse essaya de les faire taire. Sa voix leur parvenait clairement.

Une porte claqua. Leah recula d'un bond, les yeux agrandis par l'anxiété.

— Il faut que j'y aille.

— A demain soir, alors.

Elle mit le paquet sous son bras et reprit le chemin de la maison sans un seul regard en arrière. Et quand elle fut certaine qu'il ne la voyait plus, elle fit un détour par l'enclos et jeta les friandises aux cochons, une par une, dans leurs jolis papiers colorés.

30

Isaac avait suggéré à Kendra de se garer devant la maison d'un de ses collègues qui habitait tout près de la station d'Arlington. Ainsi, au retour, elle n'aurait qu'à prendre le métro pour retrouver sa voiture, ce qui lui éviterait d'avoir à affronter les embouteillages du centre-ville.

Evidemment, la circulation dans Arlington était presque aussi dense. Kendra fut soulagée de trouver enfin la maison située dans une rue tranquille du quartier de Lyon Park, pas très loin du restaurant où ils avaient retenu une table. Une fois garée, elle descendit de voiture en prenant son sac à main et le léger bagage qu'elle avait préparé pour la nuit.

Bien qu'elle eût pratiquement un quart d'heure d'avance, Isaac l'attendait déjà. Lui qui était d'habitude si réservé la souleva dans ses bras et l'embrassa à pleine bouche sans lui laisser le temps d'aller déposer son sac dans la Prius. Elle lui rendit son baiser.

— C'est si bon de te voir ici ! dit-il. Le voyage s'est bien passé ?

— Oui, sans problème. Mais as-tu remarqué le nombre de cinglés qui sont au volant ?

— Tu as été du nombre. Tu étais même l'une des pires.

— Bon, eh bien, je suis une cinglée en voie de guérison, maintenant.

Elle lui sourit, profondément heureuse de le retrouver.

— Je te trouve superbe. Qui a choisi cette chemise ?

C'était une chemise à carreaux très fins dans de subtils tons de beige, qu'il portait avec une veste en lin anthracite et une cravate couleur ocre. L'ensemble accentuait l'éclat de ses yeux sombres.

— Je me demande si ce n'est pas toi.

— J'ai décidément très bon goût.

Isaac la libéra à contrecœur. Puis il prit sa valise et ils se dirigèrent vers sa voiture en se tenant par la taille.

— Puisque nous sommes en avance, dit-il après avoir déposé son bagage dans le coffre, j'aimerais te montrer quelque chose avant d'aller au restaurant.

— Qu'est-ce que c'est ?

— La maison de mon collègue Barry.

Barry était l'avocat responsable du service contentieux d'ACRE. Kendra se retourna pour jeter un coup d'œil sur la maison en question.

— Oh ! c'est charmant ! dit-elle en admirant la jolie façade. Mais que veux-tu me montrer, d'ici ?

— Il est absent pour quelque temps et j'ai promis de faire une petite inspection des lieux en échange du service qu'il me rend.

Elle le suivit de bonne grâce dans une allée bordée de massifs de myosotis. La maison était un pavillon ancien avec une toiture en bardeaux et une grande terrasse couverte qui courait tout le long de la façade.

— Je me demande comment il a trouvé ce petit bijou.

— C'était une ancienne maison d'artiste à rénover. Et il a effectué les travaux avec un grand souci du détail. J'ai pensé que c'était le genre d'endroit qui te plairait.

Sitôt la porte franchie, Kendra eut le coup de foudre. Ce n'était pas très grand mais absolument parfait, depuis les parquets en chêne blond jusqu'aux plafonds pourvus de moulures très raffinées. La cuisine était claire et bien équipée, avec un espace séparé, au fond, pour le réfrigérateur et les appareils ménagers. Elle flâna de pièce en pièce pendant qu'Isaac arrosait les plantes. Il y avait un petit bureau aux murs lambrissés, un salon-bibliothèque et une salle de séjour munie d'une grande baie vitrée par laquelle on accédait au jardin.

— Crois-tu que ça l'ennuierait si j'allais jeter un coup d'œil là-haut ? demanda-t-elle.

— Vas-y. Je te rejoins tout de suite.

A l'étage, elle admira deux petites chambres d'amis et une salle de bains entièrement rénovée. La chambre principale, située au-dessus du séjour, était aménagée de la même façon, avec une baie vitrée donnant sur les jardins du quartier et un petit parc public, juste à côté. La salle de bains attenante ressemblait à une véranda, avec sa baignoire entourée de plantes, qui donnait envie de se prélasser dans l'eau pendant des heures.

— Barry a vraiment très bon goût, dit-elle à Isaac quand il vint la retrouver. Je ne me plaindrais vraiment pas si je devais emménager dans un endroit comme celui-ci.

— Eh bien, tant mieux, parce que rien ne t'en empêche, figure-toi !

Elle se tourna vers lui, surprise.

— Barry vend sa maison ?

Le sourire d'Isaac ne disparut qu'une fraction de seconde, mais elle le connaissait trop bien pour ne pas le remarquer.

— Il y a un véritable problème de licenciement, et Barry fait partie de la dernière charrette. Heureusement, il a trouvé un poste à Seattle. Il a fait expertiser cette maison, et si nous payons le prix officiellement fixé, nous économiserons les frais d'agence. Ce n'est pas donné, mais nous revendrons l'appartement un bon prix : ça devrait être jouable.

— Mais tu as toujours aimé habiter en plein centre !

— Maintenant que la Carpette et le Voyou font partie de la famille, il n'est plus question de vivre dans un appartement. Et je suis sûr que ce petit jardin leur plairait beaucoup. Bien sûr, il faudra se lever un peu plus tôt pour aller travailler. En revanche, les restaurants et les bars de Clarendon sont à trois minutes à pied.

Manifestement, il avait fait le tour de la question et préparé son petit discours avec soin.

Kendra l'enlaça.

— C'est pour moi que tu fais ça, ne le nie pas.

— Naturellement ! Et aussi pour nos amis les bêtes. Sans parler de mon propre bonheur, puisque je récupérerai ma femme.

Il appuya sa tête contre celle de Kendra.

— De toute façon, je ne veux plus consacrer toute ma vie au travail. Et puis, d'ici, nous serons un peu moins loin du chalet…

— Quand faudrait-il en parler à Barry ?

— Il est actuellement en séminaire de formation. Il a dit que nous pourrions en discuter à son retour, dans une quinzaine de jours. Il n'a pas de souci à se faire. Cette maison se vendra en un rien de temps.

Cette fois, songea Kendra, elle ne rachèterait pas le mobilier, et elle prendrait soin d'ajouter sa touche personnelle à son nouvel intérieur.

A condition qu'ils l'achètent.

— Mieux vaut avoir un peu de temps pour réfléchir, dit-elle sagement.

Elle se haussa sur la pointe des pieds pour embrasser son époux.

— Quoi qu'il advienne, merci d'avoir pensé à moi.

Tout en dégustant des plats vietnamiens à Clarendon, un faubourg de Washington plein de charme et de restaurants exotiques, Isaac écouta Kendra lui rapporter les propos de Charles Thompkins. Le restaurant était plein à craquer et il craignit un moment qu'elle ne soit prise de panique. Mais elle semblait en pleine forme. Leurs vies allaient peut-être pouvoir reprendre leur cours normal.

Quoique… il ne savait plus vraiment ce que « normal » voulait dire.

Kendra termina son récit :

— Charlie m'a dit qu'au bout du compte, c'était ta grand-mère qui n'avait pas voulu de Daniel, mais il ne m'a pas fourni beaucoup de détails. Son fils et sa belle-fille sont arrivés et j'ai repris la route pour te rejoindre ici. Enfin, nous savons au moins que Daniel Flaherty n'était pas l'un des deux cadavres de la grotte.

— Sa disparition aurait été signalée de façon officielle. Tu en aurais entendu parler au cours de ton enquête.

— Je sais, mais toute cette affaire est si étrange que je m'attends à tout.

Elle lui adressa un regard heureux.

— Qu'est-ce qui me vaut ce beau sourire ?

— Le plaisir d'être ici, avec toi, de songer à la façon dont nous allons terminer la soirée.

L'émotion faillit lui faire renverser son bol de soupe.

— Et le fait de retourner à l'appartement ?

— C'est un plaisir. D'autant plus qu'il s'agit peut-être d'un adieu.

Théoriquement, ils auraient dû visiter d'autres maisons pour comparer, songea Isaac, mais son petit doigt lui disait qu'ils ne prendraient pas cette peine.

— Bref, si tu me parlais de cette soirée ? demanda-t-elle.

Il lui énuméra les personnes qui seraient chez Dennis, et l'avertit qu'il pourrait y avoir une certaine tension. Mais quand elle voulut en savoir plus, il se refusa à répondre.

— Je tiens à ce que tu me donnes ensuite ton avis, sans aucune influence de ma part.

Ils parlèrent donc un peu de tout, hormis de la maison et du travail d'Isaac. Kendra soutint la majeure partie de la conversation. Caleb gardait les animaux au chalet en son absence. Il lui avait montré les photos de leur randonnée, et elle les avait trouvées excellentes. Le garçon avait promis de les envoyer à Isaac par mail.

Elle avait surpris Ten en train de jouer avec Dusty. Quand elle était revenue dans la pièce, dix minutes plus tard, les deux compères étaient couchés à vingt centimètres l'un de l'autre et dormaient tranquillement, roulés en boule.

Les tomates qu'elle avait plantées dans le potager de Leah poussaient tellement vite qu'elle avait dû mettre des tuteurs aux plants.

Isaac écouta avec une pointe d'envie le récit de sa vie quotidienne tissée de plaisirs tout simples. Il se demanda si l'une des raisons pour lesquelles il travaillait tant ne serait pas une volonté de s'étourdir un peu — de ne pas avoir à se poser trop de questions sur lui-même.

Il régla l'addition et ils regagnèrent sa voiture à pied. A 8 heures du soir, il leur fallut moins de dix minutes pour atteindre le centre-ville — et plus précisément, le quartier historique de Foxhall, près de Georgetown, où Dennis avait acheté un hôtel particulier de style Tudor. Bien que Dennis eût engagé deux portiers, Isaac se gara sans leur aide et alla ouvrir la portière de Kendra.

— Dennis n'a vraiment pas peur de dépenser son argent, maugréa-t-il.

— Je me demande combien il gagne !

— Le conseil d'administration le voulait à tout prix.

Ils marchèrent sur le trottoir main dans la main jusqu'à l'entrée. Une jolie jeune femme en pantalon noir, chemise blanche et nœud papillon s'empressa de les faire entrer.

Kendra fut emportée dans un tourbillon de souhaits de bienvenue. C'était la première fois que les membres de l'organisation la revoyaient depuis l'agression, et ils tenaient tous à lui manifester leur sympathie. Isaac passa d'un groupe à l'autre, saluant ses collègues et les membres du conseil d'administration. Bien que félicité à plusieurs reprises pour le travail qu'il avait accompli pour la préservation du mont Pallatin, il eut toutes les peines du monde à faire bonne figure. Cette affaire lui restait en travers de la gorge et ses scrupules ne semblaient partagés par personne.

Dennis le vit et lui fit signe d'approcher. Il se tenait avec un autre homme dans un angle de la vaste salle à manger qui donnait sur un jardin luxuriant, mis en valeur par un éclairage savant. La table était couverte de desserts variés, dont un remarquable trio de cheese-cakes garnis de roses et de violettes cristallisées.

— Isaac, connais-tu Miles Wainward, l'adjoint du ministre de l'Intérieur ?

Isaac ne le connaissait pas. Vêtu de l'uniforme commun à tous les bureaucrates de Washington — costume noir avec chemise pastel et cravate rayée —, Wainward était un homme d'une soixantaine d'années, d'apparence quelconque. Ils échangèrent une poignée de main, et Dennis fit aussitôt l'éloge de son collaborateur. Quand Wainward s'éloigna, il se tourna vers Isaac.

— C'est une relation qui pourra t'être utile, un jour.

Isaac accepta une flûte de champagne.

— Il paraît qu'il sait bousculer l'administration pour faire avancer les choses.

— Fais-moi confiance et je te procurerai toutes les relations nécessaires à ton avenir professionnel. Je sais que tu ne resteras pas toujours avec nous, mais quand tu décideras de passer à autre chose, je te trouverai en un clin d'œil le boulot idéal.

La modestie n'était certes pas son fort mais, en l'occurrence, Dennis n'exagérait pas tellement. Il était parvenu au sommet de la hiérarchie, tant dans le secteur public que privé, et c'était à cause de ses relations qu'ACRE lui offrait une rémunération aussi exorbitante.

— J'aime pouvoir donner de bonnes recommandations, poursuivit-il. C'est finalement assez rare. Il m'est même arrivé de devoir faire tout le contraire. Je ne peux pas recommander quelqu'un qui n'aurait pas l'esprit d'équipe.

L'avertissement était assez clair, songea Isaac : les présentations à Wainward, les paroles d'encouragement et maintenant le petit sous-entendu assassin, mine de rien. Il fut tenté de dire à Dennis d'arrêter de tourner autour du pot, puisqu'il avait manifestement quelque chose à lui demander. Mais il avait trop l'esprit d'équipe pour être impoli.

— Je me suis toujours investi à cent pour cent dans l'équipe, dit-il prudemment.

— Tu as donné le meilleur de toi-même dans l'affaire Pallatin : nous en sommes tous conscients. C'est une prouesse de ta part et aussi de la part de ton assistante… Euh, comment s'appelle-t-elle, déjà ? Holly ? Non, Heather.

— Heather Griswold.

— C'est vraiment dommage qu'elle nous quitte, et dans des conditions déplorables.

Un bref instant, Isaac crut avoir mal compris.

— Heather s'en va ?

Dennis haussa les sourcils.

— Je suis surpris que tu ne sois pas au courant.

— Moi aussi. Et pourquoi, « dans des conditions déplorables » ?

— Elle a écrit au conseil d'administration au sujet des permis de construire sur le mont Pallatin. Evidemment, ils avaient déjà approuvé ce projet, ce qui ôtait tout intérêt à sa lettre. Mais cela a provoqué des remous, alors que nous avions besoin de calme. Si elle n'avait pas démissionné, je l'aurais probablement licenciée.

Quand avait-elle fait ça ? se demanda Isaac. Et surtout, pourquoi ne lui en avait-elle pas parlé au préalable ? En fait, la réponse à cette question allait presque de soi. Heather estimait qu'Isaac n'était pas du genre à faire un pas en avant et deux en arrière, et qu'une fois sa décision prise, il ne la remettrait plus en cause. Il allait jusqu'au bout. Elle le lui avait dit, un jour.

— Heather est une idéaliste, dit-il. Nous avons besoin d'idéalistes et de gens qui ne rechignent pas à la tâche. Je regrette beaucoup qu'elle s'en aille.

Dennis lui tapa dans le dos comme s'ils avaient gardé les cochons ensemble.

— Nous trouverons quelqu'un qui sera capable de se focaliser sur l'essentiel. Pallatin est un bon projet. Plutôt nous que quelqu'un d'autre, n'est-ce pas ?

Isaac s'interrogea. D'autres organisations de protection environnementale capables de faire une telle acquisition auraient-elles opté pour la facilité, en pareil cas ? Ou se seraient-elles donné plus de mal afin de trouver une meilleure solution ? Dennis avait décidé de vendre des terrains sur le mont Pallatin à leurs plus gros donateurs pour faire plaisir à tout le monde.

Tout le monde sauf Gary Forsythe, le propriétaire qui avait

accepté de leur vendre ses terrains à moindre prix afin que la montagne reste intacte.

Tout le monde sauf Isaac Taylor dont la famille avait pu admirer la beauté sauvage du mont Pallatin.

— Saurais-tu, par hasard, où Heather compte travailler ?

Il regrettait vraiment qu'elle ne l'ait pas consulté. Heather était trop douée pour gaspiller son talent.

— Elle a été embauchée par un petit groupe insignifiant. A mon avis, elle va se nourrir de pois chiches en écoutant des chansons de Pete Seeger[1].

D'un geste, Dennis écarta définitivement le sujet.

— Le mont Pallatin est une affaire classée, reprit-il. Les papiers seront signés la semaine prochaine. Tu viendras ?

— M. Forsythe sait-il de quelle façon cet achat sera financé ?

— Rien, dans les termes du contrat, ne nous oblige à lui en parler. Nous respecterons les stipulations qui ont été établies et nous irons même au-delà. Le financement de l'opération ne le concerne en rien.

Cette dernière affirmation était un mensonge éhonté. En l'occurrence, la façon dont ACRE s'y prenait pour trouver l'argent concernait bien évidemment le vendeur. Cela pouvait même bouleverser toutes les données de la transaction.

— Tu ne comptes pas lui dire ce que nous faisons ? demanda Isaac.

— En fait, je pense qu'il vaut mieux le mettre au courant. Je n'ai pas envie qu'il l'apprenne incidemment et qu'il alerte les médias. Il faudra le lui expliquer avec précaution, sitôt le contrat signé.

Dennis marqua un temps d'arrêt.

— Il faut que tu le lui expliques, conclut-il.

1. Pete Seeger : auteur et interprète de chansons (musique folk), né en 1919 à Greenwich Village, considéré dans les années 1960 comme un chanteur engagé et un contestataire. Joan Baez a interprété quelques-unes de ses chansons. *(N.D.T.)*

— Moi ?

— C'est en toi qu'il a confiance. Si tu lui exposes soigneusement et objectivement la situation, il comprendra que c'est le meilleur moyen de préserver la nature, et cela devrait être suffisant pour nous prémunir contre d'éventuels ennuis.

En dépit d'une furieuse envie de suivre l'exemple de Heather, Isaac s'appuya d'une main au dossier d'un fauteuil pour ne pas perdre le fil de la conversation.

— Je ne suis pas convaincu, Dennis. Tu sais que je suis très partagé à ce sujet, et ça va se sentir, forcément.

— Ma foi, nous sommes tous ambivalents. J'aimerais racheter tout ce qu'il reste de terres vierges sur cette planète pour les conserver exactement dans l'état où elles sont. Mais ce n'est pas ainsi que va le monde. Tu le sais mieux que n'importe quel autre membre d'ACRE.

Isaac ignora ce compliment hypocrite.

— En fait, je suis doublement partagé : je l'ai toujours été en ce qui concerne ces autorisations de bâtir en zone protégée. Et maintenant, j'admets difficilement que nous cachions la vérité à M. Forsythe avant la signature.

Dennis sourit tristement.

— Si nous ne procédons pas de cette façon, la transaction ne se fera pas. Et les promoteurs nous dameront le pion.

— J'aimerais rechercher des alternatives.

— Nous l'avons déjà fait. Il n'y en a pas. Point à la ligne.

Isaac n'en était pas convaincu. Il était presque persuadé que la hâte à gratifier d'importants donateurs avait conduit à négliger de meilleures options.

— Tu parleras à Forsythe ? insista Dennis.

Isaac acquiesça d'un bref signe de tête.

Dennis se dirigea alors vers un autre groupe d'invités.

Allongée auprès d'Isaac dans le lit conjugal qu'elle avait déserté depuis bien des mois, Kendra rouvrit les yeux, consciente de s'être assoupie un instant. Leur étreinte, à la fois tendre et passionnée, avait mis un point d'orgue à cette soirée de retrouvailles en ville. A la fois épuisée et comblée, elle sentait chez son mari une certaine préoccupation qui le tenait encore éveillé.

Elle se souleva légèrement sur un coude pour le regarder.

— C'est la soirée chez Dennis, je suppose.

— Quoi ?

— Ce qui te tracasse.

Il tenta un sourire qu'elle ne jugea pas très convaincant.

— Tu peux te confier à moi, lui dit-elle. Qu'est-ce qui se passe dans cette tête-là ?

Il la prit au creux de son bras.

— Quelle a été ton impression, ce soir ?

— A propos de ta prestation de tout à l'heure ?

Il lui ébouriffa les cheveux en guise de réponse, et elle reprit son sérieux.

— Les gens n'avaient pas envie d'être là. Pour eux, c'était plutôt une corvée. Chez ACRE, je ne connais pas beaucoup d'amateurs de soirées mondaines — du moins, pas chez les membres du personnel. Cela prouve de façon évidente que Dennis est complètement déconnecté des gens avec qui il travaille.

— Je crois qu'il ne serait pas mécontent de voir partir bon nombre d'entre eux. Apparemment, Heather a déjà réagi en ce sens.

— Ta Heather ?

— Quelle formulation ! Enfin, oui : mon assistante.

— Tu as appris ça ce soir ?

— De sa bouche à lui.

Kendra l'écouta répéter les propos de Dennis. Elle sentit la colère monter en elle, jusqu'à ce qu'elle explose.

— Que pourrais-tu bien dire à M. Forsythe pour le convaincre que c'est une bonne chose de bâtir sur une propriété qu'il vous a vendue précisément pour que tout reste intact ?

— Je n'en sais rien. Il va falloir que je trouve quelque chose.

— Pas forcément.

— Tu connais des chansons de Pete Seeger ?

— Euh… pardon ?

— Dennis m'a dit que Heather allait manger des pois chiches et chanter les vieux airs de Pete Seeger, dans sa nouvelle boîte. Autrement dit, elle fait un grand pas en arrière.

— Elle fait peut-être un grand pas vers un sentiment d'estime de soi.

— Tant mieux pour elle. Mais si elle a envie de changer les choses, ce n'était pas la bonne décision à prendre.

— Selon toi, il faut donc pactiser avec le diable pour réussir à changer les choses ? Le cœur et la raison ne feraient jamais bon ménage ?

— Ecoute, je n'ai peut-être pas grand-chose de Jesse Spurlock, en moi. Ça ne me dit rien d'aller affronter les bulldozers quand ils se pointeront sur le mont Pallatin. Tu sais ce que c'est qu'une cause perdue ? Moi, oui. J'ai fait tout mon possible pour préserver cette montagne au maximum. Maintenant, il faut passer à autre chose.

Kendra se laissa retomber sur le dos et regarda le plafond.

— Alors, quoi ? demanda Isaac au bout d'un moment. Je t'entends réfléchir, mais je n'arrive pas à distinguer les mots.

— Comment qualifierais-tu les derniers mois que nous venons de passer, Isaac ? Si un mot ou deux te venaient à l'esprit ?

— Isolement. Retraite.

La rapidité de sa réponse prouvait qu'il avait déjà réfléchi à la question.

— Pour moi ou pour toi ?

— Surtout pour toi.

— Et je me suis retirée pour quoi faire ? Pour lécher mes blessures ?

— J'ai l'impression de passer un interrogatoire que je n'ai aucune chance de réussir.

— Je vais te dire, alors. Je n'ai pas fui. Je ne me suis jamais sentie autant en harmonie avec moi-même.

— Attends d'avoir repris la vie active. Tu as peut-être oublié ce qu'est le monde du travail.

— J'ai décidé de travailler à mi-temps. Comme ça, j'aurai le temps de réfléchir à ce que je fais.

Isaac ne répondit pas. La tension entre eux était presque palpable.

— Nous en avons déjà parlé, avec mon patron. J'ai besoin de temps pour écrire un livre sur l'usage des montagnes à travers l'Histoire et les conséquences pour les personnes concernées. Parce que je ne peux pas vivre pour mon travail et me rappeler qui je suis. Certains en sont capables, mais ce n'est pas mon cas. Et je refuse de devoir prendre des décisions de la façon que tu viens de décrire.

Elle se tourna vers lui et le regarda dans les yeux.

— Je ne veux pas être toi, Isaac. Plus jamais ça !

A son regard, elle vit qu'elle l'avait blessé.

— Tu ne veux pas non plus que je sois moi ! répliqua-t-il.

Il était manifestement en colère, mais elle ne pouvait plus reculer.

— Non, je voudrais que tu écoutes ton cœur. Regarde ce qui se passe chez ACRE : les gens s'en vont. On leur demande de faire des choses qui heurtent leur conscience. Et tout ça dans l'intérêt de la nature ? Moi, je ne crois pas que la fin justifie les moyens. Le fait de voir le mont Pallatin depuis la ferme de tes ancêtres a été une aubaine pour toi. Tu peux considérer ça comme une sorte de vision qui t'a été accordée. A condition de le vouloir vraiment, tu pourrais certainement trouver un moyen de le sauver et de te sauver toi-même.

— En perdant mon boulot et tout espoir d'atteindre une position élevée où j'aurais réellement le pouvoir de changer quelque chose…

— Un jour ou l'autre, tu seras obligé de réfléchir à la manière dont tu as changé les choses. Est-ce que le jeu aura valu la chandelle ?

L'irritation qu'elle avait sentie dans sa voix céda la place à un ton glacial.

— Tu sais, ça commence à ressembler à un sermon ou à un ultimatum.

— Plutôt qu'un ultimatum, je dirais : une bifurcation.

Isaac s'assit et s'apprêta à quitter le lit.

— Qu'est-ce que ça signifie ?

— Ça signifie que j'ai changé. Nous n'aurons peut-être jamais d'enfants ensemble, mais nous pouvons nous entourer de gens que nous aimons. Et nous n'atteindrons peut-être jamais le sommet de l'échelle dans nos carrières respectives mais nous serons sûrs de n'avoir écrasé personne. Ce sont des choses qui ont beaucoup d'importance pour moi. Je m'intéresse moins à ma destination qu'à la façon dont je ferai le voyage. C'est grâce à ta grand-mère que j'ai appris ça.

— Leah ? Tu parles d'un exemple !

— Elle souhaitait certainement que tu connaisses son histoire et que ses erreurs te servent de leçon. Jesse et Leah ont laissé cette expropriation les séparer et détruire leur vie. L'obligation de quitter leur montagne les a conduits au désespoir. Ils auraient pu envisager leur avenir différemment en admettant que l'essentiel n'était pas de rester à la ferme. Ils auraient pu tout recommencer. Nous pouvons prendre un nouveau départ, nous aussi.

Il se levait lorsqu'elle le retint d'un geste.

— Tu devrais peut-être déterminer ce qui est vraiment important pour toi.

— Mon travail *est* important.

— Sauf s'il te sépare de l'homme que tu es vraiment.

— Je vais faire un tour à pied.

Cette fois, elle n'essaya pas de le retenir. Quand il fut habillé et que la porte se fut refermée derrière lui, elle continua de regarder le plafond tout en se remémorant une autre nuit où c'était elle qui avait abandonné la sécurité de leur appartement pour s'aventurer dans les rues de la ville.

Et tous les changements que cette simple décision avait engendrés.

31

Le lundi et le mardi, Isaac se comporta avec un irréprochable esprit d'équipe. Il s'acquitta de tous ses devoirs, reçut ses collaborateurs pour évaluer l'augmentation de leur niveau de stress, écouta attentivement leurs doléances, prodiguant conseils et paroles d'encouragement qui ressemblaient aux mots d'un alter ego parfaitement inconnu jusqu'ici. Il travailla jusqu'à la tombée de la nuit, rédigea des demandes de subventions, répondit aux mails et aux appels téléphoniques, prit ses dispositions pour aller faire des discours dans des colloques professionnels. Le mardi soir, il commençait à dominer son impression de malaise et sentait qu'à force de patience et de créativité, il parviendrait à corriger ce qui ne tournait pas rond chez ACRE.

Puis Heather entra dans son bureau.

Il fut réellement surpris de la voir. Persuadé qu'elle reviendrait chercher ses affaires et lui dire adieu la semaine suivante, il avait décidé de ne pas débattre des motifs pour lesquels elle s'en allait. Heather était une adulte, extrêmement compétente, de surcroît, et elle devait avoir de bonnes raisons pour prendre une telle décision. Cependant, il ne put s'empêcher de lui demander :

— Qu'est-ce qui se passe, au juste ? Tu as donné ta démission sans même venir m'en parler ! Tu as écrit au conseil d'administration sans rien m'en dire non plus !

— Je suis là, à présent. J'espérais te trouver seul pour te dire au revoir.

Isaac se leva et lui indiqua une chaise. Il s'assit ensuite à côté d'elle pour ne pas avoir l'air d'un prof qui a convoqué un élève récalcitrant.

— Je ne sais pas comment je vais combler le vide que tu laisses.

— Moi non plus.

Elle sourit, mais elle se tenait manifestement sur ses gardes.

— Le pire, pour moi, c'est que tu as fait tout ça à mon insu.

— Isaac, j'ai envisagé de venir te voir avant. A la réflexion, je me suis dit que ça ne changerait rien. Tu as une vue d'ensemble et à long terme de la situation. Mes objections t'auraient à peine fait broncher.

Toute discussion était superflue. Il en avait pleinement conscience. Heather s'en allait car il n'y avait plus de place ici pour l'idéalisme, pour les petites mais importantes actions qui avaient fait la réputation d'ACRE. Il n'y avait plus moyen de se faire entendre et d'être pris au sérieux. Elle ne voulait pas travailler pour une bureaucratie. Dans l'esprit de Heather, la vue d'ensemble se composait de milliers d'images qui clignotaient, et ce tableau mouvant était son unique souci. Les petites victoires successives lui donnaient le sentiment d'avoir changé quelque chose autour d'elle.

— Où vas-tu travailler ? lui demanda-t-il.

Elle lui donna le nom d'une petite boîte qui ne représentait pas grand-chose à ses yeux. La caricature que Dennis en avait faite était, somme toute, assez réaliste.

Il se leva car il n'y avait finalement rien de plus à dire.

— Ils ont beaucoup de chance que tu travailles pour eux, dit-il en lui tendant la main.

Comme elle ne la prenait pas, il haussa un sourcil interrogateur.

— Si tu ne vas pas voir Gary Forsythe pour lui expliquer ce qui se passe ici et ce qu'ACRE compte faire sur le mont Pallatin, dit-elle, je le ferai moi-même.

— Dennis m'a déjà demandé de le faire.

— A quel moment ?

Ça, c'était une question des plus délicates. Cette franchise tardive ressemblait à un fourgon de queue transportant les reliquats de leur intégrité.

— Il faudra que tu réfléchisses à ça, dit-elle, jugeant ce silence prolongé suffisamment éloquent. Mais je me chargerai du sale boulot, comme geste d'adieu, en gage de mon affection. Tu souhaiterais certainement que M. Forsythe soit averti, mais tu crains de compromettre ta situation ici, n'est-ce pas ?

— Et s'il retire son accord au profit d'un ou plusieurs promoteurs ? Quel effet cela te fera-t-il ?

— J'aurai le sentiment qu'ACRE n'a pas joué franc jeu. Ni Forsythe ni les promoteurs n'y seront pour rien. J'en suis parfaitement consciente.

Isaac n'essaya pas de la faire changer d'avis. Il aurait été de son devoir de faire part à Dennis des intentions de Heather, mais il s'en abstiendrait. Il était en partie soulagé de ne plus avoir à prendre cette décision ni d'en subir les conséquences. Cela dit, il avait mauvaise conscience — et cette partie-là dominait largement la première.

Il raccompagna Heather jusqu'à la porte du bureau.

— Le contrat sera signé la semaine prochaine.

— J'ai toutes les informations. Tu sais, Isaac, tu es un type bien, mais tu risques de te retrouver quelque part où tu n'as pas envie d'aller.

Elle se haussa sur la pointe des pieds et l'embrassa sur la joue. Puis elle disparut dans le couloir.

Jesse Spurlock s'était retrouvé quelque part où il ne voulait pas aller. Dans son obstination à rester chez lui, il avait fermé les yeux sur tout le reste. Isaac se demanda si les œillères n'étaient pas héréditaires. Il ne tarderait peut-être pas à l'apprendre. Aubrey Grayling avait accepté de le rencontrer.

*
* *

Le mercredi matin, au réveil, Isaac avait soudain pris conscience qu'il se trouvait, comme le disait Kendra, à une bifurcation de sa vie. Prenant à peine le temps d'annuler ses rendez-vous de la journée, il se mit en route pour Gainesville, où Aubrey habitait avec son petit-fils et son arrière-petite-fille, Jennifer. Quand il avait téléphoné pour demander s'il pouvait venir, la jeune fille n'avait manifesté aucun étonnement. On aurait presque dit qu'elle attendait son appel.

Le trajet prit un peu moins d'une heure. Gainesville était juste assez proche de Washington pour se transformer en ville-dortoir. Cela devait faire un an, tout au plus, qu'Isaac n'y était pas allé, mais il fut stupéfait de la vitesse à laquelle la petite ville paisible avait pris l'aspect d'une grande banlieue.

Il trouva sans difficulté la maison des Grayling, encore entourée de terres cultivées. Peut-être le spectacle d'un nouveau bouleversement de son environnement serait-il épargné à Aubrey.

Jennifer Grayling, une blonde pétulante, l'invita à entrer. La maison, fort bien entretenue, était sans doute une bâtisse préfabriquée. Quelqu'un y avait ajouté une véranda et une terrasse couverte. La vue sur les champs de blé et les vaches en train de paître avait quelque chose de rassurant.

— Bon-papa se prépare, dit-elle. J'ai du thé, si vous voulez.

Il la suivit dans la cuisine pimpante, avec son plan de travail en faïence mouchetée décoré d'anciens bocaux à légumes en céramique. Isaac ressentit un moment d'émotion : il se retrouva, petit garçon, dans l'une des nombreuses cuisines de son enfance, qui ressemblait beaucoup à celle-là. Il se rappela, pour la première fois depuis trop longtemps, que sa mère gardait toujours des petits gâteaux faits maison dans un pot en céramique rouge, sur une étagère — quel que soit l'endroit du monde où ils vivaient. Ces petits gâteaux étaient l'une des rares marques d'affection qu'elle pouvait se permettre.

— Ces rideaux grotesques ont l'air de vous plaire, dit Jennifer. Vous souriez.

Il leva les yeux sur la fenêtre qui surplombait l'évier, avec ses rideaux en patchwork fané imprimés de légumes à visage humain. Il s'éclaircit la voix.

— Je n'en ai jamais vu de pareils, en effet.

— C'est ma mère qui les a faits. Maintenant qu'elle est morte, je ne peux pas me résoudre à les remplacer.

Une collection d'assiettes décoratives que sa mère adoptive avait achetées au cours de leurs déplacements à travers le monde était remisée quelque part dans un placard de leur appartement en ville. Elle y tenait énormément. Isaac se promit de les retrouver et de leur réserver une place de choix dans son prochain lieu de vie.

Un bruit, derrière lui, le fit se retourner. Un vieux monsieur aux cheveux blancs et aux yeux délavés venait d'entrer dans la pièce. Isaac s'approcha de lui.

— Isaac Taylor, dit-il en lui tendant la main. Vous êtes monsieur Grayling.

Une main tremblante serra la sienne.

— Aubrey. C'est plus rapide.

Jennifer servit le thé et tendit deux verres à Isaac.

— Si vous alliez bavarder sous la véranda ? Personne ne viendra vous déranger.

Elle prit son arrière-grand-père par le bras et l'aida à traverser la cuisine, puis une petite salle de séjour qui donnait sous la véranda garnie de plantes vertes d'espèces et de tailles variées. Quelques fougères retombaient gracieusement de pots suspendus en hauteur.

Jennifer aida Aubrey à s'asseoir sur le canapé en osier, puis elle lui glissa un coussin dans le dos et approcha un guéridon pour qu'il puisse y poser son verre.

— Je vais vous laisser, dit-elle quand les deux hommes furent installés. Bon-papa, appelle-moi en cas de besoin.

— Je me demandais si tu trouverais ton chemin, fiston, dit Aubrey quand elle fut partie.

— Jennifer m'avait bien indiqué la route.

— Ce n'est pas de cela que je parle.

— Vous vous demandiez si je finirais par venir ?

— Quelqu'un a déjà dû te dire à quel point tu ressembles à Jesse.

Isaac posa son verre avec plus de précaution que nécessaire.

— Etta Norton me l'a dit, en effet.

— J'ai pas mal de photos, et quelques-unes de ta grand-mère, aussi. Jenny a préparé un album : tu pourras le prendre en partant.

— Monsieur… Aubrey, si vous souhaitiez me parler depuis longtemps, pourquoi ne pas m'avoir téléphoné vous-même ?

— Si tu réfléchis un peu, je parie que tu trouveras la réponse tout seul. C'est peut-être déjà fait, du reste.

— Vous vouliez être sûr que j'avais vraiment besoin d'entendre ce que vous allez me dire.

— Je n'ai jamais connu de Spurlock borné. Têtu, oui. Et spirituel, ça, tu peux me croire. Mais ils étaient aussi capables de ruminer le moindre mot de travers et de te le renvoyer à la figure à la première occasion. Jesse était comme ça. Quand son humeur maussade le prenait, il se repliait complètement sur lui-même et ne voyait absolument plus rien autour de lui.

— Pas même Leah ?

Aubrey hocha gravement la tête.

— L'ennui, vois-tu, c'est que Jesse aurait voulu pouvoir décrocher la lune et les étoiles pour elle. Et tout ce qu'elle voulait réellement, c'était lui. Il était aussi aveugle que je le serai d'ici un an ou deux. Seulement, Leah, elle l'était aussi. Ils n'ont pas été fichus de se trouver l'un l'autre avant qu'il soit trop tard. Et aucun des deux n'avait vu le danger…

Isaac ne l'interrompit pas. De toute façon, rien n'aurait pu arrêter Aubrey, désormais. Le vieux montagnard avait attendu une bonne partie de sa vie pour raconter cette histoire. Se calant dans son siège, Isaac écouta les révélations qui achèveraient de lui dévoiler la saga de ses grands-parents.

32

Ferme Blackburn.
Lock Hollow, Virginie
Le 30 mai 1934

« Ma chère Puss,

» Je ne peux pas me guérir moi-même. Il n'y a aucun remède pour réparer un cœur brisé.

» Je serai partie quand tu reviendras. Il y aurait trop de choses à expliquer dans cette lettre. J'espère seulement te revoir un jour pour te raconter tout ce qui s'est passé. Rappelle-toi simplement qui je suis quand tu entendras dire du mal de moi. Je n'ai pas changé mais hélas ! le monde n'est plus le même.

» Ton amie pour toujours, où que nous soyons.

Leah. »

La distance qui séparait les maisons de Lock Hollow était considérable et le terrain, très accidenté. Pourtant, les nouvelles circulaient d'un endroit à l'autre du hameau : elles franchissaient les sommets, longeaient les torrents, suivaient des chemins si peu praticables qu'aucun véhicule ne s'y aventurait. Le jour où Leah découvrit qu'elle était peut-être enfin enceinte, Jesse apprit par Luther Collins qu'elle rencontrait Daniel Flaherty en cachette et que ce dernier était si épris d'elle qu'il lui proposait un terrain de bonne qualité dans la vallée de la Shenandoah.

Le soleil était en train de disparaître derrière les arbres quand

Leah, en levant la tête, vit son mari foncer droit sur elle. Elle avait essayé de réparer un trou dans le grillage qui entourait la basse-cour, mais elle se demandait si ses efforts serviraient à quelque chose. Un renard avait emporté leur meilleure pondeuse pendant la nuit et elle craignait que Jesse, qui avait travaillé toute la journée au verger avec son beau-père, n'ait pas le temps de réparer l'enclos avant que le renard opère une seconde razzia.

Jesse lui avait si rarement adressé la parole ces dernières semaines qu'elle eut un mouvement d'espoir. Il était venu la trouver. Peut-être allaient-ils pouvoir faire des projets d'avenir. Et si tout se passait bien, peut-être pourrait-elle lui annoncer qu'elle attendait probablement un bébé. Cela suffirait-il à lui faire abandonner son projet de rester coûte que coûte sur ses terres, quitte à résister aux pouvoirs publics ?

— Debout, sale menteuse !

Leah prit peur. A mesure qu'il approchait, elle se rendit compte qu'une colère intense déformait son visage. Il ne lui en fallut pas davantage pour deviner qu'il était au courant de ses rendez-vous clandestins avec Daniel Flaherty.

Au lieu de se recroqueviller, elle se redressa et se tint bien droite devant lui. Elle ne cilla même pas quand il leva la main sur elle. Elle lui déclara calmement :

— Personne chez les Spurlock n'a jamais frappé une femme. Et personne chez les Blackburn ne permettrait cela.

La main de Jesse resta un moment en l'air, descendit puis retomba le long de son corps.

— Tu es un être perfide, infidèle et déloyal.

Elle ne feignit pas de ne rien comprendre.

— Je te suis restée fidèle, et je me demande bien pourquoi. Tu m'as abandonnée depuis des mois.

— Dis-moi que tu n'as pas accepté les terres de cet homme. Dis-moi que tu n'as pas couché avec lui !

— Je n'ai pas couché avec lui. Et il *nous* propose un terrain, mais je ne vois pas comment j'aurais pu t'en parler puisque tu me fais tout le temps la tête.

— Aucun homme ne fait un cadeau à une femme sans rien attendre d'elle en retour.

Leah flancha imperceptiblement car elle savait qu'il n'avait pas tout à fait tort. Daniel attendait manifestement quelque chose d'elle. Tout ce qu'il avait fait, c'était sans doute parce qu'il était amoureux.

— Je ne lui ai jamais rien promis et je ne l'ai pas encouragé non plus.

Elle songea à l'unique baiser qu'ils avaient échangé et sentit ses joues s'empourprer. Son regard se fit suppliant.

— Je me sentais si seule, Jesse ! Je n'ai parlé avec lui que pour entendre le son de ma voix.

Jesse la dévisagea d'un air impitoyable. Leah frissonna. Son charmant mari ressemblait soudain à un homme capable de tuer sur un coup de sang. Le silence se prolongea. La poitrine oppressée, elle avait peine à respirer.

Finalement, comme s'il venait de prendre une décision, il lui tourna le dos.

— Pars avec lui.

Il dit cela d'une voix sourde, comme s'il s'efforçait de dominer un terrible sentiment de haine.

— Pars avec ce Daniel Flaherty, Leah. Laisse-nous veiller ici sur tout ce qui nous appartient encore. Va-t'en et ne reparais plus jamais devant moi. Emporte tout ce que tu voudras. Je ne veux rien garder de ce qui t'a appartenu.

Elle eut l'impression qu'il l'avait frappée, en fin de compte.

— Cette ferme est à moi.

— Alors, vends-la au diable en même temps que ton âme ! Les terres des Spurlock m'appartiennent de droit. C'est là que je serai quand ils viendront brûler ta maison.

Désespérée, elle le retint par le bras.

— Jesse, c'est toi que j'aime. Ça n'a pas changé. Mais tu me fais constamment la tête ; je ne sais plus comment agir avec toi. Il faudrait nous organiser et tu ne veux pas en entendre parler. Je… (Sa gorge se serra). Je crois que je vais avoir un bébé, Jesse. Et un bébé a besoin d'un endroit pour vivre, un endroit où être heureux.

Il se dégagea brutalement et fit volte-face.

— Et de qui serait cet enfant ?

Elle ouvrit de grands yeux.

— Comment peux-tu me poser cette question ?

— Il ne me semble pas que nous ayons fait récemment ce qu'il faut pour ça.

— L'autre nuit, près du tas de bois ! Moi, je me souviens très bien que tu n'arrivais pas à le faire assez vite à ton goût.

Un bref instant, elle vit son regard vaciller comme sous l'effet d'un doute. Puis il se reprit.

— Nous avons passé plus d'un an sans faire de bébé et d'après toi, il aurait suffi d'une fois ?

— Ce sont des choses qui arrivent.

— Pas à ma connaissance.

— Parce que tu crois savoir parfaitement comment fonctionne le corps des femmes, j'imagine !

— Je m'arrêterai peut-être un jour dans cette grande maison où tu vas vivre, pour voir si l'enfant que tu as conçu me ressemble un peu. Mais va-t'en, maintenant, car je ne crois pas avoir tellement à m'inquiéter pour ça. Allez-vous-en, toi et le père de ce bébé !

Une telle cruauté anéantit la jeune femme. Un flot de larmes lui monta aux yeux. Elle s'entendit gémir comme une bête blessée, s'effondra sur une souche près du grillage et enfouit sa tête dans ses bras.

Quand ses sanglots s'espacèrent, elle vit qu'il n'était plus là. Ses larmes avaient apaisé en grande partie son chagrin, mais sa colère était intacte. Elle lui avait ouvert son cœur et il l'avait repoussée, elle et l'enfant qu'elle portait. Désormais, elle ne voyait plus aucun espoir de sauver leur couple, pas la moindre perspective d'un avenir commun. Elle pouvait comprendre que Jesse se soit senti trahi. A présent, elle regrettait d'avoir jamais parlé à Daniel, et davantage encore d'avoir accepté son réconfort et un baiser de lui. C'était pourtant Daniel qui lui avait apporté l'unique consolation qu'elle avait reçue dans ces moments difficiles au cours desquels elle ne savait pas comment affronter l'inconnu.

Et Daniel lui offrait une vie après Lock Hollow.

— Leah ?

Elle se retourna d'un bloc et vit Birdie s'approcher en boitant.

— Pourquoi est-ce que tu pleures ?

Leah frissonna. Birdie avait été témoin de la façon dont Jesse la traitait depuis des mois. Elle avait dit à Leah que c'était une honte, qu'elle méritait mieux que cela. De toute évidence, elle prenait son parti.

Leah lui raconta d'une voix hachée l'essentiel de ce qui s'était ébruité. Birdie se mordit la lèvre. Une profonde compassion se peignit sur son doux visage.

— Hier, quand j'ai ouvert la porte pour secouer le tapis, un rouge-gorge est entré dans la maison et j'ai tout de suite compris…

— Birdie !

La jeune fille se tut.

Leah étouffa un sanglot.

— Jesse m'a dit de m'en aller.

— Il ne le pensait sûrement pas, dit Birdie sans grande conviction.

— Comment pourrions-nous rester ?

— Maman disait que les choses qu'on a criées sous le coup de la colère s'estompent aux premières lueurs de l'aube. Tu pourrais lui faire des excuses.

— Ce n'est pas si simple que ça.

— Alors, tu devrais peut-être faire ce qu'il dit.

Birdie posa les mains sur les épaules de sa cadette.

— Ecoute, je sais que les liens du mariage sont censés durer éternellement. Mais il y a sûrement des cas, comme celui-ci, où les promesses ne sont plus que des paroles qu'il vaut mieux oublier. J'observe depuis un bon moment la façon dont Jesse te traite et ça me fait de la peine. Tu agis toujours pour le mieux. Et si tu as discuté avec ce M. Flaherty, c'était seulement dans notre intérêt à tous les trois. Je l'ai vu et je sais bien ce que j'ai vu. Si tu veux, je vais de ce pas expliquer tout ça à Jesse Spurlock.

— Non !

— Alors, qu'est-ce qu'il faut faire ? Ton mari ne veut plus de toi. Un autre homme, meilleur que lui, te fait des propositions. Il t'a même trouvé une maison. Et Jesse, qu'est-ce qu'il a ?

Jesse avait le cœur de Leah mais elle était certaine, maintenant, que cet amour ne l'intéressait pas. Il n'avait même pas semblé touché d'apprendre qu'elle portait son enfant.

— M. Flaherty saura-t-il quoi faire ? demanda Birdie.

Leah se sentait accablée. Si Jesse avait entendu parler de ses rendez-vous avec Daniel, tout le monde devait être au courant à des lieues à la ronde. Et que la rumeur soit vraie ou fausse, les gens allaient désormais l'éviter comme la peste. La ferme ne lui appartenait plus légalement, et elle ne se sentait plus à sa place dans cet endroit où les commérages sur son compte allaient bon train.

— Est-ce que tu éprouves quelque chose pour ce M. Flaherty ? demanda Birdie, comme Leah ne répondait pas.

— Il est plus attentionné que Jesse le sera jamais.

— Alors, va le voir ce soir. Et raconte-lui tout.

— Et toi, qu'est-ce que tu vas faire ?

Pour la première fois de la soirée, Leah songea qu'elle était responsable de Birdie. Leur mère avait laissé cette ferme et sa fille handicapée à sa charge. Ces moments terribles ne concernaient pas seulement son couple à la dérive et la perte de leurs biens, mais aussi la santé et la sécurité de sa sœur. Elle était bel et bien tenue de chercher un autre toit où s'abriter avec Birdie, et il y en avait un qui l'attendait. Il suffisait qu'elle dise oui.

La maison, d'abord, et puis peut-être, un jour, quand son cœur serait guéri, pourrait-elle envisager l'avenir avec l'homme qui l'avait secourue dans la tourmente.

— J'attendrai ici que tu sois installée, déclara Birdie. Etta viendra si je le lui demande. Elle pourra me donner un coup de main en attendant que tu reviennes me chercher.

— Tu pourrais venir avec moi ce soir.

Birdie eut un geste de refus.

— Je ne serai pas prête. Mais pendant que tu vas t'organiser, je préparerai nos affaires.

— Je…

Leah ne voyait pas d'autre solution.

Birdie hocha la tête.

— C'est mieux comme ça, tu le sais bien.

Leah ne savait rien du tout, sinon qu'elle ne s'était jamais sentie aussi malheureuse. Un jour, quelques hommes du voisinage s'étaient rassemblés afin de creuser un puits pour une famille, de l'autre côté du col. Avec sa mère, elle avait aidé à préparer le repas qui accompagnait toujours ce genre d'opération. Les préparatifs terminés, elle était allée regarder le trou quand soudain, les parois qui n'avaient pas été assez consolidées s'étaient effondrées sur les deux hommes qui étaient en train de creuser, tout au fond.

Sa vie était comme ce puits. Les hommes avaient été secourus juste à temps, mais personne ne viendrait à son secours, à elle.

— Je vais aller trouver Daniel, murmura-t-elle, le cœur gros. Ensuite, j'irai voir la maison au-dessus de la rivière pour décider si ça peut nous convenir.

— Tu ne prendras que ce que tu peux porter.

Leah s'aperçut qu'elle pleurait. Birdie avait les yeux humides, elle aussi.

— Je n'aurais jamais cru que ce serait comme ça, d'être mariée, dit Leah.

— Il vaut peut-être mieux que tu n'aies pas eu d'enfant. Ce serait encore pire, dans cette situation.

Leah n'avait pas dit à Birdie qu'elle était probablement enceinte. Pour le moment, elle préférait ne pas aggraver le cas de son mari. Birdie et Jesse avaient toujours été bons amis : il était inutile de le noircir davantage encore aux yeux de sa sœur. Mieux valait qu'elle ne garde pas un trop mauvais souvenir de son beau-frère.

Jesse n'était pas là quand elles rentrèrent. S'affairant en silence, elles choisirent les affaires que Leah devait emporter, puis en firent un baluchon à l'aide d'un vieux drap qu'elles nouèrent solidement. Leah changea de vêtements, natta ses cheveux et donna un coup de brosse à ses souliers de tous les jours. Ses mains tremblaient malgré elle. Elle avait l'impression de vivre un cauchemar.

Elle n'avait pas d'appétit pour le repas que Birdie avait préparé, mais sa sœur l'obligea à prendre une galette de maïs et un morceau de poulet.

Après avoir serré Birdie dans ses bras, elle la quitta sur le pas de la porte. Les deux femmes étaient en larmes.

— Je reviendrai te chercher, promit Leah. Prépare-toi. Et dis à Jesse de faire venir Etta : il ne faut pas que tu restes seule.

La nuit tombait rapidement. Leah prit le chemin de la ferme abandonnée où campaient Daniel et son assistant.

Sur la route, après le premier virage, elle vit Daniel arriver dans sa direction. Contrairement à Birdie, Leah ne croyait pas aux présages. Pourtant, elle interpréta cette rencontre comme un signe positif. Elle n'avait pas besoin d'aller le chercher : c'était lui qui venait à elle.

Il parut surpris de la voir, mais évidemment il ignorait tout des événements de la soirée.

— Leah ?

Il courut jusqu'à elle et lui prit les mains.

— Qu'est-ce qu'il y a ?

— Je quitte Jesse. J'allais vous retrouver.

Dans la pénombre, il était difficile de déchiffrer son expression. Il serra les mains de Leah dans les siennes. L'air commençait à fraîchir et il entreprit de les réchauffer. Consciente qu'elle aurait dû apprécier ce contact, elle ne put s'empêcher de trouver ses mains un peu molles. Jesse avait des mains fermes, durcies par le travail, avec de longs doigts souples. Les doigts de Daniel étaient courts et ses paumes, moites.

— Que s'est-il passé ?

Elle lui raconta ce qu'elle pouvait.

— Il m'a dit d'aller vous retrouver, dit-elle en conclusion. Alors, me voilà.

— Vous avez bien fait. Il ne vous traite pas comme il faut. Vous méritez beaucoup mieux que ça.

Leah aurait préféré qu'il lâche ses mains. Et puis, il se tenait beaucoup trop près d'elle. Sa présence lui parut soudain pesante, presque insoutenable. Pour la première fois, elle remarqua son odeur. Il ne sentait pas la sueur saine d'un homme qui a passé la journée en plein air, mais une odeur douceâtre, un peu écœurante, qui ressemblait à celle des fleurs de valériane dont elle faisait une tisane apaisante.

Elle recula légèrement et retira ses mains.

— Vous êtes bouleversée, je le comprends. Si vous reveniez avec moi ? Avez-vous dîné ?

Daniel était gentil. Il s'inquiétait pour elle. Si seulement Jesse avait pu se soucier un tant soit peu de ce qu'elle ressentait, s'il avait pu prendre ses mains dans les siennes pour essayer de les réchauffer... Daniel faisait exactement ce qu'il fallait.

Pourtant, c'était Jesse qui lui manquait. Et il lui manquerait toujours.

Dès cet instant, elle comprit qu'elle ne pourrait jamais aimer cet homme-là. Ce n'était pas une question de mois ni d'années. Elle n'éprouvait pas une réticence provisoire, liée aux événements, et qui céderait avec le temps. Pour la première fois, elle vit clairement qu'elle était incapable d'abandonner son mari, quelles que soient les circonstances. Elle avait juré d'aimer Jesse jusqu'à ce que la mort les sépare. Elle avait commis des erreurs et lui aussi, mais l'amour peut soulever des montagnes. La colère de Jesse ne lui servirait pas d'excuse pour changer de vie et de compagnon.

— Non, c'est impossible, dit-elle. Je ne peux pas partir avec vous. Je ne pourrai jamais vous épouser. Excusez-moi. Je me suis trompée.

— M'épouser ?

Il avait l'air stupéfait.

— Vous épouser et vivre avec vous près du fleuve. Je ne

vous aime pas. C'est mon mari que j'aime. Je vais aller le voir et il me pardonnera peut-être.

Daniel secoua la tête.

— Leah, chérie, vous n'êtes pas obligée de m'épouser pour aller habiter là-bas. J'ai l'acte notarié sur moi. Il sera facile de le transférer à votre nom. Votre mari ne veut pas de vous : n'oubliez pas ce que vous venez de me dire. Et quand vous serez installée, je pourrai venir vous voir régulièrement. J'ai...

La vérité sauta aux yeux de Leah. C'était d'une clarté aveuglante, bien sûr. Comment avait-elle pu...

— Vous êtes déjà marié ?

— Seulement sur le papier. Ce n'est pas ce qui compte.

— Vous êtes marié !

Elle était en colère, mais surtout contre elle-même.

— Et vous avez raison, ça ne compte pas, parce que de toute façon, je n'aurais pas voulu de vous, Daniel Flaherty, même si nous avions été libres tous les deux. Vous êtes comme le renard qui vient voler mes poules. Notre avenir est entre vos mains, et vous croyez que cela vous donne le droit de prendre tout ce que vous voulez !

— Leah, réfléchissez bien. Où comptez-vous aller, si ce n'est avec moi ?

— En priorité ? Je vais aller trouver les gens pour qui vous travaillez. Je leur expliquerai ce que vous avez voulu faire et pourquoi. Ensuite, j'irai voir un de ces journalistes qui rôdent par ici depuis quelque temps, comme s'ils s'intéressaient à nos malheurs. Il aura de quoi écrire un article, avec cette histoire. Vous vous êtes arrangé pour me faire croire que vous vouliez nous aider mais tout ce que vous vouliez, c'était coucher avec moi. Et au bout du compte, nous voilà avec un désastre de plus qui nous tombe dessus !

Avant même d'avoir fini sa tirade, elle comprit qu'il n'était pas le seul à blâmer. Ils étaient tous les trois fautifs : Jesse, Daniel et elle. Daniel avait profité de sa faiblesse, mais c'était le mutisme de Jesse qui l'avait mise dans cet état. Et elle ? Elle n'avait pas fait grand-chose pour aider Jesse. Au lieu de se sentir rejetée, peut-être aurait-elle dû considérer sa morosité comme un appel au secours. Elle l'avait abandonné à sa souffrance, comme il venait de l'abandonner ce soir.

— Ne faites pas ça ! dit Daniel.

Elle le regarda un instant d'un air perplexe, puis elle se rappela qu'elle l'avait menacé quelques secondes auparavant. Des secondes qui lui semblaient des années, tant ses réflexions lui avaient ouvert les yeux.

— Ecoutez, j'ai l'acte notarié, reprit-il. Il peut encore être à vous. Et il y aura de l'argent, avec. Vous aurez de quoi prendre un nouveau départ.

— Je ne veux pas de votre argent !

— Il vous revient de droit, à titre de dédommagement pour l'expropriation. Ce n'est pas un cadeau.

— Alors, faites-moi parvenir tout ça par l'intermédiaire de quelqu'un d'autre. Ce qui est à nous, nous le prendrons sans hésiter. Mais je ne veux rien recevoir de vous personnellement.

— Je ne vois pas ce que j'ai fait de mal. Je voulais vous aider. J'ai pensé…

— Vous avez pensé que vous pourriez m'avoir tout le temps à votre disposition, comme une courtisane ! Eh bien, je vais vous dire ce que je pense, moi. Je pense que si je vous revois rôder un jour dans les parages, j'irai décrocher le fusil.

Elle avait refait la moitié du chemin en sens inverse quand elle prit conscience qu'elle était vraiment seule, désormais.

Jusqu'à ce qu'une silhouette émerge de l'obscurité.

Jesse s'immobilisa à quelques pas d'elle, le regard indéchiffrable. S'il était caché là depuis un moment, il avait tout entendu.

— Qu'est-ce que tu fais ici ? lui demanda-t-elle.

— Je te courais après.

Quatre mots. Des mots tout simples. Elle n'en avait pourtant jamais entendu de plus doux.

— Pourquoi ? murmura-t-elle. Puisque tu me croyais infidèle ?

— Fidèle ou pas, le plus important, c'est que tu sois là.

Elle se jeta à son cou. Il la serra contre lui, embrassant son front, ses joues, ses lèvres.

— Je t'aime, Jesse, chuchota-t-elle. Je n'aime que toi.

— J'ai cru que je t'avais perdue pour de bon. Puis j'ai entendu tout ce que tu lui as dit.

Il la serrait si fort qu'il l'étouffait presque. Leah s'en fichait. Elle aurait été heureuse de mourir là, dans ses bras. La main de Jesse descendit sur son ventre. Il la posa à plat sur sa jupe, au-dessous de la ceinture.

— Notre bébé, dit-il.

— Nous ne pouvons pas l'élever ici, en nous battant contre les autorités. Le moment venu, il faudra penser à lui ou à elle.

— Nous ferons ce qu'il faudra, dans notre intérêt à tous, dit-il en l'embrassant encore. J'ai déjà parlé à Aubrey. Il doit passer nous voir aujourd'hui ou demain. Nous allons nous joindre aux plaignants. Nous partirons peut-être, mais nous le déciderons ensemble.

Ils perdaient énormément de choses, mais ils ne s'étaient pas perdus l'un l'autre. Ils allaient prendre un nouveau départ, tous les quatre…

— Birdie ! Il faut tout dire à ma sœur. Elle croit que je suis partie.

— J'ai quelque chose à faire, dit Jesse.

Il jeta un coup d'œil sur la route où Daniel l'avait attendue. Leah le retint par le bras.

— Non, Jesse. Oublie ça. Viens avec moi. Daniel Flaherty ne vaut même pas la peine de se battre.

— Je reviens tout de suite, dit-il d'un ton sans réplique.

— Je ne veux pas être la cause de nouveaux malheurs.

— J'ai deux mots à lui dire. Ce ne sera pas long.

Il était inutile d'insister. Si Jesse lui avait tout pardonné, il ne pardonnerait jamais à Daniel Flaherty et ce soir, Daniel allait comprendre ce que cela signifiait.

— Bon, alors, je rentre. Sois prudent.

Il la souleva de terre et la fit virevolter dans ses bras pendant un moment. Puis il la déposa et l'embrassa longuement.

— Bébé voulait voler un petit peu.

Leah se sentit soudain toute jeune, comme cela ne lui était plus arrivé depuis bien longtemps.

— Allez, dépêche-toi ! Je vais t'attendre.

Elle ramassa son baluchon et reprit le chemin de la ferme tandis que Jesse partait en sens inverse. Tout en marchant, Leah se demanda comment trouver les mots justes pour raconter à sa sœur tout ce qui venait de se passer. Birdie aurait d'abord du mal à croire que tout était arrangé entre eux. Il faudrait insister pour la persuader que c'était vrai, mais une fois rassurée elle se réjouirait. Sans doute commencerait-elle sur-le-champ un nouveau patchwork pour fêter ça.

Les chiens n'aboyèrent pas quand elle approcha. Elle les laissa derrière elle sur le pas de la porte et ouvrit. D'abord, elle ne vit pas sa sœur, puis elle comprit pourquoi. Les lampes à pétrole n'étaient pas allumées. Seule la table était illuminée par plusieurs bougies à la cire d'abeille — les bougies parfumées que Leah gardait spécialement pour Noël. Birdie se tenait debout dans la pénombre, de l'autre côté.

— Oh ! Jesse, je sais combien tu raffoles de mon poulet sauté ! Je l'ai préparé exactement comme tu l'aimes.

Un bref instant, Leah crut que Birdie s'adressait à elle et qu'elle se trompait seulement de prénom. Puis elle s'aperçut que sa sœur n'avait pas ses lunettes et qu'elle ne savait pas qui était là. Sous ses yeux, Birdie, qui avait dénoué ses cheveux et portait sa plus belle robe, souleva un coin de sa jupe et esquissa gauchement un petit pas de danse.

— J'ai fait une tarte à la pêche pour le dessert, dit-elle d'une voix chantante. Rien que pour toi, Jesse. Tout ce que je fais, c'est pour toi. Je savais qu'elle nous laisserait enfin tranquilles, un jour ou l'autre. C'est avec moi que tu aurais dû te marier. Tu t'en es rendu compte, forcément. Eh bien, nous allons pouvoir vivre ensemble, maintenant qu'elle est partie. Nous quitterons Lock Hollow et personne ne saura que nous ne sommes pas mariés. Nous repartirons de…

Birdie fit un faux pas, s'arrêta de danser et scruta la pénombre du côté de la porte.

— Qui est là ?

Elle chercha ses lunettes dans sa poche, les chaussa et aperçut sa sœur.

Leah eut un mouvement d'inquiétude.

— Birdie, qu'est-ce que tu fabriques ? A qui parlais-tu ?

Birdie approcha.

— Toi ?

Une sourde appréhension s'empara de Leah. Il se passait quelque chose d'anormal.

— C'est Leah. Je suis revenue. Nous nous sommes expliqués, Jesse et moi. Tout est arrangé.

Leah observa sa sœur, et son expression lui fit presque peur.

— Il m'a fait des excuses, dit-elle, parlant plus rapidement comme pour prendre de vitesse un démon invisible qui semblait s'emparer de Birdie. Je n'aime pas Daniel. J'aime Jesse. Il me croit, maintenant. Il a compris que le bébé…

Elle réalisa une seconde trop tard qu'elle n'en avait pas encore parlé à sa sœur.

— Le bébé ?

— Je vais avoir un enfant de Jesse. Du moins, je crois que je suis enceinte. Tu auras un neveu ou une nièce. Un petit enfant à aimer, Birdie. Nous partirons tous ensemble, s'il faut en arriver là. Nous trouverons bien le moyen d'être heureux ailleurs, et tu rencontreras peut-être un homme qui t'aimera comme Jesse m'…

— Ça suffit !

Birdie battit en retraite, s'éloignant de la cuisine en direction de la cheminée où un poêle à bois réchauffait la maison en hiver.

— Je ne te crois pas.

— Tu n'es pas contente ?

Leah ne pouvait pas s'arrêter de parler. Si elle continuait de parler, peut-être ne serait-elle pas obligée de penser à ce qu'elle avait vu en entrant, à ce qu'elle avait entendu…

Soudain, Birdie parut se détendre. Elle se mit à rire.

— Tu me mènes en bateau.

— Birdie, arrête ! Tu me fais peur. J'ai…

— Jesse est amoureux de moi. Tu ne sais donc pas qu'il t'a épousée uniquement parce qu'il a cru que je ne voulais pas de lui ? Maintenant que tu t'en vas, il va pouvoir…

— Je ne pars pas. Je suis là.

— Il va pouvoir m'aimer, moi, poursuivit Birdie comme si de rien n'était. Je lui préparerai des petits plats et je coudrai ses vêtements. C'est vers moi qu'il viendra, la nuit, quand…

— Arrête ! Birdie, tais-toi donc ! Tous ces tracas, toutes ces émotions, c'était trop pour toi. Tu as besoin de repos. Cette soirée nous a tous terriblement perturbés…

— Oh ! tu penses que tout est trop pour moi ! Toi avec tes jambes parfaites, tes épaules solides et ta vue impeccable ! Tu crois que je ne sais pas ? Tu crois que je ne vois pas qui tu es ?

— Je suis ta sœur qui t'aime.

— Maman était une sorcière. D'abord, elle m'a condamnée en marchant sans arrêt à travers la maison, sans jamais s'asseoir. Ensuite, elle a sacrifié ma santé à la tienne. Elle a pactisé avec le diable. Tu n'as pas compris pourquoi c'est moi qui ai eu la polio ? C'est maman qui a tout arrangé. Quoi d'autre, à ton avis ? Et toi, tu as eu tout le reste, même Jesse. Elle était pourtant déjà morte, à ce moment-là. J'ai fait en sorte qu'elle meure et tu as quand même eu Jesse !

Horrifiée, Leah regarda sa sœur.

— Tu as fait en sorte qu'elle meure ? répéta-t-elle dans un souffle.

Birdie éclata de rire. Un rire aigu, sauvage, qui glaça le sang de Leah.

— Son heure était venue ! Dieu voulait sa mort, mais le diable la maintenait en vie. La fièvre est tombée après que tu es allée te coucher, et elle s'est endormie. J'ai vu qu'elle allait mieux, alors je lui ai mis cet oreiller sur la tête. Elle était trop faible pour lutter. Elle ne pouvait pas se défendre contre moi et contre Dieu !

Leah s'effondra sur une chaise et prit sa tête dans ses mains.

— Tu es folle.

Elle n'arrivait pas à croire que cette évidence ait pu lui échapper aussi longtemps. Personne ne s'en était douté, du reste. Birdie était différente, certes. Mais personne n'avait deviné en quoi, exactement. Personne n'avait mesuré l'étendue et la profondeur des dégâts causés par la polio et ses séquelles — la douleur constante, le ressentiment contre une sœur que la maladie avait épargnée.

— Non, j'arrive seulement à voir des choses qui t'échappent, répliqua Birdie. Et je m'y connais.

— Nous te ferons soigner.

Leah se leva et se dirigea vers la cheminée, d'où Birdie la regardait d'un air méfiant.

— Des spécialistes pourront t'aider. Je suis sûre que tu ne penses pas tout ce que tu viens de dire.

Avec une rapidité dont Leah ne l'aurait jamais crue capable, Birdie s'empara du Luger allemand que le père de Jesse avait rapporté de la guerre. Elle pointa le canon sur sa sœur, calant la crosse contre sa poitrine.

— Je sais ce qui m'aidera le plus. Je ne voulais pas te faire de mal. Je croyais que tu t'en irais, que je n'aurais pas à te faire ce que j'ai fait à maman. Pourquoi es-tu revenue, Leah ? gémit-elle.

Leah se figea. Le pistolet était toujours chargé.

— Nous sommes sœurs, murmura-t-elle. Nous nous aimons tendrement.

— J'ai essayé de ne pas t'aimer. Tu es l'œuvre de Satan, le résultat d'un affreux marchandage imaginé par maman, et je craignais de me souiller.

— Birdie, je regrette que ce soit toi qui aies eu la polio. Mais j'ai peut-être été épargnée pour avoir la force de prendre soin de toi. C'est peut-être ça, la volonté de Dieu. Et j'ai fait tout mon possible pour te protéger... Tu ne me crois pas ?

— Tu as pris Jesse !

— Tu ne m'as jamais dit que tu l'aimais. Tu n'en as même jamais rien laissé paraître.

Mais tout en disant cela, Leah dut admettre qu'elle aurait pu le deviner, depuis le début. Tout était là, sous ses yeux : Birdie avait toujours été aux petits soins pour Jesse, et elle se confiait presque uniquement à lui. Le jour du mariage, elle s'était placée devant lui pendant un long moment, comme si c'était elle qu'il s'apprêtait à épouser.

— Tu t'es mise entre lui et moi, reprit Birdie. C'est moi qu'il aimait mais tu me l'as pris, comme tu m'as volé ma santé. Tu es un véritable fléau pour moi.

Elle tendit brusquement le bras, pointant le pistolet sur Leah. Même si elle tremblait, elle visait correctement.

La porte s'ouvrit puis se referma. Les deux femmes se retournèrent. Jesse se tenait sur le pas de la porte, les yeux écarquillés à la lueur des bougies.

— Birdie ?

Il s'approcha d'elles lentement, d'un pas souple.

— Qu'est-ce qui se passe, Birdie chérie ?

— Elle essaie de te reprendre à moi !

Contrairement à Leah, Jesse parut comprendre immédiatement la situation. Tout en continuant à parler calmement, sans élever la voix, il s'approcha encore.

— Nous venons de passer une affreuse journée. Tu as été terriblement secouée. Mais tu es notre adorable, notre merveilleuse Birdie, et tu ne vas pas commettre la folie de tirer sur ta sœur.

— Elle est revenue ! Elle était censée nous laisser seuls tous les deux.

— Laisse-moi lui parler tranquillement. Je vais arranger les choses. Tu as confiance en moi, n'est-ce pas ? Tu sais bien que je ferai ce qu'il faut.

— Non, elle a le diable au corps. Tu ne vois donc rien ? Elle s'est débrouillée pour que tu l'épouses, alors que c'était moi que tu voulais. Tu ne peux pas contrôler ce qu'elle fait. Personne ne le peut.

Elle leva le bras plus haut.

Jesse jeta un coup d'œil entendu à Leah. Puis il s'approcha encore un peu de Birdie.

— Ma petite chérie, ce n'est pas une façon d'entamer notre lune de miel. Nous aurions toujours cette épée de Damoclès au-dessus de nos têtes ! Si tu veux vivre avec moi, il faut me faire confiance. Je te promets de tout remettre dans l'ordre.

La main qui tenait l'arme fléchit imperceptiblement.

— Nous pouvons partir quelque part, rien que toi et moi, Jesse. Mais il ne faut pas qu'elle vienne.

Jesse regarda encore sa femme.

— Tu entends, hein, Leah ? Maintenant que tu es au courant de tout, tu peux partir avec ce Flaherty, après tout. Dis à Birdie que tu es d'accord.

Leah hocha vigoureusement la tête.

— Oui, dit-elle. Birdie, je ne savais pas. Je me demande comment j'ai pu ne pas voir ce qui crevait les yeux.

Le bras de Birdie tremblait violemment, à présent. Elle commença d'abaisser lentement le pistolet, et Leah sentit l'espoir renaître en elle. Puis, dans un cri, Birdie leva de nouveau son arme, la tenant plus fermement à deux mains, cette fois.

— Non ! Elle veut nous embobiner, Jesse. Elle porte un bébé de toi. C'est pour ça que Daniel Flaherty ne veut plus d'elle. Je comprends, maintenant. Elle ne nous laissera jamais tranquilles.

— Nous sommes mariés depuis presque deux ans, Birdie jolie. Où est-ce que tu vois un bébé ? Elle ne porte pas de bébé. Elle a dit ça juste pour me donner des regrets.

Leah hocha la tête, les joues inondées de larmes.

— Pose ce pistolet et je m'en irai. Après ça, tu pourras souper tranquillement avec Jesse. S'il te plaît, Birdie...

— Non ! Tu t'en vas d'abord. Tu sors tout de suite et tu ne reviens plus. Plus jamais !

— J'ai tout compris, maintenant, dit Leah.

Affolée, elle croisa brièvement le regard de Jesse, qui lui fit un signe d'assentiment à peine perceptible. Sans doute espérait-il que Birdie lâcherait le pistolet une fois que Leah serait sortie et qu'il pourrait alors la maîtriser. Elle n'aurait plus qu'à revenir ensuite pour décider avec lui de ce qu'il faudrait faire.

— Avance lentement. Ne te mets pas d'idées dans la tête, Leah.

Leah se dit qu'elle devait faire comme si elle pensait réellement ce qu'elle disait.

— Je prends mon baluchon : celui que tu m'as aidée à faire, tout à l'heure. C'est tout ce dont j'ai besoin. Je ne reviendrai pas.

— Prends-le et disparais !

Leah avança avec précaution vers le baluchon. Dès qu'elle eut tourné le dos à Birdie, elle se mit à trembler de tous ses membres. Elle avait été terriblement ébranlée de voir sa sœur pointer un pistolet sur elle, mais ne plus la voir était encore pire.

Elle avait presque atteint la porte quand elle entendit crier :

— Non !

Puis il y eut un coup de feu.

L'espace d'un instant, elle crut qu'elle allait mourir sur place. Elle attendit la douleur fulgurante, l'arrêt de la respiration et des battements du cœur. Elle avait vu la mort assez souvent pour savoir ce qui se passait.

Le temps resta en suspens, mais en réalité quelques secondes à peine avaient dû s'écouler quand elle fit brusquement volte-face. Birdie se mit à hurler. Jesse était étendu par terre.

Birdie courut jusqu'à lui et le prit dans ses bras fluets.

— Pourquoi as-tu fait ça, Jesse ? Il fallait que je la tue. Tu ne le voyais donc pas ?

Jesse était encore en vie, mais à la lueur des bougies Leah vit le sang qui jaillissait d'une blessure à sa poitrine.

Birdie leva les yeux et vit Leah accourir. Elle reprit le Luger.

— N'approche pas ! cria-t-elle en le levant vers elle.

— Laisse-moi l'aider, Birdie…

— C'est toi qui aurais dû mourir !

Leah se doutait que Jesse s'était jeté sur Birdie au moment où le coup partait.

— La question n'est plus là, dit-elle. Il a besoin de moi !

Birdie regarda Jesse d'un air horrifié, puis visa de nouveau sa sœur à travers ses larmes.

— Non ! dit Jesse dans un souffle. Viens avec moi, Birdie… Partons… ensemble…

Sa tête retomba. Leah vit que c'était fini.

— Jesse !

Birdie se jeta sur lui.

— Je savais qu'il m'aimait !

Sans laisser le temps à Leah de faire quoi que ce soit sinon hurler, elle appliqua le canon contre sa propre tempe.

La mort fut presque immédiate. Pétrifiée, Leah entendit hurler, hurler, sans même savoir d'où cela provenait.

Une main, sur son épaule, la fit sursauter. Elle pivota et découvrit Aubrey qui venait d'entrer. Il la prit dans ses bras et elle s'effondra contre lui, anéantie, ses hurlements se muant en sanglots déchirants.

Aubrey sanglotait aussi.

— J'ai tout vu par la fenêtre, en arrivant. Tout vu, tout entendu. J'ai couru, mais je n'ai pas pu arriver à temps.

— Birdie n'avait pas toute sa tête. Nous ne savions pas… Elle était amoureuse de Jesse. Quand elle s'est aperçue que nous étions réconciliés…

— Chut ! Je sais. J'en ai assez entendu.

— Deux fois. Il m'a sauvé la vie deux fois, Aubrey. Il s'est jeté au-devant de la balle. Après ça, il l'a persuadée… Il… Ils ne sont peut-être pas morts. Nous pouvons peut-être tenter quelque chose…

Leah voulut se retourner, mais Aubrey l'en empêcha.

— Il n'y a plus rien à faire, Leah, dit-il d'une voix brisée. A part réfléchir à ce qui va suivre.

33

Un silence pesant s'installa entre les deux hommes, après qu'Aubrey eut terminé son récit. Finalement, Isaac secoua la tête, incapable de faire autre chose.

— Je suis navré, fiston, dit Aubrey. Le restant de ma vie, je me suis demandé comment les choses auraient tourné ce soir-là si j'étais arrivé quelques instants plus tôt. Mais à dire vrai, je rechignais un peu à monter chez les sœurs Blackburn. Comme tout le monde, j'avais entendu raconter des choses sur Leah et ce Flaherty. A mon avis, Birdie avait dû s'arranger pour faire répandre ce bruit par leur cousine Etta, afin que les commérages et le mépris des gens incitent sa sœur à se sauver avec lui. Bref, avec tout ça, je ne savais pas trop comment ça se passait, là-haut, entre Leah et Jesse.

— Il y a beaucoup de choses que je ne comprends toujours pas.

— J'imagine, en effet.

Aubrey se pencha en avant comme s'il voulait le réconforter.

— Je peux t'en dire davantage, si tu restes assis encore un moment.

— J'aimerais savoir pourquoi ma grand-mère a été obligée de fuir Lock Hollow comme une criminelle. Il suffisait de dire la vérité, non ?

— Ce n'était pas aussi simple que ça. Vois-tu, il y avait deux choses à prendre en compte. La première concernait Birdie et la seconde, le hameau. Je vais commencer par Birdie.

— Vous n'aviez jamais remarqué qu'elle était gravement névrosée ?

— Oh si, bien sûr ! On la trouvait bizarre, mais on ignorait ce dont elle souffrait exactement. Elle était pleine de vieilles superstitions. Quand elle vous parlait, on avait l'impression qu'elle regardait à travers vous et quelquefois, les choses qu'elle disait sonnaient faux, comme si elle répondait à des questions qu'elle était seule à entendre. Moi, je me figurais que c'était parce qu'elle vivait en recluse, et ce regard un peu étrange, je le mettais sur le compte de son extrême myopie. Mme Blackburn la protégeait énormément, vois-tu ? Elle se sentait tenue de garder Birdie à l'écart des dangers, à l'écart du monde. A force, c'est peut-être ça qui lui a fait du tort.

Isaac essayait encore de trouver une logique à la suite de l'histoire.

— Je ne vois pas très bien le rapport avec le fait que Leah ait décampé du jour au lendemain.

— Elle ne voulait pas que les gens sachent ce qui s'était exactement passé. Sa mère lui avait fait jurer de prendre sa place auprès de Birdie, et Leah était d'une loyauté irréprochable. Elle se sentait responsable de Birdie, même après… tout ça.

Aubrey s'éclaircit la voix.

— Autrement dit, ma grand-mère a choisi d'endosser la responsabilité du meurtre à la place de sa sœur ? murmura Isaac.

— C'est à peu près ça. Mais ce n'était pas tout, en fait. J'y étais aussi pour quelque chose.

— Vous ?

Le vieil homme croisa les bras.

— Depuis que tu t'intéresses à ta famille, j'imagine que tu as appris pas mal de choses sur le Parc national et ce qui s'est passé là-haut.

Isaac acquiesça d'un signe de tête.

— Tu as sûrement remarqué la façon dont les gens considéraient les montagnards de Virginie. Il suffit de relire les articles sur nous qu'on trouvait dans les journaux de l'époque — des informations de première main rapportées par des citadins qui ne connaissaient rien à rien et qui arrivaient là-haut avec le crâne bourré d'idées toutes faites. Ils nous ont causé un tort inimaginable, ces jeunes blancs-becs.

— Je ne vois toujours pas le rapport avec ma grand-mère.

Aubrey sourit tristement.

— Leah serait sans doute contente de savoir qu'il y a enfin quelqu'un pour la défendre.

Isaac n'aurait jamais cru que tout cela le révolterait à ce point. Il avait surtout le sentiment d'un terrible gâchis.

— Expliquez-moi donc, dit-il brièvement.

— J'ai dit à Leah que si cette histoire venait à s'ébruiter, cela nous porterait un coup fatal. Je m'efforçais d'utiliser la loi à notre avantage et il fallait nous présenter au monde comme des gens corrects et intelligents qu'on s'apprêtait à déposséder de tout. Un procès important avait lieu à ce moment-là, et si les tribunaux donnaient raison au propriétaire, nous avions une chance de garder nos terres.

Aubrey leva les mains d'un geste fataliste.

— Après le drame qui venait de se produire, la presse aurait eu beau jeu de nous faire passer pour des péquenauds arriérés, avec de sombres histoires de famille et de ménage à trois. Ce genre de fait divers leur aurait paru beaucoup plus croustillant que la vérité — à savoir, la destruction d'une famille par une jeune femme psychopathe, pour employer un terme actuel. Je croyais déjà voir les manchettes des journaux. Cette affaire aurait ruiné les maigres chances que nous avions de pouvoir rester chez nous.

Il marqua une pause.

— Naturellement, les tribunaux ont finalement débouté le plaignant et nous avons tous été obligés de partir.

Isaac dut faire un effort pour passer de l'indignation à la compréhension.

— Et ma grand-mère a accepté de jouer le jeu.

— Elle tenait par-dessus tout à préserver la mémoire de Jesse et celle de Birdie. Elle n'avait pas envie de traumatiser le hameau. A dire vrai, elle voulait aussi quitter cet endroit le plus vite possible. Nous ne pouvions pas les enterrer dans le petit cimetière familial. Au cas où des gens seraient venus fureter dans le coin pour savoir ce qu'étaient devenus Jesse et Birdie, c'est le premier endroit où ils seraient allés. Il fallait trouver une solution pour éviter ça. Alors, j'ai pensé à ces grottes au pied du mont Little Lock, où je jouais avec Jesse, étant petit. Nous les connaissions toutes, Leah et moi. J'ai passé toute la nuit à transporter les corps jusqu'à la plus éloignée. En faisant levier avec une grosse branche, j'ai réussi à faire rouler deux gros rochers du haut de la colline d'en face, pour boucher l'orifice.

— Et le patchwork ?

— C'était le couvre-lit nuptial de Leah et Jesse. Elle les a roulés dedans, une fois dans la grotte. Elle a dit qu'elle ne voulait plus jamais revoir ce truc-là.

Isaac réfléchit.

— Celui que j'ai, alors…

— C'était celui de Birdie. Elle avait fait deux dessus-de-lit identiques mais elle n'avait matelassé qu'un des deux. Quand Leah a quitté définitivement la ferme Blackburn, elle a emporté tout ce qu'elle pouvait. Je ne sais pas si elle a fait exprès de prendre celui qui restait… Enfin, quoi qu'il en soit, le jour où sa fille s'est sauvée…

Isaac se leva et s'approcha d'une baie vitrée.

— A partir de là, s'agit-il seulement de suppositions, Aubrey ? Parce qu'il s'était déjà écoulé bien des années depuis la mort de mon grand-père et de sa belle-sœur.

Il se retourna, et l'expression d'Aubrey lui fournit la réponse.

— Vous êtes resté en contact avec ma grand-mère après son départ, n'est-ce pas ?

— Tu ne crois tout de même pas que je l'aurais laissée tomber comme ça, après tous les malheurs qu'elle avait subis ? Je passais régulièrement prendre de ses nouvelles, m'assurer que tout se passait bien avec son petit bout de chou, qu'elle avait de quoi la faire vivre. Je lui devais bien ça. Et à Jesse, aussi.

— Vous étiez le seul ? Personne d'autre n'a jamais rien su ?

— Si, une personne. J'ai dit la vérité à Puss au bout d'un mois. Leah ne voulait pas, mais j'ai pensé qu'elle aurait besoin de son amitié en pareille circonstance, et Puss a juré de garder ça pour elle. D'abord, elles ont recommencé à s'écrire. Plus tard, je sais qu'elles se sont téléphoné plusieurs fois par mois. Elles se sont peut-être même vues, bien que je ne sois pas certain de ça. Mais nous étions les trois seules personnes du hameau à savoir ce qui s'était passé. Des années plus tard, quand elle s'est remariée avec Tom Jackson, je ne pense même pas qu'elle lui ait raconté l'histoire.

Isaac commençait à saisir l'enchaînement des faits.

— Ma mère s'est donc sauvée de Toms Brook à seize ans parce que quelqu'un lui a raconté ce que tous les autres habitants de Lock Hollow s'étaient imaginé.

— C'est là que Leah s'est rendu compte qu'elle avait commis une grave erreur en cachant la vérité à Rachel. Et quand elle a appris ton existence, elle a commencé à craindre qu'un jour, si tu entreprenais des recherches sur ta famille d'origine, les gens te disent aussi qu'elle avait tué Jesse et Birdie.

— Voilà pourquoi elle a terminé ce patchwork en y faisant figurer un plan du hameau.

— C'est bien ça. Elle s'est longuement penchée sur la question, tu sais. Elle voulait que tu puisses découvrir la vérité, mais uniquement si tu t'y intéressais pour de bon. Leah n'était certes pas quelqu'un d'autoritaire. Elle s'est dit qu'un jour, si tu te décidais à chercher, tu découvrirais mon nom sur le patchwork. Elle m'a fait promettre de tout te raconter si tu avais réellement besoin de savoir. Voilà pourquoi je me suis inscrit à cette association « The Way We Were », dans l'espoir de te voir arriver un jour.

— Leah pensait-elle donc que vous alliez vivre beaucoup plus longtemps qu'elle ?

Aubrey cligna de l'œil.

— Tu as vu mon arrière-petite-fille.

Isaac comprit enfin.

— Jennifer est au courant ?

— Il fallait bien. Comme j'étais conscient d'avoir atteint un âge canonique, je lui ai tout raconté pour que rien ne se perde. C'est elle qui a fait faire une petite plaque en marbre pour Jesse et Birdie. Elle est allée l'installer là-haut, dans le petit cimetière des Blackburn. Elle a dit que c'était le moins que nous puissions faire pour eux, rétrospectivement.

Isaac se cala dans son siège pour assimiler toutes ces révélations.

— Voilà donc la vérité, dit Aubrey. Tes ancêtres étaient de braves gens, Isaac. J'avais beaucoup d'affection pour tes grands-parents. Ils n'étaient pas parfaits, tu t'en es probablement rendu compte. Mais ils possédaient des qualités de loyauté, de force, d'intégrité, et ils s'aimaient énormément. Leah a peut-être eu tort de dissimuler la vérité, et je n'aurais peut-être pas dû l'encourager à faire ce sacrifice. Mais jusqu'à son dernier souffle, je crois qu'elle a continué à croire que c'était important. Les Spurlock comme les Blackburn ont toujours défendu leurs convictions et assumé les conséquences de leurs actes. Voilà tout ce que tu avais besoin de savoir au sujet de ta famille, fiston.

34

Kendra avait de nombreuses affinités avec Leah Spurlock Jackson. Dans quelle mesure la vie d'Isaac aurait-elle été différente si sa grand-mère avait été là pour le guider ? se demandait-elle parfois. Elle avait fini de lire les conseils que Leah avait adressés à Puss, et elle s'émerveillait de voir comment la jeune femme avait mis en pratique l'enseignement de sa propre mère.

Même si elle n'avait pas pu poursuivre ses études au-delà du strict minimum, Leah avait tout fait pour nourrir son esprit et sa soif d'apprendre. Cela pouvait expliquer l'intelligence et la curiosité permanente dont Isaac faisait preuve.

Occupée à confectionner des petits bouquets de menthe séchée et de citronnelle cueillis dans les bacs qui bordaient la terrasse, Kendra s'arrêta un moment pour regarder dans les bois, comme Leah devait le faire autrefois, assise au même endroit. Elle n'avait pas parlé à Isaac depuis le week-end. Le samedi matin, elle s'était levée de bonne heure et n'avait pris qu'une tasse de café avant de regagner sa voiture en métro. De retour au chalet, elle avait téléphoné et laissé un message à l'appartement, mais il n'avait pas encore rappelé.

Au début du printemps, elle s'était retirée à Toms Brook pour prendre le temps de réfléchir. A présent, elle s'y retirait pour *lui* laisser du temps. Son départ n'était pas un ultimatum. Elle ne quitterait pas Isaac s'il ne prenait pas la bonne décision dans l'affaire du mont Pallatin. Elle avait confiance en lui. Tout n'était pas noir ou blanc dans son univers. Elle espérait qu'ils pourraient s'accommoder l'un et l'autre de certaines nuances de gris correspondant à leurs caractères respectifs.

Elle se retrouvait enfin seule. Les menuisiers s'attaquaient à de grosses transformations sur le chalet d'origine. Dans la matinée, ils avaient démoli le faux plafond de la salle de séjour. Bien que les meubles soient protégés par des bâches, la pièce était dans un état lamentable. Les hommes avaient entassé les vieilles planches dehors, au pied de la terrasse, pour les emporter plus tard, quand ils auraient fait tomber le plafond de la chambre. Kendra avait passé plus d'une heure à balayer, tout en sachant que le pire était à venir.

Le charpentier avait ensuite livré un assortiment de poutres et de chevrons que les ouvriers avaient empilés à côté du tas de vieilles planches, avant de s'en aller pour la journée. Cash était passé la voir peu après et lui avait promis qu'à partir du lendemain ils allaient la tirer du lit aux aurores et gâcher ses journées jusqu'au coucher du soleil. Elle n'avait pas besoin de Cash pour savoir ce qui l'attendait. Sans doute serait-elle bientôt obligée d'abandonner le chalet jusqu'à ce que le plus gros des travaux soit fini. Elle aurait aimé rentrer à Washington pour passer ces moments-là avec Isaac, mais elle n'était pas sûre d'être la bienvenue.

Après toute cette agitation, l'après-midi promettait d'être un peu trop calme. Elle avait prévu d'aller faire des courses avec Elisa, mais juste avant le déjeuner son amie l'avait appelée en lui disant qu'elle avait pris froid. Il faisait pourtant une chaleur de plus en plus forte, avec un vent sec qui soufflait par rafales continuelles. Ce temps quelque peu fatigant incitait aux promenades dans les bois, où régnait un peu de fraîcheur. Kendra caressait depuis un certain temps l'idée d'aller y ramasser quelques simples, munie de son guide des plantes médicinales. Elle décida d'aller sur-le-champ chercher de jeunes feuilles de mûrier pour les faire sécher ; elles lui serviraient à confectionner ces tisanes qu'on appelait autrefois « le thé du pauvre ».

Elle penserait à Leah en les buvant.

Il lui restait environ une heure avant le coucher du soleil.

A l'intérieur, elle troqua son bermuda et son débardeur contre un pantalon de toile légère et un chemisier à manches longues. Elle accrocha ensuite une gourde d'eau à sa ceinture et se munit d'une casquette.

Se rappelant que Caleb devait venir lui apporter les photos de leur randonnée au parc, elle griffonna un petit mot afin qu'il la retrouve dans le bois s'il arrivait avant son retour.

— Hé ! Carpette, on va promener !

Elle frappa du pied sur le plancher pour réveiller le chiot qui ronflait. Dusty remua vaguement la queue puis s'étala de nouveau, le museau bien à plat sur le bois frais. Ten dormait un peu plus loin ; il ouvrit un œil et la regarda approcher d'un air méfiant. Kendra agita les doigts sous son nez. Le matou fit mine de cracher, lui donna un coup de patte sans même prendre la peine de sortir les griffes et reprit sa position initiale.

Décidément, ils faisaient la paire. En additionnant ces deux-là, elle avait à peu près la moitié d'un animal de compagnie, jugea Kendra. Elle s'était pourtant attachée à eux au point d'en devenir gâteuse, parfois.

Elle commençait à s'enfoncer dans les bois quand elle crut entendre un véhicule arriver au chalet. Il n'y avait pas si longtemps, elle se serait aussitôt affolée. A présent, elle était seulement intriguée. Mais comme le moteur pétaradait, accompagné d'une musique tapageuse et de grosses voix masculines, elle commença tout de même à se faire du souci. Cela lui rappelait un épisode récent qu'elle aurait préféré oublier.

Elle hésita un instant puis finit par rebrousser chemin, consciente qu'elle n'avait pas le choix.

Quand elle arriva, Randy se tenait au pied des marches de la terrasse, avec deux jeunes gens de son âge. L'un de ses compagnons — un grand blond au crâne rasé comme un légionnaire, avec un aigle tatoué sur le biceps — tenait un fusil, le canon pointé vers le bas.

— On vient bousiller vot' serpent ! claironna Randy. Comme des bons voisins.

Kendra commença à prendre peur. Les trois hommes avaient

bu : ça se voyait. D'ailleurs, si elle avait eu le moindre doute à ce sujet, les canettes de bière déjà éparpillées autour du camion auraient suffi à le dissiper. Et Randy n'avait pas l'air bien d'aplomb sur ses jambes.

— Allez-vous-en.

Elle avait prononcé ces mots avec une facilité déconcertante et un calme encore plus surprenant.

Randy plissa le front, l'air déconcerté.

— Vous êtes dans une propriété privée, reprit-elle. J'ai mis des panneaux tout autour du terrain. Du reste, la chasse n'est pas ouverte.

L'homme au fusil sifflota d'un air moqueur, fouillant les massifs au pied de la terrasse avec le canon de son arme.

— Hé ! on venait juste pour rendre service !

Le troisième, qui ressemblait assez à Randy pour être l'un de ses frères ou de ses cousins, jeta un mégot derrière son épaule et sortit son paquet pour prendre une autre cigarette.

— Je n'ai pas besoin de vous, dit Kendra en espaçant ses mots.

Le fumeur replia une main autour de la flamme puis secoua l'allumette.

— Y paraît que vous avez un serpent de trois mètres de long, là-dessous.

Il désigna d'un geste le creux sous la terrasse couverte, tandis que son copain continuait à fouiller les massifs avec son fusil.

Sans prendre la peine de lui répondre, Kendra se tourna vers Randy.

— Randy, les Rosslyn ne seront pas contents d'apprendre que vous amenez vos amis sur un chantier. Vous feriez mieux de partir. Je ne dirai rien, mais ne refaites jamais ça.

— J'ai plus de boulot depuis ce matin !

Randy bomba le torse, mais ses yeux luisaient de façon suspecte. Kendra se demanda s'il fallait mettre son émotion sur le compte de l'alcool ou bien s'il était réellement démoralisé.

— Pourquoi ? lui demanda-t-elle un ton plus bas, en approchant d'un pas. Cash m'a dit qu'il était satisfait de votre travail.

— Que j'aie bu ou pas, je bosse bien plus que n'importe lequel de ses gars. Il a aucune raison de me critiquer. J'accepterai pas de me faire traiter comme ça.

Kendra baissa encore davantage la voix.

— Votre intrusion chez moi ne plaide pas en votre faveur.

Il plissa les yeux. Les fanfaronnades d'ivrogne, Kendra avait déjà vu ça. Mais elle vit aussi que les vapeurs d'alcool commençaient à se dissiper et qu'il prenait peu à peu conscience de son erreur.

— Décampez, dit-elle encore plus doucement. Filez immédiatement, c'est tout. Allez dessoûler chez vous et ensuite, retournez voir Manning. Dites-lui que vous ne boirez plus jamais pendant le boulot. Ça devrait pouvoir s'arranger.

— Non ! On est venus tuer ce serpent.

— Randy, je regrette de vous avoir contrarié le jour où vous avez voulu tirer sur cette couleuvre. Je suis vraiment désolée. Mais ce qui cloche dans votre vie, ce n'est pas ce serpent.

Il renifla et se frotta le nez avec sa manche. Elle craignit un instant qu'il fonde en larmes — humiliation qu'il aurait eu du mal à supporter. Mais il redressa les épaules tant bien que mal et appela ses amis.

— La dame ne veut pas de nous, les gars. Elle sait pas ce qu'elle perd !

Kendra recula et regarda ses deux acolytes rigoler tandis que Randy regagnait la camionnette en titubant. Il réussit à ne pas trébucher, ce qui, vu son état, exigeait une certaine habileté.

Elle vint se placer devant celui qui fumait, l'empêchant de suivre son ami.

— J'espère que l'un de vous deux a moins bu que Randy.

— Oh ! je peux conduire !

Le jeune homme eut un rire forcé et jeta un autre mégot par terre, essayant sans trop de conviction de l'enfoncer dans le sol avec le talon de sa chaussure.

— Je parie qu'il y a jamais eu de serpent, là-dessous.

Elle se focalisa sur les cailloux projetés par les pneus du pick-up tandis qu'ils faisaient demi-tour. Le véhicule reprenait déjà l'allée en sens inverse quand elle ressentit le contrecoup des minutes qu'elle venait de vivre. Elle tremblait de tous ses membres et une nausée lui soulevait le cœur, mais l'affrontement ne l'avait pas anéantie. Elle ne s'était pas dégonflée. La journaliste qui ne craignait pas de s'exposer au danger dans des situations extrêmes pour couvrir quelque reportage exceptionnel n'aurait peut-être plus de telles audaces, mais la femme qu'elle était devenue ne lui faisait plus honte.

Elle pouvait cesser de s'isoler. Cette retraite n'avait pas été inutile.

Elle attendit quelques instants pour s'assurer que les trois compères ne reviendraient pas. Puis elle soupira un bon coup et repartit en direction des bois.

Isaac lut le mot qu'elle avait laissé pour Caleb et décida d'aller à sa rencontre dans les bois.

Il n'était pas particulièrement pressé, ce qui lui permit d'écouter les oiseaux en chemin et de respirer à pleins poumons l'air pur de la campagne. Il avança sous les arbres et attendit de ne plus voir la clairière pour appeler.

— K.C., où es-tu ?

Il entendit un craquement dans le sous-bois. Puis Kendra émergea d'un buisson de mûres sauvages, une dizaine de mètres plus loin.

— Qu'est-ce que tu fais là ?

Il franchit la distance qui les séparait, écartant les branches, évitant les ronces et les toiles d'araignées. Arrivé près d'elle, il la prit tendrement par la taille.

— Personne ne t'a jamais raconté l'histoire du Petit Chaperon rouge ?

Elle sourit, levant sur lui des yeux pétillants.

— Le Grand Méchant Loup et ses copains viennent juste de partir. Toi, tu dois être le gentil bûcheron.

— Un loup ?

— C'est une longue histoire. Ne t'en fais pas : c'est fini.

Il l'embrassa sur le front puis la serra contre lui, calant sa jolie tête au creux de son épaule.

— Tu ne risques pas de te perdre ni de te faire dévorer, par ici.

— En effet. Il suffit de suivre une ligne droite pour retrouver la civilisation à un moment ou à un autre. Et puis, je suis trop maigre pour tenter un loup.

Elle recula pour mieux le regarder.

— Qu'est-ce qui se passe ? Tu es la dernière personne que je m'attendais à voir arriver.

— Qui est la première ?

— Ma foi, Caleb ne devrait pas tarder à être là. Tu ne l'aurais pas vu, par hasard ?

— Pas encore, mais j'ai lu ton mot, dit-il en ramenant une boucle brune derrière l'oreille de sa femme. Je suis content de t'avoir trouvée.

Sa voix se fêla malgré lui et Kendra fronça les sourcils.

— Tiens, tiens… Comment se fait-il que tu sois là un mercredi ?

— J'étais plus ou moins dans les parages. Enfin, plutôt moins que plus.

— D'accord. Tu m'intrigues.

Elle attendit, manifestement consciente d'un changement. Isaac supposa que ce degré d'intuition devait être fonction de l'intimité qui existait à l'intérieur d'un couple.

Il chercha un moment les mots justes pour expliquer ce qu'il ressentait. Finalement, il haussa les épaules.

— Je suis allé voir Gary Forsythe.

Le sourire de Kendra s'estompa peu à peu.

— Dois-je demander pourquoi ?

— Je suis allé lui raconter ce qui se passait exactement avec le mont Pallatin.

— A-t-il quand même signé le contrat ?

Evidemment, toute la question était là. Isaac avait-il compromis ou non le projet de Dennis ? En un sens, la question lui semblait dénuée d'intérêt, à présent. Le fait qu'il ait pu envisager un jour de ne rien dire à Forsythe lui semblait inconcevable.

— Non. L'affaire devait se conclure la semaine prochaine. Comme Heather a démissionné, elle comptait tout dire elle-même à Forsythe pour m'éviter d'avoir à le faire. Mais en définitive, j'y suis allé car c'est moi qui avais besoin de lui parler.

Kendra parut comprendre immédiatement tout ce qui découlait de cette décision. Elle semblait un peu inquiète mais satisfaite, malgré tout.

— Je n'imagine même pas ce que tu peux ressentir. Et maintenant, tu attends de voir ce qui va se produire ?

— Je sais parfaitement ce qui va suivre. J'ai indiqué à Forsythe deux autres organisations environnementales qui achèteraient le mont Pallatin sans ficeler aucun arrangement douteux à son insu. Il suffira que son avocat évoque ces deux noms en présence de Dennis pour que Forsythe obtienne toutes les stipulations qu'il voudra. Je suis certain qu'ACRE finira par avoir le contrat. Dennis s'empressera d'aller consoler les gros donateurs et de récolter l'argent ailleurs. Ensuite, il ira se vanter de la façon dont il a bouclé l'affaire et des scrupules dont il a fait preuve. Tout le monde y trouvera son compte, excepté ceux qui espéraient bâtir de somptueuses demeures à flanc de montagne... dans le respect de l'environnement, bien sûr.

— Et toi ?

Isaac s'étonna de constater que cela ne lui faisait plus ni chaud ni froid.

— Moi ? Je suis grillé.

— Tu es sûr ?

— Pour m'assurer que personne n'ignore qui a fait quoi et pourquoi, je vais rédiger un compte rendu complet et détaillé de la transaction. Je le remettrai au conseil d'administration avec ma démission, qui sera immédiatement acceptée. Ils me feront part de leur immense regret de me perdre, puis un vigile m'escortera jusqu'à la sortie. J'aurai de la chance s'ils me laissent le temps de récupérer ta photo sur mon bureau.

Kendra le regarda d'un œil attendri et posa une main sur sa joue.

— Je suis vraiment désolée.

Il retint un instant sa main puis l'embrassa.

— Ne t'en fais pas. Ça va beaucoup mieux que ces derniers mois.

Attirant de nouveau la tête de la jeune femme contre son épaule, il ébouriffa ses cheveux. Comment lui expliquer qu'il se sentait enfin libre, pour la première fois depuis son entrée dans la vie active ? Libre de découvrir qui il était et ce qu'il voulait vraiment. Libre de suivre une autre voie que celle menant au sommet de la hiérarchie. Libre d'expérimenter de nouvelles idées, de nouvelles approches, de trouver d'autres solutions.

Il opta pour une métaphore.

— J'ai marché pendant longtemps sur une corde raide. Ce matin, j'ai sauté dans le vide et il y avait un filet en dessous.

— Depuis que je te connais, tu as toujours travaillé dans un domaine où tu avais le sentiment de pouvoir réellement faire évoluer les choses. Ça risque de changer, n'est-ce pas ?

— J'espère continuer dans le même sens en faisant preuve d'une totale intégrité. Si ça s'avère impossible, j'aurai au moins bonne conscience.

— Je te connais, Isaac. Tu trouveras un moyen.

Il avait beaucoup plus que cela à lui dire, mais les mots ne venaient pas facilement. Il aurait toujours du mal à exprimer ses sentiments, ce qui ne l'empêcherait pas de faire des efforts, désormais.

— Le fait de vouloir changer les choses… je crois que ce n'était pas seulement lié à mes préoccupations concernant la Nature. J'avais aussi envie d'être un homme différent.

Elle le serra contre elle.

— Pourquoi donc ? Tu es quelqu'un d'absolument merveilleux.

— Tu sais, j'ai beaucoup de choses à te raconter…

Kendra fit un bond en arrière, l'entraînant avec elle. Il crut d'abord qu'elle réagissait à ce qu'il venait de dire, puis un serpent d'une taille impressionnante se fraya un chemin dans les bois, passant à moins d'un mètre de l'endroit où ils se trouvaient juste avant.

— Je...

Une explosion ébranla la campagne alentour. Isaac étreignit Kendra et comprit presque immédiatement d'où provenait le bruit. Il lâcha la jeune femme et se mit à courir en direction du chalet. Il slaloma entre les arbres, sauta par-dessus des rondins et atteignit la clairière au moment précis où la partie gauche de la terrasse couverte s'embrasait.

Isaac composa le numéro des pompiers sur son portable. Pendant qu'il leur parlait, un souffle puissant retentit et des flammes jaillirent à travers le toit de la terrasse.

— Issac... non !

Kendra avança dans la clairière, mais à ce moment-là il grimpait déjà les marches au pas de course pour aller chercher les animaux. Au-dessus de lui, une silhouette émergea de la fumée.

— Caleb !

Le garçon tenait sous un bras le chat qui se débattait et crachait comme un diable, tout en portant la chienne sous l'autre, tant bien que mal. Isaac lui prit le matou, et ils réussirent à descendre ensemble. Caleb déposa Dusty dans l'herbe puis, sans laisser à Isaac le temps de réagir, il remonta aussitôt en courant.

— Caleb ! Reviens tout de suite !

Isaac lâcha son compagnon à quatre pattes pour courir après Caleb. Cette fois, le garçon entra dans la partie « nuit » du chalet, qui se trouvait plus loin des flammes, et se mit à attraper tout ce qu'il pouvait pour le jeter par-dessus la balustrade. Avant qu'Isaac l'ait rejoint, il s'efforça désespérément de sauver les objets auxquels Kendra pouvait tenir. Isaac vit voler des patchworks puis des photos encadrées, une boîte à bijoux, un panier à couture tout neuf. Il prit le garçon par le bras et le ramena dehors malgré ses protestations.

Kendra approcha en courant, ramassa tous les objets que Caleb avait lancés dans l'herbe et alla les déposer dans sa voiture. Elle prit ensuite l'adolescent dans ses bras.

— Rien n'a autant de valeur que toi, Caleb. Ne t'avise pas de retourner là-dedans !

— Nous pouvons éteindre le feu ! cria-t-il. Il faut essayer !

Isaac regarda les flammes engloutir les vieux murs en rondins.

— Impossible, dit-il. Le chalet sera détruit avant l'arrivée des pompiers. A ce stade, ils pourront tout juste éviter que l'incendie ne se propage aux arbres et au bois de l'écurie.

Il prit Kendra et Caleb par l'épaule, chacun d'un côté, et les entraîna loin de la fournaise. Dusty suivit et s'assit à leurs pieds avec des petits gémissements plaintifs. Ten, lui, avait grimpé dans un arbre.

Kendra sentit sa gorge se serrer. De grosses larmes roulèrent sur ses joues.

— Ça doit être à cause d'une cigarette. Voilà pourquoi Cash interdit à ses hommes de fumer sur le chantier. J'aurais dû faire attention. Des jeunes gens sont venus tout à l'heure et l'un d'eux a jeté ses mégots n'importe où... Les ouvriers ont apporté des fournitures, aujourd'hui. J'ai vu des pots et des bidons...

Un mégot, du bois sec, quelque produit volatile... Il n'en fallait pas plus pour provoquer un drame, songea Isaac.

Même dans ce coin reculé de la campagne, la caserne de pompiers volontaires était organisée et efficace. Dominant le crépitement des flammes, le bruit d'une sirène leur parvint dans le lointain.

— Ils n'arriveront pas à temps, dit Isaac.

— J'ai au moins récupéré tes patchworks, Kendra, dit Caleb qui semblait faire un effort pour ne pas pleurer, lui aussi. Ils étaient empilés derrière la porte de la chambre. Il te restera au moins ça.

— Je sais, je sais. Merci, Caleb. J'ai...

Elle se tourna brusquement vers Isaac.

— Oh ! Isaac, ils n'y sont pas tous ! Le couvre-lit de ta grand-mère… le patchwork au Nœud d'Amour était dans l'autre partie de la maison, sur une chaise protégée par une bâche.

Elle fondit en larmes.

— Le patchwork, le chalet… tout ce que Leah t'avait légué…

Isaac secoua la tête et la serra contre lui tout en continuant à tenir Caleb par l'épaule pour l'empêcher de commettre quelque imprudence.

— Ecoute-moi, K.C. Et toi aussi, Caleb. C'est fini. Il ne faut rien regretter. Nous bâtirons une autre maison sur ce terrain. Tant pis pour le chalet. Tant pis pour le patchwork. Ils ont rempli l'un et l'autre leur mission. Rassurez-vous : tout ce que Leah comptait réellement me transmettre est encore là.

Le bruit de la sirène devenait de plus en plus fort. La clairière allait bientôt grouiller de pompiers qui s'efforceraient de sauver des flammes ce qui n'avait plus d'importance.

Ensemble, ils regardèrent le chalet s'effondrer sous l'assaut des flammes. Isaac remercia mentalement sa grand-mère pour tout ce qu'elle lui avait donné.

Épilogue

Kendra fit claquer la porte derrière elle et comme elle était pratiquement sûre d'être arrivée la première, elle jeta ses clés sur le plateau de télé en aluminium. Ce bruit métallique mettait Isaac hors de lui. La vue de cet objet hideux que Barry avait laissé au sous-sol en partant le mettait également hors de lui.

Elle ne pouvait pas lui en vouloir. Depuis trois mois qu'ils avaient emménagé à Arlington, elle n'avait pas encore trouvé le meuble qu'il fallait pour occuper l'angle, près de la porte. Elle voulait une console de style Art Déco et ses recherches n'avançaient pas vite. Le petit pavillon d'artiste était encore aux trois quarts vide. Entre le déménagement, la reprise de son travail à temps partiel, les premières ébauches de son livre et celles du plan de leur future maison de campagne, il ne lui restait pas beaucoup de temps pour chiner. Mais de toute façon, elle ne voulait pas se presser. L'aménagement d'une maison était une expérience à savourer tranquillement.

Un fracas provenant de la cuisine la fit sursauter. Puis elle entendit la voix d'Isaac.

— Et voilà ! Ça y est ! Allez ouste, dehors !

Elle rit sous cape en entendant la porte claquer, devinant ce qui venait de se passer. En fait, Isaac était déjà là et les animaux avaient fait des bêtises.

Elle traversa la maison en traînant la jambe de façon à peine perceptible. Désormais en paix avec son corps, elle estimait que cette légère claudication lui rappelait la nécessité de ralentir son rythme pour regarder le monde autour d'elle. A présent, elle l'admirait et en profitait beaucoup plus qu'avant, savourant tout ce qu'ils avaient déjà réussi à faire.

Les murs étaient peints dans de chaudes teintes ocre, et des kilims aux couleurs vives réchauffaient les parquets cirés. Deux fauteuils à bascule flanquaient la cheminée en brique. Des gravures de Harold Doolittle représentant des paysages de montagnes et de forêts ornaient un mur adjacent à la baie vitrée. Les photos anciennes qu'Aubrey Grayling avait données à Isaac étaient exposées sur l'autre mur, avec un assortiment choisi des meilleurs clichés de Caleb.

Un canapé moelleux en velours grenat démontrait que les Taylor avaient des goûts assez éclectiques pour apprécier le confort. Le patchwork signé au motif Cabane en rondins que Helen et les autres lui avaient offert agrémentait le dossier du siège. A l'étage, les autres patchworks de sa collection, y compris celui qu'elle continuait d'assembler avec les blocs anciens dont Helen lui avait fait cadeau, étaient disposés sur un portant de bois, près de leur lit. Kendra s'était arrangée pour assister à deux séances de couture depuis son retour en ville. Hélas ! son talent n'était certes pas à la mesure de son enthousiasme.

Arrivée dans la cuisine, elle s'appuya un moment au chambranle, humant les arômes d'ail et de citronnelle qui envahissaient la pièce. Les assiettes en faïence de sa belle-mère décoraient le haut des étagères, apportant une touche féminine et hospitalière à cet espace fonctionnel.

— J'ai failli acheter un plat cuisiné à la Maison du Pérou. Ç'aurait été dommage. Est-ce ton fameux pad thaï que tu nous prépares ?

Isaac leva la tête et son visage s'éclaira.

— Tiens, je ne t'ai pas entendue arriver.

— Carpette et Voyou ont tout fait pour ça.

Il éteignit la plaque de cuisson et vint embrasser sa femme.

Kendra l'enlaça par la taille et renversa la tête pour le regarder.

— Comment s'est passée ta journée ?

— On ne peut mieux. A la réunion de ce matin, nous avons

décidé que chacun devait accepter une baisse de salaire. Je gagne à présent quinze pour cent de moins que la semaine dernière. A part ça, oui, je te concocte un pad thaï.

Isaac avait associé ses talents à ceux d'une douzaine d'anciens employés d'ACRE aussi déçus que lui, et il dirigeait maintenant le système d'exploitation d'une organisation si récente qu'elle n'avait pas encore de nom. L'étape suivante consisterait à trouver des sources de financement. Mais en créant ainsi à partir de rien, Isaac était dans son élément. Elle ne l'avait jamais vu aussi rayonnant. Et avec son remarquable flair artistique, il avait déjà dessiné leur logo — les sommets caractéristiques du mont Pallatin, avec un aigle planant très haut dans le ciel.

— L'argent n'est pas un problème pour l'instant, dit-elle. Cette affaire finira par être rentable.

— A condition de vivre assez longtemps pour ça.

Il la serra dans ses bras puis retourna à ses fourneaux.

— Jamie a téléphoné.

— Ils viendront pour Noël ?

— En principe, tu dois la rappeler, mais disons qu'il va falloir se décider à meubler rapidement les chambres d'amis.

Il ralluma le feu sous la poêle, reprit la cuillère de bois et se remit à remuer sa sauce.

— Raconte-moi ta journée à toi.

Voilà comment allait se passer la soirée. Elle déboucherait une bouteille de vin et remplirait deux verres. Elle s'accouderait au bar pendant qu'il finirait son pad thaï et ils riraient ensemble de quelque anecdote survenue en salle de rédaction. Comme toujours, ils finiraient par faire rentrer Dusty et Ten. Peut-être formeraient-ils des projets pour un week-end à la maison d'hôtes de Gayle Fortman, au bord de la Shenandoah, et une sortie au restaurant avec Elisa et Sam, le vendredi soir. Ils se promettraient d'enlever Caleb aux Claiborne pour une randonnée en montagne le samedi, et pourraient même jeter un coup d'œil aux tout derniers plans de la maison de Toms Brook, tout en discutant des mérites comparés des rondins et des madriers pour le bâti des murs.

Ce serait une soirée ordinaire.

Kendra esquissa un sourire.

— Tu as l'air heureux, dit Isaac en l'observant du coin de l'œil.

— Tu sais que tu es un homme perspicace ?

Il sourit, lui aussi, et reporta son attention sur la sauce qui commençait à prendre.

NOTE DE L'AUTEUR

Comme certains d'entre vous le savent, la série consacrée aux quilteuses de la vallée de la Shenandoah devait à l'origine être une trilogie. Mais au fil de l'écriture de chacun des romans, j'ai rencontré de nouveaux personnages à explorer, de nouveaux aspects de la vie dans la vallée de la Shenandoah à étudier, et bien sûr, de nouveaux quilts, qui me parlaient et me livraient leurs histoires. Ainsi, si *La vallée des secrets* est le troisième volet de la série, il ne sera pas le dernier. Ceux qui ont lu les volumes précédents retrouveront ici de vieux amis ; les autres ne seront pas déçus.

Dans ce récit, l'histoire de la création du Parc national de la Shenandoah est rapportée de façon aussi exacte que possible. En revanche, comme toujours, les personnages et l'intrigue sont ma propre création. Le groupe « The Way We Were » est le fruit de mon imagination, mais il existe réellement une association, appelée « Children of the Shenandoah », regroupant des familles et des descendants des familles expulsées de leur région d'origine au moment de la création du parc. Le traumatisme que ces gens ont vécu en voyant leur vie bouleversée a encore des répercussions aujourd'hui.

Les « prescriptions » de Leah s'inspirent réellement de la médecine populaire utilisée à cette époque dans les Blue Ridge Mountains. Naturellement, c'est pour leur valeur historique et non médicale que je les ai insérées dans le récit. Autrement dit : n'essayez pas de les mettre en pratique. Au cours de mes recherches pour ce roman, j'ai eu l'occasion de me promener dans le parc et de profiter du panorama des montagnes en automne depuis Skyline Drive. J'ai foulé d'anciens vergers à présent gagnés par la forêt, j'ai imaginé les maisons, les clôtures et le bétail en train de pâturer. Et tout du long, ces fantômes me parlaient. J'étais bien consciente cependant que si le parc n'avait pas été créé, nous ne serions pas si nombreux à pouvoir profiter de ce paysage magnifique mais si fragile.

Un grand merci à tous les lecteurs qui m'ont écrit ou envoyé un e-mail pour me dire qu'ils aimaient cette série et la vie à Toms Brook, en Virginie. J'espère de tout cœur que ce nouveau roman vous plaira aussi.

EMILIE RICHARDS

DANS LA MÊME COLLECTION

Par ordre alphabétique d'auteur

JINA BACARR	*Blonde Geisha*
MARY LYNN BAXTER	*La femme secrète*
MARY LYNN BAXTER	*Un été dans le Mississippi*
JENNIFER BLAKE	*Une liaison scandaleuse*
BARBARA BRETTON	*Le lien brisé*
BENITA BROWN	*Les filles du capitaine*
MEGAN BROWNLEY	*La maison des brumes*
CANDACE CAMP	*Le bal de l'orchidée*
CANDACE CAMP	*Le manoir des secrets*
CANDACE CAMP	*Le château des ombres*
CANDACE CAMP	*La maison des masques*
MARY CANON	*L'honneur des O'Donnell*
ELAINE COFFMAN	*Le seigneur des Highlands*
ELAINE COFFMAN	*La dame des Hautes-Terres*
ELAINE COFFMAN	*La comtesse des Highlands*
JACKIE COLLINS	*Le voile des illusions*
JACKIE COLLINS	*Reflets trompeurs*
JACKIE COLLINS	*Le destin des Castelli*
PATRICIA COUGHLIN	*Le secret d'une vie*
MARGOT DALTON	*Une femme sans passé*
EMMA DARCY	*Souviens-toi de cet été*
CHARLES DAVIS	*L'enfant sans mémoire*
SHERRY DEBORDE	*L'héritière de Magnolia*
BARBARA DELINSKY	*La saga de Crosslyn Rise*
BARBARA DELINSKY	*L'enfant du scandale*
WINSLOW ELIOT	*L'innocence du mal*
SALLY FAIRCHILD	*L'héritière sans passé*
MARIE FERRARELLA	*Une promesse sous la neige*****
ELIZABETH FLOCK	*Moi & Emma*
CATHY GILLEN THACKER	*L'héritière secrète*
GINNA GRAY	*Le voile du secret*
GINNA GRAY	*La Fortune des Stanton*
JILLIAN HART	*L'enfant des moissons*
CHRISTIANE HEGGAN	*L'héritière de Calistoga*
METSY HINGLE	*Une vie volée*

... / ...

DANS LA MÊME COLLECTION

Par ordre alphabétique d'auteur

FIONA HOOD-STEWART	*Les années volées*
FIONA HOOD-STEWART	*A l'ombre des magnolias*
FIONA HOOD-STEWART	*Le testament des Carstairs*
FIONA HOOD-STEWART	*L'héritière des Highlands*
LISA JACKSON	*Noël à deux***
RONA JAFFE	*Le destin de Rose Smith Carson*
PENNY JORDAN	*Silver*
PENNY JORDAN	*L'amour blessé*
PENNY JORDAN	*L'honneur des Crighton*
PENNY JORDAN	*L'héritage*
PENNY JORDAN	*Le choix d'une vie*
PENNY JORDAN	*Maintenant ou jamais*
PENNY JORDAN	*Les secrets de Brighton House*
PENNY JORDAN	*La femme bafouée*
PENNY JORDAN	*De mémoire de femme*
BRENDA JOYCE	*L'héritière de Rosewood*
MARGARET KAINE	*Des roses pour Rebecca*
HELEN KIRKMAN	*Esclave et prince*
ELAINE KNIGHTON	*La citadelle des brumes*
ELIZABETH LANE	*Une passion africaine*
ELIZABETH LANE	*La fiancée du Nouveau Monde*
CATHERINE LANIGAN	*Parfum de jasmin*
RACHEL LEE	*Neige de septembre*
RACHEL LEE	*La brûlure du passé*
LYNN LESLIE	*Le choix de vivre*
MERLINE LOVELACE	*La maîtresse du capitaine*
JULIANNE MACLEAN	*La passagère du destin*
DEBBIE MACOMBER	*Rencontre en Alaska*****
DEBBIE MACOMBER	*Un printemps à Blossom Street*
DEBBIE MACOMBER	*Au fil des jours à Blossom Street*
DEBBIE MACOMBER	*Retour à Blossom Street*
MARGO MAGUIRE	*Seigneur et maître*
ANN MAJOR	*La brûlure du mensonge*
ANN MAJOR	*Le prix du scandale**
KAT MARTIN	*Lady Mystère*
ANNE MATHER	*L'île aux amants****

... / ...

DANS LA MÊME COLLECTION

Par ordre alphabétique d'auteur

CURTISS ANN MATLOCK	*Sur la route de Houston*
CURTISS ANN MATLOCK	*Une nouvelle vie*
CURTISS ANN MATLOCK	*Une femme entre deux rives*
MARY ALICE MONROE	*Le masque des apparences*
CAROLE MORTIMER	*L'ange du réveillon*****
DIANA PALMER	*D'amour et d'orgueil****
DIANA PALMER	*Les chemins du désir*
DIANA PALMER	*Les fiancés de l'hiver*****
DIANA PALMER	*Le seigneur des sables*
DIANA PALMER	*Une liaison interdite*
DIANA PALMER	*Le voile du passé*
PATRICIA POTTER	*Noces pourpres*
MARCIA PRESTON	*Sur les rives du destin*
MARCIA PRESTON	*La maison aux papillons*
EMILIE RICHARDS	*Mémoires de Louisiane*
EMILIE RICHARDS	*Le testament des Gerritsen*
EMILIE RICHARDS	*La promesse de Noël***
EMILIE RICHARDS	*L'écho du passé*
EMILIE RICHARDS	*L'écho de la rivière*
EMILIE RICHARDS	*Le refuge irlandais*
EMILIE RICHARDS	*Promesse d'Irlande*
EMILIE RICHARDS	*La vallée des secrets*
NORA ROBERTS	*Retour au Maryland*
NORA ROBERTS	*La saga des Stanislaski*
NORA ROBERTS	*Le destin des Stanislaski*
NORA ROBERTS	*L'héritage des Cordina*
NORA ROBERTS	*Love*
NORA ROBERTS	*La saga des MacGregor*
NORA ROBERTS	*L'orgueil des MacGregor*
NORA ROBERTS	*L'héritage des MacGregor*
NORA ROBERTS	*La vallée des promesses*
NORA ROBERTS	*Le clan des MacGregor*
NORA ROBERTS	*Le secret des émeraudes*
NORA ROBERTS	*Un homme à aimer**
NORA ROBERTS	*Sur les rives de la passion*
NORA ROBERTS	*La saga des O'Hurley*
NORA ROBERTS	*Le destin des O'Hurley*
NORA ROBERTS	*Un cadeau très spécial***
NORA ROBERTS	*Le rivage des brumes*
NORA ROBERTS	*Les ombres du lac*
NORA ROBERTS	*Un château en Irlande*
NORA ROBERTS	*Filles d'Irlande*
NORA ROBERTS	*Pages d'amour*
NORA ROBERTS	*Rencontres*

... / ...

DANS LA MÊME COLLECTION

Par ordre alphabétique d'auteur

NORA ROBERTS	*Une famille pour Noël*****
NORA ROBERTS	*Passions*
ROSEMARY ROGERS	*Le sabre et la soie*
ROSEMARY ROGERS	*Le masque et l'éventail*
JOANN ROSS	*Magnolia*
JOANN ROSS	*Cœur d'Irlande*
MALLORY RUSH	*Ce que durent les roses*
EVA RUTLAND	*Tourments d'ébène*
PATRICIA RYAN	*L'escort-girl****
DALLAS SCHULZE	*Un amour interdit*
DALLAS SCHULZE	*Les vendanges du cœur*
KATHRYN SHAY	*L'enfant de l'hiver*
JUNE FLAUM SINGER	*Une mystérieuse passagère*
ERICA SPINDLER	*L'ombre pourpre*
ERICA SPINDLER	*Le fruit défendu*
ERICA SPINDLER	*Trahison*
ERICA SPINDLER	*Parfum de Louisiane*
ERICA SPINDLER	*Un parfum de magnolia*
ERICA SPINDLER	*Les couleurs de l'aube*
LYN STONE	*La dame de Fernstowe*
CHARLOTTE VALE ALLEN	*Le destin d'une autre*
CHARLOTTE VALE ALLEN	*L'enfance volée*
CHARLOTTE VALE ALLEN	*L'enfant de l'aube*
SOPHIE WESTON	*Romance à l'orientale****
SUSAN WIGGS	*Un printemps en Virginie*
SUSAN WIGGS	*Les amants de l'été*
SUSAN WIGGS	*L'inconnu du réveillon***
SUSAN WIGGS	*La promesse d'un été*
SUSAN WIGGS	*Un été à Willow Lake*
SUSAN WIGGS	*Le pavillon d'hiver*
SUSAN WIGGS	*Retour au lac des saules*
SUSAN WIGGS	*La maison du Pacifique*
LYNNE WILDING	*L'héritière australienne*
LYNNE WILDING	*Les secrets d'Amaroo*
BRONWYN WILLIAMS	*L'île aux tempêtes*
REBECCA WINTERS	*Magie d'hiver***
REBECCA WINTERS	*Un baiser sous le gui*****
SHERRYL WOODS	*Refuge à Trinity*
SHERRYL WOODS	*Le testament du cœur*
LAURA VAN WORMER	*Intimes révélations*

... / ...

DANS LA MÊME COLLECTION

Par ordre alphabétique d'auteur

KAREN YOUNG	*Un vœu secret***
KAREN YOUNG	*L'innocence bafouée*

* *titres réunis dans un volume double*

** *titres réunis dans le volume intitulé* : Magie d'hiver 2007

*** *titres réunis dans le volume intitulé* : Passions d'été

**** *titres réunis dans le volume intitulé* : Magie d'hiver 2008

6 TITRES À PARAÎTRE EN OCTOBRE 2009

Composé et édité par les
éditions Harlequin

Achevé d'imprimer en Allemagne
par GGP Media GmbH, Pößneck
en juillet 2009

Dépôt légal en août 2009
N° d'éditeur : 14422